汉代诗歌研究论集

——赵敏俐学术论文集

赵敏俐 著

人民出版社

自　序

　　这是我的第二本关于汉代诗歌研究的论文集，主要收录从 2002 年以后发表的有关汉代诗歌的论文。2011 年，在拙著《两汉诗歌研究》重版之际，我曾经写过《我的两汉诗歌研究之路》一文作为后记，比较详细地介绍了此前我 20 多年的研究经过。转眼又是 10 年过去了，真是感慨良多。

　　在中国诗歌研究领域，汉代诗歌一直处于比较尴尬的位置，它既没有留下一部像《诗经》《楚辞》那样的经典著作，成为后世的一种专门之学；也远没有六朝以后那么多的作家作品作为研究对象。所以翻检历朝历代的汉代诗歌研究，基本上没有留下几部名著，甚至连一本完整的汉代诗歌总集也没有。中国文学的批评传统向来讲"知人论世"，但是流传下来的大多数乐府诗和文人诗，不但作者难知，其中一些重要诗篇，连它们到底产生于西汉还是东汉都没有明确的历史记载，这给后人的研究造成了极大的困难，也由此而产生了种种争论。所以，当我最初开始汉代诗歌研究的时候，时时为此而感到茫然。但是我坚信诗歌史是历史的一部分，它是用语言艺术的方式展现出来的人类精神文明史，它与两汉社会 400 多年丰富多彩的历史文化紧密相关。为此我首先将两汉时代的文史著作和诗歌作品进行细致的阅读，努力把握汉代社会的整体面貌和文化特征，把握汉代诗歌的内容和艺术特质；接着努力寻找并发现两者之间的有机联系，把丰富的汉代诗歌纳入到广阔的社会生活中去，从而描述一条汉代诗歌发展的历史轨迹，确定它在中国诗歌史上的位置。经过不懈的努力，很庆幸我终于有所收获，发表了一些研究成果，也建构了一个属于我自己的汉代诗歌研究体系。

我对汉代诗歌的基本定位，是把它看作中国上古诗歌的结束，中古诗歌的开端。这与时下学术界大多数人都把魏晋诗歌当作中国中古诗歌起点的观点大不相同。之所以如此，是因为我特别看重中国社会政治制度变革的巨大意义。我认为中华民族的历史，如果从政治制度变革的角度来讲，有三个阶段特别重要，第一是殷周之际的变革，第二是战国至秦汉之际的变革，第三是清末民初之际的变革。战国之际变革的结果是大一统专制帝国的出现，它创立于秦代，最终的完善则在汉代。秦汉制度奠定了此后两千多年专制帝国的政治基础，虽然历经魏晋六朝唐宋元明清等朝代的变更，但是基本制度未变，所以从社会政治文化的角度来讲，秦汉之际变革的意义要远大于魏晋以后各专制王朝的改朝换代。作为这一时代产生的汉代诗歌，同样奠定了魏晋六朝以后中国诗歌发展的基础。无论是诗歌内容的向新，文人群体的出现，诗歌创作观念的改变，还是五七言和乐府诗等新诗体的产生，无不为后世诗歌之先导。这一观点在我的博士论文中提出，以后的著作基本上可以看作是不断的补充与完善，并逐步将其落实到具体的诗歌本体研究中来，从而对各种类型的汉代诗歌，做出比较深入的解读。这一过程说起来轻松，但是具体到每一类诗歌和每一篇作品的研究，其实遇到过各种各样的困难。这本论文集就是针对汉代诗歌研究中的一个个具体问题而展开的专门论述，大致体现了近 20 年来我的研究历程。

收入本论文集的文章大致可以分成两组，第一组是前八篇文章，第二组是后面的十三篇文章。第一组文章是就汉代诗歌研究中的一些共同问题的探讨。它关系到我们对汉代诗歌的整体认识，也是重要的切入点。其中第一篇文章《歌诗与诵诗：汉代诗歌的文体流变及功能分化》，主要讨论歌诗与诵诗的区别，即首先对汉代诗歌进行辨体。我认为在先秦阶段，诗与歌基本是紧密结合在一起的，而到了汉代，中国诗歌的发展明显地分为歌诗与诵诗两途，其代表样式就是相和歌辞与《古诗十九首》，它们表面看起来只是表达方式的不同，从本质上则属于两种不同的诗歌艺术，也承担着不同的文化功能，甚至也影响着作者群体的分流。以往研究的最大不足，不是没有看到这两者的表面区别，而是没有认识到它们在本质上的差异，因而采用了同一种研究方法和理论模式。所以本论文的核心内容，就是要辨析歌诗与诵诗这两种类型的诗歌在汉代是如何分途的，它们的文体功能到底有哪些不同，作者群体有哪些变化，内容表达和艺术手法各自有什么特色，它们又是各自沿着不同的道路如何向前发展的。正是这一辨体工作，奠定了我后来撰写《中国诗歌通史·汉代卷》的基本叙述框架。我认为这种辨体工作是汉代诗歌研究的基础，只有弄清了二者不同的艺术本质，采取不同的研究方法，进行不同的理论阐释，才能把汉代诗歌发展的线索理清。不仅如此，我认为这一工作对于研究汉代以后的诗歌也很重要，因为从汉代以后的中国诗歌发展基本上都体现为歌诗与诵诗两条主线，它们互相影响又平行发展，必须要同时兼顾又要区别对待。第二篇为《读书仕进与精思著文》，专门讨论文人的产生与诗歌的关系。我们都知道，在中国诗歌史上，文人诗歌占有最重要的地位，从汉魏六朝以后的汉民族诗歌史，基本上就是以文人的诗歌创作为主流的诗歌史。那么，文人这一群体从何时而产生？文人为什么要从事诗歌创作？就需要我们特别关注。论文从秦汉社会大变革的角度出发，讨论了中国古代的知识分子如何由先秦时代的贵族和士阶层而变为汉代文人，认为这是出于大一统帝国的需要而迫使古代知识分子进行身份的改造，同时也是他们积极参与社会变革的自身需求的必然结果。从前者来讲，社会的需求迫使汉代文人们必须通过读书仕进才能找到社会出路；从后者来讲，文人们也只有积极参与社会实践并且通过精思著文才能显现自身价值。这也造就了汉代文人不同于先秦士阶层的文化心态，通过诗文来抒写自己的人生情怀。这是本论文的核心内容。同时我们看到，因为从秦汉以来建立的大一统专制一直是魏晋以后中国古代社会的基本政治制度，所以汉代文人的文化心态和诗歌创作态度便与后世文人具有本质上的共同性。正因为这样，了解了汉代文人的产生和文人们为何精思著文，就是我们解读汉代文人诗歌的关键，也是解读后世文人诗歌的关键。因此，我认为这篇文章所提出的问题，对研究中国古代诗歌也是具有普遍意义的。接下来的几篇文章，或者从艺术生产的角度讨论汉代歌诗艺术生产的基本特征和歌诗演唱的方式方法，或者从文化制度的角度讨论汉乐府的兴废，或者从社会政治文化的变迁入手讨论早期诗学传统在汉代的继承与发展，都是我们研究汉代诗歌必须要解决的基本问题。在这里略谈一下《论汉代乐府诗中的流行艺术与民间歌谣》一文，本文是针对近百年来在汉代诗歌研究中的一种流行观点而发，因为大约从"五四"时期开始，人们就渐渐习惯于将汉代以相和歌为代表的乐府诗称之为"汉乐府民歌"，认为它们属于"劳动人民的口头创作"。本文认为这是对历史的误读，是将汉代用于娱乐观赏的"流行艺术"误认为汉代的"民歌民谣"，实际上把在历史文献中记录下来的真正的"民歌民谣"遮蔽了，同时也扭曲了以相和歌为代表的这些"流行艺术"的本质。我认为这一误读不仅影响了我们对汉代乐府诗和民歌民谣的研究，对魏晋六朝的吴声西曲和后代同类歌诗的研究也产生了相当大的负面影响。总之，这一组文章都是有关汉代诗歌研究中的共性问题，有助于我们从整体上重新认识汉代诗歌，对于后世诗歌的研究也有一定的启发和帮助。

第二组文章是我对汉代诗歌的具体分类讨论，包括对《安世房中歌》、文人乐府诗、贵族乐府诗、琴曲歌辞等歌诗类型的分别研究，也包括对四言诗、五言诗、七言诗、骚体诗等各种诗体的研究。这些问题，或者为后人忽视而关注不够，或者是虽有讨论却不够深入，我由此提出一些新的看法，这里略举几例。第一是《先秦两汉琴曲歌辞研究》

一文。现有记载两汉琴曲六十多首，琴曲歌辞五十首，是中国诗歌史上特殊的一类作品。由于这些琴曲的作者大多托名古人古事，一直不受人关注，以致在汉代诗歌史上很少有人论述。本文是对这些琴曲歌辞所做的第一次系统研究，认为它是以中国古代琴文化为存在条件，是运用古体，托名古人（或者当世名人），利用特殊的乐器进行演奏，由此而产生的一种诗乐相结合的艺术形式。它没有后世的"咏史"之名，却有与后世"咏史"诗相同的特质。假托历史人物故事和历史人物之口，抒发文人士大夫的思想情感，借他人酒杯浇自己胸中块垒。它的故事生成有特殊的方式，或者体现为文化的累积，或者是在原型基础上的新创，从而具有中国早期小说的某些特色。它的歌辞依附于琴曲，以诗骚体为主，体现了文人士大夫的修养和以悲为美的汉代审美风尚。其整体水平虽不及相和歌辞，但是仍不乏佳作，并对魏晋隋唐等后世文艺产生了深远的影响。第二是《汉代骚体抒情诗主题与文人心态》一文。本文所说的骚体抒情诗，指的是汉代文人继承《离骚》传统而创作的一类作品。由于这些作品常常以"赋"为名，所以后人往往不把它们纳入汉代诗歌的研究系统。这导致了对汉代文人诗认识的缺位，由此而产生了一系列误解。如有的人认为汉代文人诗思消歇，有的人认为汉代的文人没有自己的独立意识，没有感情也不会抒情写志，所以中国文人的个体人格觉醒要有待于建安以后。而本文则认为，继承屈原《离骚》传统的这些作品，本身就是汉代诗歌的有机组成部分。如果我们认同屈原的《离骚》是抒情诗，那我们就没有理由将汉人的这些创作排除在诗歌之外。它们是汉代文人心态的真实表露，表现了强烈的个体观念和生命意识。这些作品的三大主题：怀才不遇和生不逢时，全身远祸与超越世俗，行旅感怀与思念伤悼，也是汉代以后文人抒情诗的基本主题。这些作品有抒情的深度，也体现了高超的艺术技巧，它们是中国文学史上由文人所创作的第一批优秀的抒情诗作，是汉代诗歌的重要组成部分。只有将其纳入研究的视野，我们才能对汉代诗歌、尤其是文人诗歌创作有一个全面的把握和公允的评价。第三是对五七言诗体的研究。五七言是汉代以后中国诗歌的主要体式，所以也一直是研究的热点，近年来有关的研究成果也非常多。这里收录了四篇相关的文章，提出了自己的观点。关于五言诗体的形成，本人认为必须从歌唱的角度加以认识，因为诗是一种有节奏有韵律的语言加强形式，在早期诗体形成的过程中，声音的意义要远大于语法的意义，语言要依靠声音的节奏韵律来组织。由此来看五言诗的诗体特征，它是由一个对称音步与一个非对称音步组成的诗行，这是在四言体和楚辞体之后形成的一种新诗体，也是中国诗体发展形式上的一个飞跃。五言诗体的初起阶段，诗人所关注的主要是音步的对称和诗行的对称，进而关注词性的对称和句法的对称。其所以走向格律化，同样是音乐节奏在其中起了重要作用。本人不同意以《古诗十九首》为代表的汉代文人五言诗产生于东汉后期的观点，认为它的产生同样与歌诗传唱有直接关系，它初起于先秦，在西汉时代的歌诗传唱中成长，至于《古诗十九首》的产生时代，则应该在东汉中早期，这也与当时的社会背景和文人心态有关。关于七言诗的讨论，本人不赞同起源于民间谣谚或起源于楚辞的说法。通过资料的全面搜集，认为早在先秦的韵文和散文中就已经存在着大量的七言句式，并非起源于民间歌谣。而作为七言的诗体形式，从韵律组合方式上看，也与楚辞体有根本的不同，属于中国诗歌体式中最为复杂的一种，也是最难把握的一种。七言诗作为一种独特的文体，在汉代广泛存在于字书、镜铭、民间谣谚、道教经典、医书、刻石、墓碑以及其它文章当中，是一种以应用为主的韵文体式，尚未融入以歌唱为主的汉代诗歌主流。它与四言诗、骚体诗、五言诗、杂言诗等并存，并以其反映世俗生活的方方面面而显示出其独特的社会认识价值，在汉代有着独特的发展之路。

以上是这本论文集的主要内容。此前还有一些论文，因为收录于《周汉诗歌综论》（学苑出版社 2002 年版）一书，不再重收。这些论文，大致可以代表我多年来研究汉代诗歌的基本观点，现在汇集成册，算是对我有关汉代诗歌研究的又一个总结。回想从 1985 年 3 月我负笈北上长春，师从杨公骥先生攻读博士学位，开始研究汉代诗歌，到现在已经 35 年了。这些年来，我对汉代诗歌的研究一直没有间断，其中一个重要的原因就是出于对学术的热爱。我在读书中发现了问题，便想把这些问题搞清楚。在最初几年，我是带着满腔的热情和初出茅庐的莽撞进入汉代诗歌这一研究领域里的。但是随着时间的推移和研究的深入，我发现要做好汉代诗歌的研究真的不容易，这使我渐渐地平稳下来，安心做冷板凳的学问，把我的汉诗研究逐步深入到相关的历史和哲学领域，扩展到先秦和魏晋六朝，将其嵌入丰富多彩的历史文化当中，真正变成了包含历史、哲学、思想、文化、艺术在内的综合研究。例如为了找到更好地解读乐府诗的理论方法，我曾经看了很多现当代中西哲学著作和文学理论著作，最终在艺术生产理论的启发下，总结了中国古代歌诗艺术生产和消费的三种基本方式，从早期的社会分工、文化制度的建立和歌诗艺术在古代社会所承担的文化功能等方面，探索出了一条对汉代乐府诗的不同解读之路。我试图将诗歌形式的发生还原于中国古代诗乐合一的文化起点，突破单纯的语言分析传统，从诗歌的节奏韵律出发来解读中国诗歌体式何以形成的奥秘，认为中国古代诗歌的各种体式，如四言诗、骚体诗、五言诗、七言诗、杂言诗等的形成，实际上是诗人们不断探索用何种符合音乐节奏的方式来进行诗歌语言组合的结果。为了更好地对中国古代的文人诗进行解读，我在一段时间内将关注的重点由"诗"转向了"人"，为此曾经写过《汉代文士浮沉》（中国出版集团、现代出版社 2016 年版）一书，当我深入了解了汉代各类文士的人生命运之后，我被深深地感动了。我认为我们研究诗歌的目的不仅仅是要研究"作品"，更重要的是通过"作品"去阅读"作者"，去研究人，去探讨那些不同的诗人个体在当时怎么活着，他们的精神状态如何，活的是不是幸福，由此我对"文学是人学"这一命题有了更深一层的理解。总之，求知的乐趣和解决问题的诱惑使我这些年坚持不懈。可以说，我的汉代诗歌研究过程更是自己不断学习、不断成长的过程。当然，由于天性驽笨，三十几年来把大部分精力用在了汉代诗歌这样一个狭小的领域，也没有什么惊人高论。每想到此，就深感光阴的飞逝和个人的渺小。但同时也聊以自慰，因为在这些文章里，寄托着我求知的乐趣和问学的真诚。若有同道知己能体会其中的甘苦，更会让我感到无比的高兴。

感谢首都师范大学社科处设立了"燕京学者文库"这套丛书，并能将这本论文集收入其中。感谢我的学生李昭、龚新宇细致认真地帮助我校对了书中的引文并核对出处。感谢人民出版社王萍编审和责任编辑的认真校对。同时也借此机会，感谢所有关心帮助我的同事学生和朋友们。

2021 年 1 月 19 日于京西会意斋

目　录

自　序 ……………………………………………………………… 1

歌诗与诵诗：汉代诗歌的文体流变及功能分化 …………………… 1

读书仕进与精思著文 ……………………………………………… 22

    ——论汉代官僚士大夫与文人文学之关系

汉代歌诗艺术生产的基本特征 …………………………………… 58

汉代乐府官署兴废考论 …………………………………………… 76

赋体的生成与先秦《诗》学传统 ………………………………… 103

楚歌、横吹鼓吹与相和歌在汉代的兴衰更替 …………………… 127

汉乐府歌诗演唱与语言形式之间的关系 ………………………… 132

论汉代乐府诗中的流行艺术与民间歌谣 ………………………… 155

    ——兼谈"民歌"概念在汉代诗歌研究中的泛用

汉初雅乐与《安世房中歌》简论 ………………………………… 181

汉代文人的乐府歌诗创作及其意义 ……………………………… 193

汉代骚体抒情诗主题与文人心态 ………………………………… 212

    ——兼论骚体赋的意义及其在文学史中的位置

西汉贵族乐府考论 ………………………………………………… 249

先秦两汉琴曲歌辞研究 …………………………………………… 275

汉代五言诗起源发展问题再讨论·······························303

论五言诗体的音步组合原理································343

论四言诗在汉代的发展流变································365

七言诗并非源于楚辞体之辨说·····························393
　　——从《相和歌·今有人》与《九歌·山鬼》的比较说起

论七言诗的起源及其在汉代的发展·························407

汉乐府《陌上桑》新探··································451

中国历史上最早的反映甘肃风情的诗篇·····················460
　　——汉乐府《陇西行》赏析

20 世纪国外和港台地区的两汉诗歌研究·····················466

我的两汉诗歌研究之路··································481
　　——《两汉诗歌研究》新版后记

歌诗与诵诗：汉代诗歌的文体流变及功能分化

在中国诗歌史上，汉代是诗体转化的重要时代。这不仅因为自汉代起，从古诗中流变出一种新的文体——赋，使其成为一代文学体式的代表；而且还因为自汉代开始，以乐府诗和五七言诗为代表的新诗体，逐渐取代诗骚体而成为汉代以后中国诗歌的主要形式。由于这种诗体转化的特殊性和复杂性，迄今为止，学术界对其仍然缺少一个明晰的认识，这主要表现在两个方面：第一，汉赋到底算不算诗，在汉代诗歌史中是否应该有它的位置。第二，如何评价和认识汉代各种诗体的流变，应该怎样把握汉代各种诗歌体式之间的关系。这说明，关于文体的辨析仍是今天研究汉代诗歌的首要工作。这个问题之所以难以解决，是因为后世学者忽略了汉代诗歌发展过程中的两大关键性要素，一是歌诗与诵诗的区分，二是作者的分流与诗体功能的分化。前者关系到汉代诗歌研究范围的界定，后者关系到如何全面把握汉代诗歌的艺术本体。本文的目的，就是要试图解决这两个问题，为汉代诗歌研究打开一条新的思路。不当之处，尚请各位专家学者予以教正。

一、歌诗、诵诗的区分与诗赋辨体

汉代诗歌概念有广狭之分。班固《汉书·艺文志》有《诗赋略》，分列"歌诗"与"赋"两类文献，广义的汉代诗歌就包括这两大类别，狭义的汉诗则把汉赋排除在外。从整个中国诗歌发展史来看，把汉赋看作汉代诗歌的一部分，的确与其他各朝代的诗歌体类不太一致。这不仅因为作为汉赋的代表样式的散体大赋，与后世的诗歌在文体特征上有着明显的差别，而且还因为赋这种文体的独立地位在后世已经被人们广泛接受。从魏晋南北朝直到唐宋元明清，赋的传统绵绵不绝，赋在汉代以后各时代的文学发展中均被认为是与诗歌、散文等相并立的一种文体，完全可以独立写成一部赋体文学史。由此来讲，后人在讨论汉代诗歌的时候把汉赋排除在外，取狭义的汉诗概念，完全有充足的理由。当代各种版本的《中国文学史》和各种汉代诗歌总集与选本，基本上都是这样处理汉代诗歌的。

但是从另一个角度考虑，中国诗歌的发展本身就是一个动态流程，这种动态的发展变化又比较鲜明地表现在文体的兴衰更替上。这其中不仅包括从四言诗、骚体诗、乐府诗到五言诗、七言诗的流变，还包括诗与赋、诗与词、词与曲以及与其他文体之间的互相渗透、互相影响。特别是在汉代，诗与赋之间的分合更是中国诗歌发展史上的一个重要环节。从诗歌史的角度来讲，辨析诗与赋的分合关系，是我们弄清汉代诗歌发展乃至中国诗歌体式流变的重要方面。

关于赋体文学的产生，班固在《汉书·艺文志》里有过明确的表述：

传曰："不歌而诵谓之赋，登高能赋可以为大夫。"言感物造端，材知深美，可与图事，故可以列为大夫也。古者诸侯卿大夫交接邻国，以微言相感，当揖让之时，必称诗以喻其志，盖以别贤不肖而观盛衰焉。故孔子曰："不学诗，无以言"也。春秋之后，周道濅坏，聘问歌咏不行于列国，学诗之士逸在布衣，而贤人失志之赋作矣。大儒孙卿和楚臣屈原，离谗忧国，皆作赋以讽，咸有恻隐古诗之义。其后宋玉、唐勒，汉兴枚乘、司马相如，下及扬子云，竞为侈丽闳衍之词，没其讽喻之义，是以扬子悔之，曰："诗人之赋丽以则，辞人之赋丽以淫。如孔氏之门用赋也，则贾谊登堂，相如入室矣，如其不用何！"①

班固在《两都赋序》中，还有一段重要的表述：

或曰：赋者，古诗之流也。昔成康没而颂声寝，王泽竭而诗不作，大汉初定，乃崇礼官，考文章。内设金马石渠之署，外兴乐府协律之事，以兴废继绝，润色鸿业。是以众庶悦豫，福应尤盛。白麟、赤雁、芝房、宝鼎之歌，荐于郊庙；神雀、五凤、黄龙之瑞，以为年纪。故言语侍从之臣，若司马相如、虞丘寿王、东方朔、枚皋、王褒、刘向之属，朝夕论思，日月献纳，而公卿大臣御史大夫倪宽、太常孔臧、太中大夫董仲舒、宗正刘德、太子太傅萧望之等，时时间作。或以抒下情而通讽喻，或以宣上德而尽忠孝，雍容揄扬，著于后嗣，抑亦《雅》《颂》之亚也。故孝成之世，论而录之，盖奏御者千有余篇。而后之大汉文章，炳焉与三代同风。②

通过这两段记述我们可知以下两点：

---

① 班固：《汉书》，中华书局 1962 年版，第 1755—1756 页。
② 萧统：《文选》，中华书局 1977 年版，第 1 页。

第一，"赋"的文体特征是"不歌而诵"，它是从"古诗"中流变出来的。"赋"在《诗经》时代不是一种文体，只是诗的一种表达方法。本来《诗经》中的诗都是可以歌唱的，是入乐的乐歌。可是在春秋时代，诸侯卿大夫在外交场合也经常用称引诗歌的方法来表达思想，这就是后人所说的"赋诗言志"。在这种称引活动中有时候就脱离了音乐而只用诵读的方法。① 到了春秋以后，礼崩乐坏，"聘问歌咏"的事情在诸侯国的交往中不再使用，楚臣屈原和大儒孙卿等人就仿效古人"赋诗言志"的方法，写作"不歌而诵"的诗来表达自己的"贤人失志"之情，这就是"赋"的起源。这种文体被宋玉、唐勒、枚乘、司马相如等人仿效，在汉代成为一种代表性的文体。

第二，由此我们可知，虽然在后人看来赋与诗已经在文体上有了很大的区别，但是在汉人看来，二者之间还有着不可分割的关系，它们在本质上还是属于诗，是诗的一部分。赋虽然在汉代不再可以歌唱，但是它仍然承载着上古诗歌的部分功能。特别是在汉武盛世，它成为公卿大夫们"或以抒下情而通讽喻，或以宣上德而尽忠孝"的最好文体，其作用大致可以相当于《诗经》中的《雅》《颂》（"抑亦《雅》《颂》之亚也"）。

正因为汉人认为赋是从古诗中流变出来的，它与诗的区别只是"不歌而诵"，所以，如果我们考虑汉人的诗歌观念，是应该把"赋"放在汉代诗歌中来论述的，它应该是汉代诗歌的一部分。因此，当代学者在撰写中国诗歌史时，也有人采用这种观点。②

由此看来，无论是取狭义的汉诗概念还是广义的汉诗概念来论述汉代诗歌，都有着充分的理由。前者是站在后代文体发展的立场上来看

---

① 按：春秋时代的"赋诗言志"并不完全是"不歌而诵"，只是断章取义的引用。在引用中有时候配乐演唱，有的时候可能是"不歌而诵"。

② 如张松如先生的《中国诗歌史论》、赵敏俐的《汉代诗歌史论》，都采用的是这种广义的汉诗概念。

待汉代歌诗与赋之关系；后者是站在汉人的立场上来认识汉代的歌诗与赋。然而，这两种处理汉代诗歌史中诗赋关系的方式又都有着非常明显的缺陷，都没有完整地把握歌诗与赋在汉代发展的实际情况，也没有说明"歌诗"与"赋"这二者在汉代的复杂关系。后者没有顾及赋这种文体在中国文学史上的独特性位置，把后人看来已经不属于诗的文体放在诗中来论述，在逻辑表述上存在着问题。而前者的问题更为突出，因为它没有顾及歌诗与赋这两种文体在汉代具有同质的一面，赋在汉代还承担着相当大的一部诗歌的功能，把这些作品排除在外，对汉代诗歌史的把握与认识是不全面的。这造成了当下对于汉代诗歌的许多误解，如有人说汉代是中国诗歌中衰的时代，有人说汉代文人抒情诗不够发达，等等。因此，我们有必要结合汉代诗歌发展的实际情况，对这个问题进行新的研讨，而这还需要从班固的《汉书·艺文志》说起。

按班固在《汉书·艺文志》中把赋分为四类，一为屈原赋之属，二为陆贾赋之属，三为荀卿赋之属，四为杂赋之属。何以对汉赋作出这种分类？班固没有说明，这引起后人的多种猜测。但无论如何，这充分说明了赋这种文体在汉代表现形态的复杂性。以后代的观点来看，汉赋是一种独立的文体，不属于诗的范围；但是我们从班固辑录的"赋"中的确还会找出许多诗来。如屈原的作品、荀子的《成相杂辞》等都被班固称之为"赋"，而这些在后人的眼里都应该属于"诗"的范畴。这说明，在汉人心中"赋"这种文体，与魏晋六朝以后人们心中的"赋"的概念是有差别的。这里面既包括在后人看来真正属于"赋"的部分，如散体赋；也包含着后人所说的"诗"的部分，如骚体赋，其中如汉人模仿屈原的《离骚》和《九歌》体的作品，也就是后人所说的楚辞，则是最典型的抒情诗。

从文体的特征入手考察，赋在汉代基本上是由两大部分组成的。一部分是以屈原的《离骚》等作品为代表样式的骚体赋，它们虽然被汉人称之为"赋"，其本质仍然是诗。一部分则是以宋玉、唐勒、枚乘、司马相如等人的作品为代表的散体赋，它们虽然与诗仍然有着复杂的联系，但是已经变成一种新的文体。它们之所以以"赋"为通称，就因为它们有一个共同的特点："不歌而诵"。事实上，关于骚体赋和散体赋的差别问题，汉人已经有所体认。司马迁在《史记·屈原贾生列传》中说："屈原至于江滨……乃作《怀沙》之赋。"又说："屈原既死之后，楚有宋玉、唐勒、景差之徒者，皆好辞而以赋见称。"① 由此来看，司马迁在本传中是把屈原的作品和宋玉的作品都称之为"赋"的。但是仔细比较就会发现，在传为屈原的作品中，《卜居》《渔父》与其他各篇是大不相同的。宋玉的作品也分为两种情况，《九辩》有明显的模仿屈原《离骚》的痕迹，属于骚体，而其他以"赋"为名的作品如《高唐赋》《神女赋》《登徒子好色赋》等，都属于散体。司马迁虽然把这些作品都统称之为"赋"，但是骚体赋中以摹仿屈原《离骚》《九章》而代屈原立言为特色的作品还有另外一个名称——"楚辞"。司马迁说宋玉等人学习屈原，其最终结果是"皆好辞而以赋见称"。说明司马迁已经认识到了"辞"与"赋"二者的区别。《史记·酷吏列传》言："庄助使人言买臣，买臣以楚辞与助俱幸。"② 《汉书·地理志下》："始楚贤臣屈原被谗放流，作《离骚》诸赋以自伤悼。后有宋玉、唐勒之属慕而述之，皆以显名。汉兴，高祖王兄子濞于吴，招致天下之娱游子弟，枚乘、邹阳、严夫子之徒兴于文、景之际。而淮南王安亦都寿春，招宾客著书。而吴有严助、朱买臣，贵显汉朝，文辞并发，故世传《楚辞》。"③ 可见，早在汉初，楚辞已经特指以《离骚》为代表的屈原的作品以及其在战国末期与汉代初年的模仿之作。据汤炳正先生的考证，楚辞名称的确立与楚辞的编辑有直接的关系，它最早的编辑者可能为宋玉，最初的篇目只有《离骚》与《九辩》，汉人经过几次增益，逐渐加入屈原的其他作品，

---

① 司马迁：《史记》，中华书局 1959 年版，第 2486—2491 页。

② 司马迁：《史记》，中华书局 1959 年版，第 3134 页。

③ 班固：《汉书》，中华书局 1962 年版，第 1668 页。

传为宋玉所作的《招魂》，传为景差所做的《大招》、再陆续加上淮南小山的《招隐士》、传为贾谊的《惜誓》、王褒的《九怀》、东方朔的《七谏》、刘向的《九叹》、王逸的《九思》。① 汉人的这些作品，基本上与《离骚》一脉相承，有特殊的情感表达与文体形式。而同是宋玉的作品，如《高唐赋》《神女赋》等等，汉人并不把它们叫作"楚辞"，也没有把它们编到"楚辞"这部集子当中去。可见，汉人虽然把屈原的作品统称之为"赋"，但是又看到了这些作品在文体上和情感表达上的特点。传为淮南王刘安所作的《离骚传》中曾说："《国风》好色而不淫，《小雅》怨诽而不乱，若《离骚》者，可谓兼之矣。"② 《离骚》等屈原的作品是产生于战国时代的伟大诗篇，是上承《诗经》传统在中国诗歌史上的又一大发展，是地地道道的"诗"。同样，以屈原的《离骚》为学习模拟对象的汉人的楚辞类作品，还有那些用骚体而写成的赋作，不管汉人把它们称之为"楚辞"还是"赋"，我们都不能把它们排除到中国诗歌史的范围之外。

散体赋在其初始阶段也有明显的诗体特征。如宋玉的《高唐赋》中就用了许多骚体的句子："惟高唐之大体兮，殊无物类之可仪比；巫山赫其无畴兮，道互折而曾累。登巉岩而下望兮，临大坻之稽水。遇天雨之新霁兮，观百谷之俱集。濞汹汹其无声兮，溃淡淡而并入。滂洋洋而四施兮，蓊湛湛而弗止。长风至而波起兮，若丽山之孤亩。"③ 其《神女赋》一篇，除了运用了许多骚体的句式之外，其他句式也同样有诗的韵律："其始来也，耀乎若白日初出照屋梁。其少进也，皎若明月舒其光。须臾之间，美貌横生，晔兮如华，温乎如莹。五色并驰，不可殚形，详而视之，夺人目精。其盛饰也，则罗纨绮缋盛文章，极服妙采照万方。振绣衣，被袿裳，襛不短，纤不长，步裔裔兮曜殿堂。忽兮改

---

① 参见汤炳正《楚辞编纂者及其成书年代的探索》，《江汉学报》1963 年第 10 期。

② 司马迁：《史记》，中华书局 1959 年版，第 2482 页。

③ 萧统：《文选》，中华书局 1977 年版，第 256 页。

容，婉若游龙乘云翔。"① 显然，宋玉的这类作品还有很强的诗的韵律。汉兴以后，枚乘、司马相如、扬雄、班固、张衡等人的散体大赋，虽然仍然有整齐的语言和押韵的句式，与歌诗还有着不解之缘，但是它们已不再像宋玉的作品那样有明显的诗的特征，而逐渐定型为适合诵读的以散体为主的一类新的文体。

以上事实说明，散体赋和骚体赋在汉代之所以都以"赋"为通称，主要是因为它们有一个共同的特点——"不歌而诵"。若是就其作品本身的文体特征而言，骚体赋仍然是典型的诗，散体赋才是在汉代发展起来的一种新的独立于诗歌之外的文体。正是从这种文体流变的历史事实出发，我认为有必要把骚体赋和散体赋分开，把骚体赋仍然划归于汉代诗歌史的范畴。②

歌诗、诵诗的区别与骚体赋、散体赋的分合是汉代诗歌史上的重要现象，它说明中国诗歌的发展到了汉代以后有了重要的变化。如果说在先秦时代可以歌唱是诗歌的重要特征之一，那么到了汉代，有一部分诗歌已经逐渐脱离了音乐而走上了一条独立的发展道路。

其实在汉代，只可以诵读的诗不仅仅有骚体赋一种，还包括一部分四言诗。如西汉韦孟的《讽谏诗》《在邹诗》、韦玄成的《自劾诗》《诫子孙诗》以及东汉傅毅的《迪志诗》等等。所不同的是，因为汉代四言诗本是从《诗经》中直接继承而来的文体，所以无论它是否可歌，在汉代仍然被称之为"诗"，后人对这类诗的归属问题也没有异议。至于在

---

① 萧统：《文选》，中华书局 1977 年版，第 267 页。

② 关于骚体赋的问题，前人和今人已经多有关注，如郭建勋《汉魏六朝骚体文学研究》就把这类作品单独提出来，当作中国文学史上一类独特的文体来研究。在本书中，郭建勋先生对散体赋与骚体赋的区别问题也有很好的辨析。但是，郭建勋虽然关注散体赋与骚体赋二者之间的区分，把骚体赋当代一类独立的文体来认识，并称之为"骚体文学"，却没有很好地注意骚体赋与"歌诗"之间的关联，没有从诗歌史的角度来考虑问题。所以，郭建勋先生还是没有很好地解决骚体赋在中国诗歌史上的归属问题。而这个问题在研究诗歌史的时候是不可回避的。

汉代兴起的五、七言诗，无论是歌还是诵，照例都被人们视之为诗。这一方面说明汉人关于诗歌名称的使用不甚统一，一方面也说明中国诗歌体式发展流变的复杂性。

由此，从歌诗与诵诗的角度，我认为可以把汉代诗歌分成以下两类：

1. 诵赋类：包括在汉代已经不能歌唱的四言体诗歌和以抒情为主的骚体赋以及其他不能歌唱的诗歌体式，如五言诗、七言诗等；

2. 歌诗类：包括汉代所有可以歌唱的诗，如可以歌唱的诗骚体、汉代新兴起的杂言诗和五言诗等等。

歌诗与诵诗的区别，是认识汉代诗歌发展的一条重要线索，也有助于我们把握中国诗歌发展的动态过程。从中国诗歌发展的历史进程来看，我们可以把先秦时代看成是诗与歌合一的时代，汉代以后则是诗与歌逐渐分离的时代。《诗经》体基本上都是可以歌唱的，但是到了战国时代，逐渐从歌诗中分化出一种不歌而诵的新文体——赋，这一文体在汉代蔚为大观。即便是诗歌本身，也演变成以歌唱为主的诗（汉魏六朝乐府、唐代歌诗、宋词、元曲等）与以诵读为主的诗（尤以文人案头写作的作品为主体）这样两种新的文体。这说明，作为以文字为载体的诗歌，从汉代以后逐渐沿着歌与诵两条路线而并行发展。从此，歌诗与诵诗也成为我们研究中国诗歌史必须兼顾的两个方面，不独在汉代是如此，在魏晋六朝以后也是这样，不可偏废。

二、作者群体的分流和诗歌功能的改变

歌诗与诵诗的区分，不仅仅是表达方式的改变，同时也是作者群体的分流和诗歌功能的改变。这同样是我们认识汉代诗歌的一个重要方面。为了说明问题，我们在这里把大致可以考知的汉代诗歌按类别、作品体裁、作者、内容和时代顺序先后排比如下，然后再做分析：

先来看赋诵类作品

赋诵类（一）：

体裁	作者	作品	内容	时代
汉人模拟楚辞	贾谊	惜誓	代屈原立言	西汉
	淮南小山	招隐士	招山中隐士	西汉
	东方朔	七谏	代屈原立言	西汉
	严忌	哀时命	代屈原立言	西汉
	王褒	九怀	代屈原立言	西汉
	刘向	九叹	代屈原立言	西汉
	王逸	九思	代屈原立言	东汉
汉人独创骚体抒情赋	贾谊	吊屈原赋	伤悼屈原兼自伤	西汉
	贾谊	鵩鸟赋	自伤身世	西汉
	贾谊	旱云赋	不明	西汉
	司马相如	哀二世赋	感叹历史人物	西汉
	司马相如	大人赋	讽喻汉武帝	西汉
	司马相如	长门赋	抒写女性失宠之情	西汉
	董仲舒	士不遇赋	感叹士之不遇	西汉
	刘彻	李夫人赋	悼亡伤情	西汉
	司马迁	悲士不遇赋	感叹士之不遇	西汉
	扬雄	太玄赋	发玄远之思	西汉
	扬雄	反离骚	政治抒怀	西汉
	刘歆	遂初赋	自伤身世政治抒怀	西汉
	班婕妤	自悼赋	自伤身世抒怀	西汉
	崔篆	慰志赋	自伤身世政治抒怀	东汉
	班彪	北征赋	自伤身世政治抒怀	东汉
	冯衍	显志赋	自伤身世政治抒怀	东汉
	梁竦	悼骚赋	自伤身世政治抒怀	东汉
	班固	幽通赋	自伤身世政治抒怀	东汉

续表

体裁	作者	作品	内容	时代
	班昭	东征赋	自伤身世抒怀	东汉
	张衡	思玄赋	思玄远之情	东汉
	张衡	定情赋	写男女之情	东汉
	蔡邕	述行赋	述旅途流亡之苦	东汉
	蔡邕	瞽师赋	描摹人物	东汉

赋诵类（二）：

体裁	作者	作品	内容	时代
不入乐的四言诗	韦孟	讽谏诗	讽谏诸侯王	西汉
	韦孟	在邹诗	自述家世自勉	西汉
	韦玄成	自劾诗	自劾	西汉
	韦玄成	戒子孙诗	告诫子孙	西汉
	班固	明堂诗	为朝廷颂美	东汉
	班固	辟雍诗	为朝廷颂美	东汉
	班固	灵台诗	为朝廷颂美	东汉
	班固	宝鼎诗	为朝廷颂美	东汉
	班固	白雉诗	为朝廷颂美	东汉
	傅毅	迪志诗	励志述志	东汉
	刘珍	赞贾逵诗	颂美人物	东汉
	张衡	怨诗	男女情怨	东汉
	朱穆	与刘伯宗绝交诗	与友人绝交	东汉
	桓麟	答客诗	应酬自谦	东汉
	秦嘉	述婚诗	述婚	东汉
	秦嘉	赠妇诗（一首）	赠妇	东汉
	蔡邕	酸枣令刘熊碑诗	纪念人物	东汉
	孔融	离合作郡姓名字诗	游戏文字	东汉
	仲长统	见志诗（二首）	表达志向	东汉
不入乐的骚体诗	息夫躬	绝命辞	表现个人激愤	西汉

续表

体裁	作者	作品	内容	时代
	梁鸿	适吴诗	批评社会现实	东汉
	崔骃	安封侯诗	描写战争	东汉
	张衡	四愁诗	男女之情表政治情怀	东汉
	徐淑	答秦嘉诗	男女思恋	东汉
	仇靖	李翕析里桥郙阁颂新诗	颂美人物	东汉
不入乐的五言诗	班固	咏史诗	感叹历史	东汉
	石勋	费凤别碑诗	纪念人物	东汉
	郦炎	见志诗（二首）	表达志向	东汉
	应季先	美严王思诗	颂美人物	东汉
	秦嘉	赠妇诗（三首）	男女思恋	东汉
	赵壹	刺世嫉邪诗（二首）	愤世嫉俗	东汉
	蔡邕	翠鸟诗	咏物伤怀	东汉
	孔融	临终诗	临终绝命	东汉
	无名氏	古诗十九首	男女相思人生短促等	不详
	传为李陵诗	《携手上河梁》等	男女夫妇朋友伤别	不详
	传为苏武诗	《骨肉缘枝叶》等	男女夫妇朋友伤别	不详
	其他无主名五言诗	《兰若生春阳》等	各种人生感叹	不详
不入乐的七言诗	汉武帝	柏梁台联句	君臣游戏唱和之作	西汉
	张衡	《思玄赋》所系诗	抒怀	东汉
	马融	《长笛赋》所系诗	咏物	东汉

从上面的论列中我们会发现一个重要现象，在保存下来的汉代有主名的赋诵类诗歌，其作者除了汉武帝和班婕妤、班昭、徐淑四人外，其余都是汉代的文人士大夫，他们在使用这些诗歌文体的时候，其表达的内容也大致相同。被编辑在《楚辞》一书中的几篇，基本都是以代屈

原立言的方式所做的抒情之作，它们的结构大致有一个固定的模式；而汉代文人们自己所作的骚体抒情赋，里面除了汉武帝刘彻的《李夫人赋》和司马相如的《长门赋》之外，基本上都是写自己的生不逢时与怀才不遇之情。那些不能入乐的四言诗、骚体诗等，内容虽然比较复杂，但是除了秦嘉与徐淑夫妻俩人的赠答诗之外，所抒写的也都是文人们比较严肃的生活情感。至于《古诗十九首》等文人五言诗，抒情主题与上面大部分有主名的文人赋诵类诗篇则有所不同，所抒写的大都是游子思妇、人生短促、及时行乐等世俗之情，其情感内容与汉乐府抒情诗基本相同，有着明显的世俗化倾向。至于七言诗，从汉武帝时代的柏梁台联句到张衡、马融等人的七言诗，再结合汉代镜铭中出现的大量的七言句子，则说明七言诗在汉代基本上是诵读而不是歌唱的，其功能也不是以抒情为主的。

我们再来看歌诗类作品

（一）有主名歌诗

体裁	作者	作品	内容	时代
楚歌体	刘邦	大风歌	胜利者的悲歌	西汉
	刘邦	鸿鹄歌	为戚夫人感伤	西汉
	项羽	垓下歌	失败者的悲歌	西汉
	唐山夫人	安世房中歌（十七章）	庙堂祭祀之歌	西汉
	刘友	幽歌	王子的悲歌	西汉
	刘彻	瓠子歌	悲伤黄河水灾	西汉
	刘彻	秋风辞	感伤人生短促	西汉
	刘彻	天马歌	企望成仙	西汉
	刘彻	西极天马歌	企望成仙	西汉
	刘弗陵	黄鹄歌	颂美瑞应	西汉
	刘旦	归空城歌	宫廷斗争悲歌	西汉
	华容夫人	发纷纷歌	宫廷斗争悲歌	西汉

续表

体裁	作者	作品	内容	时代
	李陵	别歌	失败者悲歌	西汉
	刘去	背尊章歌	宫廷斗争悲歌	西汉
	刘去	愁莫愁歌	宫廷斗争悲歌	西汉
	刘胥	欲久生歌	宫廷斗争悲歌	西汉
	刘细君	悲愁歌	远嫁思乡之歌	西汉
	班固	论功歌诗	颂美之歌	东汉
	班固	灵芝歌	颂美之歌	东汉
	刘宏	招商歌	游乐观赏	东汉
	刘辩	悲歌	宫廷斗争悲歌	东汉
	唐姬	起舞歌	宫廷斗争悲歌	东汉
四言体	刘章	耕田歌	政治斗争之歌	西汉
	白狼王唐菆	远夷乐德歌（译文）	颂美之歌	东汉
	白狼王唐菆	远夷慕德歌（译文）	颂美之歌	东汉
	白狼王唐菆	远夷怀德歌（译文）	颂美之歌	东汉
	东平王刘苍	武德舞歌诗	颂美之歌	东汉
五言体	戚夫人	舂歌	宫廷斗争悲歌	西汉
	刘彻	李夫人歌	思念宠妃	西汉
	李延年	北方有佳人	赞颂美人	西汉
	班婕妤	怨诗（怨歌行）	宫人哀怨	西汉
	张衡	同声歌	世俗享乐	东汉
	辛延年	羽林郎	描摹世俗生活	东汉
	宋子侯	董娇娆	感伤人生	东汉
杂言体	杨恽	拊缶歌	抒发个人不满	西汉
	马援	武溪深	战争感伤	东汉
	梁鸿	五噫歌	怨刺社会	东汉

（二）无主名乐府歌诗

类别	体裁	题目	内容
郊祀歌十九章	楚歌体、四言体、杂言体	《练时日》《帝临》《日出入》《天门》《朝陇首》等	颂美汉帝国的祭祀乐章
鼓吹铙歌十八曲	杂言体	《上陵》《有所思》《战城南》《君马黄》《将进酒》《上邪》等	表达男女之情、战争、娱乐、宴等各种生活内容
相和歌辞相和曲	杂言体、五言体	《江南》《东光》《薤露》《蒿里》《鸡鸣》《乌生》《平陵东》《陌上桑》等	描写美景、感叹人生、描摹社会等内容
相和歌辞吟叹曲	杂言体	王子乔	游仙
相和歌辞平调曲	五言体	长歌行三首、君子行	珍惜时光、游仙、思乡、珍惜名声
相和歌辞清调曲	五言体、杂言体	《豫章行》《董逃行》《相逢狭路间行》《长安有狭斜行》	感伤身世、游仙、讥讽世事
相和歌辞瑟调曲	五言体、杂言体	《善哉行》《陇西行》《折杨柳行》《西门行》《东门行》《上留田行》《妇病行》《孤儿行》《雁门太守行》《艳歌何尝行》《艳歌行》	感叹人生、游仙、描摹社会、讥讽世事等内容
相和歌辞楚调曲	五言体	白头吟、怨诗行	男女绝别、感叹人生短促
相和歌辞大曲	杂言体	满歌行	人生多难、及时行乐
舞曲歌辞	杂言体	淮南王、巾舞歌、圣人制礼乐篇	游仙、社会生活、礼乐
琴曲歌辞	四言体、楚辞体、杂言体	昭君怨、履霜操、琴歌、将归操等	感叹生不逢时、怀才不遇等
杂曲歌辞	五言体、杂言体	蛱蝶行、伤歌行、悲歌、前缓声歌、枯鱼过河泣、上留田行、古诗为焦仲卿妻作、猛虎行、古八变歌等	感叹人生、描摹社会、讥讽世事等内容

分析上述歌诗作品，我们会发现它们与那些不入乐的诗歌有几点明显的不同：

第一，从作者群体来看，与那些不入乐的诵诗大都是文人士大夫所作正好相反，这些有主名的歌诗中，除了少数的几首之外，大都是汉代帝王和宫廷妇人所作，从这里我们可以看出作者队伍的明显区分，这似乎不是一种偶然现象。在这些汉代帝王的歌诗中，又以楚歌占主要形式。这些楚歌得以保存，除了高祖唐山夫人所作的《安世房中歌》十七章之外，其他诗篇在很大程度上是因为其内容和当时宫廷内部的斗争有关，所以在《史记》《汉书》等史书记载下来，这是它们的幸运。从另一角度考虑，这也提示我们：在汉代歌诗的艺术生产和消费中，有一个特殊的运作系统，汉代的帝王们享有歌诗消费的最大特权，汉代朝廷的乐府机构基本上是为他们服务的，他们也占有了最主要的艺术生产的物质和人才资源，只有他们才有可能把自己所作的歌诗随时拿来配乐演唱。而且，这些歌诗，基本上都是楚歌，这说明楚歌传统在宫廷里是一种具有特殊地位的歌曲表演形式。其次则是四言体歌诗，它们是一种传统的歌诗形式，用来表达比较严肃的内容，城阳王刘章的四言歌诗与政治斗争有关，另外三首诗则是外国颂美歌曲的译作。

第二，其余几首以五言和杂言形式所写作的有主名的歌诗作品，从内容上看与文人的诵诗的内容有相一致之处，如杨恽、马援、梁鸿的三首歌诗作品。但是值得注意的是，在仅存的几首文人有主名歌诗中，却出现了如张衡的《同声歌》、辛延年的《羽林郎》和宋子侯的《董娇饶》这样表现世俗之情的作品，还有李延年的《北方有佳人》这样的歌诗。而且，这几首歌诗作品无一例外的都是五言诗。这从另一个侧面告诉我们，汉代文人五言歌诗的产生，最早是与世俗化的情感表达与娱乐有直接关系的。

第三，我们再来看那些保存下来的汉代无名氏的乐府歌诗作品，就会发现这里面有两个突出的特点：其一是这些歌诗除了《郊祀歌》十九章之外，从内容上看基本上都是表现社会各种世俗生活、抒写各种世俗之情的。其二是这些歌诗所用的形式基本上都是杂言体和五言体，除了琴曲歌辞之外，基本上没有楚歌体和四言体。

总之，从以上诗歌的分类比较中我们可以明显地看出，汉人虽然对于这些诗歌文体以及其功能未作出明确的界说，或者说没有留下相关的文字，但是在实际应用中已经把演唱的歌诗与赋诵类的诗歌作了比较明确的区分，把它们看作是两种不同种类的艺术，它们所承担的功能是大不一样的，参与者的社会身份也是大不一样的。骚体赋和四言诗等传统的诗歌形式是文人们用来表达他们思想情感的，而楚歌和乐府除了在国家的宗教礼仪中使用之外，最大的功能就是供汉代的统治者以及社会各阶层娱乐所用。因此，我们在研究汉代诗歌的时候，不仅要注意不同的作者群体的情感表达和内容的不同，还要注意他们所使用的文体的不同以及各种文体的功能的不同。

由于汉人对于赋诵类的诗歌与可以歌唱的歌诗的文体功能有不同的态度，这两种类型的诗歌的发展也各自走了一条不同的道路，体现出不同的发展轨迹。

先说赋诵类的诗歌。由于这种类型的诗歌形式基本上继承的是《诗经》体和《楚辞》体，作者大都是汉代社会的文人，他们也自觉地继承了诗骚精神，并把它贯彻在自己的诗骚体诗歌的写作当中。特别是在西汉时代，现存的此类诗歌中，除了传为班婕妤的《怨诗》为五言之外，文人的赋诵类诗歌都采用诗骚体。同时，由于诗骚体的形式已经基本固定，所以我们看到，这两种诗歌形式在整个汉代的发展变化不大。到了东汉，文人五言诗才开始逐渐增多。由于现存的汉代文人五言诗数量有限，我们目前还不能对这一类文体的发展过程作出更详细的描述。不过，在这里我们还是要注意以下三点：

第一，由于汉代文人们的抒情都是通过诗骚体来完成的，特别是骚体赋的写作，是汉代文人们抒写个人情怀的重要方面，所以我们不能把这些作品排除在汉代诗歌史之外。如果排除了这些作品，那么对整个汉代诗歌史的描述就是不全面的。在当代学人对汉代诗歌的观照中，由于大多数人都取狭义的汉诗概念，把骚体赋排除在外，所以他们往往得出汉人文人缺少诗情的结论，如有人说："汉代乃是诗思消歇的一个时代"，"那时文人的歌咏是没有力量的"，"《诗经》以后四百年左右的汉代，正是中国诗坛中衰和落寞的时代。"① 显然，这是对汉代文人的一种误解，是对汉代诗歌的一种误解，也是对中国诗歌发展史的一种错误看法。

第二，由于西汉末年与东汉末年的两次浩劫，两汉文人的抒情之作留下来的很少，但是我们不能由此否定汉代文人的诗歌创作不够丰富。其实，由于汉代的文人们是把赋当作诗之一体来认识来使用的，所以从广义的诗歌范畴来讲，包括散体赋在内的全部赋体文学都是体现汉代文人诗歌创作繁荣的重要组成部分，这里面既有大量的铺陈咏物之作，颂美歌功之作，又有大量的抒情言志之作。这些作品在西汉成帝时就已经辑录了一千多篇；到了东汉，虽然没有数量上的记载，但是从班固、张衡等人对赋体文学的热衷和大量的写作推知，其数量也不会少。更何况，东汉的文人们已经非常热衷于写诗，仅就范晔《后汉书·文苑列传》所记，杜笃、王隆、史岑、夏恭、夏牙、傅毅、黄香、李尤、李胜、苏顺、曹众、曹朔、刘珍、葛龚、王逸、王延寿、崔琦、边韶、张升、赵壹、边让、郦炎、高彪、张超、祢衡等二十六人，皆曾有诗赋之作。其中王逸一人，就曾经"作汉诗百二十三篇"。② 可见汉代文人诗的创作是很繁荣的。

第三，考察汉代赋诵类的文人诗歌，我们不能排除汉代文人五言诗。综合汉代各类诗歌文体的发展来看，所谓西汉时代枚乘与李陵苏武都曾经做过五言诗的传说并不太可信。因为从现有的材料来看，五言诗作为一种新的诗体，它最初是出现在汉代的歌诗里面的，而不是出现在

---

① 郑振铎：《中国俗文学史》，作家出版社 1954 年版，第 46 页；余冠英：《汉魏六朝诗论丛》，上海古典文学出版社 1956 年版，第 14 页；杨生枝：《乐府诗史》，青海人民出版社 1985 年版，第 2 页。

② 范晔：《后汉书》，中华书局 1965 年版，第 2595—2663 页。

诵诗当中的。从汉初高祖戚夫人的《春歌》到李延年的《北方有佳人》，再到汉成帝时流传的《长安为尹赏歌》《黄雀谣》，同时还有几首可以认定为西汉时期的五言乐府诗来看，现存的比较早的五言诗都是可以歌唱的歌诗。因此我认为，在西汉时代文人写作五言诗的可能性是极小的。可是到了东汉以后，情况发生了很大变化。五言诗逐渐从乐府中脱离出来而成为文人们用于抒情的诗体。这种抒情体被文人们比较广泛地使用，以班固的《咏史诗》为标志，大致应该在东汉前期。① 所以，如果从文体兴衰的角度来看文人诗的发展，那么基本上可以把东汉时期看作是文人诗歌从诗骚体为主逐步转向以五言诗为主的时期，同时也是把五言歌诗逐步转向诵诗的时期。也正因为这样，从文体功能上讲，最初的文人五言诗与诗骚体还是有所区别，诗骚体多抒发文人比较严肃的政治情怀，而五言诗更多的抒写的是文人的世俗情感。这一点，在以《古诗十九首》为代表的文人五言诗与骚体抒情诗的比较中可以看得非常清楚。

再说歌诗类的作品。这一类诗篇大致相当于后人所认定的狭义的汉诗。不过，因为这一类诗歌都是可以歌唱的，所以它与后人所说的狭义的诗歌颇有不同，我们必须结合歌唱的特点来进行研讨。

与赋诵类的作品所不同的是，这一类诗歌在汉代有比较明显的大的发展变化。从时间顺序上讲，汉代最早流行的歌诗是楚歌。汉高祖出身于楚地，爱楚声，汉初帝王们也都钟爱楚歌，流行于此时的歌诗体式也以楚歌为主，包括汉初高祖唐山夫人所做的《安世房中歌》，也是楚声，可见，楚声对汉初歌诗尤其是对宫廷歌诗有巨大影响。这种影响一直延续到东汉后期，汉灵帝刘宏的《招商歌》、汉少帝刘辩的《悲歌》以及唐姬《起舞歌》都是楚歌体，楚歌在两汉宫廷中具有特殊重要的地位。不过在汉初的歌诗当中也有一些新变，例如高祖戚夫人所作的《春歌》

---

① 按：本文在这里只是概括性的论述，详细的考证见后面专题，同时可看赵敏俐《论班固的〈咏史诗〉与文人五言诗发展成熟问题》，《北方论丛》1994 年第 1 期。

属于五言形式，另有传为此时所做的《薤露》和《蒿里》属杂言诗作。①

从汉武帝时代开始，歌诗体式发生了重要变化。这种变化以《郊祀歌》十九章、《鼓吹铙歌》十八曲和《北方有佳人》为标志，预示着自战国以来以娱乐为主的新声逐渐代替了传统雅乐而成为主导汉代歌诗的新的样式。这其中，李延年的《北方有佳人》具有一定的代表性。它由当时著名的音乐家李延年所作，属于"新声变曲"，它的诗体也是完全不同于诗骚体的新形式，即五言的形式。汉武帝利用李延年为新的《郊祀歌》配乐，也使汉代的宗庙音乐融入了新声俗乐的风格，并促使其诗体发生了重大变化。《郊祀歌》十九章产生于武帝时期，并非一时之作，前后相差几十年，其中的早期乐歌以四言和骚体为主，可是到了后期，则融入了五言和杂言。至于在异族音乐影响下产生于武、宣之世的《鼓吹铙歌》十八曲，则完全变成了以杂言为主的形式。这种情况说明，自春秋战国以来所谓雅乐与郑声、古乐与新声之间的抗争，以"新声变曲"的胜利而结束，促进这一变革的发生则是汉帝国的统一强盛和社会经济的繁荣，同时，多民族文化的融合也为新诗体的产生注入了新的活力。

武宣之世是俗乐歌诗兴盛的时期，以后虽然经过汉哀帝的罢乐府到东汉乐府机构的改革，以新声俗乐为标志的汉代歌诗却再也没有回到汉初的老路上去，而是沿着这条新的路线继续发展。在这一发展过程中，相和歌诗的产生具有重要的意义。从历史记载看，相和本是一种古老的演唱方式，早在先秦时代就已经出现，它基本上包括人声相和、人与乐器相和两种形式，可是到了汉代，却由此发展出一种新的音乐歌诗表演形式。起初是"最先一人唱，三人和"的"但歌"，接着发展为"丝竹更相和，执节者歌"的相和曲，进而发展为以清调曲、平调曲、

---

① 崔豹：《古今注》："《薤露》《蒿里》，并丧歌也。本出田横门人，横自杀，门人伤之，为作慧歌。言人命奄忽，如薤露之露易晞灭也。亦谓人死魂魄归乎蒿里。至汉武帝时，李延年乃分为二曲，《薤露》送王公贵人，《蒿里》送士大夫庶人。使挽枢者歌之，亦谓之挽歌。"可见此二诗作于汉初，大概后来又经过李延年润色。

瑟调曲、楚调曲、大曲等为代表的各种复杂的表演形式。从现有相和歌诗文本进行考察，我们同时还会发现，在西汉时代，大体上是相和曲为主的时代，而到了东汉以后，则是相和诸调曲大发展的时期，正是这些相和歌诗，代表了汉代乐府诗的最高成就。在这期间，无名氏的乐人为汉代歌诗的发展作出了不可磨灭的贡献。与此同时，到了东汉以后，文人们参与乐府诗的制作逐渐增多，出现了许多文人的乐府诗作，如张衡的《同声歌》、宋子侯的《董娇娆》、辛延年的《羽林郎》以及乐府中的一些无主名的歌诗如《君子行》《满歌行》等。这说明，以五言与杂言为主的乐府歌诗不仅成为汉代歌诗的主要诗体，也开始对汉代文人的诵诗产生重要影响。以《古诗十九首》为代表的文人五言诗，正是从五言汉乐府歌诗中流变出来的。

以上是本文对汉代歌诗体式的流变与功能分化问题所做的简要描述。从这一描述中可以看出，在汉代诗歌发展史上，赋诵体与歌诗体是两大基本类型。这二者之间虽然也有一定的交叉关系和互相影响，但是总的来说，二者朝着两个不同的方向发展，各有鲜明的文体特征，承担着不同的艺术功能，也有着不同的生产与消费群体。赋诵类的诗歌主要承载着汉代文人们的抒情功能，其主要的生产者与消费者都是当时的文人；而歌诗类作品主要承载着汉代宫廷贵族和社会各阶层的观赏与娱乐，其主要的生产者是汉代社会的歌舞艺术人才，主要的消费者则是宫廷贵族。前者与文人阶层在汉代的出现有直接关系，后者则与汉代社会的歌舞娱乐风气的兴盛密不可分。因此，在汉代诗歌研究当中，我们不但要兼顾到歌诗与诵诗两大基本类型，而且要充分关注这两种不同类型的诗歌所承担的不同的艺术功能和不同的艺术生产与消费群体，只有如此，我们才能对汉代诗歌的各类文体有一个全面的把握，对汉代以后诗歌的各类文体，我们也应该作如是观。

本文原载于《首都师范大学学报》2007 年第 6 期，人大报刊复印资料《中国古代近代文学研究》2008 年第 4 期全文转载

读书仕进与精思著文

——论汉代官僚士大夫与文人文学之关系

在中国文学史上，文人占有重要地位。这不仅仅是因为他们传世的作品数量最多，艺术水平最高，而且还因为文人文学代表着中国古典文学的审美传统与发展方向。值得注意的是，中国古代的文人文学虽然极为发达，但是基本上并不存在专以写作为职业的文人作家群体。中国封建社会文人的基本身份是官僚士大夫或者是没有进入官僚阶层的儒家知识分子，读书仕进、辅政安民是他们的人生追求，他们从来都不以文学创作为终极目的。从这一点来讲，文学创作只是他们的余事或者说是副业。但是，他们又是那样的热情投入写作，以致形成一个优良的传统，成为中国文学中最为亮丽的一道风景。那么，在中国古代的文学发展中这种现象是从什么时候出现的？我们如何认识中国古代的这些"文人"？他们的读书仕进之路与精思著文之间到底是一个什么关系？我们如何认识中国古代文人文学的本质，这就是本文所要讨论的内容。

一、汉初儒生的不遇与选士制度的变迁

通过读书——仕进而成为官僚士大夫，这是自汉代以来形成的重

要的中国文化传统。而作为读书人主体的儒生群体的产生，其远源最早可以追溯到先秦社会的"士"。"士"在周代社会的基本身份是各级贵族，他们从小就要受到很好的贵族教育，文武兼修，长大后通过世袭的方式参与政治。① 到了春秋后期，秉承上古诗书礼乐文化传统的"文士"崛起，成为中国古代的知识阶层，他们以"体道"为己任，以"三不朽"为自己的人生理想，以积极参与国家政治为实践的要务。战国时代的大变革给他们提供了最好的实现人生理想的社会舞台，百家争鸣的学术环境张扬了他们的思想与个性。② 但是，接下来的中国历史却发生了重大转折，秦始皇统一中国，焚书坑儒，废儒家"王道之治"而崇尚法家的"霸道"，奖励军功，以吏为师，崇尚实用，建立了一套新的选官制度。以读书为主的儒生群体，在秦代社会的政治制度中受到了严重的排斥。

汉承秦制，汉初的儒生们步入仕途的这一道路也充满了坎坷。《汉书·百官公卿表》："秦兼天下，建皇帝之号，立百官之职。汉因循而不革，明简易，随时宜也。"③《汉书·高帝纪下》："初，高祖不修文学，而性明达，好谋，能听，自监门戍卒，见之如旧。初顺民心作三章之约。天下既定，命萧何次律令，韩信申军法，张苍定章程，叔孙通制礼仪，陆贾造《新语》。又与功臣剖符作誓，丹书铁契，金匮石室，藏之宗庙。

---

① 关于西周时代"士"的身份，顾颉刚认为主要是指下层贵族，而且最早的"士"当以习武为主，以后才有文士的兴起，详见顾颉刚《武士与文士之蜕化》，《史林杂识初编》，中华书局1963年版。不过根据本人对先秦文献和文化的理解，我认为西周时代的"士"应该指各级贵族。其教育方式是文武兼修的，此即所谓"六艺"（礼、乐、射、御、书、术）之教。《礼记·王制》："乐正崇四术，立四教。顺先王诗、书、礼、乐以造士，春秋教以礼、乐，冬夏教以诗、书。"观《诗经》《春秋》《左传》等先秦文献，可知那时的贵族有很高的文化修养。

② 按：关于士阶层的产生与发展，余英时有两篇重要的论述：《古代知识阶层的兴起与发展》《道统与政统之间——中国知识分子的原始形态》，载《士与中国文化》，上海人民出版社1987年版。

③ 班固：《汉书·百官公卿表》，中华书局1962年版，第722页。

虽日不暇给，规摹弘远矣。"①可见，在汉高祖刘邦建国之初，当务之急是稳定社会秩序。次律令、申军法、定章程、明礼仪、安抚功臣，都是为了使国家尽快地稳定。在政治制度的建设上延用秦制，"明简易，随时宜"，的确是明智的选择。而汉高祖本身不好"文学"，瞧不起儒生，在用人政策上更强调实用。丞相萧何本是秦代文吏出身，有很强的管理能力。选拔文吏从事各级政府的管理，也符合当时的社会实际。《汉书·艺文志》："汉兴，萧何草律，亦著其法，曰：'太史试学童，能讽书九千字以上，乃得为史。又以六体试之，课最者以为尚书、御史、史书令史。'"②汉惠帝以后到文、景之世，虽然社会已经安定，但是几任皇帝仍然不喜欢儒术。《史记·儒林列传》："孝惠、吕后时，公卿皆武力有功之臣。孝文时颇征用，然孝文帝本好刑名之言。及至孝景，不任儒者，而窦太后又好黄老之术，故诸博士具官待问，未有进者。"③可见，纯粹的儒生在汉初是得不到重用的。

儒生在汉初得不到重用，与他们本身管理能力缺乏也有很大的关系。"夫儒者以六蓺为法。六蓺经传以千万数，累世不能通其学，当年不能究其礼，故曰'博而寡要，劳而少功'。"④儒者以学习六经为主，以传承文化知识为己任，因而，他们很难承担起治理国家的重任。对于儒生的这一弱点，王充在《论衡·超奇篇》中有生动的描述："著书之人，博览多闻，学问习熟，则能推类兴文。文由外而兴，未必实才学文相副也。且浅意于华叶之言，无根核之深，不见大道体要，故立功者希。安危之际，文人不与，无能建功之验，徒能笔说之效也。"⑤典型例子是汉武帝时期的博士狄山，《史记·酷吏列传》中曾记载了这样一个

---

① 班固：《汉书·高帝纪下》，中华书局 1962 年版，第 80—81 页。
② 班固：《汉书·艺文志》，中华书局 1962 年版，第 1720—1721 页
③ 司马迁：《史记·儒林列传》，中华书局 2014 年版，第 3787—3788 页。
④ 司马迁：《史记·太史公自序》，中华书局 2014 年版，第 3995 页。
⑤ 黄晖撰：《论衡校释》，中华书局 1990 年版，第 610—611 页。

故事：

> 匈奴来请和亲，群臣议上前。博士狄山曰："和亲便。"上问其便，山曰："兵者凶器，未易数动。高帝欲伐匈奴，大困平城，乃遂结和亲。孝惠、高后时，天下安乐。及孝文帝欲事匈奴，北边萧然苦兵矣。孝景时，吴楚七国反，景帝往来两宫间，寒心者数月。吴楚已破，竟景帝不言兵，天下富实。今自陛下举兵击匈奴，中国以空虚，边民大困贫。由此观之，不如和亲。"上问汤，汤曰："此愚儒，无知。"狄山曰："臣固愚忠，若御史大夫汤乃诈忠。若汤之治淮南、江都，以深文痛诋诸侯，别疏骨肉，使蕃臣不自安。臣固知汤之为诈忠。"于是上作色曰："吾使生居一郡，能无使虏入盗乎？"曰："不能。"曰："居一县？"对曰："不能。"复曰："居一障间？"山自度辩穷且下吏，曰："能。"于是上遣山乘鄣。至月余，匈奴斩山头而去。自是以后，群臣震慑。①

博士狄山在汉武帝面前议论横生，引述历史，陈述和亲之利，不能说没有道理。但是他显得过于迂腐，既不能揣摩人主之意，还要说汉武帝宠臣张汤的坏话。而张汤对诸侯王所作所为，其实正是秉承汉武帝旨意的。于是惹怒了汉武帝，发配他去守卫一个城堡。②一个手无缚鸡之力的儒生，何以能做这样的事情？不到一个月，狄山的脑袋就被匈奴砍掉了。此正所谓"安危之际，文人不与，无能建功之验，徒能笔说之效也。"这个例子虽然有点极端，但是汉初儒生缺乏社会实践能力却是不争的事实。

促进汉代社会重视儒生的客观条件，首先是整个社会对儒家思想

---

① 司马迁：《史记·酷吏列传》，中华书局 1990 年版，第 3813—3814 页。

② "居一鄣间"：颜师古注："鄣，谓塞上要险之处，别筑为城，因置吏士而为鄣蔽以捍捏寇也。"《史记·白起王翦列传》："陷赵军，取二鄣四尉。"司马贞索引："鄣，堡也。"

文化的要求。汉初统治者推行黄老之术，以吏为师，虽然有利于社会的稳定和经济的发展，但是也潜藏着巨大的矛盾。汉武帝即位之时，这些矛盾进一步增强，诸侯王的图谋不轨、豪党之徒的武断乡曲、公卿大夫的奢侈豪华与广大农民的破产，构成了社会的极不稳定因素。与此同时，汉王朝内部却缺少一种统一人心的治国理论，从上到下都面临着深刻的思想危机。以无为而治为精髓的黄老思想在这方面显得无能为力，唯功利是求的法家政治本身更是对人文道德的破坏。在汉帝国走向强盛的同时，必须要整治人心，以维护帝国事业的向前发展。汉武帝对此有深刻认识，就在他即位当年，首先就听从丞相卫绾的建议，在朝廷举荐人才中摒弃了法家与纵横家。"建元元年冬十月，诏丞相、御史、列侯、中二千石、二千石、诸侯相举贤良方正直言极谏之士。丞相绾奏：'所举贤良，或治申、商、韩非、苏秦、张仪之言，乱国政，请皆罢。'奏可。"① 五年后窦太后崩，第六年（元光元年）汉武帝就下《策贤良制》，征询"何行而可以章先帝之洪业休德，上参尧、舜，下配三王"② 的大计。这一向封建帝国社会重新提供思想库的重任，自然就落在了儒家学者的身上，于是有董仲舒的《天人三策》出。董仲舒认为，这就要"承天意而从事"，"任德教而不任刑"。周任德政，"行五六百岁尚未败也"，秦任刑法，"故立为天子十四岁而国破亡矣"。汉承秦弊而起，秦代遗毒至今还在，这就犹如朽木粪墙一样，已不可雕抹。琴瑟不调，就必须更张，才可弹奏；为政不行，就必须更化，才能治理。当更张而不更张，虽有乐师也不能弹奏出好乐曲；当更化而不更化，虽有贤人也不能治好国家。"故自汉得天下以来，常欲善治而至今不可善治者，失之于当更化而不更化也"。那么，如何才能更化呢？董仲舒根据儒家的理论提出了一系列的主张，其中主要有以下几点：一是要"明尊卑，异贵贱，而

---

① 班固：《汉书·武帝纪》，第 155—156 页。
② 班固：《汉书·武帝纪》，第 161 页。

劝有德"，要做到这一点，就要按《春秋》受命之制一样，先来"改正朔，易服色，所以应天"；二是要对百姓进行教化，让他们"少则习之学，长则材诸位，爵禄以养其德，刑罚以威其恶，故民晓于礼谊而耻犯其上"。要教民就要养士求贤。养士求贤的关键是兴学。因为学校是教化之本，是培养贤人的场所；三是改变以往多从郎中、中郎和吏二千石子弟中选官的办法，而应该举贤授能，"量材而授官，录德而定位"。要做到以上几点，当务之急就是要统一思想，"罢黜百家，独尊儒术"。① 董仲舒的理论具有很强的系统性，他指出了汉承秦政所带来的最根本的弊病，即任刑不任德的结果，使整个社会缺少正确价值观念的引导，长此以往必然会使社会肌体腐烂，最终导致国家的灭亡。他希望在现有的封建制度基础上加强社会道德秩序的建设，包括兴学教民，改变官吏选拔的办法。这从理论上解决了大汉治国必须要用儒学来整治人心，必须要用儒家贤人来管理社会的问题。它适应了汉帝国政治发展的需要，因而得到了汉武帝的赏识。

如果说，董仲舒的《天人三策》是汉武帝实行一系列改革的理论指导，那么，汉武帝从即位以来就重用儒生的策略则推动了这一新的官僚选拔制度的实现。《汉书·儒林传》："及窦太后崩，武安君田蚡为丞相，黜黄老、刑名百家之言，延文学儒者以百数，而公孙弘以治《春秋》为丞相，封侯，天下学士靡然乡风矣。"② 这其中，公孙弘的作用尤为重要。

公孙弘是自汉兴以来第一位以儒家学者的身份登上丞相高位的人，他少年时曾为狱吏，年过四十余才开始学习《春秋》，六十岁以贤良征为博士。当时对策者百余人，汉武帝对他最为赏识，"擢弘对为第一"。以后为内史多年，再迁为御史大夫、"元朔中，代薛泽为丞相"。在公孙弘为博士期间，曾上书汉武帝，提出兴办儒学，培养人才，并建议多用

---

① 详见班固《汉书·武帝纪》和《董仲舒传》。
② 班固：《汉书·儒林传》，第 3593 页。

儒生中的高第者承担国家中的重要职位，由此在汉代选拔人才的方向上产生了重要影响。《汉书·儒林传》对此有详细记载：

> 弘为学官，悼道之郁滞，乃请曰："丞相、御史言：制曰'盖闻导民以礼，风之以乐。婚姻者，居室之大伦也。今礼废乐崩，朕甚愍焉，故详延天下方闻之士，咸登诸朝。其令礼官劝学，讲议洽闻，举遗兴礼，以为天下先。太常议，予博士弟子，崇乡里之化，以厉贤材焉。'谨与太常臧、博士平等议，曰：闻三代之道，乡里有教，夏曰校，殷曰庠，周曰序。其劝善也，显之朝廷；其惩恶也，加之刑罚。故教化之行也，建首善自京师始，由内及外。今陛下昭至德，开大明，配天地，本人伦，劝学兴礼，崇化厉贤，以风四方，太平之原也。古者政教未洽，不备其礼，请因旧官而兴焉。为博士官置弟子五十人，复其身。太常择民年十八以上仪状端正者，补博士弟子。郡国县官有好文学、敬长上、肃政教、顺乡里、出入不悖，所闻，令、相、长、丞上属所二千石。二千石谨察可者，常与计偕，诣太常，得受业如弟子。一岁皆辄课，能通一艺以上，补文学掌故缺；其高第可以为郎中，太常籍奏。即有秀才异等，辄以名闻。其不事学若下材，及不能通一艺，辄罢之，而请诸能称者。臣谨案诏书律令下者，明天人分际，通古今之谊，文章尔雅，训辞深厚，恩施甚美。小吏浅闻，弗能究宣，亡以明布谕下。以治礼掌故以文学礼义为官，迁留滞。请选择其秩比二百石以上及吏百石通一艺以上补左右内史、太行卒史，比百石以下补郡太守卒史，皆各二人，边郡一人。先用诵多者，不足，择掌故以补中二千石属，文学掌故补郡属，备员。请著功令。它如律令。"制曰："可。"自此以来，公卿大夫士吏彬彬多文学之士矣。①

---

① 班固：《汉书·儒林传》，第3593—3596页。

从这段长文中我们可以发现重要几点：第一，建议汉武帝在京师立太学，招收博士弟子，郡国县官也有推荐之责。第二，一年之后经过考核，成绩优秀，能通一艺者可以重用，成绩差者淘汰。第三，在低层官吏向上升迁的过程中，将是否通达儒学看成一个重要的条件。公孙弘的建议得到了汉武帝的同意，元朔五年夏六月，诏曰："盖闻导民以礼，风之以乐。今礼坏乐崩，朕甚闵焉。故详延天下方闻之士，咸荐诸朝。其令礼官劝学，讲议洽闻，举遗兴礼，以为天下先。太常其议予博士弟子，崇乡党之化，以厉贤材焉。"① 这也意味着自汉武帝开始，汉代官吏的选拔政策有了重大改革，儒生们从此有了一条名正言顺地通过读书而仕进的道路。汉武帝以后，博士弟子逐渐增多，"昭帝时举贤良文学，增博士弟子员满百人，宣帝末增倍之。元帝好儒，能通一经者皆复。数年，以用度不足，更为设员千人，郡国置《五经》百石卒史。成帝末，或言孔子布衣养徒三千人，今天子太学弟子少，于是增弟子员三千人。岁余，复如故。"② "自武帝立《五经》博士，开弟子员，设科射策，劝以官禄，讫于元始，百有余年，传业者浸盛，支叶蕃滋，一经说至百余万言，大师众至千余人，盖禄利之路然也。"③ 当代学人论述汉代经学之兴盛，其关注点往往只是今古文之争，是儒家内部的学派之争。其实推动汉代经学发展的最大动力还是"利禄之途"，各学派之间的话语权争夺最根本的原因还是利益之争，是哪一个经师的阐释更符合选官制度的需要，能培养出更多的各级官吏。经学各派到了不可调和的程度，于是就有了天子的称制临决。西汉宣帝甘露三年的"石渠阁会议"，"诏诸儒讲《五经》同异，太子太傅萧望之等平奏其议，上亲称制临决焉。"④ 东汉章帝建初四年，"下太常，将、大夫、博士、议郎、郎官及诸生、诸

① 班固：《汉书·武帝纪》，第 171—172 页。
② 班固：《汉书·儒林传》，第 3596 页。
③ 班固：《汉书·儒林传》，第 3620 页。
④ 班固：《汉书·宣帝纪》，第 272 页。

儒会白虎观，讲议《五经》同异，使五官中郎将魏应承制问，侍中淳于恭奏，帝亲称制临决，如孝宣甘露石渠故事，作《白虎议奏》。"① 其实质都是通过对儒家经说的规范，使读书仕进之路更为有效。尽管这一读书仕进之路与后世的科举考试还有很大区别，但是它的确改变了以往多从郎中、中郎和吏二千石子弟中选官的办法，从此以后，"公卿大夫士吏彬彬多文学之士矣"。② 从这个意义上讲，延续了近二千年的中国古代社会的"读书仕进"之路，也是从汉武帝时代才真正开始的。

二、儒生的自我改造及其与文吏的融合

汉代儒生读书仕进之路的形成，与汉代儒生的自我改造也是密不可分的。客观上讲，由于先秦的儒生以学习六经，传授知识为主，在秦汉官僚政治社会里是缺少从政的技能与本领的。为了实现他们的政治理想，走向仕途，他们就必须进行自我改造，以适应这个社会的需要。这个改造过程，实际上从汉初就已经开始。当时的几位著名儒生，如陆贾，虽然以儒者自居，但是他的思想中带有明显的法家意识和道家倾向，其《新语》一书多讲治国之要道，其行为也颇有些道家风范，所以，陆贾本身就不是纯粹的儒者。叔孙通本为秦博士，楚汉战争时投奔项羽，以后又投靠刘邦，为刘邦制定礼仪制度，因而得到刘邦的重用。但是他的这些所作所为，已经超出了一个儒者的范畴，其行为颇为当时的儒生鄙视。可是，就是这个叔孙通，为汉代政治制度的建设立了大功，在刘邦废立太子的大事上也提出了重要建议并为刘邦所接受。所以司马迁对他评价颇高，认为他"希世度务制礼，进退与时变化，卒为汉

---

① 范晔：《后汉书·肃宗孝章帝纪》，中华书局 1965 年版，第 138 页。
② 班固：《汉书·儒林传》，第 3596 页。

家儒宗。"① 汉文帝时儒家出身的贾谊，关心国政、议论纵横，其很多政治主张，也早就超出了儒家学派的界域。晁错也算一位曾修习过儒家经典的人，做过博士官，位至御史大夫。但晁错更喜好的还是申商刑名之学，不能算是纯儒。公孙弘的经历也很能说明这一点。当他第一次以贤良征为博士之时，还是一个比较迂腐的儒生，因为出使匈奴而不合武帝之意而受到贬斥，武帝"怒，以为不能"。等到第二次被征召为博士之后，聪明的公孙弘就变了，其发议论时既能谈出自己的见解，但是又不固执己见，"每朝会议，开陈其端，使人主自择，不肯面折庭争。于是上察其行慎厚，辩论有余，习文法吏事，缘饰以儒术，上说（悦）之，一岁中至左内史。"② 汉武帝为儒生们开启了一条通向仕途之路，这在中国政治和文化史上都是一件大事，这为儒生们实现自己的治世理想创造了条件，同时也对他们提出了新的要求。儒生们往往从书本出发，把现实社会理想化，其处世或议论常不免宏阔迂腐；而统治者则需要的是务实的治国人才。因此，一个儒生如何才能把自己通过经书学习而得的文化知识变成政治智慧，是对他们的一个严峻考验。《汉书·循吏传》说："孝武之世，外攘四夷，内改法度，民用凋敝，奸轨不禁。时少能以化治称者，惟江都相董仲舒、内史公孙弘、倪宽，居官可纪。三人皆儒者，通于世务，明习文法，以经术润饰吏治，天子器之。"③ 可见，汉武帝在当时虽号称重儒，所重视的也不是那些腐儒，而是像董仲舒、公孙弘、倪宽那样"通于世务，明习文法，以经术润饰吏治"的儒家。

儒生们通过自我改造，在汉初政坛上谋得一席之地，必然打破政坛原有格局。汉承秦制，汉初国家的各级官员均以文吏为主，儒生步入政坛以后，引起这两个群体之间的巨大冲突。

儒生和文吏在汉初属于两个不同的社会群体，二者之间有着严格

---

① 司马迁：《史记·叔孙通列传》，第 3301 页。
② 班固：《汉书·公孙弘传》，第 2618 页。
③ 班固：《汉书·循吏传》，第 3623—3624 页。

的区别。儒生有时候可以称之为"文学"，而文吏之俗称则为"刀笔吏"。如《史记·张丞相列传》载高祖时，赵尧年少，为符玺御史。周昌笑曰："尧年少，刀笔吏耳。"贾谊在《陈政事疏》中说："夫移风易俗，使天下回心而向道，类非俗吏之所能为也。俗吏之所务，在于刀笔筐箧，而不知大体。"① 周寿昌《汉书注校补》："刀笔以治文书，筐箧以贮财币，言俗吏所务在科条征敛也。"② 文吏虽然也要有一定的文化知识，但是他们并不以宣传文化为己任，也不把自己视为文化的承载者，他们所关心的，只是如何执行自己的官僚职能而已。

文吏们接受的教育，也与儒生有别。他们从小所学的不是经书，而是文字记录法律条文以及做吏的职责等，"欲进入吏途，则都是必先有一个学吏的过程的，不论通过官学或私学，或向正式吏员去做学徒，总是先取得做吏的业务能力与资格，然后再结合长吏的辟置而进入吏途，故汉有'文吏之学'产生。"③ 这些文吏在政治上的升迁，主要看他们的业务能力和任职年限。而汉代的许多大臣，也是从地方官吏步步升迁上来的。如赵禹以佐史补中都官用廉为令史，尹齐以刀笔吏稍迁至御史，尹赏以郡吏察廉为楼烦长，龚胜为郡吏，病去官，征为谏大夫，王䜣以郡县吏积功，稍迁为被阳令，丙吉为鲁狱史，积功劳，稍迁廷尉右监，于定国为狱史，郡决曹，补廷尉史。④

因为文吏是汉初官吏的主体，儒生步入仕途就会对他们造成很大的影响，所以那时这两个群体之间的矛盾是很大的。由于他们出身不同，教养不同，在政治上的看法也不同，互相间又有比较大的利益冲突，发生争论是必然的。这种争论一直持续到东汉还没有结束。王充在

① 班固：《汉书·贾谊传》，第 2245 页。
② 周寿昌：《汉书注校补》，《两汉书订补文献汇编》第 1 册，北京图书馆出版社 2004 年版，第 831 页。
③ 阎步克《士大夫政治演生史稿》引张金光语，北京大学出版社 1996 年版，第 17 页。
④ 此处可参看徐天麟《西汉会要·选举下》，上海人民出版社 1977 年版，第 529—530 页。

《论衡·程材》中对此曾有较好的辨析。他说：

> 论者多谓儒生不及彼文吏，见文吏利便，而儒生陆落，则诋誉儒生以为浅短，称誉文吏谓之深长，是不知儒生，亦不知文吏也。儒生、文吏皆有材智，非文吏材高而儒生智下也。文吏更事，儒生不习也。谓文吏更事，儒生不习，可也；谓文吏深长，儒生浅短，知妄矣。
>
> 世俗共短儒生，儒生之徒，亦自相少。何则？并好学仕官，用吏为绳表也。儒生有阙，俗共短之；文吏有过，俗不敢誉。非归于儒生，付是于文吏也。
>
> 文吏以事胜，以忠负；儒生以节优，以职劣。二者长短，各有所宜。
>
> 然则儒生所学者，道也；文吏所学者，事也。假使材同，当与道学……儒生治本，文吏理末，道本与事末比，定尊卑之高下，可得程矣。①

由王充所论我们可知，即便是在东汉，世俗仍有轻儒生而高文吏的习气。王充为此而为儒生抱不平，他认为儒生所治为本，文吏所事为末。王充虽有偏袒儒生之意，但在客观上也说明，儒生在事功方面确有不如文吏之处，他们在走入仕途中必须要改造自己，在坚持自己的政治理想和道德操守的同时，一定要具有优秀的管理能力。真正由读书出身而在政治上又居高位的优秀官僚，必须是二者的结合。之所以如此，是因为汉代的政治制度从本质上讲并不是纯粹的儒家制度，而是儒法的融合，内儒外法，是"霸王道杂之"。据《宋书·百官下》："汉武帝纳董仲舒之言，元光元年，始令郡国举孝廉，制郡口二十万以上，岁察

① 黄晖：《论衡校释》，中华书局 1990 年版，第 533—535、543 页。

一人；四十万以上，二人；六十万，三人；八十万，四人；百万，五人；百二十万，六人；不满二十万，二岁一人；不满十万，三岁一人。限以四科，一曰德行高妙，志节清白；二曰学通行修，经中博士；三曰明习法令，足以决疑，能案章覆问，文中御史；四曰刚毅多略，遭事不惑，明足决断，材任三辅县令。"① 这四科当中，前两项是对文化修养与道德操守的要求，后两项是对管理才能的考量。事实也是如此，自汉以后的儒生在中国的政治领域之所以占有越来越重要的地位，就是因为他们经过了这样的改造，符合以上四科的要求。可以看出，这一改造的过程也是与文吏融合的过程。拒绝接受这种改造和融合的儒生，不是迂腐之辈，就是狂放之人，他们在仕途上是不可能得意的。

在汉代政治舞台的较量中，经过自我改造的儒生最终打败了文吏。之所以如此，除了汉代社会历史发展的需要之外，文吏们缺少崇高的人文关怀是其最为致命的缺陷。文吏们以商鞅、韩非的法家理论治国，排斥礼义仁爱孝悌等人文道德关怀，严刑峻法，刻薄少恩。这正如《盐铁论·刑德》中"文学"所批评的那样："昔秦法繁于秋荼，而网密于凝脂。然而上下相遁，奸伪萌生，有司法之，若救烂扑焦不能禁；非网疏而罪漏，礼义废而刑罚任也。方今律令百有余篇，文章繁，罪名重，郡国用之疑惑，或浅或深，自吏明习者，不知所处，而况愚民乎！律令尘蠹于栈阁，吏不能遍睹，而况于愚民乎！此断狱所以滋众，而民犯禁也。"在《申韩》中又说："今之所谓良吏者，文察则以祸其民，强力则以厉其下，不本法之所由生，而专己之残心，文诛假法，以陷不辜，累无罪，以子及父，以弟及兄，一人有罪，州里惊骇，十家奔亡，若痈疽之相洿，色淫之相连，一节动而百枝摇。"② 汉代以文吏出名者莫过于张汤，少儿时即显出不凡的吏治才能，官至御史大夫。治法严明，为官清

---

① 沈约：《宋书·百官志下》，中华书局 1974 年版，第 1257—1258 页。

② 桓宽：《盐铁论》，《诸子集成》第八册，上海古籍出版社 1986 年版，第 56、58 页。

廉，断狱无数，甚得汉武帝信任。但即便是张汤这样的人，同样缺少高尚的儒家人文关怀和坚持正义的精神，断狱往往按主上意旨，"所治即上意所欲罪，予监史深祸者；即上意所欲释，与监史轻平者。"至于像王温舒那样的酷吏，没有任何道德操守可言，"温舒为人谄，善事有势者；即无势者，视之如奴。有势家，虽有奸如山，弗犯；无势者，贵戚必侵辱。舞文巧诋下户之猾，以焄大豪。其治中尉如此。奸猾穷治，大抵尽靡烂狱中，行论无出者。"而这样的人竟然"拜为少府。徙为右内史"，在社会上造成了极为恶劣的影响。史称："自温舒等以恶为治，而郡守、都尉、诸侯二千石欲为治者，其治大抵尽放温舒，而吏民益轻犯法，盗贼滋起。"司马迁有感于此而做《酷吏列传》，他虽然肯定了张汤等人的可取之处，所谓"其廉者足以为仪表"，但是更重要的是对这些酷吏的批评，所谓"其污者足以为戒"。而对于那些极为残暴者，"至若蜀守冯当暴挫，广汉李贞擅磔人，东郡弥仆锯项，天水骆璧推咸，河东褚广妄杀，京兆无忌、冯翊殷周蝮鸷，水衡阎奉朴击卖请，何足数哉！何足数哉！"[①] 给予了最为严厉的批判。

由此而反观儒生之从政，其意义不仅仅在于他们经过自我改造后也具备了吏治之才干，而在于他们把儒家的人文关怀渗透到国家的政治管理当中。一个真正优秀的儒家出身的官吏，不仅要使其民能够"安居乐业"，而且还能够做到"移风易俗"，其代表人物就是蜀守文翁。《汉书·循吏传》对此有较详细的记载：

> 文翁，庐江舒人也。少好学，通《春秋》，以郡县吏察举。景帝末，为蜀郡守，仁爱好教化。见蜀地辟陋有蛮夷风，文翁欲诱进之，乃选郡县小吏开敏有材者张叔等十余人亲自饬厉，遣诣京师，受业博士，或学律令。减省少府用度，买刀布蜀物，赍计吏

---

① 以上并见《史记·酷吏列传》，第3803—3832页。

以遗博士。数岁，蜀生皆成就还归，文翁以为右职，用次察举，官有至郡守刺史者。

又修起学官于成都市中，招下县子弟以为学官弟子，为除更徭，高者以补郡县吏，次为孝弟力田。常选学官僮子，使在便坐受事。每出行县，益从学官诸生明经饬行者与俱，使传教令，出入闺阁。县邑吏民见而荣之，数年，争欲为学官弟子，富人至出钱以求之。由是大化，蜀地学于京师者比齐鲁焉。至武帝时，乃令天下郡国皆立学校官，自文翁为之始云。

文翁终于蜀，吏民为立祠堂，岁时祭祀不绝。至今巴蜀好文雅，文翁之化也。[1]

文翁的意义，不仅在于使蜀地人民安居乐业、移风易俗，为汉代树立了一个儒生出身的官吏的正面形象，而且还在于他的事迹从深层次上说明了儒家士大夫政治所以优于法家文吏政治之处。它使得这个社会的官僚体系不是仅仅停留在事功的层面上，而是把儒家的道德伦理观念深深地融注其中，使这个士大夫官僚体系具有了高尚的道德价值取向，从而建立了一个新的道器相通的政治文化模式。按阎步克所说："这种政治文化模式认定，每一个居身上位者相对于其下属，都同时地拥有官长、兄长、师长这三重身份，都同时地具有施治、施爱、施教这三层义务。尊尊、亲亲、贤贤之相维相济，吏道、父道、师道之互渗互补，君、亲、师之三位一体关系，再一次地成为王朝赖以自我调节与整合社会基本维系，并由此造成了一种特殊类型的专制官僚政治——士大夫政治：'君子治国'之政治理想，'士、农、工、商'之分层概念，也就一直维持到了中华帝国的末期。"[2] 其意义之大，自然也是不言而

---

① 班固：《汉书》，第3625—3626页。
② 阎步克：《士大夫政治演生史稿》，北京大学出版社1996年版，第477页。

喻的。

三、汉代文人群体的产生与价值期许

明确了汉代儒生读书仕进之路的形成和儒生与文吏之别，我们再来探讨中国古代"文人"的产生及其在中国文学史上的意义，也就有了明晰的历史认识基础。

从历史文献来看，"文人"这一名称，最早出现于《尚书》和《诗经》。《尚书·文侯之命》里有"追孝于前文人"之语，孔安国传将其解释为"文德之人"。《诗经·大雅·江汉》："告于文人。"《毛传》："文人，文德之人也。"郑玄更进一步将之解释为"有德美见记者"。可见，先秦时期所说的"文人"，指的乃是有德之人，与后世所称的"文人"并不一样。而且，"文人"这一名称，在我们所查找的现存先秦文献中仅此两见，① 可见其使用面很窄。即使是到了现存的西汉诸子与《史记》《汉书》中，也不见"文人"一词的踪影。事实上，较多地使用"文人"这一词汇，并对其身份进行界定的是东汉早期的王充。他在《论衡·超奇篇》中说：

> 通书千篇以上，万卷以下，弘畅雅闲，审定文读，而以教授为人师者，通人也。杼其义旨，损益其文句，而以上书奏记，或兴论立说、结连篇章者，文人鸿儒也。
>
> 故夫能说一经者为儒生，博览古今者为通人，采摄传书以上书奏记者为文人，能精思著文连结篇章者为鸿儒。故儒生过俗人，通人胜儒生，文人逾通人，鸿儒超文人。故夫鸿儒，所谓超而又

---

① 按：以上统计是根据《中国文学史电子史库》查找的结果，不包括近年的出土文献。

超者也。①

王充在这段话里把"儒生""通人""文人""鸿儒"按照其学问大小与写作能力的水平进行排列，具有很深的意味。它说明，在王充的观念或者说在汉人的观念里，文人并不是一般的读书人，也不是专指有知识的人，而是指那些能够"采掇传书以上书奏记者"，他们与"儒生""通人""鸿儒"同属于一个读书人系列，是这个系列中达到较高水平的一个阶段。其最高境界则为鸿儒。那么，何谓鸿儒呢？就是能知"大道体要"、能为国家建功立业之人。他接着说：

> 商鞅相秦，致功于霸，作《耕战》之书。虞卿为赵，决计定说，行退作春秋之思，起城中之议。《耕战》之书，秦堂上之计也。陆贾消吕氏之谋，与《新语》同一意。桓君山易晁错之策，与《新论》共一思。观谷永之陈说，唐林之宜言，刘向之切议，以知为本，笔墨之文，将而送之，岂徒雕文饰辞，苟为华叶之言哉？精诚由中，故其文语感动人深。是故鲁连飞书，燕将自杀；邹阳上疏，梁孝开牢。书疏文义，夺於肝心，非徒博览者所能造，习熟者所能为也。②

可见，在王充的眼里，"文人"和"鸿儒"虽然同属于一类，但是境界之高下却大有不同。用我们今天的话来说，"文人"最多不过是能写那些辞藻华丽而无实用之文章的"文学家"，真正的"鸿儒"则是通过自己的文章才学最终为国家建功立业的人，是商鞅、陆贾、桓谭、刘向、鲁连、邹阳之类的人，他们以文章成就了事功。至于在王充的家乡，则"前世有严夫子，后有吴君商高，末有周长生"，他们也"非徒

---

① 黄晖：《论衡校释》，中华书局 1990 年版，第 606、607 页。

② 黄晖：《论衡校释》，第 611—612 页。

文人，所谓鸿儒者也"。① 可见，"鸿儒"才是王充心目中的人生理想。

王充的这段论述，既表达了他个人的理想，也代表了汉代儒生人生观和价值观的转向。这既是汉代儒生自我改造的结果，也是儒家士大夫政教系统形成以后读书人的必然选择。读书是为了从政，只有从政才能实现自己的社会抱负和人生理想。但是，在汉代还没有形成一个读书人通过科举考试而直接进入官场的条件，援引、举荐还是汉代儒生们进入官僚队伍的主要方式。在这种情况下，儒家读书人要让别人了解自己，便只有"兴论立说、结连篇章"了。这成为汉代儒家读书人向外展示自己的最佳方式，也是他们自我形象的塑造。寄望以文章来表现自己的才学、表达自己的思想，有补于事功，从而被人推荐、援引，进而建立不朽的功名，于是"文人"之名生焉。

由此可见，在这种政治转化的过程中，不管汉代"文人"之文章写作到底有多好，但是"为文"本身并不能成为一个社会职业，也不是"文人"的终极理想，而只是他们个体能力的一种表现而已。哪怕他一生真的靠"文"而成名（如司马相如、司马迁、杨雄、张衡等等），他的社会职业也肯定不是"文人"，"文人"只不过是他在自己的社会职业之外而获得的另外一个特殊称呼罢了。由此我们便回到王充的论述上来，发现他之所以把"鸿儒"当作人生的最高追求，自然也就很好理解了。

正因为王充对"文人"与"鸿儒"有着这样的理解，所以，他瞧不起唐勒、宋玉之流的人物，② 而要向孔子、董仲舒这样的人学习。他

---

① 王充：《论衡·超奇篇》："古昔之远，四方辟匿，文墨之士，难得纪录，且近自以会稽言之，周长生者，文士之雄也，在州，为刺史任安举奏；在郡，为太守孟观上书，事解忧除，州郡无事，二将以全。……长生之才，非徒锐于牒牍也，作《洞历》十篇，上自黄帝，下至汉朝，锋芒毛发之事，莫不纪载，与太史公《表》《纪》相似类也。上通下达，故曰《洞历》。然则长生非徒文人，所谓鸿儒者也。"

② 王充：《论衡·超奇篇》："孔子曰：'文王既没，文不在兹乎！'文王之文在孔子，孔子之文在仲舒。仲舒既死，岂在长生之徒与？何言之卓殊，文之美丽也！唐勒、宋玉，亦楚文人也，竹帛不纪者，屈原在其上也。"第614—615页。

为此确立了作文的原则与理想："孔子曰：'文王既殁，文不在兹乎！'文王之文，传在孔子。孔子为汉制文，传在汉也。受天之文。文人宜遵五经六艺为文，诸子传书为文，造论著说为文，上书奏记为文，文德之操为文。""天文人文，文岂徒调墨弄笔，为美丽之观哉？载人之行，传人之名也。善人愿载，思勉为善；邪人恶载，力自禁裁。然则文人之笔，劝善惩恶也。""《诗》三百，一言以蔽之，曰：'思无邪。'《论衡》篇以十数，亦一言也，曰：'疾虚妄。'"①

　　王充对于"文人"上述的议论，表达了他自己的人生理想，也代表了东汉时代读书人群体的人生理想。但是在实际生活中，汉代的读书人当中却并没有几个人达到了自己的人生最高目标，真正成为"鸿儒"，包括王充本人。大部分人终生仅为一介儒生，能为"通人"者已经很难，进而能成为一位"文人"者自然更是有限了。而且，即便是达到了"文人"的水平，也并非值得夸耀，因为这并不是士大夫的终极人生理想。以此标准来衡量，"文人"有着致命的缺陷，正所谓："著书之人，博览多闻，学问习熟，则能推类兴文。文由外而兴，未必实才学文相副也。且浅意於华叶之言，无根核之深，不见大道体要，故立功者希。安危之际，文人不与，无能建功之验，徒能笔说之效也。"这段话，是王充在《论衡·超奇篇》中作为他要反驳的观点而出现的，像王充这样胸怀大志的"文人"，是决不会甘心于此的，他并不认可社会上给"文人"们所确定的这一形象，试图澄清人们对这一身份的"误解"，说明"文人"志向的高远与才能的不凡。然而在客观上也说明了像王充这样的"文人"在汉代社会中的尴尬处境：他们虽然有着满腹的才学，但是却得不到施展的空间，没有建功立业的机会。现实社会虽然给这些"文人"走向仕途提供了条件，但是真正能够走上政治高位的人毕竟是极少数，而大部分的"文人"往往处于政治生活的下层，他们没有条件参与

① 王充：《论衡·佚文篇》，第867、868—869、870页。

官僚政治管理，大多疏阔于事情，所做之"文"自然也不会切合时用，只是纸上谈兵。因而给人的印象不过是一群只会舞文弄墨之徒而已。被人讥讽为"浅意于华叶之言，无根核之深"也就不足为奇，其结果必然是"不见大道体要，故立功者希"的下场。所以，"文人"这个称呼，从他们可以"兴论立说、结连篇章"的角度看固然了不起，但是若把它放在汉代政治社会里当作对一个人的称呼，多少是带有一些贬义在里面的。这一点，当我们把它与"士大夫"这一称谓比较时会看得更为明显，虽然有很多时候士大夫就兼为"文人"，但是，"士大夫"才是这些人真正所要求的社会身份。

但是"文人"这个称谓，在儒家读书人那里的确具有一定的神圣意义，这不仅仅是由于结体撰文可以展现文人的才能，而且还因为在其结体撰文中寄托了儒家读书人一份崇高的社会责任。如我们上文所述，在汉代，儒生和文吏的最大区别，按王充的说法，就在于他的最高追求是"道"而不是"事"，有一份"社会的良知"，为人类社会的公正、和平、幸福、和谐而努力，担当着庄严的文化使命。从这一点来说，他们与先秦时代有志于道的"士"有一定的继承关系。孔子说："士不可以不弘毅，任重而道远。仁以为己任，不亦重乎？死而后已，不亦远乎？"在汉代社会官僚政治的变迁中，儒生最后之所以取代文吏的重要原因，也正在于儒生把社会道德价值观引入行政管理中来，从而使"尊尊、亲亲、贤贤之相维相济，吏道、父道、师道之互渗互补，君、亲、师之三位一体"，建立了一个具有"中国特色"的封建官僚体制。正因为如此，在未入仕之前儒家读书人通过"采掇传书以上书奏记"来显示自己的才能固然是应有之义，在入仕之后继续"精思著文连结篇章"仍然是他们的重要责任。这就是汉代文人们对自己的最高期许，也是他们进行文章写作的动力，更是他们的自觉意识。

以"读书仕进"为目的的汉代儒生，"精思著文"既是他们展示才能的手段，也是他们人生价值追求的重要方面。二者相较，读书仕进显然更为重要，通过读书仕进实现崇高的政治理想，是汉代儒家读书人的最高追求。但是，由于受时代、环境、际遇、个体条件等多种因素的制约，汉代这些儒家读书人很难实现自己的这一理想。退而求其次，"精思著文"就成为很多儒家读书人的最佳人生选择。早在先秦时期，贵族士大夫就有人生三不朽之说："太上有立德，其次有立功，其次有立言。虽久不废，此之谓不朽也。"三者当中，"立德"本是圣人之事，对普通人而言遥不可及；"立功"会受到各种条件的限制，也难以做到；只有"立言"才更为实际，是可以通过自己的努力而达到的。由此我们就可以理解，自汉代以来的儒家读书人、"知识分子"，不管是终身不遇还是身在官位，会有那么多的人热衷于"精心著文"。

通过以上分析，我们可以对汉代出现的"文人"这一称谓有一个立体化的认识。从其所表现出来的能力看，它在汉代社会首先指那些可以"兴论立说、结连篇章"的儒家读书人，并因为其文章写作的不切实用而使这一称呼带有一定的贬义。从自我期许的角度来看，他又代表了官僚士大夫及其预备队成员对人生理想及立言不朽的伟大抱负的追求，从而使这一称呼具有崇高的意义。"文人"不是汉代社会的一个阶级或阶层，而是对以儒家读书人为主体的汉代官僚士大夫以及其预备队的另一种特殊称谓。因而，论及"文人"，我们切不可只重视他们"精心著文"的写作能力，更要重视他们的精神世界和人生价值追求，重视在他们身上所承载的优秀的士大夫文化传统。

四、承载着文人社会关怀的大汉"文章"

从文学史的角度来讲，"文人"的出现有着划时代意义。它标志着从汉代开始，"文人"成为中国文学创作的主体。他们是士大夫这一阶层在文学领域里的代表，他们把先秦以来养成的士大夫传统的文化精神贯注于文学当中，在其中寄托着他们的政治理想与人生理想，表现着他们高超的为文技巧。由于他们介入文学领域，逐渐成为后世文学的主要创造者，进而产生出一批著名文学家，成为后世文学的主流并主宰了其发展的方向。

在汉代文人文学中，最值得注意的当属以奏策书论等为代表的政论文章。之所以如此，显然与汉代文人读书仕进的人生目标及崇高的文化自我期许有关。因为读书的目的是为了仕进，关心时政就成为汉代文人的重要品质。因为有崇高的文化期许，坐而论道就成为其重要的生活内容。而这两者在文学上的表现，就是大量的奏策书论之类文章的产生。上引王充之言："能说一经者为儒生，博览古今者为通人，采掇传书以上书奏记者为文人，能精思著文连结篇章者为鸿儒。"这四者层层递进的关系，恰恰是以其书写能力为重要判断标准的。其书写的主要形式，自然是那些奏策书论类的文章。这其中，贾谊的政论文章，尤其值得我们重视。

贾谊的论说文中，自以《过秦论》与《陈政事疏》（又名《治安策》）最为有名。其《过秦论》分为上中下三篇，总论秦所以得天下与所以失天下的原因，议论纵横、气势磅礴、雄辩滔滔。行文波澜起伏，文笔酣畅淋漓。《陈政事疏》一篇，感情充沛，说理绵密。"援古证今，左譬右喻，举前代之已然，明当代之必然，断断乎欲措汉室上跻唐、虞之治，不翅烛照数计，著筮龟卜。直言激切，冀以感悟人主之听。"① 将贾谊的文章与先秦诸子的文章相比，一个最大的不同在于，诸子之文，重在纯粹的理论阐述，为未来的社会或人生构建一个理想的政治模式或者思维模式。而贾谊之文，则重在分析历史与现实，为当下的国家政治出谋划策。这说明，社会政治的变革最终改变了学术发展的方向，也影

---

① 乔缙：《贾生才子传序》，王洲明、徐超校注《贾谊集校注》，人民文学出版社1996年版，第493页。

响了文体的发展和文学的风格。

汉代文章以政论类散文创作最多，与汉代文人积极参加社会制度和文化建设紧密相关。在上者广开言路之门，下诏命制，在下者则结体撰文积极应对，奏疏对策，竭诚尽智以输其忠。这其中，董仲舒的《天人三策》可谓对策之文的代表。

与贾谊长于对秦汉社会历史与现实的深刻分析不同，董仲舒的《天人三策》是为了解答汉武帝所提出的问题，是为其进行政治改革和文化建设提供理论思想武器。第一篇对策专论教化在治国中的重要作用；第二篇提出兴教化、选官吏、举贤人的具体主张；第三篇讲天之祥瑞本是人事之应，国家治乱之基在于君王是否有正确的思想，最终提出用儒术统一人心的观点："《春秋》大一统者，天地之常经，古今之通谊也。今师异道，人异论，百家殊方，指意不同，是以上亡以持一统；法制数变，下不知所守。臣愚以为诸不在六艺之科孔子之术者，皆绝其道，勿使并进。邪辟之说灭息，然后统纪可一而法度可明，民知所从矣。"① 三篇文章，环环相扣，层层递进，言语诚恳，态度雍容，体现了儒家大师的风范。刘熙载曰："董仲舒学本《公羊》，而进退容止，非礼不行，则其于礼也深矣。至观其论大道，深奥宏博，又知于诸经之义无所不贯。"② 这的确是董仲舒文章的特点。

以奏策书论为代表的汉文，其内容大多针对时政，内容充实，切合实用。刘勰说："自汉以来，奏事或称'上疏'，儒雅继踵，殊采可观。若夫贾谊之务农，晁错之兵术，匡衡之定郊，王吉之劝礼，温舒之缓狱，谷永之谏仙，理既切至，辞亦通畅，可谓识大体矣。后汉群贤，嘉言罔伏，杨秉耿介于灾异，陈蕃愤懑于尺一，骨鲠得焉；张衡指摘于史职，蔡邕铨列于朝仪，博雅明焉。""自两汉文明，楷式昭备，蔼

---

① 参见《汉书·董仲舒传》。
② 刘熙载：《艺概》，上海古籍出版社1978年版，第11页。

蔼多士，发言盈庭，若贾谊之遍代诸生，可谓捷于议也。至如主父之驳挟弓，安国之辩匈奴，贾捐之之陈于珠崖，刘歆之辩于祖宗。虽质文不同，得事要矣。"①

汉文之所以取得如此高的成就，与汉代文人积极用世的态度息息相关。汉承秦制，在民生凋敝、百废待兴中而立，一开始就采取轻徭薄赋、与民休息的政策，使社会重新走向和平安定，给儒家读书人提供了一个可以发挥其聪明才干的稳定的平台。虽然汉初的文史政治对儒家读书人的仕进不利，他们本身也缺少管理的才能。但是经过自身的改造，他们在传承文明道统方面的巨大优势便显现出来。他们以高昂的热情投身到社会的政治文化建设，开始就表现出高度的社会责任感，思考一些具有重大意义的社会问题，这是那些文史和武夫们所不能做到的。秦人二世而亡，尽人皆知，但原因何在？唯有贾谊的分析最为透辟："仁义不施，而攻守之势异也。"汉文主政，节俭躬行，民生安稳，初现太平之气象。但是"是时，匈奴强，侵边。天下初定，制度疏阔。诸侯王僭拟，地过古制，淮南、济北王皆为逆诛。"潜在的新的社会危机已经显露端倪，很少有人察觉，唯贾谊能看到其严重性。"臣窃惟事势，可为痛哭者一，可为流涕者二，可为长太息者六，若其他背理而伤道者，难遍以疏举。进言者皆曰天下已安已治矣，臣独以为未也。曰安且治者，非愚则谀，皆非事实知治乱之体者也。夫抱火厝之积薪之下而寝其上，火未及燃，因谓之安，方今之势，何以异此！本末舛逆，首尾衡决，国制抢攘，非甚有纪，胡可谓治！陛下何不壹令臣得孰数之于前，因陈治安之策，试详择焉！"② 因为思考国家大政之安危而痛哭、流涕、太息，这样强烈的参政意识和高度的社会责任感，在整个中国古代都是少有的。

---

① 王利器：《文心雕龙校证》，上海古籍出版社 1980 年版，第 161、169 页。

② 班固：《汉书·贾谊传》，第 2230 页。

汉代文人积极用世的态度，与汉代帝王的开明政治也有直接关系。汉高祖刘邦虽然不喜欢儒生，但是仍然对叔孙通信任有加，也能接受陆贾的批评建议。自汉文帝始，帝王们广开言路之门，下诏求贤，求治国之良策，文人们因而敢畅所欲言。即使是文史与儒生之间在治国理念发生冲突之时，也敢于当庭辩论，折冲是非。汉武帝末年，桑弘羊为御史大夫，盐铁官营，与民争利。"昭帝即位六年，诏郡国举贤良文学之士，问以民所疾苦，教化之要。皆对愿罢盐、铁、酒榷均输官，毋与天下争利，视以俭节，然后教化可兴。弘羊难，以为此国家大业，所以制四夷，安边足用之本，不可废也。乃与丞相千秋共奏罢酒酤。"① 贤良文学的主张虽然没有全被采纳，但是通过他们这种敢于面对权势据理力争的态度，却可以鲜明地看出那时儒生的精神风采。此次辩论的内容其后被桓宽辑录下来，据他所记："当此之时，豪俊并进，四方辐凑。贤良茂陵唐生、文学鲁国万生之伦，六十余人，咸聚阙庭，舒《六艺》之风，论太平之原。智者赞其虑，仁者明其施，勇者见其断，辩者陈其词。闿闿焉，侃侃焉，虽未能详备，斯可略观矣。"②

汉代政治的稳定，国家的繁荣和对文人的逐渐重视，带来了整个汉代文人参政心态的高涨和著书立说的热情。这不仅仅表现在奏策书论方面，还表现在汉人的其他各类著述方面。汉人著述甚丰，《汉书》《后汉书》中都有丰富的记载。班固《汉书·艺文志》："汉兴，改秦之败，大收篇籍，广开献书之路。迄孝武世，书缺简脱，礼坏乐崩，圣上喟然而称曰：'朕甚闵焉！'于是建藏书之策，置写书之官，下及诸子传说，皆充秘府。至成帝时，以书颇散亡，使谒者陈农求遗书于天下。诏光禄大夫刘向校经传诸子诗赋，步兵校尉任宏校兵书，太史令尹咸校数术，侍医李柱国校方技。每一书已，向辄条其篇目，撮其指意，录而奏之。

① 班固：《汉书·食货志》，第 1176 页。
② 桓宽：《盐铁论·杂论第六十》，《诸子集成》第八册，上海古籍出版社 1986 年版，第 62 页。

会向卒，哀帝复使向子侍中奉车都尉歆卒父业。歆于是总群书而奏其《七略》。""大凡书，六略三十八种，五百九十六家，万三千二百六十九卷。入三家，五十篇，省兵十家。"① 在这些书中，除了先秦古籍占有一部分比例外，大部分都是西汉人的著作。仅在儒家类中，就有如下著作："《高祖传》文十三篇。高祖与大臣述古语及诏策也。《陆贾》二十三篇。《刘敬》三篇。《孝文传》十一篇。文帝所称及诏策。《贾山》八篇。《太常蓼侯孔藏》十篇。父聚，高祖时以功臣封，臧嗣爵。《贾谊》五十八篇。河间献王《对上下三雍宫》三篇。《董仲舒》百二十三篇。《兒宽》九篇。《公孙弘》十篇。《终军》八篇。《吾丘寿王》六篇。《虞丘说》一篇。难孙卿也。《庄助》四篇。《臣彭》四篇。《钩盾冗从李步昌》八篇。宣帝时数言事。《儒家言》十八篇。不知作者。桓宽《盐铁论》六十篇。刘向所序六十七篇。《新序》《说苑》《世说》《列女传颂图》也。杨雄所序三十八篇。《太玄》十九，《法言》十三，《乐》四，《箴》二。"② 这其中，除了我们上面论及的贾谊、董仲舒外，刘向、扬雄也是西汉文章的大家。

汉代文章著述之丰，与汉代的强盛国势与汉代文人高昂的政治热情紧密结合，对此，汉人自己有也清楚的认识。如王充在《论衡》中说："周有郁郁之文者，在百世之末也。汉在百世之后，文论辞说，安得不茂？喻大以小，推民家事，以睹王廷之义。庐宅始成，桑麻才有，居之历岁，子孙相续，桃李梅杏，奄丘蔽野。根茎众多，则华叶繁茂。汉氏治定久矣，土广民众，义兴事起，华叶之言，安得不繁？夫华与实，俱成者也，无华生实，物希有之。山之秃也，孰其茂也？地之泻也，孰其滋也？文章之人，滋茂汉朝者乃夫汉家炽盛之瑞也。天晏，列宿焕炳；阴雨，日月蔽匿。方今文人并出见者，乃夫汉朝明明之

---

① 班固：《汉书·艺文志》，第1701、1781页。
② 班固：《汉书·艺文志》，第1726—1727页。

验也。"①

　　如此丰富的汉代文章著述，与汉代文人自觉的创作意识更是密不可分。当然，在汉代文人的著述中，我们不能不提到《史记》。关于此书与司马迁的研究，成果已足够丰富。在这里我们只是强调一点，即司马迁极为自觉和强烈的著作意识。《史记》中对此做了明确的交代，那是在汉武帝封禅泰山之时，"而太史公留滞周南，不得与从事，故发愤且卒。而子迁适使反，见父于河洛之间。太史公执迁手而泣曰：'余先周室之太史也。自上世尝显功名于虞夏，典天官事。后世中衰，绝于予乎？汝复为太史，则续吾祖矣。今天子接千岁之统，封泰山，而余不得从行，是命也夫，命也夫！余死，汝必为太史；为太史，无忘吾所欲论著矣。且夫孝始于事亲，中于事君，终于立身。扬名于后世，以显父母，此孝之大者。夫天下称诵周公，言其能论歌文武之德，宣周邵之风，达太王王季之思虑，爰及公刘，以尊后稷也。幽厉之后，王道缺，礼乐衰，孔子修旧起废，论诗书，作春秋，则学者至今则之。自获麟以来四百有余岁，而诸侯相兼，史记放绝。今汉兴，海内一统，明主贤君忠臣死义之士，余为太史而弗论载，废天下之史文，余甚惧焉，汝其念哉！'迁俯首流涕曰：'小子不敏，请悉论先人所次旧闻，弗敢阙。'"司马谈认为自己适逢百年盛事，有责任将当今"海内一统，明主贤君忠臣死义之士"的事迹记述下来，认为这既是作为太史家族最大的"孝"，也是像孔子作《春秋》一样的伟大的圣人的事业。司马迁接受父亲的教诲，以更加自觉的意识开始了《史记》的写作。"於戏！余维先人尝掌斯事，显于唐虞，至于周，复典之，故司马氏世主天官。至于余乎，钦念哉！钦念哉！'罔罗天下放失旧闻，王迹所兴，原始察终，见盛观衰，论考之行事，略推三代，录秦汉，上记轩辕，下至于兹，著十二本纪，既科条之矣。并时异世，年差不明，作十表。礼乐损益，律历改易，兵

---

① 黄晖：《论衡校释》，中华书局 1990 年版，第 616 页。

权山川鬼神，天人之际，承敝通变，作八书。二十八宿环北辰，三十辐共一毂，运行无穷，辅拂股肱之臣配焉，忠信行道，以奉主上，作三十世家。扶义俶傥，不令己失时，立功名于天下，作七十列传。凡百三十篇，五十二万六千五百字，为太史公书。序略，以拾遗补艺，成一家之言，厥协六经异传，整齐百家杂语，藏之名山，副在京师，俟后世圣人君子。"① 司马迁不仅写就了从五帝到炎汉三千年这样内容极为丰富的第一部中国通史，构建了十二本纪、十表、八书、三十世纪家、七十列传这样一个互相发明和照应的严密的通史体例，而且还表达了自己深刻的历史观念和史家思想，"原始察终，见盛观衰"，"厥协六经异传，整齐百家杂语"，"究天人之际，通古今之变，成一家之言"。这样宏大的气魄和伟大的著述，后世史家无可比拟，后世"文学家"也难有其匹。

刘熙载《艺概·文概》云："西汉文无体不备，言大道则董仲舒，该百家则《淮南子》，叙事则司马迁，论事则贾谊，辞章则司马相如。人知数子之文，纯粹、旁礴、窈眇、昭晰、雍容，各有所至，尤当于其原委穷之。"② 刘熙载这里所说的原委，我想既应该包括汉代盛世的浸润，更源自于汉代文人们热情的社会人文关怀和强烈自觉的创造意识。

五、先秦诗歌传统与汉代文人的诗赋创作

从历史的角度来讲，广义的"文人"其实很早就已经介入了诗歌史的写作。从中国古代对于诗歌艺术本质的一般认识来看，"文人"与其他社会成员一样，都是最初的诗歌创作者。《毛诗序》曰："诗者，志之所之也。在心为志，发言为诗。情动于中而形于言，言之不足故嗟叹

---

① 以上并见司马迁《史记·太史公自序》，中华书局 1982 年版，第 3295、3319—3320 页。
② 刘熙载：《艺概·文概》，上海古籍出版社 1978 年版，第 10 页。

之，嗟叹之不足故永歌之，永歌之不足，不知手之舞之足之蹈之。"这说明诗歌的发生源于人的天性。无论是什么人，只要是心有所感，都可以发为诗章。不过，据我们上面的考证，"文人"作为一个特殊的称谓，特指一个以写作为主的群体的产生时间是在汉代，他们的远源则是先秦时代的"士"，他们早在《诗经》中就已经扮演了重要的角色。

首先，"士"是《诗经》作品中所歌唱的重要人物，是抒情诗中的主人公之一，他们的形象不仅大量出现在《国风》中，也出现在《雅》《颂》里。《诗经·召南·摽有梅》："摽有梅，其实七兮。求我庶士，迨其吉兮。"《郑风·女曰鸡鸣》："女曰鸡鸣，士曰昧旦。子兴视夜，明星有烂。将翱将翔，弋凫与雁。"《小雅·都人士》："彼都人士，狐裘黄黄。其容不改，出言有章。行归于周，万民所望。"《大雅·文王》："世之不显，厥犹翼翼。思皇多士，生此王国。王国克生，维周之桢；济济多士，文王以宁。"《周颂·清庙》："于穆清庙，肃雍显相。济济多士，秉文之德。对越在天，骏奔走在庙。不显不承，无射于人斯。"《鲁颂·泮水》："济济多士，克广德心。桓桓于征，狄彼东南。"《商颂·长发》："昔在中叶，有震且业。允也天子，降予卿士。实维阿衡，实左右商王。"分析《诗经》中的"士"，《雅》《颂》里一般都指周代社会的各级贵族，《国风》里所指则大都是男子的代称，但是若仔细考察其社会身份，大抵上也是以下层贵族为主。这说明，"士"是《诗经》时代抒情诗中最活跃的社会群体。

其次是"士"作为《诗经》的作者。由于历史的原因，《诗经》中的诗篇绝大多数都没有留下作者的名字，这为我们考察其作者问题增加了巨大的困难，但即便如此，通过诗篇本身，我们还是能够看出，《诗经》中的很多诗，特别是《大雅》和《小雅》当中的相当大的一部分诗篇的作者，应该属于周代社会的士、亦即各级贵族。前者如《小雅·北山》："陟彼北山，言采其杞。偕偕士子，朝夕从事。王事靡盬，忧我父母。"《毛诗序》曰："《北山》，大夫刺幽王也。役使不均，己劳于从事，而不得养其父母焉。"从诗篇本身的内容来看，此诗的作者应该是一个地位不高的贵族，《毛诗序》的解释不错。后者如《大雅·抑》篇："于乎小子，未知臧否。匪手携之，言示之事。匪面命之，言提其耳。借曰未知，亦既抱子。民之靡盈，谁夙知而莫成？"《毛诗序》谓："《抑》，卫武公刺厉王，亦以自警也。"无论这首诗是否为卫武公所作或者何时所作，① 但是可以看得出来，诗中的主人公，不但是一位身居高位的重臣，而且还是一位周王的长辈，所以他才敢用这样的口气来说话。总之，考察《诗经》大小雅，我们不难看出，其中相当大的部分当是周代社会的各级贵族所作。这说明，在当时，"士"阶层已经广泛地参与了诗歌的创作，抒发自己的情感，而且将其作为表达自己政治见解的重要方式。这也正是后世从《诗经》中阐发其诗教观的文本依据。

其三是先秦儒家之"士"对《诗经》文化精神的阐释。"士"阶层在《诗经》作品以及创作中不仅扮演重要角色，同时也是《诗经》文化精神的阐释者。以今天的观点看，《诗经》不过是一部古代的诗集，但是在周代社会，它除了具有抒情写志的艺术功能之外，还承担着宗教祭祀、记述历史、文化教育等多种功能，也具有极为丰富的文化内涵。正因为如此，周代社会的贵族教育，自小就把学习《诗经》当作最为重要的内容之一。周代的贵族们长大后走向仕途，良好的诗歌修养在从政过程中也起着重要的作用。而首先对《诗经》的丰富文化内涵进行系统阐释的，正是周代社会的士大夫阶层。孔子曰："《诗》三百，一言以蔽之，曰：'思无邪。'"（《论语·为政》）又曰："兴于诗，立于礼，成于乐。"（《论语·泰伯》）又曰："不学《诗》，无以言。"（《论语·季氏》）又曰："小子何莫学夫诗？诗，可以兴，可以观，可以群，可以怨。迩之事父，

① 按：关于此诗的作者问题，孔颖达在《毛诗正义》中有过讨论。《正义》虽然承认《毛诗序》之说，但是又指出卫武公与周厉王所生年代有异，因而认为这首诗不是卫武公在周厉王时代所写的刺诗，而是"后世乃作追刺之耳"。但是若从诗中语气看，则追刺之说与全诗内容不合，故在此暂存疑。

远之事君。多识于鸟兽草木之名。"（《论语·阳货》）又曰："入其国，其教可知也。其为人也温柔敦厚，《诗》教也；……其为人也，温柔敦厚而不愚，则深于《诗》者也。"（《礼记·经解》）孔子对《诗经》的这些论述，不仅开启了中国古代《诗经》阐释学的不二法门，而且奠定了中国古代的诗教传统，对后世文人的诗学观以及其诗歌创作产生了至为深远的影响。

首先接受其影响的是以屈原为代表的辞人。他们生当礼崩乐坏的战国时代，虽然在当时的政治舞台上，阴谋权诈的赤裸裸的利益交换已经取代了温文尔雅的赋诗言志之风，但是以屈原为代表的辞人却直接继承了周代贵族士大夫的诗学精神，用一种新的诗体——楚辞来表达自己的政治情怀和个人遭际，延续并张扬了《诗经》的抒情写志传统，直接开启了汉代文人诗之先河。对此，淮南王刘安有精辟的论述，他说："国风好色而不淫，小雅怨诽而不乱。若离骚者，可谓兼之矣。"① 王逸在《楚辞章句》中则有更为明确的论断："《离骚》之文，依《诗》取兴，引类譬喻。"又说："夫《离骚》之文，依托五经以立义焉。"刘安和王逸等人认为屈原的作品以先秦儒家的"五经"立义，特别继承了《诗经》雅颂精神和比兴传统，这是从作品本身的角度所作出的正确的论断。在此我们还需进一步指出，从创作主体的角度看，屈原既是先秦时代最后一名贵族士大夫阶层的诗人，也是战国以来第一位具有后世"文人"特征的诗人，所以，他既是先秦贵族士大夫诗人的继承者，也是秦汉以后"文人诗"的开创者。刘勰在《文心雕龙·辨骚》中说他"轩翥诗人之后，奋飞辞家之前"，"其衣被词人，非一代也"，可谓定评。

汉代文人则无论从创作主体还是创作精神两个方面，都在继承和

---

① 这段话见于《史记·屈原贾生列传》，但是据刘勰《文心雕龙·辨骚》却认为是淮南王刘安语，故学者多认为此段话乃是司马迁引用刘安之语。

发扬先秦贵族士大夫的诗学传统的基础之上，开启了中国文学发展的一个全新的时代。这包括以下几个方面。

首先是"文人"从汉代开始作为一个特殊的社会群体走向历史的舞台，他们是以与先秦时代的"士大夫"不同的身份来参与汉代诗歌创作的。虽然早在先秦时代，士大夫不但积极地参与了《诗经》的创作，并且奠定了中国儒家的诗学传统。但是周代社会的士大夫与汉代的文人在社会身份上还是有着很大的不同，其中最为重要的一点，是周代的士大夫在从政以前，其身份基本上都是贵族，包括屈原也是这样。他们生活于世卿世禄制的社会制度之中，从小所受的是贵族教育，长大后从政是顺理成章的事情。因而，在春秋以前，在"士大夫"这个名称里，"士"的贵族身份与"大夫"社会官职这两者基本上是统一的。可是自战国以后，"士"的主体已经基本上是下层平民，他们虽然是"大夫"这一阶层的主要人选储备，但是这并不意味着他们将来一定就会走向仕途。而到了汉代，随着封建官僚政治制度的最终确立，"士大夫"这一名称已经变成了各级官僚的代名词，而"文人"则指的是那些在"读书仕进"的道路上善于结体撰文的人，这两者之间虽然有着很大的关联，却不再是统一体。读书的目的和出路在于仕进，但是能实现其目的和理想的人数并不普遍，大部分的学子皓首穷经，其最终结果仍然是一介平民。因而，汉代的"文人"与先秦时代的"士"是以不同的社会身份来参与社会生活、进行诗歌创作的。

其次，即便是从汉代社会那些由读书而仕进的幸运者来说，他们在封建社会官僚政治体制下所承担的"士大夫"官职，与先秦贵族社会里的"士大夫"官职也有相当大的不同。在周代社会里，从天子的卿士到诸侯的士大夫，他们不仅仅是一级官员，还是一方或者一邑的领主，甚至与天子与诸侯还有扯不断的血缘关系。他们世袭地占有着一片土地并统治着这块土地上的庶民，也世袭式地保有着一个固定的官位，他们的经济地位与政治地位基本上是稳固的，并因此而世代享有贵族的各种特权。而汉代的官吏则完全不是这样，他们当中的大部分人在入仕之前不过是一介平民，入仕之后成为朝廷的官吏，但是他们只能享受一份官吏的俸禄，他们既没有一片世袭的土地，也没有一个世袭的贵族地位，①官场上的沉浮不定预示着他们随时都可以从"士大夫"的身份回归为一介平民。因而，相对于他们随时都会有变化的"士大夫"官职来讲，这些人的"文人"的身份却是比较固定的，这使他们不可能产生先秦社会"士大夫"的贵族情结。

第三，因为有上述两点的不同，所以汉代的"文人"们对先秦《诗经》传统与儒家诗教的继承，也与周代社会的贵族诗人，包括与楚臣屈原有着很大的不同。他们立足于自己所处的时代，结合自身的社会实践，以及自己对于生活的认识，重新诠释并理解《诗》《骚》精神，开启着汉代诗歌发展的新方向。这主要表现为三个方面。

（一）他们继承并发扬了《雅》《颂》中的颂美讽刺传统，对汉代社会进行了热情的讴歌。对国家政治的颂美与讽谏，本来是《诗经》雅颂中的两大主题，这其中，对周代社会盛世的歌颂在《诗经》特别是在雅颂中又占有重要的地位。以司马相如等人为首的汉代文人，对于汉帝国的热情讴歌，正是出于这样一种文化心态。在他们看来，汉代社会的繁荣强盛，足可以媲美于三代之盛世。由此而产生的一代之文学——汉代的散体大赋，正是汉代文人自觉地继承《诗经》传统，试图以诗歌为工具，来参与时政，表达自己对于社会政治的关心，抒写自己社会理想的艺术实践。

（二）他们继承并发扬了《楚辞》的哀怨精神，抒写了自己在政治

---

① 当然，在汉代，也有一部分人作为皇帝的亲属或者有功的高官而获得一定的爵位或者土地，子孙因为"荫庇"也会得到相应的官职，但是这与周代社会的分封制与世卿世禄也有着相当大的区别，如汉初的诸侯王只有爵位和土地却往往没有行政官职，并且会受到地方官的管辖和制约，高官受"荫庇"的子孙并不是世袭父祖辈的官职，只不过额外照顾给他们一个品位较低的官位而已。更何况，即便是这种制度，也只是汉代以后封建社会里的辅助性制度，并不代表汉代以来封建官僚制度的主体。

上的哀怨不平之情。《毛诗序》曰："乱世之音怨以怒"，"亡国之音哀以思"，产生于西周社会末世的变风变雅本来就不乏哀怨之音，到楚臣屈原那里这一传统得到了进一步的张扬。汉代的文人虽然大都生于承平盛世，没有体会过乱世的苦难与亡国的哀痛，但是封建集权的官僚政治制度却给他们的个体生命造成了沉重的压抑，因而，哀叹自己生不逢时、怀才不遇，就成了汉代文人最重要的抒情主题。他们或者代屈原立言，或者自抒其慨，或指刺时政，或情寄老庄，这一特点，在汉代骚体抒情赋中得到了最为充分的表现，也对汉代以后的文人抒情诗产生了深远的影响。

（三）他们继承了《诗经》的风诗传统并受汉乐府影响，充分表现了自己的世俗之情。《诗经·国风》本是世俗的歌唱，男女相恋之情的抒发与各种世俗生活的描写是它的基本主题。汉代文人在继承先秦诗学传统的过程中，《诗经·国风》也对他们产生了巨大影响。在关心政治、抒写自己政治情怀的同时，并没有忘记对于世俗生活的关注，他们除了积极参与汉乐府的创作之外，还写作了以《古诗十九首》为代表的文人五言诗。而且，无论是汉代文人乐府诗还是文人五言诗，男女相思、及时行乐、人生短促等都是其共同的抒情主题。它们从另一个方面体现了汉代文人对于生活和生命的态度，从内容和形式两个方面同时奠定了后世文人五言诗的基础，成为后世文人五言诗的典范。①

同时我们还要看到，汉代文人在继承先秦诗骚传统上所进行的诗歌创作，不仅表达了新的文化内容与抒情模式，还表现为新的文体形式。汉代文人诗从广义上讲包括以下几大类型：第一是四言诗，第二是赋体诗，第三是五言诗，第四是七言诗，第五是乐府诗。以上五类中，除了乐府诗属于歌诗之外，其他都属于诵诗。这说明，在汉代诗歌朝着歌与诵两个方面发展的关键期，文人起了相当重要的作用。他们除了参

---

① 按以上三点仅是概论，详细内容有另文详论。

与乐府歌诗的创作之外，更是诵诗的主要创作者。他们把从《诗经》以来的四言歌诗演变为诵诗；他们在屈宋的基础上不仅把散体赋由"古诗之流"变而为汉代主要的代表性文学文体，而且把骚体赋变成了抒写个人情志的最主要的文学体裁。他们不仅积极地参与了五言诗与七言诗的创作，而且奠定了这两种文学的抒情范式，为魏晋以后这两种诗体的发展打下了坚实的基础。

从以上论述中，我们可以看出"文人"的出现在中国诗歌史上的巨大意义。汉代"文人"群体虽然是在先秦"士"阶层的基础上转化而来的，但是他的出现从一开始就带着鲜明的时代烙印。汉代文人的特征首先就是能"文"，从这一角度来讲，它的存在本身就与汉代的"诗歌"有着不解之缘。同时，汉代的"文人"们从一开始就没有把当一个"文人"作为自己的人生最高理想，这使他们在"诗歌"当中寄托着深厚的政治情怀，也使他们继承并发扬了从《诗经》以来所形成的中国文学传统与儒家的诗学精神。同时，汉代的"文人"毕竟不再是先秦的"士"，他们是在汉代以来的封建社会官僚政治体制下成长起来的一个新的社会群体，正如同秦汉政治制度在中国后世封建社会具有开创性一样，汉代文人的时代遭际以及他们的思想情感，与后世文人也有更多的共同性与代表性。因而，由汉代文人所奠定的中国诗歌的文化内容、抒情模式对于魏晋以后的文人诗歌都具有开创性的意义。

六、余　论

以上从五个方面讨论了汉代官僚士大夫阶层的形成与文人文学的关系，之所以有如上讨论，源自于本人对于中国文学本质问题的一些思考。一部中国古代文学史，基本上是以文人士大夫的写作为主的，特别是在戏曲小说等文学形式没有形成的宋代以前，文人士大夫的诗文更是其主要形态。当我们把这些作品纳入当代的"文学"研究体系中来的时候，对它的阐释不可避免地带上了现代的色彩。但仔细研究我们就会发现，在中国古代本来就没有一个与我们当代完全相对的"文学"观念。如我们上引的汉代文献，"高祖不修文学，而性明达"，汉武帝元朔元年下诏："选豪俊，讲文学"。汉昭帝始元五年下诏："郡国文学高第各一人"；六年下诏："诏有司问郡国所举贤良、文学民所疾苦"。这里所说的"文学"，都是指修习儒家经典的读书人。事实上，中国古代的诗文写作正是与这些儒家读书人、特别是与以这些儒家读书人为基础的官僚士大夫有着直接的关系。因而，要研究中国古代文学，就不能不研究它们与中国古代官僚士大夫之间的关系，舍此便无法理解中国古代文学的本质。而汉代既是中国封建社会官僚士大夫政治形成的时期，也是中国古代"文人"这一群体真正产生的时期，二者基本重合。因此，研究汉代官僚士大夫阶层的形成、儒家读书人的文化心态、他们通过读书走向仕途的过程，他们对于著书立说的理解及写作目的等等，对于我们认识中国文学的本质以及其发展历史也就具有特殊重要的意义。魏晋南北朝以后，中国文学虽然有了较大的发展，但是作为中国古代文学创作的主体——以官僚士大夫身份而参与创作的"文人"群体却基本上没有太大的变化，他们对文学的基本态度也没有太大的变化。因而从这一角度我们可以说，汉代文人群体的产生，是中国文学史上的一件划时代的大事，他们以积极、主动、自觉的亲身创作实践，对中国文学的文化本质和艺术特征进行了很好的诠释，并由此而开启了魏晋六朝以后的中国文人文学之路。

本文原载于《文学遗产》2013 年第 3 期，人大报刊复印资料《中国古代近代文学研究》2013 年第 8 期全文转载，《新华文摘》2013 年第 19 期转载

汉代歌诗艺术生产的基本特征

歌诗是指可以歌唱的诗，艺术生产论是当代中西方颇受人们关注的一种文学理论。从艺术生产的角度来研究中国古代歌诗，也是值得我们探索和提倡的一种研究方法。本人认为，在中国古代歌诗艺术生产中，大致存在着三种主要方式，即自娱式、寄食制和卖艺制。① 两汉是中国历史上第一个繁荣强盛的封建地主制社会，在以汉乐府为代表的两汉歌诗艺术生产中，不同程度上发展或完善了这三种古老的艺术生产方式，并形成了自己的时代特征，这在中国古代文学艺术生产史上也具有重大意义。下面让我们对此进行初步的探讨。

一、以寄食制为主的艺术生产方式

由于受生产力水平相对低下和财富分配制度不平等的影响，在两汉时期，国家的宗教政治需要与统治者的享乐仍然是两汉社会歌诗艺术消费的主体，相对应的艺术生产方式仍然以歌舞艺人的寄食制（或统治

---

① 赵敏俐：《关于中国古代歌诗艺术生产的理论思考》，《中国诗歌研究》第 2 辑，中华书局 2003 年版。

阶级的豢养制、官养制）为主。

法国学者埃斯卡皮对寄食制是这样解释的："寄食制，就是由某一个人或某一个机构来养活一个作家，他们保荐他，反过来又要求他满足他们的文化需要。这种门客—君主的关系和顾客—老板之间的关系不能不说没有共同之处。作为封建组织形式的寄食制，与建立在独立实体基础上的社会结构相适应。没有一个共同的文化阶层（中等阶级的缺乏教养，或者根本不存在中等阶级），缺乏有效的传播手段，财富集中在几个豪门之手，一小撮杰出人物具有极高的文学造诣，等等，所有这一切必然形成几个封闭式的体系。在这种体系里，作家被认为是提供奢侈品的工匠；于是，他也根据物物交换的原则，用自己的产品换取他人对自己的供养。"[①] 埃斯卡皮在这里虽然说的是作家的寄食制，但是同样适用于封建社会的歌舞艺人。事实上，在中国的封建社会里，歌舞艺人寄食制的存在是一个相当普遍的现象，在乐府歌诗艺术形态的发展中也起着重要作用。

（一）宫廷雅乐寄食制生产方式的历史传承

在寄食制的歌诗艺术生产中，最典型的还是宫廷雅乐生产中的寄食制。

所谓宫廷雅乐生产中的寄食制，具体讲，也就是从事宫廷雅乐生产的艺术人才，都寄食于国家的音乐机关，国家给他们安排一定的官职，发放一定的俸禄，而他们的职责也很简单，那就是专门演奏宫廷雅乐。

我们知道，这种寄食制的艺术生产方式，随着阶级的出现、国家的产生而产生。早在商周时期，国家就设立了专门的音乐机构，而那时的歌舞艺术人员的生产机制，基本上也都属于寄食制。他们的日常生活

---

① ［法］埃斯卡皮著、于沛选编：《文学社会学》，浙江人民出版社1987年版，第32页。

由国家来供养，而他们则专心为统治者进行艺术生产。

周代社会这种寄食制的生产方式，主要是依托朝廷音乐机构组织的方式而实现的。具体来讲，那就是国家视音乐歌舞的需要而设定人员，按一定的级别安排他们从事各种具体的工作，享受一定的级别待遇。《周礼·春官宗伯》："礼官之属：大宗伯，卿一人；小宗伯，中大夫二人；肆师，下大夫四人。上士八人，中士十有六人，旅下士三十有二人。府六人，史十有二人，胥十有二人，徒百有二十人。"从这段话中可以看出，当时朝廷中的音乐歌舞艺术人才，是根据其职位高低而有不同级别的。《周礼·天官冢宰》郑玄注："自大宰至旅下士，转相副二，皆王臣也。"孔疏："凡官尊者少，卑者多，以其卑者宜劳，尊者宜逸。是以下士称'旅'，以其理众事，故特言旅也。""自士以上，得王简册命之，则为王臣也。对下经府、史、胥、徒不得王命，官长自辟除者，非王臣也。"关于"府""史"之职，郑玄注："府，治藏。史，主造文书。"孔疏："府、史，皆大宰辟召，除其课役而使之，非王臣也。"关于"胥"和"徒"，郑玄注："此民给徭役者，若今卫士也。"孔疏："案下《宰夫》八职云：'七曰胥，掌官叙以治叙。八曰徒，掌官令以征令。'郑云：'治叙，次序官中，如今待曹伍伯传吏朝也。征令，趋走给召呼。'案：《礼记·王制》云：'下士视上农夫食九人，禄足以代耕。'则府食八人，史食七人，胥食六人，徒食五人，禄其官并亚士，故号'庶人在官者'也。郑云'若今卫士'者，卫士亦给徭役，故举汉法况之。"以上记载可能带有理想化的成分，但大抵应该不差。从中可知，当时国家音乐机构中的人员可以分为两种，一种是自卿、大夫至士，可以称之为"王臣"。这其中，卿与大夫有较高的政治地位和待遇，属于管理者，其俸禄，"下大夫食七十二人，卿食二百八十八人"；士则属于下层贵族，其食禄，"下士禄食九人，中士食十八人，上士食三十六人。"（以上俱见《礼记·王制》）而府、史、胥、徒等人员则不属于"王臣"，只是供驱使的下层艺人。他们从下层社会征召而来，就如同征劳役一样被役使。其中一些人可能享受一定的食禄，所谓"府食八人，史食七人，胥食六人，徒食五人"，能有这样的待遇，就可以相当于"亚士"，号称"庶人在官者"了。至于更下的一层"百工"之属，也就是那些"可以击钟"的"杂技艺"者，则"各以其器食之"（《礼记·王制》及郑注、孔疏），恐怕已没有什么俸禄，只是由朝廷供饭而已。总之，在国家的音乐机构中，享受较高待遇的人只是少数，而大多数人都属于下层，正所谓"凡官尊者少，卑者多"。那些"宜逸"的"尊者"只能是少数，多数人还是那些"宜劳"的"卑者"。如掌管"六律六同"的大师，其职级不过是个下大夫，小师也不过是上士，其下属则有"瞽矇，上瞽四十人，中瞽百人，下瞽百有六十人；眡瞭三百人。府四人，史八人，胥十有二人，徒百有二十人。"（《周礼·春官》）

汉代的音乐机构沿袭秦制，其官职名称虽有不同，其生产方式大体一样。按《汉书·百官公卿表》，汉代的太乐归奉常（后改为太常）所管，奉常的秩禄是二千石，其下有丞，秩千石。太乐属有令丞，秩六百石。[1] 乐府归少府掌管，其下有乐府令丞，其秩也应是六百石。汉武帝时乐府地位有了提高，音乐家李延年因为裙带关系而成为协律都尉，又号"协声律"，秩二千石，是个特例。其下有乐府三丞，秩千石。但是在乐府和太乐之下是否还有其他官员，其俸禄是多少，史书中却没有明确记载。按《汉书·礼乐志》，我们可知在乐府下的诸多艺人都被称之为"员""工""象人""倡""师学"等等，从名称上看，他们的地位都不高，都难以称得上是"官"，其食禄显然是不会高的。《汉书·百官公卿表上》："百石以下有斗食、佐使之秩，是为少吏。"颜师古注："《汉官名秩簿》云，斗食月俸十一斛，佐使月俸八斛也。一说，斗食

---

① 班固：《汉书·百官公卿表上》："卫尉……属官有……旅贲三令丞。"颜师古注："令秩六百石。"中华书局 1962 年版，第 728—729 页。

者，岁俸不满百石，计日而食一斗二升，故云斗食也。"①在东汉，太常大予乐吏的俸禄是百石，太常大予乐员吏的俸禄是斗食（月十一斛），②汉代吏员中最低的一等。从名目上看，西汉乐府中以"员"为称者，也应该属于斗食这一阶层。

在封建社会的艺术生产过程中，寄食制应该是一种主要的形式，其中尤以寄食于朝廷最为典型。之所以如此，是因为在封建社会里，一方面国家在祭祀燕飨等活动中赋予音乐以一种特殊的意义，需要大批的音乐歌舞艺术人才；一方面由于从事这些歌舞艺术需要充足的物质条件，也需要有充分的技艺训练上的时间保证。只有国家才有这样的需求和满足这种需求的物质条件。因此，在生产力不发达、传播手段落后的封建时代，寄食制的音乐歌舞生产方式，就是最基本最典型的方式。在阶级社会里，艺术是一种奢侈品，越是专门的高雅的艺术越需要专门的人才，越需要消耗大量的财力。而有资格享受这种消费的人，只能是上层贵族和那些达官显宦。从这个意义上讲，寄食制的艺术生产方式在封建社会中出现，乃是一种必然的现象。一方面讲，这是一种社会的不公，另一方面来讲，舍此就没有艺术的进步，艺术可能就会永远停留在低水平的重复之中。汉代社会寄食于朝廷的歌舞艺人的俸禄虽然很低，但他们毕竟可以免去劳役之苦，专心从事于歌舞艺术，这使得许多人成为优秀的专职艺术家，形成了代代相传的技艺。他们所从事的虽然都是雅乐艺术，带有较强的宗教实用性，但这种艺术本身仍然需要高超的艺术水平和技巧。而且在一定程度上说，正因为其具有了高超的艺术技巧和水平，才能称得上是"雅乐"。他们规定了古代雅乐艺术的基本范式，

---

① 按《汉语大词典》附录《中国历代量制演变测算简表》，汉代 1 斛约合今 20000 毫升，换成粮食重量大约在 20 公斤左右。按此推算，月俸 11 斛，折合粮食 220 公斤。也就是说，一个太常大予员吏一个月只能挣 220 公斤粮食。这些粮食如果养活一个 8 口之家，除去吃饭，所剩无几。

② 杜佑：《通典·职官十八》，中华书局 1986 年版，第 990 页。

满足了统治者的宗教需求、政治需求，同时包括享乐需求以及审美欣赏等各种需求。对于这种艺术生产方式所达到的成就，我们是不能低估的。可惜的是，由于这些人的社会地位低下，历史很少能留下他们的名字，他们的生平事迹已不可考，这是历史的遗憾。

（二）以俗乐生产为主的寄食制度在汉代的发展

和先秦时代相比，两汉艺术生产方式最大的变化还是以俗乐生产为主的寄食制的大发展。这是因为，在汉代，除了寄食于宫廷的歌舞艺人仍然保持着较大数量之外，寄食于达官显宦之家的歌舞艺人则有了明显的增加。

我们知道，由于受等级制的限制，在先秦时代，各级贵族之家所豢养的歌舞艺人是有一定规模控制的。《左传·隐公五年》："考仲子之宫将万焉，公问羽数于众仲，对曰：'天子用八，诸侯用六，大夫四，士二。'"杜预注："唯天子得尽物数，故以八为列，诸侯则不敢用八。"《论语·八佾》载孔子谓季氏："八佾舞于庭，是可忍，孰不可忍也？"何晏注："天子八佾，诸侯六，卿大夫四，士二。八人为列，八八六十四人。鲁以周公故受王者礼乐，有八佾之舞。季桓子僭于其家庙舞之，故孔子讥之。"可见，直到春秋后期，诸侯或大夫在礼乐的人数上还有严格的限制，超过此限制则被称之为"僭越"，是违背当时制度的。

但是，随着经济的发展和新兴地主阶级的崛起，周代社会的这种礼乐制度到战国时期就已经遭受了严重的破坏。世俗的享乐艺术——新声，在诸侯国的宫廷表演中规模越来越大，如《楚辞·招魂》所言："肴羞未通，女乐罗些。陈钟按鼓，造新歌些。《涉江》《采菱》，发《扬荷》些。美人既醉，朱颜酡些。嬉光眇视，目曾波些。被文服纤，丽而不奇些。长发曼鬋，艳陆离些。二八齐容，起郑舞些。衽若交竿，抚案下些。竽瑟狂会，搷鸣鼓些。宫廷震惊，发《激楚》些。吴歈蔡讴，奏大吕些。士女杂坐，乱而不分些。放陈组缨，班其相纷些。郑卫妖玩，来杂陈些。《激楚》之结，独秀先些。"《招魂》中对楚国宫廷中的这种大规模歌舞娱乐的描写，过去曾被人视为夸张。但是，随着近年来曾侯乙墓编钟的出土，我们可以认为，楚辞中的这种描写是符合实际的。楚国是这样，齐国也是如此，《韩非子·内储说上》记齐宣王爱听吹竽，每次必要三百人，廪食者有数百人，这虽然略带有寓言的性质，但是也不能说没有一定的根据。

两汉社会继承战国而来，在歌舞娱乐方面有了更大的发展，寄食于宫廷的歌舞艺人也就更多。如《西京杂记》所言，汉高祖时戚夫人"善为翘袖折腰之舞，歌《出塞》《入塞》《望归》之曲，侍婢数百人皆习之。后宫齐首高唱，声入云霄。"汉武帝时表演郊祀歌舞也是"千童罗舞成八溢，合好效欢虞太一。"可见其歌舞享乐之盛。而"公卿列侯亲属近臣……奢侈逸豫，务广第宅，治园地，多畜奴婢，被服绮縠，设钟鼓，备女乐"（《汉书·成帝纪》），"富者钟鼓五乐，歌儿数曹。中者鸣竽调瑟，郑舞赵讴。"（《盐铁论·散不足》）成哀之际，歌舞更盛，"黄门名倡丙彊、景武之属，贵戚五侯定陵、富平外戚之家，淫侈过度，至于人主争女乐。"（《汉书·礼乐志》）由此可知汉代歌舞艺术的盛况。那些从先秦遗留下来的所谓天子用八佾、诸侯用六佾、卿大夫用四佾、士用二佾的礼乐制度早已经不适用了。

两汉社会是寄食制的歌诗艺术生产大发展的时代。之所以如此，是因为这种寄食制的歌诗艺术生产方式，必须要以整个社会的经济生产繁荣和社会稳定为基础。没有这一基础，就不会有一个庞大的歌诗艺术消费团体，也不会有日益增加的歌诗艺术消费需求，自然也就不会出现更多的专业的歌诗艺术生产者，不会出现像李延年那样的"父母兄弟及身皆故倡"的歌诗艺术生产世家，不会出现像中山、赵地那样以培养歌舞艺人为主的人才生产基地，不会出现像刘仲卿那样以专门培养歌舞艺术人才，或者我们也可以说身兼训练、贩卖、拐骗歌舞艺人这样数重身分的歌舞音乐"经纪人"。①

由于汉代社会经济的发展和统治者娱乐需求的增强，这些寄食于宫廷、贵戚、达官显宦、富商大贾之家的歌舞艺人，在客观上就成为生产和传播新声的主要艺术生产者，也正是这支庞大的队伍，成为推动汉代歌诗艺术向着新的方向发展的主要力量。这当中，李延年应该是杰出的代表。他在汉代歌诗发展史上的作用，起码包括以下四个方面：第一，创作新声曲。据《史记·佞幸列传》和《汉书·李夫人传》所记，李延年"性知音，善歌舞"，"每为新声变曲，闻者莫不感动。"可见，他是一个杰出的歌舞艺人，有着非凡的艺术天才，也创作了许多新声曲，其中《北方有佳人》一首可谓绝唱。其诗云："北方有佳人，绝世而独立，一顾倾人城，再顾倾人国。宁不知倾城与倾国，佳人难再得。"据说这首诗大受汉武帝喜爱，其妹李夫人也因此而得幸。可见，这是一首描写美人、摇荡性情的娱乐之作，可视为那一时期宫廷享乐歌舞艺术的代表作品。第二，为宗庙祭祀诗歌配乐。由于汉初雅乐已经衰微，再加上汉武帝并不喜欢河间献王等人所献的"雅乐"，所以他用李延年为《郊祀歌》十九章配乐，这开启了把新声曲用于朝廷的宗庙祭祀之先河。这些新的音乐具有很强的创造性和艺术观赏性，所谓"造此新音永久长"，这对后世的宗庙音乐产生了深广的影响。第三，改编传自西域的胡乐——横吹曲，从而大大推动了西域音乐在中国的传播。横吹曲本是自汉以来流行的一种西域音乐，其传播过程，据西晋人崔豹《古今注·音乐第三》所言："横吹，胡乐也。张博望入西域，传其法于西京，唯得《摩诃兜勒》二曲，李延年因胡曲，更造新声二十八解，乘舆以为武乐。后汉以给边将，和帝时，万人将军得用之。"可见，李延年在吸收改编传播异域音乐方面也作出了重大贡献。第四，改编世俗音

① 关于汉代歌舞艺术兴盛的情况，可参考赵敏俐《汉代社会歌舞娱乐盛况及从艺人员构成情况的文献考察》，《中国诗歌研究》第1辑，中华书局2002年版。

乐。汉有《薤露》《蒿里》两首著名的歌诗，据崔豹《古今注》说："并哀歌也。本出自田横门人。横自杀，门人伤之，为作悲歌。言人命奄忽如薤上之露，易晞灭也。亦谓人死魂魄归于蒿里。故有二章。至孝武帝时，李延年乃分二章为二曲，《薤露》送王公贵人，《蒿里》送士大夫庶人。"这虽然只是一个例子，但是由此我们可知，李延年在当时对那些流传于民间的歌诗作品是进行过创作与改编的。以上四点，是李延年在汉代歌诗生产史上的贡献，同时也说明汉代寄食制对歌诗生产所产生的重大影响。

我们在这里之所以要把俗乐的寄食制与雅乐的寄食制分开，是因为二者虽然同为寄食制，但是在艺术生产的目的上有相当大的不同，因而在寄食的方式上也有很大的不同。首先，朝廷雅乐寄食制的目的主要是为了生产朝廷的雅乐，是为了国家的祭祀、燕飨等重要活动，有较强的政治功利性；而俗乐的寄食制的主要目的是为了各级贵族的艺术消费。其次，雅乐的寄食制属于国家的一项政治制度，其中从事雅乐的歌舞艺术人才也都隶属于国家，是国家官僚机构中的一部分。尽管他们大多数人的地位很低，但总属于享受国家俸禄的人员。而俗乐的寄食制则是封建社会世俗生活的一部分，是各级贵族、达官显宦、富商大贾对于享乐艺术的需求与歌舞艺术人才谋生的需求的一种自然结合，它已经成为封建社会一种特殊的生产关系——艺术的生产与消费关系。这种生产关系更接近于埃斯卡皮所说的寄食制，由某一个人或某一个家庭来养活一个歌舞艺人，他们保荐他，反过来又要求他满足他们的文化需要。在这种体系里，歌舞艺人被认为是提供奢侈品的工匠；于是，他也根据物物交换的原则，用自己的产品换取他人对自己的供养。这些歌舞艺人不属于国家机构中的一员，他与所寄食者之间只是一种供养与服务的关系。当然，这两种寄食制中也并非没有沟通。一些供职于皇亲国戚家的杰出的歌舞艺人，他们可能有机会进入朝廷的音乐机构，如李延年那样由"故倡"而变为"协律都尉"。但大体来讲，他们还是属于两个不同系统的。

在汉代的这两种寄食制当中，对于歌诗艺术发展影响更大的，还是这种俗乐生产中的寄食制。之所以如此，是因为在自先秦以来雅俗两种艺术发展的斗争中，俗乐才代表了艺术发展的趋势，也是艺术发展的主流。同样，也正是这种以生产俗乐为主的寄食制，最能满足新兴地主阶级的艺术消费需求，也最适合当时社会生产力的发展水平，适应那个社会的生产关系。在雅乐与俗乐的斗争中，俗乐之所以能够取得胜利，和这种以俗乐生产为主的寄食制的大发展，也是有直接关系的。

二、一种新的歌诗生产方式——卖艺制在汉代的出现

寄食制是汉代社会歌诗艺术生产方式的主流。同时，随着汉代城市的繁荣和商品经济的发展，另一种带有资本主义社会性质的歌诗艺术生产方式——卖艺制，也已经有了初步的发展，这是值得我们注意的大事。

（一）卖艺制在汉代产生的基本状况

我们知道，所谓寄食制和卖艺制的最大不同，就在于寄食制下的歌舞艺人主要寄食于宫廷或某一达官显宦或某一富人之家，他们为艺人提供基本的生活保障，同时要求这些艺人只为满足自己的享乐需求服务。在这种制度下的歌舞艺术生产者，由于其经济的依附性，其社会地位也具有一定的依附色彩。而卖艺制下的歌舞艺人则是一种自由人，他们靠自己的技艺为谋生的手段，组成小规模的生产团体，主要在城市、间或在农村中流动，以演出的收入来维持生活。

两汉社会是否有了以卖艺为生的这样的演出团体，历史上没有直

接的记载。但是从相关史料中我们可以作出推测。据《列子·汤问》所记："周衰……有韩娥者，东之齐，至雍门，匮粮，乃鬻歌假食。"《史记·范雎蔡泽列传》又记："伍子胥橐载而出昭关，夜行昼伏，至于陵水，无以糊其口，膝行蒲伏，稽首肉袒，鼓腹吹篪，乞食于吴市。"可见，若从卖艺为生的角度讲，先秦时代已经有这样的事例。韩娥、伍子胥虽然是在旅途无粮不得已时才卖唱为生，并不算专门的卖唱艺人，但我们由此却可以推知，当时卖唱为生是可以被大众接受的，那么实际上这种人自然也是存在的。既然先秦时期已有这种个别情况，那么两汉时代这种情况理应有较大的发展。《宋书·乐志》又云："凡乐章古词，今之存者，并汉世街陌谣讴，《江南可采莲》《乌生十五子》《白头吟》之属是也。"《晋书·乐志》也说："《相和》，汉旧歌也；丝竹更相和，执节者歌。"分析这两句话的意思我们可知，第一，这里所说的《江南可采莲》《乌生十五子》《白头吟》属于"街陌谣讴"；第二，这些歌曲在当时属于"相和"曲一类，而这一类曲子的演唱则是"丝竹更相和，执节者歌。"显然，能够同时给这两种状况以一个合理解释的只能说它们出自于当时的以卖艺为生的民间歌舞团体。

这种民间歌舞团体，可能被称为"散乐"。《周礼·春官·旄人》："旄人掌教舞散乐。"郑玄注："散乐，野人为乐之善者。"贾公彦疏："以其不在官之员内，谓之为'散'，故以为野人为乐之善者。"《旧唐书·音乐志二》："散乐者，历代有之，非部伍之声，俳优歌舞杂奏……总名百戏。"宋赵彦卫《云麓漫钞》卷十二："今人呼路岐乐人为散乐。"宋无名氏《错立身》戏文第一出："因迷散乐王金榜，致使爹爹捍离门。"又第四出："老身幼习伶伦，生居散乐。"由宋以后明确认定散乐就是民间的歌舞团体的情况推知，唐以前所说的散乐情况也当如此。并且由此可知，汉唐以前的"百戏"当中亦主要由这种民间歌舞团体组成。这些民间团体，或者以表演歌舞为生，或者以表演百戏为业。《汉书·周勃传》中说，周勃先时"常以吹箫给丧事。"颜师古注："吹箫以乐丧宾，若乐人也。"显然，像周勃这样的乐人，就应该属于当时专为丧事而服务的民间音乐团体。《盐铁论·散不足》也说："今俗因人之丧以求酒肉，幸而小坐而责办歌舞俳优，连笑伎戏。"这也说明，当时社会上的确存在着这样活跃在民间的歌舞团体。如果不是这样，一家有了丧事，何以很快就能请来歌舞俳优进行连笑伎戏的表演呢？从情理上推测，在汉代社会里，一些达官显宦和富商大贾之家可以养得起专为自己服务的歌舞倡优，但是还有更多的中下层商人、地主和官吏未必养得起这样的私倡，他们对于歌舞音乐的需求如果得到满足，最好的方式莫过于临时雇佣民间的歌舞团体来为自己表演了。从现有的文献记载和出土文物来看，汉代歌舞艺术的演出有时场面很大，节目也很多，这些，未必都是私家倡优的表演，可能就包含来自于民间以卖艺为生的歌舞艺术团体。此正所谓"游手末作，俳优技艺，传食于富人"①。

（二）卖艺制在汉代产生的经济基础及其意义

卖艺制的艺术生产方式之所以能够产生，首先是以社会生产力的发展和城市商业经济的繁荣为基础的。因为有了这样的基础，才会有一个比较富有的城市市民阶层的出现。而正是这个城市市民阶层对艺术消费的需要，才刺激了面向平民的卖艺制的艺术生产方式的产生。当前有一种观点认为，中国的城市市民阶层的兴起，应该是从宋代开始的，最多不过推到唐代。中国的封建社会自唐代中叶以后政治经济结构发生了变化，到了北宋时期渐渐趋于定型。宋以前我国古代的城市基本上是属于以政治为中心的郡县城市，在经济上不存在与乡村分离的情况。其实并不是这样。早在汉代，中国城市的商业经济已经相当发达了。如西汉的首都长安，就不仅仅是国家的政治中心，同时也是全国的经济中心之一。据刘运勇研究，鼎盛时期的长安城，人口远不止五十万。《史

---

① 马端临《文献通考》卷一《田赋一》引水心叶氏语，中华书局影印 1986 年版，第 34 页。

记·货殖列传》说："汉兴，海内为一，开关梁，弛山泽之禁，是以富商大贾周流天下，交易之物莫不通，得其所欲。""长安诸陵，四方辐凑并至而会，地小人众，故其民益玩巧而事末。"古文献中常常提到长安九市，这九市就是城中九个主要的、规模较大的市场。另据四川出土的汉代市井画像砖上，人物众多，商店林立。又据《西京杂记》等文献，司马相如与卓文君在四川临邛就开设过一家酒店，文君当垆卖酒，相如身着"犊鼻裈"，与庸保杂作，涤器于市中。由此也可推知当时长安城中商业繁荣的景象。又据出土文献和陈直先生等人的考证，当时长安城中交易的商品几乎包括了从新鲜食品、瓜果蔬菜、鱼羊牛猪肉、皮革制品、干杂货、各种手工业原料、建筑材料、蚕丝毛麻制品以及漆器、铜器、铁器、木器等等。① 这些，在司马迁的《史记·货殖列传》已经记载得相当清楚：

　　夫用贫求富，农不如工，工不如商，刺绣文不如倚市门，此言末业，贫者之资也。通邑大都，酤一岁千酿，醯酱千瓨，浆千甔，屠牛羊彘千皮，贩谷粜千钟，薪稿千车，船长千丈，木千章，竹竿万个，其轺车百乘，牛车千两，木器髤者千枚，铜器千钧，素木铁器若卮茜千石，马蹄躈千，牛千足，羊彘千双，僮手指千，筋角丹沙千斤，其帛絮细布千钧，文采千匹，榻布皮革千石，漆千斗，糵麹盐豉千答，鲐鮆千斤，鲰千石，鲍千钧，枣栗千石者三之，狐鼦裘千皮，羔羊裘千石，旃席千具，佗果菜千钟，子贷金钱千贯，节驵会，贪贾三之，廉贾五之，此亦比千乘之家，其大率也。

　　司马迁的这段话，不但说出了当时商业盈利的现实，同时也说明

---

① 按：此处可参考刘运勇《西汉长安》，中华书局 1982 年版，第 94—102 页。

了当时商品经营的范围之广。也许，汉代的商品经济还远不如宋代发达，但是，如果说它与宋代的商品经济不仅是量上的差别而且还是质上的飞跃，却总有过于夸大宋代城市经济而忽略了前代城市经济之嫌。在我们看来，无论是宋代社会还是汉代社会，都属于中国古代的封建社会，在这一社会发展的过程中，宋代的商品经济虽然较汉代有了较大的发展，可是整个中国封建社会的性质并没有本质上的改变。即便是到了宋代，中国的城市经济也没有出现与乡村经济分离的现象。因为从本质上讲，无论宋代的城市经济如何发达，这种经济仍然是农业经济，最多只不过是农业经济的城市商品化罢了。正是从这一方面讲，我们不能同意上面的观点。我们坚持认为：如果要研究中国的市民文学，不重视汉代社会城市经济的繁荣事实以及与之相关的市民文艺的发展状况是不行的。

我们说汉代已经有了产生市民文学的文化土壤，出现了一个市民文艺的消费阶层，从而产生了卖艺制的生产方式，但是并没有因此而认为汉代的市民文学和宋代的市民文学完全可以相提并论。我们认为，艺术的发展固然需要经济的发展做前导，但艺术本身也有着自身的发展规律，尤其是艺术形式的演变，往往是一个漫长的发展过程，它并不与经济发展完全同步。另一方面，由于汉代社会和宋代社会的文化背景不同，市民的艺术审美趣味不同，艺术生产的表达形式不同，两个时代的市民艺术也呈现出不同的时代特点。如果说宋代的市民文艺主要是以流行的通俗歌词、话本小说为主的话，那么汉代就是以街陌谣讴的相和歌辞演唱与歌舞百戏的表演为主了。它虽然没有宋代的市民艺术形式那么多样，那么繁荣，可是却正是宋代市民艺术的先声。特别是从卖艺制的生产方式方面考虑，它更和宋代艺术生产有着不可分割的渊源关系了。

卖艺制在汉代虽然还不是汉代歌诗艺术生产的主要形式，但是它的出现却有重要意义。我们知道，人类社会自从出现阶级和分工以来，对艺术的欣赏就渐渐地变成了少数人享有的特权，特别是对那些专业艺术家所创作的高水平的艺术享受更是如此。专业艺人成了专为上层统治者提供艺术生产服务的寄食奴隶，而广大的中下层群众却没有资格也没有条件来欣赏这样的艺术，实现这样的文化消费。但是，随着汉代社会的经济发展，随着一部分中下层市民群众经济条件的改善和政治地位的相对提高，他们也逐渐有了追求这种艺术消费的迫切需要并使这种需要成为可能。可以这样说，与寄食制的艺术生产方式最大的不同之处，就在于卖艺制的生产服务对象不再是以达官显宦为主而是以平民为主，这在一定程度上标志着广大人民群众的艺术消费权利的重新获得，也是历史的巨大进步。同时，它也进一步说明，只有当广大人民群众重新获得了艺术消费的权利之后，艺术的发展才会有更加广阔的前景，才会显出艺术的旺盛生命力。两汉社会的这种艺术消费方式虽然仅仅是个开始，但是它所代表的艺术发展方向却不可改变。如果说，以街陌谣讴为主的汉代相和歌辞已经在一定程度上代表了汉代歌诗艺术的生产方向，并成为魏晋六朝中国歌诗艺术生产主流的话，那么到了宋代以后，市民文艺所代表的中国文学艺术发展的主导方向更成为大势所趋，已经无人抵挡了。不幸的是，由于汉代以后中国封建社会长期以来一直处于停滞不前的状态，所以在汉代已经得到初步发展的市民歌诗艺术生产在六朝以后没有大的进步。这种现状，只有到了唐宋、特别是宋代以后才有了较大的发展，但我们并不能因此而否定了汉代这种艺术生产方式产生的重要意义。

三、古老的自娱式歌诗生产在汉代的发展

除了寄食制和卖艺制的艺术生产方式之外，自娱制也是汉代艺术生产的另一重要方式。本来，从艺术生产的源头上讲，自娱制是最为古老、最原始的艺术生产方式。先民的艺术生产最初就是自娱式的。自从

出现了阶级和分工之后，寄食制才成为代表艺术生产水平的主要方式。但是，自娱制并没有因此而消失，而是以新的形式继续向前发展。这又主要表现为两种情况：

（一）广大群众自娱式的歌诗艺术生产

由于分工，由于繁重的生产劳动使广大人民没有时间专门从事艺术生产和艺术的消费，但是并不能完全剥夺他们对艺术的需求，他们在一切可能的条件下仍然执着地进行着自娱式的艺术生产和消费。毋庸讳言，总的说来，这种自娱式的艺术产品水平是不高的，《淮南子·精神训》曰："今夫穷鄙之社也，叩盆拊瓴，相和而歌，自以为乐矣。尝试为之击建鼓，撞巨钟，乃性仍仍然，知其盆瓴之足羞也。"现存的两汉社会歌谣也可以证明这一点。但是，由于这种自娱式的艺术生产素材直接来自现实生活，却具有相当的生动性，在一定程度上可为另外两种艺术生产方式提供最基本的材料，甚至提供新的艺术形式。举例来讲，如汉代流传甚广的角抵戏东海黄公，就来自民间。据《西京杂记》所载，相传东海有一人叫黄公，年轻时法术高强，能制服老虎。他身佩赤刀，以绛色丝带束发。站着可兴云雾，坐着可致江河。到了老年，力气衰退，饮酒过度，法术就不灵了。秦朝末年，东海出现了白虎，黄公就使着赤刀去制服。因为法术不灵，结果反而被老虎吃了。三辅地区的人就以这个故事为题材进行表演娱乐，后来引入汉朝宫廷成为著名的角抵戏。再如汉乐府中的《江南》一诗，歌唱的是江南的美好风光和生活的欢乐，最初当是来自于民间社会的一首自娱式歌诗，也具有相当高的艺术成就，堪称汉乐府中的名篇。

（二）宫廷贵族及官僚文人的自娱式歌唱

本来，在寄食制为主的艺术生产方式下，封建统治者是最大的利益获得者，也有充分的条件进行高水平的艺术消费。从这个角度讲，他们并不需要自己进行艺术生产。但是，艺术消费和其他物质消费的最大不同之处，就是生产本身的消费性。或者说，有时候艺术的消费并不是对一件客观的艺术品进行观赏，而恰恰是在自身投入艺术生产的过程当中。这一点，在歌诗艺术的生产和消费中更为突出。听别人的演唱固然是一种享受，但是在很多时候只有自己亲自参与其中的歌唱才会得到更大的满足。《汉书·杨恽传》载杨恽在《报孙会宗书》中说自己家居生活有时是："田家作苦，岁时伏腊，烹羊炰羔，斗酒自劳。家本秦也，能为秦声。妇赵女也，雅善鼓瑟。奴婢歌者数人，酒后耳热，仰天拊缶而呼乌乌。其诗曰：'田彼南山，芜秽不治，种一顷豆，落而为萁。人生行乐耳，须富贵何时！'是日也，指衣而喜，奋袖低昂，顿足起舞，诚淫荒无度，不知其不可也。"这就是一个典型的例子。另外，作为自娱式的歌诗生产消费，它的性质和目的也与寄食制和卖艺制有很大的不同。它更重在自我情感的抒发而不是客观的欣赏。它有时候可能走向世俗，以娱乐的目的为主，但是还有很多的时候可能把生产和消费的目的指向抒个人之情甚或是表达个人的思想。这一点在各阶层的文人艺术生产中表现得更为明显。它强化了艺术的意识形态功能，使艺术更隶属于上层建筑。正是这种艺术生产方式，成为我们传统的文学研究的主要对象。在汉代，这种类型的艺术生产无疑也占有相当重要的地位，我们传统上所研究的汉赋和汉代文人诗与贵族诗都属于此类，也取得了相当高的成就。不过，和后代相比，这种以文人为主的指向意识形态的歌诗艺术生产在汉代还没有成为歌诗生产的主流，终有汉一代，以表达世俗之情为主的歌诗艺术在汉代歌诗生产中占据着中心位置。同时，这种以指向意识形态为主的文人艺术生产情况与我们所讲的歌诗艺术生产和消费在目的指向上有着越来越大的距离，所以我们在这里主要研究的还不是这些，而只是那些文人或贵族们自娱自乐式的世俗歌唱。如汉高祖的《大风歌》、汉武帝的《秋风辞》、张衡的《同声歌》之类的作品。它们在汉代的歌诗艺术生产中也占有相当重要的地位。

　　越来越发达的寄食制、初见规模的卖艺制以及以抒写世俗之情为主的自娱式，是汉代歌诗生产的三种主要生产方式，也是汉代歌诗生产的基本特征。它们从不同层面推动着汉代歌诗生产向前发展，共同促进了汉代歌诗生产的繁荣。同时，正是汉代社会里，中国古代这三种艺术生产方式才第一次同时出现并得到了新的发展，它为中国古代歌诗艺术的生产创造了更好的条件，为魏晋六朝以至唐代歌诗艺术的繁荣奠定了坚实的基础。

本文原载于《首都师范大学学报》2004 年第 4 期，人大报刊复印资料《中国古代近代文学研究》2005 年第 3 期全文转载

汉代乐府官署兴废考论

一、问题的提出

　　无论在中国文学史和文化史上，汉乐府的兴废问题都具有重要意义。班固在《汉书·礼乐志》中说："至武帝定郊祀之礼，祠太一于甘泉，就乾位也。祭后土于汾阴，泽中方丘也。乃立乐府，采诗夜诵，有赵、代、秦、楚之讴。"在《汉书·艺文志》和《两都赋序》中也有相似的说法。以此而言，汉乐府应该是在汉武帝时代才开始设立的。然而同在《汉书·礼乐志》中，班固又说过这样的话："高祖乐楚声，故《房中乐》楚声也。孝惠二年，使乐府令夏侯宽备其箫管，更名曰《安世乐》。"《史记·乐书》也说："高祖过沛诗《三侯之章》，令小儿歌之。高祖崩，令沛得以四时歌舞宗庙。孝惠、孝文、孝景无所增更，于乐府习常肄旧而已。"如此说来，至迟到惠帝时，汉朝已设有"乐府"。面对两种矛盾的说法，有的学者相信《史记》的记载，如宋人王应麟等，认为汉惠帝时已有乐府。有的学者认为汉武帝始立乐府之说更为可从，如刘勰在《文心雕龙·乐府》中就说："暨武帝崇礼，始立乐府。"还有的学者将两说折中，如，宋人郭茂倩在《乐府诗集·新乐府辞》中亦曰："乐府之名，起于汉魏，自孝惠帝时，夏侯宽为乐府令，始以名官。至武帝，乃立乐府，采诗夜诵，有赵、代、秦、楚之讴。"今人萧涤非也说："乐府之制，其来已久。……然乐府之名，则始见于汉。……则高祖之时，固已有乐府之设。到惠帝二年，乃以名官……然乐府之立为专署，则实始于武帝。"[1] 但是此说也有矛盾，试问，如果汉初没有乐府官署，何来乐府令这一官名呢？于是有人又另作解释，如沈钦韩在《汉书疏证》中就说，《汉书》中之所以又有汉惠帝时"乐府令夏侯宽"的记载，那是"以后制追述前事"。何焯在《何氏义门读书记》中认为"乐府令应为太乐令"，今人王运熙则认为"《史记·乐书》的'乐府'，《汉书·礼乐志》中的'乐府令'都是泛称"，并举了好多后世文献的旁证来证明。[2] 但是，此说也有两点矛盾，其一，班固在《汉书·礼乐志》中既提到了"乐府"，又提到了"乐府令"，把一篇历史文献中的"乐府"当成是专称，而把"乐府令"却解释为"泛称"，于理不同。其二，汉乐府官署自西汉哀帝时已经罢废，东汉以后的人所使用的"乐府令"一词只是习惯性说法，本身就不准确，不能证明《汉书·礼乐志》里的"乐府令"也是泛称。

面对着历史文献记载的矛盾，人们期待着发现新的证据。幸运的是，1977 在陕西考古中发现了刻有"乐府"二字的秦代错金甬钟，这是关于秦代已经设立"乐府"的最有力的证据。回头再看班固《史记·乐书》《汉书·百官公卿表》等文献，可知乐府始于秦代，应是不易的事实。乐府始立于汉武帝的说法被彻底打破。[3] 据陈直《汉封泥考略》一文考证，在齐地出土的百官封泥四十八枚当中，有"齐乐府印"封泥一枚，当为西汉菑川王和齐懿王刘寿（前 153—前 132 年在位）时

---

① 萧涤非：《汉魏六朝乐府文学史》，人民文学出版社 1984 年版，第 5 页。

② 王运熙：《汉武始立乐府说》，见《乐府诗述论》，上海古籍出版社 1996 年版，第 177—179 页。

③ 寇效信：《秦汉乐府考略》，《陕西师范大学学报》1978 年第 1 期。

物。^① 无独有偶，1983 年在广州市象岗发掘南越王墓出土八件铜钩鑃，每件上都刻有"文帝九年乐府工造"字样。南越王文帝九年当汉武帝元光六年（前 129），由此可证，"南越乐府的肄习乐章当系仿自汉廷"。^② 西汉时代的交通极不方便，南越王国与齐国相距遥远，在此时期都有相应的"乐府"官署存在的文物，这更可证明西汉初年已经设立乐府的事实。至此，秦代已设有乐府官署，汉代初年就有乐府的说法，已经成为大多数学者们的共识。

但问题到此并没有完全解决。虽然相关历史记载和出土文献都证明汉初乐府就已经存在，但是这时的乐府到底是个什么样的官署，却有不同的看法。如刘永济说："考百官公卿表：奉常，掌宗庙礼仪，属官有太乐令丞。少府，掌山海池泽之税，以给供养。属官有乐府令丞。二官判然不同。盖郊庙之乐，旧隶太乐。乐府所掌，不过供奉帝王之物，侪于衣服宝货珍膳之次而已。"^③ 这一说法近年来得到李文初的申说。他认为，在汉武帝以前，"乐府"主要是一个负责制造乐器的官署，而不是掌管音乐的机构。因为据《汉书·百官公卿表》，乐府属于少府，而少府下属的十六个官署均为朝廷聚敛、制作与供养而设，乐府设在上林苑里，也是一个制作乐器的工官。^④ 刘永济和李文初只就《百官公卿表》的话进行分析，看似有一定道理，但是并不符合事实。更有甚者，孙尚勇不但否定了《史记·乐书》《汉书·礼乐志》、贾谊《新书》相关的历史文献记载，认为它们或者是文字脱误，或者是经过了后人的修改，而且认为出土的秦代编钟，南越王铜钩鑃和齐官印封泥等刻有"乐府"字样的文物与汉初乐府都没有关系，仍然坚持汉武帝始立乐府之说。孙尚

---

① 陈直：《文史考古论丛》，天津古籍出版社 1988 年版，第 344—345 页。

② 黄展岳：《南越王墓出土文字资料汇考》，载《先秦两汉考古与文化》，台湾允晨文化实业股份有限公司 1999 年版，第 283 页。

③ 刘永济：《十四朝文学要略》，黑龙江人民出版社 1984 年版，第 92 页。

④ 李文初：《汉武帝之前乐府职能考》，《社会科学战线》1986 年第 3 期，此处引自李著《汉魏六朝文学研究》，广东人民出版社 2000 年版，第 70—71 页。

勇的辨析非常详细，似乎言之凿凿，但是却存在着严重的问题。其一，孙尚勇在否定相关历史文献时所列的理由均属猜测或推论，例如他认为班固《汉书·礼乐志》中"使乐府令夏侯宽备其箫管"这句话，刘勰、颜师古等人都没有注意到，到了宋人王应麟等人才注意到，可能《汉书》原文作"乐令"，后人在其中增加了一个"府"字，而"乐令"则是"太乐令"的简称。显然，这一推测建立在自己的假想之上，并无坚实证据，这是不能成立的；其二，认为南越王墓中出土的铜句鑃虽有"乐府"二字，但这是南越王国受秦文化影响的结果，而与汉文化无关。事实上，汉文帝时陆贾出使南越，就曾恢复两国之间的往来，以后南越王与汉朝的来往并未中断，那么，南越王文帝亦即汉武帝时期刻有"乐府工造"的乐器，怎么能证明它不是受汉文化的影响而是受秦文化的影响呢？其三，在对待齐官泥印封的问题上，孙尚勇的理由是此封泥经陈直考证为齐懿王（前153—前132年）时物，与孙尚勇本人所考"西汉初期无乐府官署不合"，所以就不予采信。以自己并不坚实的考证来否定别人已经考证明确的事实，这是更没有道理的。① 如此说来，关于汉乐府究竟从何时设立问题的考证还没有结束，这不仅仅是搜集相关证据的问题，而且关系到对现有文献和出土文物的解读问题，甚至关系到对整个汉代制度建设的认识和理解问题，需要我们综合探讨。此外，关于汉哀帝罢乐府之后，东汉国家的乐官制度建设情况如何，以及如何认识所谓"汉乐四品"的问题，学界也存在着不同的意见。有感于此，文人根据现存历史文献，结合汉代乐官制度的建设，对汉乐府兴废沿革等问题进行综合考论，以期推动这一问题研究的进一步深入。

---

① 孙尚勇：《乐府文学文献研究》，人民文学出版社2007年版，第45—56页。

二、太常与少府：汉初乐官制度的两分

考察汉初乐府是否存在，其实质关系到对汉代乐官制度和礼乐文化的整体认识。我们知道，自三代以来，特别是周代社会礼乐文化建立起来之后，礼乐制度就成为中国古代封建社会政治制度的重要组成部分。周人之所以把乐统一于礼当中，其根本目的就是要强化乐的教化作用而弱化它的娱乐功能。按《周礼·春官·宗伯》所记，作为国家的礼乐机关，主要指大宗伯下属的大司乐，它主要承担的也就是国家各种典礼仪式中的音乐表演，同时掌管着贵族子弟的音乐教育。但是到了秦汉时代，由于自春秋后期和战国以来俗乐的兴盛和礼乐制度的破坏，国家的礼乐机构建设发生了一些变化，根据音乐在社会生活中所扮演的角色，分由太常和少府两个机构来负责。

在汉代太常与少府两分的礼乐机构建设中，从国家政治的角度来讲，最重要的当然是太常了，因为它掌管着宗庙祭祀雅乐。《汉书·百官公卿表》说：

> 奉常：秦官，掌宗庙礼仪，有丞。景帝中六年更名太常。属官有太乐、太祝、太宰、太史、太卜、太医六令丞，又均官、都水两长丞，又诸庙寝园食宫令长丞，有廱太宰、太祝令丞，五畤各一尉。又博士及诸陵县皆属焉。景帝中六年更名太祝为祠祀，武帝太初元年更曰庙祀，初置太卜。

掌管宗庙礼仪的官职为什么叫"奉常"或"太常"？应劭注曰："常，典也，掌典三礼也。"颜师古注："太常，王者旌旗也，画日月焉，王有大事则建以行，礼官主奉持之，故曰奉常也。后改曰太常，尊大之

义也。"对此，班固在《汉书·礼乐志》中有更明确的解释：

> 《六经》之道同归，而《礼》《乐》之用为急。治身者斯须忘礼，则暴嫚入之矣；为国者一朝失礼，则荒乱及之矣。人函天地阴阳之气，有喜怒哀乐之情。天禀其性而不能节也，圣人能为之节而不能绝也，故象天地而制礼乐，所以通神明，立人伦，正情性，节万事者也。

按以上所说，奉常一职所以重要，首先是因为它所掌管的是确立国家等级秩序和用以行教化的"礼"与"乐"。而礼乐的作用，则首先是通过敬天法祖的宗教祭祀活动来实现的。王者功成作乐，由此而成为历朝历代帝王的常例。汉高祖刘邦建国之初，自然也不例外。据《汉书·礼乐志》所记，汉高祖初即位，也做了同样的两件大事，第一是命令叔孙通制定朝仪制度；第二是让他制定新的宗庙乐：

> 汉兴，拨乱反正，日不暇给，犹命叔孙通制礼仪，以正君臣之位。高祖说而叹曰："吾乃今日知为天子之贵也！"以通为奉常，遂定仪法，未尽备而通终。
>
> 汉兴，乐家有制氏，以雅乐声律世世在大乐官，但能纪其铿锵鼓舞，而不能言其义。高祖时，叔孙通因秦乐人制宗庙乐。大祝迎神于庙门，奏《嘉至》，犹古降神之乐也。皇帝入庙门，奏《永至》，以为行步之节，犹古《采荠》《肆夏》也。乾豆上，奏《登歌》，独上歌，不以管弦乱人声，欲在位者遍闻之，犹古《清庙》之歌也。《登歌》再终，下奏《休成》之乐，美神明既飨也。皇帝就酒东厢，坐定，奏《永安》之乐，美礼已成也。

汉高祖即位之初在百废待兴之时，就把定朝仪之礼和宗庙乐的制定当作两件重要的大事来做，可见礼乐制度的建设在封建社会里的确有着非同一般的重要意义。汉高祖命令叔孙通所建的朝仪制度与宗庙祭祀音乐虽然并不完善，却为汉朝初年礼乐制度的建设打下了初步的基础，汉惠帝、文帝、景帝三朝，在这方面基本上再没有大的变化。

　　而汉代少府中的乐官建设问题，历史记载却远不如太常那么详细明确，也很少受到当代学人的关注，需要我们认真考察。因为它不仅关系到汉代乐府究竟建立于何时的问题，也关系到如何认识新声俗乐在汉代的发展问题。班固在《汉书·百官公卿表》说：

　　　　少府，秦官，掌山海池泽之税，以给共养，有六丞。属官有尚书、符节、太医、太官、汤官、导官、乐府、若卢、考工室、左弋、居室、甘泉居室、左右司空、东织、西织、东园匠十六官令丞，又胞人、都水、均官三长丞，又上林中十池监，又中书谒者、黄门、钩盾、尚方、御府、永巷、内者、宦者八官令丞。诸仆射、署长、中黄门皆属焉。武帝太初元年更名考工室为考工，左弋为佽飞，居室为保宫，甘泉居室为昆台，永巷为掖廷。佽飞掌弋射，有九丞两尉，太官七丞，昆台五丞，乐府三丞，掖廷八丞，宦者七丞，钩盾五丞两尉。

　　应劭注："名曰禁钱，以给私养，自别为藏。少者，小也，故称少府。"颜师古注："大司农供军国之用，少府以养天子。"可见，少府这一机构也是从秦代开始设立的，其职能就是掌管宫廷生活中的诸项事务——包括衣食住行等等。其中也包括宫廷中的音乐，而这又分成"乐府"与"掖庭"两部分。我们首先来分析汉初太常所辖太乐与少府所管乐府的职能。我们知道，根据《汉书·百官公卿表》，汉代的奉常主要掌管宗庙礼仪，其中所用之乐都由太乐官负责。而少府中的乐府究竟承担什么职能并没有写明。根据《汉书·礼乐志》的记载，汉初奉常所掌管的宗庙乐，一是由乐家制氏传下来已"不能言其义"，只是"岁时以备数"的"雅乐"；二是叔孙通因秦乐人而制的宗庙乐；三是"大氐皆因秦旧事"而略加改造的宗庙乐舞，如高庙奏《武德》《文始》《五行》之舞、孝文庙奏《昭德》《文始》《四时》《五行》之舞、孝武庙奏《盛德》《文始》《四时》《五行》之舞，记载得非常清楚。可是该文献中同时还记载："又有《房中祠乐》，高祖唐山夫人所作也。周有《房中乐》，至秦名曰《寿人》。凡乐，乐其所生，礼不忘本。高祖乐楚声，故《房中乐》楚声也。孝惠二年，使乐府令夏侯宽备其箫管，更名曰《安世乐》。"根据这段话，我们可以知道，由高祖唐山夫人所作的《房中祠乐》也就是《安世乐》，不是由奉常中的太乐掌管，而是由少府中的乐府掌管的。

那么，为什么《安世乐》不由太乐掌管而由乐府掌管呢？这是由《安世乐》的性质决定的。按《汉书》中所说高祖唐山夫人的《房中祠乐》，有两个特点：其一是它乃是用楚声演唱的，这体现了汉高祖"乐其所生，礼不忘本"的思想；其二是它继承了周代《房中乐》的传统。我们知道，《安世乐》最初名为《房中祠乐》，它是由周代的《房中乐》而来。关于房中乐，《周礼》《仪礼》《毛传》等文献中都有记载，前人对此也多有研究，如汉人郑玄、唐人贾公彦、清人孙诒让等在《周礼》《仪礼》相关注疏中对此都有过考证。按《周礼·磬师》云："教缦乐燕乐之钟磬。"郑玄注云："燕乐，房中之乐。"《磬师》又云："凡祭祀飨食，奏燕乐。"又云："凡祭祀宾客，舞其燕乐。"郑注"教缦乐、燕乐之钟磬"云："二乐皆教其钟磬。"《仪礼·燕礼》："与四方之宾燕，有房中之乐"郑注："弦歌《周南》《召南》之诗，而无钟磬之节。"贾公彦释之曰："房中乐得有钟磬者，待祭祀而用之，故有钟磬也。房中及燕，则无钟磬也。"萧涤非据此而分析，房中乐又名燕乐，原有两用，一用之祭祀，为娱神之事；一用于飨食宾客，为娱人之事。其分别则在有无钟磬之节，而《房中乐》适与此相合。① 钱志熙对此也有详细考证，他的结论是："周之《房中乐》，为国君夫人之燕乐，但其中也有房中祭祀之乐。后妃夫人，不仅侍御君子时用乐，祭祀之时亦用乐。高祖姬人唐山夫人以后宫材人之身份，制作《房中祠乐》，实援上述数种意思为依据，其'房中'一义，实兼有后妃夫人之房中与'祖庙'祠堂之'房中'两义。"② 以此而言，汉初高祖唐山夫人所做的《房中乐》，既可用于祭祀，亦可用于燕乐宾客，它在汉初不归奉常中的太乐掌管，而是由少府中的乐府掌管，用于宫廷的祭祀与燕乐，自然是再正当不过的事情。正因为如此，到汉惠帝时，才有"令乐府令夏侯宽备其箫管"之说。现存的《安世房中歌》正是《安世乐》的歌词，它在里面提到"高张四县，乐充宫庭"，也正是它属于宫廷之乐的明证。

作为汉代内廷机构的乐府，不仅掌管房中之乐，而且还掌管宫廷中用于观赏享乐的俗乐。对此，相关历史文献中也有记载：

> 若使者至也，上必使人有所召客焉。令得召其知识，胡人之欲观者勿禁。令妇人傅白墨黑，绣衣而侍其堂者二三十人，或薄或捭，为其胡戏以相饭。上使乐府幸假之但〔倡〕乐，吹箫鼓鞀，倒挈、面者更进，舞者、蹋者时作，少闲击鼓，舞其偶人。③

由此可以确定，汉初不但有乐府存在，而且还掌管着宫廷中的《安世乐》以及供宫廷观赏享乐的各类俗乐，而绝不是只掌管乐器制作的一个作坊。

我们说汉初宫廷中有掌管俗乐的乐府机构，除了历史上有大量的

---

① 萧涤非：《汉魏六朝乐府文学史》，人民文学出版社 1984 年版，第 34—35 页。

② 钱志熙：《周汉"房中乐"考论》，《文史》2007 年第 2 辑。

③ 王洲明、徐超：《贾谊集校注》，人民文学出版社 1996 年版，第 141 页。按此处原文中为"但乐"，据孙诒让说应为"倡乐"。

文献记载外，还可以通过相关的研究来推断它。我们知道，自汉初始，宫廷的歌舞娱乐之风就非常兴盛。汉高祖爱楚声，高祖唐山夫人以楚声而作《安世房中歌》，高祖的宠妃戚夫人能歌善舞，楚歌楚舞在宫廷中非常流行，以后自汉文帝、景帝到汉武帝都是如此。这些宫廷中的歌舞，大都以娱乐为主，是俗乐而不是雅乐，本不该由奉常中的太乐官掌管，自然就应该由内廷的相关机构来具体负责，隶属于少府的乐府自然就应该承担着这样的职能。事实上，无论是周代还是秦代，雅乐俗乐都有存在的理由，都有相关的国家音乐机构来掌管。汉代自然也是这样。所以，在汉初国家的乐官制度建设中，既有隶属于奉常的太乐来掌管宗庙乐，也有隶属于少府的乐府来掌管宫廷的其他音乐，乃是常理。对此，贾谊在《新书·官人》中的另一段话可以为我们提供更多的证据：

> 王者官人有六等：一曰师，二曰友，三曰大臣，四曰左右，五曰待御，六曰厮役。……师至，则清朝而侍，小事不进。友至，则清殿而侍，声乐技艺之人不并见。大臣奏事，则俳优侏儒逃隐，声乐技艺之人不并奏。左右在侧，声乐不见。侍御者在侧，子女不杂处。故君乐雅乐，则友大臣可以侍；君乐燕乐，则左右、侍御者可以侍；君开北房，从熏服之乐，则厮役从。清晨听治，罢朝而论议，从容泽燕。夕时开北房，从熏服之乐。是以听治、论议、从容泽燕，矜庄皆殊序，然后帝王之业可得而行也。[①]

贾谊在这里把君王日常所用的音乐分为"雅乐""燕乐""熏服之乐"三种。雅乐就是朝廷正乐，即郊庙朝会所用，这自然是和师友大臣共享之乐。燕乐则是内廷之乐，只有他的左右近臣侍御者可以同他共赏。而熏服之乐则是男女俳优杂处的享乐妓乐，连左右之人也要回避，

---

① 王洲明、徐超：《贾谊集校注》，人民文学出版社 1996 年版，第 289—294 页。

只有厮役相从，只供他个人欣赏。按贾谊的说法，古代的帝王本来就不讳言世俗娱乐，只不过要注意时机场合罢了。早晨上朝听治，下朝后论议，从容休息。晚上则可以享受熏服之乐。不过，贾谊在这里还是说的理想了些。实际上，汉代的那些帝王们，并不是只有在退朝后的晚上才享受这熏服之乐，只要是兴致所发，似乎随时都可以尽情享受一番。贾谊的这段论述，正是比较客观地说明了汉初雅乐与俗乐分属不同乐官所掌管的事实。

其实，再深入考察，在汉代社会的实际生活中，雅乐所起的作用远不及俗乐。对于平常百姓来讲，那些用于国家宗庙祭祀活动的雅乐距离他们的日常生活非常遥远，他们平常所用的音乐基本上都是俗乐。就是对于帝王而言，雅乐不过是在国家的各种政治宗教场合应用的礼仪之乐，在日常生活中也是以俗乐为主的。如果我们再进一步分析，就会知道，即便是在汉初以俗乐为主的宫廷音乐活动中，也还有乐府与掖庭两个不同的部分。根据汉初乐官建置，属于少府的乐府机关设立在上林之中，它所掌管的主要是供皇帝宫中的燕乐，如《巴渝舞》《安世乐》之类。至于贾谊所说的"薰服之乐"，则是由掖庭女乐来掌管的。掖庭在秦代和汉初名永巷，到汉武帝太初元年才改名掖庭，本是宫中嫔妃所居之处。同时它又是宫中官署之名，掌管后宫嫔妃之事。《汉书·百官公卿表》记有"乐府三丞，掖庭八丞"，同属于少府。在这掖庭八丞之中，就有掌管女乐之人。班固记载汉哀帝罢乐府时的情况是："内有掖庭材人，外有上林乐府，皆以郑声施于朝廷。"这里把上林乐府与掖庭材人对举，正说明在宫廷当中这二者是有分别的。①

以上，我们以充分的证据证明了西汉初年国家乐官制度建设中太常与少府两分这一重要事实，从而说明，乐府在汉初就已存在乃是不争

---

① 关于掖庭音乐的考证，许继起博士论文《秦汉乐府制度研究》第五章《掖庭女乐考》有较详细的考证，此处不论。

的事实。这一现象，与汉初宫廷歌舞娱乐之风盛行的现象也是相互吻合的，是不能否定的。同时，也正是因为汉初的少府中已有乐府官署的存在，才有了汉武帝在此基础上扩充乐府（亦即"立乐府"）的可能。

三、汉武帝对乐府的扩充及其目的

明确了汉初已有乐府这一事实，那么所谓"汉武帝立乐府"这一问题也就有了一个明确的答案，即不是"始立"，而是扩充。这包括两方面的意义，其一是扩大其规模，其二是扩大其职能。之所以如此，与汉武帝定郊祀之礼是直接相关的。《汉书·礼乐志》说：

> 至武帝定郊祀之礼，祠太一于甘泉，就乾位也；祭后土于汾阴，泽中方丘也。乃立乐府，采诗夜诵，有赵、代、秦、楚之讴。以李延年为协律都尉，多举司马相如等数十人造为诗赋，略论律吕，以合八音之调，作十九章之歌。以正月上辛用事甘泉圜丘，使童男女七十人俱歌，昏祠至明。夜常有神光如流星止集于祠坛，天子自竹宫而望拜，百官侍祠者数百人皆肃然动心焉。

可见，要认识汉武帝何以要"立乐府"亦即扩充乐府，我们首先应该弄清楚汉武帝何以要定郊祀之礼。郊祀之礼本是以祭祀天地为主的宗教活动，属于国家的大礼。早在商周时代，统治者就把制礼作乐视为朝廷中的大事。《汉书·礼乐志》开篇就说："《六经》之道同归，而《礼》《乐》之用为急。治身者斯须忘礼，则暴嫚入矣。为国者一朝失礼，则荒乱及之矣。"汉人也是这样。刘邦刚得到天下，就急着制定礼仪："汉兴，拨乱反正，日不暇给，犹命叔孙通制礼仪，以正君臣之位。"接着，又命他"因秦乐人制宗庙乐"。① 叔孙通所制的宗庙乐，专为宗庙祭祀之用，包括《嘉至》《永至》《登歌》《休成》《永安》等五首歌曲，从迎神庙门到祭祀礼成，成为一套完整的乐曲。此外，汉代帝王宗庙中常奏的还有《武德》《文始》《五行》《四时》之舞，《昭容》《礼容》之乐。

但是据《史记·乐书》和《汉书·礼乐志》来看，这种在汉高祖时所创制的宗庙雅乐和朝廷燕乐还很不完善，特别是对于朝廷来讲更为重要的以祭祀天地为核心的郊祀之乐，基本上因袭秦人旧俗。据《汉书·郊祀志》所记："高祖二年，东击项籍而还入关，问：'故秦时上帝祠何帝也？'对曰：'四帝，有白、青、黄、赤帝之祠。'高祖曰：'吾闻天有五帝，而四，何也？'莫知其说。于是高祖曰：'吾知之矣，乃待我而具五也。'乃立黑帝祠，名曰北畤。有司进祠，上不亲往。悉召故秦祀官，复置太祝、太宰，如其故仪礼。因令县为公社。下诏曰：'吾甚重祠而敬祭。今上帝之祭及山川诸神当祠者，各以其时礼祠之如故。'"刘邦打下天下以后，"长安置祠祀官、女巫。其梁巫祠天、地、天社、天水、房中、堂上之属；晋巫祠五帝、东君、云中君、巫社、巫祠、族人炊之属；秦巫祠杜主、巫保、族累之属；荆巫祠堂下、巫先、司命、施糜之属；九天巫祠九天；皆以岁时祠宫中。其河巫祠河于临晋，而南山巫祠南山、秦中"。可见，汉高祖虽然说自己"甚重祠而敬祭"，但是并没有创建新的郊祀制度，只不过沿袭旧俗，"今上帝之祭及山川诸神当祠者，各以其时礼祠之如故"而已。文景之世，国运逐渐强盛，遂有了制礼作乐方面的新举措，《汉书·郊祀志》又记载："鲁人公孙臣上书

---

① 班固《汉书·礼乐志》："高祖时，叔孙通因秦乐人制宗庙乐，大祝迎神于庙门，奏《嘉至》，犹古降神之乐也。皇帝入庙门，奏《永至》，以为行步之节，犹古《采荠》《肆夏》也。乾豆上，奏《登歌》，独上歌，不以管弦乱人声，欲在位者遍闻之，犹古《清庙》之歌也。《登歌》再终，下奏《休成》之乐，美神明既飨也。皇帝就酒东厢，坐定，奏《永安》之乐，美礼已成也。名曰《安世乐》。"

曰：'始秦得水德，及汉受之，推终始传，则汉当土德，土德之应黄龙见。宜改正朔，服色上黄。'时丞相张苍好律历，以为汉乃水德之时，河决金堤，其符也。年始冬十月，色外黑内赤，与德相应。公孙臣言非是，罢之。明年，黄龙见成纪。文帝召公孙臣，拜为博士，与诸生申明土德，草改历、服色事。其夏，下诏曰：'有异物之神见于成纪，毋害于民，岁以有年。朕几郊祀上帝诸神，礼官议，毋讳以朕劳。'有司皆曰：'古者天子夏亲郊祀上帝于郊，故曰郊。'于是，夏四月文帝始幸雍郊见五畤，祠衣皆上赤。赵人新垣平以望气见上，言'长安东北有神气，成五采，若人冠冕焉。或曰东北，神明之舍；西方，神明之墓也。天瑞下，宜立祠上帝，以合符应。'于是作渭阳五帝庙，同宇，帝一殿，面五门，各如其帝色。祠所用及仪亦如雍五畤。明年夏四月，文帝亲拜霸渭之会，以郊见渭阳五帝。五帝庙临渭，其北穿蒲池沟水。权火举而祠，若光辉然属天焉。于是贵平至上大夫，赐累千金。而使博士诸生刺《六经》中作《王制》，谋议巡狩封禅事。文帝出长门，若见五人于道北，遂因其直立五帝坛，祠以五牢。"以此可见，关于郊祀之礼的制定，自汉初高祖到文帝时期虽然代有所立，但是它基本上是以祭祀先秦的五帝为核心。可是，到了汉武帝时期，国运已经空前兴盛，这种以祭祀五帝为核心的郊祀之礼已经不能满足政治统治的需要，所以汉武帝就必然要重新定郊祀之礼了。这正如《汉书·礼乐志》中所说："王者未作乐之时，因先王之乐以教化百姓，说乐其俗，然后改作，以章功德。"

汉武帝之所以要重定郊祀之礼，最重要的原因就是要确立"太一"这一至上神在国家祭祀中的核心地位，从而借助宗教神学来加强自己的中央集权统治。

本来，中国古代早就有祭祀上帝的传统，这上帝也就是最高天神。可是，受春秋战国时代诸侯割据政治局面和先秦地域文化的影响，实际上自春秋以来华夏各国所祭祀的至上神是不一样的。楚祭东皇太一，秦从文公时起祭白帝，宣公时又祭青帝，灵公时又祭黄帝和炎帝。汉初刘邦正是根据这一宗教神学传统而增立黑帝祠，以确立自己受命于天的位置。但是我们知道，这种五帝并立的观念，其宗教神学的基础乃是自战国后期开始流行的"五德终始"学说。按这种学说推论，刘邦能够享有天下乃是五德轮回的必然结果，这在刘邦初定天下之时具有重要意义。但是按这种五德终始学说继续推衍，大汉帝国说不定到哪一天也会像秦王朝一样被另一个新的王朝所取代。显然，由于这种理论所带有的先天性缺陷，当大汉帝国大一统的局面已经形成，而国家分裂的危险仍然存在的时候，这种神学理论就显得有些不合时宜了。所以，当汉武帝即位之后，重新建立宗教神学体系就成为意识形态领域里的一项重要任务。也正是在这个时候，太一神应运而生。《史记·封禅书》对此有详细的叙述：

> 亳人谬忌奏祠太一方，曰："天神贵者太一，太一佐曰五帝。"……于是天子令太祝立其祠长安东南郊，常奉祠如忌方。
>
> 其秋，上幸雍，且郊。或曰"五帝，太一之佐也，宜立太一而上亲郊之"。
>
> 上遂郊雍，至陇西，西登崆峒，幸甘泉。令祠官宽舒等具太一祠坛，祠坛放薄忌太一坛，坛三垓。五帝坛环居其下，各如其方。
>
> 十一月辛巳朔旦冬至，昧爽，天子始郊拜太一。

由此可见，汉武帝定郊祀之礼，也有一个渐进的过程，其核心内容就是把汉初的五帝共祀变为太一独尊，所谓"天神贵者太一，太一佐曰五帝"。这是从宗教神学的角度确立大一统的大汉帝国的地位与尊严，是为了进一步巩固汉帝国的统治。这是当时朝廷中的大事，甚至也是整个汉代历史中的一件大事。

既然汉武帝定郊祀之礼是当时的一件大事，按汉朝的制度，相关的具体事务自然应该由太常负责，具体到郊祀用乐则应该由其下属太乐官掌管，何以要扩充乐府的职能呢？其中一个最直接的原因是汉初的太乐官署已经不能适应这种重新制礼作乐的形势。我们知道，早自三代时起，中国的宗庙礼乐就有专人掌管，这一制度具有相当强的历史延续性。但是到了汉初，自先代留传下来的雅乐早已残缺不全，"汉兴，乐家有制氏，以雅乐声律世世为大乐官，但能纪其铿锵鼓舞，而不能言其义。"所以，汉武帝扩充乐府，也就是扩大它的职能，为郊礼之礼配新的音乐，也就成为历史的必然。这说明，汉武帝时所"立"的乐府，在一定程度上承担太乐官署的职能。

除了汉初的太乐官不能承担为郊祀之礼配乐的任务之外，汉武帝用乐府职掌郊祀之乐，还有两个原因：第一，他要重用宠臣李延年；第二，他要用新声俗乐为郊祀太一配乐。对此，除了上引《汉书·礼乐志》外，《史记·封禅书》和《佞幸列传》都有记载：

> 其春，既灭南越，上有嬖臣李延年以好音见。上善之，下公卿议，曰："民间祠尚有鼓舞乐，今郊祀而无乐，岂称乎？"公卿曰："古者祠天地皆有乐，而神祇可得而礼。"或曰："太帝使素女鼓五十弦瑟，悲，帝禁不止，故破其瑟为二十五弦。"于是塞南越，祷祠太一、后土，始用乐舞，益召歌儿，作二十五弦及空侯琴瑟自此起。

> 李延年，中山人也。父母及身兄弟及女，皆故倡也。延年坐法腐，给事狗中。而平阳公主言延年女弟善舞，上见，心说之，及入永巷，而召贵延年。延年善歌，为变新声，而上方兴天地祠，欲造乐诗歌弦之。延年善承意，弦次初诗。其女弟亦幸，有子男。延年佩二千石印，号协声律。与上卧起，甚贵幸，埒如韩嫣也。

汉武帝要扩大乐府的职能，让它承担为郊祀之礼来配乐的任务，势必也要相应地扩大乐府的规模。由以上记载我们可以知道，为配合郊祀之礼，汉武帝起码做了以下几件事情：第一，他任命当时著名的以好"新声变曲"而闻名的音乐家李延年掌管乐府。第二，他前后举用司马相如等数十位大文人来制作新的诵神歌诗，略论律吕，以合八音之调，作十九章之歌。第三，他又派人采集各地歌诗，用以夜诵，并召歌儿七十人演练歌舞，作二十五弦及空侯琴瑟。至此，我们完全有理由认为，班固在《汉书·礼乐志》中之所以有"乃立乐府"之说，正是特别强调了汉武帝时代对乐府机构的职能和规模的重新扩充这一点，而绝不是前所未有的制度首创。

要之，汉武帝扩充乐府之事，本质上是由于国家经济的繁荣、大一统的需要而进行的制度建设，因而在中国的政治文化史上具有重要的意义。同时，因为汉乐府利用"新声变曲"来为国家的郊祀之礼配乐，也使自战国以来广为流行的新声俗乐堂而皇之地进入大雅之堂，这在客观上进一步促进了先秦雅乐的衰亡，也推动了新声俗乐的发展。唯其如此，汉武帝"立乐府"之事，在中国文学史上也有了不同寻常的意义。从此以后，"乐府"不再仅仅是一个国家音乐机关的名称，而且逐渐演化为一种诗体的名称。

四、汉哀帝罢乐府后的乐官制度变革

汉武帝扩充乐府从宗教神学的角度为维护汉代大一统作出了贡献，客观上对汉代歌舞艺术的发展起到了积极的推动作用。但是，这一举措对于封建制度来讲也有不利的方面。这主要包括两点：第一，它破坏了先秦以来的乐官制度，把本属于太乐官掌管的郊祀乐归于乐府，其实也等于破坏了先秦以来的雅乐传统；第二，它在客观上也推动了整个社会的世俗享乐之风的盛行，再进一步发展，就会在某种程度上危及封建秩序。《汉书·礼乐志》记载汉武帝以后的情况是：

是时，河间献王有雅材，亦以为治道非礼乐不成，因献所集雅乐。天子下大乐官，常存肆之，岁时以备数，然不常御，常御及郊庙皆非雅声。……今汉郊庙诗歌，未有祖宗之事，八音调均，又不协于钟律，而内有掖庭材人，外有上林乐府，皆以郑声施于朝廷。

到了元、成二帝以后，这种郑声、即新声俗乐不仅弥漫于朝廷，而且开始泛滥于整个上层社会：

是时，郑声尤甚。黄门名倡丙强、景武之属富显于世，贵戚五侯定陵、富平外戚之家淫侈过度，至与人主争女乐。（《汉书·礼乐志》）

五侯群弟，争为奢侈，赂遗珍宝，四面而至；后庭姬妾，各数十人，僮奴以千百数，罗钟磬，舞郑女，作倡优，狗马驰逐。（《汉书·元后传》）

无论古代还是现代，从某种程度上讲，艺术都是一种奢侈品，需要消耗大量的人力物力和财力。所以，早在上古时期，人们推究桀纣亡国的原因，都把纵情享乐看作是一条重要罪状，墨家学派因而有"非乐"的主张，儒家也把供享乐需要的郑声称之为"淫声"而加以限制。汉武帝时代国力强盛，以供享乐为主要用途的新声变曲大行其道尚可，但是随着汉帝国的逐渐衰落，这种过度的享乐之风断然不可再长，它已经成为一种社会的病态，非禁绝不可。而汉代社会这种纵情享乐之风，与汉乐府的设立有很大的关系，于是，汉哀帝即位刚刚两个月，就下了一道"罢乐府"的诏书。遵照诏书中的要求，当时的丞相孔光、大司空何武亲自处理此事，把乐府掌管的"郊祭乐及古兵法武乐"等归属于太乐，把那些不应经法的"郑卫之音"罢掉。

根据这份奏疏可知，自汉武帝以来所扩充的乐府机构，其主要职能是负责郊祭用乐、古兵法武乐和朝贺置酒之乐。按理说，这些音乐都属于雅乐的范畴，但是，因为汉武帝在扩充乐府之初，采诗夜诵，重用音乐家李延年，就把属于新声变曲的俗乐和许多地方音乐融入其中，特别是那些"朝贺置酒，陈殿前房中"的音乐，大多都是"不应经法"的郑声。从罢免和保留人员的比例（388：441）来看，当时可以罢免的人数已经将近一半，当然这也从另一个角度说明，自汉武帝以后，的确已发展到新声俗乐充斥朝廷的程度。汉哀帝从维护封建礼制的角度，通过罢废乐府的方式，把这些新声俗乐全部从朝廷的礼乐机构中罢废。

汉哀帝罢废乐府机构的举措，对汉代歌诗艺术发展的最大影响，是使从此以后的汉代乐官制度发生了变化。本来，对于汉王朝来说，雅乐与俗乐各有其不可替代的功能，也各有相关的礼乐机构来掌管。汉武帝以来乐府的大发展和太乐的衰落固然打破了这种均衡，但是汉哀帝罢乐府并不能阻止新声俗乐的发展。由于朝廷中没有了专门掌管俗乐的乐府，客观上还需要有新的礼乐机构来掌管这些俗乐，而这就形成了西汉以后特别是东汉时代乐官制度的新格局。

东汉时代的乐官建设情况，史书中记载的不太清楚。主要材料如下：

1.《后汉书·显宗孝明帝纪》："（永平）三年秋八月戊辰，改大乐为大予乐。"注引《汉官仪》："大予乐令一人，秩六百石。"

2.《后汉书·张曹郑列传》（曹）充上言："汉再受命，仍有封禅之事，而礼乐崩阙，不可为后嗣法。五帝不相沿乐，三王不相袭礼，大汉[当]自制礼，以示百世。"帝问："制礼乐云何？"充对曰："《河图括地象》曰：'有汉世礼乐文雅出。'《尚书璇机钤》曰：'有帝汉出，德洽作乐，名予。'"帝善之，下诏曰："今且改太乐官曰太予乐，歌诗曲操，以俟君子。"拜充侍中。

3.《后汉书·百官二》："太常……大（子）[予]乐令一人，六百石。本注曰：掌伎乐。凡国祭祀，掌请奏乐，及大飨用乐，掌其陈序。丞一人。"注引《汉官》曰："员吏二十五人……乐人八佾舞三百八十人。"

根据以上三条材料，可知太予乐就是西汉时的太乐，东汉明帝时根据谶纬之说而改名，属于奉常下面的一个乐官机构，并有太予乐令一人。可是，汉哀帝罢废乐府之后，东汉宫廷所用的俗乐由什么机构掌管？用什么名字？正史中的记载却极为含糊。这其中，关于黄门鼓吹的记载引起了学者们的关注。如：

1.《后汉书·孝安帝纪》："（永初元年九月）诏太仆、少府减黄门鼓吹，以补羽林士。"李贤注引《汉官仪》："黄门鼓吹，百四十五人。"

2.《后汉书·东夷列传》："顺帝永和元年，其（夫余）王来朝京师，帝作黄门鼓吹、角抵戏以遣之。"

3.《唐六典》卷十四有"后汉少府属官有承华令，典黄门鼓吹百三十五人。"

4.《通典》卷二十五："汉有承华令，典黄门鼓吹，属少府。"

王运熙据此认为，"东汉乐府官署，也分两部门。其一为太予乐署，相当于西汉的太乐。……其二为黄门鼓吹署"。并认为太予乐署掌管的是雅乐，黄门鼓吹署掌管的俗乐。① 其实这一说法是对黄门鼓吹的误解，需要辨析。

首先，东汉不存在所谓的"黄门鼓吹署"。从上引材料来看，黄门鼓吹只是音乐的名称，而不是乐府官署的名称。蔡邕《礼乐志》曰"汉乐四品……三曰黄门鼓吹"可证，在现存的所有资料中，我们都找不到所谓"黄门鼓吹署"的记载。《后汉书·祭遵列传》："帝东归过汧，幸遵营，劳飨士卒，作黄门武乐，良夜乃罢。"李贤注："黄门，署名。前书曰：'是时名倡皆集黄门。'武乐，执干戚以舞之也。"《汉书·霍光传》："上乃使黄门画者画周公负成王朝诸侯以赐光。"颜师古注："黄门之署，职任亲近，以供天子，百物在焉，故有画工。"按李贤和颜师古

---

① 　王运熙：《说黄门鼓吹乐》《黄门鼓吹考》，并见《乐府诗述论》，上海古籍出版社1996年版。

的注释，仅提到"黄门"是署名。《后汉书·郑范陈贾张列传》："八年，乃诏诸儒各选高才生……皆拜逯所选弟子及门生为千乘王国郎，朝夕受业黄门署，学者皆欣欣羡慕焉。"以此而言，"黄门署"并不是掌管音乐的地方，而是教授儒生读经学习的场所。然而，如果把"黄门署"仅仅当成是教授儒生读的场所，与上文所引李贤、颜师古之注又有矛盾。同时，如果真有这样一个官署的话，这个官署的长官当与之相对应，称为"黄门署长"或者"黄门令"才是，但是史书中并没有"黄门署长"这一官职，在《汉书·百官公卿表》中记载的汉代的"黄门令"虽然属于少府，并不负责鼓吹音乐。据《汉书·艺文志》称："《急就》一篇。元帝时黄门令史游作。"《汉书·孔光传》："赐太师灵寿杖，黄门令为太师省中坐置几。"《后汉书·梁冀列传》："使黄门令具瑗将左右厩驺、虎贲、羽林、都侯敛戟士，合千余人。"《后汉书·百官三》："黄门令一人，六百石。本注曰：宦者。主省中诸宦者。丞、从丞各一人。本注曰：宦者。从丞主出入从。"则黄门令一职无论在西汉还是东汉都不掌管音乐。何以如此？仔细考察文献我们才会发现，所谓黄门署，乃是对设立于黄门之内，亦即宫禁之内各官署的泛称。《通典·职官三》："禁门黄闼，故号黄门。"所以，凡是为皇帝禁中服务的职官多称黄门，故有"黄门画者""黄门侍郎""黄门驸马""黄门宦者""黄门令""黄门谒者""小黄门"等多种身份和多种称呼的人员存在，亦均不掌鼓吹之乐。考《汉书·百官公卿表》，西汉太仆下属有承华监，应属于为皇帝掌管舆马之官。《后汉书·孝顺孝冲孝质帝纪》记，汉顺帝汉安二年（143 年）"秋七月，始置承华厩"。这一官署同样是为皇帝掌管舆马的。而如若《唐六典》《通典》所言由承华令掌管的，应该是用于皇帝等出行的乘舆仪仗的黄门鼓吹乐队，所谓"典黄门鼓吹"，有"百三十五人"，但是这个乐队并不等同于黄门倡优之乐，承华监和承华厩更不是"黄门鼓吹署"。东汉朝廷并不存在所谓的"黄门鼓吹署"，王运熙的说法是不对的。

其次，东汉朝廷也没一个专管俗乐的机构，承华令等掌管的"黄门鼓吹"也不是俗乐。它只是作为皇帝出行时的乘舆之乐而已，在名分上也属于雅乐。为了说明这个问题，我们把《后汉书·礼仪志中》注引蔡邕《礼乐志》原文引述如下：

> 汉乐四品，一曰太予乐，典郊庙、上陵、殿诸食举之乐。郊乐，《易》所谓"先王以作乐崇德，殷荐上帝"，《周官》"若乐六变，则天神皆降，可得而礼也。"宗庙乐，《虞书》所谓"琴瑟以咏，祖考来假"，《诗》云"肃雍和鸣，先祖是听"。食举乐，《王制》谓"天子食以举乐"，《周官》"王大食则令奏钟鼓"。二曰周颂雅乐，典辟雍、飨射、六宗、社稷之乐。辟雍、飨射，《孝经》所谓"移风易俗，莫善于乐"，《礼记》曰"揖让而治天下者，礼乐之谓也。"社稷，[《诗》]所谓"琴瑟击鼓，以御田祖"者也。《礼记》曰"夫乐施于金石，越于声音，用于宗庙，社稷，事乎山川、鬼神"，此之谓也。三曰黄门鼓吹，天子所以宴乐群臣，《诗》所谓"坎坎鼓我，蹲蹲舞我"者也。其短箫铙歌，军乐也。其传曰"黄帝岐伯所作，以建威扬德，风劝士"也。盖《周官》所谓"王[师]大(捷)[献]则令凯乐，军大献则令凯歌"也。孝章皇帝亲著歌诗四章，列在食举，又制云台十二门诗，各以其月祀而奏之。熹平四年正月中，出云台十二门新诗，下大予乐官习诵，被声，与旧诗并行者，皆当撰录，以成《乐志》。①

---

① 按关于汉乐四品的记载，以此条最早，似有脱误，《宋书·乐志二》《隋书·音乐志上》《通典·乐典一》《通志·乐略一》《文献通考·乐考一》等文献都有汉乐四品，"其四曰短箫铙歌乐"的相同记载，以此而论，"短箫铙歌"应为汉乐四品之一。不这样理解，蔡邕的这段话就不完整，因为他前面既然说汉乐有四品，为什么只说了三品？所以才有了《宋书·乐志二》等史书中明确的"四品"之说。不过，据西晋人崔豹《古今注·音乐三》："汉乐有黄门鼓吹，天子所以宴乐群臣。短箫铙歌，鼓吹之一章耳，亦以赐有功诸侯。"以此而言，短箫铙歌在汉代原来只是鼓吹中的一种，到后来才被人看成是汉乐四品中的一品，所以才有了蔡邕与崔豹那样的记载。

仔细分析上述文字，我们就会发现，这里所说的太予乐和雅颂乐是雅乐，黄门鼓吹、短箫铙歌也属于雅乐的范畴。何以知此？因为按这条记载所说，所谓天子宴乐群臣，并以《诗经·小雅·伐木》为例，这是天子的燕礼，其所用音乐同样属于雅乐的范畴。关于天子燕礼用乐的规定，在《仪礼》《礼记》等书中都有记载。至于王师、军中大捷所献的凯乐，出行乘舆所用"黄门鼓吹"，自然也是雅乐无疑。从这里我们还可以看出，蔡邕所说的"黄门鼓吹"，应该包括两部分内容，一部分是用于天子宴乐群臣，一部分用于军中道路。因为它们同属于"黄门鼓吹"，所以西晋人崔豹《古今注·音乐三》曰："汉乐有黄门鼓吹，天子所以宴乐群臣。短箫铙歌，鼓吹之一章耳，亦以赐有功诸侯。"而我们在上引文献中，把用于军中道路的武乐也称之为"黄门鼓吹"。

我们说黄门鼓吹与军中凯乐从名分上属于雅乐，当然并不排除这里面含有俗乐成分的可能性。这包括两个方面的内容：其一，无论是先秦的雅乐和汉代的雅乐，都与俗乐有着相互影响和交融的关系，原本是俗乐的东西，被吸收到宫廷雅乐当中，自然就变成了雅乐，如汉初的《大风歌》，原本是刘邦在还乡时酒醉欢哀之间即兴而唱的，自是俗乐，但是后来作为祭祀高祖专用的音乐，就成了雅乐。西汉前期受西域和北狄乐影响而产生的《战城南》《上邪》《有所思》等，原本也是俗乐，可是后来也成了专用的军中之乐，也具有了雅乐的性质。其二，在天子燕乐群臣的系列活动中，既有比较严肃的雅乐，也有尽情享乐的俗乐。一般来讲，在举行礼仪的过程中所用的音乐都是雅乐，而礼仪完成之后的音乐往往是俗乐，这也就是所谓的"无算爵""无算乐"。不过，无论在宫廷的礼乐活动和日常活动中有多少俗乐的内容，可是在国家的礼仪制度中所规定的音乐却一定是雅乐而不是俗乐。

所以，把蔡邕《礼乐志》以及后代相关记载中所说的汉乐四品分成雅乐与俗乐两种，既不符合历史事实也不符合文化制度。其实，在汉代宫廷的音乐活动中，用于礼仪的音乐歌舞只占了汉代全部歌舞的一小部分，大部分供帝王贵族达官显宦所用的俗乐，在相关的礼乐制度文献中并没有被记载下来。之所以如此，是因为无论《史记》《汉书》还是《后汉书》等史书中所记载的乐官制度，其着眼点都在于说明国家的礼乐文化制度建设，并没有全面记载汉代各种音乐歌舞表演的实际情况，甚至就是宫廷中的歌舞娱乐生活，在史书中被记载下来的也是不多的。蔡邕《礼乐志》所说的"汉乐四品"都属于雅乐范畴，也正符合史书撰写的一般体例。真正属于东汉的俗乐，当是以相和歌为主的歌舞艺术，它们是算不进蔡邕所说的"汉乐四品"当中的，东汉也没有一个专管俗乐的国家音乐官署。

东汉朝廷虽然没有一个专管俗乐的官署，但是俗乐的发展却相当繁荣。其中相当大的部分保存在宫禁黄门之内和后宫掖庭之中。《后汉书·礼仪中》记当时制度："每岁首正月，为大朝受贺。其仪：夜漏未尽七刻，钟鸣，受贺。及贽，公、侯璧，中二千石、二千石羔，千石、六百石雁，四百石以下雉。百官贺正月。二千石以上上殿称万岁。举觞御坐前。司空奉羹，大司农奉饭，奏食举之乐。百官受赐宴飨，大作乐。"注引蔡质《汉仪》曰：

正月旦，天子幸德阳殿，临轩。公、卿、将、大夫、百官各陪 [位] 朝贺。蛮、陌、胡、羌朝贡毕，见属郡计吏，皆 [陛] 觐，庭燎。宗室诸刘（杂）[亲] 会，万人以上，立西面。位（公纳荐太官赐食酒西入东出）既定，上寿。[群] 计吏中庭北面立，太官上食，赐群臣酒食，[西入东出]。（贡事）御史四人执法殿下，虎贲、羽林 [张]（弧）弓（撮）[挟] 矢，陛戟左右，戎头偏胫陪前向后，左右中郎将（住）[位] 东（西）[南]，羽林、虎贲将（住）[位] 东北，五官将（住）[位] 中央，悉坐就赐。作九宾（彻）[散] 乐。舍利 [兽] 从西方来，戏于庭极，乃毕入殿前，激水化为比目鱼，跳跃嗽水，作雾障日。毕，化成黄龙，长八丈，出水遨戏于庭，炫耀日光。以两大丝绳系两柱（中头）间，相去数丈，两倡女对舞，行于绳上，对面道逢，切肩不倾，又蹹局出身，藏形于斗中。钟磬并作，[倡] 乐毕，作鱼龙曼延。小黄门吹三通，谒者引公卿群臣以次拜，微行出，罢。卑官在前，尊官在后。德阳殿周旋容万人。陛高二丈，皆文石作坛。激沼水于殿下。画屋朱梁，玉阶金柱，刻镂作宫掖之好，厕以青翡翠，一柱三带，韬以赤缇。天子正旦节，会朝百僚于此。自到偃师，去宫四十三里，望朱雀五阙、德阳、其上郁律与天连。

整个仪式好像在一个大广场上举行的大型庆典活动一样热闹，让我们着实可以领略汉代宫廷歌舞娱乐的盛况。① 这些俗乐，一部分提升为宫廷雅乐当中，如西汉时代的《鼓吹铙歌》十八曲在西汉本为俗乐，到东汉则变为雅乐，用于军中鼓吹宴会食举等等。② 一部分则保存在宫禁之内，如黄门倡优、掖庭女乐等等。西汉本有黄门倡优，《汉书·艺文志》录有"《黄门倡车忠等歌诗》十五篇。"《汉书·礼乐志》："是时，郑声尤甚。黄门名倡丙强、景武之属富显于世。"《汉书·循吏传》："又奏省乐府黄门倡优诸戏，及宫馆兵弩什器减过泰半。"东汉史书中没有关于黄门倡优的明确记载。《周礼》曰："旄人教舞散乐。"郑康成云："散乐，野人为乐之善者，若今黄门倡。"由此可见，东汉时代实际上是存在黄

---

① 类似的娱乐活动在《后汉书》中还有多处记载。如《后汉书·光武帝纪下》："冬十月辛巳，废皇后郭氏为中山太后，立贵人阴氏为皇后。进右翊公辅为中山王，食常山郡。其余九国公，皆即旧封进爵为王。甲申，幸章陵。修旧庙，祠旧宅，观田庐，置酒作乐，赏赐。"《后汉书·明帝纪》："甲子，西巡狩，幸长安，祠高庙，遂有事于十一陵。历览馆邑，会郡县吏，劳赐作乐。""闰月甲午，南巡狩，幸南阳，祠章陵。日北至，又祠旧宅。礼毕，召校官弟子作雅乐，奏《鹿鸣》，帝自御埙篪和之，以娱嘉宾。"《后汉书·礼仪志中》："飨遣故卫士仪：百官会，位定，谒者持节引故卫士入自端门。卫司马执幡钲护行。行定，侍御史持节慰劳，以诏恩问所疾苦，受其章奏所欲言。毕飨，赐作乐，观以角抵。乐阕罢遣，劝以农桑。"
② 参看赵敏俐《汉鼓吹铙歌十八曲研究》，《文史》2002 年第 4 辑。

门倡优的。《后汉书·百官三》:"掖庭令一人,六百石。本注曰:宦者。掌后宫贵人采女事。"《后汉书·刘玄刘盆子列传》:"时掖庭中宫女犹有数百千人,自更始败后,幽闭殿内,掘庭中芦菔根,捕池鱼而食之,死者因相埋于宫中。有故祠甘泉乐人,尚共击鼓歌舞,衣服鲜明。"《后汉书·陈王列传》:"窦武何功,兄弟父子,一门三侯?又多取掖庭宫人,作乐饮宴。"由这些材料可以考知。东汉时代宫廷虽然没有专管俗乐之官,但是宫禁黄门之内、后宫掖庭当中,则是歌舞俗乐的最大表演场所,此外则大量活跃于上层贵族与达官显宦之家。至于民间的歌舞娱乐,我们在出土的汉画像石以及相关的历史文献中可以找到大量的相关记载。①

总之,以上考证说明,乐府作为一个从秦代就已经设立的官署,在汉初就已经建立,除了负责宫廷的娱乐活动之外,还承担着为《安世房中歌》配乐的职责。所谓汉武帝"立乐府",实则是对汉初乐府官署的规模扩充和职责扩大,其目的是用"新声变曲"为国家郊祀之礼配乐。汉哀帝罢乐府之后,整个东汉时代并没有重新设立一个与之相对应的乐官机构。之所以如此,主要原因是因为汉武帝时代的乐府乃是一个比较特殊的机构,它在当时所承担的职责并不符合传统的礼制,它是在特殊的情况下的一种特殊建置。当时的情况是雅乐名存实亡,郊祭天地的礼乐制度在此之前又没有建立,所以汉武帝才采取了一种非常的措施,让乐府采用新的民间曲调来为郊祀之礼配上新声曲。这使得自战国以来兴起的新乐郑声堂而皇之地进入雅乐之堂,推进了新声俗乐在汉代的发展。汉哀帝罢乐府之后,虽然一直到东汉末年再也没有重新设立"乐府",乐府造成的影响却仍然存在。东汉蔡邕所说的"汉乐四品",名义上是雅乐,但是在每一品中,都包含着俗乐的成分。特别是在天子

---

① 关于两汉社会的歌舞娱乐之盛况,参看拙著《汉代社会歌舞娱乐盛况及从艺人员构成情况的文献考察》,《中国诗歌研究》第 1 辑,中华书局 2002 年版。

娱乐群臣的黄门鼓吹当中，俗乐已经占有相当大的比重；而所谓的短箫铙歌，更是由西汉时期的俗乐雅化而成。至于那些大量的流行于宫廷贵族、达官显宦、富商大贾家中主要用以享乐的俗乐，在东汉以后演变为以相和歌为主要的艺术形式的音乐，这与两汉时代礼乐制度的建设也有相当大的关系。后人把自汉代以后那些与音乐歌舞相结合的艺术称之为乐府，正是汉代社会乐官制度建设在客观上对中国古代歌诗艺术发展作出贡献的最好说明。

本文原载于《文献》2009 年第 3 期，人大报刊复印资料《中国古代近代文学研究》2009 年第 11 期全文复印；全文收入《中国文艺论文年度文摘》（2009 年度），吉林人民出版社 2010 年版

赋体的生成与先秦《诗》学传统

《周礼·春官宗伯》记太师教六诗,其一曰"赋"。班固《两都赋序》曰:"赋者古诗之流也。"挚虞《文章流别论》:"赋者,敷陈之称,古诗之流也。古之作诗者,发乎情,止乎礼义。情之发,因辞以形之;礼义之旨,须事以明之,故有赋焉,所以假象尽辞,敷陈其志。"刘勰《文心雕龙·诠赋》曰:"赋也者,受命于诗人,拓宇于楚辞也。"程廷祚《骚赋论》:"若夫体事与物,《风》之《驷驖》,《雅》之《车攻》《吉日》,畋猎之祖也;《斯干》《灵台》,宫殿苑囿之始也;《公刘》之'幽居允荒',《绵》之'至于岐下',京都之所由来也。至于鸟兽草木之咏,其流寝以广矣。故《诗》者,骚、赋之大源也。"刘熙载《艺概·赋概》:"言情之赋本于风,陈义之赋本于雅,述德之赋本于颂。"可见,赋体源自于诗,乃是古人传统的看法。然赋之为体,毕竟与诗不同,故清代以来,对于赋体文学的生成,学人们开始了更为广泛的探讨。清人章学诚认为:"古之赋家者流,原本《诗》《骚》,出入战国诸子。假设问对,《庄》《列》寓言之遗也;恢廓声势,苏张纵横之体也;排比谐隐,韩非《储说》之属也;征材聚事,《吕览》类辑之义也。"① 刘师培则力主出于纵横家。他说:"诗赋之学,亦出于行人之官。……行人之术,流

---

① 章学诚著,王重民通解:《校雠通义通解》,上海古籍出版社1987年版,第117页。

为纵横家。故《汉志》叙纵横家，引'诵诗三百，不能专对'之文，以为大戒。诚以出使四方，必有当于诗教。则诗赋之学，实唯纵横家所独擅矣。""欲考诗赋之流别者，盍溯源于纵横家哉！"① 二十世纪四十年代，冯沅君撰文，论证了汉赋与古优的关系，同时又说到了汉赋与"隐书"的关系。② 朱光潜则认为"赋就是隐语的化身"。③ 二十世纪八十年代以后，赋学研究重新兴起，学者们又在前人的基础上提出一些新的看法，如马积高先生将传统赋源论概括为四种说法，指出其各自长短，他本人又把赋分为骚体赋、文赋和诗赋三种类型，认为他们分别有三个主要来源。骚体赋源于楚歌，文赋源于诸子问答与游士说辞，诗体赋源于《诗》三百。④ 此外还有人认为汉赋与阴阳家有关，⑤ 有人认为与先秦诸子的关系甚密。⑥ 还有人综合各家之说而折中之。⑦ 近来有人认为赋的来源与贡赋制和原始祭礼有关，⑧ 这说明对于赋体来源研究的日渐深入并细化，也说明这个问题的复杂性。但本人认为在关于赋体产生的过程中，除了讨论其文体形成的诸多复杂因素之外，还需要关注体现在其中的来自于《诗经》的文化精神，以及从春秋以后逐渐形成的《诗》学传统，包括春秋时代的"赋诗言志"活动与战国时期的称诗引诗。它们对

---

① 刘师培：《论文杂记》，人民文学出版社 1984 年版（与《中国中古文学史》合刊），第 126、129 页。

② 冯沅君：《汉赋与古优》，《中原月刊》1943 年 9 月第 1 卷第 2 期。

③ 朱光潜：《诗论》，《朱光潜美学文学论文选集》，湖南人民出版社 1980 年版，第 176 页。

④ 马积高：《赋史》，上海古籍出版社 1987 年版，第 1—7 页。

⑤ 韩雪：《论邹衍对汉赋的影响》，《社会科学辑刊》1987 年第 6 期。

⑥ 朱晓海：《赋源平章只隅》《某些早期赋作与先秦诸子学关系证释》，见《汉赋史略新证》，陕西人民出版社 2004 年版，第 28—101 页。

⑦ 龚克昌：《汉赋探源》，载《汉赋研究》，山东文艺出版社 1990 年版，第 305—321 页；曲德来：《赋的来源》，见《汉赋综论》，辽宁人民出版社 1993 年版，第 29—44 页。

⑧ 刘怀荣：《中国古典诗学原型研究》，台湾文津出版社 1996 年版，《赋比兴与中国诗学研究》，人民出版社 2007 年版；赵辉：《先秦文学发生研究》，人民出版社 2012 年版，第 162、165 页；蒋晓光、许结：《宾祭之礼与赋体文本的构建及演变》，《中国社会科学》2014 年第 5 期。

赋体生成以及赋家之心产生的影响之巨，远在其他诸种历史原因之上。《诗》与赋的传承关系，既有显性的文本与文体上的关联，①更重要的还是中国早期《诗》学传统的影响。然而迄今为止，学界对此问题探讨还不够充分。因此，弄清隐藏在赋体其后的中国诗学传统，是探讨赋体起源的核心问题。为此本人略抒己见，以就教于方家。

一、"赋"字释义与"赋诗言志"

探讨赋体之源起，自然离不开对于"赋"字本义的探讨。刘勰《文心雕龙·诠赋》曰："赋者铺也。铺采摛文，体物也志也。"这是对以汉代散体大赋为代表的赋体文学文体特征的经典概括。赋之名称来源于《诗》之六义有关，六义之"赋"，后人也多从铺陈之义入手给予解释，最经典的莫过于朱熹《诗集传》所云："赋者，敷陈其事而直言之者也"。然而"赋"字本义在先秦并非如此，而是指"田赋""贡赋"之义，故当代学者们多从其"田赋""赋税"之义引申为"布""铺"之义。而本人认为还不是这样简单，"赋"之本义为赋税，通释其字义则为"取"和"敛"，引而申之，则反义为训，可释之为"予""班""布""铺"等义。特别是关于"赋"字的"取""敛"之义，尤需关注。对此，本人曾在旧著中有过阐述。②此处再略加申说。

"赋"字最早产生于何时？目前尚不明确。出土的甲骨文中尚未发现"赋"字。按现存先秦文献来看，赋字使用最多的义项与贡税有

---

① 在这方面学者已经做过不少的论述，如徐宗文《试论古诗之流——赋》（《安徽师大学报》1986年第2期）就从意义功用、题材内容和表现手法三个方面论述了与《诗》的关系。曹虹《从"古诗之流"说看两汉之际赋学的渐变及其文化意义》强调了赋在政教功能方面对《诗》的继承。

② 按此处可参见赵敏俐《说"赋"》，《绥化师专学报》1994年第3期；赵敏俐《汉代诗歌史论》中《汉赋体裁溯源》一节，吉林教育出版社1995年版，第78—89页。

关。《尚书·禹贡》记天下九州土地物产，说的就是传说中从夏代开始的贡赋之制："禹别九州，随山濬川，任土作贡。"孔安国传："任其土地所有，定其贡赋之差。"孔颖达疏："九州之土，物产各异，任其土地所有，以定贡赋之差。既任其所有，亦因其肥瘠多少不同，制为差品。""'赋者'，自上税下之名，谓治田出谷，故经定其差等，谓之'厥赋'。'贡'者，从下献上之称，谓以所出之谷，市其土地所生异物，献其所有，谓之'厥贡'。"可见，贡赋二者，同实异名，以下献上为"贡"，以上征下为"赋"，而这些都是以土地的肥瘠为依据的，所以《禹贡》在下面每写一州时总会用"厥土……厥赋……厥田……"类句式，意味根据其土地的品质决定其赋税的多少，如"冀州……厥土惟白壤，厥赋惟上上错，厥田惟中中"。孔安国疏："赋谓土地所生，以供天子。"《周礼·地官司徒》："辨十有二壤之物而知其种，以教稼穑树艺，以土均之法辨五物九等，制天下之地征，以作民职，以令地贡，以敛财赋，以均齐天下之政。"《左传·成公十八年》："禁淫慝，薄赋敛，宥罪戾，节器用。"《左传·昭公四年》："郑子产作丘赋。"《左传·哀公十一年》："季孙欲以田赋，使冉有访诸仲尼。"《周礼·天官冢宰》："五曰赋贡"，"以九赋敛财贿：一曰邦中之赋，二曰四郊之赋，三曰邦甸之赋，四曰家削之赋，五曰邦县之赋，六曰邦都之赋，七曰关市之赋，八曰山泽之赋，九曰币余之赋。"① 因为如此，汉代以后人的解释也多由此而生。《尔雅·释言》："赋，量也。"郭璞注："赋税所以评量。"宋人邢昺疏曰："郭云'赋税所以评量。'《方言》云：'平均，赋也。燕之北鄙，东齐北郊，凡相赋敛，谓之平均。'是评量也。"郝懿行《尔雅义疏》：

---

① 　按赋之源起，刘怀荣认为主要指的是用于祭祀所用的牺牲，见刘怀荣《中国古典诗学原型研究》，台湾文津出版社 1996 年版；《赋比兴与中国诗学研究》，人民出版社 2007 年版。赵辉亦同此说，见《先秦文学发生研究》，人民出版社 2012 年版，可备一说。然而按《禹贡》《周礼》等相关记载，所谓任土作贡，只是说各地根据土地物产贡献财物供天子使用，未必全为祭祀。古代贡赋之制甚为复杂，已不在此文讨论范围之内。

"量者,《说文》云:'称轻重也'……《周礼·序官·量人》注:'量,犹度也。'《礼运》:'月以为量,'郑注:'量犹分也。'《华严经·音义上》引《国语》贾逵注:'量,分齐也。''赋,布也。'《吕览·分职篇》注:'赋,予也。'《方言》云:'赋,予,操也。'是赋兼取予,其义则皆为量也。故《鲁谚》云'赋里以入,而量其有无。'然则赋敛、赋税,即为量入,赋布、赋予,即量出。"许慎《说文解字·贝部》:"赋,敛也。从贝武声。"段玉裁《说文解字注》:"《周礼·大宰》:'以九赋敛财贿。'敛之曰赋,班之亦曰赋。经传中凡言以物班布与人曰赋。"

从这些解释看,"赋"字取义从"贝",与财物有关。"赋"字的第一要义指的是赋税,赋税要有标准,所以有"量"的意义。因为赋税需要收取,所以又与"取"和"敛"同义。如《公羊传》哀公十二年:"讥始用田赋也"注"赋者敛取其财物也。"《左传》僖公二十七年:"赋纳以言"杜预注"赋犹取也。"《汉书·地理志上》:"厥赋上上错。"注:"赋者,发敛土地所生之物以供天子也。"扬雄《方言》:"平均,赋也。"钱绎《方言笺疏》曰:"《说文》:'赋,敛也。'《广雅·释言》:'平均,赋也。'《急就篇》云:'司农少府国之渊,远取财物主平均。'"

赋的本义为赋税,通释其字义则为"取"和"敛",引而申之,反义为训,可释之为"予""班""布"。杨雄《方言》一曰:"索,取也。"二曰:"铺、颂,索也。"钱绎曰:"上文'索,取也,自关而西曰索。'索与索同。'铺颂之言布班也。张衡《东京赋》云:布教颂常,皆遍赋予之。'义与'取'正相反。然则铺颂之为索,犹治谓之乱,香谓之臭,赋之为予授也。《晋语》云:'赋职任功,'韦昭注云:'赋,授也。'《吕氏春秋·分职篇》云'出高库之兵以赋民。'高诱注云:'赋,予也。'皆是也。"(《方言笺疏》卷六)《诗经·大雅·烝民》:"明命使赋",《毛传》:"赋,布也"。《孔疏》:"显明王之政教,使群臣施布之。身为大臣,故得使在下者布行王政也。"

认清"赋"为"赋税"之本义、"取""敛"的引申义和"布""予"

等反训义，对于我们认识赋体起源意义重大。我们由此再来讨论先秦时代赋字使用时第二个重要的义项，即"赋诗"之赋。

按《周礼》所言，"赋诗"之"赋"，当为太师所教风、赋、比、兴、雅、颂"六诗"之一，班固《汉书·艺文志》引《传》曰："不歌而诵谓之赋。"《周礼·春官·大司乐》："以乐语教国子，兴、道、讽、诵、言、语。"郑玄注："背文曰讽，以声节之曰诵。"孔疏："讽是直言之，无吟咏，诵则非直背文，又为吟咏以声节之为异。"以此而言，"赋"与"诵"同义，是按照一定的声音节奏来吟咏诗歌的方式。它们是与"歌"不同的。歌是可唱、可配乐的一种表演方式，而"诵"与"赋"只是指按一定节奏来吟咏，二者分别很明显。如《左传》襄公十四年记卫献公让师曹为孙蒯歌《巧言》，"公使歌之，遂诵之。""歌"与"诵"分言，正可见出二者的区别。《左传》中记载的大量的"赋诗言志"，正是流行于当时的贵族社会上的一种以"赋诗"亦即"诵诗"的方式来"言志"的活动。

那么，这种"不歌而诵"的诗歌表达方式何以又称之为"赋诗"？这正是由"赋"字本义与引申义有直接关系。"赋诗言志"之赋，从活动表现方式来讲，是一种"不歌而诵"的语言艺术行为。但是，在"赋诗言志"这四字结构之中，同样包含着两个义项，第一是"取"，第二是"布"。这正反映了"赋诗言志"这一活动的两个层面。所谓"赋诗"，就是先把别人的诗拿来使用，此即"赋"字的"取"义。《左传·襄公二十八年》记卢蒲癸语："赋诗断章，余取所求焉"，就是对"取"义的最好概括。所谓"言志"，就是用以表达自己的思想，此即"赋"字之"布"义。故《国语·周语上》："将导利而布之上下者也"，韦昭注："布，赋也。"《左传·昭公三年》记郑罕虎到晋国表达郑国对晋平公新娶夫人的祝贺之意，郑罕虎即说："寡君使虎布之"。杜预注："布，陈也。"这里的"布"就是指"陈述""表达"。《左传》昭公十六年记子产对韩起向郑商人买玉之事而进行的有关解释，亦云："敢私布之"，布亦陈述之意。昭公十六年同时又记郑六卿饯宣子于郊。宣子曰："二三君子请皆赋，起亦以知郑志。"这里韩宣子让郑六卿赋诗，也即是指让他们借诗来陈述和表达自己的思想，故韩起才说："起亦以知郑志。"亦即由此而了解郑人的思想。实际上，《左传》所记当时人"赋诗"活动，这里的"赋"就包括取别人之诗和表达自己思想这两层意思。由此可见，《左传》中所记的"赋诗言志"，即当时人把诗拿来应用，取诗义以喻其志，这正是"赋"字之"取"义和"布"义的综合使用。由此我们也就明白，为什么周代贵族将这种"不歌而诵"的引诗用诗的活动称之为"赋诗言志"。

二、"赋诗言志"与先秦《诗》学传统

有人说："赋诗言志"不过是春秋时代朗诵诗歌的一种方式，与"赋"之结体没有直接关系。其实，这是没有弄清"赋诗言志"这一活动的内涵和隐藏在其后的中国诗学传统，而这正是探讨赋体起源的核心问题。

我们知道，先秦时代的诗大都是可以歌唱的。但即便如此，诗的最初写作，也未必就只有歌唱一途，以声节之的"诵"，仍然是重要的表达方式之一，《左传》《国语》《论语》《周礼》等文献中记载了大量的关于诵诗的文字，可知诵诗这种方式在当时是多么重要。《诗经·大雅·嵩高》："吉甫作诵，其诗孔硕。"《大雅·烝民》："吉甫作诵，穆如清风。"《小雅·节南山》："家父作诵，以纠王讻。"可知在周代社会，有时候作诗也可以称之为"作诵"。《国语·周语上》："故天子听政，使公卿至于列士献诗，瞽献曲，史献书，师箴，瞍赋，矇诵，百工谏，庶人传语，近臣尽规，亲戚补察，瞽、史教诲，耆、艾修之，而后王斟酌焉。"是天子听政可以让盲人诵诗。《左传·僖公二十八年》："楚师背酅而舍，晋侯患之，听舆人之诵，曰：'原田每每，舍其旧而新是谋。'"
《左传·襄公四年》："鲁于是乎始鬐，国人诵之曰：'臧之狐裘，败我于
狐骀。我君小子，朱儒是使。朱儒！朱儒！使我败于邾。'"《左传·襄
公二十八年》："穆子不说，使工为之诵《茅鸱》。"《左传·襄公三十年》：
"从政一年，舆人诵之，曰：'取我衣冠而褚之，取我田畴而伍之。孰杀
子产，吾其与之！'及三年，又诵之，曰：'我有子弟，子产诲之。我
有田畴，子产殖之。子产而死，谁其嗣之？'"《国语·晋语三》："惠公
入而背外内之赂。舆人诵之曰：'佞之见佞，果丧其田。诈之见诈，果
丧其赂。得国而狃，终逢其咎。丧田不惩，祸乱其兴。'"《国语·楚语
上》："且夫诵诗以辅相之，威仪以先后之。"以上是关于"诵诗"的记
载，而关于"赋诗"的记载更多。如《左传·隐公元年》："公入而赋：
'大隧之中，其乐也融融！'姜出而赋：'大隧之外，其乐也泄泄！'"《左
传·隐公三年》："卫庄公娶于齐东宫得臣之妹，曰庄姜，美而无子，卫
人所为赋《硕人》也。"《左传·闵公二年》："许穆夫人赋《载驰》。""郑
人恶高克，使帅师次于河上，久而弗召。师溃而归，高克奔陈。郑人为
之赋《清人》。"《左传·僖公二十三年》："退而赋曰：'狐裘龙茸，一
国三公，吾谁适从？'""公子赋《河水》，公赋《六月》。"此类例子甚
多，不再列举。这说明，"赋诗"或者"诵诗"在西周和春秋时代已经
是当时社会上一种普遍的作诗和用诗活动，它也可以说明《诗》在当时
的应用有多么广泛。它既可以用于祭祀典礼，可以用于宴飨嘉会，也可
以用于怀人思远，可以用于美刺讽喻。正因为如此，所以对于《诗》的
学习，才成为周代贵族的必修科目。而在这里面所体现的，正是先秦的
《诗》学精神。由此我们就可以理解，为什么孔子说："不学《诗》，无
以言。"（《论语·季氏》）又说："小子何莫学夫诗？诗，可以兴，可以
观，可以群，可以怨。迩之事父，远之事君。多识于鸟兽草木之名。"
（《论语·阳货》）这既是孔子对于《诗》的功能的总结，也代表了当时
人对于《诗》的基本认识。

春秋时代的"赋诗言志",便是春秋《诗》学精神的具体体现。这里的"赋诗"又包括两种情况:其一是赋自己所作之诗,如《左传》隐公元年记郑伯与其母相见时:"公入而赋:'大遂之中,其乐也融融'。姜出而赋:'大遂之外,其乐也泄泄。'"《左传》闵公二年记:"许穆夫人赋《载驰》。"《左传》文公三年记"秦伯任好卒,以子车氏之三子奄息、仲行、鍼虎为殉,皆秦之良也,国人哀之,为之赋《黄鸟》。"其二是赋别人之诗用以"言志",《左传》中所记载的大量的"赋诗"都是这种情况,君臣或宾主在燕飨嘉会上取他人之诗(主要指"诗三百")而赋以表达思想情感。下面我们就对这种现象进行一下讨论。请看下例:

> 冬,公如晋,朝,且寻盟。卫侯会公于沓,请平于晋。公还,郑伯会公于棐,亦请平于晋。公皆成之。郑伯与公宴于棐。子家赋《鸿雁》。季文子曰:"寡君未免于此。"文子赋《四月》。子家赋《载驰》之四章。文子赋《采薇》之四章。郑伯拜。公答拜。

这是《左传·文公十三年》(前614)所记载的郑国与鲁国国君相见的一次外交活动。说的是这年冬天,鲁文公到晋国去。他此行的目的,一是为了向晋侯朝拜,晋国当时是各诸侯之长。二是要寻求结盟。在去晋国的途中,鲁文公还与卫侯在沓地有一次相会,顺便帮助卫侯做了一件事,和好了晋卫两国之间的关系。在返回途中路过郑国,郑伯在棐地宴请鲁文公,其目的也是想请鲁君代向晋国求和。在席间,郑大夫子家赋《小雅·鸿雁》,诗中有"之子于征,劬劳于野。爰及矜人,哀此鳏寡"的话,这是郑人以"鳏寡"自比,希望鲁君不辞辛劳,到晋国斡旋,帮助郑国求和。鲁大夫季文子赋《小雅·四月》,诗中有"四月维夏,六月徂暑,先祖匪人,胡宁忍予"和"乱离瘼矣,爰其适归"的话,意味鲁侯刚从晋国回来,一路劳苦,不宜再去奔波。郑子家再赋《鄘风·载驰》第四章,诗中有"控于大邦,谁因其极"等语,义取小国情况紧急，再三恳求，希望大国给予救援。鲁大夫季文子再赋《小雅·采薇》第四章，诗中有"岂敢定居，一月三捷"的话，意思是说鲁侯答应了郑国的要求，不敢安居，表示愿意再到晋国跑一次为郑求和。于是郑伯施礼拜谢，鲁侯起身答谢。

很显然，这是诸侯国之间一次非常重要的外交活动，对于郑国来说尤其重要，事关他们如何重新修复与晋国之间的关系。因为这个原因，他们才会专门宴请鲁文公。在这样重大的外交活动中，两国君臣为什么都要采取"赋诗言志"的方式进行交流呢？当然这与春秋时代的社会文化环境紧密相关，是周代贵族社会礼乐文化的具体表现，也是温文尔雅、尊礼重信的君子之风的展现，它显示了周代贵族的人格魅力。而"赋诗言志"这一交往方式之所以流行，其前提首先要有一个合适的社会文化土壤。即这个社会的贵族士大夫阶层从整体上对《诗经》都要相当的熟悉，亦即不仅是鲁国的贵族士大夫们熟悉，郑国的士大夫们熟悉，其他各诸侯国的贵族士大夫们也要熟悉。交往的双方若有一方不熟悉，便无法进行有效的沟通。据董治安先生统计，"今本《左传》《国语》称引诗三百（以及逸诗）和赋诗、歌诗、作诗等有关记载，总共三百十七条；其中《左传》计二百七十九条，《国语》计三十八条。"所涉及的国家包括周、鲁、晋、郑、楚、卫、齐、秦、宋、陈、邾、许、戎；所涉及的《诗经》中的作品涵盖了国风、二雅和三颂，总计 240 篇，占现有《诗经》总篇数的 67%；所涉及的人物包括诸侯国君、大夫、国人、乐工和贵族女子。① 由此我们可以看出"诗三百"在当时的流传之广泛，人们对它的熟悉程度。而且，要能够熟练地在与别人交流的时候"赋诗言志"，就不仅要熟悉这些诗篇的本义，还要知道这些"诗"何为而作，它所表达的方式与方法，懂得

---

① 董治安：《从〈左传〉、〈国语〉看"诗三百"在春秋时期的流传》，《先秦文献与文学研究》，齐鲁书社 1994 年版。

"风""赋""比""兴""雅""颂"这诗之"六义"。还要学会如何发挥引申，学会"兴""道""讽""诵""言""语"的具体应用的方式与方法。还要从更高的理性层面认识"诗"的本质，"诗"在当时社会中所承担的复杂的文化功能，概括出相应的诗学理论。这些加在一起，就是我们所说的先秦《诗》学传统，亦即先秦《诗》学精神。① 它是周代社会礼乐文化的具体表现，也是先秦贵族文化修养的具体表现。它成为当时的一种时尚，对当时的社会生活有重大影响，对贵族士大夫的人生也有重要的指导意义。

本人在这里所说的先秦《诗》学传统，与"儒家诗教"的概念是不同的。虽然二者之间有一定的联系，但是从本质上讲，先秦《诗》学传统，指的是由《诗经》的创作精神，周代贵族们在对《诗》的学习、和在"赋诗言志"等各种场的应用中所形成的对于诗的理解，它体现了先秦时代人们对于诗的综合认识，包括诗的抒情传统、言志功能和它在现实生活中的应用价值，由学习诗歌而形成的文化修养。而"儒家诗教"则特指对上述《诗》学传统的儒家式理解与阐释，二者存在着较大的差异。举例来讲，如《诗经》中不乏措辞激烈的批判之作，而儒家诗教都把它们归入"温柔敦厚"的阐释当中。春秋时代的贵族们在"赋诗言志"时可以较为随意地"断章取义"引用《诗经》中的某一作品，而后世儒家则将每一首诗的义理都归之于"性情之正"，从而失去了对于《诗经》作品的自由领悟与发挥空间。总之，在春秋时代，《诗经》虽然在现实生活中承担着多种文化功能，但是这些功能的实现都是以展现《诗》的独特艺术特质的方式实现的。而儒家诗教则将这些《诗》所以

---

① 对于先秦《诗》学精神的研究，近年来有代表性的著作如刘怀荣《赋比兴与中国诗学研究》，人民出版社 2007 年版；陈桐生《礼化诗学——诗教理论的生成轨迹》，学苑出版社 2009 年版；傅道彬《诗可以观——礼乐文化与周代诗学精神》，中华书局 2010 年版；马银琴《周秦时代诗的传播史》，社会科学文献出版社 2011 年版等，读者可以参看，此处不做具体论证。

为诗的艺术特质进行消解，使之变成实现教化的手段。赋这一文体的早期生成，至西汉中期以前，从本质上讲正是在继承这种先秦《诗》学传统的基础上发展起来的。弄清先秦《诗》学传统与儒家诗教二者之间的区别，是我们认识赋与《诗》之关系的一个关键。

三、楚辞之为赋与先秦《诗》学传统之关系

赋体文学之生成，正是这种先秦《诗》学精神的传承。而在二者之间的连接中，屈原的创作起了重要的转换作用，而楚辞原本就是先秦《诗》学传统的重要组成部分。

关于楚辞与《诗》的关系，班固《汉书·艺文志》有明确的表述："《传》曰：'不歌而诵谓之赋，登高能赋可以为大夫。'言感物造耑，材知深美，可与图事，故可以为列大夫也。古者诸侯卿大夫交接邻国，以微言相感，当揖让之时，必称《诗》以谕其志，盖以别贤不肖而观盛衰焉。春秋之后，周道浸坏，聘问歌咏不行于列国，学《诗》之士逸在布衣，而贤人失志之赋作矣。大儒孙卿及楚臣屈原离谗忧国，皆作赋以风，咸有恻隐古诗之义。"按此，班固把屈原的作品看作是《诗》的继承，包括两个方面：

第一是作为"赋"之体，班固认为屈原的作品直接来源于春秋时代的赋诗方式，即"不歌而诵"。这涉及楚辞与汉"赋"在文体上的关联。按班固的观点，屈原的作品是被看作"赋"的。他在《艺文志·诗赋略》中所列的赋类四体中，第一种就是"屈原赋之属"。班固的《艺文志》本自刘向的《别录》和刘歆的《七略》，以此而言，将屈原的作品看作是"赋"，亦当是刘向和刘歆的看法。但是，如果按班固所引《传》曰之语，所谓"不歌而诵谓之赋"，那么读者就会发问，屈原的作品是"不歌而诵"的吗？显然不能简单地一概而论，起码《九歌》就是

可以唱的。而且，在汉代，以《九歌》体形式出现的一些作品，如《大风歌》《垓下歌》《悲愁歌》等也都是可以唱的，并被称之为"楚歌"。但是像《离骚》这样的作品最初是否能唱，我们现在却不敢肯定。如果我们赞同班固的看法，可以推断，《离骚》在最初创作的时候，可能就是不能唱的。《九章》与《离骚》体式基本相同，其第一篇名为"惜诵"，也许透露出一些信息。《天问》肯定是不能唱的，《卜居》《渔父》也是不能唱的。《远游》的作者有争议，若依王逸之说，为屈原所作，那么也应该与《离骚》同类。《汉书·王褒传》："宣帝时修武帝故事，讲论六艺群书，博尽奇异之好，征能为《楚辞》九江被公，召见诵读。"《汉书·地理志下》："始楚贤臣屈原被谗放流，作《离骚》诸赋以自伤悼。"如此看来，屈原的作品当中，除《九歌》之外，其他可能都属于"不歌而诵"的。而且，按《汉书·艺文志》所列，在赋体四种之中，以屈原赋之属最有影响，也最有代表性。汉以前著名赋家，如唐勒、宋玉、庄忌、贾谊、枚乘、司马相如、淮南王、淮南王群臣、刘向、王褒等皆在其中。由于现存文献不足，班固所列赋体四种何以如此分类，后人已经不太清楚，① 但是有一点我们可以肯定，屈原的作品从"不歌而诵"的表现来看，与春秋时代《诗》学传统就是直接相关的。

第二是作为"赋"之精神，班固认为屈原作为春秋列大夫的后继者，有"登高能赋"的能力。如何才能做到"登高能赋"，用班固的话说就是"感物造嵓，材知深美，可与图事"，亦即要有很高的文化修养，有很强的艺术感悟力。不同的只是，春秋时候的列大夫们生在"周道浸坏"之前，可以在"交接邻国"的时候"称诗以喻其志"，而屈原生不逢时，"离谗忧国"，只好"作赋以讽"，于是才有了《离骚》等作品的产生。由此而言，后人之所以把屈原的作品看作是对《诗经》的继承，

① 按后人对此多有讨论，如清人章学诚、刘师培，今人顾实、曲德来等人都发表过意见，但尚无理想的解释。可参考陈国庆《〈汉书·艺文志〉注释汇编》，中华书局1983年版；曲德来《汉赋综论》，辽宁人民出版社1993年版。

更重要的是因为屈原直接传承了自春秋以来形成的《诗》学精神。

其实，我们现在所看到的屈原的作品，没有一篇是直接冠以"赋"名的。但是，班固何以在《汉书·艺文志》中把屈原的作品列为众"赋"之首呢？就是因为屈原继承了自春秋以来形成的"赋诗言志"传统，或者说继承了春秋时代的贵族士大夫的诗学传统。这不只是班固的评价，也是汉代人共同的评价。屈原之赋《离骚》，司马迁引淮南王刘安的一段话就是最好的概括："国风好色而不淫，小雅怨诽而不乱。若离骚者，可谓兼之矣。""其文约，其辞微，其志絜，其行廉，其称文小而其指极大，举类迩而见义远。"的确，我们今天重读《离骚》，每个人也有同样的感受。"信而见疑，忠而被谤，能无怨乎？屈平之作离骚，盖自怨生也。"但是，尽管充满了"怨"，屈原在《离骚》中还是继承了诗人的委婉讽喻传统，在整首诗中都没有出现楚王的名字，甚至在屈原的全部作品中，连一个与他直接相关的楚国现实中人的真实姓名都没有出现，遣词造句中运用了大量的含蓄隐喻手法。只有明白了这一点，我们才清楚，为什么屈原的作品虽然没有直接以"赋"命名，可是班固还是将其列为众赋之首。因为在汉人看来，屈原才是周代"赋诗言志"传统的直接继承人，也是春秋时代贵族士大夫诗学传统的直接继承者。王逸《楚辞章句》曰："屈原履忠被谮，忧悲愁思，独依诗人之义而作《离骚》，上以讽谏，下以自慰。遭时暗乱，不见省纳，不胜愤懑，遂复作《九歌》以下凡二十五篇。楚人高其行义，玮其文采，以相教传。"刘勰则曰："自风雅寝声，莫或抽绪，奇文郁起，其《离骚》哉！故以轩翥诗人之后，奋飞辞家之前。""固知《楚辞》者，体慢于三代，而风雅于战国，乃雅颂之博徒，而辞赋之英杰也。"本文之所以把这些经典论述引述出来，是想要说明一点，在谈到汉赋与《诗经》的关系的时候，我们不能以今天的观点，把楚辞排除在外。因为在汉人的眼里，屈原赋之属本是汉赋四种中最为重要的一种，正所谓"枚贾追风以入丽，马扬沿波而得奇，其衣被词人，非一代也。"

四、从"诗人之赋"到"辞人之赋"

班固《汉书·艺文志》将赋分为四家，何以如此划分？后人多有推测，如顾实认为，屈原赋之属，盖主抒情者也。陆贾赋之属，盖主说辞者也。荀卿赋之属，盖主效物者也。杂赋尽亡，不可征。盖多杂诙谐。如庄子寓言者欤？① 虽然这种推测也有难以圆通之处，但是可供参考。因为汉赋的内容和形式颇为庞杂，所以后人的分类方式也各有不同。古人多从内容上分，如《文选》就将赋分为"京都""郊祀""耕籍""田猎""纪行""游览""宫殿""江海""物色""鸟兽""志""哀伤""论文""音乐""情"等十五种。今人多从文体形式上分，如褚斌杰将从先秦到清代的赋分为古赋、俳赋、律赋与文赋四类，马积高则认为汉代以前的赋可分为骚体赋、文赋、诗体赋三类。汉以后骚体赋、诗体赋变化较小，文赋则流变为逞辞大赋、骈赋或俳赋、律赋和新文赋四种，此外还有自汉代开始的一种近于白话的俗赋。一般的学者在论及赋体文学的时候，基本上都会考虑赋体从形式到内容上的差异。但是在论及赋体起源的时候，学者们又往往习惯于将赋看作是一种大的文体，试图从先秦文献中找出各种与后世赋体文学相关的形式因素，从而说明其起源的复杂性，这两者之间不免有些错位。

我以为在探讨赋体文学起源问题的时候，首先需要在名实之间进行辨析。先说名，如此庞杂的赋体文学，为什么汉代人可以用"赋"当作统称呢？就因为它们有着同样的口头表达方式，即"不歌而诵"。而这种不歌而诵的形式与《诗经》时代的诗歌创作和"赋诗言志"有着直接的关系，这是汉人之所以将这些作品统称之为"赋"的主要原因。因

---

① 顾实：《汉志讲疏》，引自陈国庆《汉书艺文志注释汇编》，中华书局1983年版，第166—178页。

为，如果按照后人从文体或者从内容上来讨论赋的命名，都难以自圆其说。刘歆在乃父刘向《别录》的基础上编成《七略》，将汉代的这些不歌而诵的作品统称之为"赋"，并将其与那些可以歌唱的"歌诗"汇为一编，统称之为《诗赋略》，这说明，在刘歆、班固等人的心目中，"赋"本身就是一个驳杂的体类，只不过在"不歌而诵"这一口头表达形式上有其统一性罢了。

正因为如此，我们在探讨赋体文学的时候就不仅要辨名，而且还要循名责实。看到在这种表面同名的文体之间所存在的差异。最引人注意的自然是骚体赋和散体赋这两大类别。它们虽然同样在"不歌而诵"这一点上继承了《诗》的"赋诗言志"传统，但是在具体的文体表现和《诗》学精神方面却存在着巨大的差异。从对《诗》学传统的继承角度来讲，骚体赋的传承关系非常明显，相对容易理解，但是散体赋与《诗》学传统的关系，却需要做更为细致的梳理。

首先从文体形式上来看，散体赋与《诗》之间的差异甚大，这说明二者之间没有直接的传承关系。这也正是章学诚、刘师培以来学者们多从战国诸子、纵横家乃至从倡优、谐隐等角度寻找这类赋体源头的原因。它们对于散体赋的形成所产生的影响都比《诗经》本身要直接，也要大得多。他们在这方面所作出的努力和成就，也从多个方面证明了这一点。从这一角度来讲，将赋之起源归之于《诗》，显然是有问题的，在有些人看来甚至是不合情理的。

但问题是，既然如此，汉人乃至魏晋六朝以后的诸多学人为什么还是要将散体赋的源头上溯到《诗经》呢？这种说法有它的合理性吗？我们如何对这种现象进行解释呢？我认为这里面有两点是特别值得注意的。

首先是从文体形式上看，散体赋虽然不是对《诗》体的直接继承，但是《诗经》中所存在的铺排式的写作方法，四言的句式，以及在写作题材等方面，如前引程廷祚所言，还是有着一定的关联的。如《大雅·绵》中描写古公亶父筑室周原、《生民》中描写后稷之穑、《韩奕》

中描写韩侯出行、《周颂·载芟》中描写周人垦田耕种的情景等，都颇有铺排之气，这些都不能说对于赋体的写作没有渊源关系。在中国古代以宗经为主的传统文学观念的影响下，学者们试图从《诗经》中寻找赋体文学的源头，虽然有将其作用夸大的一面，但我们也要看到二者之间在客观上所存在的这种影响，不能一概将其否定。

其次，也是更为重要的是，当我们探讨一种文体形成的时候，探讨它与前代文学的关系，不仅需要就文体本身进行讨论，而且需要就一种文体所涉及的具体内容进行讨论，尤其需要从创作的主体方面进行深入的讨论。从这一角度来看，我们就会发现汉人在赋体文学创作的过程中，自春秋以来形成的《诗》学精神对其所产生的巨大影响。班固在《汉书·艺文志》中论述诗赋源流问题的时候，其着眼点也正在这里，由此他才把《诗经》的作者、春秋时代赋诗言志的士大夫、战国时代的屈原、荀子，与汉代的赋家连在了一起。在这个链条上，春秋时代士大夫们的"赋诗言志"具有重要的连接作用。

如我们上文所言，春秋时代士大夫的"赋诗言志"，其主要方式是引用《诗经》中的作品"断章取义"，用它来委婉地表达自己的思想意图，其背后所依托的是他们的文化修养，这就形成了"赋诗言志"中的委婉隐喻传统。这一特点，在屈原的作品已经有明显的体现，荀子的《赋篇》之命名更与此紧密相关。而直接把这种委婉隐喻传统继承下来，并开启汉代散体大赋之先河的则是宋玉，这也就是为什么古今学者皆把荀子和宋玉看作汉代散体赋的开创者的主要原因。在这里，荀子的贡献主要是首开以"赋"名篇的先例，而宋玉则是中国文学史上第一个大力创作散体赋体的人，他以赋命名的作品有《高唐赋》《神女赋》《登徒子好色赋》《大言赋》《小言赋》等多篇。从文体形式上看，宋玉的作品，已经初显散体赋铺陈描写之特征，甚至有极尽夸张之能事。如对高唐壮观景色之描摹，对神女美貌之赞美。而从这些赋作的写作命意来看，宋玉在这些作品里明显地寄托了批评讽谏之精神，并由此而形成了一种委婉隐喻的创作手法，这正是对春秋时代"赋诗言志"传统的历史继承。

应该说，这正是宋玉在赋体文学上的一种开创，他试图将先秦贵族美刺讽喻的精神用另一种委婉含蓄的方式表达出来。这体现了战国士阶层文人试图干预现实、左右政治的一种积极努力。他们之所以这样做，与他们本身的身份地位和大的社会环境是直接相关的。从宋玉上述以"赋"名篇的作品来看，他此时既没有显赫的贵族身份，也不是身系国家安危的国之重臣，不过是楚王跟前的一个普通文人，时代和身份都不允许他以春秋时代"赋诗言志"的方式来表现自己对于时政的直接讽谏，而只能以表面上颂美，实际上含有一定讽刺意味的话语方式来表达自己的政治情怀，显示自己的文化修养。《史记·屈原贾生列传》曰："屈原既死之后，楚有宋玉、唐勒、景差之徒者，皆好辞而以赋见称；然皆祖屈原之从容辞令，终莫敢直谏。"既然莫敢直谏，就只好用另一种迂回委婉的方式来表达了，从这里也可以看出宋玉等人的良苦用心。

宋玉体现在散体赋作中的这种创作方式与主观意图，直接开启了汉代散体赋家的创作模式，也昭示了汉代散体赋家的创作动机。如宋玉一样，汉代的这些散体赋家们，他们的心中也一直怀有先秦贵族士大夫这种积极参与社会政治的文化精神，并不甘心只作一名御用文人。如枚乘"为吴王濞郎中。吴王之初怨望谋为逆也，乘奏书谏"，"吴王不纳。乘等去而之梁，从孝王游。景帝即位，御史大夫晁错为汉定制度，损削诸侯，吴王遂与六国谋反，举兵西乡，以诛错为名。汉闻之，斩错以谢诸侯。枚乘复说吴王"，"吴王不用乘策，卒见禽灭。汉既平七国，乘由是知名。景帝召拜乘为弘农都尉。"由此可见，枚乘虽然以辞赋家在后世知名，但是他最初的志向还是参与社会政治。只是因为帝王不用其谋，他才转向辞赋的创作，并将自己的讽喻之义委婉地表现在铺陈之赋的写作当中。如枚乘之作《七发》，就是为了说七事以启发太子，"所以戒膏粱之子也。"（刘勰《文心雕龙·杂文》）司马相如也是如此。历史记载他"少时好读书，学击剑，故其亲名之曰犬子。相如既学，慕蔺相如之为人，更名相如。"由此可见他的人生志向。出使西南夷，显示了他的政治才能。晚年还准备向汉武帝上封禅之书，可见他一直到老也难以忘怀政治抱负。他之所以作《子虚》《上林》诸赋，其主观用意也是希望能起到对帝王的委婉讽谏作用。司马迁评价说："《春秋》推见至隐，《易》本隐之以显，《大雅》言王公大人而德逮黎庶，《小雅》讥小己之得失，其流及上。所以言虽外殊，其合德一也。相如虽多虚辞滥说，然其要归引之节俭，此与诗之风谏何异。"（《史记·司马相如列传》）杨雄之作《羽猎赋》，其序中自言："然至羽猎甲车戎马，器械储偫，禁御所营，尚泰奢丽夸诩，非尧舜成汤文王三驱之意也。又恐后世复脩前好，不折中以泉台，故聊因校猎，赋以风之。"（《文选》卷八）汉代赋家的这种良苦用心，在某种程度上正是他们写作散体大赋的内在动力，有着非常积极的意义。我们甚至可以说，像枚乘、司马相如、扬雄等人，如果没有这种用以讽谏的内在创作动力，他们就不可能写出像《七发》《子虚》《上林》《长扬》《羽猎》这些大赋名篇，也许就没有汉代散体大赋创作的繁荣，就没有所谓的"汉赋"这样的一代文学之胜。这就是汉人所看重的体现在汉赋中的先秦《诗》学传统，是他们将汉赋视之为"古诗之流"的主要原因。

但是汉代赋家们这种继承"赋诗言志"传统的努力似乎有些不合时宜。时代变了，从战国以后，"聘问歌咏不行于列国"，赋家的创作已经没有了在政治场合下直接用来讽喻言志的作用，赋家本身也没有了春秋时代贵族士大夫的社会地位。汉代帝王们早已没有了先秦贵族君子的文化修养，在他们眼中那些赋家不过是一群徒会舞文弄墨的文人，他们欣赏这些文人的赋作，根本就不能体会到这些赋家的良苦用心。更何况，为了讨得汉代帝王们的喜欢，汉代赋家不得不将赋体的写作重心放在卖弄才学之上，美刺讽喻的目的越来越淡化，甚至变成了点缀歌舞升平的一个无足轻重的尾巴。恰如扬雄所说，汉代赋体文学的创作，就这样一步步地从"诗人之赋丽以则"向着"辞人之赋丽以淫"的方向转化。司马相如为讽谏汉武帝好神仙而上《大人赋》，"天子大说，飘飘有凌云之气，似游天地之间意。"（《史记·司马相如列传》）早期赋体文学的委婉隐喻特征就这样在现实生活中逐渐消解，它最终摧毁了汉代赋家为继承"赋诗言志"传统而做的努力。其实这种状况司马相如等赋家早已有了初步的认识，只是不愿点破而已。到了西汉末年扬雄终于说出了实话："雄以为赋者，将以风之也，必推类而言，极丽靡之辞，闳侈巨衍，竞于使人不能加也，既乃归之于正，然览者已过矣。往时武帝好神仙，相如上《大人赋》，欲以风，帝反缥缥有凌云之志。由是言之，赋劝而不止，明矣。又颇似俳优淳于髡、优孟之徒，非法度所存，贤人君子诗赋之正也，于是辍不复为。"（《汉书·扬雄传》）不过，从赋体文学本身的发展角度来看，正是从诗人之赋到辞人之赋的转化，才标志着以散体赋为主的汉代赋体文学特征的最后形成。

五、先秦《诗》学传统与辞赋的独立品格

综上所述，在汉代赋体文学从产生到繁荣的过程当中，早自春秋时代就已经形成的"赋诗言志"风尚与《诗》学传统，在其中起了至关重要的作用。它说明，赋与《诗》之间，确实存在着源与流之关系，"赋"的口头表达方式是"不歌而诵"，这与春秋时代的"赋诗言志"直接相关。无论是骚体还是散体赋作，它们与《诗经》都有着在文化精神上的直接传承。这种传承，正是中国文学传统中最为深厚的内容，是我们了解、认识汉代赋体文学的重要方面。在我看来，赋体文学内部各体之间的相互交融与影响也与此有相当大的关系，汉代的骚体赋中不乏散体句式，散体赋中也常有骚体融合，在抒情与体物、叙事与描写之间也有复杂的交叉现象，骚散互渗对后世赋体文学与骚体文学的发展都有重要的影响，因为它们有一个共同的文化之源。但无论是骚体还是散体辞

赋的创作,都不是先秦《诗》学精神的简单继承,而是在此基础上的发展与创新,并由此展现出独立的辞赋品格。因此,只有在继承与创新的过程中认识它与先秦《诗》学精神的关系,才能全面深化我们对于汉代赋体文学的认识。

以屈原为代表的骚体赋来讲,它与《诗经》的传承关系,重要的一点体现在怨刺精神上。按司马迁的话说,"屈平之作《离骚》,盖自怨生也"。但是,对于屈原之怨,汉人却有不同的认识。淮南王和司马迁认为这种怨刺就是对《诗经》怨刺传统的直接传承和发扬光大,"《国风》好色而不淫,《小雅》怨诽而不乱,若《离骚》者,可谓兼之矣……推此志也,虽与日月争光可也。"评价极高。但是班固对此却不赞同,认为屈原这样的态度是"露才扬己""竞于群小之中,怨恨怀王,讥刺椒兰,苟与求进,强非其人,不见容纳,忿恚自沉。"而王逸又对班固进行反驳:"且诗人怨主刺上曰:'呜呼小子,未知臧否,匪面命之,言提其耳!'讽谏之语,于斯为切。然仲尼论之以为《大雅》。引此比彼,屈原之辞,优游婉顺,宁以其君不智之故,欲提携其耳乎?"在王逸看来,屈原的讽谏之言一点也不过分,非但如此,如果和《大雅》诗中的"耳提面命"之言相比,甚至可以称得上是"优游婉顺"。汉人何以会有这种不同的态度?原因之一是对于先秦《诗》学传统的不同理解,司马迁对于屈原有同病相怜之情,王逸对《离骚》推崇备至,他们自然会强调屈原怨刺精神与《诗经》的统一性;而班固站在以"温柔敦厚"为特征的儒家诗教观的立场上,自然就会对屈原的这种言辞激切的态度提出批评。然而就屈原继承了《诗经》的怨刺精神这点而言,二者的观点还是一致的。其二则是我们必须承认的,以屈原为代表的楚辞和汉代骚体赋,它们与《诗经》已经属于两种不同的诗体。楚辞的产生深受南楚文化的影响,带有明显的地域文化色彩,无论是从语言的使用还是在意象的构成等诸多方面,都有自己的独特性,乃至成为与《诗经》并峙的又一高峰。所以,即便同样是怨刺,屈原之怨与诗人之怨本来不同，他们在具体的艺术表达方面也有很大的不同。故刘勰在《文心雕龙·辩骚》里辨析它同乎经典与异乎经典各有四事，并对其文体品格作出了恰当的定位，说它"体慢于三代，而风雅于战国，乃《雅》《颂》之博徒，而词赋之英杰也。观其骨髓所树，肌肤所附，虽取熔经意，亦颇铸伟辞"。所以，强调它对先秦《诗》学传统的继承，只是为了我们更好地认识它与前代文化的关系，同时也是为了说明它与汉代散体赋是通过何种文化的纽带联系起来的。

就散体赋而言，如我们上文所言，它对先秦《诗》学传统的继承，主要体现在汉代散体赋家在其中所寄托的讽谏意识方面。然而，当汉代这些散体赋家们发现自己所处的环境已经与《诗经》时代完全不同，自己的身份地位也远非先秦贵族士大夫可比，当他们发现自己所寄托于散体赋中的委婉讽谏不起作用的时候，他们又该如何安慰自己的内心？说到这里，我们自然就要想到汉代散体赋家作赋的核心目的，分析赋之为体所具有的独立品格。从宋玉开始的这些散体赋家，他们写赋的目的并不是为了在列国之间"聘问歌咏"，其作赋的缘由也不是像屈原那样"盖自怨生"，而是要创造一种可以展现自己才能的新的文体形式，通过它来实现自己的政治理想。虽然讽谏是其中的目的之一，但并不是全部目的，或者也不是主要目的，如何通过赋体创作展现自己的才能，从而得到帝王的赏识，实现自己的理想抱负才是他们的主要目的。按孔子所说，《诗经》的作品本来就包含着"兴""观""群""怨"等多种功能，在先秦《诗》学传统中本来就包含美刺两个方面。但是据汉代文人所处的环境，"颂美"比"讽谏"显然更能迎合汉代帝王们的喜爱，也更符合汉帝国繁荣强盛的国运，由此散体大赋才逐渐走向极盛。这正如班固在《两都赋序》中所言，在汉代国运隆盛，祥瑞不断的大好形势之下，一批文人们开始"兴废继绝，润色鸿业"，"或以抒下情而通讽喻，或以宣上德而尽忠孝，雍容揄扬，著于后嗣，抑亦雅颂之亚也。故孝成之世，论而录之。盖奏御者千有余篇，而后大汉之文章，炳焉与三代同风。"按班固在这里所说，文人们在当时的环境下所创作的大赋似乎兼有"抒情讽喻"与"宣德尽孝"两者，但实际上进行颂美铺张之风早已养成，而讽谏却渐渐失效，仅为曲中奏雅的点缀而已。在一片颂美之声当中，文人们也找到了尽情地展示自己才学、谋求进身之道的最佳途径，铺张扬厉的描写甚至变成了炫耀才华的战场，文人们不惜为此而殚精竭虑。据《西京杂记》所记："司马相如为《上林》《子虚》赋，意思萧散，不复与外事相关。控引天地，错综古今，忽然入睡，焕然而兴，几百日而后成。其友人盛览，字长通，牁牁名士，尝问以作赋。相如曰：'合綦组以成文，列锦绣而为质，一经一纬，一宫一商，此赋之迹也。赋家之心，苞括宇宙，总览人物，斯乃得之于内，不可得而传。'"可见，要作出一篇好赋的确是相当困难，即便是如司马相如这样的大才子也要"几百日而后成"。当然，也正是在这种精心结撰的创作中，在这种颂美精神高扬的过程中，先秦《诗》学传统中的讽喻精神逐步消失。当然，也正是这种客观环境中造就了散体大赋的品格。所以，尽管扬雄意识到依靠赋中的委婉表现达不到他所追求的讽谏目的，和文人的建功立业理想相比，舞文弄墨的大赋创作不过是"雕虫小技"，他为此甚至弃而不作，但是并没有阻碍散体大赋的继承发展，京都大赋的极致反而是到了东汉时期才达到的。

由此可见，在汉代，无论是骚体赋还是散体赋，他们在创作的过程中虽然都从不同的角度继承了先秦《诗》学传统，但是它们都是在此基础上形成的一种新的文体，都有属于自己的独立品格，并且各自都有独特的发展历史。后人所以在赋体分类、赋学源流、赋学评价等问题上各抒己见，与赋体文学本身的这种复杂性是紧密相关的。以骚体赋而论，它的直接源头是屈原的创作，本是以抒情为主的艺术，后人又把屈原的作品与宋玉及汉人的部分拟作称之为"楚辞"，这说明在汉人的意识里，也看到了楚辞与汉代其他骚体赋之间的区别。最有意味的是，《汉书·艺文志》把赋分为四类，第一大类就是"屈原赋之属"。我们知道，《汉书·艺文志》的编辑本之刘歆的《七略》，刘歆的《七略》所依据的又是刘向的《别录》，刘向又是汉代《楚辞》一书的编辑者之一。可见在刘向的眼里，合而言之"楚辞"可以包括在赋体之中，分而言之"楚辞"又是单独一类，因而，将《楚辞》作为单独的研究对象，早已经成为中国文学研究中的一大领域。但我们看到，除了《楚辞》之外的汉代其他骚体赋作，却一直被包容在汉赋研究的传统之中。在后人所编辑的选本如《文选》或者在辞赋总集如《历代赋汇》里，骚体赋仍是重要一类。本来这些骚体赋与《楚辞》有着更加直接的关系，后世却因为《楚辞》独立的原因而将其割断了。这也是近年来有些学者为什么将这二者合为一体进行研究的重要原因。如郭建勋教授在《汉魏六朝骚体文学研究》中提出"骚体文学"的概念，并对其特征进行了论证；在《先唐辞赋研究》一书又把这一问题进一步深化。王德华教授在《唐前辞赋类型化与辞赋分体研究》中系统讨论了辞赋概念内涵的演变与辞赋分类，唐前辞赋分体理论与操作层面上的矛盾，并开始从类型化角度来对唐前辞赋进行研究。[①] 这显示了近年来文学研究的深入和学者们在这方面所进行的切实努力。由此更值得我们深思的是，为什么在后人看来如此分合多样的不同文体，在汉代却被统称为"赋"？它们有哪些共同的特征？我个人以为，要回答这些问题，就必须上溯它们的共同之源，这就是蓄积深厚的先秦《诗》学传统。弄清了它们的共同源头，才会知道它们在何处分流，如何在继承传统的过程中形成了自己独立的文体品格。这也正是本文撰写的动因和目的。当然，对于这样一个大的问题，本人的探讨只是初步，考虑未必得当，诚请各位通人硕学指正之。

本文原载于《中国诗歌研究》第 13 辑，
社会科学文献出版社 2016 年版

---

① 　郭建勋：《汉魏六朝骚体文学研究》，湖南教育出版社 1997 年版；《先唐辞赋研究》，人民出版社 2004 年版；王德华：《唐前辞赋类型化特征与辞赋分体研究》，浙江大学出版社 2011 年版。

楚歌、横吹鼓吹与相和歌
在汉代的兴衰更替

汉代歌诗基本上分为三大类型：楚歌、横吹鼓吹与相和歌，它们不但各以其不同的曲调与风格展现了汉代歌诗的非凡成就，而且还反映了汉代歌诗在四百年间的兴衰更替过程，这也为我们研究汉代歌诗艺术的发展提供了重要的线索。

仔细研究我们就会发现，现存的楚歌大多数产生于西汉，而且以汉初和汉武帝时代前后的作品最多，项羽的《垓下歌》、刘邦的《大风歌》《鸿鹄歌》、赵王刘友的《幽歌》、高祖唐山夫人的《安世房中歌》都产生于汉初。汉武帝前后时代则有他的《秋风辞》《瓠子歌》《天马歌》《西极天马歌》、刘细君的《悲愁歌》、李陵的《悲歌》；他的两个儿子燕王刘旦的《归空城歌》（包括华容夫人的《发纷纷歌》）、广陵厉王刘胥的《欲久生歌》以及广川惠王刘去的《背尊章歌》与《愁莫愁歌》（广川惠王刘去是汉武帝之兄刘越的孙子，刘越死后，刘去也是汉武帝下诏让他继承王位的，其时代去汉武帝亦未远）。此后，只有东汉末年汉灵帝刘宏的《招商歌》与汉少帝刘辩与其妃子的两首楚歌。上述楚歌，除了项羽的《垓下歌》与李陵的《悲歌》之外，其余都是汉朝帝王与皇室成员所作。可见，楚歌的兴盛主要在汉初到汉武帝这段时间，而且主要流行于汉王朝宫廷当中。

横吹与鼓吹原属于两种风格的音乐。其中鼓吹乐是在北狄音乐的基础上融合了先秦振旅凯乐而形成的；而横吹曲则是汉武帝时张骞通西域带回来的。横吹曲经过李延年的改编，在当时曾经有二十八首歌曲，可是后来都佚失了。现存的鼓吹歌诗作品共有十八首，被后人统称之为"汉鼓吹铙歌十八曲"。据崔豹《古今注》，鼓吹曲本源于汉初的班壹，可是现在留下来可以考证清楚的，如《远如期》《上之回》和《上陵》等诗，却都是武宣之世的作品。鼓吹乐在西汉的主要用途，包括天子宴乐群臣、日常娱乐和振旅凯乐三项内容，也主要记载的是西汉武宣时代的事情。据清代以来的诸多专家考证，现存的《鼓吹铙歌十八曲》都是西汉的作品。又据相关的历史记载可知，经过汉哀帝的罢乐府和东汉明帝的重新区分汉乐四品，鼓吹乐已经逐渐雅化，到了东汉末期已经变成了单纯的军乐。由此而言，横吹乐和鼓吹乐的兴盛时期，是在西汉的武宣之世到西汉的末年。

相和歌是汉代乐府歌诗的代表性样式，传世的作品最多，演唱的方式也比较复杂，有相和曲、清调曲、平调曲、瑟调曲、楚调曲、大曲等等。相和歌产生于何时？历史上没有明确的记载，如果单说"相和"两个字，在先秦文献中已经见到，《庄子·大宗师》："子桑户死，未葬。……或编曲，或鼓琴，相和而歌。"但是作为一种音乐形式的产生，应该在西汉时代，而它的最终完成则到了魏晋时期。郭茂倩《乐府诗集》对此有详细的介绍："《宋书·乐志》曰：'相和，汉旧曲也，丝竹更相和，执节者歌。本为一部，魏明帝分为二，更递夜宿。本十七曲，朱生、宋识、列和等复合之为十三曲。'其后晋荀勖又采旧辞施用于世，谓之清商三调歌诗，即沈约所谓'因弦管金石造歌以被之'者也。《唐书·乐志》曰：'平调、清调、瑟调，皆周房中曲之遗声，汉世谓之三调。又有楚调、侧调。楚调者，汉房中乐也。高帝乐楚声，故房中乐皆楚声也。侧调者，生于楚调，与前三调总谓之相和调。'《晋书·乐志》曰：'凡乐章古辞存者，并汉世街陌讴谣，《江南可采莲》《乌生十五子》

《白头吟》之属。'其后渐被於弦管，即相和诸曲是也。魏晋之世，相承用之。"以此而言，西汉时代的相和曲最初本是汉代旧曲，是街陌讴谣，而且演唱形式也比较简单，仅是"丝竹更相和，执节者歌"。而到了东汉以后至魏晋时期，它的演唱方式越来越复杂，才有了相和三调曲和大曲等等。伴奏的乐器多达七八种，而大曲在表演时前面有"艳"，后面还有"趋"与"乱"。值得注意的是，现在我们所看到的汉代相和歌诗当中，可以认定为西汉时代的作品的，恰恰是郭茂倩《乐府诗集》里列为"相和曲"的《江南》《东光》《薤露》《蒿里》《鸡鸣》《乌生》《平陵东》等七首古辞，而其他诸调曲中可以考知的作品则都是东汉之作。由此可以看出，相和歌诗的产生虽然在西汉，可是它的兴盛则是在东汉。

我们把以上三种歌诗产生和兴盛的时代联系起来，由此就会发现一个十分值得重视的现象，它说明汉代主要的三种歌诗的兴衰交替，应该有着一个比较明显的前后相承接的关系。在汉初到武帝时代是楚歌比较兴盛的时期，武帝之后楚歌体逐渐衰落；从汉武帝时代到西汉末年，是横吹鼓吹比较兴盛的时期，到了西汉以后横吹鼓吹曲已经衰落；从西汉初年到西汉末年，是相和歌的产生时期，而到了东汉以后则是相和歌诗的兴盛时期。而现存的上述三种歌诗本身产生的时间也证明其正好符合这种时序上的交替。这说明，汉代的乐府歌诗的发展是有着一个历史顺序可以把握的，它使我们描述汉代诗歌发展的历史成为可能。

以上三种歌诗的兴衰交替时序，我们还可以通过相关的历史材料得到证明。我们知道，刘邦本是楚人，他对楚声有特殊的爱好，汉文化在早期受楚文化影响甚深，所以，楚歌在汉初的兴盛乃在情理之中。而到了汉武帝以后，随着大一统国家的繁荣与安定，汉文化在以楚文化为主体而又接受中原六国文化的基础上已经形成了属于自己时代的文化特征，楚歌自然不会再兴盛下去，其衰落也是必然的。在这种大一统文化的形成过程中，北方和西域文化对汉代文化产生了相当大的影响，横吹鼓吹乐在汉武帝时代兴盛起来也适逢其时。而作为最能代表汉代乐府诗的相和歌，则需要经过比较长的时间的融合才可能形成，所以它虽然也产生于西汉，可是却成熟兴盛于东汉。而且，相和歌成熟之后，无论是楚歌还是横吹鼓吹也必将随之而衰落，这也就是我们在东汉以后很少见到楚歌，而且不再有新的鼓吹曲和横吹曲产生的原因。

相和歌在汉代之所以兴盛，并逐渐取代楚歌与横吹、鼓吹而成为汉代歌诗的代表性样式，又因为它是在各种地方歌诗艺术的基础上逐渐融为一体的，最能体现汉文化艺术的主体特征。我们知道，在西汉时代，歌诗艺术形式曾经表现得较为复杂。据《汉书·艺文志》所记，在西汉乐府所搜集并记载下来的歌诗，共有"二十八家，三百一十四篇"。这其中包括《高祖歌诗》二篇、《泰一杂甘泉寿宫歌诗》十四篇、《宗庙歌诗》五篇、《汉兴以来兵所诛灭歌诗》十四篇、《出行巡狩及游歌诗》十篇、《临江王及愁思节士歌诗》四篇、《李夫人及幸贵人歌诗》三篇、《诏赐中山靖王子哙及孺子妾冰未央材人歌诗》四篇、《吴楚汝南歌诗》十五篇、《燕代讴雁门云中陇西歌诗》九篇、《邯郸河间歌诗》四篇、《齐郑歌诗》四篇、《淮南歌诗》四篇、《左冯翊秦歌诗》三篇、《京兆尹秦歌诗》五篇、《河东蒲反歌诗》一篇、《黄门倡车忠等歌诗》十五篇、《杂各有主名歌诗》十篇、《杂歌诗》九篇、《洛阳歌诗》四篇、《河南周歌诗》七篇、《河南周歌声曲折》七篇、《周谣歌诗》七十五篇、《周谣歌诗声曲折》七十五篇、《诸神歌诗》三篇、《送迎灵颂歌诗》三篇、《周歌诗》二篇、《南郡歌诗》五篇。把上述篇目与现存的汉代歌诗相对比，我们会发现两个问题：第一，《汉书·艺文志》所载的歌诗，除《高祖歌诗》等少数作品之外，大多数与传世的汉代歌诗在名目上不相符合，特别是那些地方歌诗，与后世人们所看到的汉乐府歌诗的三大部分"楚歌""鼓吹铙歌"与"相和歌"明显不合，这一方面说明这些歌诗在后代可能大部分都失传了，另一方面则说明西汉时代的歌诗艺术表现形式还是比较复杂的，也许现存的楚歌与鼓吹铙歌只是其中的一部分，或者是最有代表性的一部分，所以才会流传下来较多；第二，把这些歌诗与有关相和歌诗的记载相比较，我们会发现相和歌与这些西汉歌诗之间存在着一定的渊源关系。如我们前面所引，《唐书·乐志》曰："平调、清调、瑟调，皆周房中曲之遗声，汉世谓之三调。又有楚调、侧调。楚调者，汉房中乐也。高帝乐楚声，故房中乐皆楚声也。侧调者，生于楚调，与前三调总谓之相和调。"《晋书·乐志》曰："凡乐章古辞存者，并汉世街陌讴谣，《江南可采莲》《乌生十五子》《白头吟》之属。其后渐被於弦管，即相和诸曲是也。"由此可以看出，相和歌的来源主要有三个方面：其一是周房中曲之遗声，其二是楚声，其三是其他各地所流行的所谓"街陌谣讴"，以上三个方面，恰恰与《汉书·艺文志》所载的歌诗来源相合。因此我们有理由认为，东汉时代兴盛起来的相和诸调歌诗，乃是西汉时代各种地方歌诗艺术综合发展的必然结果。

汉代是中国歌诗艺术发展的重要时代，以相和歌为代表的汉代乐府歌诗，对魏晋六朝以至唐代乐府诗的发展都产生了重要影响。但是，由于相关的历史文献记载较少，乐府歌诗在汉代的发展过程如何，一直都是学者们难以弄清的问题，因而对汉代乐府诗的发展也很少有人作出相关的史的描述。而我们通过对汉乐府三种主要音乐形式的考察，基本上可以梳理出汉乐府歌诗发展兴衰交替的一个大致的历史轮廓。而且，顺着这个轮廓前行，结合汉代社会的历史发展，也有助于我们认识两汉歌诗发展的规律。

本文原发于《光明日报》2006 年 12 月 29 日

汉乐府歌诗演唱与语言形式之间的关系

　　作为汉代歌诗艺术主体的通俗的乐府歌诗，从本质上看是诗乐舞合在一起的表演艺术。① 在这种艺术的生产和消费过程中，音乐歌舞表演在其中起着主导作用，诗歌语言是服从于音乐歌舞表演的。因此，要研究汉乐府歌诗的语言艺术成就，我们必须从汉乐府歌诗的表演方式入手。由于受技术水平的影响，关于汉乐府歌诗的实际演出我们已经不可能耳闻目睹，但是有关的历史文献还是给我们提供了研究这些问题的线索。本文的目的就是从这方面做些探索性的工作，以推动汉乐府歌诗研究的深入。

---

① 　汉乐府歌诗是表演的艺术。关于这一点，近年来已经有些学者有所觉察，他们从不同角度注意到了这方面的特征，并做了相应的有益的探索，如齐天举在《古乐府艳歌之演变》(《阴山学刊》1989 年第 1 期) 一文中论到古乐府中艳歌的性质以及它在汉乐府语言艺术形式演变中的作用。潘啸龙在《汉乐府的娱乐职能及其对艺术表现的影响》(《中国社会科学》1990 年第 6 期) 一文中曾指出以下三点：一是叙事性情节构思艺术的发展，二是表现方式上的诙谐性，三是在表现手段上更讲究声色铺陈、夸张、诡喻和离奇之语的运用。钱志熙的《汉魏乐府的音乐与诗》(大象出版社 2000 年) 论述了汉代各类乐府诗的演艺特点与音乐特点，乐府诗通过娱乐功能产生的伦理价值的艺术机制等。但是我以为，以上学者在论及这一问题时，基本上还是把汉乐府当作一般的诗歌来看待，还是把诗歌语言作为这种艺术的主体来研究。而本人以为，我们要对这些世俗的汉乐府歌诗进行研究，首先要把它定义为以音乐和歌舞为主的"表演的艺术"，语言只是这一艺术的有机组成部分，而且是服从表演的。

一、关于汉乐府歌诗的一般表演方式

两汉乐府歌诗艺术是以娱乐和观赏为主的，为了达到更好的娱乐和观赏效果，自然要在表演方面下功夫。它不是简单的吟唱，而是诗乐舞相结合的表演。据现有的文献记载和出土文物考证，当代人一般认为汉代的歌舞娱乐表演主要在三种场合举行，那就是厅堂、殿庭、广场。廖奔先生曾对此有过较详细的介绍。从出土文物看，其中最常见的是厅堂式演出，如"四川成都北郊羊子山1号东汉墓画像石，即展现了一个贵族家中的宴饮观剧场面。画面中帐幔悬垂，表示这是室内演出。左侧宾主分席，列几而坐，前有酒爵肉鼎供宴，后有妖姬美妾侍奉。主客前面的场地上，有12人在表演骇目惊心的百戏，内容包括跳丸、跳剑、旋盘、掷倒、盘鼓舞、宽袖舞等等，场面热烈、情绪紧张。右侧有5个乐人坐席伴奏。"这不能不让我们想起史书中的相关记载，如《汉书·张禹传》所言禹常"入后堂饮食，妇女相对，优人管弦，铿锵极乐，昏夜乃罢。"其次是殿庭式演出。"这是贵族富民之于家中演出百戏的又一种形式，只是将表演的场所由屋内迁移到屋外院子里，一般是主客坐在堂屋之中宴饮，伎人在庭院里表演。山东出土的汉画像石里常见这样的画面：正面刻出一座堂屋，屋里主人居中端坐，旁边排列宾客侍从，堂屋两旁有两座阙。堂屋前面的庭院中，有伎人在表演乐舞百戏。"第三种是广场式演出。据说汉武帝为夸耀声威，就曾在元封三年（前108）春天举行过一次大型的百戏会演，"三百里内皆观"（《汉书·武帝纪》），三年之后，汉武帝又进行了一次大规模的百戏会演："夏，京师民观角抵于上林平乐馆。"（出处同上）对此，张衡的《西京赋》和李尤的《平乐观赋》都有生动的描述。[①] 还有的人认为，在汉代已经有了专

---

① 以上可参考廖奔《中国古代剧场史》，中州古籍出版社1997年版，第27—32页。

供表演用的戏楼，如现藏河南项城县文化馆的一个三层陶戏楼，"中层正面敞口，有前栏，栏上横列三柱支撑屋檐；两侧壁为镂孔花墙半敞。次层为舞台，中间横隔一墙，分前后场，隔墙右半设门供出入。前场有两个乐伎俑：一人一肢支撑，一肢扎跪，一手伸手胸前，一手上举摇鼗；一人跽坐，仰面张口，左手扶膝，右手扶耳为讴歌者。"①

如此众多而又广阔的表演场所，为汉代社会歌舞演唱提供了最好的舞台，也使其艺术表现形式较前代有了极大的发展变化，显得更加丰富多彩。根据现有的文献资料，我们大体上可以把这些歌诗艺术演唱分为以下几种情况：

一是单人的独弹独唱。《古诗十九首·西北有高楼》："西北有高楼，上与浮云齐，交疏结绮窗，阿阁三重阶。上有弦歌声，音响一何悲！谁能为此曲，无乃杞梁妻。清商随风发，中曲正徘徊。一弹再三叹，慷慨有余哀。"《相逢行》："小妇无所为，挟瑟上高堂。"《善哉行》："何以忘忧，弹筝酒歌。"从以上诗句来看，当时的歌诗中有相当大一部分是可以独弹独唱的。又，关于《箜篌引》的产生，晋人崔豹《古今注》中这样记载："《箜篌引》者，朝鲜津卒霍里子高妻丽玉所作也。子高晨起刺船，有一白发狂夫披发提壶，乱流而渡，其妻随而止之，不及，遂堕河而死。于是援箜篌而鼓之，作《公无渡河》之曲，声甚凄怆。曲终，亦渡河而死。子高还，以其声语其妻丽玉。丽玉伤之，乃作《箜篌引》而写其声，名曰《箜篌引》。"从这一记载看，《箜篌引》也是一首可以自弹自唱的歌曲。

第二种情况是一人主唱，其他人或伴乐或伴唱。汉乐府相和歌的主要形式可能是这种类型。《宋书·乐志》曰："但歌四曲，出自汉世。无弦节，作伎，最先一人唱，三人和。……相和，汉旧曲也。丝竹更相和，执节者歌。"由此记载我们知道，汉代有一种但歌，也就是不配乐

---

① 周到：《汉画与戏曲文物》，中州古籍出版社1992年版，第188页。

器的徒歌，由一个人主唱，三个人相和。还有一种叫相和歌，其演唱形式是一个人手里拿着一种叫作节的乐器，一面打着节拍，一面唱歌。其他人在一旁用弹弦乐器或管乐器伴奏。其实，无论是以人相和还是以乐器相和，这种形式都是早自先秦就有。《庄子·内篇·大宗师第六》曾记："子桑户死，未葬。孔子闻之，使子贡往侍事焉。或编曲，或鼓琴，相和而歌曰：'嗟来桑户乎！嗟来桑户乎！而已反其真，而我犹为人猗！'"《淮南子·卷七·精神训》："今夫穷鄙之社也，叩盆拊瓴，相和而歌，自以为乐矣。"由此，知"相和"本是中国古代一种流行于民间的歌唱形式。《汉书·礼乐志》又记："初，高祖过沛，作《风起》之时，令沛中僮儿百二十人习而歌之。至孝惠时，以沛宫为原庙，皆令歌儿习吹以相和。"《乐府诗集》卷二十六："《晋书·乐志》曰：'凡乐章古辞之存者，并汉世街陌讴谣，《江南可采莲》《乌生十五子》《白头吟》之属。'其后渐被于管弦，即相和诸曲是也。魏晋之世，相承用之。……又诸调曲皆有辞、有声，而大曲又有艳、有趋、有乱。辞者其歌诗也，声者若羊吾夷伊那何之类也。艳在曲之前，趋与乱在曲之后，亦犹吴声西曲前有和，后有送也。"由此，知相和这种古老的民间歌唱形式，在汉代逐渐蔚为大观，又演化出《相和引》《相和曲》《四弦曲》《五调曲》（包括《平调曲》《清调曲》《瑟调曲》《楚调曲》《侧调曲》）、《吟叹曲》《大曲》以及《杂曲》等多种形式。其中不同的曲调，所配的乐器也不相同，如《平调曲》中所配的乐器有笙、笛、筑、瑟、琴、筝、琵琶七种，而《清调曲》所配的乐器则有笙、笛（上声弄、高弄、游弄）、篪、节、瑟、琴、筝、琵琶八种（以上并见《乐府诗集》），但无论如何变化，有人演唱、有人声或乐器相和是其最基本的形式，这也是汉代歌诗主要的演唱形式。

第三种情况是以歌舞伴唱。中国古代本是诗乐舞三位一体，歌舞伴唱本是情理中事。但是就现在有关文献看，有关这方面的记载还不多。郭茂倩《乐府诗集》卷第五十二云："自汉以后，乐府浸盛。故有雅舞，有杂舞。雅舞用之于郊庙、朝飨，杂舞用之宴会。"在汉代，雅舞可能有歌辞，但是也有好多雅舞没有歌辞。现存汉代有歌辞的雅舞只有东平王刘苍所作的《后汉武德舞歌诗》。郭茂倩在《乐府诗集》卷五十三又说："杂舞者，《公莫》《巴渝》《盘舞》《鞞舞》《铎舞》《拂舞》《白纻》之类是也。始皆出自方俗，后浸陈于殿庭。盖自周有缦乐散乐，秦汉因之增广，宴会所奏，率非雅舞。汉魏以后，并以鞞、铎、巾、拂四舞，用之宴飨。"由此，我们知汉代的舞蹈种类很多。但是，在汉代，这些舞蹈也大都没有相伴的歌辞。现存歌辞只有两篇，最早著录于《宋书·乐志》，一为《圣人制礼乐篇》，一为《巾舞歌诗》。前者属于铎舞，声辞杂写，至今无人破解。后者属于巾舞，正文前题为"巾舞歌诗一篇"，正文后又题为"右《公莫巾舞歌行》"，其后又有人称之为《公莫舞》。因为沈约著《宋书》时去汉已远，这首声辞杂写的作品难以解读，以后一千多年仍无人晓解。业师杨公骥先生发千载之覆，于1950年破译了此诗，认为这是一个"母子离别舞"，[①] 以后进一步研究，指出它是"我们今天所能见到的我国最早的一出有角色、有情节、有科白的歌舞剧。尽管剧情比较简单，但它却是我国戏剧的祖型。"[②] 其后姚小鸥又在此基础上对此歌舞剧的文辞尤其是舞蹈动作进行了更为详细的考证。[③]以此可知，汉代不仅有了中国早期戏剧，而且其表演形式也相当成熟，已经有了诸多用于表演的程式化的动作的术语。

汉《公莫巾舞歌行》的破译在研究中国戏剧史上不仅有重要意义，对于我们认识汉代歌诗表演也有重要参考价值。《公莫巾舞歌行》的剧情比较简单，叙事性的文字也不多，它是以舞蹈表演为主的。这说明，在汉代，不仅有了以音乐伴唱为主的相和乐，而且还有了表演故事情节

---

① 杨公骥：《汉巾舞歌辞句读及研究》，《光明日报》1950年7月19日第3版。

② 杨公骥：《西汉歌舞剧巾舞公莫舞的句读和研究》，《中华文史论丛》1986年第1期。

③ 姚小鸥：《巾舞歌辞校释》，《文献》1998年第4期；《公莫巾舞歌行考》，《历史研究》1998年第6期。

的歌舞剧。

从以上三种情况看，两汉社会的歌诗艺术表演形式是丰富多彩的，而这些丰富多彩的歌诗艺术表演形式，也必然会影响歌诗的语言，推动汉乐府歌诗语言艺术形式的大发展。一个值得我们充分注意的事实是：由于这些歌诗有比较复杂的表演手段，可以承载更多的生活内容，因此，它不再是简单的抒情艺术，而且可用来演说故事。从这一角度讲，汉乐府的许多叙事歌诗，更近似于后世的说唱文本。这也许是我们破解其艺术奥秘的一条途径。

二、表演的戏剧化对叙事性歌诗体裁形式的影响

戏剧化是汉乐府歌诗艺术的一个重要特征，尤其是汉乐府叙事歌诗的重要特征。但是，为什么在中国古代歌诗艺术中，只有汉乐府才有这种现象？而后代的歌诗艺术，在这方面反倒不如汉乐府了呢？我以为，这正是汉乐府歌诗的演唱性质决定的。

我们知道，汉乐府歌诗主要是为了满足大众的享乐需要而发展起来的。比较复杂的相和曲调，已经适合于表演一个人物或者一个故事。同时，为了取悦观众，这一诉诸表演的故事，就必须要有一定的情节，要适合表演，也就是要有戏剧化的特征。在这方面，《陌上桑》是一个最典型的样板。

仔细推敲，《陌上桑》并不是一首完整的叙事诗，而颇似一段故事的说唱表演，全诗共分为三大段，在汉乐府中，也称之为三解。第一段写罗敷之美，在这一段中，其实并没有交代罗敷的具体身份，只说她是一个喜欢蚕桑的女子，她住在城里，到城外去采桑。然后写她的穿戴如何华美，路上的行人如何为她的美丽而倾倒。第二段写使君与罗敷的对话。使君同路人一样，也为罗敷的美丽而着迷。他竟然不顾自己的身

份，停下了五匹马所驾的大车，问罗敷是谁家的女子，年纪多大，最后问罗敷是否愿意与他共载。罗敷一一作答，指出使君的愚蠢，说使君已是有妇之夫，而自己也是有夫之妇。第三段写罗敷的夸夫。她说自己的丈夫如何有权势，又是如何有才，如何得志，如何英俊。全诗就到此在止。为什么会有这样的结构？我以为这是汉乐府演唱故事的策略，或者说是一种技巧。首先，因为它用的是相和这样的形式，这种说唱的形式有比较丰富的表演手段，一人唱，多人伴唱或伴奏，可以容纳一定的故事内容，而这也能更好地吸引听众。充分发挥故事表演中的戏剧化手段，是达到取悦观众的重要方式。同时，因为它是一种比较复杂的音乐演唱，所以又一定要受音乐表演的限制，不可能像一个行吟诗人那样无休止地演唱下去。因而在有限的篇幅中用戏剧化的方式表现其情节冲突也是它必不可少的演唱技巧。

为了说明这一问题，在这里，我们先要解释汉乐府中的一些音乐术语，所谓"艳""趋""乱""解"的意义。从音乐的角度来讲，汉乐府中所说的"艳""趋""乱""解"等都是一定的音乐表演方式，这一点，今人已经做过比较好的解释，尤其是关于"解"的解释，杨荫浏在总结前人之说后指出：

> 作者认为，汉代的《大曲》已是歌舞曲；它有歌唱的部分，所以有歌词，但它又有不须歌唱而只须用器乐演奏或用器乐伴奏着进行跳舞的部分，那就是"解"——"一解"是第一次奏乐或跳舞，"二解"是第二次奏乐或跳舞，余类推。……
>
> 关于"解"的用法，虽然不一定能从今天的民间音乐中得到完全相同的实例，但找一些类似的例子，藉以帮助我们更加容易了解一些，却还是可以的。例如，我们有《二人台》等等的民间歌舞音乐，一男一女，两个角色出场。他们面对面，在台前唱一个比较抒情的、由几节合成的民歌式的歌曲，唱时有些表演，但

动作不大。在唱完一节的时候，伴奏乐队，从歌腔的末音紧接下去，节奏加快，作着自由的曲尾扩展；击乐器上响亮而强烈的点子，配合着管乐器上模仿、呼应等等吹奏的手法，用长长短短的音型的重复，造成热烈的气氛。与这同时，那两个角色，作出种种活泼的舞姿，手巾、扇子等道具上下翻飞，舞者在场中盘旋追逐，使人有眼花缭乱、目不暇接之感。忽然节奏慢下来了，接唱第二节歌曲；忽然节奏又加快了，又停止了歌唱而作活跃的舞蹈。这样的反反复复，在同一个曲调上，往往出现好几次。可以不可以把民间歌舞中这种歌唱的部分比之《相和大曲》中分节歌唱的部分，而把它活跃舞蹈的部分比之《相和大曲》中的"解"的部分呢？①

虽然关于"解"的实际情况我们已经不得而知，我个人在关于大曲是否属于歌舞曲这一问题上也还有些疑问。②但是，杨荫浏先生关于汉乐府中"解"的作用的推想与分析还是很有道理，能给我们以极大启发的。我这里之所以要把这段话全部引下来，其目的不仅是要让读者从音乐的角度理解"解"是什么，更重要的是要在此基础上思考另一个问题，即这种音乐的表现形式对汉乐府歌诗的语言叙事造成了哪些影响。

按沈约《宋书·乐志》，《陌上桑》这首大曲，共分为三解，同时，

---

① 杨荫浏：《中国古代音乐史稿》上册，人民音乐出版社1981年版，第116—117页。
② 按，关于大曲是歌舞曲的问题，杨荫浏、杨生枝等人都这样认为。这可以是受《古今乐录》的影响，《古今乐录》曰："凡诸大曲竟，黄老弹独出舞，无辞。"但是，为什么在郭茂倩的《乐府诗集》以及有关记载中，仅仅把这些称之为"大曲"，而把"舞曲歌辞"另列一类呢？我个人的猜测，大曲还是诉诸歌唱的，不是舞曲，也不一定伴舞。把"大曲"看成是歌舞曲可能是一种误解。"大曲"中的"艳""趋""乱"等等也只是音乐演奏术语，而不是与舞蹈相关的术语。至于黄老弹独出舞，已经是大曲演完的部分，因为《古今乐录》说的是："凡诸大曲竟，黄老弹独出舞，无辞。"可见，相和诸调基本上没有伴舞。从情理上推测，我以为这些歌曲在演唱时可能会有人物表演，有人物出场，是近似于后世歌剧的演出，但不是歌舞剧。是否如此，还要再进行研究。

"前有艳，词曲后有趋。"也就是说，作为一个完整的大曲曲目，这支曲子在表演时可以分成如下几部分：开始是一段名叫"艳曲"的音乐，接下来是正曲，有唱词，分为三解，然后有一段"趋曲"作为结束。①按杨荫浏先生的推想，如果"解"就是"在唱完一节的时候，伴奏乐队，从歌腔的末音紧接下去，节奏加快，作着自由的曲尾扩展；击乐器上响亮而强烈的点子，配合着管乐器上模仿、呼应等等吹奏的手法，用长长短短的音型的重复，造成热烈的气氛。"那么这个"解"自然成了这个曲目中的表演单位，每解之间的间隔并不仅仅是音乐的转换，同时也提示着故事场景的变换，情节的转折，或者是又一段叙事的开始。每一"解"有相对的独立性和完整性，近似于后世戏曲中的一场或一折。但是，由于汉代还是以歌曲演故事的初级阶段，这每一"解"又不可能像后世戏曲中的一场或一折那样可以由一套曲子来展开故事内容，而只是由一支短曲或短歌构成。受这种演唱方式的影响，汉乐府中的叙事诗必然要求在语言上的精炼，每一解突出一个中心，每一个曲子就要简要地说明一个情节或一小段故事。所以，剔除其不必要的叙述，用最精练的语言来保证演唱的精彩，就是汉乐府歌词创作中的重要特征。同时，由于每一解是一个中心，解与解之间有热烈的音乐相隔，那么每一解之间内容的跳跃性就会很大，这表现在歌词上，就是段与段之间的似断实联。而且，由于音乐的表演在这里起了重要作用，受一支大曲的容量所限，所以有时它所演唱的故事并不完整，更近似于后世的折子戏，只讲述一个故事的中心内容或者其中最有代表性的一段。由此，我们再来理解《陌上桑》这首诗的故事叙述，就会发现，它虽然不合于一般叙事诗的规范，但是却特别适合于这样的歌唱表演。它选取的是一个典型但并

---

① 按杨生枝《乐府诗史》（青海人民出版社）认为《陌上桑》这首诗共三解，第一解为"艳"，第二解为"正曲"，第三解为"趋"（见该书第94—96页），我认为这种解释是错误的。因为《宋书·乐志》说得很明白，"三解，前有艳，词曲后有趋"，可见，在这首诗中，"解"与"艳""趋"是分开的，不相混的。

不复杂的故事，它在有限的篇幅中突出了可感可视的人物形象塑造，运用了恰如其分的夸张、衬托、白描等艺术手法，对话相当简洁但是又非常生动，同时注意营造和渲染戏剧化气氛。全诗并没有把故事讲完，只是集中地表现了其中的三个场景，但是给人留下的印象却是极其鲜明的。可以说，没有大曲这种表演艺术形式，就不会有《陌上桑》这样的具有独特风格的汉乐府诗篇。

由此出发，我们也可以比较好地理解《妇病行》《孤儿行》《东门行》等诗篇，它们何以形成了那样的叙述模式。在具体的故事内容和结构上，以上诗篇都有些不同。但是如果从曲调演唱的角度，我们又可以看到它们在叙事技巧上的一致性。它们的写作主旨都不在于故事本身的完整，而在于能在有限的艺术表演过程中，让听众了解社会上某些方面的事情，某种类型人物的生活、遭际和命运。为了说明这一问题，我们不妨再分析一下《东门行》：

《东门》《东门行》 古词四解

出东门，不顾归；来入门，怅欲悲。盎中无斗储，还视桁上无县衣。一解

拔剑出门去，儿女牵衣啼。它家但愿富贵，贱妾与君共哺糜。二解

共哺糜，上用仓浪天故，下为黄口小儿。今时清廉，难犯教言，君复自爱莫为非！三解

今时清廉，难犯教言，君复自爱莫为非！行，吾去为迟，平慎行，望吾归。四解①

同《陌上桑》一样，用叙事诗的标准衡量，这首诗也是不完整、

---

① 按：《东门行》各本文字上有出入，本文取自《宋书·乐志》。

或者说不典型的。因为诗中既没有对主人公身份地位等方面的详细交代，也没有非常曲折的情节；既没有开端、发展、高潮、结局等完整的故事形态，也没有必要的人物事件描写。但是全诗却突显了歌诗表演的特征，它把所有不必要的语言交代都予以省略，让出场人物通过他们的角色扮演完成这些介绍性的功能。它同时也把故事的叙事性语言尽量省略，让位于出场人物的行动表演。最后，全诗几乎只剩下了人物的对话语言，用它来提示每一解的中心内容，来作为整个故事表演的注解。可以这样说，如果在这种简练的人物语言背后不依托着一个表演舞台的话，或者说如果在读者的阅读背后没有一个歌诗表演作为背景的话，这首诗无论如何也难以称得上是一首好诗。但作者的高明处恰恰就在这里，他充分地把握了表演艺术的特点，把语言作为整个歌诗表演过程的一部分，用最精练的语言，最大限度地实现了它在歌诗表演艺术中的功能。全诗分为四解，也就是四段歌唱。我们可以想象，在第一解中，首先应该是男主人公出场，他大概是刚从东门外回来，因为家里太穷，他甚至不愿回家。回家之后，他马上就感到了巨大的压力，因为无衣无米，孩子在哭泣，妻子在叹息。诗的语言正是对这种情景的提示。一写男主人公心情的悲苦，二写家中贫寒的景象。接着转入第二解，写男主人公难以忍受这种精神上的巨大压迫，为了养家糊口，他明知犯法也要去铤而走险。但是孩子们并不愿意让他出去做那样的事情，他们牵住他的衣襟哭啼、妻子也极力相劝。这一解的诗句，同样是对这一解歌诗表演内容的简练而集中的概括。第三解和第四解似乎是一段男女之间的对唱表演，其中第三解的中心人物是妻子，虽然诗中只有简单的五句话，但是却写出了她如何对丈夫苦苦相劝的全过程，感情真挚。第四解的中心人物是男主人公，他也懂得妻子所说的道理，但是面对家中的困难，他明知出外犯法也不得不去，无奈中只好劝她等待自己平安回来。诗句同样是对歌诗表演内容的说明与诠释。由此看来，我们说它是一首叙事诗，还不如说它是汉乐府大曲《东门行》的歌词唱本更为合适。它那简练的语言和生动的对话说明，汉乐府歌诗语言艺术的成功，客观上受歌诗音乐演唱的影响有多么巨大！

由此我们也许能够找到破解汉乐府叙事歌诗语言艺术生成的奥秘。我们注意到，在当代的一些文学史著作中，往往把汉乐府的这类诗篇视之为最有成就的部分，并且多数著作都把它们称之为叙事诗。而我们的分析则说明，如果从叙事诗的角度分析，这些诗篇是不完善的，它并不属于严格的叙事诗，我们也不能从叙事诗的角度给它一个历史的定位，它们最终也没有形成一个中国叙事诗传统。从根本上讲，更准确的说法，应该把这类诗篇称之表演唱，是介于短篇叙事诗和折子戏脚本之类的歌唱文学。在那种特殊的历史条件下，它最好地综合了音乐、诗歌、戏剧等几种艺术形式，成为有着独特韵味的一代文学艺术形式。

三、歌唱艺术的程式化与汉乐府歌诗的语言结构

我们说汉乐府歌诗是诉诸表演的，由此，必然会带来艺术表现的程式化。程式化是艺术趋于成熟的重要标志，无论是哪一艺术门类，在长久的实践中，必然要形成一定的规则，讲究一定的规范。这规范和规则从一定程度上讲就是程式。如京剧之所以称之为京剧，就因为它所用的乐器、所采用的唱腔、戏剧舞台的动作等等都有别于其他剧种，并形成了一定的规范。每一个学习京剧的人都必须要懂得这些规范，要从习惯和掌握这些规范入手。在中国歌诗艺术史上，汉乐府是第一次形成规范的时期。它有几个相对独立的表演体系，所谓相和三调、大曲等。每种调式所用的乐器有固定的要求；其中大曲在乐曲中还要再加上"艳""趋""乱"等名目。

程式化对汉乐府歌诗语言艺术有重要影响。为了说明这一问题，我们先把前人关于相和诸调演唱方式的一些记载录在下面：

清调有六曲。……其器有笙、笛（下声弄、高弄、游弄）、篪、节、琴、瑟、筝、琵琶八种。歌弦四弦。张永《录》曰："未歌之前，有五部弦，又在弄后。"

瑟调曲《善哉行》……《荀氏录》所载十五曲，传者九曲。……其器有笙、笛、节、琴、瑟、筝、琵琶七种，歌弦六部。张永《录》云："未歌之前有七部弦，又在弄后。"

楚调曲有《白头吟行》《泰山吟行》《梁甫吟行》《东武琵琶吟行》《怨诗行》。其器有笙、笛弄、节、琴、筝、琵琶、瑟七种。张永《录》云："未歌之前，有一部弦，又在弄后。"

大曲十五曲，一曰《东门》，二曰《西山》，三曰《罗敷》，四曰《西门》，五曰《默默》，六曰《园桃》，七曰《白鹄》，八曰《碣石》，九曰《何尝》，十曰《置酒》，十一曰《为乐》，十二曰《夏门》，十三曰《王者布大化》，十四曰《洛阳令》，十五曰《白头吟》。……《古今乐录》曰："凡诸大曲竟，黄老弹独出舞，无辞。"①

从这些记载看，这种体系的程式化给汉乐府歌诗造成的影响主要在音乐表演方面。因为它规定了每种曲调所使用的乐器至少有七种以上，整个曲调至少要有"弄"（下声弄、高弄、游弄）、"歌弦""弦""歌""送歌弦"等几部分组成，而且还规定了一首歌曲音乐的演奏顺序：开场之前，先是弄，它以笛为主，有下声弄、高弄、游弄（可能是音高不同的三种笛子，简称高下游弄）之分；接下来是丝竹乐器合奏的弦，有一种、四种、五种、六种、七种之分，各称为一部弦、五部弦或七部弦等；接下来则开始有乐人上场歌唱，他执节而歌，同时

---

① 按：以上引文俱见《古今乐录》及所引王僧虔《大明三年宴乐技录》，此处分别转引自中华书局版《乐府诗集》第441、495、534、599、635页，但原书个别断句可能有误，此处从逯钦立说，略有改动。

也有弦乐伴奏，此称之为"歌弦"，以区别于单纯的"弦"；最后则是音乐的结尾，又称之为"送歌弦"，又是一段丝竹乐器合奏，全部一曲演奏完毕。若大曲，还要比这更复杂些，如前面加上艳、趋，后面加上乱，以至最后的"黄老弹独出舞"。

但是这种演唱程式对汉乐府歌诗的语言部分的影响也不可低估。首先，因为这些歌诗是诉诸配乐表演的，所以它在歌词的长度以及体裁方面就要受到限制。从长度上讲，这种艺术形式不适合表演很长的故事，也不适合于长篇的抒情。① 所以我们看到，在汉乐府相和歌诗中，虽然有叙事性的作品，但是却没有很长的作品，《陌上桑》已算其中的长篇。虽然也有很多抒情诗，但是最长的也不过是《满歌行》而已。其次，由于在汉乐府歌诗中，音乐的表演在其中占有重要的地位，而且这种音乐形式比较复杂，一部分一部分不重复地表演下去，最后形成一个完整的乐章。所以，与之相对应，汉乐府歌诗虽然有"解"把一首诗分成相应的几个段落情况，但是却不采用《诗经》那种重章叠唱的形式，不是一种格式的简单的重复，而有一个递进展开的过程。这使得它在章法上同《诗经》形成了根本的区别。

同时我们注意到，由于这种程式化还处于初步形成阶段，所以，汉乐府歌诗并没有形成严格的语言模式，相反却表现出人类早期以口头传唱为特征的口传文艺的一些特征。为说明这一问题。让我们先以沈约《宋书·乐志》卷三所录汉代歌诗为例，先看其歌名与调名的相互关系：

歌名	曲调名	备注
《江南可采莲》	《江南》	
《东光乎》	《东光乎》	

---

① 按一般的说法，《孔雀东南飞》也属于汉代诗歌，是长篇叙事诗。但是《孔雀东南飞》最早见于《玉台新咏》，在沈约的《宋书·乐志》中没有收录，郭茂倩的《乐府诗集》则收入卷七十三《杂曲歌辞》里，与《相和歌词》诸调不同。关于这一问题，我们在下面将要谈到。

歌名	曲调名	备注
《鸡鸣高树巅》	《鸡鸣》	
《乌生八九子》	《乌生》	
《平陵东》	《平陵》	
《上谒》	《董逃行》	
《来日》	《善哉行》	
《东门》	《东门行》	
《罗敷》	《艳歌罗敷行》	
《西门》	《西门行》	
《默默》	《折杨柳行》	
《白鹄》	《艳歌何尝行》	沈约原注：一曰《飞鹄行》
《何尝》	《艳歌何尝行》	
《为乐》	《满歌行》	
《洛阳行》	《雁门太守行》	《乐府诗集》卷四三《洛阳行》作《洛阳令》
《白头吟》	与《棹歌》同调	

从上面所录歌诗可以看出，汉乐府基本上属于一歌一调，其中《白鹄》与《何尝》同属于《艳歌何尝行》是个例外。但沈约又指出：《白鹄》"一曰《飞鹄行》"，而《白头吟》的曲调名失传，沈约只说它"与《棹歌》同调"。同时，这些歌曲名大多数都与曲调名相同，只有《上谒》《来日》《默默》《为乐》《洛阳行》（《洛阳令》）五篇歌名与调名不相同。可能这五篇的原初歌辞失传，或者是因为没有现存五篇歌辞的影响大，所以没有留下来。这说明，现存汉乐府各调大都是初创的曲调。从一般的情理来讲，汉乐府的歌辞与音乐应该有一定的相互制约关系。但是，因为处于初创阶段，无论是歌辞还是曲调的程式化都没有完全形成，因此汉乐府的歌诗语言写作又是相对自由的。同时，从现有的文献材料来看，汉代人还没有很好地掌握中国语言文字的声调问题，也

没有形成平仄对仗等诗的格律，所以，汉乐府歌诗的语言程式化并不表现在诗句的严格对应上，却仍会不时地显现出口传诗学的残余特征，即诗篇间的随意组合与套语的使用。余冠英先生对于这一问题早就有所认识，他在《乐府歌辞的拼凑和分割》一文中把这一现象归为八类：（一）本为两辞合成一章；（二）拼合两篇联以短章；（三）一篇之中插入它篇；（四）分割甲辞散入乙辞；（五）节取他篇加入本篇；（六）联合数篇各有删节；（七）以甲辞尾声为乙辞起兴；（八）套语。最后他得出结论说："从上举各例来看，可以知道，古乐府歌辞，许多是经过割截拼凑的，方式并无一定，完全为合乐的方便。所谓乐府重声不重辞，可知并非妄说。评点家认为'章法奇绝'的诗往往就是这类七拼八凑的诗。"①余冠英先生能够敏锐地发现汉乐府诗中这种"拼凑和分割"的现象，并以此进一步证实"乐府重声不重辞"的观点，我认为是非常正确的。不过由此而认为汉乐府中那些"'章法奇绝'的诗往往就是这类七拼八凑的诗"，却不免有些夸大其词。因为汉乐府歌辞中虽不乏这种"拼凑和分割"的现象，但是具体到每一首诗，拼凑都是有限度的，都没有达到"七拼八凑"的程度。这其中存在着两首合为一首，或者一篇之中插入它篇的现象，也可能与后代记载的串夺讹误等有关。如《长歌行》中的"仙人骑白鹿"与"岩岩山上亭"实为两篇而合在一起，是前人早已指出的事实。其他如《陇西行》与《步出夏门行》（古辞）之间也可能是后世传写中出现的串乱。因为其间的文字差别较大，汉人乐府歌诗的演唱虽然以声为主，也断不至于使歌辞到了这般前后不相属的程度。本人以为，汉乐府歌诗中之所以不乏一些相同或相近的诗句，主要表现在两个方面，其一是演唱中会常用一些套语或祝颂语，如《相逢行》在诗的结尾处曰："丈夫且安座，调丝方未央。"《长安有狭斜行》："丈夫且徐徐，调丝讵未央。"《艳歌何尝行·飞来双白鹄》："今日乐相乐，延年万

---

① 余冠英：《汉魏六朝诗论丛》，中华书局 1962 年版，第 26—38 页。

岁期。"《白头吟》："今日相对乐，延年万岁期。"《古歌·上金殿》："今日乐相乐，延年寿千霜。"《古诗·四坐且莫喧》在开头也说："四坐且莫喧，愿听歌一言。"其二是一些"使人美听的歌辞反复演唱，辗转相传，中间经过比较，遴选，集中，加工，最后成为一种典型形式。"① 如"生年不满百，常怀千岁忧，昼短苦夜长，何不秉烛游"，"鸳鸯七十二，罗列自成行"，"天上何所有，历历种白榆"，以至于古诗中"采之欲遗谁，所思在远道"等等是也。

由于汉乐府歌诗的这种程式化是在形成的过程中，对于音乐表演方式的重视胜过了对语言的重视，所以才会出现乐调的相对固定而歌辞中时见套语、重复等现象。王靖献指出："历史上曾经有过这样一个时期，无论在中国或在欧洲，作诗是歌唱与随口而歌，仅只是熟练地运用职业性贮存的套语。评价一首诗的标准并不是'独创性'而是'联想的全体性'。"② 所不同的是，汉乐府中的说唱套语与《诗经》不同，主要不是体现在与主题相关的套语方面，而是体现在纯粹的说唱技巧的套语方面。

这种套语的使用在后世看来也许是个缺点，但是在当时却有重要的积极意义。这应该是汉代说唱文学与先秦说唱文学相比的一个进步，尤其是在音乐发展方面的一个进步。音乐在里面起了重要的作用，歌舞艺人们只要对乐调的熟悉，就可以按照固定的乐调即兴演唱，并随口加入一些套语，使所表演的诗歌符合乐调，符合消费者的欣赏习惯，从而受到他们的欢迎。这显然大大地加强了汉乐府歌诗的创造活力。

说到这里，我们顺便讨论汉乐府中另一个名词"艳"的问题，这对我们认识汉乐府的歌诗创作有一定帮助。按郭茂倩《乐府诗集》卷二十六所言，"艳"本是在大曲演唱之前的一段序曲，按杨荫浏先生

---

① 齐天举：《古乐府艳歌之演变》，《阴山学刊》1989 年第 1 期。
② 王靖献著，谢谦译：《钟与鼓——诗经的套语及其创作方式》，四川人民出版社 1990 年版，第 154—155 页。

所言，"艳往往是抒情比较宛转"的前奏，① 但是在现存汉乐府中，却有《艳歌何尝行》《艳歌罗敷行》《艳歌行》《艳歌》《古艳歌》等名称的歌诗，特别是《古艳歌》，在逯钦立《先秦汉魏晋南北朝诗》中《汉诗》卷十列有七段逸文。为什么会有这种现象？齐天举认为，这是因为"艳歌的作用，是放在正歌之前，以组织听众情绪。艳歌在演奏过程中歌辞不断增加，结构逐渐扩展，完善，最后脱离正歌，由附庸蔚为大国，于是游离正歌而单行。"② 我以为，齐天举所说有一定的道理。不仅如此，齐天举还进一步以《古诗为焦仲卿妻作》为例，说明汉代的歌唱艺人如何利用一些习用的套语来组织新歌的事实。按《古艳歌》云："孔雀东飞，苦寒无衣，为君作妻，心中恻悲。夜夜织作，不得下机。三日载匹，尚言吾迟。"显然，《古诗为焦仲卿妻作》的前几句是采用了《古艳歌》现成的套语改编而成。"此外，《焦仲卿妻》的'五里一徘徊'句，来自《艳歌何尝行》（飞来双白鹄），原句作'六里一徘徊'。'东家有贤女，自名为罗敷'二句，从《艳歌罗敷行》演绎而来。结尾'东西植松柏，左右种梧桐……中有双飞鸟，自名为鸳鸯，仰头相向鸣，夜夜达五更'一段化自《古绝句》'南山一桂树，上有双鸳鸯，千年相交颈，欢庆不相忘'（《玉台新咏》卷十）四句。在乐府艳歌中，辞句互用是习见现象，这说明《焦仲卿妻》与艳歌的血缘关系。"③ 我以为，这不仅说明了"《焦仲卿妻》与艳歌的血缘关系"，从汉乐府歌诗的创作方面来讲，它更说明了习用套语等在口传歌唱艺术生产中所具有的强大的创作活力。这一点，在齐氏论文的后面所讲的关于古诗的拼凑问题上又给我们提供了更为坚实的论据。与齐氏所不同的是，我们在这里看重的并不是古诗的拼凑问题，并由此而低估了汉代歌诗的艺术成就，我们认为这恰恰是在那一特殊的历史时期歌诗艺术生产的一大

---

① 杨荫浏：《中国古代音乐史稿》上册，人民音乐出版社1981年版，第115页。

② 齐天举：《古乐府艳歌之演变》，《阴山学刊》1989年第1期。

③ 齐天举：《古乐府艳歌之演变》，《阴山学刊》1989年第1期。

特征。

要认识这一问题，我们必须从汉乐府歌诗艺术的角度来进行讨论。谁都知道，如果在魏晋六朝以后的文人诗中出现这样的套语拼凑现象，肯定不会有人把它当作一首好诗，起码也是一首有艺术缺陷的诗。可是如果从汉乐府歌诗演唱的角度来看就不是如此了。可以说，正是由于套语的使用，使汉乐府的歌诗演唱可以比较容易地纳入相应的音乐调式之中，也容易被消费者所接受，因而才会使一首诗在社会上很快地流传开来，所以我们必须注意汉乐府的这种演唱性质。在此，我们不妨还以《古诗为焦仲卿妻作》为例来进行分析。

按《古诗为焦仲卿妻作》为汉代乐歌，这一点我们在前面所引的套语已经可以证明。除此之外，前人还从其他语词的使用为证指出它的这一特点。如顾颉刚说：

> 纳兰性德《渌水亭杂识》（卷四）说："《焦仲卿妻》，又是乐府中之别体。意者如后世之《数落山坡羊》，一人弹唱者乎？"这句话很可信。我们看《焦仲卿妻》一诗中，如"物物各自异，种种在其中"，如"纤纤作细步，精妙世无双"，和"云有第三郎，窈窕世无双"，其辞气均与现在的大鼓书和弹词相同。而县君先来，太守继至，视历开书，吉日就在三天之内，以及聘物车马的盛况，亦均富于唱词中的故事性。末云"多谢后世人，戒之慎勿忘"，这种唱罢时对于听众的丁宁的口气，与今大鼓书中《单刀赴会》的结尾说"这就是五月十三圣贤爷单刀会，留下了仁义二字万古传"，《吕蒙正教书》的结尾说"明公听了这个段，凡事要忍心莫要高"是很相像的。①

---

① 顾颉刚：《论诗经所录全为乐歌》，《古史辨》第 3 册，上海古籍出版社 1982 年影印版，第 640 页。

其实，除了顾颉刚所举例证之外，我们还可以举出一些。如此诗基本上以第三人称的角度展开叙述，该铺排时铺排，如"十三能织素"一段，"新妇起严妆"一段；该提示处提示，如"府吏得闻之，上堂启阿母"；该抒情议论时便抒情议论，如开头与结尾，非常符合说唱者的口吻。特别是人物对话之间的转折与交代，非常清楚。如中间从"县令遣媒来"到"府君得闻之，心中大欢喜"一段，前后有多人的对话与转述，叙述得非常明白。这些，足可以证明这首诗的说唱性质。我们知道，《古诗为焦仲卿妻作》最早著录于《玉台新咏》，按诗前小序所言，故事发生在"汉末建安中"，"时人伤之，为诗云尔。"那么，此诗的写成最早也在汉末建安之时。它之所以成为汉代叙事歌诗中的最长篇，显然与当时歌诗演唱的技巧已经臻于成熟有关。

如果按照《古诗为焦仲卿妻作》的发展路径，在魏晋六朝以后应该产生更多的与之相类的长篇说唱叙事诗，但是，汉乐府歌诗的这种写作和演唱技巧，在魏晋以后并没有得到充分的发展。何以会有这种现象？我以为，这同样与汉乐府的演唱方式和时人的欣赏习惯有关。如我们前面所言，汉乐府的演唱有比较复杂的乐调相配，歌舞音乐在其中占有重要地位，歌词在演唱中是从属音乐的。这使得汉乐府歌词不可能无限地扩展。汉乐府歌诗的长度是有限的，从现有文献来看，除了《古诗为焦仲卿妻作》这一产生于汉末的特例之外，汉乐府中的歌诗自然要以大曲类为最长了，但是以叙事诗的标准衡量，它还是短了些。以《宋书·乐志》所记诸曲为例，《东门行》四解，《艳歌罗敷行》三解（前有艳，词曲后有趋），《西门行》六解，《折杨柳行》四解，《艳歌何尝行》（白鹄）四解（"念与"下为趋，曲前有艳），《艳歌何尝行》（何尝）五解（"少小"下为趋，曲前为艳），《满歌行》四解（"饮酒"下为趋），《雁门太守行》八解，《白头吟》五解。从以上记载看，在汉大曲中，最长的不过八解，最短的只有三解。如果再仔细分析，我们还会发现，在上述大曲中，真正富有故事情节的，恰恰是只有三解的《艳歌罗敷行》，其他诗篇的叙事特征并不明显，或者说并不属于典型的叙事诗。再从每解的长度来看，最长的也是《艳歌罗敷行》，其中第一解有五言二十句，第二解五言十五句，第三解五言十八句。其他诗篇每解的长度一般都在三—五句之间，其中《艳歌何尝行》（何尝）最短的一解只有两句。何以如此？我以为，这只能说明，从汉人的欣赏习惯来看，他们看重的并不是乐府歌诗中所表现的故事内容，而是对歌舞音乐的欣赏和情感的抒发，叙事在这里只占次要地位。由此看来，一些学者过去认为"汉乐府的最鲜明特点是叙事"云云，并不符合它的实际。汉乐府歌诗的主体仍然是短小的准故事诗和抒情诗，它的主要艺术成就，也主要表现在这一方面。为了更好地说明这一问题，下面我们以《艳歌何尝行》（何尝）为例来进行比较细致的分析。先将原文引之如下：

《白鹄》《艳歌何尝行》一曰《飞鹄行》 古辞四解

飞来双白鹄，乃从西北来。十十五五，罗列成行。一解
妻卒被病，行不能相随。五里一反顾，六里一裴回。二解
吾欲衔汝去，口噤不能开。吾欲负汝去，毛羽何摧颓。三解
乐哉新相知，忧来生别离。踯躅顾群侣，泪下不自知。四解
　念与君离别，气结不能言，各各相自爱，道远归还难。妾当守空房，闭门下重关，若生当相见，亡者会黄泉。今日乐相乐，延年万岁期。"念与"下为趋，曲前有艳。

　　显而易见，这首诗内中含有一个故事，也有一定的情节。本来是一对雌雄相随的白鹄，因为雌鹄突然生病，两只鸟却不得不面对着生离死别。整首诗就是对这个故事的演绎。全诗从正文看分为四解。第一解写两只白鹄亲密无间的幸福生活，它们成双成对地各处飞翔；第二解写雌鹄生病，不能相随，雄鹄不断地反顾徘徊的情景；第三解写雄鹄无力解救雌鹄的痛苦；第四解写两只飞鹄的生离死别。但是，这故事却远不

够生动曲折，诗中的叙事也很不完善。勉强地说，全诗四解不过选取了故事中四个相关的情境，整首诗与其说是为了演绎一对飞鸟的故事，还不如说是为了借此表现人世间男女夫妻的相亲相爱之情，是为了说明某些道理。这一点在乐曲最后"趋"的部分有更充分的表现，其抒情的语气已经不像是飞鹄，而是一对人间的夫妻在抒离别之情。最后两句是歌场上的祝颂语，它似乎在提示人们，无论怎么说，娱乐才是这首歌曲的主要目的。

下面我们再来分析这首诗的语言形式。如我们上文所说，因为汉乐府主要是在娱乐场所演唱的，音乐的表演在其中起着更为重要的作用，整个歌曲虽然讲述了一个故事，但是歌唱者似乎不太关心语言的修饰，只是顺着故事的发展次序，凭着自己对于演唱套路的熟悉来进行即兴表演，比较随意地组合成了一首歌。套语的使用在其中发挥着重要作用。熟悉汉代诗歌的人很容易在其中找到与这首诗类似的句子，几乎每一解都有。如第一解"十十五五，罗列成行"，《鸡鸣》和《相逢行》中都有："鸳鸯七十二，罗列自成行。"第二解"五里一反顾，六里一裴回"，《古诗为焦仲卿妻作》："孔雀东南飞，五里一徘徊。"《古诗》："黄鹄一远别，千里顾徘徊。"第三解"吾欲负汝去，毛羽何摧颓"，《巫山高》："我集无高曳，水何汤汤回回"，《长歌行》："仙人骑白鹿，发短耳何长。"第四解"乐哉新相知，忧来生别离。蹀躞顾群侣，泪下不自知"。《楚辞·九歌·少司命》："悲莫悲兮生别离，乐莫乐兮新相知。"《古诗·远送新行客》："俯仰内伤心，不觉泪沾裳。"《黄鹄一远别》："俯仰内伤心，泪下不可挥。"至于乐曲最后"趋"部分，"念与君离别，气结不能言，各各相自爱，道远归还难。妾当守空房，闭门下重关，若生当相见，亡者会黄泉。今日乐相乐，延年万岁期。"在汉诗中可以找到更多与之相似的句子。如《古诗·结发为夫妻》："握手一长叹，泪为生别滋。努力爱春华，莫忘欢乐时。生当复来归，死当长相思。"《白头吟》："今日相对乐，延年万岁期。"《古歌·上金殿》："今日乐相乐，延年寿千霜。"由此，我们可以看得很清楚，汉乐府歌词的组合形式不同于文人案头的吟唱，它没有下更多的字斟句酌的功夫，全诗更多地运用了当时的熟语和音乐演唱的固定套式。

由上所述，我们可以把汉乐府歌诗语言的程式化概括为两个方面。第一是为了顺利流畅地表达而充分地使用套语，第二是歌诗的写作要符合汉乐府相和诸调的表演套路。总的来说，汉乐府歌诗应该属于表演的艺术、大众的艺术而不是文人的艺术和表现的艺术。

那么，我们是否就此否认以相和诸调为主的汉乐府歌诗在语言艺术方面缺乏技巧了呢？也不是这样。当然，如果站在后世文人诗的立场上，这样说是有一定道理的。但问题是，我们要对汉乐府歌诗的语言艺术进行分析，就应该注意这一艺术形式本身的特殊规律。首先，汉乐府是配乐演唱的，是以音乐为主的一种表演艺术，无论是音乐的演奏还是人物的表演，都是一种抽象的艺术，没有语言相配，就不易被听众理解，而歌词则是对于音乐和表演的一种解释，所以它必须通俗明白，让人一听即懂。其次，为了不影响观众对音乐和表演的欣赏，歌诗的语言一定要简洁明了。其三，乐曲自身有一定的组织形式，歌诗一定要严格遵照乐调来填词而不能破坏乐调，这要求歌诗的整体结构一定符合乐调的结构。一首好的歌诗，一定要符合以上三个条件，它的所有写作技巧，必须在这一写作或演唱过程中表现出来。汉乐府歌诗所有艺术成就的取得，都与此有极大的关系，特别是汉乐府歌诗艺术结构的独特性以及其语言通俗化的问题，更需要我们从这方面入手加深认识。对此，本人想在另一篇文章中再来讨论。

本文原载于《文学评论》2005年第5期，人大报刊复印资料《中国古代近代文学研究》2006年第3期全文转载

论汉代乐府诗中的流行艺术与民间歌谣

——兼谈"民歌"概念在汉代诗歌研究中的泛用

在当下大部分文学史著作中，一般将汉代所有那些可以歌唱的诗歌统称之为"汉代乐府诗"，有些著作则将其称之为"乐府民歌"。事实上，在中国文学史上，汉代乐府诗是个不断扩充的概念，其内容颇为庞杂，里面既有真正来自于下层民众的"歌"与"谣"，也有来自上层社会的帝王宫廷之作，还有用于娱乐表演的"相和歌辞""琴曲歌辞"等作品。它们在文本属性上有重要差别。在20世纪的汉代诗歌研究中，缺少对这些不同类型的乐府歌诗的辨析，并存在一种将"民歌"概念泛用的现象。因而，弄清汉代乐府诗文体范围逐渐扩大的历史以及其中各类诗歌的艺术属性，有助于全面认识汉代乐府诗，特别是认识中国古代诗歌发展史中"流行艺术"与民间歌谣的各自本质和互动关系，深化对中国诗歌多方位多层次的认识。

一、汉代乐府诗的文体范围及称谓演变

在中国诗歌史上，汉代乐府诗具有重要的地位。然而乐府最初本是汉代朝廷的一个礼乐机构，这一机构中所保存的西汉诗歌，在班固

的《汉书·艺文志》里称之为"歌诗",意即可以歌唱的诗。可见在东汉初期尚无乐府诗之称。具体至于何时将汉代那些可以歌唱的诗称之为乐府,不得而知。据《续汉书·礼仪志》注引东汉末年蔡邕《礼乐志》,有"汉乐四品"之说:"一曰郊庙神灵,二曰天子享宴,三曰大射辟雍,四曰短箫铙歌",至于这四类汉乐中各包括哪些歌诗,则语焉不详。沈约《宋书·乐志》所辑录的汉魏歌诗,也只是按"相和""清商三调歌诗""大曲""楚调""鞞舞歌""铎舞歌诗""拂舞歌诗""巾舞歌诗""汉鼓吹铙歌十八曲"等名目辑录,不见"乐府诗"之名。与沈约同时年辈稍晚的梁人刘勰,在《文心雕龙》中,始有《乐府》一篇,与《明诗》并立,同时给作为诗歌形式的"乐府"下了一个定义:"乐府者,'声依咏,律和声'也。"并在此篇中论及汉代用于郊庙的《桂华》《赤雁》《天马》及"轩岐鼓吹,汉世铙挽"诸歌。这说明,齐梁时期,"乐府"一名,已由汉代国家的礼乐机构之名扩大为诗体之名。至昭明太子编《文选》,始列"乐府"之目,于汉代乐府,选录《饮马长城窟行》《伤歌行》《长歌行》和班婕妤《怨歌行》四首。另录"汉高帝歌"一首,但是却不列入"乐府"之目,另称之为"杂歌"。此后,徐陵《玉台新咏》则有《古乐府诗》之目,选录《日出东南隅行》《相逢狭路间》《陇西行》《艳歌行》《皑如山上雪》《双白鹄》六首。此外又选入"李延年歌诗""辛延年羽林郎""班婕妤怨诗""宋子侯董娇娆""汉诗童谣歌""张衡同声歌""蔡邕饮马长城窟行""古诗为焦仲卿妻作"等,但是在徐陵眼里,这些作品都不是"乐府"。可见在此时,虽然已有"乐府诗"或者"古乐府诗"之名,其所指范围亦甚小。至宋人郑樵《通志》,其《乐略》中辑有"汉短箫铙歌""相和"诸调歌诗、"大曲""琴曲""汉武郊祀之歌十九章""汉房中祠乐十七章"等,范围有所扩大,但是并不包括《史记》《汉书》中所记载的如刘邦的《大风歌》之类的作品,当然更不包括这些史书中记录的民间歌谣。至郭茂倩编《乐府诗集》,广收博采,不但将沈约《宋书》以来所保存的乐府歌诗收入其中,分别列入《郊庙歌辞》《鼓吹曲辞》《相和歌辞》《舞曲歌辞》《琴曲歌辞》之中，此外还另立《杂曲歌辞》一类，将难以收入前五类中的汉代歌诗作品，如《焦仲卿妻》《枯鱼过河泣》《董娇娆》等归入其中。特别是专列《杂歌谣辞》一类，不但将刘邦的《大风歌》、汉武帝的《秋风辞》等大量的汉代有主名的歌诗收入其中，更将《史记》《汉书》中所记载的大量的民间歌谣收入。大约自此以后，人们始将汉代这些可以歌唱的诗统称之为"汉乐府诗"。

随着汉代乐府诗概念范畴的不断扩大，后人所理解的乐府诗内容也变得越来越复杂。但大抵来讲，清代以前人所关注的汉代乐府诗，其重点还是各种可以入乐的歌诗，特别关注这些乐府歌诗的音乐形态，清代以前的各类乐书和相关的乐府学著作，大抵如此。20世纪以后，学者们的价值评判观念开始转向，重点关注其中的民间歌谣。胡适《白话文学史》首先从汉乐府诗当中抽出那些所谓的"白话文学"，认为它们是"活文学"和"新文学"的代表，认为它们出自民间，都属于"民间文学"，并将其简称为"民歌"，特别看重这些"民歌"在艺术形式上的特点。例如他评价《江南可采莲》时说："这种民歌只取音节和美好听，不必有什么深远的意义。"他赞赏《陌上桑》，认为它是"无上上品"，其中第一段是"天真烂漫的民歌写法，真是民歌的独到之处"；第三段"也是天真烂漫的写法，决不是主持名教的道学先生们想得出的结尾法。"① 自此以后，"汉乐府民歌"这一概念逐渐成为人们的常用术语，渐有代替"汉乐府诗"的趋向。同时，从胡适仅仅关注这些"汉乐府民歌"的形式，到特别重视这些作品的社会批判内容，成为20世纪汉代乐府诗研究的主要方向。如萧涤非《汉魏六朝乐府文学史》就说："两汉乐府，虽亦有文人诗赋，然大都采自民间，今所存《相和歌辞》是也，故其中多社会问题之写真，而其风格亦质朴自然，斯诚乐府之正则

---

① 胡适：《白话文学史》，上海古籍出版社1999年版，第17—19页。

也。"① 游国恩等人的《中国文学史》专列"汉代乐府民歌"一章，认为"汉乐府民歌则主要保存在'相和'、'鼓吹'和'杂曲'三类中，相和歌中尤多。""几乎全是'汉世街陌谣讴'"。② 时至今日，学者们论及汉代乐府诗之时，多数人还非常习惯地将其称之为"乐府民歌"。

将以相和歌辞为代表的一些汉乐府歌诗称之为"民歌"，不能说没有一定的历史根据。首先，据《汉书·艺文志》所记，汉武帝时代的乐府曾经有过采歌谣之说："自孝武立乐府而采歌谣，于是有赵、代之讴，秦、楚之风，皆感于哀乐，缘事而发，亦可以观风俗，知厚薄云。"《晋书·乐志》也说："凡乐章古辞存者，并汉世街陌讴谣，《江南可采莲》《乌生十五子》《白头吟》之属也。"然而，如果我们仔细研读，则发现上述说法并不足以证明这些乐府诗就是"民歌"。首先，班固《汉书·艺文志》中虽然记载了西汉时代有"采歌谣"的事情，并且辑录有"《吴楚汝南歌诗》十五篇，《燕代讴雁门云中陇西歌诗》九篇，《邯郸河间歌诗》四篇，《齐郑歌诗》四篇，《淮南歌诗》四篇，《左冯翊秦歌诗》三篇，《京兆尹秦歌诗》五篇，《河东蒲反歌诗》一篇"，但是在现存的汉乐府诗中，我们却没有发现与上述记载相对应的作品，它们早已经佚失了。事实上，现存的汉代相和歌辞大多数来自东汉，但现在我们所见到的已经不是它们的原生形态，而是经过加工改造过的艺术，用郭茂倩的话说，这些作品最初的源头可能有一部分是"汉世街陌谣讴"，但是"其后渐被于弦管，"由此才被称之为"相和诸曲"。据郭茂倩《相和歌辞》解题引陈释智匠《古今乐录》："凡相和，其器有笙、笛、节歌、琴、瑟、琵琶、筝七种"，早已经变成了一种表演艺术，不复是"民歌"原貌。其次，我们再仔细研读汉魏六朝文献，发现那时的著作中所称引著录的"民歌"与"民谣"，与我们现在所见到的"相和歌辞"等也是

---

① 萧涤非：《汉魏六朝乐府文学史》，人民文学出版社 1984 年版，第 25 页。
② 游国恩等主编：《中国文学史》第 1 册，人民文学出版社 1979 年版，第 157—158 页。

两种不同类型的艺术形式。这说明，20世纪的学者们在将"汉乐府诗"概念转化为"汉乐府民歌"概念的过程中，实际上是对相关历史文献的误解，是将"民歌"这一概念的泛化。这样做的结果，一方面遮蔽了以相和歌为代表的这些汉代乐府诗的艺术本质，另一方面却将那些保存在历史文献当中的真正的汉代民歌民谣等忽略了。因而，还原这两类诗歌艺术的原貌，也就具有了重要的学术意义。下面，我们就对这两类艺术形式进行比较与辨析。

二、汉乐府相和歌是用于娱乐表演的艺术

我们说汉乐府相和歌与"民歌"不同，对此，前人的记载已经说得很清楚。"相和"一词，在先秦就已经出现，如《老子》第二章有"音声相和"之说，《庄子·大宗师》中还有关于"相和而歌"的记载。① 但是作为一类乐歌的名称，现存最早记载却仅见于沈约《宋书·乐志》，其后，在《晋书》等文献中也有记载。郭茂倩《乐府诗集》对此有详细介绍：

> 《宋书·乐志》曰："相和，汉旧曲也，丝竹更相和，执节者歌。本一部，魏明帝分为二，更递夜宿。本十七曲，朱生、宋识、列和等复合之为十三曲。"其后晋荀勖又采旧辞施用于世，谓之清商三调歌诗，即沈约所谓"因弦管金石造歌以被之"者也。《唐书·乐志》曰："平调、清调、瑟调，皆周房中曲之遗声，汉世谓之三调。又有楚调、侧调。楚调者，汉房中乐也。高帝乐楚声，

---

① 《庄子·大宗师》："子桑户死，未葬。孔子闻之，使子贡往侍事焉。或编曲，或鼓琴，相和而歌曰：'嗟来桑户乎！嗟来桑户乎！而已反其真，而我犹为人猗！'"

故房中乐皆楚声也。侧调者，生于楚调，与前三调总谓之相和调。"《晋书·乐志》曰："凡乐章古辞存者，并汉世街陌讴谣，《江南可采莲》《乌生十五子》《白头吟》之属。"其后渐被于弦管，即相和诸曲是也。

综合以上记载我们可知：这些汉乐府相和歌诗，也许最初曾有采自民间的作品，如《江南可采莲》《乌生十五子》《白头吟》之类，但是现在我们见到的早已不是它们的原生形态。而是经过朱生、宋识、列和等这些音乐家的改编，专门用于魏明帝时的宫廷演唱。其后晋荀勖采录旧辞再次改编，演化为清商三调歌诗。而这些清商三调歌诗的音乐，则源自于周代的房中曲，被后人视为"房中曲之遗声"。将以上这些乐曲总和在一起，就是魏晋人所说的"相和调"。如果我们相信这些历史记载的可靠性，那么我们就不得不承认，当代学者们所盛赞的这些"相和歌"，其实乃是经过魏晋音乐家改造过的用于宫廷的音乐，而决不属于他们所说的"民歌"。

据郭茂倩《乐府诗集》，在相和歌辞诸编中，不仅详细记载了哪些作品属于传世的古辞，而且还辑录了一些古辞产生的"本事"。下面，我们将这些记载摘录如下，看这些作品中哪些出自民间，属于民歌：

1.《公无渡河》，又名《箜篌引》。崔豹《古今注》曰："《箜篌引》者，朝鲜津卒霍里子高妻丽玉所作也。子高晨起刺船，有一白首狂夫，被发提壶，乱流而渡，其妻随而止之，不及，遂堕河而死。于是援箜篌而歌曰：'公无渡河，公竟渡河，堕河而死，将奈公何'声甚凄怆，曲终亦投河而死。子高还，以语丽玉。丽玉伤之，乃引箜篌而写其声，闻者莫不堕泪饮泣。丽玉以其曲传邻女丽容，名曰《箜篌引》。"

2.《江南》古辞，郭茂倩引《乐府解题》曰："江南古辞，盖美芳晨丽景，嬉游得时。若梁简文'桂楫晚应旋'，唯歌游戏也。"

3.《薤露》古辞（包括《蒿里》），郭茂倩引西晋人崔豹《古今注》

曰："《薤露》《蒿里》，并丧歌也。本出田横门人，横自杀，门人伤之，为作悲歌。言人命奄忽，如薤上之露，易晞灭也。亦谓人死魂魄归于蒿里。至汉武帝时，李延年分为二曲，《薤露》送王公贵人，《蒿里》送士大夫庶人。使挽枢者歌之，亦谓之挽歌。"

4.《鸡鸣》古辞，《乐府解题》曰："古词云：'鸡鸣高树巅，狗吠深宫中。'初言'天下方太平，荡子何所之。'次言'黄金为门，白玉为堂，置酒作倡乐为乐。'终言桃伤而李仆，喻兄弟当相为表里。兄弟三人近侍，荣耀道路，与《相逢狭路间行》同。"

5.《乌生》古辞，一曰《乌生八九子》。《乐府解题》曰："古辞云：'乌生八九子，端坐秦氏桂树间。'言乌母生子，本在南山岩石间，而来为秦氏弹丸所杀。白鹿在苑中，人可得以为脯。黄鹄摩天，鲤在深渊，人可得而烹煮之。则寿命各有定分，死生何叹前后也。"

6、《平陵东》古辞，崔豹《古今注》曰："《平陵东》，汉翟义门人所作也。"《乐府解题》曰："义，丞相方进之少子，字文仲，为东郡太守。以王莽方篡汉，举兵诛之，不克，见害。门人作歌以怨之也。"

7.《陌上桑》（三解）古辞，一曰《艳歌罗敷行》。《古今乐录》曰："《陌上桑》歌瑟调。古辞《艳歌罗敷行》《日出东南隅篇》。"崔豹《古今注》曰："《陌上桑》者，出秦氏女子。秦氏，邯郸人有女名罗敷，为邑人千乘王仁妻。王仁后为赵王家令。罗敷出采桑于陌上，赵王登台见而悦之，因置酒欲夺焉。罗敷巧弹筝，乃作《陌上桑》之歌以自明，赵王乃止。"

8.《王子乔》古辞，刘向《列仙传》曰："王子乔者，周灵王太子晋也，好吹笙作凤鸣。游伊、洛之间，道人浮丘公接以上嵩高山。三十余年后，求之于山上，见桓良曰：'告我家，七月七日待我于缑氏山头。'至时，果乘白鹤驻山头，望之不得到，举手谢时人，数日而去。为立祠于缑氏山下及嵩高之首焉。"

9.《长歌行》古辞，《乐府解题》曰："古辞云'青青园中葵，朝露待日晞’，言芳华不久，当努力为乐，无至老大乃伤悲也。”

10.《君子行》，《乐府解题》曰："古辞云'君子防未然'，盖言远嫌疑也。"

11.《董逃行》（五解）古辞，崔豹《古今注》曰："《董逃歌》，后汉游童所作也。终有董卓作乱，卒以逃亡。后人习之为歌章，乐府奏之以为儆诫焉。"《后汉书·五行志》曰："灵帝中平中，京都歌曰：'承乐世，董逃，游四郭，董逃。蒙天恩，董逃，带金紫，董逃。行谢恩，董逃，整车骑，董逃。垂欲发，董逃，与中辞，董逃。出西门，董逃，瞻宫殿，董逃。望京城，董逃，日夜绝，董逃，心摧伤，董逃。'案'董'谓董卓也。言欲跋扈，纵有残暴，终归逃窜，至于灭族也。"《风俗通》曰："卓以《董逃》之歌，主为己发，太禁绝之。"杨卓《董卓传》曰："卓改《董逃》为'董安'。"《乐府解题》曰："古词云'吾欲上谒从高山，山头危险大难。'言五岳之上，皆以黄金为宫阙，而多灵兽仙草，可以求长生不死之术，今天神拥护君上以寿考也。"

12.《相逢行》古辞，一曰《相逢狭路间行》，亦曰《长安有狭斜行》。《乐府解题》曰："古词文意与《鸡鸣曲》同。晋陆机《长安狭斜行》云：'伊、洛有歧路，歧路交朱轮。'则言世路险狭邪僻，正直之士无所措手足矣。"

13.《善哉行》（六解）古辞，《乐府解题》曰："古辞云：'来日大难，口燥唇干。'言人命不可保，当见亲友，且永长年术，与王乔八公游焉。"

14.《陇西行》古辞，一曰《步出夏门行》。《乐府解题》曰："古辞云'天上何所有，历历种白榆'。始言妇有容色，能应门承宾。次言善于主馈，终言送迎有礼。此篇出诸集，不入《乐志》。若梁简文'陇西战地'，但言辛苦征战，佳人怨思而已。"

15.《西门行》（六解）古辞，《古今乐录》曰："王僧虔《技录》：《西门行》歌古西门一篇，今不传。"《乐府解题》曰："古辞云'出西门，步念之'。始言醇酒肥牛，及时为乐，次言'人生不满百，常怀千岁忧，昼短苦夜长，可不秉烛游'。终言贪财惜费，为后世所嗤。又有《顺东西门行》，为三、七言，亦伤时顾阴，有类于此。"

16.《东门行》（四解）古辞，《古今乐录》曰："王僧虔《技录》云：'《东门行》歌古东门一篇，今不歌。'"《乐府解题》曰："古词云：'出东门，不顾归。入门怅欲悲。'言士有贫不安其居者，拔剑将去，妻子牵衣留之，愿共餔糜。不求富贵。且曰'今时清，不可为非'也。"

17.《饮马长城窟行》古辞，一曰《饮马行》。长城，秦所筑以备胡者。其下有泉窟，可以饮马。古辞云："青青河畔草，绵绵思远道。"言征戍之客，至于长城而饮其马，妇人思念其勤劳，故作是曲也。郦道元《水经注》曰："始皇二十四年，使太子扶苏与蒙恬筑长城，起自临洮，至于碣石。东暨辽海，西并阴山，凡万余里。民怨劳苦，故杨泉《物理论》曰：'秦筑长城，死者相属。'民歌曰：'生男慎勿举，生女哺用脯。不见长城下，尸骸相支拄。'其冤痛如此。今白道南谷口有长城，自城北出有高阪，傍有土穴出泉，挹之不穷。歌录云：'饮马长城窟，'信非虚言也。"《乐府解题》曰："古词，伤良人游荡不归，或云蔡邕之辞。若魏陈琳辞云：'饮马长城窟，水寒伤马骨。'则言秦人苦长城之役也。"

18.《孤儿行》古辞，郭茂倩曰："《孤子生行》，一曰《孤儿行》。古辞言孤儿为兄嫂所苦，难与久居也。"

19.《雁门太守行》（八解）古辞，《古今乐录》曰："王僧虔《技录》云：'《雁门太守行》歌古洛阳令一篇。'"《后汉书》曰："王涣，字稚子，广汉郪人也。父顺，安定太守。涣少好侠，尚气力，晚改节敦儒学，习书读律，略通大义。后举茂才，除温令。讨击奸猾，境内清夷，商人露宿于道。其有放牛者，辄云，以属稚子，终无侵犯。在温三年，迁兖州刺史。绳正部郡，威风大行。后坐考妖言不实论，岁余征拜侍御史。永元十五年，还为洛阳令。政平讼理，发擿奸伏，京师称叹，以为有神算。元兴元年病卒。百姓咨嗟，男女老壮相与致奠酸，以千数。及丧西归，经弘农，民庶皆设槃案于路，吏问其故，咸言平常持米到洛，为卒司所抄，恒亡其半。自王君在事，不见侵枉，故来报恩。其政化怀物如此。民思其德，为立祠安阳亭西。每食辄弦歌而荐之。永嘉二年，邓太后诏嘉其节义，而以子石为郎中。延熹中，桓帝事黄老道，悉毁诸旁祀，唯存卓茂与涣祠焉。"《乐府解题》曰："按古歌词，历述涣本末，与传合。而曰《雁门太守行》，所未详。"

20.《艳歌何尝行》（四解）古辞，一曰《飞鹄行》。《乐府解题》曰："古辞云：'飞来双白鹄，乃从西北来。'言雌病雄不能负之而去，'五里一反顾，六里一徘徊'。虽遇新相知，终伤生别离也。又有古辞云'何尝快独无忧'，不复为后人所拟。"

21.《艳歌行》古辞，《古今乐录》曰："《艳歌行》非一，有直云'艳歌'，即《艳歌行》是也。若《罗敷》《何尝》《双鸿》《福钟》等行，亦皆'艳歌'。"王僧虔《技录》云："《艳歌双鸿行》，荀录所载，《双鸿》一篇；《艳歌福钟行》，荀录所载，《福钟》一篇，今皆不传。《艳歌罗敷行》'日出东南隅'篇，荀录所载。《罗敷》一篇，相和中歌之，今不歌。"《乐府解题》曰："古辞云'翩翩堂前燕，冬藏夏来见'。言燕尚冬藏夏来，兄弟反流宕他县。主妇为绽衣服，其夫见而疑之也。"

22.《白头吟》（二首五解），《古今乐录》曰："王僧虔《技录》曰：《白头吟行》歌古'皑如山上雪'篇。"《西京杂记》曰："司马相如将聘茂陵人女为妾，卓文君作《白头吟》以自绝，相如乃止。"《乐府解题》曰："古辞云'皑如山上雪，皎若云间月。'又云：'愿得一心人，白头不相离。'始言良人有两意，故来与之相决绝。次言别于沟水之上，叙其本情。终言男儿重意气，何用于钱刀。"

23.《怨诗行》古辞，《古今乐录》曰："《怨诗行》歌东阿王'明月照高楼'一篇。"王僧虔《技录》曰："荀录所载'古为君'一篇，今不传。"《琴操》曰："卞和得玉璞以献楚怀王，王使乐正子治之，曰：'非玉。'刖其右足。平王立，复献之，又以为欺，刖其左足。平王死，子立，复献之，乃抱玉而哭，继之以血，荆山为之崩。王使剖之，果有宝。乃封和为陵阳侯。辞不受而作怨歌焉。"班婕妤《怨诗行》序曰："汉成帝班婕妤失宠，求供养太后于长信宫，乃作怨诗以自伤。讬辞于纨扇云。"《乐府解题》曰："古词云：'为君既不易，为臣良独难。'言周公推心辅政，二叔流言，致有雷雨拔木之变。梁简文'十五颇有余'，自言姝艳，以谗见毁。又曰'持此倾城貌，翻为不肖躯'。与古文意同而体异。"

24.《满歌行》（二首四解）古辞，《乐府解题》曰"古辞云：'为乐未几时，遭时崄巇。'其始言逢此百罹，零丁荼毒。古人逊位躬耕，遂我所愿。次言穷达天命，智者不忧。庄周遗名，名垂千载。终言命如凿石见火，宜自娱以颐养，保此百年也。"

按《晋书·乐志》所言，"凡乐章古辞存者，并汉世街陌讴谣，《江南可采莲》《乌生十五子》《白头吟》之属。"这是当代学者将汉乐府相和诸调歌诗视之为"民歌"的最重要依据。但是从我们上引的 24 首汉乐府相和歌辞的有关本事记载来看，没有明确的证据可以证明它们最初属于"民歌"。在这些古诗的题名中，唯有《董逃行》和《饮马长城窟行》两首诗题名源自秦末与汉末的民间歌谣，但今存的两首古辞却与原来的民间歌谣没有直接的关系。《晋书·乐志》里所讲的《白头吟》一首，按《西京杂记》所记，则为司马相如夫人卓文君所作。以此而言，《晋书·乐志》认为这些乐章古辞最初属于"街陌讴谣"的说法并不准确，历史根据不足。同是这些作品，而《宋书·乐志》仅仅把它们称之为"丝竹更相和"的"汉旧曲"。相比较而言，我们认为还是《宋书·乐志》的记载更可靠些。虽然两晋的朝代在刘宋之前，可是《晋书》成书却晚于《宋书》，是唐代房玄龄等人所撰。当然时代的前后并不能说明一切问题，重要的是看它们的记载与其他有关文献的相符合程度。从我们上引 24 首汉代相和古辞的来源上看，可以证明这些古辞的本事有各种不同的出处，它们来自于汉代社会的各个方面，各因其独特的故事而被世人关注，从而被编成歌辞，制成乐曲，也许曾经在民间流传。但是即便如此，它们也不等同于我们今天所说的"民歌"，而是用于歌舞艺人娱乐表演的一种特殊的艺术形式。

汉乐府古辞是用于娱乐表演的艺术，历史文献对此有明确的记载，《宋书·乐志》曰："相和，汉旧曲也，丝竹更相和，执节者歌。本一部，魏明帝分为二，更递夜宿。本十七曲，朱生、宋识、列和等复合之为十三曲。"可见，早在汉代，这些相和歌曲就用于表演，演唱时不仅有丝竹类乐器伴奏，歌唱的人手里还要拿着"节"这种乐器。据《宋书》所记，这种演唱的艺术要有一个专门的乐队（一部）表演，后来又有扩大（"魏明帝分为二，更递夜宿"）。据此书记载，这种来自汉代的相和歌曾经有 17 首，经过朱生、宋识、列和等艺术家的改造合并，又变成了十三曲。可见，这种源自于汉代的相和歌，一开始就作为表演的艺术，有专门的艺术家、专门的乐队从事演出。至于这些歌曲的演唱方式，郭茂倩《乐府诗集》广搜历代文献，更有较为详细的记载。如关于这些相和曲所用的乐器，据郭茂倩转引陈释智匠《古今乐录》、刘宋张永《元嘉正声伎录》、萧齐王僧虔《大明三年宴乐伎录》等书可知："凡相和，其器有笙、笛、节歌、琴、瑟、琵琶、筝七种。"平调曲："其器有笙、笛、筑、瑟、琴、筝、琵琶七种，歌弦六部。"清调曲："其器有笙、笛、下声弄、高弄、游弄，篪、节、琴、瑟、筝、琵琶八种。歌弦四弦。"瑟调曲："其器有笙、笛、节、琴、瑟、筝、琵琶七种，歌弦六部。"楚调曲："其器有笙、笛弄、节、琴、筝、琵琶、瑟七种。""又诸调曲皆有辞、有声，而大曲又有艳，有趋、有乱。辞者其歌诗也，声者若羊吾夷伊那何之类也，艳在曲之前，趋与乱在曲之后，亦犹吴声西曲前有和，后有送也。"《旧唐书·乐志》曰："平调、清调、瑟调，皆周房中曲之遗声，汉世谓之三调。"《新唐书·礼乐志》："平调、清调，周房中乐遗声也。"至于这些作品表演的场合，根据沈约《宋书·乐志》等书所记，在魏晋时代基本上是在宫廷，由专门的音乐机构掌管，有专门的音乐家负责，有相关的史家记录。我们上引郭茂倩《乐府诗集》的话已经表述的非常明确。至于相和歌在汉代主要在何处演唱，郭茂倩《乐府诗集》虽然没有引用文献直接说明，但是我们从其他相关记载中也可能略知一二。如《相逢行》："堂上置樽酒，坐使邯郸倡"，"小妇无所为，挟瑟上高堂。丈人且安坐，调丝方未央。"《今日良宴会》曰："今日良宴会，欢乐难具陈。弹筝奋逸响，新声妙入神。令德唱高言，识曲听其真。"《艳歌何尝行》："今日乐相乐，延年万岁期。"《古歌·上金殿》："主人前进酒。弹瑟为清商。""今日乐相乐。延年寿千霜。"《盐铁论》云："古者土鼓卤枹，击木拊石，以尽其欢。及后卿大夫有管磬，士有琴瑟。往者民间酒会，各以党俗，弹筝鼓缶而已。无要妙之音，变羽之转。今富者钟鼓五乐，歌儿数曹，中者鸣筝调瑟，郑舞赵讴。"又说："今俗因人之丧以求酒肉，幸与小坐而责办歌舞俳优，连笑伎戏。"[1] 汉成帝永始四年下诏中也说："方今世俗奢僭罔极。靡有厌足，公卿列侯亲属近臣……或乃奢侈逸豫，务广第宅，治园池，多畜奴婢，被服绮縠，设钟鼓、备女乐……吏民慕效，寝以成俗。"[2] 东汉明帝以后，甚至一些宦者家中也是"嫱媛、侍儿、歌童、舞女之玩，充备绮室。"[3] 对此，仲长统曾有这样的描述："汉兴以来……豪人之室，连栋数百，膏田满野，奴婢千群，徒附万计。……妖童美妾，填乎绮室。倡讴妓乐，列乎深堂。"[4] 以上事实充分说明，这些汉乐府古辞本是用于表演娱乐的艺术，与我们今天所理解的"民歌"相距甚远，它们根本不是同一种类型的艺术。

---

① 王利器：《盐铁论校注》，中华书局 1992 年版，第 353—354 页。

② 班固：《汉书·成帝纪》，中华书局 1962 年版，第 324—325 页。

③ 范晔：《后汉书·宦者列传》，中华书局 1965 年版，第 2510 页。

④ 仲长统：《昌言·理乱篇》，《全后汉文》卷 88，中华书局本。

三、历史文献记载中的汉代民间歌谣

我们说现存汉乐府相和歌辞不属于民间歌谣，并不否认汉代有大量的民间歌谣存在。事实上，在两汉正史和相关文献中记载下来的真正"民间歌谣"很多，这些"民间歌谣"在郭茂倩《乐府诗集》里被收入"杂歌谣辞"之中。① 它们与汉乐府"相和歌"之类的作品不同，不是供人享乐和欣赏的艺术，而是自我情感的抒发和对现实生活的美刺。它们是发自天然的质朴无华的艺术，其中虽然也有如璞玉般的珍品，但是大多数都缺乏艺术加工，总体水平是不高的。正因为如此，当代学者们在研究汉代诗歌的时候，实际上对这些真正的"民歌"并不重视。下面，就让我们对这些作品略作梳理。

按照历史文献的记载，汉代的民间歌谣可以分为"歌"与"谣"两类。二者之间有所区别。《诗经·魏风·园有桃》："心之忧矣，我歌且谣。"《毛传》："曲合乐曰歌，徒歌曰谣。"《诗经·大雅·行苇》："或歌或咢。"《毛传》："歌者，比于琴瑟也。徒击鼓曰咢。"《尔雅·释乐》曰："徒歌谓之谣。"《广雅》曰："声比于琴瑟曰歌。"《韩诗章句》曰："有章曲曰歌，无章曲曰谣。"由以上文献的解释来看，在汉代，"歌"

---

① 按：郭茂倩在《乐府诗集》中虽然单列《杂歌谣辞》一类，共分七卷，收录自先秦到唐代的歌辞191首，谣辞128首，共319首。但是何谓"杂歌谣辞"？郭茂倩并没有给出一个明确的说明。他在解题中先谈了诗歌的起源，接着介绍了一些在历史上善歌的人，又引《韩诗章句》和《尔雅》等说明了"歌"与"谣"的区别和各种歌的不同称呼，认为汉世的相和歌也出于街陌谣讴。最后说："历世已来，歌谣杂出。今并采录，且以谣谶系其末云。"可见，郭茂倩对于杂歌谣辞没有一个界定，他在这里所收录的作品，只是无法收入其他各类中的一些作品而已。所以，郭茂倩所收杂歌谣辞内容颇杂，概念界定也不清楚。逯钦立《先秦汉魏晋南北朝诗》中所说的"杂歌谣辞"其实与郭茂倩所说的"杂歌谣辞"概念已经具有不同的内涵，这很容易让人误解或者忽略二者之间的不同，所以本文这里用"民间歌谣"这一概念。

基本上都是配有曲调的，有的则可以和乐。而"谣"则仅是徒歌而已。如此看来，历史文献中把某首作品称之为"歌"还是"谣"是有明确标准的。按此，我们也把汉代的民间歌谣分为"汉代民歌"与"汉代民谣"两类分别进行统计。①

这其中属于汉代民歌的篇目如下：《平城歌》《画一歌》《民为淮南厉王歌》《天下为卫子夫歌》《郑白渠歌》《颍川儿歌》《牢石歌》《上郡吏民为冯氏兄弟歌》《长安为尹赏歌》《长安百姓为王氏五侯歌》《闾里为楼护歌》《刘圣公宾客醉歌》《匈奴歌》（以上为西汉）、《渔阳民为张堪歌》《临淮吏人为宋晖歌》《凉州民为樊晔歌》《董少平歌》《郭乔卿歌》《蜀中为费贻歌》《鲍司隶歌》《通博南歌》《蜀郡民为廉范歌》《苍梧人为陈临歌》（二首）、《乡人为秦护歌》《魏郡舆人歌》《魏郡舆人歌》《顺阳吏民为刘陶歌》《董逃歌》《交阯兵民为贾琮歌》《皇甫嵩歌》《洛阳人为祝良歌》《巴人歌陈纪山》《汲县长老为崔瑗歌》《崔君歌》《彭子阳歌》《王世容歌》《巴郡人为吴资歌》（二首）、《六县吏人为爰珍歌》（以上东汉），共计四十首。

属于汉代民谣的篇目如下：《长沙人石虎谣》《元帝时童谣》《长安谣》《成帝时童谣》《成帝时歌谣》《汝南鸿隙陂童谣》《王莽末天水童谣》《更始时南阳童谣》（以上西汉）、《后时蜀中童谣》《会稽童谣》（二首）、《河内谣》《顺帝末京都童谣》《蜀郡童谣》《益都民为王忳谣》《恒农童谣》《桓帝初天下童谣》《桓帝初城上乌童谣》《桓帝时京都童谣》《桓帝末京都童谣》（二首）、《乡人谣》《二郡谣》《太学中谣》（包括《三君》《八

---

① 按：歌谣二字也常有连称，如《汉书·五行志》："君炕阳而暴虐，臣畏刑而柑口，则怨谤之气发于歌谣。""成帝时歌谣又曰：'邪径败良田，谗口乱善人。桂树华不实，黄爵巢其颠。故为人所羡，今为人所怜。'"《汉书·艺文志》："自孝武立乐府而采歌谣，于是有代赵之讴，秦楚之风，皆感于哀乐，缘事而发。"之所以如此，用杜文澜《古谣谚·凡例》的话说："谣与歌相对，则有徒歌合乐之分。而歌字究系总名。凡单言之，则徒歌亦为之歌，故谣可联歌以言之，亦可借歌以称之。"但是这并不能否定二者之间的区别。

俊》《八顾》《八及》《八厨》各一首)、《京兆为李燮谣》《灵帝末京都童谣》《献帝初京都童谣》《献帝初童谣》《初平中长安谣》《兴平中吴中童谣》《建安初荆州童谣》《汉末洛中童谣》《汉末江淮间童谣》《京师为光禄茂才谣》《阎君谣》《东门奂谣》《商子华谣》《时人谣》《摛洛谣》《京师为唐约谣》《蒋横进祸时童谣》《锡山古谣》《时人为三茅君谣》(以上为东汉),共计四十七首。①

汉代民歌与汉代民谣的区别主要在于是否可以配曲,从文体和功能上看都没有明显的区别标志,但是把上述八十七首"歌""谣"进行对比,还是会发现大致的区别。主要包括以下三个方面:

第一,在四十首现存的汉代民歌中,有三十多首都是民间百姓对中央和地方官员的颂美与批评,另有《平城歌》《匈奴歌》两首与战争有关,《民为淮南厉王歌》则是直接对汉代皇帝的批评。这说明这些汉代民歌在承担其社会评判的主要功能时,主要针对个人,有比较明确的颂美或者批判对象。而汉代民谣则大多都是对一些社会现象的美刺,只有《太学中谣》《阎君谣》《东门奂谣》《时人为三茅君谣》等少数几首关系到对具体人物的评价。这说明汉代民谣在承担其对社会现实进行评判功能时,主要不针对个人,大多数都没有明确的颂美和批判对象。另外,如果我们从现存篇目的思想倾向来看,在汉代民歌中,颂美型的远多于批判型的;而汉代民谣则正好相反,批判型的远多于颂美型的。

第二,汉代民歌的感情表达比较直接,喜怒爱憎都在文字中鲜明地表现出来,而汉代民谣的用语则比较婉曲,有些带有谶纬迷信色彩的作品用语非常隐晦,甚至给人以神秘感。汉代民歌的语言相对通俗,汉代民谣的语言相对文雅或者晦涩。在汉代民歌中可以更容易看出民众的喜怒哀乐之情,而汉代民谣从某方面来讲可以看出民众的文化修养和

---

① 以上统计据逯钦立《先秦汉魏晋南北朝诗》,中华书局1983年版,第119—128、208—230页。

智慧。

第三，汉代民歌与汉代民谣从整体上看都非常简短，但是相比较而言，大多数的汉代民歌比汉代民谣稍长，语言的音乐感比较强，更适合于歌唱。而大多数汉代民谣句子比汉代民歌要少，语言的音乐感稍差，不太适合于歌唱。但无论如何，二者在艺术水平的表现上与以相和歌辞为代表的艺术作品都有比较明显的差距，从艺术审美的角度来讲，我们不能对它们有过高的评价。换句话说，对于后人来讲，这些汉代民间歌谣的社会认识价值大于它们的艺术审美价值。

以上区别仅就我们上面所统计的现存的汉代民歌与汉代民谣而言，可能不具有普遍性意义，但是也能说明一些问题。古人之所以在文献记述中明确地指出某一首是"歌"而某一首是"谣"，除了在是否可以配曲歌唱这一点上有明确的判断标志之外，另外也会有相应的功能上的大致区别，只是这种区别我们今天已经不可考知，只能就现存作品进行模糊的统计。

根据上面的统计与比较，下面我们选择比较典型的几组汉代民歌与汉代民谣进行具体分析，看它在汉代歌诗艺术中的地位和意义。

现存汉代民歌，绝大多数都是对汉代太守以上官吏的颂美之歌，这是一个十分值得注意的现象。何以如此，大概有两个方面的原因。第一，这些颂美的汉代民歌大都是史书中记载下来的，而在史书上能够留名的起码都是太守以上的高官，并且在某些方面有为史家所注意的事迹并符合可以入史的条件。这其中，一个人的政绩好坏就是最好的标准之一。第二，百姓大众之所以为这些高官作"歌"，是因为他们的个人品质和政绩的好坏直接关系到百姓大众的生活。这说明自汉代以来，"官"在整个封建社会制度中的作用和影响之大。反过来讲，百姓大众对于官的好坏的评价又是史家判断一个封建官僚政绩好坏及其是否可以入史的重要标准，"民歌"在这里有了一定的"史"的作用，一首赞美的"民歌"就是一位优秀的官僚树立在百姓大众心中的一座丰碑。而史家在为一位官僚作传时把一首歌记载下来，客观上也提高了这首"民歌"的认识价值和审美价值。正是在这种互动中，我们理解了这首"民歌"，也了解了这首"民歌"中所颂美的人，了解了人民大众寄托在这首"民歌"里的思想情感。《上郡吏民为冯氏兄弟歌》就是一个典型的例子。据《汉书·冯奉世传》，成帝时，冯野王为上郡太守。其后，其弟冯立亦自五原太守徙西河上郡。"立居职公廉，治行略与野王相似，而多智有恩贷，好为条教。吏民嘉美野王、立相代为太守。歌之。"其辞曰："大冯君，小冯君，兄弟继踵相因循。聪明贤知惠吏民，政如鲁卫德化钧，周公康叔犹二君。"

在秦汉以后的封建社会制度里，各级地方政府官员承担着治理国家、管理民众的具体工作，他们的清正廉明与否，直接关系到一方百姓的生活，因此平民百姓们总是希望管理自己的是一个清官廉吏，所以在汉代的这些民歌当中，对这些官吏颂美之作也就最多。特别是在东汉，这一类民歌的比例更大，他们从多个方面对这些贤能官员进行了热情的歌颂。如渔阳太守张堪被歌颂是因为他在任期间捕击奸猾，赏罚必信，又开稻田八千余顷，劝民耕种，以致殷富。天水太守樊晔之被歌颂是因为他为政严猛，善恶立断，使世风清淳，道不拾遗。冀州民歌颂美皇甫嵩是因为他在黄巾作乱时讨贼有功，并关心百姓的疾苦，使百姓能够安居乐业。汲县长老歌颂崔瑗是因为崔瑗为汲令时，开沟造稻田，使泻卤之地更为沃壤，民赖其利。从这里我们可以看到，民众热情洋溢地为之作"歌"，四处传唱他们的功业，说明民歌在汉代社会民众的心里具有重要的地位，起着重要的社会宣传作用，同时也说明"歌"是民众用来表达思想感情的重要方式。这些民歌大都写的朴素而直白，同时又很生动。如《郑白渠歌》中间几句："举锸如云，决渠道雨。水流灶下，鱼跳入釜"，用语夸张而形象，有很高的艺术水平。从整齐的四言句式和遣词造句的功力来看，这首"歌"也许并不仅仅传唱于民间，可能有人对其做过艺术上的加工。

在汉代的这些民歌当中，也有少数是对那些皇帝、贵戚和贪官污吏进行批判的。这其中，《民为淮南厉王歌》颇值得注意。据《史记·淮南衡山列传》，淮南厉王长自视为高祖之子，又与文帝最亲近，不遵法度。文帝不忍置于法，"乃载以辎车，处蜀严道邛邮，遣其子母从居，长不食而死。"其后民有作歌歌淮南王曰："一尺布，尚可缝。一斗粟，尚可舂。兄弟二人不相容。"歌很短，但是有极丰富的意味。淮南厉王长身为诸侯王而犯法，理当受到制裁，在王法面前本不应该徇私情。但是淮南厉王绝食而死又让汉文帝受到来自舆论和道德的压力。淮南王本是刘邦所封，在当初与汉文帝同为诸侯王，而汉文帝当了皇帝之后就发生了这样的事情，民间以为是汉文帝要夺他弟弟的封地。所以，当汉文帝听到这首歌之后感到非常痛苦，乃叹曰："尧舜放逐骨肉，周公杀管蔡，天下称圣。何者？不以私害公。天下岂以我为贪淮南王地邪？"乃徙城阳王王淮南故地，而追尊谥淮南王为厉王，置园复如诸侯仪。可见，这首歌在当时曾经产生过重大的社会影响。

产生于东汉桓帝中平年中的《董逃歌》也是一首颇有意义的讽刺批判之歌。据《后汉书·五行志》，这里的"董"指的是董卓。董卓借汉帝让他入京之机由西凉来到京城而大肆屠杀，极为残暴，这首歌表现了百姓对他的愤恨：

> 承乐世，董逃。游四郭，董逃。蒙天恩，董逃。带金紫，董逃。行谢恩，董逃。整车骑，董逃。垂欲发，董逃。与中辞，董逃。出西门，董逃。瞻宫殿，董逃。望京城，董逃。日夜绝，董逃。心摧伤，董逃。

据《风俗通》言，董卓听了这首歌之后很不高兴，以为这首歌中所唱的就是他。他曾经要把这首歌禁绝，又把歌中的"董逃"改为"董安"。但是他最终没有逃脱灭亡的下场。从这里我们可以看到民意不可违，也可以看到"歌"的宣传力量。这首"歌"在结构上有非常突出的特点，每一句后面都有"董逃"二字。这首歌究竟如何来唱我们今天已经无法考知，从表面上看，"董逃"这两个字应是歌中的衬字，似乎没有意义，但是其寓意又极为明显，暗示董卓虽然跋扈横行，终将逃窜而至于灭族，这显示了民众的艺术创造性。①

与汉代民歌所不同的是，汉代民谣大多以批判为主，而且多与政治相关。比较著名的如西汉成帝时的《黄雀谣》："邪径败良田，谗口乱善人。桂树华不实，黄爵巢其颠。故为人所羡，今为人所怜。"据《汉书·五行志》，这首产生于成帝时的民谣有明显的所指，"桂，赤色，汉家象。华不实，无继嗣也。王莽自谓黄象，黄爵巢其颠也。"由此看来，此民谣所批评的乃是西汉末年王莽欲篡汉时的朝廷状况。

东汉《桓帝初天下童谣》也是一首著名的民谣："小麦青青大麦枯，谁当获者妇与姑，丈夫何在西击胡。吏卖马，君具车，请为诸君鼓咙胡。"《后汉书·五行志》曰："元嘉中，凉州诸羌，一时俱反，南入蜀、汉，东抄三辅，延及并、冀，大为民害。命将出众，每战常负，中国益发甲卒，麦多委弃，但有妇女获刈之也。吏买马，君具车者，言调发重及有秩者也。请为诸君鼓咙胡者，不敢公言，私咽语。"原来，这首民谣不仅是当时西部地区羌人造反所造成的战乱情况的真实写照，而且还表达了人民敢怒而不敢言的心声。

桓帝初京城中还有一首《城上乌》童谣："城上乌，尾毕逋。公为吏，子为徒。一徒死，百乘车。车班班，入河间，河间姹女工数钱。以钱为室金为堂，石上慊慊舂黄粱。梁下有悬鼓，我欲击之丞卿怒。"《后汉书·五行志》曰："案此皆谓为政贪也。'城上乌，尾毕逋'者，处高利独食，不与下共，谓人主多聚敛也。'公为吏，子为徒'者，言蛮夷

---

① 《后汉书·五行志一》："案'董'为董卓也，言虽跋扈，纵其残暴，终归逃窜，至于灭族也。"刘昭注引杨孚《董卓传》："卓改为董安。"崔豹《古今注》："董逃歌，后汉游童所作也。后有董卓作乱，卒以逃亡。后人习之，以为歌章。乐府奏之，以为炯戒。"

将叛逆，父既为军吏，其子又为卒徒往击之也。'一徒死，百乘车'者，言前一人往讨胡既死矣，后又遣百乘车往。'车班班，入河间'者，言上将崩，乘舆班班入河间迎灵帝也。'河间姹女工数钱，以钱为室金为堂'者，灵帝既立，其母永乐太后好聚金以为堂也。'石上慊慊舂黄粱'者，言永乐虽积金钱，慊慊常苦不足，使人舂黄粱而食之也。'梁下有悬鼓，我欲击之丞卿怒'者，言永乐主教灵帝，使卖官受钱，所禄非其人，天下忠笃之士怨望，欲击悬鼓以求见，丞卿主鼓者，亦复谄顺，怒而止我也。"

比较这些汉代民谣与上面的民歌可以看出，汉代民歌写得比较直白，大多数都有具体所指，而民谣则写得比较含蓄，所指不是很明确，用了很多隐晦的笔法。再考察这些汉代民谣的文献出处，也会发现它与汉代民歌有明显的区别。民歌大多出于史书中的人物传记，而民谣则大多数出自《汉书》和《后汉书》的《五行志》。阴阳五行的理论，在汉代颇为盛行，有相当强的迷信色彩和神秘色彩。两汉书把这些民谣大量地汇集在一起，试图说明这些来自于民众口中的民谣，在冥冥中表达着一种宿命和天意，这使它们成为中国神秘文化的一部分。从这一点来说，民谣与民歌在汉代不仅仅是能否合乐歌唱的不同，而且还在社会上扮演着不同的文化角色，承担着不同的文化功能。我们仔细考察，民谣在汉代采取比较隐晦和神秘的方式来批判社会，也从另一个方面表现了大众的智慧。其中比较典型的是那些"童谣"，其实未必真的出自儿童之口，而是一些政治头脑清醒而又有很高文化修养的人所做，具有政治预言的作用。① 如《献帝初京都童谣》曰："千里草，何青青。十日卜，不得生。"按《后汉书·五行志》所言，"'千里草'为董，'十日卜'为卓。凡别字之体，皆从上起，左右离合，无有从下发

---

① 按：有关童谣的这种特殊性问题，参见舒大清博士论文《中国古代童谣的发生及理性精神》，首都师范大学，2005年。

端者也。今二字如此者，天意若曰：卓自下摩上，以臣陵君也。'青青'者，暴盛之貌也。'不得生'者，亦旋破亡。"董卓为汉末大乱的罪魁祸首，人人恨不得捉而诛之，这首童谣采用汉代流行的拆字之法而创作，这样的形式也可以被称作"离合诗"，把董卓的名字写在其中，并且作出了非常有深意的解释。说董卓这两个字的拆解不同于一般文字的左右拆解，是上下拆解；而且不是从上到下的拆解，是从下到上的拆解，这正说明董卓是"自下摩上，以臣陵君"，其起之也暴，其亡之也速，"'青青'者，暴盛之貌也。'不得生'者，亦旋破亡。"可见这里面包含了多么巧妙的智慧。按一般常理来讲，这样的"童谣"不会是儿童所作，而是当时有智慧的文人利用民谣所采取的一种干预社会的独特方式。①

四、如何认识两种性质不同的汉代诗歌

以上，我们对传世的汉乐府相和歌辞与史书中所记载的民歌民谣进行了分别的描述，可以明显地看出二者之间的区别。遗憾的是，20世纪以来，学人们在对汉代歌诗进行研究时却严重地混淆了二者的性质。他们错把以相和歌为代表的那些供社会各阶层娱乐的歌诗作品当成"汉代民歌"来认识，却很少有人关注历史文献中记录的那些真正的民间歌谣。他们由此而扭曲了汉乐府相和歌辞的艺术本质，也遮蔽了那些真正的民间歌谣的文化价值。今天，是需要我们解除这一历史误解的时候了。

不可否认，以相和歌辞为代表的这些"乐府诗"，其中有一些原本

---

① 按：关于这种用拆字方法做离合诗的风气，参见王运熙《离合诗考》一文，从中可以看出，这些离合诗大都是文人所做。文载王运熙《乐府诗述论》，上海古籍出版社1996年版，第488—503页。

可能来自于民间，有民歌的原型，如《江南可采莲》《董逃行》《饮马长城窟行》。但我们须知，在现存的汉乐府相和歌辞当中，这一类可以找到最初源自于民间的乐府诗实在太少。重要的是，即便是它们当初源自于民间，当这些作品被于弦管之后，就已经不再是"民歌"的原生形态，而是经过专业艺术家加工过的作品。这是二者表面上的差异。而最根本的差异则在于，乐府诗属于娱乐的艺术，是为了满足汉代社会各阶层享乐需要而产生的，主要流行于都市街头，出入于宫廷、贵族和达官显宦之家。民间歌谣则是社会大众对某些社会事件和人物表达看法的一种语言形式。乐府诗主要由各类专业艺术人才用于表演，它需要与音乐、歌舞等紧密配合，表演者需要有专门的艺术训练，掌握专门的表演技能，而且有时还需要有专门的表演场所。而民间歌谣则主要在社会各阶层的民众中间口头传播，它没有专门的管弦等乐器相配，曲调简单，而民谣甚至连音乐章曲也没有，只是徒歌而已，更不需要专门的艺术人才和固定的表演场所。如果我们借用当代美国学者阿里诺·豪塞尔的观点来表述的话，那么，汉代的这些民间歌谣大致相类似于"民俗艺术"，而相和歌之类的歌诗则大致相类于"流行艺术"。"在民俗艺术中，创造者和欣赏者几乎是不能区别的，他们之间的界限总是流动和不定的。相反，流行艺术却有着不进行艺术创造、完全是消极感受的欣赏大众，以及完全适应大众要求的职业的艺术产品创造者。"① 总之一句话，现存

---

① 按：豪塞尔在这里所使用的"民俗艺术"与"流行艺术"的概念是有其特定内涵的。他说："民俗艺术是指那些未经教育、没有城市化或工业化的社会阶层的诗歌。""流行艺术可以理解为是为了满足半受教育的大众，一般是指城市及喜爱集体活动的民众的要求而形成的艺术或准艺术的作品。"显然这与我们所讨论的汉代相和歌诗与民间歌谣的情况并不相同。但是他所指出这两种艺术的特点，与两汉时代的相和歌与民间歌谣的各自特点的确有一致之处。他为我们辨析二者之间的关系提供了一条很好的可以借鉴的思路，故本文借用之。相关论述请看 [美] 阿诺德·豪塞尔《艺术史的哲学》，陈超南、刘天华译，中国社会科学出版社 1992 年版，第 271—275 页。更详细的讨论可以参看此书第五章《艺术史中的教育层次：民俗艺术和流行艺术》。

的汉乐府相和歌辞与史书中记载的民间歌谣，是属于两种不同性质的艺术。

汉代民间歌谣属于"民俗艺术"而不是"流行艺术"，所以我们有必要从"民俗艺术"的角度来对其进行深入的研究。但是汉代民间歌谣与豪塞尔所说的"民俗艺术"又有重大的不同。按豪塞尔的说法，"最丰硕，最独特的民俗诗歌种类是抒情诗歌。它不仅最丰富，而且是民俗艺术最有价值的创作。"而这些民俗抒情诗的主要题材应该表现各类世俗的风情，特别是民间的劳动诗、爱情诗、婚礼诗、战争诗、宗教赞美诗等等，① 正是这些抒情诗为"流行艺术"提供了最为丰富的原始素材。而我们现在所看到的这些汉代民间歌谣则并不是这些，大多是美刺现实和干预时政类作品，它们作为历史的一部分被记录下来，每一首背后都有一个本事相随，它们的历史评判功能超过了它们的艺术审美功能。因而，它们并不是汉代民间歌谣的全部，而是其中的一部分，是"民俗艺术"当中的特殊一类。从文学传统的角度来讲，它们上承了《诗经》以来中国诗歌干预时政的美刺精神，这正是中国古代所谓"陈诗以观民风""采诗"说的现实根据。这些诗篇的确有"观风俗，知薄厚"的社会功能，体现了中国古代文化的特色。正因为如此，这些民间歌谣与文人士大夫们的政治讽谏诗在文化传统上有着一定的同源性和共同性，甚至我们不排除现存汉代民间歌谣里的有些诗作可能就含有文人士大夫的创作，或者是经过他们的加工。然而从另一个方面看，这些诗歌与文人诗又有着一点极大的不同，就是它的群体特色。它以群体的力量，以表达民意民情的方式来干预社会政治，有时候会达到文人士大夫个体抒情诗不能达到的效果，如《民为淮南厉王歌》对汉文帝的批评与影响。另外更值得我们注意的是这些汉代民间歌谣在语言艺术形式上的多样性。

---

① 〔美〕阿诺德·豪塞尔：《艺术史的哲学》，陈超南、刘天华译，中国社会科学出版社1992年版，第312页。

这里既有三言、四言、五言、七言，也有杂言和骚体，除我们上面所举之外，三言如《颍川儿歌》："颍水清，灌氏宁；颍水浊，灌氏族。"四言如《渔阳民为张堪歌》："桑无附枝，麦穗两歧。张君为政，乐不可支。"五言如《长安为尹赏歌》："安所求子死。桓东少年场。生时谅不谨。枯骨后何葬。"七言如《苍梧人为陈临歌》："苍梧陈君恩广大，令死罪囚有后代，德参古贤天报施。"杂言如《成帝时童谣》："燕燕尾涎涎，张公子，时相见。木门仓琅根，燕飞来，啄皇孙，皇孙死，燕啄矢。"骚体如《皇甫嵩歌》："天下大乱兮市为墟，母不保子兮妻失夫，赖得皇甫兮复安居。"这说明，汉代民间歌谣艺术在语言形式上不拘一格，具有相当的灵活性和创造性。它们大都缺少艺术上的修饰加工，从整体艺术水平上与以相和歌为代表的汉乐府歌诗相去甚远，更体现了古代民间歌谣的原生形态。

以相和歌为代表的汉代乐府歌诗，则具有"流行艺术"的诸多特质，因而我们也必须从流行艺术的角度加强对它的研究。汉乐府相和歌曲产生的前提是要有一个相对稳定的社会消费群体，有一批专门以艺术表演为职业的艺术家。这一消费群体，主要是汉代社会的宫廷贵族、达官显宦和富商大贾，他们占有了那个社会的大多数的剩余财富和享乐资源，是他们组成了在商品经济尚不发达、市民社会阶层尚未形成的汉代社会里的歌舞娱乐消费阶层，培养了一大批专门供他们欣赏娱乐的歌舞艺术人才。[①]汉乐府相和歌曲的题材同样脱离不了现实，它也会表现对社会现实的关注。但是，它的本质是为了娱乐，它的所有的其他功能、包括儒家所说的美刺功能、教化功能等等，都是在娱乐的方式下实现的。以相和歌辞为代表的汉乐府的流行，意味着中国古代诗歌类型的丰富多彩，也意味着需要我们重新思考这种特殊的诗歌艺术的本质，对它

---

① 此处可参考拙著《汉代社会歌舞娱乐盛况及从艺人员构成情况的文献考察》，载《中国诗歌研究》第 1 辑，中华书局 2002 年出版。

的生成之源，它的审美机制，它的艺术范式进行新的阐释，以便弄清这些相和歌辞的艺术题材何以进入到娱乐的领域，何以被当时的艺术消费者所接受，在它们的背后所展现的世俗文化心态和时代精神风貌。举例来讲，如《薤露》《蒿里》这样的古辞，本出自田横门门人对他自杀的悼念，何以经李延年改编之后成为汉代王公贵人和士大夫庶人的送葬歌曲？又何以在后汉一些官僚士大夫宴会中流行？[①] 再如，像《鸡鸣》《相逢狭路间行》《长安有狭邪行》等这样内容大致相同的古辞，何以会重复出现于相和歌辞当中？歌辞中所表现的复杂的主题到底是为了什么？再比如，像《陌上桑》那样的相和歌辞，为什么会将采桑女罗敷描写成一个在东汉城市中生活的时髦女子，穿着一身贵戚女子的装束？这一切都说明，作为汉代流行艺术的相和歌辞的生成机制以及其艺术要素，用我们当下所盛行的"民歌"理论是解释不通的。

要而言之，作为汉代乐府诗代表的相和歌辞，表面上与汉代的民间歌谣有相似之处，但是在本质上却分属于两种不同类型的艺术。汉代民间歌谣是汉代诗歌史上特殊的一类诗歌，它们与当下文学史理论话语下"民歌"的概念接近。以相和歌为代表的汉乐府歌诗，却与汉代的民间歌谣有着较大的区别，它们更具有"流行艺术"的诸多特质。认真辨析二者之间的关系，弄清以相和歌辞为代表的这些汉乐府歌诗的艺术本质，并对那些真正的"民歌"给予更多的关注，是我们全面深化中国诗歌研究的重要方面。

《中国文化研究》2013 年第 3 期，《新华文摘》2013 年第 15 期论点摘编，《中国社会科学文摘》2013 年第 11 期摘录

---

① 《后汉书·五行志一》注引《风俗通》曰："（灵帝）时京师宾婚嘉会，皆作《魁偶》，酒酣之后，续以挽歌。"刘昭注："《魁偶》，丧家之乐。挽歌，执绋相偶和之者。"中华书局 1965 年版，第 3273 页。

汉初雅乐与《安世房中歌》简论

在汉乐府发展的历史上，汉初是一个重要阶段。以《安世房中歌》为代表的汉初雅乐，是一组十分值得注意的作品，本文拟从三个方面做简要论述。

一、《安世房中歌》与周代《房中乐》的传承关系

我们知道，雅乐是中国古代社会最主要的朝廷音乐。在强调"王者功成作乐"的中国文化传统里，这里所说的乐主要指的就是雅乐，尤其是指朝廷的宗庙祭祀之乐和宫廷的礼仪宴飨之乐。汉高祖刘邦刚刚即皇帝位，在百废待兴之时，就匆匆忙忙地让叔孙通制定礼乐。之所以如此，是因为礼乐的制定乃是一个新王朝建立统治秩序、教化百姓以章功德的最重要手段之一。而作为礼乐创设重要内容之一的宗庙祭祀，也是一个时代统治阶级思想最鲜明的体现。

据《汉书·礼乐志》所记，叔孙通所制的宗庙雅乐共有《嘉至》《永至》《登歌》《休成》《永安》五章，这是根据秦乐人之制而作的雅乐。又有高祖唐山夫人根据楚声而制作的《安世房中歌》十七章。叔孙通所制雅乐歌辞早已失传，《安世房中歌》已成为研究汉初雅乐最为重要的

资料。

《安世房中歌》最早见于《汉书·礼乐志》，且云："有《房中祠乐》，高祖唐山夫人所作也。周有《房中乐》，至秦名为《寿人》。凡乐，乐其所生，礼不忘本。高祖乐楚声，故《房中乐》，楚声也。孝惠二年，使乐府令夏侯宽备其箫管，更名曰《安世乐》。"按班固此语，我们知道它是和叔孙通所作的五章宗庙雅乐同为祭祀典礼之用。但是它为什么名之曰"房中"呢？却需要我们做些解释。

按班固的记载，《房中乐》始于周，至秦曰《寿人》。《仪礼·燕礼》："若与四方之宾燕……有房中之乐。"郑注："弦歌《周南》《召南》之诗而不用钟磬之节也。谓之'房中'者，后夫人之所讽诵以事其君子。"贾公彦疏："释曰云'弦歌《周南》《召南》之诗而不用钟磬之节'者，此文承'四方之宾燕'下而云'有'，明四方之宾而有之。知不用钟磬者，以其此《二南》本后夫人侍御于君子用，乐师是本无钟磬。今若改之而用钟磬，当云'有房中之奏乐'，今直云'有房中之乐'，明依本无钟磬也。若然案《磬师》云：'教缦乐燕乐之钟磬'，注云：'燕乐，房中之乐，所谓阴声也。二乐皆教其钟磬'，房中乐得有钟磬者。彼据教房中乐待乐祭祀而用之，故有钟磬也。房中及燕则无钟磬也。"按此记载，《房中乐》又名《燕乐》。在平时，可作为后夫人讽诵君子之乐，不用钟磬，故名之曰"房中"，引申之在一般燕乐四方之宾的场合，不用钟磬，亦可名"房中"。而在祭祀飨礼场合，配合钟磬以宴乐宾客，则名为"燕乐"。《周礼·春官·磬师》："凡祭祀飨食，奏燕乐。"前引郑注亦云"燕乐，房中之乐"可证。由此可见，汉高祖唐山夫人所作的《房中乐》，可能是以楚声演唱的宫中燕乐宾客的音乐，也可以和叔孙通所制的五章雅乐一样，运用于祭祀飨礼的场合。只不过一是"因秦乐人"所制的传统雅乐，一是以周房中之名，实则以楚声所制的祭祀燕飨音乐。二者的分别不是在内容上，而主要在音乐的角度上。因为从内容上讲，它们的创作都继承了先秦雅乐传统。

　　我们说《安世房中歌》继承了先秦雅乐传统，还可以就其内容方面给予证明。按我们上引《仪礼·燕礼》："若与四方之宾燕……有房中之乐。"郑注："弦歌《周南》《召南》之诗而不用钟磬之节也。谓之'房中'者，后夫人之所讽诵以事其君子。"可知周代的房中之乐主要指《诗经》中的《周南》和《召南》。按在燕乐宾客中弦歌《周南》《召南》之事，在《仪礼·乡饮酒礼》说得比较详细："乃合乐，《周南》：《关雎》《葛覃》《卷耳》，《召南》：《鹊巢》《采蘩》《采蘋》。"那么，何以在燕礼中要演奏《二南》中的《关雎》等诗？其取义如何？郑玄有如下的解释："《周南》《召南》，《国风》篇也。王后、国君夫人房中之所歌也。《关雎》言后妃之德，《葛覃》言后妃之职，《卷耳》言后妃之志，《鹊巢》言国君夫人之德，《采蘩》言国君夫人不失职，《采蘋》言卿大夫之妻能修法度。昔大王、王季居于岐山之阳，躬行《召南》之教，以兴王业。及文王而行《周南》之教，以受命。《大雅》云'刑于寡妻，至于兄弟，以御于家邦，'谓此也。其始一国耳，文王作邑于丰，以故地为卿士之采地，乃分为二国。周，周公所食；召，召公所食。于时文王三分天下有其二，德化被于南土，是以其诗有仁贤之风者，属之《召南》焉；有圣人之风者，属之《周南》焉。夫妇之道，生民之本，王政之端，此六篇者，其教之原也。故国君与其臣下及四方之宾燕，用之合乐也。"郑玄的这种解释，在今天看来也许有些牵强，但是其说出于汉代，当有所本，起码我们可以肯定，汉初之所以用仿照周代房中乐来制作《安世房中歌》，正是继承了这种周代的文化精神。

二、《安世房中歌》在内容方面的革新

　　但是若仔细研究我们就会发现，汉初的《安世房中歌》与传说中的周代房中乐起码有以下两点差别：其一是内容方面的，其二是形式方

面的，此处先做内容分析。

由于周人把《周南》《召南》看成是大王、文王之化，而这种教化最初又是通过夫妇之道来实现的，所以周人为《房中乐》所赋予的意义是"夫妇之道，生民之本，王政之端"，这样原本是普通的风诗也就有了不凡的政治意义。但是对于刘邦这个汉代的开国皇帝来说，他却远没有周代建国前多少代的经营，也没有一个可以炫耀的家族文明史，自然也没有可以用来宣扬自己之道德教化的世俗风情诗。因而只好借周代的《房中乐》之名进行新的创造。

《安世房中歌》在内容上的创新主要体现为对"德"与"孝"的歌颂。请看原诗：

　　大孝备矣，休德昭清。高张四县，乐充宫庭。芬树羽林，云景杳冥。金支秀华，庶旄翠旌。（第一章）

　　我定历数，人告其心。敕身齐戒，施教申申。乃立祖庙，敬明尊亲。大矣孝熙，四极爰轃。（第三章）

　　王侯秉德，其邻翼翼，显明昭式。清明鬯矣，皇帝孝德。竟全大功，抚安四极。（第四章）

以上仅举三章为例。实际上，除第二、第七、第十六等三章中没有出现德和孝二字之外，其他各章都有。如第五章中有"诏抚成师，武臣承德"；第六章中有"民何贵，贵有德"；第八章中有"大莫大，成教德"；第九章"明德乡，治本约""德施大，世曼寿"；第十章"孝奏天仪，若日月光""孝道随世，我署文章"；第十一章"慈惠所爱，美若休德"；第十二章"乌呼孝哉，案抚戎国"；第十三章"告灵既飨，德音孔臧。惟德之臧，建侯之常"；第十四章"皇皇鸿明，荡侯休德"；第十五章"浚则师德，下民咸殖"；第十七章"承帝明德，师象山则。"《安世房中歌》十七章是个整体，即便是没有出现德孝二字的篇章，其内容仍与之有关。如第七章末两句："高贤愉，乐民人。"颜师古注："言王者有愉愉之德，故使众人皆安乐。"可以说，歌颂"德"与"孝"，乃是《安世房中歌》的基本内容。

关于《安世房中歌》的内容以歌颂德孝为主的现象，前人已经认识到。沈德潜说："首言大孝备矣，以下反反复复，屡称孝德，汉朝数百年家法，自此开出，累代庙号，首冠以孝，有以也。"① 今人郑文先生也说："总十七章来看，是在歌颂高帝能够以孝治天下，并承受天意施德于人民，而平定内乱，安抚外邦，使下民受福于无穷，至于人民应该服从他的统治，意在言外。也就是说，高帝体承上帝的德则，承受上帝的光明，施行以孝治天下的政策而照顾人民的愿望。这既是对汉初政策的概括，更是对汉初政策的歌颂；更通过对高帝政策的歌颂，宣扬他的德泽，以巩固他的统治。——这样的主旨，在今天看来，无疑是应该批判的，但她站在汉王朝的立场和局限于当时的历史条件，则认为是正当的。"② 这种解释是有道理的。但是，《安世房中歌》何以会把歌颂"德"与"孝"作为其最重要的思想主题呢？郑文先生却没有解释。我以为，这与汉初的政治形势和哲学思想的发展是直接相关的。对此，我们也可以从以下两点来认识。

首先，汉王朝是在农民起义推翻暴秦统治的基础上建立起来的，秦人亡国的教训对汉人来讲最为深切。汉初统治者在总结亡秦的教训之后，由暴政转向德政，也必然由法家观念倾向于儒家观念。因此，在汉初的统治者看来，除了崇尚黄老学说在政治上实行无为而治外，同时也要辅以儒家的以德治国和以孝治国。《汉书·郦陆朱刘孙传》中记陆贾故事就这样写道：

---

① 沈德潜：《古诗源》，中华书局 1963 年版，第 38 页。
② 郑文：《汉诗研究》，甘肃民族出版社 1994 年版，第 31 页。

贾时时前说称《诗》《书》。高帝骂之曰："乃公居马上得之，安事《诗》《书》！"贾曰："马上得之，宁可以马上治乎？且汤武逆取而以顺守之，文武并用，长久之术也。昔者吴王夫差、智伯极武而亡；秦任刑法不变，卒灭赵氏。乡使秦以并天下，行仁义，法先圣，陛下安得而有之？"高帝不怿，有惭色，谓贾曰："试为我著秦所以失天下，吾所以得之者，及古成败之国。"贾凡著十二篇。每奏一篇，高帝未尝不称善，左右呼万岁，称其书曰《新语》。

由此可见，在汉初总结亡秦暴政的历史教训之时，儒家思想仍然发挥着极其重要的作用。现在一般人常说汉初尚无为之治，以为儒家思想在当时并不重要，他们看到在《安世房中歌》中数次出现"孝"字，就误以为这些诗是汉武帝时代的作品，理由是"孝"的观念只有到汉武帝时才受到汉代统治者的重视，这实在是一种皮毛之见。[1] 其实只要我们略看一下《史记》《汉书》的有关记载便知，即便是汉初统治者尚"无为而治"，这"无为"二字之所以得以实行，也要有儒家思想来辅助，因为儒家的德孝仁义观念有自动调节平衡社会关系的积极能动性。因此，《安世房中歌》作为汉初宗庙祭祀燕飨之乐，大讲德孝乃是必然之事。

其次，在农民反抗暴秦统治之下，陈胜吴广首先发出了"王侯将相宁有种乎"的呐喊，这对传统的君权神授观念无疑是一个严重的挑战。刘邦既定天下，除了在神学上给自己即帝位寻找一个"五德终始"的合理解释之外，还必须从现实中找到这种天命轮回为什么会降在他头上的理论说明。这"德""孝"二字，实在是统治者确立自己皇权地位的思想关键。因而，汉代统治者要想把自己确定为继亡秦而为天下的当然统治者，也必然把自己打扮成德政的化身，这样，五德循环的天

---

[1] 如黄纪华《汉〈房中祠乐〉的时代作者辨》，载《湖北师范学院学报》1985 年第 3 期。今按，黄文曾举数条理由认定《安世房中乐》产生于汉武帝时代，皆大误，详细论证请参考赵敏俐《汉代诗歌史论》，吉林教育出版社 1995 年版。

命才会降到他的头上。十七章中所反复吟咏的主题也即在此。"敬明尊亲""大矣孝熙""皇帝孝德""民何贵，贵有德""大莫大，成教德""明德乡，治本约""德音孔臧""承帝明德"，这一切，都明确地指向了抒情诗的中心点。

《安世房中歌》的主观目的虽然是为汉初统治者歌功颂德，客观上也具有相当的认识价值，表现了汉人对王朝统一的历史赞美。从历史发展的进程来讲，秦汉帝国的建立，不但结束了七国纷争的战乱局面，使中国走向统一，而且标志着新兴地主阶级向封建领主阶级夺权斗争的最后胜利，是新的生产力要求生产关系变革的结果。从这一根本点上讲，这种统一是具有历史进步意义的，在当时也是人心所向的。对此，贾谊在《过秦论》中讲得很清楚：

> 秦并海内，兼诸侯，南面称帝，以养四海，天下之士斐然向风，若是者何也？曰：近古之无王久矣。周室卑微，五霸既殁，令不行于天下。是以诸侯力政，强侵弱，众暴寡，兵革不休，士民罢敝。今秦南面而王天下，是上有天子也。既元元之民冀得安其性命，莫不虚心而仰上。当此之时，守威定功，安危之本在于此矣。

然而，秦王朝却并未继续顺应这种人心所向的统一历史趋势去"守威定功"，而是"怀贪鄙之心，行自奋之智，不信功臣，不亲士民，废王道，立私权，禁文书而酷刑法，先诈力而后仁义，以暴虐为天下始"（引文出处同上），终于自取灭亡。于是，汉初统治者一改亡秦覆辙，由横征暴敛转为与民休息，安定了社会局面，同时也促进了生产力的发展，这显然是人心所向的。因而，从这一点来讲，《安世房中歌》中大力歌颂统治者的"天命"与"德"，客观上也是汉人对国家重新出现大一统局面的赞美。在以帝王统治为中心的历史阶段，历史的功绩往往都加在统治者身上，"盖世必有非常之人，然后有非常之事；有非常之事，然后有非常之功"（司马相如《难蜀父老》）。这种颠倒了的历史观，在当时人看来却是正常的，天经地义的。"冯冯翼翼，承天之则。""我定历数，人告其心。""皇皇鸿明，荡侯休德，嘉承天和，伊乐厥福。"由于出现了新的有德明主，国家终于统一了，社会又安定了。一切都是新的气象，都给人以新的希望。"大海荡荡水所归，高贤愉愉民所怀。大山崔，百卉殖。民何贵，贵有德。"这形象的比喻，虽然略带夸张之义，但是，人民在亡秦之后归顺汉王朝，确实有百川朝海、敬仰高贤之意味。在这里，"德"不仅仅是统一的人心所向，也是汉初统治者治国的根本——接受亡秦的教训采取无为而治与民休息的政策。"雷震震，电耀耀，明德乡，治本约。治本约，泽弘大，加被宠，咸相保。"显然，这带有宗教意味的诗歌，客观上也表现了汉人对社会统一的历史认识，有着丰富的历史内容。

三、《安世房中歌》在艺术上的创新

《安世房中歌》是继承先代雅乐的宗庙祭祀诗章，因此它在艺术形式上和商周雅颂有着一些共同之点。陈本礼《汉诗统笺》引刘元城语，说它"格韵高严，规模简古，骎骎乎商周之颂。"沈德潜在《古诗源》中也说它"古奥中带和平之音，不肤不庸，有典有则，是西京极大文字。"这主要表现在内容上继承先秦儒家传统的一面和语言的整饰与典雅，以及由此形成的雍容平和的风格上。如"我定历数，人告其心。敕身斋戒，施教申申。乃立祖庙，敬明尊亲。大矣孝熙，四极爰臻。"整首诗读来确有雅颂之味。但是在这种典雅的风格当中，我们更应该看重它的变化。《汉书·礼乐志》曰："盖乐己所自作，明有制也；乐先王之乐，明有法也。"可见，在汉人雅乐的制作中，本来就包含着继承和创新两个方面，而且，在这里，创新占着更重要的地位。《汉书·郦陆朱刘叔孙传》记述叔孙通为高祖制礼乐时就说："五帝异乐，三王不同礼。礼者，因时事人情为之节文者也。故夏、殷、周礼所因损益可知者，谓不相覆也。臣愿颇采古礼与秦仪杂就之。"作为和礼相配之乐，叔孙通也同样是"因秦乐人"而改造新创的宗庙乐。反之，当时所谓正统的先秦雅乐，虽然"有制氏以雅乐声律世世在大乐官，但能纪其铿锵鼓舞而不能言其义"（《汉书·礼乐志》），实际上已经名存实亡。而以楚声为调的《安世房中歌》，虽然名义上继承了周代房中乐传统，在实质上更是一种新的创设。这表现为以下几点：

第一，结构的完整与立意的宏大。《安世房中歌》作为朝廷雅乐，具有相当强的完整性，它与周代房中乐不同，不是取自于《周南》《召南》中的若干篇章而合为一组，赋予它们以特殊的功能与意义，而是一组专门的制作，各章之间有着天然的联系。仔细分析，《安世房中歌》十七章可以分成以下几大部分。第一部分为第一第二两章，是迎神和送神之曲。第二部分可包括第三到第五章，歌颂刘邦建立了新的大一统的汉王朝，包括其抚安四极、平定燕国的功业。第三章开篇言："我定历数，人告其心。"《尚书·大禹谟》："天之历数在汝躬，汝终陟元后。"孔安国传："历数谓天道。元，大也；大君，天子。舜善禹有治水之大功，言天道在汝身，汝终当升为天子。"可见，此章所言"我定历数"，正是对刘邦统一天下，奉天承运之功业的歌颂。第三部分包括第六至第十二章，分别言刘邦的道德功业以及民众的归附。如第六章："大海荡荡水所归，高贤愉愉民所怀。大山崔，百卉殖。民何贵？贵有德。"颜师古注："言海以广大之故，众水归之；王者有和乐之德，则人皆思附也。""大山以崔嵬之故，能生养百卉；明君以崇高其德，故为万姓所尊也。"第四部分包括第十三到十七最后五章，进一步歌颂刘邦之德，认为他定能得到神灵的保佑，美誉传千古，长寿享帝德，子子孙孙都受其恩庇，大汉江山的基业可代代相传。

《安世房中歌》是汉初雅乐中的大制作，它不仅结构完整，而且立意宏大。唐山夫人本为高祖的一名后妃，按常理讲其视野应该有限，具体抒情也可能会受到周房中乐的影响，不知不觉地从"后妃之德"的角度出发。但整个组诗却完全跳出了周房中乐的主题局限，以"德""孝"两字为整个组诗的立意中心，见解可谓高超。在具体写作中，组诗也没有流于对刘邦个人的歌颂，甚至连对刘邦个人具体形象的描述一点也没有，这同样值得我们钦佩。由此我们可以知晓，在汉初群雄逐鹿的岁月里，刘邦之所以能够胜出，的确是因为他有不凡之处。连高祖唐山夫人都有这样的见识，写出这样的优秀诗篇，可见其得人之盛。而《安世房中歌》也正因为其结构的完整与立意的宏大，才成为中国历史上著名的雅乐，值得我们认真学习和研究。

第二，语言的流丽与风格的浪漫。《安世房中歌》不但在结构立意上出手不凡，在语言表达与艺术风格上也有特点。《汉书·礼乐志》说："凡乐，乐其所生，礼不忘本。高祖乐楚声，故房中乐楚声也。"这说明，《安世房中歌》是用楚声的形式所创作的雅乐。楚声究竟应该如何演唱，现在我们已经无从知晓，不过从现存的文字上我们还是可以看出一些与周代雅乐的不同。这表现在两个方面。其一是句式上的不同，其二是风格上的差异。先从句式上讲。我们知道，楚辞体和《诗经》体的最大不同，是楚辞体的句式较长，且在每一个完整的句组中都用兮字，或在一句之中，如："吉日兮辰良，穆将愉兮上皇。"（《九歌·东皇太一》）或在两句之间，如："帝高阳之苗裔兮，朕皇考曰伯庸。"（《离骚》）或在两句之末，如"后皇嘉树，桔来服兮。"（《九章·桔颂》）而《诗经》中虽然也多用兮字，但是却无明显的规律可循。这一方面说明楚辞体有更鲜明的特点，另一方面似乎也标志着语言的进化。现存的《安世房中歌》虽然没有兮字，但是却可以很容易地纳入楚辞的句式中去。对于这种现象，郑文先生认为，这是由于"班氏（固）删去了兮字"，并进而指出："《安世房中歌》的句式，本来出自《楚辞》与楚歌，也就是本来是楚调，由于兮字被删，使得它的句式与《大雅》或《小雅》的四言相类似，而和《楚辞》不同，其实这只是一种假象。"① 我非常赞同郑文先生的观点，并试对此说做一些补充。首先，从《史记》中现存的楚声歌曲来看，无论是汉高祖的《大风歌》、项羽的《垓下歌》，都是在一句中间带有兮字。高祖的《鸿鹄歌》句法为："鸿鹄高飞，一举千里"，虽然没有兮字，但是在影印宋本的《白帖》中却写作"鸿鹄高飞兮，一举千里"，正好有兮字。对此，逯钦立先生曾指出："《白帖》所引有兮字，更合楚歌体。其所据书，当为《楚汉春秋》。《史通》曰，刘氏初兴，书惟陆贾而已。子长述楚汉之事，专据此书。然观迁之所载往往与旧不同，如郦生之被谒沛公，高祖之长歌《鸿鹄》，非惟文句有别，遂乃事理皆殊云云，可为确证。"② 依此而推，《安世房中歌》的句子中自然也应该有兮字。其次，《安世房中歌》最早见于《汉书》，《史记》未录。但是比较《史记》和《汉书》中共同记录下来的一些歌诗我们就会发现，《汉书》往往把《史记》中所记的歌诗中的兮字删掉。如《史记》的《天马歌》每句中都有一个兮字，《汉书》中却把它删掉了。以此而言，《安世房中歌》中的兮字也有被班固删去的可能。退一步讲，即便《安世房中歌》原本没有兮字，也不妨按楚辞体的方式去诵读。原因很简单，就因为楚辞体中兮字从功能方面来讲，已经远不如《诗经》中的兮字那么复杂，而只是在句中承担着分割音节的作用。因此，即便是《安世房中歌》的歌辞中没有兮字，因为其句法与楚辞体相同，也不妨在按楚辞体的方式诵读。在这方面，郑文先生所做的工作很有意义。他根据《安世房中歌》中的句子类型，分别把它们归结为楚辞的三种兮字句中去。如第一章原文为"大孝备矣，休德昭清。高张四县，乐充宫庭。芬树羽林，云景杳冥。金支秀华，庶旄翠旌。"依楚辞式的句法，加上兮字就可以变成"大孝备矣兮，休德昭清。高张四县兮，乐充

---

① 郑文：《汉诗研究》，甘肃民族出版社1994年版，第28页。
② 逯钦立：《先秦汉魏晋南北朝诗》，中华书局1983年版，第88页。

宫庭。芬树羽林兮，云景杳冥。金支秀华兮，庶旄翠旌。"或者"大孝备矣，休德昭清兮。高张四县，乐充宫庭兮。芬树羽林，云景杳冥兮。金支秀华，庶旄翠旌兮。"第八章的原文为"丰草葽，女萝施。善何如，谁能回？大莫大，成教德，长莫长，被无极。"改成楚辞式的句法，就成为"丰草葽兮女萝施。善何如兮谁能回？大莫大兮成教德，长莫长兮被无极。"① 显然，这是一个非常有趣的现象。

《安世房中歌》可以按照楚辞的方式加上兮字来诵读，因而远比《诗经》中的雅诗显得更为流丽，这是其重要的艺术特点之一。不仅如此，《安世房中歌》在艺术风格上也学习楚辞体，具有浪漫的特点。对此，前人也有所论述。如沈德潜《古诗源》在第一章《大孝备矣》后即评点道："末四句幽光灵响，不专以典重见长。"今人郑文先生在《汉诗选笺》中也指出了它在风格上和《楚辞·九歌》的相似。如第一章写祭祀的场面是"高张四县，乐充宫庭，芳树羽林，云景杳冥。金枝秀华，庶旄翠旌。"这富丽堂皇的描写就很有《九歌·东皇太一》那样浪漫的气息。第六章的"飞龙秋，游上天"，第十章的"乘玄四龙，回驰北行，羽旄殷盛，芬哉芒芒"，也与《九歌》中所描绘的神灵往来相仿佛。② 这些都是它在艺术上不同于先秦雅乐之处。

由此可见，由于汉代社会建立所发生的重大历史变化，文学创作必然表现这种新的时代精神，即使是比较保守的祭祀燕飨雅乐，需要更多地继承前代传统，但是仍然在继承中发生了重要变化。正是这一点，预示着汉代诗歌终究要改变先秦诗歌的历史趋向。

本文原载于日本《广岛大学人文社会科学研究》2003 年第 1 卷第 2 期（*Hiroshima Interdisciplinary Studies in the Humannities* Vol.2，2003）

---

① 郑文：《汉诗研究》，甘肃民族出版社 1994 年版，第 27—28 页。

② 郑文：《汉诗选笺》，上海古籍出版社 1986 年版，第 3 页。

汉代文人的乐府歌诗创作及其意义

在汉代乐府歌诗创作中，文人们曾积极地参与并对汉乐府的发展作出了重要贡献。但由于现存有主名的汉代文人乐府诗不多，后人对此关注不够。如何评价汉代文人参与乐府歌诗创作的问题，至今仍是汉魏六朝文学研究中的一个薄弱环节。本文的目的，是想对此问题作些初步探讨。

一、汉代文人参与乐府歌诗创作的文献考察

从文献记载看，早自西汉时起，文人在乐府歌诗创作中就占有很重要的位置。特别是在汉代宗庙乐歌与颂美汉帝国的乐府颂歌的制作中，文人们曾经起过重要作用。汉朝初立，刘邦命叔孙通制礼作乐，这可以看作是文人参与乐府歌诗创作在汉代的开始。据《汉书·礼乐志》，汉高祖刘邦命叔孙通制宗庙乐，共有《嘉至》《永至》《登歌》《休成》《永安》等五首乐曲。① 据《史记·刘敬叔孙通列传》，叔孙通曾为秦时

---

① 《汉书·礼乐志》："高祖时，叔孙通因秦乐人制宗庙乐。大祝迎神于庙门，奏《嘉至》，犹古降神之乐也。皇帝入庙门，奏《永至》，以为行步之节，犹古《采荠》《肆夏》也。

博士，后来追随刘邦。在汉初制定礼仪之时，曾征召鲁地儒生三十余人。这五首宗庙乐的创制，可能也有这些儒生参与，可惜的是现在只留下五首乐曲的名称而没有留下歌辞。《汉书·礼乐志》曰："武帝定郊祀之礼，祠太一于甘泉，就乾位也；祭后土于汾阴，泽中方丘也。乃立乐府，采诗夜诵，有赵、代、秦、楚之讴。以李延年为协律都尉，多举司马相如等数十人造为诗赋，略论律吕，以合八音之调，作十九章之歌。"以此而言，在汉武帝时代，司马相如等文人曾参与了《郊祀歌》十九章的制作。《汉书·王褒传》又曰："王褒字子渊，蜀人也。宣帝时修武帝故事，讲论六艺群书，博尽奇异之好，征能为《楚辞》九江被公，召见诵读，益召高材刘向、张子侨、华龙、柳褒等待诏金马门。神爵、五凤之间，天下殷富，数有嘉应。上颇作歌诗，欲兴协律之事，丞相魏相奏言知音善鼓雅琴者渤海赵定、梁国龚德，皆召见待诏。于是益州刺史王襄欲宣风化于众庶，闻王褒有俊材，请与相见，使褒作《中和》《乐职》《宣布》诗，选好事者令依《鹿鸣》之声习而歌之。"可见，王褒也曾参加了汉乐府中那些颂美为主的歌诗写作。以上是西汉时的情况，在东汉比较著名的则有东平王刘苍的《武德舞歌诗》一篇，傅毅的《显宗颂》十篇。班固也有《汉颂论功歌诗》两篇（《灵芝歌》《嘉禾歌》）。其中刘苍的《武德舞歌诗》一篇作于东汉明帝之时。据《东观汉记》记载，明帝永平三年八月，公卿奏世祖庙舞名。东平王苍议，以汉制宗庙，各奏其乐，不皆相袭。光武帝拨乱中兴，武功盛大，庙乐舞宜曰大武之舞，乃进《武德舞歌诗》，遂用之于光武庙焉。以此，知《武德舞歌诗》的创作，乃是仿前代王者功成而作乐的旧制而作的歌颂光武帝功德之诗。《显宗颂》十篇作于汉章帝之时。据《后汉书·文苑列传·傅毅传》："建初中……毅追美孝明皇帝功德最盛，而庙颂未立，乃依《清庙》作

乾豆上，奏《登歌》，独上歌，不以管弦乱人声，欲在位者遍闻之，犹古《清庙》之歌也。《登歌》再终，下奏《休成》之乐，美神明既飨也。皇帝就酒东厢，坐定，奏《永安》之乐，美礼已成也。"

《显宗颂》十篇奏之，由是文雅显于朝廷。"可见此诗的创作也是用于帝王宗庙。班固的《汉颂论功歌诗》两篇系于《汉颂》之下，同属于为朝廷庙堂颂美之作。以上诗篇，除《显宗颂》十篇今已不存外，其他作品犹在。对于这些文人的歌功颂德之作，从一般艺术欣赏的角度来讲也许值得称道的东西不多，但是从汉代礼乐文化建设的角度来考虑，我们却不能不给以足够的重视。

汉代文人除了参与郊庙颂美之作外，也同时写作一些表达世俗情感的个体抒情歌诗。这一类的作品虽然流传下来的并不多，但是对于我们认识汉乐府歌诗却有着比较重要的意义。据相关文献记载可知，在《汉书·艺文志》所辑录的西汉歌诗篇目里，有《临江王及愁思节士歌诗》四篇，这里所说的《愁思节士歌诗》，可能是文人的创作；在《汉书》当中，还记载了杨恽的《拊缶歌》一首。另外，《汉鼓吹铙歌》十八曲中的《将进酒》《君马黄》，也可能是文人的作品。到了东汉，文人士子参与乐府诗创作已经形成一种风气，成为颇为引人注目的现象，其中有这样几种情况：

1. 现存乐府诗中署名为文人的创作，如马援的《武溪深行》、张衡的《同声歌》、蔡邕的《饮马长城窟行》、辛延年的《羽林郎》、宋子侯的《董娇娆》等。

2. 现存乐府诗中一些未署名的歌诗，但是从诗篇内容看应该属于文人的创作，如大曲《满歌行》，诗中有"唯念古人逊位躬耕，遂我所愿，以兹自宁。自鄙栖栖，守此末荣"等语，从诗篇的创作口气上看似是一位身在官场的文人自作。与此同类的作品还有《长歌行·青青园中葵》《君子行》《折杨柳行》《西门行》《怨诗行》《猛虎行》《古歌·秋风萧萧愁杀人》等。这些作品，因为文人诗色彩较浓，故后世常把它们当作某一文人所作，如《长歌行·青青园中葵》，《事文类聚》引作颜延年诗，《君子行》，《合璧事类》也引作颜延年诗。此外还有一些作品，虽然失去了作者姓名，但是从艺术水平上看应出于文人之手，如《孔雀东南飞》，萧涤非就在他的著作里把这首诗列入"东汉文人乐府"中论述。他说："其作者虽失名，然要必出于文人（但非一人）之手，如辛延年，宋子侯之流，则绝无可疑。"① 我以为，这种推断是有一定道理的。

从现有的历史文献当中，我们找到的可以考知的文人参与汉乐府歌诗艺术创作的材料大致如此。由于西汉末年和东汉末年两次大的历史浩劫，汉代文人留下来的歌诗很少，相关记载也很有限。所以，以上材料就显得弥足珍贵。这其中，特别是汉代文人参与世俗乐府歌诗的相关记载更值得我们高度重视，从中可以发掘出许多有价值的东西，促进我们深化对于汉乐府艺术本质的认识，对汉代文人文化心态的认识，以及中国古代文人诗发生发展的认识。下面我们就从此处入手再进一步深入探讨。

二、杨恽与马援的乐府歌诗创作

在这里，我想先以杨恽的《拊缶歌》为例来做些分析：

杨恽的《拊缶歌》原本没有标题，《诗纪》作《拊缶歌》，逯钦立《先秦汉魏晋南北朝诗》写作《歌诗》。据《汉书·杨敞传》，杨恽本为汉昭帝时丞相杨敞的儿子，字子幼，补常侍骑。杨恽的母亲是司马迁的女儿。杨恽少时读外祖父《太史公记》，"颇为《春秋》。以材能称。好交英俊诸儒，名显朝廷，擢为左曹。霍氏谋反，恽先闻知。……霍氏伏诛，恽封为平通侯，迁中郎将。""恽居殿中，廉洁无私，郎官称公平。然恽伐其行治，又性刻害，好发人阴伏，同位有忤己者，必欲害之，以其能高人。由是多怨于朝廷。"② 长乐上书告恽罪，免为庶人。后坐怨

---

① 萧涤非：《汉魏六朝乐府文学史》，人民文学出版社 1984 年版，第 112 页。

② 班固：《汉书·杨恽传》，中华书局 1962 年版，第 2889—2991 页。

望诛。

《拊缶歌》本出自杨恽写给孙会宗的一封书信。当时杨恽已失爵位，免官在家而大治产业，起室宅，以财自娱。岁余，其友人安定太守西河孙会宗写信给杨恽，劝他在被免之时要"阖门惶惧"，而不要"治产业，通宾客，有称誉"。但是杨恽本为宰相之子，少显朝廷，"一朝以暗昧语言见废，内怀不服"，于是就给孙会宗回信再一次表达他的怨望之情。其中写道："田家作苦，岁时伏腊，亨羊炰羔，斗酒自劳。家本秦也，能为秦声。妇，赵女也，雅善鼓瑟。奴婢歌者数人，酒后耳热，仰天拊缶而呼乌乌。其诗曰：'田彼南山，芜秽不治，种一顷豆，落而为萁。人生行乐耳，须富贵何时！'是日也，拂衣而喜，奋袖低卬，顿足起舞，诚淫荒无度，不知其不可也。"

由此可见，杨恽的《拊缶歌》乃是表达自己怨望之情的作品。不过这种怨望之情并不是直接的表露，而是通过歌舞娱乐的方式出之。从文中可以看出，作为一个已被免官的大臣，杨恽的生活与一般的平民百姓还是大不一样的。他在信中所说的"田家作苦"不会是他真正的生活写照，因为他既有一个"雅善鼓瑟"的妻子，又有"奴婢歌者数人"，而且还能"大治产业，起室宅，以财自娱"，所以，他只是借"岁时伏腊"的节日歌舞，来抒写自己的怨望之怀，同时在诗中也表现了及时行乐的消极生活态度。由杨恽的例子我们可知，汉代的文人士大夫在他们的日常生活里参与歌舞娱乐的活动不会很少，在这种场合里也会有相应的歌诗制作。

列入《乐府诗集·杂曲歌辞》中马援的《武溪深行》，则是东汉初年文人创作的另一首值得注意的歌诗。据崔豹《古今注》："《武溪深》，马援为南征之所作。援门生袁寄生善吹笛，援作歌以和之。"关于马援南征之事，在《后汉书·马援列传》中有如下记载："（建武）二十四年，武威将军刘尚击武陵五溪蛮夷，深入，军没，援因复请行。时年六十二……（明年）三月，进营壶头。贼乘高守隘，水疾，船不得上。

会暑甚，士卒多疫死，援亦中病，遂困，乃穿岸为室，以避炎气。贼每升险鼓噪，援辄曳足以观之，左右哀其壮意，莫不为之流泣。"由此可见，此诗正作于马援征战蛮夷受困于南方暑热毒淫之时，盖因感受深切，故诗虽简短，却颇为生动："滔滔武溪一何深，鸟飞不度，兽不敢临。嗟哉武溪多毒淫！"感叹中带有悲壮之气，十分感人。

杨恽、马援两人的诗作虽然表达的内容大不一样，但是从这两首歌诗产生的机制上讲却是一样的，因为二者均是典型的"感于哀乐，缘事而发"的即兴歌诗创作。此外，梁鸿的《五噫歌》讽刺统治者的奢侈无度，感喟深长，也与上两首诗同类。这说明，所谓"感于哀乐，缘事而发"，并不是民间歌谣独有的特征，而是包括文人作品在内的汉乐府歌诗的基本特征。

三、张衡、傅毅、蔡邕等文人的世俗歌唱

但是比较而言，真正代表汉代文人乐府歌诗特色的还不是《拊缶歌》和《武溪深行》这样的即兴之作，而是文人们创作的那些世俗乐府歌诗和用乐府诗体来表述自己世俗情怀的抒情之作。

在东汉文人乐府诗歌中，张衡、傅毅、蔡邕等人的创作代表了另一种情况。和杨恽、马援等人的"感于哀乐，缘事而发"不同，张衡等人的创作非常鲜明地表现了汉代文人的世俗思想感情和他们的文化情趣，因此这些诗虽以乐府为题却突出显现了文人诗风格，或在乐府诗中别立一体，或与《古诗十九首》为代表的汉代文人五言诗有相当的一致性。

张衡的《同声歌》在汉乐府诗中别立一体，此诗首见《玉台新咏》，全诗如下：

邂逅承际会，得充君后房。

情好新交接，恐栗若探汤。

不才勉自竭，贱妾职所当。

绸缪主中馈，奉礼助烝尝。

思为莞蒻席，在下蔽匡床。

愿为罗衾帱，在上卫风霜。

洒扫清枕席，鞮芬以狄香。

重户结金扃，高下华灯光。

衣解巾粉御，列图陈枕张。

素女为我师，仪态盈万方。

众夫所希见，天老教轩皇。

乐莫斯夜乐，没齿焉可忘。

　　《乐府解题》曰："《同声歌》，汉张衡所作也。言妇人自谓幸得充闺房，愿勉供妇职，不离君子。思为莞簟，在下以蔽匡床；衾帱，在上以护霜露。缱绻枕席，没齿不忘焉。以喻臣子之事君也。"按此诗内容甚明，本是拟新妇之口向丈夫自陈之辞。先写自己将克尽妇职，再写闺房燕昵之乐，并无以臣事君之喻。因为，在中国古代诗歌中虽然有以男女之情写君臣之事的传统，但是在这一类诗歌中的男女之情一般都比较文雅含蓄，其比喻也大都得体，而这首诗写男女闺房之乐却颇有越轨之嫌，以之喻君臣之义亦涉轻薄。刘勰《文心雕龙·明诗》曰："张衡《怨篇》，清典可味。仙诗缓歌，雅有新声。"按刘勰此段话中所说的《怨篇》，应指张衡《怨诗》"猗猗秋兰"一篇，而所谓"仙诗缓歌，雅有新声"，萧涤非先生认为即指此曲《同声歌》，"以篇中有天老素女之言也。"[1] 我认为，萧涤非先生说得有道理。汉代曾流行房中仙术，此

---

[1]　萧涤非：《汉魏六朝乐府文学史》，人民文学出版社 1984 年版，第 107 页。

诗素女四句与此有关。据《汉书·艺文志》：房中八家，百八十六篇。有《容成阴道》二十六卷、《天老杂子阴道》二十五卷、《黄帝三王养阳方》二十卷等。《玉房秘诀》："黄帝问素女、玄女、采女阴阳之事，皆黄帝养阳方遗说也。"又据《后汉书·方术列传》：冷寿光行容成公御妇人法，甘始、东郭延年、封君达三人，皆方士也，率能行容成公御妇人之术。考《后汉书·张衡列传》，张衡对阴阳之学、神仙方术颇有研究，其《思玄赋》一首中亦有游仙求女的描写："天地烟煴，百卉含花。鸣鹤交颈，雎鸠相和。处子怀春，精魂回移。"由此可见，此诗所抒写，主要为男女之情，中间又杂以当时流行的男女房中仙术，抒写的是他的世俗情怀，正表现了张衡这样的文人形象的另一面——和比较严肃的正统文人相对立的世俗文人一面。它说明，作为东汉社会的文人士子，其思想感情是复杂的，其艺术表现也是多方面的，甚至像张衡这样的著名文人也不例外。另一方面它还说明，东汉时代的文人士子，在利用不同的文体进行艺术创作时，其创作态度和情感投入也是不一样的。用班固的话说，汉大赋属于"古诗之流"，因而他们在进行大赋创作时的态度和情感很严肃，"或以抒下情而通讽喻，或以宣上德而尽忠孝，雍容揄扬，著于后嗣，抑亦雅颂之亚也。"而乐府诗则属于"感于哀乐，缘事而发"的艺术，因而他们在乐府诗创作中便可以坦露自己的世俗情怀，向人们展示作为世俗的自我。张衡这首《同声歌》的创作恰恰是东汉文人世俗心态的尽情表露，因而在东汉乐府诗中不但自立一体，而且在后世文人中也产生了很大反响，其后徐干的《室思》、陶潜的《闲情赋》等作品在思想情趣和艺术表现上都深受它的影响。

在东汉文人乐府诗中，傅毅的《冉冉孤生竹》和蔡邕的《饮马长城窟行》两首诗也应该引起我们的注意。关于这两首诗的作者问题，古来就有不同的说法。其中《冉冉孤生竹》一首，在《文选》中列入《古诗十九首》，在《玉台新咏》被列入无名氏《古诗》八首中，但是刘勰在《文心雕龙·明诗》中说是傅毅所作，非常明确。傅毅在章帝时曾为兰台令史，与班固、贾逵共典校书，又做过大将军窦宪司马，以文雅显于朝廷，曾著诗赋等二十八篇，现存《迪志诗》一首、《舞赋》一篇、《七激》一篇，还有一些赋的残篇。其《舞赋》写得文采飞扬，颇为生动。从傅毅所处的时代和他的文学素养看，我们认为他有创作《冉冉孤生竹》这样诗篇的可能，刘勰所说必有根据。按刘勰在《文心雕龙·明诗》中说：

汉初四言，韦孟首唱，匡谏之义，继轨周人。孝武爱文，柏梁列韵；严马之徒，属辞无方。至成帝品录，三百余篇，朝章国采，亦云周备。而辞人遗翰，莫见五言，所以李陵、班婕妤见疑于后代也。按《召南·行露》，始肇半章；孺子《沧浪》，亦有全曲；《暇豫》优歌，远见春秋；《邪径》童谣，近在成世：阅时取证，则五言久矣。又古诗佳丽，或称枚叔，其《孤竹》一篇，则傅毅之词。比采而推，两汉之作也。观其结体散文，直而不野，婉转附物，怊怅切情，实五言之冠冕也。至于张衡《怨篇》，清典可味；《仙诗缓歌》，雅有新声。

仔细推敲刘勰上面这段话，我们会发现，刘勰虽然对传说中的李陵、班婕妤的诗没有作出明确肯定，但是他认为五言诗的由来久远，时人所说的"古诗"应该为两汉之作，在这里他特别提到了傅毅的《孤竹》一篇，并把它与张衡的《怨篇》等说的同样肯定，我们是不能忽视他的这一说法的。蔡邕的《饮马长城窟行》在《文选》中作"古辞"，《玉台新咏》题为蔡邕作，《蔡中郎集》也收入此诗，或者可信。据《后汉书·蔡邕列传》，灵帝光和元年（公元 178 年），蔡邕因为上奏章获罪，与家属徙置朔方，居五原安阳县，明年赦还。此诗所作，或在其时。诗以古乐歌《饮马长城窟行》为题，其"青青河畔草"和"客从远方来"等句，又有拟《古诗十九首》痕迹，但切合题意，也与蔡邕当时处境相合，所以我认为把此诗定为蔡邕作更为合适些。

这两首诗之所以引起我们特别的注意，正因为它在思想情调和艺术风格上与以《古诗十九首》为代表的汉代文人五言诗的一致性。关于汉代文人五言诗，本人有专文讨论，此处所要指出的，是文人五言诗和汉乐府的关系。刘勰《文心雕龙·乐府》中就说："乐辞曰诗，诗声曰歌。"朱乾在《乐府正义》中也说："《古诗十九首》皆乐府也。"宋人郑樵在《通志·乐略》中就诗与乐的关系更有很详细的说明，是汉代文人五言诗乃是从乐府中流变而来又蔚为大观、别开生面。明确这一点，实在是我们认识和研究汉诗中的一大关键。

四、辛延年与宋子侯的乐府歌诗

再说辛延年的《羽林郎》和宋子侯的《董娇娆》。二者都列在《乐府诗集》的杂曲歌辞之中，两首诗作者的身世均不详。其中辛延年的《羽林郎》是一首叙事诗，说的是西汉时代霍光家奴冯子都仗势欺侮酒家胡女之事。清人冯定远《钝吟杂录》云："古诗皆乐也，其词多歌当时事。如《上留田》《霍家奴》《罗敷行》之类是也。"按《汉书·霍光传》："百官以下，但事冯子都、王子方等。"服虔注："皆光奴。""羽林郎"，大概是指冯子都所居官职。按冯定远的说法，这首诗似应看作西汉时诗。又据清人傅青主《东西汉书姓名韵》记载，西汉人名延年者甚多，如田延年、杜延年、张延年、李延年等，其中叫刘延年的王子侯就有八人，而东汉只有东郭延年一人。据此台湾学者方祖燊推测辛延年也可能是西汉人。① 而朱乾《乐府正义》则曰："案后汉和帝永元元年以窦宪为大将军，窦氏兄弟骄纵，而执金吾景尤甚，奴客缇骑，强夺

---

① 方祖燊：《汉诗研究》，台北正中书局 1967 年版，第 71 页。

财货，篡取罪人，妻略妇女，商贾闭塞，如避寇仇，此诗疑为窦景而作，盖托往事以讽今也。"萧涤非先生同意朱乾的说法。我认为，从诗篇的创作风格来看，此诗和东汉乐府中的其他叙事相近，放在东汉时代也许更好些，它表明文人参与乐府叙事诗的创作已经达到了相当高的水平。

同为身世不明的文人之作，宋子侯的《董娇娆》则表现了另一种不同的风格。此诗兼咏物、叙事、抒情于一体，其主旨是借路旁的桃李之花易被摧残，喻女子易被男子玩弄后遗弃而毁灭了美好的青春年华：

> 洛阳城东路，桃李生路旁。
> 花花自相对，叶叶自相当。
> 春风东北起，花叶正低昂。
> 不知谁家子，提笼行采桑。
> 纤手折其枝，花落何飘飏。
> 请谢彼姝子，"何为见损伤？"
> "高秋八九月，白露变为霜。
> 终年会飘堕，安得久馨香？"
> "秋时自零落，春月复芬芳。
> 何如盛年去，欢爱永相忘？"
> 吾欲竟此曲，此曲愁人肠。
> 归来酌美酒，挟瑟上高堂。

全诗可分为三个层次，第一层描写花之美和采花者折枝毁花；第二层以拟人的口气写花与折花者的对话；第三层是作者的抒情。诗的语言朴素简练但是却描摹生动，对话明晓却韵味深长，接尾抒情幽怨感人，是汉乐府诗中一篇极为优秀的作品。

辛延年的《羽林郎》和宋子侯的《董娇娆》均是汉乐府中的名作。

因为这两首诗有幸留下了作者的名字，所以一般把它称之为乐府中的文人诗。但是我们知道，在汉乐府的那些无名氏之作中，有和这两首诗是相近的，如《陌上桑》的故事情节，诗中对罗敷服饰的描写，都和《羽林郎》相似。而《董娇娆》一诗的结尾则颇类汉代歌舞艺人即席说唱时的口气，如《艳歌何尝行》《白头吟》的结尾和《古诗·四座且莫喧》的开头。所以有的人把这两首诗看成是文人对乐府诗的拟作，①这话自然颇有道理，符合我们一向的认识习惯——历代文人都是在向民间学习中才逐渐提高了自己的艺术水平的。但是我们也不妨反过来做些思考：既然像《羽林郎》《董娇娆》这样的作品出于文人之手，那么，现存乐府中类似这两首诗的无名氏之作，如《陌上桑》《白头吟》等，是否也有文人创作的可能性呢？我认为，这种可能性是存在的。现存的乐府诗有很多不但具有相当高的艺术水平，而且还表现出相当高的文化素养。它说明，在汉代乐府歌诗的创作队伍中，肯定有一批专业造诣相当高的歌舞艺人，也一定有一些无名氏的文人参与其间，是他们共同创造了这些艺术品。如下面这首诗：

> 君子防未然，不处嫌疑间。
>
> 瓜田不纳履，李下不正冠。
>
> 嫂叔不亲授，长幼不比肩。
>
> 劳谦得其秉，和光甚独难。
>
> 周公下白屋，吐哺不及餐。
>
> 一沐三握发，后世称圣贤。

这首诗具有明显的文人口气。《艺文类聚》卷四十一题为陈思王曹植作，此说虽然不一定可靠，但是它却说明，汉乐府中的这类诗作，肯

---

① 杨生枝：《乐府诗史》，青海人民出版社 1985 年版，第 113—114 页。

定是与文人们有关系的。

五、部分无名氏汉乐府抒情诗作者推测

以上，我们以几个实证为例分析了汉代文人世俗乐府歌诗情况。虽然这样有主名的文人乐府诗在汉代留下来的不多，但是却足以看出一些问题。它告诉我们一个重要的事实，即在汉乐府歌诗的艺术创作中，文人们在其中起了重要的作用。他们并不是这一歌诗艺术创作活动的局外人、旁观者，而是直接参与者。正因为文人们参与其间，所以才使得相当多的汉乐府诗中充满了文人的气息，特别是汉乐府诗中的那些抒情之作，值得我们从文人参与的角度重新进行认真的思考。

仔细分析汉乐府歌诗的抒情主题，我们可以把它分成四种类型：一曰人生无常，二曰及时行乐，三曰游子思乡，四曰求仙饮酒。这四大主题，似乎都与我们传统中所说的普通下层百姓"饥者歌其食，劳者歌其事"的民歌民谣有一定的距离，而与汉代文人的生活及其心态相对更近。为了说明这一问题，我们不妨再以几首诗为例做简单分析。

先说《满歌行》，这是汉乐府歌诗中表现人生无常思想的代表作。从诗中的抒情口吻看，主人公可能是个有一定地位的官吏。在追逐名利的角斗场上，一开始他曾获得了成功。但是"为乐未几时，遭时崄巇，逢此百罹"，"零丁荼毒，愁苦难为"。可以想见，正当他洋洋自得之时，无端的灾祸又降到他身上。这没有什么奇怪的，两汉时代争名逐利的官场，本来就如走马灯似的你上我下。特别是自东汉和帝时起，就是皇帝大权旁落，外戚宦官轮流掌权，一人失势，大批徒党遭殃，一人得势，另一批徒党又起，这期间的血腥政治倾轧，历史上不乏记录。可以想见，诗中主人公当初得意之时，也是别人下台之日，这是可以同理推知的。所不同的是，这首抒情诗的主人公在经过这样的政治波折之后，终于对现实产生了绝望的认识。所以，这诗中的主人公在"忧来填心"之时，便想退出这争名逐利的官场。"惟念古人逊位躬耕"，要到田园隐居，要"安贫乐道，师彼庄周"。

政治权力的倾轧随之而来的就是好坏颠倒，是非混淆。坏人当权，好人遭殃，《折杨柳行》就表现了一位正直之士对这种不良现象的愤慨。诗中连续使用了九个典故，前四个典故都说明君王不用忠臣、信任谗佞的恶果，最终不但忠臣遭殃，国家也跟着破灭。"未喜杀龙逢，桀放于鸣条。祖伊言不用，纣头悬白旄。指鹿用为马，胡亥以丧躯。夫差临命绝，乃云负子胥。"中间两个典故则说贪利亡国，"戎王纳女乐，以亡其由余，璧马祸及虢，二国俱为墟。"最后三个典故说谗言与昏昧使好人遭殃、有识之士退隐，"三夫成市虎，慈母投机杼，卞和之刖足，接舆归草庐。"可以肯定，这首诗是用咏史的形式来讽刺现实，对东汉的黑暗政治进行了严厉批判。

以上两诗所表现的人生无常思想和诗中所写的人与事，显然更符合汉代官僚文人的身份。

现存汉乐府抒情诗中第二类主题是游子思乡。最典型的是《古八变歌》。其诗曰："北风初秋至，吹我章华台。浮云多暮色，似从崦嵫来。枯桑鸣中林，纬络响空阶。翩翩飞蓬征，怆怆游子怀。故乡不可见，长望始此回。"按此诗见于《选诗拾遗》，又见于《古诗类苑》和《诗纪》，《太平御览》二十五引台、来二韵。郑文评此诗说："此游子因秋思乡之诗。首尾散行而中间属对，词彩可观而音调谐协，甚似文人手笔。"[①] 其实，此诗不仅从文笔上看似文人之作，从诗中所写内容来讲也以文人所作为宜。同样的诗篇还有《古歌》（秋风萧萧愁杀人）、《悲歌》（悲歌可以当泣）、《伤歌行》（昭昭素明月）等诗。这些诗中的主题都是游子思乡，从文气上来看都似文人所作。如果我们把它们与《古诗

---

① 郑文：《汉诗选笺》，上海古籍出版社1986年版，第59页。

十九首》和传说中的"李陵诗"相比较的话就更能看出它们之间的相似性。因此，我们把这些诗看成是文人士子的游子伤怀，也可能更合乎情理。

汉乐府抒情诗中的另一类主题是游仙，它和文人的生活与心态的关联更为紧密。渴望成仙本是秦汉以来人的重要文化心态之一，秦皇、汉武都曾经表现出强烈的渴望。特别是汉武帝，在他所作的《天马歌》和《日出入》两诗中表现得极为明显。求仙本属于人渴望长生不老的一种妄想，秦皇汉武迷信神仙家之言，派人各处求神药与不死之方，后来都失败了。有些方术之士的骗局也被揭穿。但是，这种风气，虽然在汉成帝时有所制止，以后仍延续不衰。① 不过，从历史记载看，东汉求仙与西汉求仙是大不相同的。西汉求仙重在寻找仙人之迹，不死之药，神仙多住在虚无缥缈的海外三神山上，凡人难以见到。如《汉书·郊祀志》：曰："安期生仙者，通蓬莱中，合则见人，不合则隐。""公孙卿持节常先行候名山，至东莱，言夜见大人，长数丈，就之则不见，见其迹甚大，类禽兽云。群臣有言见一老父牵狗，言'吾欲见钜公'，已忽不见。"② 到了东汉，随着海外仙山神话的破产，仙人的居住地也有了变化，大都转移到五岳，尤其是泰山、嵩山与华山之上，仙人也不像西汉那样"类禽兽"，"其迹甚大"等荒诞不经，而是增加了和世人相近的影子，王子乔在人间变为叶令的故事就是很好的说明。在社会上，甚至出现了许多自称神仙、身怀异术的方士，如冷寿光、唐虞、鲁女生等（见《后汉书·方术列传》）。实际上，这已经是东汉思想变化后形成的新产物，已经不同于西汉统治者追求的长生之术，而是从儒家思想到道教迷信的转化，内中包含着东汉社会一般文人士子的思想意识变化。他们把个人的理想，不是寄予现实，而是寄予仙人之术，希望在人生无常的世

---

① 按《汉书·郊祀志》载，成帝罢淫祀，王莽时竟又达一千七百所之多。

② 班固：《汉书·郊祀志》，中华书局1962年版，第1217、1235页。

界中获得个人生命的永恒延续,"发白复更黑,延年寿命长"。但是,求仙本身也不过是一种麻醉自己的方法。正像《善哉行》中所说的:"亲交在门,饥不及餐。欢日尚少,戚日苦多,何以忘忧,弹筝酒歌。淮南八公,要道不烦,参驾六龙,游戏云端。"既然社会现实是人事"苦多",而又无法解脱,那就只有在想象中像王子乔那样摆脱人世的羁绊,"参驾白鹿云中遨"了。所以我们看到,东汉游仙诗中,有许多都包含着很深的寄托,除了《善哉行》之外,如《步出夏门行》开首就说"邪径过空庐,好人常独居,卒得神仙道,上与天相扶。"西汉成帝时童谣有"邪径败良田,谗口乱善人"之语。这首诗的头两句显然由此脱化而出。以"邪径过空庐"来暗指坏人当道,"好人"则失志于世,把求仙作为一种寄托。但是,既然现实中有无法解脱之苦,求仙也不能使人忘却。正如《杂舞歌辞·淮南王》所云:"我欲渡河河无梁,愿化双黄鹄还故乡。还故乡,入故里,徘徊故乡苦身不已。繁舞寄声无不泰,徘徊桑梓游天外。"由此可以看出,汉乐府中的大多数游仙诗,不过是当时的官僚文人抒写自己在现实社会中产生的个人忧虑的不忘情与幻想高蹈遁世之间的矛盾冲突罢了。而这一类诗篇,自然应该出自于那些文人之手。

汉乐府抒情诗中还有些表达及时行乐思想的。这类诗篇中,同样出自文人之手。典型的是《西门行》:

> 出西门,步念之。
> 今日不作乐,当待何时?
> 逮为乐,逮为乐,当及时。
> 何能愁怫郁,当复待来兹。
> 酿美酒,炙肥牛,
> 请呼心所欢,可用解忧愁。
> 人生不满百,常怀千岁忧。

昼短苦夜长，何不秉烛游。

游行去去如云除，

弊车赢马为自储。

此诗的抒情主人公自称"人生不满百，常怀千岁忧"，但是从诗中可见，他所忧的并不是缺衣少食。也许他并不属于那些达官显宦，有很高的社会地位；也许他也不是家藏万贯的富豪，可以尽情地挥霍钱财。可是他有自储的"弊车赢马"，还可以"酿美酒，炙肥牛"，还有闲情逸致来秉烛夜游。显然，这个自称有着"千岁忧"的抒情主人公当属于多愁善感的文人士大夫之流，他或者愁自己的仕途不甚通达，或者愁官场上的各种倾轧。这让我们想起《古诗十九首》中的同类主题的诗歌，它们当属于同一个作者群的作品。

六、汉代文人乐府歌诗的存在及其意义

以上我们从几个方面探讨了汉代文人参与乐府歌诗创作活动的情况。这些人和他们的歌诗创作活动，有的在历史文献中有相关记述，如杨恽的《拊缶歌》、马援的《武溪深行》、张衡的《同声歌》、蔡邕的《饮马长城窟行》等；有的作者的生平事迹虽不可考，可是在诗篇中留下了他们的名字，如辛延年的《羽林郎》、宋子侯的《董娇娆》；还有些无名氏的诗篇虽然不能考知其作者的生平事迹，但是我们可以从诗篇内容中大体推测他们的文人身份。这些诗篇合在一起，在现存的汉乐府世俗抒情诗中已经占了一定的比重。他们的存在，向我们昭示了三个方面的意义：

第一，在以往的文学史中，一般在说到汉乐府歌诗的时候，人们往往用一个新的名词来代替，那就是"汉乐府民歌"。而民歌这一概念

在二十世纪以来有着特殊的政治意义，它重在突出这些诗歌的作者身份属性，强调这些诗歌与传统的文人诗歌与庙堂之作的区别，同时也是为了说明"人民群众的伟大的创造力"。但是通过上面的考察却说明：现存的汉乐府歌诗中有相当大的一部分并不是"民歌"，而是汉代文人的创作，它所表达的也是汉代文人的思想。所以，用"汉乐府民歌"这样的概念来代替古人的汉乐府歌诗的说法是没有根据的，是不符合历史事实的，是以偏概全的。我们应该尊重历史，重视文人在汉乐府歌诗创作中所起的重要作用。

第二，在以往的中国文学史研究中，学者们一直认为汉代文人的写作以赋为主，而他们所作的赋或者是如司马相如、扬雄、班固、张衡等人所作的体物颂美之作，或者是代屈原而立言的而缺少真情实感的骚体赋。不错，汉人的确是以赋为写作主体的。但是我们要注意的是，汉代文人也并不都是缺少情感的腐儒，他们同样有很丰富的内心世界，他们并没有放弃抒情诗的写作，同样可以写出那些"感于哀乐，缘事而发"的抒情诗，同样可以参与世俗乐府的歌唱。他们一直是汉代世俗乐府歌诗艺术创作的积极参与者和文人乐府诗的开创者。正是这些世俗的抒情乐府，表现了汉代文人思想情感的另一个重要方面。如果我们不了解这个方面，我们对汉代文人的情感世界的认识就是不全面的，对他们的文学创作的认识也是不全面的。

第三，在以往的中国文学史研究中，学者们大都比较关注汉末建安以后的文人诗歌写作，认为从此时开始，文人们才大力参与乐府诗的写作，这也是不准确的。其实，如果没有汉代文人在乐府歌诗艺术创作的积极参与，就不会出现建安以后文人乐府诗大兴的时期。仔细推究起来，建安时期写作乐府歌诗最多的是三曹父子，而三曹父子恰恰不同于一般文人，因为他们是以帝王这种特殊身份参与乐府诗写作的。之所以会有这种情况，除了三曹父子个人的爱好之外，另外还因为他们继承了汉代乐府诗艺术创作的两个传统，第一是从汉武帝以来形成的帝王们大都喜好乐府歌诗的传统，① 第二是汉代文人在参与乐府歌诗艺术创作过程中所形成的世俗抒情诗传统。因为有了这两个传统的合流，才有了建安以后三曹父子的大量创作和文人乐府歌诗的大发展。

本文原载于《乐府学》第 1 辑，学苑出版社 2006 年版

---

① 此处可参考拙文《汉代社会歌舞娱乐盛况及从艺人员构成情况的文献考察》，载《中国诗歌研究》第 1 辑，中华书局 2002 年出版。

汉代骚体抒情诗主题与文人心态

——兼论骚体赋的意义及其在文学史中的位置

    在汉代文学史上有两种特殊的文体，包括收录于王逸《楚辞章句》中汉人模拟楚辞的作品，汉人以"赋"命名的骚体作品两大部分，一般人把前者称之为"汉人拟楚辞"，后者称之为"骚体赋"。这两种文体都是汉代文人的创作，虽然不以"诗"命名，实则是独具文体特色的汉代文人抒情诗，由于它们都与楚辞有关，所以我们把它统称之为"骚体抒情诗"。从文体上讲，拟楚辞本来就是诗，只要我们承认屈原的作品是诗，那么我们就没有理由否定汉人的拟楚辞也是诗之一体，是一种独具时代特色的汉代诗歌体裁。另外，再从骚体赋本身的抒写功能以及其内容来讲，它本来就是汉代文人以抒情写志为目的的诗歌创作，是诗之一体，完全可以称之为骚体抒情诗。① 它不仅是汉代诗歌的重要组成部分，而且是中国古代文人诗歌发展史上的重要一环。近人治汉代诗歌，由于把它们排除在外，因而在研究中出现重大疏漏，由此也产生了重大的认

---

①   关于骚体抒情诗属于诗歌的问题，有人曾作为专题论述，如周禾《骚体抒情诗应为骚体诗——为骚体抒情诗正名》一文，就从骚体抒情诗的文体形式与抒情特征两个方面做了很好的论证，本书赞同他的观点。与之不同的是，周禾还认为，可以采用四言、五言、七言诗等命名惯例，把这些"骚体抒情诗"正名为"骚体诗"，而我们则同时考虑这些作品"不歌而诵"的特点，同时为了把它们与可以歌唱的"楚歌"相区别，还是按传统的提法，称之为"骚体抒情诗"。周文见《华中师范大学学报》1991 年第 1 期。

识偏颇。因此，深刻认识骚体抒情诗在汉代的存在状况，骚体抒情诗的丰富内容与独特艺术成就，对于全面把握中国诗歌史，尤其是文人的心态史与文人诗歌史，具有特殊重要的意义。

骚体抒情诗是汉代文人的个体抒情，所以，要认识骚体抒情诗在汉代的发展，我们必须对骚体抒情诗的作者——汉代文人的文化心态有所了解。我们知道，中国古代的"文人"，源于西周时代的士大夫阶层，经过春秋战国时代的演化，随着秦汉封建专制帝国的建立，到了汉代，"文人"才真正成为一个特殊的知识群体，并且作为"士大夫官僚阶层"的主要后备力量而出现在文坛上。这使汉代"文人"一方面继承了先秦贵族诗人忧国忧民的崇高思想精神，另一方面又因为其所处的社会地位而表现出强烈的关注自我倾向，这使它上承了《诗经》、楚辞的诗人传统而又形成了鲜明的时代特征。他们一方面继承了儒家积极进取的文化精神，有着极强的建功立业之心，积极投身于社会政治的洪流中去搏风击浪，关心社会、干预时政、追求理想；但另一方面他们在极权制的社会下也感到沉重的压抑，伴君如伴虎的恐惧，官场的倾轧和封建官僚机器的冷酷，使他们不能不对自身命运表现出种种担忧。两种情感复杂地交汇于一身，促使了汉代文人个体人格的分裂。表现在文学创作上则体现为两种倾向：一方面以热情的笔触去创作那些以颂美为主的散体大赋，以表现自己对国家的关注和崇高的社会理想；另一方面则以极为沉重的笔法进行着骚体抒情诗的创作，抒写自己的个人忧伤。本文的内容，就是要对汉代骚体抒情诗的时代主题进行较为细致的分析，并由此来解剖汉代文人心态。

一、悲士不遇与生不逢时

这是汉代文人骚体抒情诗中最核心的抒情主题，早在贾谊（前

200—168）的《吊屈原赋》中就首开其端，作者以凭吊屈原的方式抒写自己的不幸：

> 呜呼哀哉！逢时不祥。鸾凤伏窜兮，鸱枭翱翔。阘茸尊显兮，谗谀得志。贤圣逆曳兮，方正倒植。世谓随夷为溷兮，谓跖、蹻为廉。莫邪为钝兮，铅刀为铦。

至董仲舒（前179—104）的《士不遇赋》直接发出了更为深沉的感叹：

> 呜呼，嗟乎！遐哉邈矣。时来曷迟，去之速矣。屈意从人，非吾徒矣。正身俟时，将就木矣。悠悠偕时，岂能觉矣。心之忧欤，不期禄矣。皇皇匪宁，只增辱矣。努力触蕃，徒摧角矣。不出户庭，庶无过矣。

贾谊、董仲舒都是汉代著名文人，也都曾经位居较高的官职。如贾谊二十几岁就官至太中大夫，以后又出任长沙王和梁怀王太傅。董仲舒在汉景帝时以治《公羊》学为博士，汉武帝时以应贤良诏而得到汉武帝的提拔，先后任江都易王相与胶西王相。但他们二人却都有生不逢时、怀才不遇的沉重感受，并将之诉诸诗歌，发哀伤之情。从历史发展的角度来讲，西汉自文景时代即逐渐步入经济发展的繁荣期，汉武时代更是中国古代少有的盛世，贾谊、董仲舒都生逢其时，为什么还会有这样的心理呢？这需要我们从几个方面去理解。

首先是从汉代文人心态方面来讲，"悲士不遇""生不逢时"是他们的人生理想得不到实现的必然表现。如东汉文人王充所言，作为一个受过儒家传统教育的汉代文人士子，他们的最高人生理想是能知"大道体要"、能为国家建功立业的"鸿儒"。在这方面，贾谊、董仲舒、司马迁等人也是一样的，他们都有很高的人生志向。贾谊年少才盛，深得汉文帝赏识，二十余岁就官至太中大夫，为文帝身边最受信任的重臣，可谓得志。他认为实现自己宏伟政治理想的时机已到，于是就竭尽全力为国家的兴盛出谋划策："谊以为汉兴二十余年，天下和洽，宜当改正朔，易服色制度，定官名，兴礼乐。乃草具其仪法，色上黄，数用五，为官名悉更，奏之。文帝谦让未皇也。然诸法令所更定，及列侯就国，其说皆谊发之。于是天子议以谊任公卿之位。"但是贾谊的所作所为却触犯了一大批先朝老臣的利益，"绛、灌、东阳侯、冯敬之属尽害之"，给他加上一个"雒阳之人年少初学，专欲擅权，纷乱诸事"的罪名，迫使汉文帝不敢委之以重任，把他从朝廷调离，去做长沙王太傅。可以想见，当贾谊被贬之时，他的心情有多么悲愤。因为贾谊并不是一个庸俗的文人，而是一个有着远大政治抱负的优秀知识分子，他以自己过人的才干得到了汉文帝的赏识和重用，眼看着自己所规划的宏伟政治蓝图就要付诸实现，却硬生生地被一群恃功自傲、碌碌无为的庸才排挤出朝廷，让他再也无法推行自己的主张，这自然也就意味着他的最高人生理想今生再也难以实现，是对贾谊从政生涯最沉重的打击，面对"鸾凤伏窜兮，鸱枭翱翔。阘茸尊显兮，谗谀得志。贤圣逆曳兮，方正倒植"的现实，他不能不产生怀才不遇，"逢时不祥"的痛苦。

与贾谊的年少气盛不同，董仲舒是一个非常成熟沉稳的学者，也同样有"怀才不遇"的感受。他早年因治《公羊》学而出名，在汉景帝时为博士，他的理想，就是想把经过他改造过的《公羊》学理论运用于治国的实践。汉武帝下征贤良之诏，董仲舒数次应对，提出了"更化"的治国方略和"罢黜百家、独尊儒术"的主张，得到了汉武帝的赏识。但是汉武帝并未把董仲舒提拔为身边的近臣，而是让他去做江都易王的相，这显然没有达到董仲舒的最高期望，不能不让他有些失望。但是董仲舒还是竭尽全力做好这份工作，目的还是希望汉武帝能够认识到他的才干。江都易王本为汉武帝兄长，"素骄，好勇"，董仲舒以礼匡正易王，受到易王的敬重，并以阴阳灾异之说治理易王侯国，获得良好的声誉。可惜汉武帝还是没有重用他。董仲舒于是就想寻找新的机会，以便再次博取汉武帝对他的信任。此时，正巧发生了辽东高庙和长陵高园殿灾，董仲舒就推详灾异，准备上书，没想到草稿先被主父偃看到，心生嫉恨，就把他的书偷来上奏汉武帝，巧借他人之手对他进行政治陷害，结果汉武帝大怒，将董仲舒判了死罪。虽然以后汉武帝下诏赦免了董仲舒的死罪，但是这件事却给他重大的打击，彻底浇灭了他的政治热情，使他知道了官场的险恶，从此再也不敢言有关国家的灾异之事。但即便如此，董仲舒还是险些再一次被害。当时有另一位大儒公孙弘，虽然治《春秋》不如董仲舒，但是却善于见风使舵，阿谀奉承，因而得到汉武帝重用，位至公卿。董仲舒瞧不起公孙弘的所作所为，公孙弘嫉恨他，就想方设法陷害他，上奏汉武帝，让董仲舒再去做胶西王相。胶西王也是武帝兄长，素以骄纵出名，几位二千石的地方官都被他所害。胶西王虽然敬重董仲舒，但是董仲舒却不免有时时获罪的恐惧之心，不久就以病为由而辞官，从事著述，终老于家。可以想见，董仲舒作为汉代著名大儒，同样有着宏伟的政治抱负，对汉武政治寄托着满怀的希望，他竭诚尽智地上书汉武帝，不但没有得到应有的重用，而且又先后受到主父偃、公孙弘的两次陷害，差一点丢掉自己的身家性命。面对着这样的人生经历，他怎能不发出"悲士不遇"的感叹！

其次是从汉代皇权官僚政治方面来讲，由于其本身所存在的诸种弊端，当真正有理想有才能的人得不到重用的时候，他们也必然会产生"悲士不遇""生不逢时"的感叹。和先秦宗法制社会相比，封建官僚政治有它进步的一面，其中最重要的一条，就是它为普通的中下层士人创造了更多的仕进条件。"两汉选拔人才、任用官吏的途径很多，如军功、任子、赀选等，但主要的是征辟和察举。""征辟是由皇帝或官府直接聘请名士任官"，"察举制则是通过地方官的考察、推荐，将一些符合朝廷要求的人才推荐出来。"① 正是通过这样的方式，使得许多优秀的中下层知识分子走上了国家的各级管理岗位，这与先秦贵族的世卿仕禄制相比无疑是一个巨大的进步。没有这样的制度，贾谊就不可能二十余岁就由布衣书生超迁至太中大夫，董仲舒也不会由一介儒生而立于学官，成为治公羊春秋的博士，进而再为易王相和胶西王相。但是，在这种官僚制度当中，一个优秀的人才是否能够得到应有的重用，还要受各种复杂因素所左右。帝王本身的好恶，官僚之间的倾轧、政局的变迁以及其他偶然的因素等都可能对一个人的命运产生重大影响。贾谊、董仲舒的遭遇，在客观上也说明了汉代的皇权官僚政治还存在着诸多弊端，真正的人才有时候不但得不到重用，而且还会受到各种迫害。贾谊受谗于前朝的老臣，那是一群居功自傲而无所事事的人物，谁触犯了他们的利益他们就会把谁拿掉。董仲舒受害于他的同类，公孙弘与他同治《春秋》，正应了"同行是冤家"这句俗语。主父偃则是当朝佞臣，他除了陷害董仲舒之外，还屡作恶事，因为个人恩怨而报复，逼齐王自杀，用他自己的话说："我厄日久矣。丈夫生不五鼎食，死则五鼎亨耳！吾日暮，故倒行逆施之。"② 而这些人之所以得志，就因为他们用各种花言巧语来进行阿谀奉承，以取得皇帝的信任，然后再假皇权之手来干种种陷害忠良、损人利己的勾当。这是中国古代封建社会的通病，汉朝人就已经早有认识。如刘向评价贾谊曰："贾谊言三代与秦治乱之意，其论甚美，通达国体，虽古之伊、管未能远过也。使时见用，功化必盛。为庸臣所害，甚可悼痛。"其评价董仲舒时又说："董仲舒有王佐之材，虽伊、吕亡以加，管、晏之属，伯者之佐，殆不及也。"③ 可见，贾谊、董仲舒的生不逢时、怀才不遇，在汉朝就获得了文人的同情。

---

① 房列曙：《中国历史上的人才选拔制度》，人民出版社 2005 年版，第 29 页。按关于汉代的人才选拔制度，可参看本书第二章"秦汉的人才选拔制度"，第 29—68 页。

② 按：主父偃事见班固《汉书·高五王传》《景十三王传》《主父偃传》。

③ 以上分见班固《汉书·贾谊传》《董仲舒传》"赞语"中引。

贾谊和董仲舒虽然有生不逢时之叹，但二人毕竟还有很高的官职和很高的社会地位，身体也没有受到摧残。司马迁（约前145—前89？）本来怀有一腔忠心，为李陵之事开导汉武帝，不想却触怒了汉武帝而身受腐刑，在狱中又受尽了种种非人的虐待，他的《悲士不遇赋》里面所表达的感情也就更为激烈：

> 悲夫！士生之不辰，愧顾影而独存。恒克己而复礼，惧志行之无闻。谅才韪而世戾，将逮死而长勤。虽有形而不彰，徒有能而不陈。何穷达之易惑，信美恶之难分。时悠悠而荡荡，将遂屈而不伸。使公于公者，彼我同矣。私于私者，自相悲分。天道微哉，吁嗟阔兮。人理显然，相倾夺兮。好生恶死，才之鄙也。好贵夷贱，哲之乱也。……

司马迁本来也是胸有大志之人，他曾经为自己出身太史之世家而自豪，为自己生于汉武盛世而振奋，并发誓上承孔子之志，"究天人之际┐今之变，成一家之言"，写一部可以与《春秋》媲美的史著。但李陵之祸不但让司马迁认清了皇权的本质，也对自己在皇权之下的个人身份之卑贱和个体人格被随意践踏有了清醒的认识。他在《报任安书》中写道：

> 仆之先，非有剖符丹书之功，文史星历，近乎卜祝之间，固主上所戏弄，倡优所畜，流俗之所轻也。……当此之时，见狱吏则头枪地，视徒隶则正惕息。何者？积威约之势也。及以至是言不辱者，所谓强颜耳，曷足贵乎？且西伯，伯也，拘于羑里；李斯，相也，具于五刑；淮阴，王也，受械于陈；彭越、张敖，南面称孤，系狱抵罪；绛侯诛诸吕，权倾五伯，囚于请室；魏其，大将也，衣赭衣，关三木；季布为朱家钳奴；灌夫受辱于居室。此人皆

身至王侯将相，声闻邻国，及罪至罔加，不能引决自裁，在尘埃
之中，古今一体，安在其不辱也？由此言之，勇怯，势也；强弱，
形也。审矣，何足怪乎？

司马迁在这里拿自己卑微的身份与王侯将相相比，有为自己的受
辱进行宽解之意。但是在这里无意中却说出了两条真理：第一，在封建
皇帝面前，所有的人都是奴才，都是"主上所戏弄，倡优所畜"的对
象；第二，在封建社会，伴君如伴虎，不管你有多大功勋，多老的资
历，一旦惹恼了皇帝，便会有性命之忧，便会受尽各种污辱。所以我们
看到，中国古代的许多王侯将相，无论以什么样的原因得罪了皇帝，往
往都会引颈自裁，在很大的原因上都是为了免受污辱。司马迁之所以
"隐忍苟活"下来，是因为他还有更高的人生追求。同时这正说明司马
迁清醒地认识到了人格的尊严，认识到封建专制社会毫无人性的一面，
他的《悲世不遇赋》因此而闪耀着人性的光辉，是中国古代文人士大夫
伟大的人格觉醒。

汉代的文人，特别是对于西汉的文人来说，他们感叹悲士不遇，
同时也在感叹生不逢时。生不逢时有两种意义，第一是生不逢三代盛
世，如董仲舒在《士不遇赋》中说："生不丁三代之隆盛兮，而丁三季
之末俗。"三代之隆盛，指虞夏、商、周三代的鼎盛期；三季之末俗，
则指夏桀、商纣、周幽之时。盛世与末俗的最大区别，不仅仅是国家的
强盛，而且是君臣的遇合。虞舜遇大禹、皋陶，成汤遇伊尹，周文王遇
太公，是古代文人们最为津津乐道的故事。而夏桀、商纣、周幽之末
俗，则是君王昏庸残暴、权奸佞臣当道之时。那些才华横溢的汉代文人
们，无不把自己期许为伊尹、姜尚、管仲之类的人物，所以，他们感到
最遗憾的，自然是没有遇见像虞舜、成汤、文王那样的明主。

生不逢时的第二种意义，是汉代文人感叹自己没有生当战国之际，
因为那是一个周室衰微、诸侯争霸、士阶层大有用武之地的时代。一些

有所作为的君主，无不遍天下延览人才，于是便形成了"礼贤下士之风"和"布衣卿相之局"。"苏秦、张仪一当万乘之主而都卿相之位，泽及后世"，"燕之用乐毅，秦之任李斯，郦食其之下齐，说行如流，曲从如环，所欲必得，功若丘山，海内定，国家安"，这就是汉代文人所说的第二种"遇其时"。但是汉代社会已经建立了稳定的社会秩序，文人们再也不可能平步青云，由布衣而直接为卿相了。"武帝初即位，征天下举方正贤良文学材力之士，待以不次之位。"东方朔（前154—93）于是上书自荐："臣朔少失父母，长养兄嫂。年十三学书，三冬文史足用。十五学击剑。十六学《诗》《书》，诵二十二万言。十九学孙、吴兵法，战阵之具，钲鼓之教，亦诵二十二万言。凡臣朔固已诵四十四万言。又常服子路之言。臣朔年二十二，长九尺三寸，目若悬珠，齿若编贝，勇若孟贲，捷若庆忌，廉若鲍叔，信若尾生。若此，可以为天子大臣矣。"① 这些自夸之语，在战国时代也许会受到求贤若渴的各国诸侯的重视，但是汉武帝看了之后，仅把它当作东方朔的大话而已，让他待诏公车，给他一点薄薄的俸禄，这就不错了，根本就不见他。后来，东方朔以其滑稽多智而得到汉武帝的喜爱，也不过是做一个执戟殿下的侍郎而已。所幸东方朔对此已经看得很透彻，认识到了"彼一时也，此一时也"的道理，对战国与西汉两个时代士阶层的不同处境作了很好的分析：

　　夫苏秦、张仪之时，周室大坏，诸侯不朝，力政争权，相禽以兵，并为十二国，未有雌雄，得士者强，失士者亡，故谈说行焉。身处尊位，珍宝充内，外有廪仓，泽及后世，子孙长享。今则不然。圣帝流德，天下震慑，诸侯宾服，连四海之外以为带，安于覆盂，动犹运之掌，贤不肖何以异哉？遵天之道，顺地之理，

――――――――――
① 以上所引论俱见班固《汉书·东方朔传》。

物无不得其所；故绥之则安，动之则苦；尊之则为将，卑之则为虏；抗之则在青云之上，抑之则在深泉之下；用之则为虎，不用则为鼠；虽欲尽节效情，安知前后？夫天地之大，士民之众，竭精谈说，并进辐凑者不可胜数，悉力慕之，困于衣食，或失门户。使苏秦、张仪与仆并生于今之世，曾不得掌故，安敢望常侍郎乎？故曰时异事异。①

东方朔的这段话除了讲明"此一时，彼一时"的道理之外，其实还有很深的另一层意思。在他看来，生活在当下的太平盛世，一方面是人才济济、难以升迁；另一方面你还要异常小心，安时处顺，如果一旦惹怒了万乘之主，不但你得不到重用，可能马上就会招来灾祸，让你"卑之为虏""抑之在深泉之下"。这种思想在他的《七谏》也有明显的表现："齐桓失于专任兮，夷吾忠而名彰。晋献惑于骊姬兮，申生孝而被殃。""忠臣贞而欲谏兮，谗谀毁而在旁。秋草荣其将实兮，微霜下而夜降。""愿悉心之所闻兮，遭值君之不聪。不开寤而难道兮，不别横之与纵。听奸臣之浮说兮，绝国家之久长。灭规矩而不用兮，背绳墨之正方。"所以，东方朔自称自己是"避世于朝廷间者"，并在酒酣之际作《据地歌》："陆沈於俗，避世金马门。宫殿中可以避世全身，何必深山之中，蒿庐之下。"② 由此可见，东方朔特别向往盛行礼贤下士之风的战国时代，在他的内心深处，自然也隐藏着生不逢时的无限感慨。

由此可见，汉代社会虽然建立了良好的社会秩序，并为文人士子走向仕途铺平了道路，但是这条道路却异常艰难，他们与汉代文人实现理想的愿望还相去甚远。在封建社会里真正得志的文人并不多见，故悲士不遇、生不逢时便成为整个封建社会文人诗歌的抒情主题之一。刘勰

---

① 班固：《汉书·东方朔传》。
② 以上见司马迁《史记·滑稽列传》。

《文心雕龙·哀吊》曰："自贾谊浮湘，发愤吊屈。体同而事核，辞清而理哀，盖首出之作也。"《才略》篇中又说："仲舒专儒，子长纯史，而丽缛成文，亦诗人之告哀焉。"刘勰把贾谊、董仲舒、司马迁等人的赋作称之为"理哀"与"告哀"之作，见解深刻。当然，以抒写悲士不遇、生不逢时为题材的汉代骚体抒情诗，也因此而具有了典范的意义，并成为后世文人诗中常见的主题。

二、全身远祸与超越世俗

对于封建社会的文人来讲，如果仅仅是生不逢时，不遇明主，自己的理想追求得不到实现，平平安安地生活也就罢了，但是只要一踏入皇权政治的门槛，一进入官僚政治的围城，伴随他们的，往往还有随时可能发生的性命之忧。上引司马迁在《报任安书》中所列举的汉初韩信等人的下场就是最好的事实。董仲舒两度被害，一次入狱，司马迁身受腐刑，更是摆在文人面前的遭遇。所以，超越世俗、全身远祸，也是汉代骚体抒情诗的另一重要主题。本来，安于贫贱，与世无争，远离世事，当一个自由的隐士，这是战国时代的庄子给世人指出的另一种生活道路，这就是所谓的"安贫乐道"。"乐道"需要付出"安贫"的代价，也意味着抛弃儒家王道政治的社会理想，所以在战国时期，庄子的这种思想为有积极进取精神的儒家文人士子所不取，孟子、荀子等都不赞同庄子的观点。但是汉代的文人士子们却不同了。他们本来是以儒家学者的身份，带着昂扬向上的治国理想走向仕途的，但是当他们步入仕途以后，皇权的高压与官场的倾轧却使他们开始重新思考老庄思想的真谛，并将其化为解脱自己现实苦闷的新的人生哲学。所以，早自汉初起，老庄人生哲学在儒家知识分子那里就像一股潜流一样在暗暗地涌动着。贾谊被贬为长沙王太傅，心情郁郁而伤悼，遇鵩鸟进宅，自以为命不得长，于是作赋以自广。在赋中，贾谊先以老子祸福相依之论来对自己目前的处境进行化解："祸兮福所倚，福兮祸所伏；忧喜聚门，吉凶同域。彼吴强大，夫差以败；粤栖会稽，句践伯世。斯游遂成，卒被五刑；傅说胥靡，乃相武丁。夫祸之与福，何异纠缰！命不可说，孰知其极？"既然如此，自己目前虽被贬谪，又安知非福？接着，他又用庄子人生若浮、真人无名的理论来反思自己以往的人生价值追求的无意义："且夫天地为炉兮，造化为工；阴阳为炭兮，万物为铜。合散消息兮，安有常则？千变万化兮，未始有极。忽然为人兮，何足控揣；化为异物兮，又何足患！小智自私兮，贱彼贵我；达人大观兮，物亡不可。"既然把人生都已经看透，那么所谓的人生荣辱、鵩鸟进宅又算得了什么："其生兮若浮，其死兮若休。澹乎若深泉之静，泛乎若不系之舟。不以生故自保兮，养空而浮。德人无累，知命不忧。细故蒂芥，何足以疑！"当此之时，我们看到的贾谊，与那个积极进取的贾谊简直判若两人。① 当然，贾谊并没有真的解脱，仍然积极参与政事，他后来又为梁怀王太傅，并且把自己的希望寄托在梁王身上，不幸的是梁王坠马而死，而贾谊也因此郁郁而终。但是通过贾谊的例子我们却可以看出，道家全身远祸的思想，已经成为汉代儒家知识分子思考其生存状况的重要理论指导。

促使汉代文人进一步接受老庄哲学的原因是他们在从政过程中所体会到的政治险恶。在这方面董仲舒无疑是一个值得我们重视的人物。董仲舒为人正直，没有任何害人的心计，"正身率下"，他可以用礼谊匡正以骄纵闻名的江都易王，受到易王的敬重，在侯国取得很好的政绩。但是他却两度受小人的暗算，让他深深感到从政的风险。他在《士不遇赋》中一再感慨："屈意从人，非吾徒矣"；"皇皇匪宁，只增辱矣"；"不出户庭，庶无过矣"；"虽日三省于吾身兮，犹怀进退之惟谷，彼实繁之

---

① 贾谊在上疏陈政事时曾言："臣窃惟事势，可为痛哭者一，可为流涕者二，可为长太息者六，若其他背理而伤道者，难遍以疏举。"见《汉书·贾谊传》。

有徒兮，指其白而为黑。"于是他考察历史，"观上古之清浊"，发现在那个时代，同样是"廉士亦荧荧而靡归"。最终他不能不产生全身远祸之思，"孰若返身于素业兮，莫随世而轮转。虽矫情而获百利兮，复不如正心而归一善"。

董仲舒是一个纯粹的儒家学者，尚且接受了老庄的思想，其他文人产生全身远祸的思想，也就更合乎自然。扬雄（前53—公元18）就是其中的一位。在汉代的著名文人当中，扬雄也许是一个最爱读儒家圣贤之书的人，最崇尚儒家道德修养的人，因而也是最耐得住寂寞的人，《汉书·扬雄传》开头就对他做了如下的介绍：

> 雄少而好学，不为章句，训诂通而已，博览无所不见。为人简易佚荡，口吃不能剧谈，默而好深湛之思，清静亡为，少耆欲，不汲汲于富贵，不戚戚于贫贱，不修廉隅以徼名当世。家产不过十金，乏无儋石之储，晏如也。自有下度：非圣哲之书不好也；非其意，虽富贵不事也。顾尝好辞赋。

可见，扬雄在当时的汉代文人当中属于另类，他在政治上没有很高的理想，也没有物质上的奢望，不贪富贵，不也嫌贱贫，读圣贤之书、好学思深是自己的最大爱好，而且特别喜欢辞赋。他心目中的榜样是他的蜀郡同乡司马相如，以模拟其作品为乐。他对屈原也很崇拜，"悲其文，读之未尝不流涕也。"但是他却不理解屈原的投江而死，在他看来，"君子得时则大行，不得时则龙蛇，遇不遇命也，何必湛身哉！"总之，扬雄是个远离世俗的大儒和文士，四十岁之前他都没有出蜀，对汉代官僚政治没有切身的感受，也没有全身远祸之思。但是到了四十岁以后，他终于耐不住寂寞而远游京师。据记载，其原因是"孝成帝时，客有荐雄文似相如者，上方郊祠甘泉泰畤、汾阴后土，以求继嗣，召雄待诏承明之庭。"我们不知道扬雄被推荐征召入京到底是一个偶然的机遇还是他多年所追求的目标，总之到了长安之后，他的生活态度马上发生了巨大的变化，由不关心政治到对政治充满了热情。他以为建功立业的机会到了，他要发挥自己的聪明才智，继承《诗经》中贵族诗人关心时政的美刺传统，先后创作了《甘泉赋》《河东赋》《校猎赋》《长杨赋》等四篇大赋，一方面表达他对汉成帝的颂美，一方面也提出了一些委婉的批评。可惜的是汉成帝并没有因此而重用他，只是让他做了一个"给事黄门"的郎官，这让扬雄大失所望，同时也对自己的所作所为产生了怀疑。眼看着与自己同为郎官的刘歆、王莽等人逐渐高升，而自己却久居下僚，时至哀帝时董贤等专权，扬雄不得已转而又走进书斋去研究它的《太玄》。对此，他曾受到别人的嘲笑，于是作《解嘲》，其中对自己的这种思想转变进行了自我解释：

> 雄以为赋者，将以风之也，必推类而言，极丽靡之辞，闳侈巨衍，竞于使人不能加也，既乃归之于正，然览者已过矣。往时武帝好神仙，相如上《大人赋》，欲以风，帝反缥缥有陵云之志。由是言之，赋劝而不止，明矣。又颇似俳优淳于髡、优孟之徒，非法度所存，贤人君子诗赋之正也，于是辍不复为。而大潭思浑天，参摹而四分之，极于八十一。旁则三摹九据，极之七百二十九赞，亦自然之道也。

表面看来，扬雄在这里是对自己所钟爱的赋的价值也产生了怀疑，认为它达不到讽谏帝王的目的，而赋家的身份也类似于倡优，被人瞧不起，不是正人君子之所求，于是自己转而作《太玄经》，希望借阐发天地之大道来传世。但是看《汉书·扬雄传》我们知道，这里面还有更深一层的意思，扬雄之所以历成、哀、平三世而不得升迁，这与他不会阿谀奉承苟合取容的性格有关。汉成帝时只会献赋，被人瞧不起；汉哀帝时，董贤专权，那些卖身投靠的人也都升了官，"诸附离之者或起家至二千石",可是扬雄却不去巴结奉承,自然不会受到提拔;到王莽篡位时,利用符命之说为自己制造舆论,"谈说之士用符命称功德获封爵者甚众",可扬雄还是不肯这样做,因而照样得不到重用。更为可悲的是,王莽当政之时,他对政治已经淡漠,一心在天禄阁校书,可是却因为刘歆父子的连累而误被拘捕,情急之下从楼上跳下,差点摔死。幸亏王莽查知刘歆之事与扬雄无关,他才免去一场灾难。但即使这样,他还是受到京师人的嘲笑:"惟寂寞,自投阁;爱清静,作符命。"

由此我们再来看扬雄的《太玄赋》,也就理解他何以会有这样的玄远之情了。汉哀帝时,扬雄曾耗费心思,仿效《周易》而作《太玄经》,阐发自然之道,"有《首》《冲》《错》《测》《摛》《莹》《数》《文》《掜》《图》《告》十一篇,皆以解剥《玄》体,离散其文",文辞玄奥,"观之者难知,学之者难成。"其《太玄赋》既以"太玄"命名,当作于《太玄经》之后。赋之开篇即言:"观大易之损益兮,览老氏之倚伏。省忧喜之共门兮,察吉凶之同域。"可见,此赋所依据的乃是《易》之"损益"、《老子》之"倚伏"之理,来省察现实人生中"忧喜共门""吉凶同域"的现象,进而抒写自己淡泊名利,全身远祸的情思。请看赋的最后部分的"乱"辞:

> 甘饵含毒,难数尝兮。麟而可羁,近犬羊兮。鸾凤高翔,戾青云兮。不挂网罗,固足珍兮。斯、错位极,离大戮兮。屈子慕清,葬鱼腹兮。伯姬曜名,焚厥身兮。孤竹二子,饿首山兮。断迹属娄,何足称兮。辟斯数子,智若渊兮。我异于此,执太玄兮。荡然肆志,不拘挛兮。

赋中连续列举了李斯、晁错、屈原、伯姬、伯夷、叔齐、伍子胥等七个历史人物,可以说,他们都不得善终。李斯、晁错位极人臣而被杀,屈原因仰慕清正而沉江,宋伯姬因为坚守愚蠢的妇道而被大火烧死，① 伯夷、叔齐因不食周粟饿死于首阳山，伍子胥被吴王赐剑自杀。②
在扬雄看来，这些人之所以聪明过人而不免一死，就因为他们过于执
着，而不明白祸福相依、吉凶同域的道理。全身远祸最好的办法，就是
从现实社会中超脱而求得自由，不执着于世俗的名和利。

从此赋中可见，扬雄所阐发的"玄"学理论，乃是杂取《周易》
《老子》与儒家的修身养性之学而成，其核心就是要知道祸福相依的道
理，在现实人生中要随时做好全身远祸的准备，并以之作为自己处世的
法则。而全身远祸的一个最佳方法就是超越世俗，这是他人生经验的总
结，也标志着汉代文人全身远祸心态的新发展。

汉代文人们之所以会有这种全身远祸的心态，是与汉代社会政治
的复杂性分不开的。皇帝的专权或懦弱，皇室内部的争斗，权臣的结党
营私，外戚与宦官的弄权等等，异常纷繁地纠结在一起，这让很多文人
感到从政的危险，不知灾祸何时就会降到头上，因而，全身远祸、超越
世俗的生活方式，就成为很多文人的选择。西汉末年的崔篆（生卒年不
详，约公元 8 年前后在世），王莽时为郡文学，征召其为步兵校尉而不
就，王莽嫌他不归附自己，竟然"多以法中伤之"。当时他的兄长崔发
以佞巧而得幸于王莽，位至大司空。他的母亲"能通经学、百家之言，
莽宠以殊礼，赐号义成夫人，金印紫绶，文轩丹毂，显于新世。"后来
王莽又让崔篆任建新大尹之职，为了不牵连母兄，他不得已而赴任，不
久又以病辞归。光武帝时，崔篆再一次受到征召，他便以"宗门受莽伪
宠，惭愧汉朝"为由而"辞归不仕"，临终前作《慰志赋》以自悼。在

---

① 伯姬事见《春秋谷梁传·襄公三十年》：五月，甲午，宋灾，伯姬卒。取卒之日，加之
灾上者，见以灾卒也。其见以灾卒奈何？伯姬之舍失火，左右曰："夫人少辟火乎？"伯
姬曰："妇人之义，傅母不在，宵不下堂。"左右又曰："夫人少辟火乎？"伯姬曰："妇
人之义，保母不在，宵不下堂。"遂逮乎火而死。妇人以贞为行者也，伯姬之妇道尽矣。
详其事，贤伯姬也。
② 属镂，剑名，断迹，自杀。伍子胥劝吴王不要接受越国的求和，吴王不听，后赐剑令伍
子胥自杀。事见《吴越春秋》。

赋中，他叙述了自己的生平遭际，为自己曾在王莽朝任职而惭愧，对光武中兴，他大加赞美，但是却不肯再度出世。最后表达了自己所以要归隐的真实原因：

> 遂悬车以絷马兮，绝时俗之进取。叹暮春之成服兮，阖衡门以埽轨。聊优游以永日兮，守性命以尽齿。贵启体之归全兮，庶不忝乎先子。

原来，他之所以要归隐的目的是要长寿而善终，以免遭受横祸，尸体不全，愧对先人。按道理来讲，既然他在赋中对汉帝国的中兴给予热情的赞美，"圣德滂以横被兮，黎庶恺以鼓舞"，那么，光武帝再度征召，他理应为之效力才是，何以辞职而不就？再说，他既然欣逢中兴盛世，受帝王征召，又何会有性命之忧？仔细分析，崔篆还是深明宦海沉浮之理，远离皇权政治，全身远祸才是他的真正所想。①

两汉之际的另一个重要文人冯衍（约公元1—76年），他的《显志赋》同样是表达这种超越世俗之思的名作。据《后汉书·冯衍列传》："冯衍字敬通，京兆杜陵人也。祖野王，元帝时为大鸿胪。衍幼有奇才，年九岁，能诵《诗》，至二十而博通群书。王莽时，诸公多荐举之者，衍辞不肯仕。"西汉末大乱，从刘玄起兵，曾为尚书仆射鲍永手下的立汉将军。玄死，从光武帝，为曲阳令，"诛斩剧贼郭胜等，降五千余人，论功当封，以谗毁，故赏不行。"以后阴兴、阴就以外戚贵显，敬重冯衍，冯衍遂与之交结，官司隶从事。光武帝惩治西京外戚宾客，冯衍因为与外戚过从甚密而得罪，免官归家。建武末年上书自陈，仍不被起用。汉明帝即位，"又多短衍以文过其实，遂废于家。"

冯衍本是一个很有才干的文人，他生当两汉之交，在光武帝手下

---

① 以上所引崔篆之事与《慰志赋》，均见《后汉书·崔骃列传》。

也曾立过功劳，但是却得不到重用。他的《显志赋》大概作于光武帝末年上书自陈不被重用之后，故内中多有怀才不遇的牢骚。在自序中即言："顾尝好傲佷之策，时莫能听用其谋，喟然长叹，自伤不遭。久栖迟于小官，不得舒其所怀。抑心折节，意凄情悲。""历位食禄二十余年，而财产益狭，居处益贫。惟夫君子之仕，行其道也。虑时务者不能兴其德，为身求者不能成其功，去而归家，复羁旅于州郡，身愈据职，家弥穷困，卒离饥寒之灾，有丧元子之祸。"于是"眇然有思陵云之意。乃作赋自厉，命其篇曰《显志》。"在赋中，作者追怀远古，睹物思人，反复申说世俗之险恶，好坏之难分，"悲时俗之险厄兮，哀好恶之无常"，"纷纭流于权利兮，亲雷同而妒异"，"愤冯亭之不遂兮，慍去疾之遭惑。"在赋的结尾，作者这样写道：

　　诵古今以散思兮，览圣贤以自镇；嘉孔丘之知命兮，大老聃之贵玄；德与道其孰宝兮；名与身其孰亲？陂山谷而闲处兮，守寂寞而存神。夫庄周之钓鱼兮，辞卿相之显位；於陵子之灌园兮，似至人之仿佛。盖隐约而得道兮，羌穷悟而入术；离尘垢之窈冥兮，配乔、松之妙节。惟吾志之所庶兮，固与俗其不同；既傲佷而高引兮，愿观其从容。

　　作者通过忆古思今，最终明白了一个道理，孔丘知命，老聃贵玄，把名与身相比，还是自身的生命最有价值，既然如此，要功名利禄有何用处？还是像庄周那样辞显相之位而垂钓，像王子乔、赤松子那样远离尘世而高飞，做一个与世俗不同，安贫乐道之人吧。[①] 冯衍本是个功名心很强的人，他因为怀才不遇而终生不得志，故赋里充满了愤愤不平之气。但是他奈何现实不得，也只好借这种超越世俗、全身远祸的思想来

---

① 冯衍之事与《显志赋》，均见《后汉书·冯衍列传》。

自我解脱。

在表达由全身远祸到超越世俗的汉代骚体抒情诗中，张衡的《思玄赋》以及其变体《归田赋》是最值得重视的作品。①

张衡（78—139）是东汉奇才，他出身世家，从小受过很好的教育，熟通儒家经典，史称他"虽才高于世，而无骄尚之情。常从容淡静，不好交接俗人。永元中，举孝廉不行，连辟公府不就"。可见他是一个不太热衷于功名的人。汉安帝听说张衡善术学，于是公车特征拜郎中，再迁为太史令。这给他研究天文历法等科学提供了条件，他大概很喜欢这个官职，"遂乃研核阴阳，妙尽璇机之正，作浑天仪，著《灵宪》《算罔论》，言甚详明。"太史令这一官职无涉于国家政治经济之大权，属于门庭冷落的清寒之地，自然不被人看重，张衡又是一个不慕世俗名利的人，不会钻营，多年得不到升迁。汉顺帝初曾转为他职，不久又重为太史令。于是有人向他发问，读了那么多的书，那么有才学，为什么不去做一些立功立德的大事，何故在太史令这个闲职上困顿多年，转个圈之后现在又重复旧职呢？张衡于是就做了《应间》一文来回答，他在文中讲了几层意思：第一是自己的人生志向追求并不是获得高位，而在于立德问学。他说："君子不患位之不尊，而患德之不崇；不耻禄之不夥，而耻智之不博。是故艺可学，而行可力也。"第二是他把这件事情看得很开，在他看来，一个人是否能得到高位，有时候是一种命数，而不是自己求来的，多求无益，侥幸而得，未必是好事。"天爵高悬，得之在命，或不速而自怀，或羡旟而不臻，求之无益，故智者面而不思。陟身以侥幸，固贪夫之所为，未得而豫丧也。枉尺直寻，议者讥之，盈欲亏志，孰云非羞？"第三是他不愿意为此而作出有损人格的事情。"捷径邪至，我不忍以投步；干进苟容，我不忍以歇肩。"第四，在目前的这个职位上，既可以继续研究学问，提高自己的道德修养，又可以暂隐

---

① 我们把张衡的《归田赋》看作是骚体抒情诗的变体，此处暂不论列。

于朝中，以等待得到重用。"愍《三坟》之既積，惜《八索》之不理。庶前训之可钻，聊朝隐乎柱史。且韫椟以待价，踵颜氏以行止。"由此可知，张衡并非是一个完全不关心政治，不考虑仕途升迁的人，但是他的人生境界比一般人都高，他既把这个事情看得很开，又看得很重。所谓很开，就是他并不把官职的升迁看成是人生的最终目标，人生在世的官运是否亨通，有时候也是一种机遇，并非完全由个人左右。所谓很重，就是他认为求官一定要用正当的手段，要"度德拜爵，量绩受禄也。输力致庸，受必有阶。"

可见，张衡既是一个人品高尚的文人，也是一个尽职尽责的清官。他身为太史令，不但"作浑天仪，著《灵宪》《算罔论》"，发明了候风地动仪，在中国古代的科学方面作出了杰出贡献，而且还时时关心着国家政治。汉顺帝阳嘉年间，他看到"政事渐损，权移于下"，于是就上疏陈事，建议"恩从上下，事依礼制"。他有感于自光武帝到明帝、章帝皆好图谶，以至于"儒者争学图纬，兼复附以訞言"，于是就上书建议"收藏图谶，一禁绝之"。永和年中，出任河间相，"时国王骄奢，不遵典宪；又多豪右，共为不轨。衡下车，治威严，整法度，阴知奸党名姓，一时收禽，上下肃然，称为政理。"因为他的声誉与政绩，晚年征拜尚书。

但即便是张衡这样一身正气、两袖清风的文人，同样也会感受到从政的危险和生命的忧思，自扬雄时而发展起来的玄学在他这里有了进一步的推进，这比较典型地表现在他的《思玄赋》当中。这篇赋作于张衡任侍中之时，当时汉顺帝非常信任他，"引在帷幄，讽议左右。尝问衡天下所疾恶者。宦官惧其毁己，皆共目之，衡乃诡对而出。阉竖恐终为其患，遂共谗之。衡常思图身之事，以为吉凶倚伏，幽微难明，乃作《思玄赋》，以宣寄情志。"

在赋中，张衡首先表达了自己高尚的追求与特立孤行的个性："仰先哲之玄训兮，虽弥高其弗违。匪仁里其焉宅兮，匪义迹其焉追？""何孤行之茕茕兮，子不群而介立？感鸾鹥之特栖兮，悲淑人之稀合。"并继而写道，自己并不担心这种高尚追求与世俗不合，而是怕以伪乱真，世人多僻，"彼无合其何伤兮，患众伪之冒真。""览烝民之多僻兮，畏立辟以危身。"于是自己通过占卜，开始上天入地的远游，去寻求精神之解脱。但远游最终的结果，却发现精神解脱之所并不在上下四方的外界，而在于自己的内心。"御六艺之珍驾兮，游道德之平林。结典籍而为罟兮，欧儒、墨而为禽。玩阴阳之变化兮，咏《雅》《颂》之徽音。嘉曾氏之《归耕》兮，慕历陵之钦崯。""不出户而知天下兮。何必历远以劬劳？"赋的最后，有系诗一首显明本意：

> 天长地久岁不留，俟河之清祇怀忧。愿得远度以自娱，上下无常穷六区。超逾腾跃绝世俗，飘摇神举逞所欲。天不可阶仙夫希，柏舟悄悄客不飞。松、乔高跱孰能离？结精远游使心携。回志揭来从玄谋，获我所求夫何思！

人生短暂，河清难俟。与其为世事而烦恼，不如安定自己的内心，作一个淡泊名利、超越世俗的人，这就是《思玄赋》的基本主旨。此后，张衡又作《归田赋》，进一步明晰了自己的这一思想。在赋中，作者开门见山，首先就表达了自己要远离世事的情怀："游都邑以永久，无明略以佐时。徒临川以羡鱼，俟河清乎未期。感蔡子之慷慨，从唐生以决疑。谅天道之微昧，追渔父以同嬉。超埃尘以遐逝，与世事乎长辞。"在此赋的结尾，作者也表达了与《思玄赋》同样的心灵解脱方式："感老氏之遗诫，将回驾乎蓬庐。弹五弦之妙指，咏周孔之图书。挥翰墨以奋藻，陈三皇之轨模。苟纵心於物外，安知荣辱之所如！"

以上，我们重点选择了几位赋家表达全身远祸、超越世俗的骚体抒情诗作。其实，在这方面还有一些作品也值得关注，如传为贾谊的《惜誓》，感叹"俗流从而不止兮，众枉聚而矫直。""方世俗之幽昏兮，眩白黑之美恶。"因而最后下决心向圣人学习，远离浊世，而决不肯与世人同流合污："彼圣人之神德兮，远浊世而自藏。使麒麟可得羁而系兮，又何以异虖犬羊？"严忌的《哀时命》开头先感叹生不逢时："哀时命之不及古人兮，夫何予生之不遘时。"接着也表达了全身远祸的思想："鸾凤翔于苍云兮，故矰缴而不能加，蛟龙潜于旋渊兮，身不挂于罔罗。知贪饵而近死兮，不如下游乎清波。宁幽隐以远祸兮，孰侵辱之可为？"王褒的《九怀》有"览杳杳兮世惟，余惆怅兮何归。伤时俗兮溷乱，将奋翼兮高飞"之语。刘向的《九叹》在表达了"纷逢""离世"等愁苦之后，最后一叹也是远离世事："升虚凌冥，沛浊浮清，入帝宫兮。摇翘奋羽，驰风骋雨，游无穷兮。"刘歆在《遂初赋》中叹自身遭际之坎坷，结尾处也流露出归依老庄的思想，所谓"处幽潜德，含圣神兮。抱奇内光，自得其兮。宠幸浮寄，奇无常兮。寄上玄留，亦何伤兮。大人之度，品物齐兮，舍位之过，忽若遗兮。求位得位，固其常兮，守信保己，比老彭兮。"

从贾谊、董仲舒、司马迁等人生不逢时、怀才不遇的激愤抒情，到感叹官场政治险恶、希望全身远祸的思想表达，再到扬雄、张衡等平静地看待祸福相依、荣辱共生的道理，追求超越世俗、淡泊名利的生活态度，汉代骚体抒情诗中所表现的这种思想是非常深刻的。它说明，处于封建极权制下的汉代文人们，他们虽有满腔济世拯民之志，但专制政治对于个体人格的压抑却使他们在仕途上倍受艰辛。于是，哀叹生不逢辰，感慨身世不平乃是其中大多数人的共同心理。但他们生当这样的社会之中，只要身在官场之间，就无所逃避这种残酷的政治角逐。因此，当他们看透了官场政治的腐朽与黑暗，厌恶了人与人之间有形无形的各种倾轧之后，全身远祸、超越世俗乃是他们思想的必然归宿。它同时说明，尽管汉代乃是把儒家思想奉为正宗的时代，但是由于封建专制对人的个体造成了严重的摧残和压抑，汉代文人的思想情感经过了一次大的历史的洗礼，终于初步悟出了一套结合《周易》、老庄与孔孟思想与一体的"玄学"哲学与"玄学"的人生态度，这对魏晋六朝的中国哲学与中国文学产生了重要影响。当今学者们往往认为玄学思潮兴起于魏晋，殊不知早在西汉初年的贾谊就对老庄思想有了深刻的思考。至扬雄把儒家思想、《周易》与老庄哲学融为一体，已经开后世玄学之先河，至张衡进一步将这一社会思潮向前推进，魏晋时代的玄学思潮，不过是顺其自然的发展而已。

三、行旅感怀与思念伤悼

汉代文人骚体抒情诗第三个重要主题是抒写他们的行旅感怀、思念伤悼等各种人生的情怀。他们由最初的览古吊古，如贾谊的《吊屈原赋》、东方朔的《七谏》等表达对屈原的怀念与同情，进而发展为抒写文人自己的行旅感伤，并成为汉代骚体抒情赋中的一大类别。这方面的作品以刘歆的《遂初赋》、班彪的《北征赋》、班昭的《东征赋》、蔡邕的《述行赋》为代表。

刘歆（约前53—23年），字子骏，后改名秀，字颖叔，刘向少子，汉宗室后裔，沛（今江苏沛县）人，成帝时，与王莽同为黄门郎，河平中，受诏与父向同领校皇家秘书，后为中垒校尉。哀帝即位，任侍中，太中大夫，迁奉车都尉，光禄大夫。王莽篡位，任"国师"，封嘉新公。后怨王莽杀其第三子，与卫将军王涉谋诛王莽，事泄自杀。刘歆是西汉末年古文经学派的开创者，著名的目录学家，天文学家。在西汉末年今古文学派的斗争中，刘歆曾受排挤，任外官。他的《遂初赋》即作于此，赋前有序曰："遂初赋者，刘歆所作也……歆少好《左氏春秋》，欲立于学官，时诸儒不听歆乃移书太常博士，责让深切。为朝迁大臣非疾。求出补吏为河内太守，又以宗室不宜典三河，徙五原太守。是时朝政已多失矣，歆以议论见排摈志意不得。之官，经历故晋之域，感今思古，遂作斯赋，以叹征事而寄己意。"可见，刘歆写作此赋是在他被贬外放以后，抒行旅之感怀、写登临吊古之情是这篇赋的主旨。赴任途中经过晋之故地，晋本是春秋时的大国，后被赵、韩、魏三家所分，卒被秦人所灭。在这块土地上，曾上演过无数惊心动魄的历史故事，途经此处，不能不让他感慨万千："过下虒而叹息兮，悲平公之作台。背宗周而不恤兮，苟偷乐而情怠。"诗人经过下虒，不禁想起晋平公，他违背了君臣之义，不尊崇周天子，却浪费民力去修建行宫高台，纵情享乐。"枝叶落而不省兮，公族阒其无人。日不悛而俞甚兮，政委弃于家门。"晋国公室将衰，宗族枝叶先落，可是晋平公还怙恶不悛，把朝政丢给六卿处理。"载约屦而正朝服兮，降皮弁以为履。宝砥石于庙堂兮，面隋和而不视。"他好坏不分，是非颠倒，委弃忠良，让奸臣当道。"始建衰而造乱兮，公室由此遂卑。怜后君之寄寓兮，喑靖公于铜鞮。"因为种下了公室衰落、大夫掌权的祸根，公室日渐衰微，最终导致了三家分晋，晋靖公被困于铜鞮而沦为家人。刘歆本为汉朝王室后裔，成帝时国运已经衰落。显然，当诗人策马于征途，路经故晋之域，登临吊古，想到历史上曾经发生了这些故事，再看看今日国家的现状，不能不感到万分的痛苦。

司马迁自述其写作历史的动机是"欲以究天人之际，通古今之变，成一家之言。"其实，通过追思古今之变而思考天人之际的大道理，不仅仅是司马迁个人的意识，而是汉代文人们经常思考的问题。特别是当他们身处逆境，被贬谪流放，在羁旅征途之上，登临感怀，通过历史的兴亡来思考国家的命运和个人的遭际，以选择自己下一步的人生道路，便成为很多文人骚体抒情诗的主要抒情主题之一，刘歆是如此，班彪也是如此。

班彪（3—54年）字叔皮，扶风安陵（今陕西咸阳东）人，东汉初年的史学家和文学家。他生于西汉末年，二十岁左右逢天下大乱，避难于天水，归附隗嚣。隗败，归大将军窦融，后归光武帝刘秀，举司隶茂才，拜徐令，后察司徒廉为望都长。建武三十年，年五十二，卒于官。他的《北征赋》作于避难天水之际。此赋开篇即言："余遭世之颠覆兮，罹填塞之厄灾。旧室灭以丘墟兮，曾不得乎少留。遂奋袂以北征兮，超绝迹而远游。"从长安到天水一路，原是宗周故地，后归秦王朝所有，亦是戎狄出没之处，自己的祖先避难之所，行走于此，诗人自是百感交集："朝发轫于长都兮，夕宿匏谷之玄宫。历云门而反顾，望通天之崇崇。乘陵岗以登降，息郇邠之邑乡，慕公刘之遗德，及《行苇》之不伤。彼何生之优渥，我独罹此百殃。故时会之变化兮，非天命之靡常。"诗人先经过郇邠之地，那是周人的祖先公刘生活的地方，公刘因为讲仁爱之德，甚至泽及鸟兽。遥想公刘时代人民的幸福生活，看看今日的乱世；追昔抚今，天还是那个天，可是世道竟有这样大的不同，真有说不出的万般无奈。接着，作者又"登赤须之长坂，入义渠之旧城"。这令他想到了义渠王与宣太后通奸之乱，不禁对他们的狡猾与淫乱之行表示愤怒，赞赏秦昭王讨贼的义举："仇戎王之淫狡，秽宣后之失贞。嘉秦昭之讨贼，赫斯怒以北征。"接着，作者经过泥阳，那是他的祖先班壹生活过的地方，想当年祖先在这里经营畜牧业致富，而如今祖庙已是一片荒凉，更是百感交集："过泥阳而太息兮，悲祖庙之不修。"再接下来经过安定，沿长城而行，让他想到了更多："剧蒙公之疲民兮，为强秦乎筑怨。舍高亥之切忧兮，事蛮狄之辽患。不耀德而绥远，顾厚固以缮藩。首身分而不寤兮，犹数功而辞愆。"想那公子扶苏与蒙恬，为了秦国的长治久安，劳民伤财而筑长城，其实是在为秦国筑怨。岂知真正的危险不在于辽远的蛮狄，而是秦王身边的赵高与胡亥。治国的正路不在于武力的征服，而在于以仁德抚远。可怜的蒙恬不懂得这个道理，临死前还在数说着自己的功劳。只有汉文帝采取的克让之策，才让南国的尉他俯首称臣，并挫败了吴王濞的阴谋："闵獯鬻之猾夏兮，吊尉印于朝那。从圣文之克让兮，不劳师而币加。惠父兄于南越兮，黜帝号于尉他。降几杖于潘国兮，折吴濞于逆邪。惟太宗之荡荡兮，岂曩秦之所图。"年轻的班彪在北行避难的途中，就这样边走边做着思考："揽余涕以于邑兮，哀民生之多故。""谅时运之所为兮，永伊郁其谁诉。"深刻的历史意识和深沉的忧国忧民情怀充盈其间，使这篇《北征赋》具有了打动人心的力量。结尾处复以积极乐观的态度来化解眼前的愁苦，体现了一名年轻的儒家知识分子不屈的精神与开阔的胸怀，可谓汉代行旅感怀赋中的名作。

班昭（49—120年）字惠班，一名姬，班彪女，班固妹，嫁世叔，早寡。东汉著名的女文学家，史学家，博学高才。东汉著名文人马融曾从她受业。班昭常出入后宫，皇后妃嫔皆师事之，号为曹大家。班固死，她曾续修《汉书》，又作《女诫》等。她的《东征赋》作于汉安帝永初七年。当时她的儿子新任陈留郡长垣县令，她随从前往，写下此赋。此亦行旅感怀之作。作者在开篇即言："遂去故而就新兮，志怆恨而怀悲。"赋中先写她途中所经过的七个地方，中间多有历险，但均无细说，接下来写她经过平丘、长垣、蒲城等地，想到了孔子、子路、蘧瑗、季札等古代的贤人，仰慕他们的道德风采以及其不幸之遭遇，亦颇有感伤。不过，作者并没有就此而怨天尤人，而是由此想通一个道理："知性命之在天兮，由力行而近仁。勉仰高而蹈景兮，尽忠恕而与人。好正直而不回兮，精诚通于明神。"此赋为作者自抒情怀，亦可以视为教诲其子而作。她上承其父班彪《北征赋》之精神，体现了一位儒家文人乐天知命、积极向上的人生态度。作为一名女性，有这样高尚的人生见识，实属难得，让人敬仰。

在东汉末年的行旅感伤抒情诗中，蔡邕的《述行赋》最有代表性。蔡邕（133—192年）字伯喈，陈留圉（今河南杞县南）人，东汉著名文学家，书法家，音乐家。初为司徒乔玄属官，出任河平长，又召拜郎中，校书于东观，迁议郎。后因上书论朝政得失，为宦官所忌，几被杀，贬朔方。遇赦后，被权贵陷害，亡命江湖十二年。董卓专权，被迫出任侍御史，官左中郎将，封高阳侯。董卓被诛，他闻讯叹息，被捕下狱而死。《述行赋》之作，前有自序曰："延熹二年秋，霖雨逾月。是时梁冀新诛，而徐璜、左悺等五侯擅贵于其处，又起显阳苑于城西，人徒冻饿不得其命者甚众。白马令李云以直言死，鸿胪陈君以救云抵罪。璜以余能鼓琴，白朝廷。敕陈留太守发遣余到偃师。病不前，得归。心愤此事，遂托所过，述而成赋。"延熹二年是汉桓帝年号，梁冀是汉顺帝梁皇后之兄，横暴专权，前后执政二十余年，梁皇后死，汉桓帝与中常侍徐璜等五宦官诛杀梁冀，徐璜等五人同日封侯，再度擅权。白马令李云上书直谏，触怒汉桓帝，将李云下狱杀死。当时上书救李云的大鸿胪陈蕃也被免官。在这种黑暗的朝廷形势下，徐璜把蔡邕善鼓琴的事情告诉朝廷，让他赴京，蔡邕不敢不来，行至途中，适逢有病而归。就在这种情况下，蔡邕写了此作。在作品中，作者首先以沿途所见而追想历史：

> 聊弘虑以存古兮，宣幽情而属词。夕宿余于大梁兮，诮无忌之称神。哀晋鄙之无辜兮，忿朱亥之篡军。历中牟之旧城兮，憎佛肸之不臣。问宵越之裔胄兮，蔑仿佛而无闻。经圃田而瞰北境兮，悟卫康之封疆。迄管邑而增感叹兮，愠叔氏之启商。过汉祖之所隘兮，吊纪信于荥阳。降虎牢之曲阴兮，路丘墟以盘萦。勤诸侯之远戍兮，侈申子之美城。稽涛涂之复恶兮，陷夫人以大名。

作者在途中经过了战国时魏都大梁，在这里他想到了窃符救赵的故事，对晋鄙之死表示同情，对魏公子无忌和朱亥的行为表示愤慨。作者经春秋时的中牟旧城，想起了据城叛赵的佛肸，痛其不守臣节；而原为中牟农民的宁越却能够通过苦读而成为周威王的老师。作者经过圃田之地，向北境而远望，那本是卫康叔所封之地、不禁而怀念康叔的风采；过管邑时则想到了管叔、蔡叔，他们与卫康叔同为周武王之弟，却勾结纣子武庚而发动叛乱。经过汉高祖曾被项羽围困过的荥阳，凭吊脱刘邦于重围中的纪信。过虎牢关而想到了团结诸侯尊王攘夷的齐桓公，对郑申公奢侈越制的行为表示批评。同样生活在这块土地上，历史上的人物却有着如此不同的忠奸善恶之分，这不能不让作者心生感叹。由此而想到自己正要前往的京城，形势又是多么让人忧虑。"贵宠扇以弥炽兮，佥守利而不戢。前车覆而未远兮，后乘驱而竞及。穷变巧于台榭兮，民露处而寝湿。消嘉谷于禽兽兮，下糠秕而无粒。弘宽裕于便辟兮，纠忠谏其骎急。怀伊吕而黜逐兮，道无因而获入。"得宠者气焰日益嚣张，全都在贪图私利而没有收敛。前面一批人刚刚覆灭，后面一伙人又接踵而至。他们动用种种能工巧思营造奢华的台榭，而百姓们却在湿地上露宿。他们用精美的粮食喂养禽兽，百姓们却只能吞吃糠秕。他们宽待纵容各种小人，对忠谏之士却给以严惩。有伊尹吕尚之才的人都被黜逐，有道之言却没有进献之门。由此可见，作者之述行，并不是述写自己的一路行踪，而是通过沿途所经之地生发对于历史的回想，并由此来表达自己对现实的关心，抒写自己的满腔忧愤。面对这样的现实，自己无可奈何，最好的办法也许就是远离世事，回到自己的故乡去过那种平平安安的生活："唐虞眇其既远兮，常俗生于积习。周道鞠为茂草兮，哀正路之日涩。观风化之得失兮，犹纷挐其多违。无亮采以匡世兮，亦何为乎此畿。甘衡门以宁神兮，咏都人而思归。爰结纵而回轨兮，复邦族以自绥。"

以上几首行旅感怀之作，虽然在每个人的思想表达方面各有不同，但总的来说，借行旅以感怀世事，表达自己对现实的关心，抒写自己的人生志向，是其基本主题。积极于仕途的奔波而又倍受各种艰辛，使汉代诗人在骚体抒情诗的个人思想情感表现上呈现出十分复杂矛盾的心态。他们一方面哀叹自己生不逢时，寻求退世远祸，另一方面又难以泯灭那颗关心国家的赤子之心，在感叹个人命运的同时仍然要抒发关心时政的情感。从个人遭际不平的角度讲，它上承《诗经·小雅·北山》的怨刺诗、《离骚》和《九辩》的传统，可以称之为"贤人失志之赋"，但是从情感表现方面讲，它既不同于《小雅·北山》的"大夫不均，我从事独贤"的哀怨，不同于《离骚》怨楚王的昏庸和群小的谗害，也不同于《九辩》中的"贫士失职而不平"，而主要表现在封建极权制下文人士子的遭际命运以及在此基础上产生的复杂思想心态。尽管个人的经历不同，在思想情感表现上也各有侧重，言辞或激烈或平和，篇幅或长或短，但大体上不出这一界域，这就是我们所认识的汉代骚体抒情诗内容的另一个重要方面。

在汉代文人的骚体抒情诗当中，还有几首特殊的思念伤悼之作特别需要我们注意。第一首为司马相如的《长门赋》，传说是代陈皇后而作。《文选》载此篇，赋前有序曰："孝武皇帝陈皇后，时得幸，颇妒。别在长门宫，愁闷悲思。闻蜀郡成都司马相如，天下工为文，奉黄金百斤，为相如文君取酒，因于解悲愁之辞。而相如为文以悟主上，陈皇后复得亲幸。"① 此序中所说"陈皇后复得亲幸"之事，与史实不合，是作序者的夸张之辞，但却可以从另一个侧面说明这篇赋作的影响之大。陈皇后本为汉武帝姑姑大长公主的女儿，名阿娇，也就是汉武帝的表姐。汉武帝立为皇太子，大长公主起了重要作用，遂以阿娇为太子妃，即帝位后，立为皇后，擅宠骄贵。十余年无生育，卫子夫得幸，她气愤至极，几次大闹，以死相胁，令汉武帝大怒。以后她又请女子楚服等为皇

---

① 司马相如为陈皇后写赋之事，在《史记》《汉书》中都没有记载，而且据此序所言，司马相如将此赋给汉武帝看过之后，陈皇后复得亲幸的说法也不符合事实，因此有人怀疑此赋为后人伪托。但是《史记》《汉书》中所记载，并不能作为否定此赋为司马相如所作的理由，司马相如还有《美人赋》《梨赋》《鱼葅赋》《梓桐山赋》等几篇，同样不见记载，这是因为史书并不以收录此类作品为目的。另外，《文选》中赋前的序文中有与事实不符之处，错在序者，也不能作为否定此赋的理由。因此，我们仍将此赋作为司马相如所作。梁人刘峻《与举法师书》："《爵颂》息明珠之誉，《长门》滥黄金之赏。"刘潜《谢豫章王赐牛启》："长门听雷，不能均响。"费昶《有所思》："上林乌欲栖，长门日行暮。所思郁不见，空想丹墀步。帝动意君来，雷声似车度。"或提到《长门赋》写作掌故，或提到赋中辞句，说明司马相如为陈皇后写赋之事在梁时已广为流传。因此，在没有直接的否定性证据出现之前，我们还将此赋的著作权判给司马相如。

后巫蛊，事发，楚服枭首于市。陈皇后被废，退居长门宫。此赋以陈皇后的口气，写她对汉武帝的思念。赋以时间为线索，一一铺写开来："夫何一佳人兮，步逍遥以自虞。魂逾佚而不反兮，形枯槁而独居。"白天，她独处深宫，形容憔悴，切切地盼望："登兰台而遥望兮，神怳怳而外淫。浮云郁而四塞兮，天窈窈而昼阴。雷殷殷而响起兮，声像君之车音。"她登上高台瞭望，神不守舍。天上乌云四合，雷声隐隐，她甚至误以为是君王到来的车音。白天就这样在绝望中结束，她又要熬过更痛苦的晚上："日黄昏而望绝兮，怅独托于空堂。悬明月以自照兮，徂清夜於洞房。""左右悲而垂泪兮，涕流离而从横。舒息悒而增欷兮，蹝履起而彷徨。"明月独照，她清影孤单，左右之侍女都为她垂涕，她更是泪流纵横，呜咽哀叹，独自彷徨。好不容易入睡，幻想自己来到君王身边，猛然间惊醒，神魂已爽然若失："忽寝寐而梦想兮，魄若君之在旁。惕寤觉而无见兮，魂迁迁若有亡。"长夜漫漫，她就这样熬过了一天又一天："夜曼曼其若岁兮，怀郁郁其不可再更。澹偃蹇而待曙兮，荒亭亭而复明。妾人窃自悲兮，究年岁而不敢忘。"无尽的孤独与悲伤，深情的呼唤与渴望，就在这种情与景的交融中展开，具有极强的打动人心的力量。

将心比心，我们相信汉武帝会为此篇作品而感动。因为作为一位多情的帝王，汉武帝对于自己所心爱的女人李夫人同样也有这样刻骨铭心的思念。李夫人本是倡家之女，因为"妙丽善舞"而得到汉武帝的宠幸。可惜其早卒，汉武帝甚为思念。他听说方士齐人少翁自言能召李夫人神灵前来，就让少翁作法行事。夜张灯烛，设帷帐，陈酒肉，让汉武帝坐在另一个帷帐里，远远望见一个美女如李夫人之貌，在帷幄当中活动，一会儿坐下，一会儿漫步。可是汉武帝又到不得身边，因而愈加相思悲感，为之作诗一首："是邪，非邪？立而望之，偏何姗姗其来迟！"令乐府诸音家弦歌之。接着又作赋一首，伤悼夫人。在赋中，作者先感叹美人之早逝："美连娟以修嫭兮，命樔绝而不长。饰新宫以延贮兮，泯不归乎故乡。"接着表达自己无尽的思念:"神茕茕以遥思兮,精浮游而出畺。""念穷极之不还兮,惟幼眇之相羊。"追忆往昔欢乐的情景:"函菱荴以俟风兮,芳杂袭以弥章。的容与以猗靡兮,缥飘姚虖愈庄。燕淫衍而抚楹兮,连流视而娥扬。"禁不住感到无限的悲伤:"欢接狎以离别兮,宵寤梦之芒芒。忽迁化而不反兮,魄放逸以飞扬。"在赋的结尾,作者写道:

> 佳侠函光,陨朱荣兮。嫉妒阘茸,将安程兮!方时隆盛,年夭伤兮。弟子增欷,洿沫怅兮。悲愁于邑,喧不可止兮。向不虚应,亦云已兮。嫭妍太息,叹稚子兮。懰栗不言,倚所恃兮。仁者不誓,岂约亲兮?既往不来,申以信兮。去彼昭昭,就冥冥兮。既下新宫,不复故庭兮。呜呼哀哉,想魂灵兮!

这种对于所爱之人的深情思念,已经超越了帝王的身份而闪耀着人性的光辉。谢榛《四溟诗话》曰:"《汉书》曰:'不歌而诵谓之赋。'若《子虚》《上林》,可诵而不可歌也。然亦有可歌者,若《长门赋》曰:'夫何一佳人兮,步逍遥以自虞。魂逾佚而不反兮,形枯槁而独居。'《悼李夫人赋》曰:'美连娟以修嫮兮,命樔绝而不长。饰新宫以延贮兮,泯不归乎故乡。'二赋情辞悲壮,韵调铿锵,与歌诗何异?"的确,这两篇赋作,都可以说是非常优秀的抒情诗作。

司马相如的《长门赋》与汉武帝的《悼李夫人赋》或是代别人立言,或者悼念他人,而班婕妤的《自悼赋》则是自抒胸臆。据《汉书·外戚传》:"赵氏姊弟骄妒,婕妤恐久见危,求共养太后长信宫,上许焉。婕妤退处东宫,作赋自伤悼。"可知此赋乃是作者在东宫时所作。在赋中,她首先叙述了自己的经历,说自己有幸蒙祖先之德而得充后宫,谨言慎行,恪尽职守,一心想做一位贤德的后妃:"陈女图以镜监兮,顾女史而问诗。悲晨妇之作戒兮,哀褒、阎之为邮;美皇、英之女虞兮，荣任、姒之母周。虽愚陋其靡及兮，敢舍心而忘兹？"但随着光阴的飞逝，自己青春不再，承蒙帝王之厚爱，没有把自己捐弃，愿在长信宫供养太后以终老："奉共养于东宫兮，托长信之末流，共洒扫于帷幄兮，永终死以为期。"文辞写得很委婉，其实这里面既有自己年老色衰、不再受成帝宠爱的悲伤，也有对赵氏姐妹专权的批评，还有深恐获罪、全身远祸的切身考虑。因而，感伤自悼就成为班婕妤晚年的基本心态，也是这篇赋的抒情主调，这在结尾部分得到了充分的表现：

> 重曰：潜玄宫兮幽以清，应门闭兮禁闼扃。华殿尘兮玉阶落，中庭萋兮绿草生。广室阴兮帷幄暗，房栊虚兮风泠泠。感帷裳兮发红罗，纷绲綷兮纨素声。神眇眇兮密靓处，君不御兮谁为荣？俯视兮丹墀，思君兮履綦。仰视兮云屋，双涕兮横流。顾左右兮和颜，酌羽觞兮销忧。

独处深宫的清冷，华殿生草的凄凉，君王不来的失望，涕泪双流的感伤，这才是作者内心深处最真实的表白，也是此赋最打动人心之处。最后，作者只好自我解脱，她想到人生之短暂，想到自己也曾经受过宠爱，想到自古以来因年老色衰而被君王遗忘者大有人在，既然如此，自己也就应该安于现状了。此言虽为解脱，实在是作者的一种无奈，因而它最终并不能消减此赋的感伤之情，反而让这种自悼式抒情显得更为沉重。此外，班婕妤还有《捣素赋》一篇，是骚体抒情诗的变体，写宫中女子月下捣素，对月伤情，可看作《自悼赋》的姊妹篇，也是抒情味极强的作品。

骚体抒情诗是汉代文人主要的抒情工具，因而，除了我们以上所论列的三大抒情主题之外，汉代文人们还充分发挥其在抒情方面的功能，抒写各种各样的人生之情。这里面，还有对于国事的关心。如贾谊在《旱云赋》里表达了对灾民的同情，对国家政治失中的不满。司马相如上《大人赋》对汉武帝好神仙之术进行微讽。随汉武帝打猎还过宜春宫，作《哀二世赋》，批评其"持身不谨兮，亡国失势。信谗不寤兮，宗庙灭绝。"其实这既是咏史，也是一种委婉的劝谏。王褒的《洞箫赋》虽为咏箫，但是把乐器的制作与音乐的演奏和仁义道德等相关联，在细腻的描写中同样有很浓的抒情诗味。梁竦的《悼骚赋》名为悼骚，实为咏史。借史事以抒情，同时借历史人物的命运寄托自己的愁思。班固的《幽通赋》在考察历史成败中表达了自己向圣贤学习的远大志向。张衡的《定情赋》抒男女之情。马融的《围棋赋》表面上写弈棋之法，其实是借以写人生之道，同样都是抒情色彩很强的作品。

四、汉代骚体抒情诗主题的出现与文学史意义

以上，我们对汉代文人骚体抒情诗的主题进行了概括分析，从中可以看出，汉代文人骚体抒情诗的抒情主题既相对集中，又丰富多彩。遗憾的是，由于在当代人的文体观念中，往往把汉赋与汉诗看成是两种不同的文体，因而很多人在谈到汉代诗歌的时候，往往置这些作品于不顾，从而得出所谓"汉代诗人中衰""西汉时代没有文人诗"等结论。还有的人在对汉赋进行观照的时候，只注意那些以歌功颂德的铺排描写为主的散体大赋，同样很少对这些以抒情为主的作品进行观照，从而否定汉代文人的人格觉醒。如有的学者就说："在人的活动和观念完全屈从于神学目的论和谶纬宿命论支配控制下的两汉时代，是不可能有这种觉醒的。"[1] 甚至还有的人则干脆认为汉代的文人没有个体意识，认为："他们的创作是帝王心意的传声筒，揣摩主子的心思意态成了他们创作的唯一目标。这种毫无主体意识的创作，能有文学的独立可言吗？有可

---

[1] 李泽厚：《美的历程》，文物出版社1981年版，第81页。

能写出富有个性和创造性的作品吗?"① 在此,我们不仅有必要恢复这些骚体赋和拟楚辞的诗的身份和作者的诗人身份,确立其在中国诗歌史上的地位,而且也必须重新考虑他们的出现在中国诗歌史上的意义。仔细分析汉代骚体抒情诗的三大主题——悲士不遇与生不逢时、全身远祸与超越世俗、行旅感怀与思念伤悼,使我们强烈地感受到,它们体现了一种共同的倾向,即汉代文人对自己个体命运的极度关怀,它们是表现个体情感的艺术,具有鲜明的个性化特征。可以说,在中国诗歌史上,以前从来没有出现过如此之多的关心个体命运的诗篇。它们的产生,开创了中国文人诗歌的新时代。

为了更好地认识这一点,需要我们将其与先秦的文人诗歌进行一些比较。追本溯源,中国后世的文人与文人诗歌传统,我们都可以在《诗经》中找到源头。《诗经》中大小雅的作者,基本上可以认定为那个时代的"文人",他们在大小雅创作中所抒发的情感,也对后世的文人创作有巨大的影响。"大雅久不作,吾衰竟谁陈","别裁伪体亲风雅",李白、杜甫两位大诗人的名言可以为证。但是从社会身份来讲,《诗经》时代的"文人",包括屈原,却与汉以后的"文人"有着重大的不同。前者可以称之为"贵族文人",后者则属于"平民文人"。身份的不同决定了他们情感指向上的差异。以《大雅》和《小雅》为代表的周代贵族文人的作品,基本上是以面向群体为主的。其代表作如《大雅·抑》《板》《荡》《小雅·雨无正》《正月》《十月之交》《节南山》这样的讽谏之作,关心国家政治的兴亡和民生的疾苦是其抒情诗歌的中心主题。《诗经》中当然也存在着像《小雅·北山》《巷伯》这样表达个人怨愤、叹自身命运不公的作品,但是所占的比例很少,其中也缺乏对于个体人生道路的深入思考。其后,屈原在他的《离骚》《九章》等作品中所表现出来的对楚国的忠贞不贰,对君王的直言讽谏,就是对《诗经》雅颂

---

① 李文初:《汉魏六朝文学研究》,广东人民出版社 2000 年版,第 88 页。

精神的直接继承。但是把它和《大雅·抑》《板》《荡》等诗作相比可以看出，尽管屈原仍然把自己看作是楚国公族中的一员，对楚国君王和人民的忠贞使屈原最终以身殉国，无私地献出了自己最宝贵的生命，在《离骚》里却明显地把《诗经·大雅》中关注宗国的讽谏精神变成感叹个人哀怨的抒情。屈原在诗中一方面写出自己对君国的一片忠心，同时也着力突出了自己个人的品格节操，恨群小对自己的谗害，叹自己的命运不公。显然，这不仅是对《大雅·板》《荡》精神的继承，更进一步张扬了《小雅·北山》等诗篇的怨诽精神。由《诗经·小雅》中萌生的贵族文人的个人哀怨之情，在这时已经得到了长足的发展。但无论如何，在屈原的思想情感中，面向宗族和国家的群体意识还是占有中心地位。这也就是屈原最终沉江的原因，是他在《离骚》等作品中所表现的中心主题。

平民文人作为一个群体而出现，应该是从战国时代兴起，到汉代，随着封建官僚制度的最终确立而正式形成的。这些战国时代的平民文人群体一般被人们称为"士阶层"，这个士阶层的人大体上都是出身于中下层地主阶级的知识分子，他们在诸侯争雄的战国之际游说列国，寄希望得到升迁和重用，并不拘守于自己的宗族和国家，早已经淡化了西周封建社会的宗法观念。如卫鞅本是魏相国公叔痤家臣，入秦后游说秦孝公而官至大良造；张仪本是魏人，也做了秦惠王的相；吴起本是卫国左氏人，先在鲁国为将，入魏任西河郡守，到楚被提为令尹；申不害原为郑国京人，韩昭侯启用其为相。即使是像孟子这样的儒家大师，为了推行自己的仁政主张，也不拘守邹鲁故国而去游说诸侯。正是在这种新的形势之下，才会产生像宋玉这样的文士。从《九辩》中我们可以看出，宋玉和屈原不同，他不是楚王宗室，甚至也不是楚人。他在诗中自称"悲忧穷戚兮独处廓，有美一人兮心不怿。去乡离家兮来远客，超逍遥兮今焉薄？"这个自称"去乡离家"的远方游客，到楚国来并未得到应有的重用，自然会产生"贫士失职兮志不平"的感叹。对个人命运的感伤，正表现了战国之际大批不得其志的游士们的共同情怀。宋玉的《九辩》在表面上似乎继承了《离骚》的传统，实际上其内在的主题却发生了极大的转换，由屈原从关心宗国命运出发来抒写个体感伤而变成了直接哀叹个人命运，使《诗经·小雅·北山》中感叹个人命运不公的主题在新的时代条件下得到了极大的继承和发展。

两汉时代的骚体抒情诗，基本上继承了屈原抒写个人哀怨的一面，亦即宋玉《九辩》的传统。之所以如此，是因为随着新兴地主阶级政权建立起来后而兴起的汉代文士阶层，已经不再有如《大雅·板》《荡》《抑》的作者和屈原那样的贵族身份，自然也不会再有像先秦诗人那样的贵族意识。他们都是在这个新兴社会里成长起来的平民阶层，有着浓厚的平民意识，关心个人的生活命运，本来就是他们所面临的核心问题。他们身处以皇帝为中心的封建官僚社会里，希望通过读书仕进实现自己的政治理想，从而也改变自己的个体命运。但是，从一名普通的读书士子而爬上政治高位，对于绝大多数士人来讲，这条道路实在过于艰难。于是，悲士不遇、生不逢时，就是他们走在这条道路上最切肤的感受。即便是已经获得了自己希望的权位，他们的生活也不可能高枕无忧。皇权政治对人性的扭曲与官僚制度的冷漠无情，使他们同样需要面对各种磨难，常常会身不由己地陷入种种政治的漩涡之中而不能自拔，由此而形成了十分浓烈的个体生命焦虑。因而，全身远祸、超越世俗，又往往会成为这些文人士大夫所向往的另一种生活方式。正是在这种痛苦与矛盾之中，在他们的思想深处自然会形成一种浓厚的感伤情绪和人生的悲剧意识，行旅感怀、思念伤悼，则正是他们这种感伤情绪得以抒发的有效途径之一。其实，这也正是汉代文人的个性觉醒。汉代文人并不是只会读圣贤之书而没有感情的一代，也并不是愚昧到连自己内心的痛苦都体会不到的个体人格的麻木者。恰恰相反，他们不仅有着十分丰富的个人情感，是最早关注个体生命的封建地主制社会的文人群体，而且是最早以平民知识分子的身份认识到皇权政治的残酷与官僚体制之无情的一代新人。正是他们把这种关注个体人生的切实感受写入骚体抒情诗中，并且典型地显现了后代封建文人所要共同面对的人生主题，彰显了他们的独立人格与个体意识。在中国诗歌史上，骚体抒情诗因而具有开一代新风的重要意义。

本文原载于《中国文化研究》2010年夏之卷（总第68期），《新华文摘》2010年第18期论点摘编

西汉贵族乐府考论

我们这里所说的贵族乐府，不包括宫廷宗庙祭祀雅乐及相关制作，专指西汉帝王、贵戚以及其后宫嫔妃们的日常各种生活中的歌诗创作。西汉本是乐府诗创作活跃的时期，据《汉书·艺文志》及其相关文献，可知当时社会各阶层的乐府歌诗创作都比较繁荣。但是由于受文献记载的限制，这一时期的文人乐府和世俗乐府完整保存下来的不多，相对而言，帝王贵族们的乐府歌诗却保存下来的多一些，成为我们研究这一时期乐府歌诗的重要材料。本文试对此进行较详的考论，以推动整个汉代乐府诗研究的深入。

一、西汉贵族乐府歌诗创作考

西汉贵族乐府歌诗究竟有多少，已经是一个不可考知的数字。现据有关文献，辑录其篇目如下：

（一）据逯钦立《先秦汉魏晋南北朝诗》所辑

现存诗篇有：汉高祖刘邦《大风歌》《鸿鹄歌》；楚霸王项羽《垓下歌》；美人虞《和项王歌》；戚夫人《舂歌》；赵王刘友《幽歌》；城阳王刘

章《耕田歌》；汉武帝刘彻《瓠子歌》《秋风辞》《天马歌》《西极天马歌》《李夫人歌》《思奉车子侯歌》《柏梁诗》；汉昭帝刘弗陵《黄鹄歌》；燕王刘旦《归空城歌》；华容夫人《发纷纷歌》；广川王刘去《为望卿夫人歌》《为修成夫人歌》；广陵王刘胥《欲久生歌》；乌孙公主刘细君《悲歌》；班婕妤《怨歌行》；王昭君《怨旷思惟歌》。以上诸歌，大抵可靠。唯美人虞《和项王歌》、汉武帝《柏梁诗》、班婕妤《怨歌行》、王昭君《怨旷思惟歌》，世人多有怀疑。今分别考述如下：

1. 美人虞《和项王歌》

按《史记·项羽本纪》："项王军壁垓下……夜闻汉军四面皆楚歌。……于是项王乃悲歌慷慨……歌数阕，美人和之。"按此，知项羽悲歌，虞姬有和唱的可能。但《史记》只记载了项羽的《垓下歌》，至于虞姬的和歌，我们今天所见最早的出处是唐人张守节的《史记正义》，并说出自《楚汉春秋》。按《汉书·艺文志·六艺略》曰："《楚汉春秋》九篇，陆贾所记。"沈钦韩《汉书疏证》："《隋志》九卷，《旧唐志》二十卷，《御览》引之。《经籍考》不载，盖亡于南宋也。"由此而言，张守节是唐时人，他说虞美人和歌见于《楚汉春秋》，应有相当的可信性。但同是唐时人，刘知几在《史通·杂说上》曰："自汉以降，作者多门，虽新书已行，而旧录仍在，必校其事，可得而言。案刘氏初兴，书唯陆贾而已。子长述楚汉之事，专据此书。譬夫行不由径，出不由户，未之闻也。然观迁之所载，往往与旧不同。如郦生之初谒沛公，高祖之长歌《鸿鹄》，非唯文句有别，遂乃事理皆殊。又韩王名'信都'，而辄去'都'留'信'，用使称其名姓，全与淮阴不别。班氏一准太史，曾无弛张，静言思之，深所未了。"① 以此，知《楚汉春秋》与《史记》多相矛盾处，刘知几已经不得其解。

王先谦《汉书补注》："《后汉书·班彪传》云：'汉兴，定天下，大

---

① 刘知几撰、浦起龙释：《史通通释》，上海古籍出版社 1978 年版，第 467 页。

中大夫陆贾记录时功，作《楚汉春秋》九篇'。案贾叙述时辈，不容多有牴牾，就其乖舛之迹而言，知唐世所传，已非元书。"王先谦可能是怀疑唐时所传《楚汉春秋》已非陆贾原书的第一人，因为从性质上讲，唐时所传的《楚汉春秋》已不像是实录的史书，而有些类小说家言。正是以此为基础，梁启超首先对其进行了否定："一望而知为唐以后的打油近体诗，连六朝人也不至于有这等乏句，何况汉初。这诗始见于张守节《史记正义》，据云出《楚汉春秋》。《楚汉春秋》久佚，唐时所传已属赝本，节引之徒见其陋耳。"① 徐中舒、罗根泽坚持认为时人所见《楚汉春秋》已非陆贾原作，因而出于其中的虞美人歌必是后人伪作无疑。同时，罗根泽又提出："刘勰、钟嵘、萧子显、萧统论五言诗，皆不及此歌，则此歌为四人所未见，梁时犹未有，亦晚出之一证也。"②

而坚持者则以方祖燊为代表。他说："《楚汉春秋》，陆贾所记。刘知几说：'马迁《史记》，采《世本》《国语》《战国策》《楚汉春秋》'（见《史通·内篇·采撰》）。又说：'刘氏初兴，书唯陆贾而已。子长述楚汉之事，专据此书（见《外篇·杂说上》)'。史家记事，详略取舍，常有不同。如：《史记·赵世家》记赵氏孤儿一事，说明晋族灭赵氏的原因，和《左传》《国语》《谷梁》所载，完全相反。所以我们不能因《史记》不载，就认定是'后人伪作'。虞姬《和歌》，既出于《楚汉春秋》，应当是汉初的作品。近人古直说：'《汉书·艺文志》:《楚汉春秋》九篇，陆贾所记。贾，汉高祖时人，纵其为伪，亦汉初人作矣。'说得比较客观。《楚汉春秋》，新旧唐志尚存录；所以张守节所引，当亦可信。"③

由此可见，关于虞姬《和歌》之真伪，关键在对《楚汉春秋》的认定。按《楚汉春秋》一书，唐时犹存。《隋书·经籍志》谓其有九卷，

① 梁启超：《中国美文及其历史》，东方出版社 1996 年版，第 117 页。

② 罗根泽：《五言诗起源说评录》，《罗根泽古典文学论文集》，上海古籍出版社 1985 年版，第 142—143 页。

③ 方祖燊：《汉诗研究》，台北正中书局 1969 年版，第 3—4 页。

列在《史部》，以此而言，张守节所引《楚汉春秋》应为当时人所见之正本。此书宋以后佚失，清人茆泮林有辑本。据此辑本可知，此书虽有与《史记》不合处，但总是汉初人的记载，非后世所能伪造。① 司马迁之《史记》亦属私家著述，并多有传闻想象之词，我们亦不能由此而认定此书为伪。从体例来讲，此书可能与《史记》等书有别，故被后人小视。《旧唐书·经籍志》："《楚汉春秋》二十卷，陆贾撰"，列于"杂史"类。《新唐书·艺文志》："陆贾《楚汉春秋》九卷"，列于"伪史"类，按此处所说的"杂"与"伪"意义相近，并不是说此类书全是杂货或伪造，而是说这些书一般不被视为正史，可能有传闻之类。唐人刘肃撰《大唐新语》，在其《序》中说："《传》称左史记言，《尚书》是也；右史记事，《春秋》是也。……马迁创变古体，班氏遂业前书。编集既多，省览为殆。则拟虞卿、陆贾之作，袁宏、荀氏之录，虽为小学，抑亦可观。"② 按刘肃把陆贾的书当成"小学"，亦即小说家言，可知此书之体例正在杂史小说之间。但我们同样不能以此而认定此书为伪。由此而论，用现有的材料，梁启超、徐中舒等人由推测《楚汉春秋》为伪书，进而认定虞姬的《和项王歌》为后世伪作，其根据尚嫌不足。但罗根泽所说六朝时人论及五言之起源，皆不提虞美人歌，是一个值得我们重视的观点。清人沈德潜说："虞姬和歌竟似唐绝句矣，故不录。"③ 此与梁启超之说相同，都是从文体发展上对其产生怀疑，也值得我们思考。不过，在没有更可靠的证据之前，我们还不能轻易否定此诗之真，起码以存疑的态度对待之。

2.《柏梁台诗》

《柏梁台诗》现在所能见到的最早的文字记载是《艺文类聚》，最

① 周光培、孙进己主编：《历代笔记小说汇编·汉魏六朝笔记小说》，辽沈出版社1990年版。
② 刘肃：《大唐新语序》，《全唐文》卷六百九十五，中华书局1983年版，第7138页。
③ 沈德潜：《古诗源》，中华书局1963年版，第35页。

252

早可能出自于《东方朔别传》。此诗在清以前无人怀疑，顾炎武在《日知录》二十一中首先提出疑问，其《柏梁台诗》条说：

汉武帝《柏梁台诗》本出《三秦记》，云是元封三年作，而考之于史，则多不符。按《史记》及《汉书·孝景纪》，中六年夏四月梁王薨。诸侯王表梁孝王武立三十五年薨。孝景后元年共王买嗣，七年薨。建元五年平王襄嗣，四十年薨，文三王传同。又按《孝武纪》，元鼎二年春，起柏梁台，是为平王二十二年，在孝王之薨，至此已二十九年，又七年始为元封三年。又按平王襄元朔中以与太母争樽，公卿请废为庶人。天子曰：梁王襄无良师傅，故陷不义。乃削梁八城，梁余尚有十城。又按平王襄之十年为元朔二年来朝，其三十二年为太初四年来朝，皆不当元封时。又按《百官公卿表》，郎中令，武帝太初元年更为光禄勋。典客，景帝中六年更名大行令，武帝太初元年更名大鸿胪。治粟内史，景帝后元年更名大农令，武帝太初元年更名大司农。中尉，武帝太初元年更名执金吾。内史，景帝二年分置左右内史，右内史，武帝太初元年更名京兆尹，左内史更名左冯翊。主爵中尉，景帝中六年更名都尉，武帝太初元年更名右扶风，凡此六官皆太初以后之名，不应预书于元封之时。又按《孝武纪》，太初元年冬十一月乙酉，柏梁台灾。夏五月正历，以正月为岁首，定官名。则是柏梁台既灾之后，又半年而始改官名，而大司马大将军则薨于元封五年，距此已二年矣。反复考证，无一合者。盖是后人拟作，剽取武帝以来官名及《梁孝王世家》乘舆驷马之事以合之。而不悟时代之乖舛也。按《世家》梁王二十九年（《表》孝景前七年）十月入朝，景帝使使持节乘舆驷马梁王于阙下。臣瓒曰：天子副车驾驷马。此一时之异数，平王安得有此。

顾炎武考证的要点有四：第一，《柏梁台诗》，最早见于《三秦记》；第二，史书中没有记载元封三年梁王入朝之事；第三，此诗中六个官名都在元封三年之后才有，不能预书；第四，梁王入朝乘舆驷马之事不合当时制度。因而，此诗乃是后人拟作无疑。由于顾炎武的名气、治学态度以及上面的考证之翔实，故其说产生了巨大的影响。此后，梁启超、陈钟凡、刘大杰、日人青木正儿、葛贤宁、罗根泽等人都接受了顾炎武的观点，认为这首诗是后人之伪作，致使它在一段时间内，几乎消失在文学史家叙述的视野里。

但顾炎武之后，也有人陆续提出反对意见，如纪昀的《四库全书总目提要》、丁福保的《全汉三国晋南北朝诗》、李日刚的《七言起源于汉武柏梁台考辨》、逯钦立的《汉诗别录》、方祖燊的《汉诗研究》。其中尤以后两家的反对意见最为有力，考证亦详，下面分别予以概述。

逯钦立考证的主要观点是：（1）根据《世说新语·排调篇》王子猷诣谢公，谢公曰"云何七言诗条"刘孝标注："《东方朔传》曰：汉武帝在柏梁台上，使群臣作七言诗，七言诗自此始也。"及《太平御览》卷三百五十二引《东方朔传》"孝武元封三年，作柏梁台。召群臣有能为七言者，乃得上座，卫尉周卫交戟禁不时"两条，证明《柏梁台诗》最早的出处不是《三秦记》，而是《东方朔传》。（2）《东方朔传》即《东方朔别传》，在西汉元、成之际"殆已流传，而为当时一脍炙人口之传记"。班固在《汉书》中为东方朔作传，曾多用此书之材料。此书所记之《柏梁台诗》，为西汉人记载，是可靠的；特别是书中提到元封三年作柏梁台事，"质之《史记·封禅书》且较《汉书·武纪》之系于元鼎二年者，尚为近实"。（3）关于《柏梁台诗》中年代官名不合处，"乃因作者追记之欠乎谨严，《汉书》朔《传》且同此弊矣，何得而以此而遽以为后人之所拟作乎？"（4）"检柏梁列韵，辞句朴拙，亦不似后人拟作。"①

---

① 逯钦立：《汉魏六朝文学论集》，陕西人民出版社 1984 年版，第 39—54 页。

　　方祖燊在逯钦立等人的基础上，又提以下几点：第一，《柏梁台诗》最早可能是出于《东方朔别传》，因此书是西汉流传下来的，来源当很真实可靠，以后又收入《汉武帝集》。第二，《柏梁台诗》的文本在《艺文类聚》《太平御览》里记载的比较可靠，自章樵注《古文苑》时为此诗加了许多错误的注释，造成了相当坏的影响，从而启发了后人的怀疑。第三，顾炎武考证梁平王获罪之事在元朔年中，下距元封三年远隔十八年，且梁王获罪只是消减八城，仍为王如故，并不影响他参与此次赋诗联句。同时，《史记》《汉书》中关于诸侯王入朝之事并非每次都记，两书中各有出入，也不能由此得了否定性结论。第四，《柏梁台诗》每句后所注的官名，可能是后人追注上的。追注官名有误，也是一般编史作传者追记前人事迹时常犯的毛病。像班固作《汉书·东方朔传》，也犯有同样的弊病，此条不足以否定此诗的真实性。第五，"骖驾驷马"本是当时诸侯王的一般舆服之制罢了，并没有特别优遇的地方。顾氏把梁孝王时"景帝使使持节乘舆驷马，迎梁王于阙下"，与梁平王的"骖驾驷马从梁来"两件事混为一谈，可说是失察至极。第六，从此诗的内容上来讲可以认定其真实性。①

　　刘勰《文心雕龙·明诗篇》曰："孝武爱文，柏梁列韵。"柏梁台联句之事在魏晋以后曾发生了广泛的影响。此后，宋孝武帝在《华林都亭曲水联句》，效柏梁体，梁武帝《清暑殿联句》也效柏梁体，梁元帝宴清言殿，作柏梁体；唐代以后，效柏梁体者亦多有。顾炎武以前，没有人对汉武帝《柏梁台诗》有过怀疑。逯钦立和方祖燊二人关于《柏梁台诗》的考证，甚为翔实可靠，其反驳顾炎武之说也甚为有力。至此，我以为，关于《柏梁台诗》之真伪问题应该有一个明确的结论：在没有更为可靠的证据证明其为伪作之前，我们必须承认它的真实可靠，并在中国文学史上给以应有的注意。

---

① 　方祖燊：《汉诗研究》，台北正中书局 1969 年版，第 86—128 页。

3. 班婕妤《怨歌行》

此诗最早著录于《文选》,《玉台新咏》题名《怨诗》,并有序:"昔汉成帝班婕妤失宠,供养于长信宫,乃作赋自伤,并为《怨诗》一首。"关于班婕妤的故事,见《汉书》卷九十七《外戚传·班婕妤传》:"赵氏姊弟骄妒,婕妤恐久见危,求供养太后长信宫,上许焉。婕妤退处东宫,作赋自伤悼。"《文选》李善注:"《五言歌录》曰:'怨歌行,古辞。'然言古者有此曲,而班婕妤拟之。婕妤,帝初即位,选入后宫,使为少使,俄而大幸,为婕妤,居增成舍。后赵飞燕宠盛,婕妤失宠,希复进见。成帝崩,婕妤充园陵。薨。"这是关于此诗最早的记录。

但《汉书》中只说班婕妤作赋,并录之,却没有说她作诗之事。刘勰《文心雕龙·明诗篇》云:"至成帝品录,三百余篇⋯⋯而辞人遗翰,莫见五言,所以李陵班婕妤见疑于后代也。"又宋人严羽《沧浪诗话》:"班婕妤《怨歌行》,《文选》直作班姬之名,《乐府》以为颜延年作。"由于有这几条原因,所以近人梁启超、徐中舒、罗根泽等人都表示怀疑。如梁启超说:"此诗纯用比兴,托意微婉,在古诗中固为上乘。婕妤为成帝时人,以当时童谣中'邪径良田'的体制对照,则亦有产生此类诗的可能性。但《文选》李注引《歌录》但称为'古词',而刘勰亦谓'其见疑于后代',然则是否出婕妤手,在六朝时已有问题,恐亦是后人代拟耳。"① 罗根泽说:"余以为是否颜延年作,虽未敢确定,约之非班姬所作,则毫无疑义。《汉书》载其失宠后,奉养东宫,退出长门,作赋以自伤悼,且全录其赋,不言有诗。班姬乃固之先人,有诗何能不知?知之何能不录?盖东晋喜以《团扇歌》咏男女爱情,此首偶尔失名,后人以其与班姬事相仿,遂嫁名班姬。"② 逯钦立也认为此诗非班婕妤所作,但是他否定了所谓颜延年作之说,也不同意是东晋人的伪

---

① 梁启超:《中国美文及其历史》,东方出版社1996年版,第141页。

② 罗根泽:《五言诗起源说评录》,《罗根泽古典文学论文集》,上海古籍出版社1985年版,第153页。

作。他说："按颜氏所谓乐府，当指郭茂倩《乐府诗集》，然郭书实作班氏，不作延年，严氏所说，恐不可信。且即使古代乐录有此题署，亦仍不足据。"因为在颜延年之前，早有西晋人傅玄《怨歌行·朝时篇》、陆机《班婕妤》等模仿班婕妤的《怨歌行》。可见此诗最早也当产生于西晋之前。"检咏扇之作，西汉綦罕，东汉作者，则约有四五家之多，然各家所撰，率以君子之用行舍藏者，为唯一之托喻，前后二百年中，殆无大异。"唯魏文帝《代刘勋妻王氏杂诗》和王粲《出妇赋》命意同于《怨歌行》，"总上所述，合欢团扇之称咏，见弃怀怨之意境，悉可证其始于邺下之文士，可知传行西晋之《怨歌》，亦必产生于斯时。大抵曹魏开国，古乐新曲，一时称盛，高等伶人，投合时好，造为此歌，亦咏史之类也。殆流传略久，后人遂目为班氏自作。"①

按以上诸家所论，自以逯钦立说最为有力。他认定此诗最早也应在曹魏时期，值得参考。但是我们并不同意他的"高等伶人"拟作说，因为这不过是一种猜测之词。团扇之喻，在东汉时期固然多写用行舍藏，但是我们并不能否定班婕妤可用之比喻君王恩宠，反过来我们也可以说，这正好是她的创造。同时，也正因为她的这一创造，才开启了后人的模仿。西晋人傅玄的《怨歌行·朝时篇》云："自伤命不遇，良辰永乖别。已尔可奈何，譬如纨素裂。"此诗模仿《怨歌行》咏叹班婕妤之命运，其用辞命意之相同，正好说明团扇之喻与班婕妤创作之间这种不可分离的关系。西晋人陆机的《班婕妤》一诗云："婕妤去辞宠，淹留终不见。寄情在玉阶，托意唯团扇。"可见在西晋人陆机的心中，团扇之作，也定是班婕妤无疑。西晋与曹魏时代前后相接不过几十年，若《怨歌行》为曹魏时"高等伶人"所作，傅玄陆机等人就不会有这样的拟作。因此我以为，在没有充分的证据证明此诗为伪作之前，我们是不能轻易怀疑此诗的。

---

① 逯钦立：《汉魏六朝文学论集》，陕西人民出版社1984年版，第22—27页。

4. 王昭君《怨旷思惟歌》

此诗最早见于传为蔡邕所作的《琴操》,《艺文类聚》卷三十、《乐府诗集》卷五十九作《昭君怨》。《广文选》卷九、《诗纪》卷二作《怨诗》。《北堂书钞》卷一百零六、《文选》卷二十八《扶风歌》注、《太平御览》卷四百八十三、五百七十一均引用部分诗句。按王昭君故事,最早见于《汉书·匈奴传》,但记载很简单。《西京杂记》中始有较详细的记载。《乐府解题》中所记又与《西京杂记》有所不同。王昭君故事在历史上影响很大,但是关于她的这首《怨旷思惟歌》,却未必是她所写,很可能是后人根据她的故事而作的歌诗。对此,郑文先生有较详的考证辨伪,可从。① 王昭君之歌最早见于《琴操》,《琴操》之曲,或托名箕子,或托名周之文王、武王,或托名孔子、曾子等,都是后人附会之作。郭茂倩《乐府诗集》卷五十七引《乐府解题》曰:"琴操纪事,好与本事相违,存之者,以广异闻也。"可见,此诗之不可靠,前人早有说法。

可见,就现存的上述诗篇来说,的确有真有伪,有的真伪不明,需要我们认真对待。面对这些复杂现象,我们要有一个基本的原则。在漫长的历史传承过程中,一首诗能够完整地保存到现在,是相当不容易的,这其中可以发生各种情况,如文字的脱误,原作的丢失,后人的增删等等。这给我们辨别其真伪增加了很多的困难。好在古人有一个信以传信,疑以传疑的态度,所以使得这些作品能够较好地流传到今天。但是自五四以来,由于受实证主义和进化论的影响,在一段时间内曾经在学术界弥漫着疑古之风,对于那些可疑之作往往采取否定的态度。我以为,这种思维方法是不可取的。对于古代的东西,我们应该尊重古人的记载,不要轻易地否定。在没有取得充分证据的情况下,我们首先应该承认历史记载。确有疑问,又不能解决,不妨存疑。只有这样,我们才

---

① 郑文:《汉诗研究》,甘肃民族出版社 1994 年版,第 245—249 页。

能尽量少犯主观主义的错误。

（二）据《汉书·艺文志》记载

以下目录中尚有西汉贵族诗篇：高祖歌诗二篇；出行巡狩及游歌诗十篇；临江王及愁思节士歌诗四篇；李夫人及幸贵人歌诗三篇；诏赐中山靖王唫及孺子妾冰未央材人歌诗四篇。

以上五类诗中到底还有哪些是我们上面没有提到的贵族诗作，是个很不容易弄清的问题。其中"高祖歌诗二篇"，据王应麟《汉志考证》，指《大风歌》与《鸿鹄歌》，此说可从。"出行巡狩及游歌诗十篇"，王先谦《汉书补注》认为，当是指汉武帝的《瓠子》《盛唐》《枞阳》等歌。汉铙歌《上之回》也应在其中。按《瓠子歌》见《史记·河渠书》，《盛唐》《枞阳》之歌并见《汉书·武帝纪》，《上之回》见存于汉《鼓吹铙歌》十八曲中。但是以上四首是否属于这十首歌之内，不得而知。"临江王及愁思节士歌诗四篇"，按沈钦韩的《汉书疏证》，认为当是临江闵王刘荣所作。但《汉书·景十三传》中记载有临江哀王阏与临江闵王荣二人，未知谁作。从《汉书》记载来看，以临江闵王刘荣所作的可能性大。"李夫人及幸贵人歌诗三篇"，不可考。沈钦韩的《汉书疏证》："《外戚传》有《是邪非邪》诗，王子年《拾遗记》有《落叶哀蝉曲》，未审其真伪。""诏赐中山靖王唫及孺子妾冰未央材人歌诗四篇"，颜师注："孺子，王妾之有品考者也。妾，王之众妾也。冰，其名。材人，天子内官。"此诗前有"诏赐"二字，不知是何意思，也许是皇帝下诏赏赐给中山靖王唫及孺子妾等人的。总之，上述诗篇仅存其目，已无原文可考。

（三）其他文献典籍中记载的西汉贵族歌诗篇目

除了以上两类外，在其他典籍中还有一些关于汉代贵族歌诗创作表演的记载。其篇目如下：

1.据《西京杂记》，汉高祖与戚夫人在后宫时演唱的歌曲有《出塞》《入塞》《望归》《上陵》《赤凤凰来》。

2.据《汉书·武帝纪》，汉武帝元封五年，南巡狩，到盛唐、枞阳，作《盛唐》《枞阳》之歌；太始四年，祠神人交门宫，作《交门》之歌。

3.据王嘉《拾遗记》，汉昭帝始元元年，黄鹄下太液池，帝作《黄鹄》之歌。

4.据《史记·吕太后本纪》，梁王恢之徙王赵，心怀不乐。王有所爱姬，王后使人鸠杀之。王乃为歌诗四章，令乐人歌之。

5.据《汉书·王褒传》记，汉宣帝时修武帝故事，颇作歌诗。

6.据《汉书·元帝纪》记，汉元帝多材艺，善史书。鼓琴瑟，吹洞箫，自度曲，被歌声，分刌节度，穷极幼眇。

7.据《西京杂记》卷五记，赵后有宝琴，曰凤凰。善为《归风》《送远》之操。沈德潜《古诗源》录有《归风送远操》，并署名为赵飞燕作，其辞曰："凉风起兮天陨霜，怀君子兮渺难忘，感予心兮多慨慷。"此诗出处不明，难辨真伪。

我们知道，中国古代的史书是以记载国家政治大事为主的，即便是在人物传记中，也多记载他们的政治、军事、经济、文化等社会活动，极少记录当时社会各阶层的歌诗艺术作品。在这种情况下，汉代帝王贵族们的歌诗创作能够较其他阶层的歌诗创作更多地记录并保存在史书中，自然是一件幸事，给我们研究当时的歌诗创作提供了第一手材料。即便如此，这些能被记录下来的歌诗的数量也是很少的，并不能全面反映汉代歌舞艺术繁荣的历史。我们的分析，只能就上面搜集到的现存诗篇以及存目来进行，这同时给我们的研究带来了难度。

根据以上材料，我们可以把西汉帝王贵族的歌诗创作分为两大类：1.西汉帝王贵族的政治生活歌诗；2.西汉帝王贵族的世俗娱乐歌诗。下面我们分别讨论。

二、西汉帝王贵族的政治生活歌诗

按艺术生产的理论，无论是西汉帝王贵族的政治生活诗还是世俗生活诗，都属于自娱式的歌诗生产，也就是说，他们都是帝王贵族们的自我抒怀。所不同的是，由于帝王贵族的生活往往和封建政治有着更为紧密的联系，因而他们的自娱式歌诗生产中往往也就更多了一些政治意味，甚至其中的许多诗篇就是政治斗争的产物，它们因此而被史家当作历史事件的一部分记录下来。这些诗篇既有特殊的政治认识价值，又有独特的情感抒怀。

在现存的西汉帝王贵族歌诗中，除了汉武帝刘彻的《秋风辞》《李夫人歌》、乌孙公主刘细君的《悲歌》和班婕妤的《怨歌行》之外，其他诗篇都是典型的政治生活诗。这些政治生活诗，从一个侧面反映了封建社会统治阶级内部的政治斗争，也是我们认识那一时期帝王贵族们政治生活的重要材料。

这种斗争随着汉王朝的建立同时开始。马克思恩格斯曾说："单独的个人所以组成阶级只是因为他们必须进行共同的斗争来反对某一另外的阶级；在其他方面，他们本身就是相互敌对的竞争者。"① 事实的确如此，翻看一下秦末战争的历史，我们看到的就是这样一幅图画。为了反抗秦朝，刘邦、项羽等各路义军联合在一起，但为了各自的利益，在大敌当前的联合中他们之间就已经开始了明争暗斗。秦王朝刚被推翻，刘项二人就演出了一幕鸿门宴，接着是争夺权力的五年战争。在楚汉相争中，韩信、英布、彭越诸人为了自身的利益和刘邦逐渐联合起来打败了项羽，同时也各自怀着心腹。汉帝国刚刚建立，为了权力的再分配和个

① 参见《德意志意识形态》，《马克思恩格斯全集》第3卷，第61页。

人私利，这三人又相继谋反或兵乱。最后的结果是三人被诛，而刘邦也拖着带箭伤的身子一病不起，不久之后就一命呜呼。

当然，如果我们从一般的历史状况出发，先秦时代统治阶级内部斗争也同样激烈。如周王朝刚刚建立不久，武王去世，成王年幼，周公摄政，管叔、霍叔、蔡叔等勾结武庚发动叛乱，也曾经发生过激烈战争。但是，由于周王朝乃是在家族血缘关系下建立起来的封建领主制社会，"昔武王克商，光有天下，其兄弟之国者十五人，姬姓之国者四十人，皆举亲也。"（《左传》昭公二十八年）接着，"周公……兼制天下，立七十一国，姬姓独居五十三人"（《荀子·儒效》），这样，有了一个以家族血缘关系为纽带相连的诸侯之国作为藩屏，又有原来在豳岐故地经营的基础，周王朝的政权相对还是比较容易稳定的。而刘邦这个出身于小亭长的乱世英雄，打天下全靠各路豪杰的鼎力相助，建国家也必须倚重这些功臣将相，他自己并没有家族的显赫地位和雄厚的物质基础。这不能不使他倍感忧惧，特别是对那些立过大功的人加倍猜疑，甚至于连张良、萧何也在其内。而事实上，刘邦封建的功臣们和他离心离德的也的确不少，他们之间只是君臣利害的关系，而绝没有尊尊亲亲的宗族情感联络。正是这种特殊的历史背景和新型的君臣关系，显示了汉初统治阶级内部斗争的激烈和它的时代特色。开一代风气之先的《大风》之歌，就是在这种历史条件下的特殊产物。

汉初统治阶级内部的激烈斗争，不仅表现在刘邦同功臣将相之间，而且也表现在皇室内部。汉高祖初立惠帝为太子，以后认为孝惠为人仁弱，又想废掉他而立赵王如意。就在这一废一立间，皇室内部开始了一场激烈的倾轧。

这场斗争是在戚夫人和吕后之间展开的。戚夫人因为年少善舞而得幸，在和项羽作战中就常相陪伴刘邦，她以此而恃宠，在高祖面前日夜啼哭，想让她的儿子如意取代太子。而吕后当时留守关中，和刘邦难得一见，关系疏远，几被戚夫人得手，只是因为大臣们面争和后来张良出主意，才保住惠帝的太子之位。为此，吕后恨透了戚夫人及其子如意。高祖去世后，她马上把戚夫人囚于永巷，并活活害死，又把赵王如意征召到长安鸩杀之。孝惠帝崩后，又幽杀了孝惠太子，借故囚禁并害死了赵王刘友和梁王刘恢。直到吕后去世，城阳王刘章和周勃等平定诸吕之乱，这场王室新贵们的互相残杀才暂告结束。

现存汉王室贵族的诗章，如刘邦的《鸿鹄歌》、戚夫人的《舂歌》、赵王刘友的《幽歌》和城阳王刘章的《耕田歌》等全是和这一斗争有关的诗作。其中刘邦的《鸿鹄歌》作于易太子之事未果之后，这是宣告戚夫人在这场争权战中已经失败的哀歌，戚夫人的《舂歌》则是被吕后囚禁时的哭诉，赵王刘友的《幽歌》是对吕后擅权的怒斥，城阳王刘章的《耕田歌》则表示了要除掉吕氏家族的决心。这些诗篇本身就可以连接成一段历史，向我们揭示这一时期王室内部斗争的残酷。

当然，如果从历史上看，先秦时代各国统治集团内部的争权斗争同样也是非常残酷的。《左传》起首记"郑伯克段于鄢"一事，就是讲郑庄公和他的弟弟共叔段之间的权力之争。《国语·晋语》以大量的篇幅记述郦姬在晋献公面前谗害公子申生、逼走重耳之事，也是讲王室内部的激烈斗争。但是，在宗法制的先秦时代，这种王室内部的争权斗争，尽管已经被人们称之为"不义"之举，仍未能脱掉那层温情脉脉的血缘关系的面纱。郑庄公早就知道共叔段有篡夺之心，仍然不肯师出无名地置其弟于死地，而是"一方面为了沽名钓誉，将自己扮成孝顺母亲的孝子和友爱弟弟的贤兄，以争取人心；另方面是为了麻痹他的政敌，他是用装聋卖傻欲擒故纵的方法，助长武姜和叔段的野心，企图诱使武姜和叔段肆无忌惮地将其阴谋彻底暴露。"[1] 这样，郑庄公终于找到了叔段"将袭郑，夫人将启之"这个最佳时机，"名正言顺"地将其打垮，后来，又演了一出和母亲"黄泉相见"的丑剧，并且赋诵着"大遂

----

① 杨公骥：《中国文学》，吉林人民出版社1980年版，第401页。

之中，其乐也融融""大遂之外，其乐也洩洩"的诗章，把那些见不得人的丑事尽量掩盖在家族伦理道德的遮羞布下。可是在汉代，这种虚伪的道德掩饰却完全不必，史书也不再评价这种行为如何"不义"。吕后杀赵王如意，既不需要装出一副"亲亲之爱"的虚假面孔，杀戚夫人也不用找"名正言顺"的理由，而是直接下手。高祖刚刚故去，她就迫不及待地"徵王（指赵王如意）到长安，鸩杀之。"（《汉书·高五王传》）把戚夫人关进永巷当罪囚，"髡钳衣赭衣，令舂"，其后，又砍去她的手脚，挖去眼睛，薰聋耳朵，弄成哑巴，扔进厕所中，名之曰"人彘"，让惠帝去看（《史记·吕太后本纪》《汉书·外戚传》）。其惨无人道的程度真让人发指，就连她的儿子惠帝看后，也"大哭，因病，岁余不能起"，并对吕后说："此非人所为，臣为太后子，终不能治天下。"（同上引）

由上可见，西汉贵族诗歌创作虽然存留下来的不多，但是却生动真实地记录了汉初统治集团内部激烈的斗争，并具有一定的代表性和预示性。它说明，这个新王朝的建立也是伴随着各种矛盾开始的，这个新兴的地主阶级即便是在处于上升时期，也仍然带有本阶级极端贪婪自私的本性。这正如恩格斯所说："自从阶级对立产生以来，正是人的恶劣情欲——贪欲和权势欲成了历史发展的杠杆，关于这方面，例如封建制度的和资产阶级的历史就是一个独一无二的持续不断的证明。"[1] 汉朝立国之初，刘邦基于秦亡和项羽失败的教训，曾经提出"非刘氏而王，天下共击之"（《史记·吕太后本纪》）的盟誓，试图以同姓王的建立来拱卫王室。所以至高祖晚年，原来曾被封为王的异姓功臣都因为或叛或削而丢掉王位，"子弟同姓为王者九国，唯独长沙异姓"（《史记·汉兴以来诸侯王年表》），以此见高祖为了自己的万世基业的苦心经营，为此不

---

[1]　恩格斯：《路德维希·费尔巴哈和德国古典哲学的终结》，《马克思恩格斯选集》第四卷，第233页。

惜除掉英布、韩信、彭越诸人，至老仍征战不息。但是刘邦并未想到，他自以为可信赖的子弟同姓王，在他死后照样和王室离心离德，"亲属益疏，诸侯或骄奢，忧邪臣计谋为淫乱，大者叛逆，小者不轨于法"（同上引），终于有吴楚七国之乱。所以到武帝太初年间，这些诸侯王的权力也被削除殆尽了。

但我们在今天认识西汉帝王贵族政治生活诗的目的，并不仅仅在于它如何生动地反映了统治者之间的政治权力斗争，还在于它同样具有抒情诗的特质，值得我们从抒情诗的角度对其进一步加深认识，去揭示抒情者的心灵世界。

从这一角度讲，项羽的《垓下歌》首先值得我们重视。作为反秦战争中最为杰出的英雄，从带领八千子弟兵起义到破釜沉舟击破秦军，从斩宋义、屠咸阳到自封为西楚霸王，项羽以其超凡的勇武、不可一世的气概，征服了反秦的各路诸侯，创造了辉煌的伟业。但是到头来却空有"力拔山兮气盖世"的勇武，在"四面楚歌"声中一面叹天命不佑，一面伤美人之难保，盖世英雄竟会唱出如此悲伤慷慨的垓下之歌，竟会有如此悲惨的结局，怎能不让人感叹万分。沈德潜说得好"'可奈何'、'奈若何'，呜咽缠绵，从古真英雄必非无情者。"[1] 是的，正因为此诗乃大英雄在穷途末路时的抒情，其心灵世界的真挚坦露才更为感人，它让人联想到英雄一生的伟大功业，同情其此时此地的危难处境，并为之发自心灵的呼喊而震撼。我们未必把这首诗称之为伟大的诗作，随口成章的简短的四句歌词在艺术上也没有经过多少的雕琢与锤炼，但是这一由血泪而凝成的千古悲歌，却可以称之为中国诗歌史上的一声绝响。它在向我们展示英雄之多情的同时，也在向我们提示着如何去体悟抒情诗的本质——一首真正的好的抒情诗，并不在于它的长短，而主要看它是否真正表现了某种人类的真情，是否和一个人的血肉与生命紧密联系在

---

[1]　沈德潜：《古诗源》，中华书局 1963 年版，第 35 页。

一起。

　　和项羽的《垓下歌》堪称比肩之作的还有刘邦的《大风歌》。和失败的英雄相比，因为这首歌出自于开国皇帝刘邦之口，后人的评价颇高。如胡应麟《诗薮》就誉之为"冠绝千古"之作。葛立方《韵语阳秋》也说："高祖《大风》之歌，虽止于二十三字，而志气慷慨，规模宏远，凛凛乎已有四百年基业之气。"① 的确，诗人以"风起云飞"喻群雄逐鹿，以"威加海内"写自己独领风骚，不能说没有一代帝王的英雄之气。比起项羽的"时不利兮骓不逝"显然有着胜者与败者在心境上的天壤之别。可是，当我们读了"安得猛士兮守四方"这最后一句时，却不能不想到刘邦和英布刚刚结束的战争，想到刘邦当时的另一种心态：经过十几年血雨腥风之后，他虽然战胜了一个又一个对手，已经登上了九五之尊，可是又有几个值得信赖的猛将忠臣可以倚重呢？从这一点讲，刘邦晚年的悲伤慷慨并不亚于项羽。因为他所面临的处境并不是自己个人的失败，而是从亲身经历中感到保天下比打天下更艰难，由功臣将相的离心离德想到统治者内部争权夺利的激烈和自己死后的江山谁属。由一个地方上的小小亭长而成为一代开国君王，从事业的角度讲，刘邦无疑是一个最大的成功者。但是政治上的成功并不能代替生活的美满，人生还有更为重要的亲情友情和乡情。当刘邦拖着带着箭伤的身体回到故乡的时候，"威加海内"固然可以使他为自己所取得的政治功业而骄傲，但是这些并不能弥补他在感情上的创伤，君臣之间的互相猜忌、王室内部权力的争夺，这些不仅让他感到守住王业的艰难，同时也感到为了政治而泯灭人性，在感情上所付出的代价有多么巨大。可以说，也只有到了刘邦此时的境界，才会更为真切地体会到人性和人情的价值。司马迁在《史记·高祖本纪》中虽然只用了很少的话语，却写出

---

① 葛立方：《韵语阳秋》卷十九，见清人何文焕辑《历代诗话》，中华书局 1981 年版，第645 页。

了刘邦在此时的真实心境，说他在悲歌《大风》之后，"慷慨伤怀，泣数行下"，并有"游子悲故乡，吾虽都关中，万岁后吾魂魄犹思乐沛"的感人肺腑之语，《大风歌》也因此而成为一首不朽的抒情名作。

封建帝王们的感情是孤独的，《垓下歌》与《大风歌》之所以动人，就因为它们不但生动地表现了那一时代政治生活，而且写出了项羽和刘邦这两位英雄的孤独的心灵，向我们展示了这一类历史人物情感的独特性。但我们同时还要注意到，在中国历史上，封建帝王们既是一个特殊的群体，具有自己独特的生活环境和一个特殊的心灵世界；同时他们也有和普通人一样的一面。即便是他们的政治生活诗，之所以具有认识价值和审美价值，有时也并不仅仅是因为他们在反映生活和表现情感时的特殊性，反而是因为他们在反映生活和表现情感时具有了更为普遍的共性，因为引发他们抒写情怀的环境事件在现实中具有更大的代表性。汉武帝的《瓠子歌》就是这样一首著名的诗歌。

据《汉书·武帝纪》："元封二年四月……作《瓠子歌》。"《沟洫志》曰："上既封禅，乃使汲仁、郭昌发卒数万人，塞瓠子决河，于是上以用事万里沙，则还自临决河，湛白马玉璧，令群臣从官自将军以下皆负薪置决河。是时东郡烧草，以故柴薪少，而下淇园之竹以为楗。上既临河决，悼功之不成，乃作歌。"其歌曰：

> 瓠子决兮将奈何，
> 浩浩洋洋兮虑为河。
> 虑为河兮地不得宁，
> 功无已时兮吾山平。
> 吾山平兮钜野溢，
> 鱼弗郁兮柏冬日。
> 正道驰兮离常流，
> 蛟龙骋兮放远游。

> 归旧川兮神哉沛，
>
> 不封禅兮安知外。
>
> 皇渭河公兮河不仁，
>
> 泛滥不止兮愁吾人。
>
> ……

不难看出，这歌乃是武帝在堵塞黄河决口时的有感而发。据历史记载，瓠子决口于元光年中，至元封二年已二十余载。巨大的自然灾害造成了连续数载的荒年，使汉武帝深深地感到了黄河决口所造成的巨大危害，于是就在他举行封禅典礼的回途中，发动了数万人治河，自己亲临现场，令百官皆负薪劳作，沉白马玉璧，下决心要制服这一自然灾害。显然，这是人类与大自然抗争的壮举，也是几千年封建社会史中少有的壮丽画卷。在与自然灾害的抗争面前，国家、帝王和人民的利益暂时取得了一致。"在历史上常常是这样：个别的人不仅在名义上、法律上代表国家政权，而且依仗政权的现实权力，不受拘束地、主动地在社会面前提出全民族的进步的伟大任务，并英勇地领导社会戏剧性地去实现这些任务。"① 汉武帝在此时，不再作为与普通人相对立的统治者而存在，而是作为在特定生产力状况下与大自然相对立的国家和人民的代表而出现。他一方面以帝王的名义发动了人类征服大自然的战争，另一方面也如这一时代的一般人一样，把这种人类抗争自然的现实感受抒发于诗中。也正因为如此，《瓠子歌》一诗，尽管其中脱不尽帝王之口吻，但是它内中所表现的人类在自然灾害面前的忧虑心情和斗争精神，却足以激发全民族的热情并产生亲近感。而且，只要这种大自然的灾害尚未彻底征服之时，这种共同的情感体验仍能使人们产生强烈共鸣。这首诗的感召力量，决不会因为它是帝王之作而泯灭的。

---

① ［苏］波斯彼洛夫：《文学原理》，王忠琪等译，三联出版社 1985 年版，第 256 页。

三、西汉帝王贵族的世俗生活诗

西汉帝王贵族的政治生活诗在汉代乐府歌诗中属于特殊的一类，它们以反映封建帝王贵族的政治斗争生活而见长，同时也能让我们窥见他们内心世界的另一个方面。但是对这些帝王贵族们来说，他们毕竟也有与普通人一样的世俗情怀，他们照样可以从事世俗歌诗的生产与创作。作为一代帝王，汉武帝是西汉地主阶级最突出的代表，他生于西汉盛世，独尊天下的地位和帝国的繁荣造就了他的性格。作为地主阶级的统治者，他有至高无上的权力，可以把一个阶级的意志体现为个人的意志。作为全国最大的地主，他也拥有这个阶级所能拥有的一切，享受这个阶级所能享受的一切。但是作为生命的个体，汉武帝却和普通人没有什么两样，他既无能挽回自己宠姬的生命，也无法延缓自己的衰老。在众多的皇后妃嫔之中，他最偏爱的是李夫人，李夫人偏偏早卒，这不能不使他倍感神伤，也会和普通人一样抒写男女伤别的相思之作《李夫人歌》；行幸告祠的礼仪，本是耀武扬威，显示自己独尊之际，可是想到百年之后自己也会和普通人一样归骨黄泉，这种沉痛已极的悲哀，自然也会在抒情诗作中得到充分的表现：

> 秋风起兮白云飞，
> 草木黄落兮雁南归。
> 兰有秀兮菊有芳，
> 怀佳人兮不能忘。
> 泛楼船兮济汾河，
> 横中流兮扬素波，
> 箫鼓鸣兮发棹歌，
> 欢乐极兮哀情多，

少壮几时兮奈老何!

这首诗写得凄凉而哀婉,以自然界之秋的零落萧条兴人生短促之感,比起宋玉的《九辩》来,显然具有更强的个体生命意识蕴含于其中。"怀佳人兮不能忘","少壮几时兮奈老何",这不仅是统治者在自然规律面前无能为力的悲哀,而且是统治者个人私欲无法满足的痛苦。"欢乐极兮哀情多",这句话深刻真实地剖白了汉武帝自己的内在情怀。正因为他享有人间的一切豪华富贵,欢乐至极,那种珍惜生命的悲哀也就更为沉痛。这首诗使我们想起了《郊祀歌》十九章中的《日出入》《天马歌》,也会使我们想起当时的送葬挽歌《薤露》《蒿里》,汉武帝以一代帝王的身份来写这种人生短促的悲哀与感叹,反映了一个时代的思潮,更表现了他个人的思想情怀。

这种个人情怀表现在不同人身上显现为不同的特征,体现为不同的个性。据《汉书·西域传》,乌孙公主刘细君本为江都王刘建之女,元封中,汉武帝把她远嫁给乌孙王昆莫,为左夫人。公主至其国,自治宫室居,岁时一再与昆莫会,置酒饮食,以币制赐王左右贵人。昆莫年老,语言不通,公主悲愁,自为作歌曰:

吾家嫁我兮天一方,
远托异国兮乌孙王。
穹庐为室兮旃为墙,
以肉为食兮酪为浆,
居常土思兮心内伤,
愿为黄鹄兮归故乡。

这诗表现了乌孙公主远嫁异国的悲愁。从大的政治方面讲,与西域诸国和亲是汉代的一项国策,它对打通西域通路,防止匈奴侵扰,巩固北方边疆都有着重要意义。但是从个人角度讲，却需要有人作出牺牲。乌孙公主承担了这一重任，也就意味着在语言不通、风俗水土不适的异地他乡度过自己宝贵的青春年华，这也不能不说是个体人生的悲哀。这首诗一方面表现了自己作为一名贵族女子的不幸，另一方面也写出了自己对命运抗争的呼喊，读来真切感人，同样具有很强的个性色彩。

在封建社会里，妇女命运是最为悲惨的。她们无论生活在下层还是上层，都不能摆脱依附于男子的命运。身为汉武帝表姐的陈皇后，照样可以被汉武帝遗弃，遭受长门冷落之苦，其他女子的命运可想而知。班婕妤初时以其才艺而受到汉成帝的宠爱，后来又因为赵飞燕的得宠而被冷落，作《怨歌行》而自悼曰：

> 新裂齐纨素，皎洁如霜雪。
> 裁成合欢扇，团团如明月。
> 出入君怀袖，动摇因风发。
> 常恐秋节至，凉飚夺炎热。
> 弃捐箧笥中，恩情中道绝。

在这首诗中，班婕妤以团扇为喻，一写自己的命运，二写自己的心情。团扇以洁白的齐纨所制，象征着自己的品性高洁；团扇如明月般可爱，象征着自己的美丽。但再美丽高洁的团扇，其价值也不过是被人用来作为驱暑送凉的工具，以此可见女子地位的可怜。而更为可怜的是，无论她们如何得宠恃骄，也难以摆脱花落色衰、被人遗弃的命运，这就好比团扇一样，一旦暑气消退，秋风送爽，再好的团扇也没有了使用的价值，只能被人遗弃于箧笥之中。仔细想一想，班婕妤在此诗中所表达的情感是多么细腻，其性格又是多么柔弱，而内心又是多么焦虑与沉重啊。中国古代女子的柔软婉顺与多愁善感，在这首诗中得到了突出的表现。

严格来讲，当封建帝王贵族们一进入现实生活领域之后，他们的所作所为就难免带有政治化色彩。即便是他们所咏唱的世俗生活情感，也与他们的政治身世密切相关。汉武帝的《秋风辞》写于与群臣宴饮之际，乌孙公主刘细君的《悲愁歌》的咏唱也与当时的民族政治相关，班婕妤的《怨歌行》背后隐藏着宫廷内部妃子们争宠夺爱的斗争故事。但我们之所以把这些诗篇称之为帝王贵族的世俗歌诗，是因为无论如何，这些诗篇所表达的情感，基本上还属于作为一个普通的平民百姓都可以理解的世俗的人生情感。在生老病死的人生规律面前，在远离家乡出嫁异国而思亲的日日夜夜里，在女性地位低下不得不依附于男子的婚姻生活中，帝王贵族与普通百姓的思想情感并无二致。因此，他们的世俗抒情诗在审美价值与艺术价值上与普通人的诗作也毫无区别。在某些方面，由于这些帝王贵族的生活更具有典型性与普遍性，甚至会成为我们认识某一时代社会思想、剖析其人性和心灵的主要切入点。《秋风辞》《怨歌行》和《悲愁歌》也因此而成为汉代诗歌名篇，成为后人研究和关注的对象。

西汉贵族政治诗和世俗生活诗，从表面上看在题材的选择和情感的抒发上都有一定的差距，但仔细分析，我们又可以发现二者在文化精神上的一致，和先秦时代一样，汉代人还是把抒情当作诗歌的本质。他们最擅长的，还是抒情诗的创作。举凡是社会生活中的各种内容，无论是政治变革、权力的争夺还是世俗生活的苦恼和欢乐，他们都可以随口发为诗章。诗歌仍然是汉代帝王和贵族们的抒情工具，也是他们认识社会、反映社会以致表现社会的重要方式。同时，因为这些帝王贵族的生平事迹在历史中都有或详或略的记载，它也为我们研究汉代抒情诗内容与社会生活、抒情诗作品与诗人心理、抒情诗产生的文化情境、具体创作情境以及抒情诗在汉代贵族生活中所扮演的角色和它的社会文化功能等，都具有重要的意义，值得我们去进行专门研究。

从艺术生产的角度讲，这些西汉贵族抒情诗的认识价值还不止于此，它正在从多个方面印证着中国古代歌诗生产的特殊规律。从情感的抒发角度来讲，这些诗不同于先秦贵族雅诗传统，已经没有比较浓厚的宗族伦理情感；从艺术风格上说，这些诗也不像先秦贵族诗作那样庄严典则，语言文雅，而是出言直率，感情直露，毫不含蓄。更重要的是从创作态度上看，这些作者心中并没有把诗作为教化手段的观念，并没有像儒家所说的那样，作为君临天下的帝王，更应该"慎其所感"。他们心中的诗歌就是遣兴娱乐的工具，写诗的动机就是为了表达自己心中的喜怒哀乐。刘邦的《大风歌》之作，是起于还归故乡，与故人父老相乐，酒醉欢哀的席间；《鸿鹄歌》作于易太子事不成，戚夫人嘘唏流涕，二人相对感伤之时；赵王刘友的《幽歌》作于被吕后幽禁横遭陷害的悲愤怨恨中，汉武帝与群臣共作的《柏梁台诗》，则纯粹是一种带有消遣娱乐性质文字游戏。从这里可以看出，这些西汉贵族们的诗歌创作一开始继承的就不是先秦诗骚精神，而是取法于自春秋末年以来以娱乐抒情为主的"新乐""郑声"，这才是我们认识西汉贵族诗章时更应该注意的。因为从这里看出在汉代新兴地主阶级的日常诗歌创作中，郑声实际上早已取代了雅乐。西汉贵族的诗歌创作，一开始就是以"郑声"发端的。换句话也可以说，即便是西汉贵族的这些歌诗创作，也更符合用艺术生产的理论去对它进行研究和解释。

关于西汉贵族诗歌创作的特点，学者过去注意不够，因为现存的有关诗篇，大都是在《史记》《汉书》中当作王室内部斗争的历史记载下来的，人们多注意它的内容而很少考虑体现在其中的文学观念。实际上，如果我们深入考察历史，就发现有关这方面的记载颇多。《礼记·乐记》中魏文侯端冕听古乐则唯恐卧，听郑卫之音则不知倦的自白，已经说明这种享乐型诗乐多么深入人心。李斯在《谏逐客书》中说："夫击瓮、叩缶、弹筝、搏髀、而歌呼呜呜快耳目者，真秦之声也；'郑卫''桑间'、《韶》《虞》《武》《象》者，异国之乐也。今弃击瓮叩缶而就'郑卫'，退弹筝而取《韶》《虞》，若是者何也？快意当前，适观而已矣。"可见，秦人也把"意当前，适观而已"作他们最喜欢的艺术。在楚汉战争的戎马倥偬之中，项羽有虞美人相随，刘邦有戚姬幸从，二人皆是能歌善舞者。据《西京杂记》所记："高帝、戚夫人善鼓瑟击筑。帝常拥夫人依瑟而弦歌，毕，每泣下流涟。夫人善为翘袖折腰之舞，歌《出塞》《入塞》《望归》之曲，侍婢数百皆习之。后宫齐首高唱，声入云霄。"又曰："夫人侍儿贾佩兰，后出为扶风人段儒妻。……又说在宫内时，尝以弦管歌舞相欢娱，竟为妖服，以趣良时。十月十五日，共入灵女庙，以豚黍乐神，吹笛击筑，歌《上灵》之曲。既而相与连臂踏地为节，歌《赤凤凰来》。"① 从这些记载中我们就可见以享乐观赏为目的的新乐，在西汉宫廷中的盛况，也可以看出西汉社会这些新的贵族们对诗歌的态度。他们把诗歌当成遣兴娱乐的艺术，他们在宫廷豢养了大批的歌舞艺人，他们自己也亲自参与到歌舞娱乐当中来，艺术成了消费享乐生活的重要组成部分，而绝不是教化的工具。当他们在政治生活中遇见各种问题的时候，他们也会随口发为诗章来抒写自己的各种复杂的感受，但即便如此，他们在诗中所表达的仍然是自己的生活情感而不是自己对于政治的态度，更不是要用这些诗来表现自己的政治道德伦理教化等各种思想。诗的本质是抒情的，歌的本质是娱乐的，抒情和娱乐是这些诗篇的基调，至于其中所表现的复杂的社会内容和汉人的各种思想，那不过是歌诗艺术本身产生于社会的一种必然现象，是艺术品反映或表现生活的一种特殊方式。但我们切不可本末倒置，抛弃了诗歌的抒情娱乐本质而仅把它们当成是思想认识的工具。从一定程度上说，这正是西汉贵族歌诗艺术生产给我们的重要启示。

　　本文原载于《中国古典文献学》（天津师范大学中国古典文献学信息研究中心、天津师范大学古典文献研究所主办），国际炎黄文化出版社 2003 年版

---

① 葛洪：《西京杂记》，中华书局 1985 年版，第 2、19—20 页。

先秦两汉琴曲歌辞研究

琴是中国古代最有代表性的民族乐器之一。《礼记·乐记》:"昔者,舜作五弦之琴以歌南风,夔始制乐以赏诸侯。故天子之为乐也,以赏诸侯之有德者也。""君子听琴瑟之声则思志义之臣。"《尚书·益稷》:"夔曰:'戛击鸣球、搏拊、琴、瑟、以咏。'"《世本》曰:"琴,神农所造。"《广雅》曰:"伏羲造琴,长七尺二寸,而有五弦。"可见,琴的产生历史不但非常久远,而且古人把琴的发明与上古帝王神农、伏羲、虞舜联系起来,在中国文化史上赋予它以很高的地位。故《诗经·小雅·鹿鸣》曰:"我有嘉宾,鼓瑟鼓琴。"《礼记·曲礼》有"君无故玉不去身;大夫无故不彻县,士无故不彻琴瑟"之说,《荀子·乐论》也有"君子以钟鼓道志,以琴瑟乐心"的论述。传说孔子特别喜欢琴。《礼乐·檀弓》曰:"孔子既祥,五日弹琴而不成声,十日而成笙歌。"《庄子·让王》曾记载:"孔子穷于陈蔡之间,七日不火食……弦歌鼓琴,未尝绝音。"(《吕氏春秋·孝行览》也有记载)而先秦时代的著名琴师,除了虞舜时代的乐官夔之外,还有师旷等人。至于伯牙善于鼓琴,钟子期知音的故事,更是中国文化史上的千古佳话。正因为如此,在先秦两汉时代就产生了许多琴曲歌辞,往往托名为虞舜、文王、孔子等人所做,附会出许多相关的故事。由于这些琴曲歌辞真正的作者不详,具体产生时代不详，在中国文学史和文化史上很少有人论及。① 然而，这些琴曲歌辞是历史的存在，有其独特的价值，其中有些作品还在中国文学史上产生了深远的影响。因此，对它们进行深入的研究，乃是中国文学史研究中不可缺少的重要部分。

一、先秦两汉琴曲歌辞的文献来源

琴曲歌辞是比较特殊的一类歌诗作品。它的产生来源不详，主要出于《琴操》一书。这部书据说是后汉蔡邕所撰。关于《琴操》一书的真伪，《四库未收书提要·琴操二卷提要》有如下考证：

> 案《唐史·艺文志》，有桓谭《琴操》二卷，无蔡邕《琴操》。然《桓谭传》云："谭好音律，善鼓琴，著书号曰《新论》，《琴道》一篇未成，肃宗使班固续成之。"今《文选》注引《琴道》甚多，俱与此不合，则非谭书可知。又隋唐两《志》有孔衍《琴操》一卷，《宋史·志》作三卷。《崇文总目》曰："晋广陵相孔衍撰述，诗曲之所从，总五十九章。"《书录解题》曰："止一卷，不著氏名。"《中兴书目》云："晋广陵守孔衍以琴调周诗五篇，古操引共五十篇，述所以命题之意。"今周诗篇同而操引财二十一篇，似非全书也。与此颇相近，兹从征士惠栋手钞本过录，上卷诗歌五曲，一十二操，九引，下卷杂歌二十一章。今《文选·长笛赋·李善

---

① 就目前现有的成果来讲，周仕慧的《琴曲歌辞》研究（首都师范大学 2005 年硕士学位论文）是对其进行专题研究的唯一一部著作。其重点是魏晋南北朝与唐代琴歌的变化，对上古琴歌的来源和骚体琴歌的体式特征有所论述，但是对先秦两汉琴曲歌辞本身的问题尚少涉及。另有逯钦立《琴操故事"聂政刺韩王"（汉代民间文学整理）》一文，对琴曲歌辞中的一个故事进行了初步研究，原文见逯钦立《汉魏六朝文学论集》，陕西人民出版社 1984 年版，第 372—377 页。

注》引《琴操》曰:"伏羲作琴,以修身理性,反天真也。"又《演连珠》《归田赋》注引蔡邕《琴操》曰:"伏羲氏作琴,弦有五者,象五行也。"俱与此同,则在唐世已然。其为旧题无疑。虽中引事实间有如周公奔于鲁之类,未免似沈约之注《竹书》,然《越裳操》见于《大周乐正》,《思亲操》见于《古今乐录》,其遗闻佚事,均足与经史相证,非后世所能拟托也。

以此而言,关于《琴操》的作者,曾有不同的说法,但是对《琴操》所录歌曲属于汉以前人所作,当无疑义。逯钦立亦肯定《琴操》为蔡邕撰集,谓其中所录多为先秦两汉歌辞,间有后人所增。书中所载琴曲歌辞,除《鹿鸣》等五首为《诗经》诗外,其余大抵为先秦两汉琴家所制。① 郭茂倩《乐府诗集》引《琴论》:"古琴曲有五曲、九引、十二操。五曲:一曰《鹿鸣》,二曰《伐檀》,三曰《驺虞》,四曰《鹊巢》,五曰《白驹》。九引:一曰《烈女引》,二曰《伯妃引》,三曰《贞女引》,四曰《思归引》,五曰《霹雳引》,六曰《走马引》,七曰《箜篌引》,八曰《琴引》,九曰《楚引》。十二操:一曰《将归操》,二曰《猗兰操》,三曰《龟山操》,四曰《越裳操》,五曰《拘幽操》,六曰《岐山操》,七曰《履霜操》,八曰《朝飞操》,九曰《别鹤操》,十曰《残形操》,十一曰《水仙操》,十二曰《襄陵操》。自是已后,作者相继,而其义与其所起,略可考而知,故不复备论。"另外,现存的《琴操》本中还有《河间杂歌》二十四章(其中三章存目)和补遗三章。而《乐府诗集》中复录有《神人畅》《南风歌》等十五曲。两书合计,共六十八曲。这些琴曲除了收入在蔡邕的《琴操》和郭茂倩的《乐府诗集》之外,在《古诗纪》《风雅逸篇》《琴苑要录》中也有收录,在《艺文类聚》《太平御览》《北堂书钞》等类书中有散见的诗句。今人逯钦立《先秦汉

---

① 逯钦立:《先秦汉魏晋南北朝诗》,中华书局 1983 年版,第 299 页。

魏晋南北朝诗》根据上述诸书作了辑录。但各本之间情况颇有不同，下面我们主要以《琴操》《乐府诗集》和《先秦汉魏晋南北朝诗》所录进行一下比较：

序号	篇名	作者	《琴操》	《乐府诗集》	《先秦汉魏晋南北朝诗》	备考
1	鹿鸣	周大臣	有本事无辞			
2	伐檀	魏国女	有本事无辞			
3	驺虞	邵国女	有本事无辞			
4	鹊巢		存目			
5	白驹	无名氏	有本事无辞			以上为琴操五曲
6	将归操	孔子	本事与辞俱存	本事与辞俱存	据《孔丛子》收录全文，又名陬操。同时收录一首异文	
7	猗兰操	孔子	本事与辞俱存	本事与辞俱存	收录	
8	龟山操	孔子	本事与辞俱存		收录	
9	越裳操	周公	本事与辞俱存	本事与辞俱存	收录	
10	拘幽操	文王	本事与辞俱存	本事与辞俱存	收录	
11	岐山操	周太王	本事与辞俱存		收录	
12	履霜操	伯奇	本事与辞俱存	本事与辞俱存	收录	
13	雉朝飞操	齐独沐子	本事与辞俱存	本事与辞俱存	收录	
14	别鹤操	商陵牧子	本事与辞俱存	本事与辞俱存	收录	
15	残形操	曾子	有本事无辞			
16	水仙操	伯牙	有本事无辞		收录，据《诗纪》补辞	

序号	篇名	作者	《琴操》	《乐府诗集》	《先秦汉魏晋南北朝诗》	备考
17	坏陵操	伯牙	有本事无辞			以上为琴操十二操
18	列女引	楚庄王樊姬	本事与辞俱存		收录	
19	伯姬引	伯姬保母	有本事无辞		收录，据《诗纪》补辞	
20	贞女引	鲁漆室女	本事与辞俱存		收录	
21	思归引	卫女	本事与辞俱存		收录	
22	辟历引	楚商梁子	本事与辞俱存		收录	
23	走马引	樗里牧恭	有本事无辞			
24	箜篌引	朝鲜津卒霍里子高	本事与辞俱存	在《相和歌辞》中列为相和六引之一，并在李贺诗下解题中录有本事与歌辞	在《相和歌辞》中收录	
25	琴引	秦时倡门屠门高	有本事无辞		收录，据《诗纪》补辞	
26	楚引	楚游子邱高	有本事无辞			以上为琴操九引
27	箕山操	许由	本事与辞俱存		收录	
28	周太伯	季历	本事与辞俱存			
29	文王受命	文王	本事与辞俱存	本事与辞俱存，名为文王操	收录	
30	文王思士	文王	本事与辞俱存			
31	思亲操	舜	本事与辞俱存	本事与辞俱存	收录	

续表

序号	篇名	作者	《琴操》	《乐府诗集》	《先秦汉魏晋南北朝诗》	备考
32	周金縢	周成王	有本事无辞			
33	仪凤歌	周成王	本事与辞俱存	本事与辞俱存，名为神凤操	收录	
34	龙蛇歌	介子推	本事与辞俱存	本事与辞俱存，名为士失志操四首	收录，并收异文三首	
35	芑梁妻叹	芑梁殖之妻	本事与辞俱存		收录	
36	崔子渡河操	闵子骞	有本事无辞			
37	楚明光	楚明光	有本事无辞			
38	信立退怨歌	卞和	本事与辞俱存		收录	
39	曾子归耕	曾子	本事与辞俱存		收录，题为归耕操	
40	梁山操	曾子	有本事无辞			
41	谏不违歌	卫灵公	本事与辞俱存			
42	庄周独处吟	庄周	本事与辞俱存		收录，题为引声歌	
43	孔子厄	孔子	有本事无辞			
44	三士穷	思革子	有本事无辞			
45	聂正刺韩王曲	聂政	有本事无辞			
46	霍将军歌	霍去病	本事与辞俱存	本事与辞俱存，题名琴歌	收录	
47	怨旷思惟歌	王昭君	本事与辞俱存	本事与辞俱存，题名昭君怨	收录	以上为琴操河间杂歌二十一章
48	处女吟	鲁处女	存目	本事与辞俱存，又名女贞木歌		

续表

序号	篇名	作者	《琴操》	《乐府诗集》	《先秦汉魏晋南北朝诗》	备考
49	流渐咽	无名氏	存目			
50	双燕离	无名氏	存目			以上为河间杂歌存目
51	获麟	孔子	本事与辞俱存		收录	
52	伍员	伍子胥	本事存，辞存残句		收录残句，题为失题	
53	饭牛歌	宁戚	本事与辞俱存		收录，并附异文四首	以上为琴操补遗
54	神人畅	帝尧		本事与辞俱存	收录	
55	南风歌（二首）	虞舜		本事与辞俱存	收录其一。题为南风操	
56	襄陵操	夏禹		本事与辞俱存		
57	箕子操	箕子		本事与辞俱存	收录	
58	克商操	武王		本事与辞俱存	收录	
59	伤殷操	微子		本事与辞俱存		
60	采薇操	伯夷		本事与辞俱存		
61	渡易水	荆轲		本事与辞俱存		《史记》所载《易水歌》
62	力拔山操（二首）	项籍		本事与辞俱存		其一为《史记》所载《垓下歌》
63	大风起	汉高帝		本事与辞俱存		《史记》所载《大风歌》
64	采芝操（四皓歌）	四皓		本事与辞俱存		本事相同，两个名称两个歌辞版本
65	八公操	刘安		本事与辞俱存		
66	琴歌三首	百里奚妻		本事与辞俱存		

续表

序号	篇名	作者	《琴操》	《乐府诗集》	《先秦汉魏晋南北朝诗》	备考
67	琴歌二首	司马相如		本事与辞俱存		
68	梁甫吟	无名氏		收录于《相和歌辞》	收录于《杂曲歌辞》	见页下考证①
合计			53曲，其中22曲无辞	30曲	36曲，其中三曲为补辞	

以上三书中所收琴曲，以《琴操》为最多，共五十三曲，但是却有四曲存目，十八曲仅有本事而无歌辞，《乐府诗集》虽然只收三十曲，却有十五曲与《琴操》不重复，且均有歌辞。两者合计，共有四十六曲歌辞。《先秦汉魏晋南北朝诗》收录三十六曲，其中收录《琴操》中本事与歌辞俱存者二十八曲，同时兼收《琴操》之外《乐府诗集》所录四曲，又据它书补充了《琴操》三曲的歌辞，再加《梁甫吟》一曲。这样合计，三书中有歌辞的琴曲共得五十首。②

由以上统计可见，琴曲歌辞的主要来源是署名蔡邕的《琴操》，其

---

① 按：此曲在《琴操》无。《乐府诗集》题为诸葛亮作，未列入相和歌辞，前有解题曰："《古今乐录》曰：'王僧虔《技录》有《梁甫吟行》，今不歌。'谢希逸《琴论》曰：'诸葛亮作《梁甫吟》。'《陈武别传》曰：'武常骑驴牧羊，诸家牧竖十数人，或有知歌谣者，武遂学《泰山梁甫吟》《幽州马客吟》及《行路难》之属。'《蜀志》曰：'诸葛亮好为《梁甫吟》。'然则不起于亮矣。李勉《琴说》曰：'《梁甫吟》，曾子撰。'《琴操》曰：'曾子耕泰山之下，天雨雪冻，旬月不得归，思其父母，作《梁山歌》。'蔡邕《琴颂》曰：'梁甫悲吟，周公越裳。'按梁甫，山名，在泰山下。《梁甫吟》，盖言人死葬此山，亦葬歌也。又有《泰山梁甫吟》，与此颇同。"逯钦立采信《乐府诗集》题要之说，却将此归入于杂曲歌辞类。我以为，若按蔡邕《琴操》所记和《琴颂》之说，《梁甫吟》原本出于《梁山操》，其内容是悲悼田疆等三位义士，自然应属于琴曲，而且其风格也与琴曲同，故入于此。

② 按：《乐府诗集·琴曲歌辞》中还录有《胡笳十八拍》，托名蔡琰，合于琴曲假托之体例，但是显然已经是魏晋以后人所作，不属于汉代琴曲。对此，今人已有详细考证，此处不论。

次是《乐府诗集》，这些琴曲，除了荆轲、项羽、刘邦的几首见于《史记》，汉人据此而编入琴曲之外，其余都是根据前代的历史人物故事改写而成，而且在琴曲歌辞中模拟这些人的口吻，托名这些名人所做，如《思亲操》《南风操》托名于舜，《岐山操》托名周太王，《拘幽操》《文王受命》托名周文王，《克商操》托名周武王，《越裳操》托名周公，《仪凤歌》托名周成王，《将归操》《陬操》《猗兰操》《龟山操》《获麟歌》托名孔子，《箕山操》托名许由，《履霜操》托名尹吉甫之子伯奇，《龙蛇歌》托名介子推，《归耕操》托名曾子，《南山歌》托名宁戚，《水仙操》托名伯牙，《芑梁妻歌》托名芑梁妻，《信立退怨歌》托名卞和，《引声歌》托名庄周，《霍将军歌》托名霍去病，《怨旷思惟歌》托名王昭君，《思归引》托名卫侯之女，《琴引》托名屠门高，《琴曲》托名司马相如。但是只要一读我们就会清楚，这些琴曲绝不可能是这些人物所写，因为曲中所叙述的故事，都是后人的理解与传闻，是代人而立言，甚至描述了晚于当事人生活时代出现的故事。如《芑梁妻歌》传为春秋时芑梁之妻所作。但是我们知道，无论是《左传》《礼记》还是《韩诗外传》里，都没有记载芑梁妻哭夫而城崩之事，最早有这种传说的记载见于西汉后期刘向的《列女传》与《说苑》，以此可知此曲产生的最早年代也当是西汉末年或者是在东汉。总之，这些琴曲歌辞，大部分当是两汉所作，其中有些可能自先秦就已流传，但产生时间也不会很早。如《龙蛇歌》最早见于《吕氏春秋》，有可能是战国时代流传下来的琴曲。

二、琴与琴曲在先秦两汉文化中的特殊意义

琴曲歌辞虽然都是托名古人所作，其本事并不可靠。但是这里面有一个问题却特别值得关注。考察先秦汉代歌诗诸种类型，唯有琴曲歌辞是这种情况。这说明，琴曲歌辞在当时有着特殊的功用，或者说它是

先秦两汉歌诗当中独特的一类，时人对它有独特的理解。而这，首先与古人对于琴这种乐器的认识有关。

郭茂倩《乐府诗集》解题曰："琴者，先王所以修身、理性、禁邪、防淫者也，是故君子无故不去其身。《唐书·乐志》曰：'琴，禁也。夏至之音，阴气初动，禁物之淫心也。'《世本》曰：'琴，神农所造。'《广雅》曰：'伏羲造琴，长七尺二寸，而有五弦。'扬雄《琴清英》曰：'舜弹五弦之琴而天下化。'……梁元帝《纂要》曰：'古琴名有清角，黄帝之琴也。鸣鹿、循况、滥胁、号钟、自鸣、空中，皆齐桓公琴也。绕梁，楚庄王琴也。绿绮，司马相如琴也。焦尾，蔡邕琴也。凤皇，赵飞燕琴也。自伏羲制作之后，有瓠巴、师文、师襄、成连、伯牙、方子春、钟子期，皆善鼓琴。而其曲有畅、有操、有引、有弄。'《琴论》曰：'和乐而作，命之曰畅，言达则兼济天下而美畅其道也。忧愁而作，命之曰操，言穷则独善其身而不失其操也。引者，进德修业，申达之名也。弄者，情性和畅，宽泰之名也。其后西汉时有庆安世者，为成帝侍郎，善为《双凤离鸾之曲》，齐人刘道强能作《单凫寡鹤之弄》，赵飞燕亦善为《归风送远之操》，皆妙绝当时，见称后世。若夫心意感发，声调谐应，大弦宽和而温，小弦清廉而不乱，攫之深，醳之愉，斯为尽善矣。'"① 从上面的论述可见，古人对于琴有特殊的理解。认为它起源很早，传说中的神农氏时代就已经有了琴。《诗经》中多次提到琴瑟，如《周南·关雎》："窈窕淑女，琴瑟友之。"《郑风·女曰鸡鸣》："琴瑟在御，莫不静好。"《小雅·鹿鸣》："我有嘉宾，鼓瑟鼓琴。"《礼记·曲礼》："士无故不彻琴瑟。"《左传·昭公元年》："君子之近琴瑟，以仪节

---

① 按：好的琴师成为人们津津乐道的人物，除了上文所提到的庆安世、刘道强等人外，桓谭还曾提到汉宣帝时的渤海赵定、梁国龙德，西汉黄门乐人中的任真卿、虞长倩等人。如据《北堂书钞》七十一，《御览》二百四十八所记，"宣帝元康、神爵之间，丞相奏能鼓雅琴者，渤海赵定，梁国龙德。召见温室，拜为侍郎。"《文选·司马绍统赠山涛诗》注引："黄门工鼓琴者有任真卿、虞长倩，能传其度数，妙曲遗声。"

也。"自先秦至两汉，出现了许多名琴与名家，而汉人对于琴也特别的喜爱。据《汉书·艺文志》，西汉时期有"《雅琴赵氏》七篇。名定，渤海人，宣帝时丞相魏相所奏。《雅琴师氏》八篇。名中，东海人，传言师旷后。《雅琴龙氏》九十九篇。名德，梁人。"刘向《别录》曰："师氏雅琴者，名志，东海下邳人。传云，言师旷之后。至今邳俗犹多好琴也。"①据周寿昌《汉书注校补》："宣帝时元康、神爵间，丞相奏能鼓琴者，渤海赵定，梁国龙德皆召入室，使鼓琴，时闲燕为散操，多为之涕泣者。"②可见，赵定和龙德都是汉宣帝时著名的琴师并有相关著作传世。《琴操》中记载司马相如以琴心挑逗卓文君的故事虽然不一定属实，却同样证明汉代的文人们对琴的喜爱。而蔡邕本身就是一位著名的琴师。《乐府诗集》卷五十九辑录有蔡邕《蔡氏五弄》，并引《琴历》曰："琴曲有《蔡氏五弄》。"又引《琴集》曰：

> 《五弄》，《游春》《渌水》《幽居》《坐愁》《秋思》，并宫调，蔡邕所作也。《琴书》曰："邕性沈厚，雅好琴道。嘉平初，入青溪访鬼谷先生。所居山有五曲：一曲制一弄，山之东曲，常有仙人游，故作《游春》；南曲有涧，冬夏常渌，故作《渌水》；中曲即鬼谷先生旧所居也，深邃岑寂，故作《幽居》；北曲高岩，猿鸟所集，感物愁坐，故作《坐愁》；西曲灌水吟秋，故作《秋思》。三年曲成，出示马融，甚异之。"

《蔡氏五弄》虽然没有流传下来，但是蔡邕善琴的传说却一直流传下来。《搜神记》卷十三中还记载了这样一个故事："汉灵帝时，陈留蔡邕，以数上书陈奏，忤上旨意，又内宠恶之，虑不免，乃亡命江海，远

---

① 此为逸文，据《北堂书钞》卷一百九所引，学苑出版社 1998 年影印版，第 193—194 页。
② 陈国庆编：汉书艺文志注释汇编》，中华书局 1983 年版，第 55 页。

迹吴会。至吴，吴人有烧桐以爨者，邕闻火烈声，曰：'此良材也。'因请之，削以为琴，果有美音。而其尾焦，因名'焦尾琴'。"

因为琴在汉代有这样的地位，所以当时人写过不少赞美的文章。《汉书·艺文志》就记载有"出淮南刘向等《琴颂》七篇。"此外，如傅毅、马融都写过《琴赋》、刘向写过《雅琴赋》。马融《琴赋》曰："旷三奏而神物下降，何琴德之深哉！"晋人嵇康《琴赋》也说："众器之中，琴德最优。"桓谭《琴道》一文中更是直接对古代琴的起源、琴的形制、琴曲之名称给予了政治和道德伦理方面的解释：

> 昔神农氏继宓羲而王天下，上观法于天，下取法于地，近取诸身，远取诸物，于是始削桐为琴，绳丝为弦，以通神明之德，合天地之和焉。琴长三尺六寸有六分，象期之数；厚寸有八，象三六数；广六寸，象六律。上圆而敛，法天；下方而平，法地；上广下狭，法尊卑之礼。琴隐长四寸五分，隐以前长八分。五弦，第一弦为宫，其次商、角、徵、羽。文王、武王各加一弦，以为少宫、少商。下徵七弦，总会枢要，足以通万物而考治乱也。八音之中，惟丝最密，而琴为之首。琴之言禁也，君子守以自禁也。大声不震哗而流漫，细声不湮灭而不闻。八音广博，琴德最优。古者圣贤玩琴以养心。夫遭遇异时，穷则独善其身，而不失其操，故谓之操。操似鸿雁之音，达则兼善天下，无不通畅，故谓之畅。《尧畅》经逸不存。《舜操》者，昔虞舜圣德玄远，遂升天子，喟然念亲，巍巍上帝之位不足保，援琴作操，其声清以微。《禹操》者，昔夏之时，洪水襄陵沈山，禹乃援琴作操，其声清以溢，潺潺志在深河。《微子操》，微子伤殷之将亡，终不可奈何，见鸿鹄高飞，援琴作操，其声清以淳。《文王操》者，文王之时，纣无道，烂金为格，溢酒为池，宫中相残，骨肉成泥，璇室瑶台，蔼云翳风，钟声雷起，疾动天地。文王躬被法度，阴行仁义，援琴作操，故

其声纷以扰，骇角震商。《伯夷操》《箕子操》，其声淳以激。①

　　桓谭的说法在今天看来可能有些附会的成分，但是却可以代表汉人对于琴的认识。琴是古代文人士大夫特别喜欢的乐器，它不仅是一种音色优美的乐器，从制琴之木料到制作工艺都很讲究，演奏需要很高的技巧，而且具有修身养性、陶冶情操等功能，因而桓谭才会有"琴道"之论。《后汉书·曹褒传》注："君子因雅琴之适，故从容以致思焉。其道闭塞悲愁，而作者名其曲曰操，言遇灾害，不失其操也。"从先秦以来人们对于琴的理解中我们看到，这已经成为一种深厚的文化传统。弹琴和听琴在汉代是高雅的艺术表演和艺术享受。在此我们可以看一下蔡邕的《琴赋》的相关描写：

　　　　尔乃言求茂木，周流四垂。观彼椅桐，层山之陂。丹华炜炜，绿叶参差。甘露润其末，凉风扇其枝。鸾凤翔其颠，玄鹤巢其岐。考之诗人，琴瑟是宜。爰制雅器，协之钟律。通理治性，恬淡清溢。尔乃清声发兮五音举，韵宫商兮动徵羽，曲引兴兮繁丝抚。然后哀声既发，秘弄乃开。左手抑扬，右手徘徊，指掌反覆，抑案藏摧。于是繁弦既抑，雅韵乃扬。仲尼《思归》，《鹿鸣》三章。《梁甫》悲吟，周公《越裳》。《青雀》西飞，《别鹤》东翔。《饮马长城》，楚曲《明光》。楚姬遗叹，《鸡鸣》高桑。走兽率舞，飞鸟下翔。感激兹歌，一低一昂。②

　　从蔡邕的《琴赋》和上面所引桓谭《琴道》中我们还可以看出，

---

① 据《后汉书·桓谭列传》，桓谭作《琴操》未成。《北堂书钞》《太平御览》《意林》等书有残篇，今据丁福保《全后汉文》卷十五引录，见《全上古三代秦汉三国六朝文》，中华书局 1958 年版，第 552 页。

② 费振刚、仇仲谦、刘南平：全汉赋校注》，广东教育出版社 2005 年版，第 930 页。

汉代流传的这些琴曲曲名，有着比较长的历史传统和渊源，琴曲的演唱在汉代也是一个值得关注的文化现象，琴曲歌辞在汉代诗歌史上应该有一席之地。

同时，琴在先秦两汉时期是文人士大夫最喜爱的乐器，并不单用于演奏琴曲，在汉代的相和歌表演中琴也是最重要的乐器之一。正因为如此，从音乐艺术的角度来讲，琴曲与相和诸调曲之间也有相互影响的关系。如《琴操》九引中的《箜篌引》，同时也是汉代相和六引之一，这也是值得注意的现象。

三、先秦两汉琴曲故事的主题分析

留传下来的先秦两汉琴曲共六十八首（托名蔡琰一首除外），其中五十首有歌辞，十八首没有歌辞。何以会出现这种现象，一种可能是歌辞佚失，一种可能是原本就没有歌辞。琴师演奏琴曲，只是用琴声表现一个故事，抒写一段情感。这就如同今日的二胡曲《二泉映月》和小提琴曲《梁祝》一样，就是纯粹的乐曲，无须要歌辞。同样，既然乐器可以演奏故事，古代的琴师自然也可以把历史上的某些著名的诗歌改编成琴曲，在鼓琴时伴唱。其中最典型的就是《琴操》中把《诗经·鹿鸣》等五首古诗改编成琴曲，并给它们各自增加了一个本事故事。但是无论有没有歌辞，这些琴曲都有一个故事。这说明，在一首琴曲产生的过程中，故事与歌辞同样重要，甚至比歌辞还要重要。由此而言，要研究这些琴曲和琴曲歌辞的产生，我们就必须先研究这些琴曲故事。

先秦两汉的这些琴曲故事，大多数都托名于先秦古人，其余部分则为汉人故事。为了更好地进行讨论，我们先把这些故事的主题列表如下：

序号	琴曲题目	故事主题	序号	琴曲题目	故事主题
1	鹿鸣	思念贤人	35	芑梁妻叹	伤丈夫阵亡
2	伐檀	伤贤者隐避	36	崔子渡河操	伤后母虐子
3	驺虞	伤不逢时	37	楚明光	被谗自明
4	鹊巢	残阙不明	38	信立退怨歌	自伤献宝被残
5	白驹	失朋友，思贤士	39	曾子归耕	思念父母，志欲归耕
6	将归操	叹赵杀贤大夫	40	梁山操	思归父母
7	猗兰操	叹怀才不遇	41	谏不违歌	伤史鱼忠谏而死
8	龟山操	伤季氏专政	42	庄周独处吟	自明全身无祸之志
9	越裳操	颂文王之德	43	孔子厄	孔子自叹被困
10	拘幽操	伤殷道混乱	44	三士穷	怀今为己而的难友
11	岐山操	自伤德浅	45	聂正刺韩王曲	报仇行刺
12	履霜操	自伤被谗	46	霍将军歌	庆祝胜利
13	雉朝飞操	自伤无妻（一）傅母怀念卫女（二）	47	怨旷思惟歌	怨恨君王，思念故乡
14	别鹤操	自伤夫妻别离	48	处女吟	自明其贞节之志
15	残形操	伤一狸不见其首	49	流澌咽	不详
16	水仙操	残阙不明	50	双燕离	不详
17	坏陵操	残阙不明	51	获麟	伤周道将衰
18	列女引	谏楚王要大臣荐贤	52	伍员	伤女子为己而死
19	伯姬引	伤伯姬守礼而死	53	饭牛歌	自叹不遇
20	贞女引	贞女忧国被人误解而自明	54	神人畅	感谢神灵
21	思归引	卫女思归	55	南风歌	思念父母
22	辟历引	伤灾异大变	56	襄陵操	表为民治水之志
23	走马引	惧难避祸	57	箕子操	伤纣之无道
24	箜篌引	悲有人投河而死	58	克商操	祈祷上天
25	琴引	叹秦美女后宫幽怨	59	伤殷操	伤故国之亡
26	楚引	思乡	60	采薇操	叹周武王以暴易暴

续表

序号	琴曲题目	故事主题	序号	琴曲题目	故事主题
27	箕山操	隐士抒怀明志	61	渡易水	易水送别
28	周太伯	追念太伯	62	力拔山操	战败之悲
29	文王受命	自歌受天之命	63	大风起	抒写情怀
30	文王思士	自序思士而得太公	64	采芝操	隐士自明其志
31	思亲操	思念父母	65	八公操	成仙之作
32	周金縢	思念周公	66	琴歌三首	讽丈夫富贵忘妻
33	仪凤歌	颂天下大治	67	琴歌二首	向卓文君求爱
34	龙蛇歌	怨君王负义	68	梁甫吟	咏管仲二桃杀三士

通过上表我们可以发现，这些琴曲故事的主题主要集中在感伤时政、思念贤人、怀才不遇、避世时隐、思乡念亲等几个方面。故事的主人公，大多托名古代帝王和圣贤，普通人物很少。很显然，这些故事的主题实际上来自汉代文人士大夫对现实政治的关怀，来自自己在现实政治生活中的各种遭际。他们借助古人的故事，通过琴曲进行抒怀，所以这些琴曲故事，与历史记载并不完全相符，而是在历史人物故事原型上的再创造。比较典型的是关于孔子的琴曲故事，其反复陈说的，都是孔子在政治上的感怀。或者叹赵杀贤大夫（《将归操》），或者叹怀才不遇（《猗兰操》），或者伤奸人当政（《龟山操》），或者抒发自己被困的苦闷（《孔子厄》），或者伤周道将衰（《获麟》）。如《猗兰操》：

猗兰操者，孔子所作也。孔子历聘诸侯，莫能任。自卫返鲁，过隐谷之中，见香兰独茂，喟然叹曰："夫兰当为王者香，今乃独茂，与众草为伍，譬犹贤者不逢时，与鄙夫为伦也。"乃止车，援琴鼓之云："习习谷风，以阴以雨。之子于归，远送于野。何彼苍天，不得其所。逍遥九州，无所定处。世人闇蔽，不知贤者。年纪逝迈，一身将老。"自伤不逢时，托辞于香兰云。

孔子周游列国而不被重用，实有其事，但是过隐谷而鼓《猗兰操》之说，则纯属杜撰。歌辞杂取《诗经·邶风·谷风》和《邶风·燕燕》等诗句拼凑而成，一看便知是后人假托。然而，这首琴曲假借孔子周游列国而不被重用的历史故事，却反映了汉代文人士子的遭遇以及他们的共同心理。他们自视甚高，也有很高的理想抱负，但是现实生活却往往并不如意，因而借琴曲来抒写自己的怀才不遇之情，表达对现实政治的不满、批评权奸当道，怨恨帝王昏庸，等等，这也成为先秦两汉琴曲故事当中最引人注目的主题。除了孔子的几首琴曲之外，其他如改编自《诗经》的几首琴曲《鹿鸣》《伐檀》，或者借周大臣之口刺"王道衰，君志倾，留心声色"，"不能厚养贤者"，或者借魏国女之口，"伤贤者隐避，素餐在位"。此外，如托名介子绥（推）所作的《龙蛇歌》，怨晋文公重耳之负义。托名卞和所作的《信立退怨歌》，伤君王不识国宝而被斫足。托名商梁子的《辟历引》，由自然之变而预感国政将变，《拘幽操》借文王之口伤殷道混乱，托名宁戚的《饭牛歌》自伤不遇，等等。这些，都与汉代文人士子对现实政治不满的心态有关。再如假托伯奇所作的《履霜操》，蔡邕《琴操》曰："《履霜操》，尹吉甫之子伯奇所作也。伯奇无罪，为后母谗而见逐，乃集芰荷以为衣，采楟花以为食。晨朝履霜，自伤见放，于是援琴鼓之而作此操，曲终，投河而死。"其辞曰：

> 履朝霜兮采晨寒，考不明其心兮听谗言。孤恩别离兮摧肺肝。何辜皇天兮遭斯愆，痛殁不同兮恩有偏，谁说顾兮知我冤。

无可否认，伯奇之死是一个悲剧。把这一故事制为琴曲，本身就能唤起人们极大的同情，具有感动人心的艺术力量。但是在这个故事之外，我们还可以读出另外的内容。刘向《列女传》卷六："伯奇放野，申生被患。孝顺至明，反以为残。"《韩诗外传》卷七："伯奇孝而弃于亲，隐公慈而杀于弟，叔武贤而杀于兄，比干忠而诛于君。"《汉书·诸葛丰传》："臣闻伯奇孝而弃于亲，子胥忠而诛于君，隐公慈而杀于弟，叔武弟而杀于兄。夫以四子之行，屈平之材，然犹不能自显而被刑戮，岂不足以观哉！使臣杀身以安国，蒙诛以显君，臣诚愿之。独恐未有云补，而为众邪所排，令谗夫得遂，正直之路雍塞，忠臣沮心，智士杜口，此愚臣之所惧也。"《汉书·冯奉世传》："赞曰：《诗》称'抑抑威仪，惟德之隅。'宜乡侯参鞠躬履方，择地而行，可谓淑人君子，然卒死于非罪，不能自免，哀哉！谗邪交乱，贞良被害，自古而然。故伯奇放流，孟子宫刑，申生雉经，屈原赴湘，《小弁》之诗作，《离骚》之辞兴。经曰：'心之忧矣，涕既陨之。'冯参姊弟，亦云悲矣！"《后汉书·左周黄列传》："昔曾子大孝，慈母投杼；伯奇至贤，终于流放。夫谗谀所举，无高而不可升；阿党相抑，无深而不可论。可不察欤？"《三国志·蜀书十》："古人有言：'疏不间亲，新不加旧。'此谓上明下直，谗慝不行也。若乃权君谲主，贤父慈亲，犹有忠臣蹈功以罹祸，孝子抱仁以陷难，种、商、白起、孝己、伯奇，皆其类也。"原来，在汉人的眼里，伯奇、申生、孟子、屈原等人都是孝子忠臣被人谗害而死的典型。汉代文人之歌咏伯奇，既是同情他的遭遇，也是借此来表达自己担忧祸福无常的复杂的心态。

在这些琴曲故事当中，值得注意的是有几首表达文人士大夫隐居之怀的作品，如托名许由所作的《箕山操》，塑造了一个视天子之位如敝屣，恶闻利禄之言而洗耳，志在青云，名传四海的隐士形象，显示了文人士士夫的清高。《庄子独处吟》的故事也同样富有意味：

　　　　庄周者，齐人也。明笃学术，多所博达。进见方来，却睹未发。是时齐湣王好为兵事，习用干戈。庄周儒士，不合于时。自以不用，行欲避乱，自隐于山岳。后有达庄于滑王，遣使赍金，聘以相位，周不就。使者曰："金至宝，相尊官，何辞之为？"周曰："君不见夫郊祀之牛，衣之以朱彩，食之以禾粟，非不乐也。及其用时，鼎镬在前，刀俎列后。当此之时，虽欲还就孤犊，宁可得乎？周所以饿不求食，渴不求饮者，但欲全身远害耳。"于是重谢使者，不得已而去。复引声歌曰："天地之道，近在胸臆。呼吸精神，以养九德。渴不求饮，饥不索食。避世守道，志洁如玉。卿相之位，难可当直。岩岩之石，幽而清凉。枕块寝处，乐在其央。寒凉固回，可以久长。"

这一故事的原型见于《庄子·列御寇》，但是却有所改变且丰富了许多。把庄子说成是齐国人，而且还是一个能预见未来的儒士。显然在这个庄子的身上有着鲜明的汉代文人的影子。如果说，避世守道，全身远祸的思想在先秦诸子中只有庄子认识比较深刻的话，那么对汉代文人来说则已经有了更深刻的理解。早从汉初的贾谊到董仲舒等诸多文人，都曾经表达过这种思想。汉乐府中也有表现同样主题的诗作，如《折杨柳行》。同样的主题还表现在《采芝操》当中，这首琴曲假借商山四皓之口，唱出了"富贵之畏人兮。不若贫贱之肆志"的高歌。

这些琴曲故事，除了表达文人士大夫的感伤时政、思念贤人、怀才不遇、避世时隐等政治情怀之外，还有一些其他主题的故事，如假托虞舜、曾子之口思乡思亲的故事（《思亲操》《梁山操》）、自伤夫妻别离的故事（《别鹤操》）、伤伯姬守礼而死（《伯姬引》）、贞女忧国被人误解而自明（《贞女引》）、卫女思归（《思归引》）、悲有人投河而死（《箜篌引》）、叹秦美女后宫幽怨（《思归引》）、思乡（《思归引》）、伤丈夫阵亡（《芑梁妻叹》）、伤后母虐子（《崔子渡河操》）、思念父母，志欲归耕（《曾子归耕》）、思归父母（《梁山操》）、伤史鱼忠谏而死（《谏不违歌》）、怀念为己而死的难友（《三士穷》）、报仇行刺（《聂正刺韩王曲》)、怨恨君王，思念故乡（《怨旷思惟歌》）、自明其贞节之志（《处女吟》）、伤故国之亡（《伤殷操》）、叹周武王以暴易暴（《采薇操》）、易水送别（《渡易水》）、成仙之作（《八公操》）、讽丈夫富贵忘妻（《琴歌三首》）、向卓文君求爱（《琴歌二首》）、咏管仲二桃杀三士（《梁父吟》）等等。这些故事的内容表面看起来虽然很杂，但是仔细分析，除了托名司马相如向卓文君求爱的《琴歌二首》之外，大都具有很强的道德伦理意味。但是它们又与一般的道德教化不同，每一个琴曲里面都有一个生动感人的故事，这也成为汉代琴曲歌辞故事内容取向的特色之一，与汉代社会重视儒家道德伦理教化的社会风气有着直接的关系。

要而言之，这些琴曲歌辞所演唱的虽然是历史人物故事，其实所表现的却是汉代文人士子的现实生活情怀，他们是在通过对历史人物故事的演唱来抒发个体之情，表达对现实生活的态度，是在借他人之酒杯浇自己胸中之块垒。对此，郑樵有一段话说得很好：

> 《琴操》所言者何尝有是事！琴之始也，有声无辞，但善音之人，欲写其幽怀隐思而无所凭依，故取古之人悲忧不遇之事，而以命操。或有其人而无其事，或有其事又非其人，或得古人之影响又从而滋蔓之。君子之所取者，但取其声而已，取其声之义而非取其事之义。君子之于世多不遇，小人之于世多得志，故君子之于琴瑟，取其声而写所寓焉，岂尚于事辞哉！若以事辞为尚，则自有六经圣人所说之言，而何取于工伎所志之事哉！琴工之为事说者，亦不敢凿空以厚诬于人，但借古人姓名而引其所寓耳，何独琴哉！①

郑樵在这里很好地分析了先秦两汉琴曲歌辞生成的原因，并指出

---

① 郑樵：《通志·乐略》，中华书局 1995 年版，第 910 页。

人们擅长于借古人之事以抒情的道理。的确，汉乐府歌诗中也有这样的作品，如《折杨柳行》列举末喜、祖伊、桀、纣、胡亥、夫差等诸多历史人物故事来说明人生往往自招其祸。《白头吟》一诗则附会为卓文君所作，缘起于司马相如将娶茂陵女为妾的故事。不过相比较而言，由此形成一种特殊的艺术形式，还只有先秦两汉的琴曲歌辞。它没有后世的"咏史"之名，却有着与后世"咏史"诗相同的题材来源；它虽然不算是当世文人的抒情诗，实际上所表达的却正是汉代文人的各种情感。

四、先秦两汉琴曲歌辞的艺术表现形态

毋庸讳言，单纯从歌辞本身的角度来看，先秦两汉琴曲歌辞的艺术水平与相和歌辞等相差较远。大多数作品并不属于优秀的诗歌，文辞直白，缺少形象，甚至有很强的说教意味。之所以如此，因为琴曲的主体是一种器乐演奏曲。对于一般的听众来讲，他们欣赏琴曲的目的并不是听琴师歌唱，而是听他的琴声。钟子期之所以成为伯牙的知音，并不是因为他听懂了伯牙的歌唱，而是听懂了伯牙的琴声。一个好的琴师只有靠琴声打动人才会被人所赞赏和称道，歌唱只不过是让听众了解琴声的辅助手段而已。这就如同桓谭《琴道》中所讲的雍门周为孟尝君鼓琴的故事一样，雍门周在鼓琴之前，先给孟尝君讲了一大堆道理，都是为了酝酿情绪，到最后"雍门周引琴而鼓之，徐动宫徵，叩角羽，初终而成曲，孟尝君遂嘘唏而就之曰：'先生鼓琴，令文立若亡国之人也。'"所以，在琴曲的演奏中，歌声总是处于次要地位的。琴曲演奏到极致，甚至连歌者、舞者也会为其感动，这正如《琴赋》中所描写："于是歌人恍惚以失曲，舞者乱节而忘形，哀人塞耳以惆怅，辕马蹀足以悲鸣。"这也正是这些琴曲歌辞一直不被文学研究者所重视的原因之一。

尽管如此，琴曲作为一种特殊的综合艺术形态，在语言艺术方面仍然有值得注意的特色。这主要表现在以下两个方面：

第一是琴曲故事本身的生成值得我们研究。这里面有好多琴曲故事源自于先秦，到汉代已经流传了几百年的时间，最终借琴曲而传。比较典型的是《聂政刺韩王曲》，逯钦立曾经做过详细的考证。聂政是战国时代的著名刺客，其事迹在《战国策》和《史记》里都有记载，《聂政刺韩王曲》在此基础上生成，但是故事却有很大变化，聂政所刺的人物由韩相侠累变成了韩王，聂政行刺的动机由原来的报答知己变成了为父报仇，在故事中还杂入了豫让刺赵襄子漆身为厉、吞炭为哑和荆轲刺秦王图穷匕见的故事。逯钦立说："作者是用一群刺客侠士的种种类型，综合地把主人公装扮起来以体现其不平凡的性格面貌。"由此他把这种现象称之为"类型积累的表现手法"，很有见地。①其实，如果我们借用文化原型和叙事母题的理论来看待这种现象，更能说明问题。在这则故事里，刺客的形象可以称之为原型，它形成于自春秋战国以来一系列刺客人物的存在，司马迁《史记》里专列《刺客列传》，可知这一类人物在汉代的影响之大。而尽孝报仇的故事则可以看作是中国古代叙事文学的一个母题，在汉代，"以孝为本"又成为整个社会所坚守和遵奉的社会道德。因而，《聂政刺韩王曲》故事，自然成为这个时代文学艺术所关注的对象。我们可以把这一故事的生成方法称之为原型故事与文学母题的整合。由于历史上的人物故事为大众所熟知，运用他们的故事来进行歌诗的表演更容易为听众所接受，所以有关他们的歌诗在社会上也会出现好多种不同的版本，这其中就有歌唱者的不断加工在里面。最典型的是《龙蛇歌》。它的故事原型见于《左传》，说的是介子推随晋文公流亡十九年，有一次晋文公在路上实在没有吃的，介子推就把自己大腿上的肉割下来给晋文公吃。可是晋文公回国之后，奖赏了所有跟随他流亡的人，唯独忘记了介子推。于是介子推就和他的母亲逃进了深山，晋

---

① 逯钦立：《汉魏六朝文学论集》，陕西人民出版社 1984 年版，第 377 页。

文公求之不得，就把绵上作为介子推之田，并立旌表来记述自己的过错，表彰介子推的功绩。再到后来，这个故事的内容不断丰富，说晋文公进山寻找不到介子推，于是就采纳一个人的建议，想用烧山的方式把介子推逼出来，结果介子推被活活烧死了。这个故事广为流传，自然也成为自战国后期到汉代歌诗新唱中一个历史故事原型。在《吕氏春秋》《史记》《说苑》《新序》《淮南子注》和《琴操》中都记录了以此故事为原型的一首歌——《龙蛇歌》。这一方面说明这个故事在当时社会上的流传之广和影响之大，另一方面也说明这个故事充满了活力，可以不断地有人根据故事的原型而进行新的翻唱。这种情况同时也说明，晋文公和介子推的故事，特别受到汉人的关注。当然也正因为如此，借用这样的历史原型故事来进行翻唱，也一定会成为汉代社会所喜欢的歌唱题材，容易被广大听众接受，在广大听众中产生情感的共鸣。著名心理学家荣格（Carl Gustv Jung）在讲到原型的影响力时曾经说过："从原初意象说话的人，是用一千个人的声音在说话；他心旷神怡，力量无穷，同时，它把想要表达的思想由偶然的和暂时的提高到永恒的境地。他使个人的命运成为人类的命运，因而唤起一切曾使人类在千难万险中得到救援并度过漫漫长夜的力量。"① 荣格这里所讲的原型（原初意象）虽然指的是沉积于人类心理中的集体无意识，并不是我们在这里所说的故事原型，但是，在人类社会中广泛流传的故事中往往都沉积着具有原型意义的东西，所以它才可以有原型似的影响力。同时，对于一般人来说，艺术感动往往并不是从抽象的原型中产生，而总是要通过一些具体感人的意象或者故事得到，所以每个民族才会有一些经久不衰的经典故事。介子推与晋文公的故事就具有这样的意义。它讲的是一个君臣关系的故事，在古代专制社会里，君臣之间应该是一个什么关系，二者关系应该如何对待，是所有的人都要考虑的问题，特别是万千臣民百姓都要考虑

---

① ［瑞士］荣格：《荣格心理学纲要》，张月译，黄河文艺出版社 1987 年版，第 161 页。

的问题。因而，介子推的生命悲剧自然会在社会上产生强烈的共鸣。而作为汉代歌诗之最有特色的一部分——琴曲歌辞，所表达的又主要是一般文人士大夫的情感，所以它成为当时一个重要的抒情题材而不断地被翻唱，就是自然而然的事情了。

此外，还有一些琴曲故事则是对一个历史人物故事的不断加工与丰富，我们可以把这种现象称之为"故事的再造"，比较典型的如《箕山操》所讲述的许由的故事：

《箕山操》，许由作也。许由者，古之贞固之士也。尧时为布衣。夏则巢居，冬则穴处。饥则仍山而食，渴则仍山而饮。无杯器，常以手掬水而饮之。人见其无器，以一瓢遗之。由操饮讫，以瓢挂树。风吹树动，历历有声，由以为烦扰，遂取捐之。以清节闻于尧。尧大其志，乃遣使以符玺禅为天子。于是许由喟然而叹曰："匹夫结志，固如磐石。采山饮河，所以养性，非以求禄位也。放发一优游，所以安已不惧，非以贪天下也。"使者还，以状报尧，尧知由不可为动，亦已矣。于是许由以使者言为不善，乃临河洗耳。樊坚见由方洗耳，问之："耳有何垢乎？"由曰："无垢，闻恶语耳。"坚曰："何等恶语？"由曰："尧聘吾为天子。"坚曰："尊位，何为恶之？"由曰："吾志在青云，何乃岌岌为九州伍长乎？"于是樊坚方且饮牛，闻其语而去，耻饮于下流。于是许由名布四海。尧既殂落，乃作《箕山之歌》。

据现有文献，许由之名，最早见于《墨子·所染》，但这时的许由还不是一个隐士的形象。第一次记述尧让天下于许由故事的，是《庄子》一书。该书中虽多次提到这个故事，也仅仅是说"许由不受"，"许由逃之"而已。至西汉刘向《说苑》，方有"昔者尧让许由以天下，洗耳而不受"之说，但极简单。只有在《琴操》里，才把这一故事描写的有声有色。可见，汉人在创造琴曲的同时，也在丰富着相关的历史故事，进行着文学的创造。在这些琴曲故事里，有几篇的叙述特别生动，如《拘幽操》叙述文王被囚羑里的故事，《周太伯》叙述太伯让位的故事，《信立退怨歌》叙述卞和献璧的故事，《三士穷》叙述思革子、尹文子、叔术子三位好友患难中争相赴死以及思革子富贵不忘朋友的故事，《聂政刺韩王曲》叙述聂政报仇的故事，等等，无不委婉曲折，人物形象也刻画得栩栩如生。它们甚至具备了中国早期小说的形态。

琴曲歌辞所演唱的故事多从历史中来，同时又有演唱者的加工，因此就会出现两种情况：一种情况是这一故事同时见于其他典籍，但详略有所不同，由此而形成一个故事有两个版本以上的情况，如《贞女引》叙述了鲁漆室之女倚柱悲吟而啸，被邻人误解，因而褰裳入山，见女贞之木，感而作歌，自经而死的故事。此故事又见于刘向《列女传》，但略有不同。开头先交代了漆室女的身份与倚柱而啸的原因："漆室女者，鲁漆室邑之女也。过时未适人。当穆公时，君老，太子幼。女倚柱而啸，旁人闻之，莫不为之惨者"，后来又自述说："今鲁君老悖，太子少愚，愚伪日起。夫鲁国有患者，君臣父子皆被其辱，祸及众庶，妇人独安所避乎！吾甚忧之。"故事的结尾引君子之语对鲁漆室女进行了评价，并引用了《诗经·王风·黍离》的诗句，却没有漆室女自作琴歌之说。这同样说明琴曲故事既有历史的根据，又是一种新的创造。另一种情况是一首琴曲同时会记录有两个不同类型的故事。如《雉朝飞操》，一曰《雉朝雊操》，一曰《雉朝飞》。《乐府诗集》引扬雄《琴清英》曰："《雉朝飞操》，卫女傅母之所作也。卫侯女嫁于齐太子，中道闻太子死，问傅母曰：'何如？'傅母曰：'且往当丧。'丧毕不肯归，终之以死。傅母悔之，取女所自操琴，于冢上鼓之。忽二雉俱出墓中，傅母抚雉曰：'女果为雉耶？'言未毕，俱飞而起，忽然不见。傅母悲痛，援琴作操，故曰《雉朝飞》。"又引崔豹《古今注》曰："《雉朝飞》者，犊沐子所作也。齐宣王时，处士泯宣，年五十无妻。出薪于野，见雉雄雌相随而飞，意动心悲，乃仰天叹大圣在上，恩及草木鸟兽，而我独不获。因援琴而歌，以明自伤。其声中绝。魏武帝时，宫人有卢女者，七岁入汉宫，学鼓琴，特异于余妓，善为新声，能传此曲。"同时又引传为伯牙所作《琴歌》曰："麦秀蕲兮雉朝飞，向虚壑兮背乔槐，依绝区兮临回池。"这首歌的歌辞则是这样的："雉朝飞兮鸣相和，雌雄群游于山阿。我独何命兮未有家。时将暮兮可奈何，嗟嗟暮兮可奈何。"从歌辞来看，无论是扬雄《琴清英》还是崔豹的《古今注》所说，都有情理上的根据。以上这些情况说明，我们关注先秦两汉琴曲，不仅要关心琴曲歌辞，而且还要关心这些琴曲故事的生成和演变，因为在琴曲表演的过程中，故事可能比歌辞更为重要，琴曲的演唱可以没有歌辞，但是却不能没有故事。这本身也是一个文学史上饶有兴味的话题。

第二是琴曲歌辞的语言形式。琴曲歌辞在整个琴曲的演唱过程中，虽然没有乐曲那么重要，但是歌辞本身也不可忽视。仔细分析可以看出，这些琴曲歌辞的句式大都属于诗骚体，只有个别琴歌采用了杂言体式，如《襄陵操》《箕子操》《百里奚》《饭牛歌》等。这与汉代受异域文化影响的横吹鼓吹和自西汉后期逐步发展起来的相和歌的语言形式大不一样。这种情况说明，汉代的琴曲歌辞更多地继承了《诗经》、楚辞的传统，或者也可以说是《诗经》、楚辞传统在汉代的一种新的发展。何以如此？根据汉人对琴的认识和琴文化在汉代的表现，以及琴曲故事里面的主题分析，我们可以推定，琴曲的演唱在汉代基本上盛行于文人士大夫群体，它主要表达的是文人士大夫的情怀，与流行的汉代俗乐相和歌曲等虽然关联，但是在本质上却有很大的不同，即它基本上属于文人的艺术。从纯粹诗歌的角度来看，许多琴曲歌辞的语言说教性较强而生动性不够，但是受文人文化的影响，这些琴曲歌辞里也有一些很好的诗篇。如托名王昭君所作的《昭君怨》：

秋木萋萋，其叶萎黄。有鸟处山，集于苞桑。养育毛羽，形容生光。既得升云，上游曲房。离宫绝旷，身体摧藏。志念抑沈，不得颉颃。虽得委食，心有徊徨。我独伊何，改往变常。翩翩之燕，远集西羌。高山峨峨，河水泱泱。父兮母兮，道里悠长。呜呼哀哉，忧心恻伤。

歌辞全篇都用比兴，以鸟喻人，借用了《诗经》的很多意象、句法和写作技巧，描写生动，抒情哀婉，没有任何直白说教的语言，把昭君悲苦的身世与内心的感伤形象传神地表达出来，是一首情感文采俱佳的抒情诗作。另外托名司马相如的《琴歌》也是一首好诗。按《乐府诗集》引《琴集》言："司马相如客临邛，富人卓王孙有女文君新寡，窃于壁间见之，相如以琴心挑之，为《琴歌》二章"。其诗曰：

凤兮凤兮归故乡，遨游四海求其凰。时未遇兮无所将，何悟今夕升斯堂。有艳淑女在闺房，室迩人遐毒我肠。何缘交颈为鸳鸯，胡颉颃兮共翱翔。

凤兮凤兮从我栖，得托孳尾永为妃。交情通体心和谐，中夜相从知者谁。双翼俱起翻高飞，无感我思使余悲。

这首歌肯定不是司马相如所写，歌辞乃是以司马相如与卓文君私奔的故事为底本敷衍而成，显然出于后人的附会与加工。但是这首诗语音流畅，情感真挚，表达了一位男子大胆地追求爱情的心理，却不失为一首很好的抒情诗作。

由于先秦两汉琴曲的故事大多从先秦时期就开始流传，其歌辞也往往会有好多不同的版本。如托名介子推的《龙蛇歌》，最早见于《吕氏春秋·介立》，《淮南子》高诱注、《史记》《说苑》《新序》里都有不同的版本，而以《琴操》所录语言形式最为整齐完整，抒情描写最为生动。此外，托名宁戚的《饭牛歌》、托名百里奚之妻的《琴歌》，也各有三个以上不同的版本存在。这在中国文学史上是一个很少见的现象。它说明，先秦两汉琴曲歌辞本是流传于琴家之口的活的文学，它同时具有口传诗学的部分特点。

先秦两汉琴曲歌辞有着共同的审美风格，大多数琴曲都表现了一个哀怨的主题，或写命运多舛之事，或发怀才不遇之怨，或抒思亲怀友之情。汉乐主悲，这一点在琴曲歌辞中有着特别明显的表现。其遣词造句，多用悲伤的语言和悲哀的意象。上引《履霜操》《怨旷思惟歌》就是典型。此外，如托名王季怀念其兄的《周太伯》，歌辞以直抒其情的方式出之，语言质朴，感情真挚，中间与末尾复寓情于景，写诗人伫怀南望、涕泪双流，具有打动人心的力量。托名为舜所作的《思亲操》："舜耕历山，思慕父母。见鸠与母俱飞鸣相哺食，益以感思，乃作歌曰：'陟彼历山兮崔嵬，有鸟翔兮高飞，瞻彼鸠兮徘徊。河水洋洋兮清泠，深谷鸟鸣兮嘤嘤，设置张罝兮思我父母力耕。日与月兮往如驰，父母远兮吾将安归。'"开头几句简单的故事背景交代，说明琴曲生发的原委，原来乃是主人公的见景生情。接下来诗歌就从描写眼前的情景入手，为听众营造了一幅凄美动人的画面，从而引发丰富的联想，由鸠之母子的相飞哺食而生发与主人公同样的思念父母的情怀，正所谓意动心悲，再配以哀伤之曲，具有感人落泪的艺术力量。

要而言之，先秦两汉琴曲歌辞，以中国古代琴文化为存在的条件，是运用古体，托名古人（或者当世名人），利用特殊的乐器进行演奏，由此而产生的一种诗乐相结合的艺术形式；它在中国古代诗歌史上是一种另类：作品的时代为假托、作者之名也是假托，它把真正作者的面目掩藏于歌辞的背后，因此未受当代学者的关注。但是它却是中国诗歌史上的一类比较重要的作品，并对魏晋隋唐等后世产生了深远的影响，值得我们关注与研究。

本文原载于《文学遗产》2010 年第 2 期

汉代五言诗起源发展问题再讨论

　　五言诗是汉代主要的诗歌体裁，也是中国中古诗歌最流行的诗歌形式。关于五言诗的起源发展问题，也历来受到学者的关注。这里面包括两个问题：第一是作为五言诗体的起源与发展问题；第二是作为汉代文人五言诗的起源与发展问题。其中关于五言诗体的起源发展问题，学术界没有太大的分歧；而关于文人五言诗的起源发展，特别是关于"枚乘杂诗""苏李诗"的作者真伪问题和《古诗十九首》的产生时代问题，至今仍然争辩不休。这二者之间又互相关联，不可分割。治汉代诗歌史者，对这一问题不可回避。此文的目的，就是要在前人争论的基础上，对此问题做一学术上的总结，并提出自己的看法。

一、关于五言诗的起源

　　要对汉代五言诗问题详加讨论，首先我们必须就它的起源问题有一个概要了解。对此，前人已经多有论述。如晋人挚虞在《文章流别论》中说：

　　　　诗之流也，有三言、四言、五言、六言、七言、九言。古诗

率以四言为体，而时有一两句，杂在四言之间，后世演之，遂以为篇。……五言者，"谁谓雀无角，何以穿我屋"之属是也。……①

梁人刘勰亦云：

按《召南·行露》，始肇半章；孺子《沧浪》，亦有全曲；《暇豫》优歌，远见春秋；《邪径》童谣，近在成世：阅时取证，则五言久矣。

五言见于周代，《行露》之章是也。②

以上两段文字，可以作为中国古代最早探讨五言诗起源问题的论述，其结论也多为后世学者所采纳。的确，如果我们考察五言诗的起源，最早是要从《诗经》说起。其实，《诗经》中的五言诗句，远不止于如挚虞、刘勰所举的《召南·行露》一诗中才有，《卫风·木瓜》里也有"投我以木瓜，报之以琼琚"这样的五言诗句。不仅《国风》中存在着个别五言句，就是产生时代比较早的《周颂》与《商颂》，也不乏此类句式，如"骏奔走在庙"（《周颂·清庙》）、"骏惠我文王"（《周颂·维天命》）。"宅殷土茫茫，古帝命武汤，正域彼四方"（《商颂·玄鸟》），"禹敷下土方，外大国是疆"，"帝立子生商"（《商颂·长发》）。在《小雅·北山》一诗的四、五、六章中，竟有连续十二个五言诗句出现："或燕燕居息，或尽瘁事国；或息偃在床，或不已于行。或不知叫号，或惨惨劬劳；或栖迟偃仰，或王事鞅掌。或湛乐饮酒，或惨惨畏咎；或出入风议，或靡事不为。"《大雅·绵》之卒章也连续用了六个五言诗句："虞芮质厥成，文王蹶厥生。予曰有疏附，予曰有先后。予曰

---

① 虞原书已佚，此见《艺文类聚》卷五十六引，上海古籍出版社 1982 年版，第 1018 页。
② 刘勰著，范文澜注：《文心雕龙注》，人民文学出版社 1958 年版，第 66、571 页。

有奔奏，予曰有御侮。"值得我们注意的是，《诗经》中的《商颂》原为殷商时期的作品，《大雅·绵》一般都认为是西周早期之作，此时的诗歌当中已经出现了这样整齐的五言诗句，这说明，在《诗经》中我们虽然还没有见到一首完整的五言诗篇，但是它的确是后世五言诗产生的渊薮。既然在《小雅·北山》和《大雅·绵》里面已经有了连续六个甚至更多的五言诗句的使用，我们甚至很难排除那时或者有产生比较简单的完整五言诗的可能性。例如，在《国语·晋语二》中曾记录了晋献公时优施的《暇豫歌》一首："暇豫之吾吾，不如鸟乌。人皆集于苑，己独集于枯。"这首诗共四句，其中已有三句是五言，具备了五言诗的雏型。它的创作时间属春秋前期，和《诗经·国风》中的一些诗篇创作大体上是同时的，这就是一个最好的证明。至春秋末年又出现了一首五言的《野人歌》："既定尔娄猪，盍归吾艾豭。"（《左传》定公十四年引）这首诗虽然仅有两句，但我们却不能不承认这已是现存最早的一首完整的简单的五言诗。在战国时代，《孟子·离娄》篇曾引用了一首《孺子歌》："沧浪之水清兮，可以濯我缨；沧浪之水浊兮，可以濯我足。"这首诗中除了第二句和第四句末尾有两个语气辞"兮"字之外，也是一首完整的五言诗。非常有意思的是，这首诗在《楚辞·渔父》中也有记载："沧浪之水清兮，可以濯吾缨；沧浪之水浊兮，可以濯吾足。"除了"我"字写成了"吾"字，其他完全一样。据《孟子》书中所言，这首诗是"孺子"所歌，而《楚辞·渔父》则说是渔父所唱。可见，这首歌在战国时期已经流传很广。这说明，到战国时代，已经完全具备了产生完整五言诗的可能。另一个可以支持这一观点的有力证据，是秦始皇时曾流传过一首《长城歌》："生男慎莫举，生女哺用脯。不见长城下，尸骸相支柱。"[1] 这不但是一首非常完整的五言诗，而且表现了很高的艺术

---

[1] 此诗记载于《水经注·河水注》引杨泉《物理论》。另外，在传为汉末陈琳的《饮马长城窟行》当中，也有这几句诗的异文，可能正是秦时《长城歌》的化用。

水平。

汉代是五言诗得到全面发展的时期。早从汉初起，五言歌诗就成为一种重要的诗体。传为虞美人所做的《和项王歌》，最早见于张守节《史记正义》，谓引自汉初陆贾《楚汉春秋》，因而颇受后人质疑。但是我们如果从五言诗在先秦和汉初发展的情况来看，虞美人作出这样的五诗歌诗并非没有可能。因为略早于此的秦始皇时的《长城歌》已经是完整的五言，与虞美人同时的汉高祖戚夫人，有《春歌》传世："子为王，母为虏，终日舂薄暮，常与死为伍。相离三千里，当谁使告汝。"此诗除前两句之外，后面都是五言，基本上可以看成是较完整的五言形式。我们注意到，这种与之相类似的五言形式，早在汉初的散文著作中就有更多的例子。如陆贾《新语·术事》："德薄者位危，去道者身亡。万事不易法，古今同纪纲。"《淮南子·氾论训》："孔子辞廪丘，终不盗刀钩。许由让天子，终不利封侯。"① 至李延年创作《北方有佳人》，更是一首

① 《史记·项羽本纪》："项王军壁垓下……夜闻汉军四面皆楚歌。……于是项王乃悲歌慷慨……歌数阕，美人和之。"按此，知项羽悲歌，虞姬有和唱的可能。但《史记》只记载了项羽的《垓下歌》，虞姬的和歌，我们今天所见最早的出处是唐人张守节的《史记正义》，并说出自《楚汉春秋》。但是关于《楚汉春秋》的真伪，古今却多有争论，详细内容可以参考梁启超《中国美文及其历史》（东方出版社1996年版，第117页）、罗根泽《五言诗起源说评录》（《罗根泽古典文学论文集》，上海古籍出版社1985年版，第142—143页）、方祖燊《汉诗研究》（台北正中书局1969年版，第3—4页）等著作。按《楚汉春秋》一书，唐时犹存。《隋书·经籍志》谓其有九卷，列在《史部》，以此而言，张守节所引《楚汉春秋》应为当时人所见之正本。此书宋以后佚失，清人茆泮林有辑本。据此辑本可知，此书虽有与《史记》不合处，但总是汉初人的记载，非后世所能伪造。（见周光培、孙进己主编《历代笔记小说汇编·汉魏六朝笔记小说》，辽沈出版社1990年版）司马迁之《史记》亦属私家著述，并多有传闻想象之词，我们亦不能由此而认定此书为伪。从体例来讲，此书可能与《史记》等书有别，故被后人小视。《旧唐书·经籍志》："《楚汉春秋》二十卷，陆贾撰"，列于"杂史"类。《新唐书·艺文志》："陆贾《楚汉春秋》九卷"，列于"伪史"类，按此处所说的"杂"与"伪"意义相近，并不是说此类书全书杂书和伪书，而是说这些书一般不视为正史，可能有传闻之类。唐人刘肃撰《大唐新语》，在其《序》中说："《传》称左史记书，《尚书》是也；右史记事，《春秋》是也。马迁创变古体，班氏遂业前书。编集既多，省览为殆。虞卿、陆贾之作，

完整成熟的五言新体："北方有佳人，遗世而独立。一顾倾人城，再顾倾人国。宁不知倾城与倾国，佳人难再得。"此诗第五句中虽然多出了"宁不知"三字，但是正如逯钦立所言，"当系歌者临时所加之衬字……无害此歌之体格音节。"① 李延年本为汉武帝时代著名的音乐家，史称其"好为新声变曲，闻者莫不感动。"（《汉书·外戚传》）据说此诗的演唱曾深深地打动了汉武帝，李延年也因此而贵幸。值得注意的是，产生于这一时期有《东光》一诗，也基本上以五言为主："东光乎？仓梧何不乎？仓梧多腐粟，无益诸军粮。诸军游荡子，早行多悲伤。"此诗除第一句之外，其余皆为五言。诗以生动的语言，描写了汉武帝元鼎五年出征南越的将士的悲怨之情。② 《东光》一诗在《宋书·乐志》中被列入相和曲，相和这一形式在西汉时也属于新兴起的歌诗艺术。与此约略同

袁宏、苟氏之录，虽为小学，抑亦可观。"按刘肃把陆贾的书当成"小学"，亦即小说家言，可知此书之体例正在杂史小说之间。但我们同样不能以此而认定此书为伪。由此而论，用现有的材料，梁启超、徐中舒等人由推测《楚汉春秋》为伪书，进而认定虞姬的《和项王歌》为后世伪作，其根据尚嫌不足。但罗根泽所说六朝时人论及五言之起源，皆不提虞美人歌，是一个值得我们重视的观点。清人沈德潜说："虞姬和歌竟似唐绝句矣，故不录。"此与梁启超之说相同，都是从文体发展上对其产生怀疑，也值得我们思考。不过，在没有更可靠的证据之前，我们还不能轻易彻底否定此诗。

① 逯钦立：《汉魏六朝文学论集》，陕西人民出版社 1984 年版，第 64—65 页。
② 诗最早见于《宋书·乐志》，并说是古辞，《乐府诗集》卷二十七同。但是在解题中引《古今乐录》曰："张永《元嘉技录》云：'《东光》旧但有弦无音，宋识造其声歌。'"宋识本为魏人，若按张永之说，此诗在魏前尚无歌辞。但张永之说恐不可靠。《宋书·乐志》载此诗原文曰："东光乎？仓梧何不乎？仓梧多腐粟，无益诸军粮。诸军游荡子，早行多悲伤。"以此，知本诗之产生一定和仓梧及军事有关。按《汉书·武帝纪》：元鼎五年（公元前一一二年）夏四月，南越王相吕嘉反，杀汉使者及其王、王太后。秋，遣伏波将军路博德出桂阳，下湟水；楼船将军杨仆出豫章，下浈水；归义越侯严为戈船将军，出陵零，下漓水；甲为下濑将军，下苍梧。皆将罪人，江淮以南楼船十万人。越驰义侯遗别将巴蜀罪人，发夜郎兵下牂柯江，咸会番禺。这首歌中所出现的地名与这次战争相一致，所表达的感情与这次历史事件相和。郑文曰："开始二句，指瘴雾笼罩，不见日光，卑湿之地，人以为苦。所以次二句虽说仓梧多粟，而无益于诸军。末二句之说悲伤之因，息战之情，自然呈现。"其说可从，见郑文《汉诗研究》，甘肃民族出版社1994 年版，第 69 页。

时的还有相和曲的《江南》一诗，也当产生于此时。① 这说明，五言诗这种形式，在汉武帝时代的各种新声曲中已经比较流行。至于汉成帝时班婕妤的《怨歌行》，则代表了这一时代五言歌诗的最高水平：

> 新裂齐纨素，皎洁如霜雪。裁为合欢扇，团团似明月。出入君怀袖，动摇微风发。常恐秋节至，凉风夺炎热。弃捐箧笥中，恩情中道绝。

此诗载《文选》卷二十七，列在魏武帝乐府之前。考《文选》的编纂体例，在同类诗作中，基本上按时代前后排列，可见萧统将此诗认定为班婕妤之作无疑。李善注："《歌录》曰：'《怨歌行》，古辞'。然言古者有此曲，而班婕妤拟之。婕妤，帝初即位，选入后宫，始为少使，俄而大幸，为婕妤，居增成舍。后赵飞燕宠盛，婕妤失宠，希复进见。成帝崩，婕妤充园陵。薨。"这首诗在《玉台新咏》中又题为《怨诗》。关于这首诗的真伪，历来多有争论。刘勰《文心雕龙·明诗篇》云："至成帝品录，三百余篇……而辞人遗翰，莫见五言，所以李陵班婕妤见疑于后代也。"可见这首诗是否为班婕妤所作，在六朝时期就已经有争论了。今人多持怀疑态度。陆机《班婕妤》："婕妤去辞宠，淹留终不见。寄情在玉阶，托意唯团扇。"傅玄《怨歌行·朝时篇》："自伤命不遇，良辰永乖别。已尔可奈何，譬如纨素裂。"陆机和傅玄同为西晋人，距汉不远，他们在诗歌中吟咏班婕妤并不约而同地提到团扇的典故，显然认为这首诗是班婕妤所做。更何况，此诗以团扇为喻，巧妙地表达了一个宫中女子担忧自己的命运以及唯恐被弃的复杂心情，既切合班婕妤的身世，也符合她的性格。像这样感情丰富而又文采斐然的作品，如果

---

① 萧涤非说："此篇始载《宋书·乐志》，《通志·相和歌》亦首列《江南曲》，以为正声。当为传世五言乐府之最古者，殆武帝时所采吴楚歌诗。"《汉魏六朝乐府文学史》，人民文学出版社 1984 年版，第 62 页。

没有身处其中的切身感受和很高的艺术修养，一个"高等伶人"是不可能写出来的。① 既然早在西汉早年的戚夫人已经可以歌唱整齐的五言，汉武帝时代已经产生了《北方有佳人》和《东光》这样的诗作，班婕妤作为一代才女，创作出这样的作品也是理所当然的。

五言诗的起源与发展，不但经历了一个由"杂在四言之间"到"半章"再到"全曲"的过程，而且也是诗体形式不断探索的过程，是汉民族语言不断发展变化的结果。诗是有节奏有韵的语言的加强形式，从这一点来讲，五言诗与四言诗之所以不同，不仅仅是因为五言比四言多出一个字，还因为二者表现为不同的节奏韵律。四言基本上是二分节奏，五言则可以视为三分节奏。其典型句式是"二二一"或者"二一二"。由此我们发现，五言诗的句法节奏，同样也经历了一个从早期的"一二二"式为主转为"二二一"或者"二一二"为主的过程。《诗经》中的五言句式，从节奏上看很不规范，如有的是"一四"式，如《商颂·玄鸟》："正/域彼四方""外/大国是疆"。有的是一二二式，如《小雅·北山》："或/燕燕/居息，或/尽瘁事国。"有的虽然可以分割成"二二一"或者"二一二"式的节奏，但是却需要有虚词的连缀，如《鄘风·桑中》："期我乎桑中，要我乎上宫。"《齐风·南山》："艺麻如之何""娶妻如之何"。《暇豫歌》："人皆集于苑，己独集于枯。"这种

---

① 考证比较详细的是逯钦立，他说："总上所述，合欢团扇之称咏，见弃怀怨之意境，悉可证其始于邺下之文士，可知传行西晋之《怨歌》，亦必产生于斯时。大抵曹魏开国，古乐新曲，一时称盛，高等伶人，投合时好，造为此歌，亦咏史之类也。殆流传略久，后人遂目为班氏自作。"详见逯钦立《汉魏六朝文学论集》，陕西人民出版社1984年版，第22—27页。按在诸家考证中，自以逯钦立说最为有力。他认定此诗最晚也应产生在曹魏时期，这是不差的。但是我们并不同意他的"高等伶人"拟作说，因为这不过是一种猜测之词。团扇之喻，在东汉时期固然多写用舍藏，但是我们并不能否定班婕妤可用之比喻君王恩宠，反过来我们也可以说，这正好是她的创造。同时，也正因为她的这一创造，才开启了后人的模仿。西晋与曹魏时代前后相接不过几十年，若《怨歌行》为曹魏时"高等伶人"所作，傅玄陆机等人就不会有这样的拟作。这反倒更能证明此诗属于班婕妤之作。

情况，到时战国时期就发生了很大的变化，如《渔父歌》："沧浪之水清兮，可以濯吾缨；沧浪之水浊兮，可以濯吾足。"很明显地表现为这种句法结构的过渡形态，前两句中尚有虚词相连缀的现象，后两句则完全符合后世的五言结构。这种句法结构的变化，在战国后期的散文著作里也可以看出。如《战国策·赵策》："以书／为御／者，不尽／马／之情。以古／制今／者，不达／事／之变。"《战国策·秦策三》："树德／莫如／滋，除害／莫如／尽。"虽然符合五言的三分节奏，但是虚词在这里却起着重要句法关联作用。而下一类句式，如《晏子春秋》卷七："文绣／被／台榭，菽粟／食／凫雁。"《战国策·齐策》："骏马／养／外厩，美人／充／下陈。"则不但在节奏上，而且在语言结构上都完全符合五言诗的标准了。这说明，作为一种诗体形式的五言，是经过先秦时代的长期演化才基本成型的。①

自二十世纪二十年代以来流行这样一种观点，认为五言诗起源于民间歌谣。如有的人认为虞美人的《和项王歌》、班婕妤的《怨诗》等都是后人伪托，而戚夫人的《春歌》、李延年的《北方有佳人》《铙歌》中的《上陵》等又不是"纯粹的五言"，所以，只有汉成帝时的《黄爵谣》（邪径败良田）和《长安为尹赏歌》"为五言诗之祖"，② 此说虽然由于过于强调五言诗的"纯粹"性，勇于疑古且割断了其与前代一些五言诗歌的关系而被人们纠正，但"五言诗起源于民间"则成为权威性的说法而被广泛采纳，如游国恩等五人主编的《中国文学史》就说："五言诗是我国古典诗歌的主要形式，它和其他诗歌形式一样，都是从民间产生的。五言诗从民间歌谣到文人写作，经过一个长期的发展过程。远在四言诗盛行时代，五言诗即已萌芽。……自汉武帝以后，这种形式的五

---

① 此处可参看拙著《四言诗与五言诗的句法结构与语言功能比较研究》，《中州学刊》1996
   年第 3 期。

② 罗根泽：《五言诗起源说评录》，《罗根泽古典文学论文集》，上海古籍出版社 1985 年版，
   第 136—166 页。

言歌谣，大量地被采入乐府，成为乐府歌辞。它们有不少的新颖故事，相当成熟的艺术技巧，逐渐吸引文人们的注意和爱好。他们在自己的诗歌创作中试行模仿起来，于是就有了文人五言诗。这便是五言诗的起源。"①

表面看起来这种说法颇为周密，也能够很好地将现存的五言诗连缀起一个链条。但仔细考察我们却会发现，这种说法并不符合五言诗的发展实际。

首先从时间上看，现存最早的五言诗句，出现在《诗经》的《商颂·玄鸟》《大雅·绵》两诗当中，这两首诗的创作年代分别在商代和周初，一般认为比《召南·行露》的产生时间要早，但是二者都不能称之为民间歌谣。再往后看，《国语·晋语二》中记录的晋献公优施的《暇豫歌》，也不属于民间歌唱。在现存汉代诗歌中，最早具有五言诗体形式的汉初戚夫人的《春歌》、李延年的《北方有佳人》也不是民间歌谣。这些事例充分说明，五言诗这一形式最初并不是只发生在民间，只在民间歌谣当中流行，只有发展到了一定阶段之后才逐渐被文人注意、爱好和模仿，实际上它从初始到完善的全过程中都应该有社会各个阶层的参与。

其次是这种说法过于强调了"民间"与"文人"的对立性。考察20世纪以来的文学史研究，"民间"是个被学界最为推重的词汇，但何谓"民间"，并没有人从理论上对它进行界定，大致来讲，凡是在历史文献中那些无名氏的"歌""谣"类作品，往往都被称之为"民间歌谣"。但是我们知道，这些在历史文献中记载下来的所谓"民间歌谣"，其作者的身份是值得讨论的。如《孟子》里所记载的《孺子歌》，按字面意理解，"孺子"就是儿童。这首歌是否为儿童所作，我们有理由怀疑，因为其歌辞所包含的丰富内容，非一个儿童所能说出。这首歌在

---

① 游国恩等主编：《中国文学史》第一册，人民文学出版社1963年版，第178页。

《楚辞》中被说成是"渔父"所唱，这个"渔父"也未必是一个地道的渔民，很可能是一位避世的"隐士"。① 事实上，历史文献中记载下来的那些所谓的民间"歌""谣"，很可能就是在野的文人所做，现存汉乐府中的许多歌诗，也出自无名的文人之手。"民间"和"文人"本是两个互相包容的群体，在五言诗起源问题的探讨中，把二者对立起来的看法是不符合历史实际的。

综上所述，我们认为：五言诗作为中国古代诗歌的重要形式，早在《诗经》时代已经萌芽，到战国末期已经有完整的五言全篇出现，西汉时代是五言诗体的正式完成期，从西汉初年戚夫人的《春歌》到汉武帝时代李延年的《北方有佳人》再到西汉后期乐府、歌谣等五言诗的大量出现，标志着五言这一新诗体已经基本成熟。

二、关于文人五言诗产生时代的讨论

在汉代五言诗起源与发展问题上，最大的公案是文人五言诗的真伪与产生时代问题。汉代文人五言诗，通常指的是在汉乐府之外的由文人创作的五言诗。包括在《文选》中所辑录的《古诗十九首》、《李陵与苏武诗》三首、《苏武诗》四首、《玉台新咏》所录《古诗八首》中的《上山采蘼芜》《四座且莫喧》《悲与亲友别》《穆穆清风至》四首，② 《枚乘杂诗》中的《兰若生春阳》一首，③《古文苑》所收《李陵录别诗》八首，散见于其他典籍中的《桔柚垂华实》《步出城东门》《新树兰蕙葩》

---

① 洪兴祖：《楚辞补注》，中华书局1983年版，第179页；朱熹：《楚辞集注》，上海古籍出版社1979年版，第116页。

② 按此八首中，另有《凛凛岁云暮》《冉冉孤生竹》《孟冬寒气至》《客从远方来》，见《古诗十九首》。

③ 《玉台新咏》所录"枚乘杂诗"共九首，另有八首见《古诗十九首》。

三首。① 还有班固的《咏史诗》、秦嘉的五言《赠妇诗》三首、郦炎的《见志诗》、赵壹《刺世嫉邪赋》所系《秦客诗》与《鲁生歌》等有主名的文人五言诗作。这些诗篇以《古诗十九首》为代表，其高超的艺术成就历来被人们所称道，对后世产生了深远的影响。由于这些诗篇大多没有留下作者名字，且后世记载多有矛盾，因而关于汉代文人五言诗的产生时间问题、作者问题、艺术特征等问题，至今还存在着诸多争论，同时也缺乏从汉代诗歌整体发展的角度对其进行系统的观照。

关于汉代文人五言诗的产生与发展问题，早自六朝时起就一直存在着较大的争议。而这种争论，又主要集中在传为枚乘、李陵、苏武、班婕妤等人的诗上。关于班婕妤的诗，我们在上面已经有过考辨，下面我们分别介绍有关枚乘、李陵、苏武等人五言诗的相关讨论。

先说关于"枚乘杂诗"和"古诗十九首"。"枚乘杂诗"之说，最早见于梁陈之际徐陵所编的《玉台新咏》，其中辑录《西北有高楼》《东城高且长》《行行重行行》《涉江采芙蓉》《青青河畔草》《兰若生春阳》《亭中有奇树》《迢迢牵牛星》《明月皎月光》等九首，署名为"枚乘杂诗"。但是早于它编成的《文选》，虽然辑录了这九首中的八首（《兰若生春阳》一首《文选》未录），并与另外十一首合成一组，而名之曰"古诗十九首"，并没有提到枚乘的名字。与《文选》同时稍晚一些成书的《诗品》，专列"古诗"一目，并说："其体源出于《国风》。陆机所拟十四首，文温以丽，意悲而远，惊心动魄，可谓几乎一字千金！其外《去者日以疏》四十五首，虽多哀怨，颇为总杂。旧疑是建安中曹、王所制。《客从远方来》《橘柚垂华实》，亦为惊绝矣！人代冥灭，而清音

① 钟嵘在《诗品》中说："其外《去者日以疏》四十五首，虽多哀怨，颇为总杂。旧疑是建安中曹、王所制。"可见汉代文人五言诗在魏晋六朝时尚存有不少，后来逐渐佚失。又，《乐府诗集》卷二十四《梁鼓角横吹曲》里载有《十五从军征》一诗，有学者归入汉代五言古诗。然此诗按《古今乐录》中所记，属于梁鼓角横吹曲《紫骝马》中保留下来的一部分，虽题为"古辞"，但若是汉代作品，当入乐府。

独远，悲夫!"按钟嵘在《诗品》中所提到的这些古诗，包括"陆机所拟十四首"和《去者日以疏》《客从远方来》，均见于《文选》所录"古诗十九首"当中。现将三书所提到的诗篇列表如下：

序号	1	1	3	4	5	6	7	8	9	10
篇目名称	行行重行行	青青河畔草	青青陵上柏	今日良宴会	西北有高楼	涉江采芙蓉	明月皎月光	冉冉孤生竹	庭中有奇树	迢迢牵牛星
文选所收	✓	✓	✓	✓	✓	✓	✓	✓	✓	✓
诗品记录	陆机拟	陆机拟	陆机拟	陆机拟	陆机拟	陆机拟	陆机拟		陆机拟	陆机拟
玉台题名	枚乘杂诗	枚乘杂诗			枚乘杂诗	枚乘杂诗			枚乘杂诗	枚乘杂诗

序号	11	12	13	14	15	16	17	18	19	20	21
篇目名称	回车驾言迈	东城高且长	驱车上东门	去者日以疏	生年不满百	凛凛岁暮	孟冬寒气至	客从远方来	明月何皎皎	兰若生春阳	桔柚华垂实
文选所收	✓	✓	✓	✓	✓	✓	✓	✓	✓		
诗品记录		陆机拟		✓				✓	陆机拟	陆机拟	✓
玉台题名		枚乘杂诗							枚乘杂诗	枚乘杂诗	
备注	按《诗品》云陆机所拟十四首，今《陆机集》存有十二首，其中十一首见于《古诗十九首》，另有一首为《拟东城一何高》，疑为拟十九首中《东城高且长》。										

据上表所知，现存文献中最早辑录这些古诗的当为《文选》，它选录的十九首作品也因此而获得了一个固定的名称"古诗十九首"。其次是钟嵘的《诗品》，它也专列古诗一目，并且特别推重其中陆机模拟过的十四首作品，认为它们"文温以丽，意悲而远，惊心动魄，可谓几乎一字千金!"此外它还提到了以《去者日以疏》为代表的四十五首作品，认为这些作品"虽多哀怨，颇为总杂。旧疑是建安中曹、王所制。"

最后他又提到了《客从远方来》《橘柚垂华实》两首，说它们"亦为惊绝矣"。而关于"枚乘杂诗"之说，虽然只见于三本书当中最晚出的徐陵《玉台新咏》，可是关于枚乘作过五言诗的说法并非空穴来风。刘勰在《文心雕龙·明诗》中就说："又古诗佳丽，或称枚叔，其《孤竹》一篇，则傅毅之词。比采而推，两汉之作也。"可见关于这些诗歌的作者，在当时就已经有"枚乘说""傅毅说""建安中曹王所制说"，但是都没有得到当时人的普遍认可。所以，无论是萧统、刘勰还是钟嵘，最后都采取模糊处理的方式。萧统在《文选》里把它编在李陵与苏武诗之前，从此书的编辑体例来看，萧统认为这些诗属于汉代的作品，应无疑义。刘勰则笼统地说它们是"两汉之作也"，不过却特别提出其中《孤竹》一篇为傅毅的作品。钟嵘在《诗品序》中也说："古诗眇邈，人世难详，推其文体，固是炎汉之制，而非衰周之倡也"。值得注意的是，无论是《玉台》所录的"枚乘杂诗"还是陆机所拟的十二首，除《兰若生春阳》一首之外，其余都在《古诗十九首》当中。由此可见，"古诗"一词，在六朝时期已经是一个具有特殊内涵的概念，专指那些产生于汉代的无名氏的五言诗作品。

关于"苏李诗"的说法也存在着问题。在现存文献中，最早署名李陵与苏武的诗是《文选》中所录"李少卿与苏武诗三首"和"苏子卿诗四首"。萧统在《文选序》中说："退傅有在邹之作，降将著河梁之篇，四言五言，区以别矣。"这里所说的"降将著河梁之篇"，指的就是《文选》中署名李陵的《携手上河梁》一诗。钟嵘对李陵诗也表示肯定。他在《诗品序》中说："逮汉李陵，始著五言之目矣"，不仅如此，钟嵘还据此把李陵列为自汉以来写作五言诗的上品诗人。① 梁人任昉在《文

---

① 按：钟嵘在《诗品序》又云："子卿'双凫'……皆五言之警策者也。"这里所说的"双凫"，当指署名苏武诗《双凫俱北飞》："双凫俱北飞，一凫独南翔。子当留斯馆，我当归故乡。一别如秦胡，会见何讵央。怆恨切中怀。不觉泪沾裳。愿子长努力。言笑莫相忘。"此诗首见《古文苑》。

章缘起》中也说："五言诗，汉骑都尉李陵与苏武诗。"不过，在六朝时代也并不是所有的人都认可"李陵诗"之说，早在刘宋时代的颜延之就说："逮李陵众作，总杂不类，元是假托，非尽陵制。"① 刘勰《文心雕龙·明诗》篇也说："至成帝品录，三百余篇，朝章国采，亦云周备。而辞人遗翰，莫见五言，所以李陵，班婕妤见疑于后代也。"这说明，关于枚乘、李陵、苏武等人是否做过五言诗，包括《古诗十九首》究竟产生于何时等问题，在六朝时代已经成为一个历史遗案。

不过，虽然自六朝以来关于枚乘、李陵、苏武诗都有疑问，可是人们对于这些诗篇还是基本上抱着肯定的态度来学习和认识。如李善在给《文选》中《古诗十九首》作注时就说："并云古诗，盖不知作者。或云枚乘，疑不能明也。诗云：'驱马上东门'。又云：'游戏宛与洛'。此则辞兼东都，非尽是乘明矣。昭明以失其姓氏，故编在李陵之上。"② 值得注意的是，李善在这里所引用的"驱马上东门"与"游戏宛与洛"两句，恰恰不包含在《玉台新咏》题名为"枚乘杂诗"的八篇诗歌里面。这说明，李善虽然也对枚乘五言诗有所怀疑，但是他并没有从根本上否定枚乘有写作五言诗的可能，而只是说《古诗十九首》里面不全是枚乘作的，还可能有东汉人的作品，如《驱马（车）上东门》《青青陵上柏》（游戏宛与洛）。

最早对所谓的枚乘诗、李陵诗、苏武诗表示怀疑的，当为唐人刘知己。《史通·杂说下》："《李陵集》有《与苏武书》，词采壮丽，音句流靡。观其文采，不类西汉人，殆后来所为，假称陵作也。"③ 此后渐有

① 《太平御览》卷第五百八十六引。
② 按：《古诗十九首》原诗为"驱车上东门"，中华书局影印宋胡克家刻本为"驱马"，当为传抄之误。不过，李善由此断定《古诗十九首》里有东汉作品，立论并不坚实。故后人亦有反驳，如方祖燊就认为：洛阳本是周时旧都，宛县也是西汉大郡，在西汉之时也很繁荣，而且洛阳的上东门在西汉时代已经存在。所以说西汉时的诗人游戏宛与洛也是完全有可能的。见方祖燊《汉诗研究》，台北正中书局1996年版，第9页。
③ 浦起龙：《史通通释》，上海古籍出版社1978年版，第525页。

人持此说。如苏轼《东坡诗话补遗》："刘子玄辨《文选》所载李陵《与苏武书》，非西汉文。盖齐梁间文士拟作者也。吾因悟陵与苏武赠答五言，亦后人所拟。"苏轼在《答刘沔书》中又说："李陵、苏武、赠别长安，而诗有'江汉'之语。……正齐、梁间小儿所拟作，决非西汉，而统不悟。"按苏东坡这里所说的"'江汉'之语"，指的是苏武诗"俯观江汉流，仰视浮云翔。良友远离别，各在天一方"。苏轼从诗中所写的地理不符为由而否定此诗为苏武所作，从分析诗歌内容的角度来讲是正确的。但是从诗歌写作的角度来看却不一定合适，因为无论古今作诗，往往都会用到大量的借代、夸张、想象等艺术手法，所以苏轼光从这一点还不能得出苏武的诗一定就是"齐梁间小儿所拟作"的结论。不过，苏轼此说却引发了其他人对这些诗篇的进一步怀疑，如宋人洪迈在《容斋随笔·五笔》卷十四中曾指出李陵诗中"盈"字犯汉惠帝讳，所以不能是西汉时作。顾炎武《日知录》卷二十三张扬其说。再如清人朱彝尊《玉台新咏跋》认为《古诗十九首》中《生年不满百》一诗中有四句与乐府诗《西门行》相同，由此认为《生年不满百》一诗可能是"文选楼"诸学士裁剪乐府诗而成，等等。①

至二十世纪二三十年代以后，学术界关于枚乘杂诗、李陵诗、苏武诗真伪问题的讨论逐渐进入一个高潮。其中持否定意见的代表是梁启超。他在《中国之美文及其历史》一书中，除了继承苏轼等前人的观点之外，还将有关的证据与进化论相结合，提出了一套系统的考证理论。他说：

> 凡辨别古人作品之真伪及其年代，有两种方法，一曰考证的；二曰直觉的。考证的者，将该作品本身和周围之实质的资料搜集齐备，看它字句间有无可疑之点。他的来历出处如何？前人对于

---

① 按：关于避讳之说，明人周婴《卮林》卷四《李陵诗》一则中就列举了详细的例证来说明汉世不讳；清人钱大昕同样提出反证予以驳斥；近人古直在《汉诗研究》曾列出十几例反证，证明此说不确。

他的观察如何？……等等，参伍错综而下判断。直觉的者，专从作品本身字法、句法、章法之体裁结构及其神韵气息上观察，拿来和同时代确实的作品比较，推定其是否产生于此时代。……我们用历史家的眼光忠实观察，以为西汉景武之间未必能够发生这种诗风这种诗体；倘使已经发生，便当继续盛行，又不应中断二三百年，到建安黄初间始再振其绪。所以我对于五言诗发生时代这个问题，兼用考证的、直觉的两种方法仔细研究，要下一个极大胆的结论曰：五言诗起于东汉中叶，和建安七子时代相隔不远，——"行行重行行"等九首决非枚乘作，"皑如山上雪"决非卓文君所作；"骨肉缘枝叶""良时不再至"等七首决非苏武、李陵作。①

根据上面的原则，梁启超又综合了以下几点，首先对《古诗十九首》的写作时代作了新的推断：第一，"古诗十九首"风格相近，应为一个时代的东西，前后不会相差几十年，断不会西汉初人有几首，东汉初人有几首，东汉末人又有几首。第二，根据李善和洪迈等人的观点，这些诗中有的犯了西汉的人避讳，有的写了东汉时代的名物。第三，再参以刘勰将"冉冉孤生竹"为傅毅作之语，并和班固《咏史诗》相较，则东汉明章之间似尚未有此体。由此他估定《古诗十九首》的年代，"大概在西纪一二〇至一七〇约五十年间。复次，梁启超又对《古诗十九首》的内容作了一番研究，认为其"厌世思想之浓厚——现世享乐主义之讴歌，最为其特色。""依前文推论，《十九首》为东汉安、顺、桓、灵间作品，若所测不谬，那么正是将乱未乱极沉闷极不安的时代了。"② 梁启超接着又通过以下几点对李陵、苏武诗作了推断。第一，从时代风格来看，汉武帝时代决无此种诗体。第二，赠答诗起于建安七

---

① 梁启超：《中国之美文及其历史》，东方出版社1996年版，第123—124页。
② 梁启超：《中国之美文及其历史》，东方出版社1996年版，第128—131页。

子，两汉词翰，除秦嘉《赠妇》外更无第二首，然时已属汉末。第三，《汉书·苏武传》中录有一首李陵歌，与传说李陵五言诗相距甚远，所以这些诗绝不是李陵、苏武所作，但也不是后人有意作伪。"大概总是建安七子那班人。而各首又非成于一人之手，各诗气格朴茂淡远，决非晋宋以后人手笔，而桓灵以前，又像不会有替人捉刀的风气，建安七子既创开赠答之风，自然容易联想替古人赠答，他们又喜欢共拈一题，数人比赛着做，各人分拟，所以拟出的共有几首之多，各首语义多相重复，而诗的好坏亦大相悬绝。"①除梁启超之外，否定枚乘、李陵、苏武诗的学者，在当时还有徐中舒、张为骐、罗根泽、陆侃如、冯沅君、逯钦立以及日本学者铃木虎雄等人。②

但是如果我们仔细分析，会发现自唐人刘知几开始到今人梁启超等提出的否定枚乘诗、李陵诗、苏武诗的诸多看法举证并不坚实，有的还属于误解。如关于汉人避讳之说与李陵在长安送别而诗中不该提到"江汉"一语的问题，前人已经有过系统的反证。其他如所谓枚乘、李陵、苏武诗不见于《史记》《汉书》记载，苏武诗"嘉会难再遇，三载为千秋"与苏李二人当时情事不合等等，都是推测之辞。近人黄侃、古直、隋树森、日本学者朱偰、当代中国台湾学者方祖燊、大陆学者雷书田、张启成、章培恒等人分别撰文，进行了详细了反驳。③

---

① 梁启超：《中国之美文及其历史》，东方出版社 1996 年版，第 137—139 页。

② 以上可参见罗根泽《五言诗起源说评录》，原载 1930 年《河南大学文学院季刊》第 1 期，后收录《罗根泽古典文学论文集》，上海古籍出版社 1985 年版，第 136—166 页。陆侃如、冯沅君《中国诗史》，百花文艺出版社 1999 年版，第 233—238 页。逯钦立《汉诗别录》，《汉魏六朝文学论集》，陕西人民出版社 1984 年版，第 105—108 页。

③ 按：此处可以参看范文澜《文心雕龙注》，人民文学出版社 1958 年版，第 75—76 页；古直《汉诗研究》，上海启智书局 1933 年版；隋树森《古诗十九首集释》，中华书局 1955 年版，第 1—13 页；方祖燊《汉诗研究》，台北正中书局 1996 年版；朱偰《五言诗起源问题》，《东方杂志》23 卷 20 期；雷书田《试论李陵及其几首五言诗的真伪》，《西北大学学报》1981 年第 3 期；张茹倩、张启成《古诗十九首创作时代新探》，《贵州民族学院学报》1990 年第 4 期；章培恒、刘骏《关于李陵〈与苏武诗〉及〈答苏武书〉的真伪问题》，《复旦学报》（社会科学版）1998 年第 2 期。

　　平心而论，这次关于汉代文人五言诗真伪和产生时代等问题的大讨论，虽然争辩双方都提出了许多论点，并且在广泛搜罗古代典籍证据方面各自尽了最大努力，由此把对这一问题的讨论向前推进了一大步。① 但是由于历史记载的缺乏，特别是找不到汉代有关这一问题的直接记载，所以谁都说服不了对方。可是，由于受现代疑古思潮的影响，在这次讨论最终还是否定派占了上风。特别是梁启超的观点，在这里起到了至关重要的作用。至新中国成立前后出版的几部有影响的文学史，大都采纳了他的观点，如刘大杰的《中国文学发展史》、游国恩等五人主编的《中国文学史》和社科院文研所编著的《中国文学史》，以及马茂元的《古诗十九首新探》等著作，都不承认西汉时代已经有水平较高的文人之作。而且，他们以班固的《咏史诗》为例，认为汉代文人五言诗到班固的时代尚不成熟，以《古诗十九首》为代表的文人五言诗，应该产生在东汉末年。

　　在两派相争的情况下，为什么以梁启超为代表的否定派的说法却最终被更多的人所接受呢？我以为，这里面有一个重要的原因，就是这一派学者除了实证的搜罗之外，还相信进化的理论和综合考察的方法，他们不是孤立地就枚乘诗、苏李诗等展开讨论，而是结合整个汉代五言诗发展的历史、《古诗十九首》所表现的思想内容来综合考察。这其中最关键处有三点：第一，从现存的汉代全部五言诗来看，西汉时期除了乐府和歌谣中有一些五言诗之外，现存的可以认定是西汉时代的文人五言诗不仅数量很少、水平不高，而且作者值得怀疑。第二，现存的比较可靠的较早的东汉文人五言诗是班固的《咏史》，可是这首诗尚且"质木无文"，这说明文人五言诗到此时尚不成熟。第三，从《古诗十九首》所表现的内容来看，它们只能产生在"将乱未乱"之时的东汉后期。应

---

① 关于《古诗十九首》的作者与时代问题的探讨，台湾学者张清钟综合介绍各家学说之观点，最为详细，可以参考。见张清钟《古诗十九首汇说赏析与研究》，台湾商务印书馆1988年版，第121—153页。

该说，这种综合性的考察是有相当大的说服力的。

我们很赞同这种综合考察的方法，特别是像文人五言诗起源问题的研究，在历史文献记载不足的情况下尤其重要。通过这种综合考察，我们也认为，六朝时期关于"枚乘诗""苏李诗"的说法是值得怀疑的，在西汉时期产生这样诗篇的可能性不大。虽然自黄侃、古直、隋树森等人反驳了自苏轼到梁启超以来提出了诸多疑问，证明枚乘、苏武、李陵时期有文人写作五言诗的可能，但是他们同样提不出更多的证据来证明这种可能性。例如，黄侃等人据《明月皎夜光》《东城高且长》《凛凛岁云暮》三诗中所描写的节令，进一步证明李善之说，认为这些诗歌当作于汉武帝太初改历之前。但是逯钦立却认为这些诗也有作于王莽改历之时的可能。① 张庚《古诗十九首解》则根据《史记·天官书》，认为"玉衡指孟冬"不是指季节月份，而是指斗星所指时刻，此诗所写正是秋季七八月之交。② 可见，这种对诗句的理解本来就有歧义，若没有其他辅证，并不能仅仅据此而肯定这几首诗一定作于太初之前。因此，综合性的考察无疑是我们弄清这些文人五言古诗产生年代的最好方法。

然而，梁启超用这种综合考察的方法断定以《古诗十九首》为代表的汉代文人五言诗产生于东汉末年的说法③，真的可以成为定论了吗？我们以为还不尽然。因为梁启超等人在进行综合考察的时候，对有些问题的考虑还不周全。这主要包括以下三个方面：第一，没有更为深入地考虑文人五言诗与乐府五言诗之间的关系问题；第二，对班固的《咏史诗》的理解有误；第三，没有更深入地思考文人五言诗与汉代社会文化之间的关系。而这三点，不仅仅关系到我们对汉代文人五言诗的断代问

① 逯钦立：《汉诗别录》，《汉魏六朝文学论集》，陕西人民出版社1984年版，第30—36页。
② 张庚：《古诗十九首解》，隋树森《古诗十九首集释》，中华书局1955年版，第29页。
③ 请注意，在这个问题上，各家略有不同。梁启超断年为公元120—170年之间，游国恩的《中国文学史》断为公元140—190年之间。见上文所引。

题，而且也关系到我们如何从整体上把握汉代文人五言诗的艺术本质的问题。下面我们将就这几个问题分别展开讨论。

三、从五言诗与汉乐府的关系
看文人五言诗的起源

考察汉代文人五言诗的起源与发展，离不开与乐府的关系。萧涤非在《汉魏六朝乐府文学史》中提出"五言诗出于西汉民间乐府不始于班固"，① 在此书中他虽然主要论述汉魏六朝乐府诗的发展而兼及五言，并没有就汉代文人五言诗的问题进行专门讨论，但是他把五言诗的起源发展与乐府诗的发展联系起来的做法非常重要。其实，文人五言诗与乐府的关系，说到底也就是这些诗是否可以歌唱的问题。中国早期的诗歌本来都是可以歌唱的，到汉代还是如此。班固在《汉书·艺文志》里列有《诗赋略》，"诗"与"赋"在表现形式上的最大区别就是看它们是否可以歌唱，所以班固说"不歌而诵谓之赋"，而他把其他可以歌唱的诗就称之为"歌诗"。像五言诗这样的新诗体，在汉代基本上都是可以歌唱的。正如刘勰在《文心雕龙·乐府》所说的："故知诗为乐心，声为乐体。""凡乐辞曰诗，诗声曰歌。"甚至连班固的《咏史诗》，在唐朝时也有"歌诗"的说法。② 《古诗十九首》中《青青河畔草》一诗，在《事文类聚》后十四卷和《合璧事类》卷三十八中都称作"古乐府"，《青青陵上柏》，《北堂书钞》卷一百四十八作"古乐府"，《明月皎夜光》，《文选》卷二十六谢灵运《道路忆山中诗》注云："古乐府有《明月皎夜光》"。《冉冉孤生竹》，《乐府诗集》作"古辞"，《事文类聚》《合璧事类》

① 萧涤非：《汉魏六朝乐府文学史》，人民文学出版社 1984 年版，第 15—24 页。
② 王融：《永明九年策秀才文五首》李善注，《文选》卷三十六，中华书局 1977 年版，第 509 页。

引作"古乐府"。《东城高且长》，《草堂诗笺》四《丽人行》注作"古乐府"。《驱车上东门》，《乐府诗集》卷六十一作《驱车上东门行》，《合璧事类》卷六十七作"古乐府"，《广文选》卷十二作《驱车上东门行》，《艺文类聚》卷四十一作《古驱车上东门行》。《去者日以疏》，《合璧事类》卷六十七作"古乐府"。《孟冬寒气至》，《合璧事类》续集卷四十八作"古乐府"。《客从远方来》，《合璧事类》外集卷三十九作"古乐府"。以上总计，《古诗十九首》里有九首都曾经被人称之为"古乐府"。此外，《上山采蘼芜》与《四座且莫喧》两诗，《合璧事类》卷二十八和外集卷四十一分别作"古乐府"。以上是"古诗"被称为"乐府"之例。反过来，"乐府"又有被称为"古诗者"，如《长歌行》（青青园中葵）一篇，《文选》李善注引作"古诗"，《陇西行》（天上何所有）、《艳歌行》（翩翩堂前燕）二篇，《艺文类聚》都引作"古诗"。由此可见，古诗与乐府确实有弄不清的关系。明人胡应麟《诗薮》云："三百篇荐郊庙，被弦歌，诗即乐府，乐府即诗，犹兵寓农，未尝二也。诗亡极废，屈宋代兴，《九歌》等篇以侑乐，《九章》等作以抒情，途辙渐兆。至汉《郊祀歌》十九章、《古诗十九首》，不相为用，诗与乐府，门类始分。然厥体未甚远也。如'青青园中葵'，何异古风？'盈盈楼上女'，靡非乐府？"今人马茂元就二者的关系曾有如下辨析：

> 古诗和乐府除了在音乐意义上有所区别外，实际是二而一的东西。现存乐府古辞中，假如某一篇失去了当时合乐的标题，无所归类，则我们也不得不泛称之为古诗；同样，现存古诗中，假如某一篇被我们发现了原来合乐的标题，则它马上又会变成乐府歌辞了。当然这并不是说，所有的古诗都曾入乐，但其中确曾有部分入过乐的，象《古诗十九首》中有好几篇，唐、宋人引用时明明称为"古乐府"。朱乾《乐府正义》甚至说："《古诗十九首》、古乐府也。"即其例证。后人辑录汉代诗歌，乐府和古诗的界限总是

划分不清，往往一首诗甲本题为乐府，而乙本则标作古诗。①

关于乐府与古诗之间的关系，台湾学者张清钟从作品的内部入手做了更好的分析：

综合诸说，《古诗十九首》有许多诗句用乐府歌辞，但因脱离音乐，失掉标题，始被人泛称作古诗。朱乾《乐府正义》云："《古诗十九首》，古乐府也。"其虽未举出理由，但从《古诗十九首》中观察，其中颇有痕迹表明曾经入乐：一、是诗句属歌人口吻，如《今日良宴会》之"弹筝奋逸响，新声妙入神，令德唱高言，识曲听其真。"《西北有高楼》之"清商随风发，中曲正徘徊。一弹再三叹，慷慨有余哀。"所以梁启超以为"流传下来的无名氏古诗亦皆乐府之辞"。二、有拼凑成章痕迹，如《东城高且长》或以为是两首（各十句）之拼合，《孟冬寒气至》亦有拼凑嫌疑。乐工将歌辞割裂拼搭来凑合乐谱，是乐府所常见，如非入乐之诗，便不会如此。三、是有曾被割裂之痕迹，如《行行重行行》篇，据《沧浪诗话》宋人所见《玉台新咏》有将"越鸟"以下另作一首，可能此诗曾被分割过，或因分章重奏，或因一曲分为两曲。此为乐府才有之现象。四、是用乐府陈套，如用"客从远方来"五个字引起下文，即是一个套子，惯用陈套亦为乐府特色。五、是古诗《生年不满百》一篇与相和歌《西门行》大同小异，正如《相逢行》与《长安有狭斜行》之关系，可能是曲之异辞。②

马茂元与张清钟二人的分析非常到位。其实，文人五言诗中除了《古诗

---

① 马茂元：《古诗十九首初探》，陕西人民出版社 1981 年版，第 2—3 页。
② 张清钟：《古诗十九首汇说赏析与研究》，台湾商务印书馆 1988 年版，第 126—127 页。

十九首》之外，其他诗篇也有这种情况，如《文选》所录苏武诗四首中
《黄鹄一远别》一诗。"黄鹄一远别，千里顾徘徊"，此两句全从乐府诗
《飞鹄行》"飞来双白鹄""五里一反顾，六里一徘徊"化用而来，与《焦
仲卿妻》"孔雀东南飞，五里一徘徊"句法同。"俯仰内伤心，泪下不可
挥"两句，与《飞鹄行》"踟蹰顾群侣，泪荡纵横垂"句法亦相似。我
们甚至可以说，诗中所描写的，"弦歌""吟""丝竹""清声""长歌""清
商"诸语，就是诗人参加乐府歌诗演唱的一个场景，与《古诗十九首》
中的《西北有高楼》有异曲同工之妙。

　　遗憾的是，以上诸位专家虽然讨论了五言诗与乐府的关系，却没
有把它们与文人五言诗的起源联系起来。我们认为，弄清了五言古诗和
乐府之间这样的关系，这就为讨论汉代文人五言诗的产生，判定枚乘、
苏李等到底是否创作过五言诗的问题找到了一个重要的参考对象，由此
我们对汉代文人五言诗的产生也会有一个更为客观的论断：

　　第一，汉代文人五言诗源出于乐府歌诗，其最早当产生于西汉而
不是东汉，其最初的主要形式当是歌诗而不是徒诗。

　　从现存汉代五言诗的情况看，无论是早在汉初的戚夫人的《春
歌》，①还是汉武帝时代李延年的《北方有佳人》；无论是出自于西汉的相
和曲《江南》和《鸡鸣》，还是出自于汉成帝时代的《长安为尹赏歌》
和《黄雀谣》，几乎绝大部分都是可以歌唱的"歌诗"，也就是后人所称
的广义的"乐府"。我们再追溯其历史的源头，可知早在《诗经》时代
已经出现了五言诗句，战国时代已经有了准五言的《孺子歌》(《渔父
歌》)、秦代已经有了五言的《长城谣》，这些也都属于可以歌唱的"歌
诗"，这些事实告诉我们，汉代五言诗的早期发生，与歌唱有着不解之
缘。因此我们有理由说：汉代文人五言诗源出于乐府歌诗。我们再仔细
考察这些歌诗的作者，就会发现，从它产生的那天起，就包括社会的各

---

① 《史记正义》所录《虞美人歌》因有疑问，此处姑且不论。

个阶层，这里面有宫廷后妃，如戚夫人，有当时的歌舞艺术家，如李延年，还有一些不知名的作者。以此而推论，在西汉时代，我们就不能排除文人有创作五言诗的可能。我们之所以有这种推测，起码基于三条理由：首先，既然宫廷后妃、歌舞艺人都可以创作五言歌诗，文人们自然也可以创作，因为五言诗并不是后妃与歌舞艺人的专利。其次，从历史文献记载来看，西汉文人曾经参与过当时的乐府歌诗创作，如早在汉初叔孙通制礼乐的时候，就曾经起用过一批儒生，汉武帝时代创作《郊祀歌》十九章，也曾"多举司马相如等数十人造为诗赋"，这说明文人们是参与了西汉时代乐府歌诗创作的。再次，现存的汉代乐府歌诗，如《西门行》《君子行》《长歌行》等等，带有明显的文人语气，像《西门行》这样的诗歌，里面曾有"惟念古人逊位躬耕"之语，已经透露出作者的消息，当属于"文人"范畴。可以说，自汉初以来，由刘邦、汉武帝到班固、张衡，再到建安时代的三曹七子，由帝王将相到文人雅士，从来就没停止过歌唱，他们的创作形式都是以歌诗为主。综合这些历史事实我们认为，文人五言诗在西汉时代已经产生，其最初的表现形态也以歌诗为主而不是徒诗为主。

第二，从汉代五言诗的发展过程看，文人五言诗从乐府中逐渐独立出来而自成一体，当是在西汉末和东汉初年以后。所谓"枚乘杂诗""苏李诗"等说法是不可靠的。

明确了汉代文人五言诗源出于乐府歌诗这一点，也为我们进一步讨论汉代文人五言诗的产生时间提供了新的立足点。从上面的分析可见，西汉时代的五言诗，基本形式是歌诗而不是徒诗。而且没有明确的迹象表明文人五言徒诗已经从歌诗中分化出来而单立一体，因此，从诗歌形式发展的进程来看，生当西汉前期的枚乘、汉武帝时代的苏武和李陵就已经创作出了那样成熟的文人五言诗是不可能的。后人之所以对这些说法表示怀疑，其根本原因也就在这里。我们之所以得出这一推论，也有如下理由：首先，关于"枚乘杂诗""苏李诗"等说法首见于刘勰、钟嵘、徐陵、萧统诸人的著作，而且说法不一，互相矛盾，而早于他们 200 多年的陆机模拟了其中的十几首作品，却没有提到作者的名字，① 因此，这种说法本身就经不住严格的推敲。其次，就我们现在所知的情况看，汉代歌诗之所以保存下来，在很大程度上带有偶然性。汉代有主名的文人诗，很多都见于《史记》《汉书》等史书记载，他们是作为历史材料留存下来的，而其他大部分诗篇却没有作者名字，《古诗十九首》是如此，汉《郊祀歌》十九章传为司马相如等人作词，但也没有在每首诗中留下作者的名字，这说明，汉代还是一个不以诗名自重的时代，特别是乐府歌诗的作者，更没有名字可考。因此，说这些诗是"枚乘杂诗"或者是"苏武诗""李陵诗"，不仅没有历史记载的根据，也与汉代歌诗艺术创作的时代风气不相吻合。由此，我们赞同梁启超等人的观点，认为所谓"枚乘杂诗""苏李诗"等说法是不可靠的。

第三，汉代文人五言诗与乐府歌诗的关系既然如此，那么，以《古诗十九首》为代表的文人五言诗的产生，当是五言乐府诗的形式比较流行、艺术技巧比较成熟的时期才有可能。而这个时期，应该在西汉后期和东汉前期。理由如下：

其一，我们知道，代表汉代乐府诗、也是五言乐府诗最高成就的相和歌诗，它在西汉时代主要以相和曲的形式出现，其中《江南》《鸡鸣》两首相和曲产生于西汉时代，已经是非常完整的五言，到了东汉逐渐演变成清调、平调、楚调、瑟调和大曲等诸多形式，其歌辞《陌上桑》《长歌行·青青园中葵》《仙人骑白鹿》《岩岩山上亭》《君子行》《豫章行》《相逢行》《长安有狭斜行》《陇西行》《折杨柳行》《艳歌何尝行·飞来双白鹄》《艳歌行》《白头吟》《怨诗行》等等，都是相当整齐

---

① 陆机生卒年为公元 261—303 年，刘勰生卒年约为公元 465—521 年，钟嵘生卒年约为公元 468—518 年，萧统生卒年为公元 501—531 年，徐陵生卒年为公元 507—583 年。

的五言诗作。而且，其中一些诗篇在平仄韵律上也都相当讲究（如《折杨柳行》《岩岩山上亭》等）。这些诗的创作年代虽然不十分清楚，但是我们至少没有理由把它们的产生年代推迟到汉末。与它关系紧密的文人五言诗的成熟，也应该与之基本同步，在西汉时代有出现的可能，真正大量的产生当在东汉以后。

其二，我们之所以把文人五言诗的产生定在西汉后期，有一个重要的参照，就是班婕妤《怨歌行》的出现。这首诗在汉乐府歌诗中别具一格，具有明显的文人诗意味，也有相当高的艺术技巧。更为主要的，是这首歌诗已经突破了一般乐府歌诗"泛主体抒情"的局限，真正使五言歌诗成为抒写个人情志的艺术，而这也正是文人五言诗与乐府诗的重大不同，是文人五言诗从乐府歌诗中逐渐流变出来的开始。

要而言之，讨论汉代文人五言诗的起源与发展问题，我们不能脱离了汉乐府。和传统的四言诗与楚辞体相比，五言诗在汉代属于一种新兴的诗体，带有明显的世俗化特征，《汉书·外戚传》："孝武李夫人，本以倡进。初，夫人兄延年性知音，善歌舞，武帝爱之。每为新声变曲，闻者莫不感动。延年侍上起舞，歌曰：'北方有佳人，绝世而独立，一顾倾人城，再顾倾人国。宁不知倾城与倾国，佳人难再得！'"从这则记载看，李延年所作的"新声变曲"，恰恰是新兴起的五言体，这很有代表性。文人五言诗从乐府五言诗中流变而来，这既是乐府五言诗本身发展的结果，也是文人们参与乐府歌诗创作的结果。① 从这一角度来讲，汉代文人五言诗的发展，与汉乐府五言诗的发展是同步的。充分认识这二者之间的同步发展关系，是我们讨论汉代文人五言诗起源与发展问题的关键。

---

① 文人们参与乐府歌诗的创作，是汉魏六朝诗歌发展的一种普遍现象，此处可参看《汉代文人的乐府歌诗创作及意义》一文。

四、关于班固《咏史诗》问题的讨论

在讨论汉代文人五言诗发展的问题时，班固的《咏史诗》具有重要的参照作用，需要我们专门探讨。之所以如此，首先因为它是现存汉代早期文人五言诗中在真伪方面最没有争议的一首诗，因而具有考古学上的"标准器"作用。其次是因为钟嵘在《诗品》中对这首诗有"质木无文"的评价。所以，明人许学夷《诗源辨体》就说："班固《咏史》，质木无文，当为五言之始。盖先质木，后完美也。"梁启超认为："班孟坚并不是'无文'的人，且勿论他的史笔超群绝伦，即以《两都赋》而论，固当有不朽的价值。赋末所附那五首四言、七言诗也并不坏，何以这首《咏史》独稚弱到如此？可见大辂椎轮，势难工妙。孟坚首创五言，便值得在文学史上一大纪念，进一步求工，却要让后人了。"[①] 其后，罗根泽、陆侃如等人的著作，以及刘大杰、游国恩等文学史都赞同这种观点。他们认为，既然班固的《咏史诗》尚且写的"质木无文"，那么文人五言诗的成熟自然是在其后，是东汉后期或者汉末的事情。这种观点，在当前已经被大多数人所接受，以至于有人把它看成是文学史上的定论。

仔细思考，自许学夷以来这一派学者在这一点的推理方式是不符合逻辑的。这包括两个方面：首先，一个人的诗作的好坏，并不能说明这个时代的诗都一样的好坏。对此，已经有人提出反驳，如方祖燊就说："班固是史学家，他的《咏史诗》，伦理教化气息太浓，作得质木无文，这没有什么可以值得奇怪。同时他的诗作的好不好，跟西汉人作的好不好，可以说没有一点必然的关联。就拿《古诗十九首》来说，后

---

① 梁启超：《中国之美文及其历史》，东方出版社 1996 年版， 第 141—142 页。

代的名家，拟者不下千百人，够得上一半好的，一个都没有。我们能因此再把《古诗十九首》的时代拉后吧？"① 这话说得很有道理。其实考察《诗品》我们就会发现，钟嵘对班固《咏史诗》的评价不高，本来就无关于文人五言诗发展问题。钟嵘在《诗品》中还曾批评过永嘉诗风是"理过其辞，淡乎寡味"，孙绰、许询诸人诗"皆平典似道德论"，若以此而论，难道说文人五言诗到西晋永嘉时还不成熟吗？其次，就班固《咏史诗》自身来看，它诚然不及《古诗十九首》文辞境界之优美，但是这在很大程度上与诗体有关。萧涤非说："'质木无文'，乃咏史之体宜尔，并非由于时代之先后，不足引为原始作品之证。② 游国恩等人的文学史在评价左思《咏史》诗时曾说："从东汉班固以来的《咏史》诗大抵上'隐括本传，不加藻饰'，一诗咏一事，在史实的复述中略见作者的意旨。"③ 显然，学者们也承认《咏史诗》在体裁上和抒情诗之间的差异。"质木无文"在很大程度上和诗体有关。建安时代诸名诗人王粲的《咏史诗》，其艺术水平与他的《七哀诗》也无法相比。既然如此，我们怎么能以班固《咏史诗》的"质木无文"来说明当时文人抒情诗都处于"质木无文"的水平之上呢？

由此，对于班固的《咏史诗》问题，我们必须重新探讨。毫无疑问，在研究汉代文人五言诗起源与发展的问题上，班固的《咏史诗》的确具有"考古标准器"的价值。但是，通过对于这个"标准器"的研究，我们却认为，班固《咏史诗》的出现，非但不能得出梁启超等人的结论，恰恰证明了文人五言诗到此时已经成熟，以《古诗十九首》为代表的文人五言诗，可能在这个时期已经出现了。为了说明问题方便，我们先把原诗引录如下：

---

① 方祖燊：《汉诗研究》，台北正中书局 1969 年版，第 17 页。
② 萧涤非：《汉魏六朝乐府文学史》，人民文学出版社 1984 年版，第 19 页。
③ 游国恩等主编：《中国文学史》第一册，人民文学出版社 1963 年版，第 272 页。

三王德弥薄，惟后用肉刑。

太仓令有罪，就逮长安城。

自恨身无子，困急独茕茕。

小女痛父言，死者不可生。

上书诣阙下，思古歌鸡鸣。

忧心摧折裂，晨风扬激声。

圣汉孝文帝，侧然感至情。

百男何愦愦，不如一缇萦。

梁启超等人之所以认为这首诗是文人五言诗不成熟的标志，显然是受了钟嵘《诗品》中"质木无文"一语的评价。那么，就让我们先从分析这首诗开始，依次展开讨论。

首先，让我们考察一下这首诗产生的情况。从诗中所表达的感慨看，此诗很可能作于班固晚年因事系狱之时。缇萦救父的故事，从西汉起就广为流传，《扁鹊仓公列传》："文帝四年中，人上书言意（淳于意），以刑罪当传西之长安。意有五女，随而泣。意怒，骂曰：'生子不生男，缓急无可使者！'于是少女缇萦伤父之言，乃随父西。上书曰：'妾父为吏，齐中称其廉平，今坐法当刑。妾切痛死者不可复生而刑者不可复续，虽欲改过自新，其道莫由，终不可得。妾愿入身为官婢，以赎父刑罪，使得改行自新也。'书闻，上悲其意，此岁中亦除肉刑法。"《史记·孝文本纪》也有大致相同的记录。缇萦本是一个柔弱的女子，但是在她的父亲获罪之时，她却勇敢地随着父亲到了长安，上书给汉文帝，由此而感动了他，不仅免除了淳于意的刑罚，而且颁布法令从此免除了肉刑。可见，缇萦是一个多么了不起的女子，淳于意又是多么幸运，生了一个这样好的女儿。可是再看一下班固，他有好几个儿子，却皆不成器，据《后汉书·班彪传》："固不教学诸子，诸子多不遵法度，吏人苦之。初，洛阳令种兢尝行，固奴干其车骑，吏椎呼之，奴醉骂，兢大怒，畏宪不敢发，心衔之。及窦氏宾客皆逮考，兢因此捕系固，遂死狱中。时年六十一。诏以谴责兢，抵主者吏罪。"由此可知，班固不但没有教育好他的儿子，他的死也与其子"不遵法度"的恶行有关。后来班固入狱，表面上看是受窦宪之事牵连，其实是洛阳令种兢怀恨而借机报复。在危难之中，班固的几个儿子竟然没有一个肯出来救他，结果让班固冤死狱中。班固的《咏史》，应该作于此年，即汉和帝永元四年（公元 92 年）。可以想见，班固在写这首《咏史诗》的时候，内心是怀着多么深的感慨。故钟嵘《诗品》曰："孟坚才流，而老于掌故。观其《咏史》，有感叹之词。"当然，从纯粹的抒情文采来讲，这首诗是不能与《古诗十九首》相比的。但是我们并不能由此而否定这首诗的艺术价值，它同样是一首非常好的咏史之作。判断文人五言诗是否成熟，并不能以《古诗十九首》这样的抒情诗为唯一标准。从五言咏史诗的角度来讲，班固的这首诗足以证明，文人五言诗到此时已经完全成熟了。

　　第二，我们认为《咏史诗》的出现标志着文人五言诗的成熟，还可以在《咏史诗》找到证据。如何判断一种文体是否成熟，我们认为最重要的标准并不是它的文采如何，而是它的语言形式是否完整，在遣词造句和文体的运用方面是否达到了很高的水平。这首诗虽然在辞采上受咏史体裁限制显得"质木无文"，但是在诗的章法和句子的对偶安排上却很讲究技巧。先从用韵上说，全诗八联共十六句，皆隔句用韵，一韵到底，全都用的是耕部字。再从平仄对仗上讲，按六朝以后对五律的要求，二、四两字平仄互异。这首诗除了第一联、第四联与最末一句外，其余十一句全部都符合要求。并且，第二、四字平仄相异的每一联上下两句的末字，字声也是不同的。这样，诗句的节奏由于平仄相间而显示了出来，每一句的末字之间，除了同韵相应之外，又避了后来所谓的"上尾病"[1]。也就是说，这首诗在语言的安排运用上不但非常讲究，

---

[1]　徐青：《古典诗律史》，青海人民出版社 1980 年版，第 21 页。

而且暗合着后世五言律诗的某些规则。押韵与平仄相间的意义，在于表现诗歌语言上的形式美，并以此来提示语义间层次的明晰性，给人留下更深刻的印象。它的有规律的使用来自于人们对语言形式的认识。这里面包含着主动追求形式美的更明显的创作倾向，是高于一般被动适应诗歌节奏的五言诗成立阶段创作的，二者不可同日而语。因此，班固这首诗的创作，从他的用韵与平仄相间的句法来看，说明他对五言这种艺术形式已经有了较好掌握。我们知道，诗律的产生，属于诗歌形式美追求方面比较高的技巧，梁人沈约曾为自己发现了声律之规律而颇为自负，他在《宋书·谢灵运传论》中曾说："夫五色相宜，八音协畅，由乎玄黄律吕，各适物宜，欲使宫羽相变，低昂五节，若前有浮声，则后须切响。一简之内，音韵尽殊；两句之中，轻重悉异，妙达此异，始可言文。"由此可见，直到齐梁时代，人们还可以五言诗律的掌握为难。而班固的《咏史诗》在诗律的把握上已经达到了那样的程度，不管他是有意或无意的追求，如果没有五言诗创作中一定规模和数量的社会实践基础，光靠班固个人是无论如何也达不到这样水平的。另外，再从整首诗的内容表现的层次明晰性来看，也值得我们给予重视。全诗每两句一层意思，层层相衔，决不重复，也决不拖沓。从这一点来讲，它比《古诗十九首》与伪苏李诗的一些篇章的语言还要精炼。如苏李诗《黄鹄一远别》云："幸有弦歌曲，可以喻中怀。请为游子吟，泠泠一何悲。丝竹厉清声，慷慨有余哀。长歌正激烈，中心怆以摧。欲展清商曲，念子不得归。"连续十句话，只表达曲悲歌悲之意。《古诗十九首·驱车上东门》中也有"浩浩阴阳移，年命如朝露。人生忽如寄，寿无金石固"这样字面意重复的句子。相比之下，则可以看出班固在《咏史诗》的遣词造句与章法安排上处理得更好。因此我们有理由相信，至迟在班固时代，文人五言诗创作技巧已经非常高超，文人五言诗到此时已经完全成熟。

第三，也许有人会说，正因为班固的诗是咏史而不是抒情，这在汉代文人五言诗当中是个特例，你可以说五言咏史诗到班固时代已经成熟，但是并不能代表文人五言诗抒情诗已经成熟。的确如此，但是由此却引起我们进一步的思考。为什么在现存汉代五言诗当中，基本上以抒情为主，而独独班固这首诗是咏史呢？难道汉代五言诗是从咏史这种体裁发展到抒情的吗？班固是开创文人五言诗风气之先的人物吗？显然不是。如我们上文所言，汉代五言诗的发展源于乐府，而乐府中的五言诗都是以抒情与叙事为主的，在班固之前是这样，在班固之后也是这样。也就是说，就汉代五言诗的发展过程来说，先有抒情，后有咏史，这是一个基本事实。所以，班固不可能是开五言诗风气之先的人。另外，就班固本人的实际情况进行考察，我们也已证明这一点。从班固现存大量作品（包括《汉书》《两都赋》《白虎通义》等）可以看出，班固属于恪守儒家诗教的正统文人，他的文艺观趋于保守，他在《汉书》中一再批评汉武帝以来的乐府新声是"郑声尤甚"，他强调加强诗的礼乐教化功能，他之所以把汉代各地的"歌诗"之作在《汉书·艺文志》中辑录下来，是因他认为这些歌诗"感于哀乐，缘事而发"，有助于君王观风俗而知民情，他并没有对这些"歌诗"的艺术成就给以评价。他批评屈原的《离骚》抒发个人哀怨过分，是"露才扬已"，不合于经传之旨。而五言诗不同于传统的诗骚体，是从汉代兴起的一种新诗体，属于时代新风，与班固所批评的"郑卫之声"有着直接的联系。因此，班固也不会是开文人五言诗风气之先的人。那么，班固的这首《咏史诗》为什么会采用五言这种诗体呢？只有一种可能，那就是这种诗体已经非常成熟，在社会上已经流行，这引起班固的兴趣和模仿，于是才写出五言体的《咏史诗》来。更何况，据《太平御览》八百十五和三百四十四，班固还有"长安何纷纷，诏葬霍将军。刺绣被百领，县官给衣衾""宝剑值千金，指之干树枝""延陵轻宝剑"等五言诗残句。《艺文类聚》卷六十九还载有其《竹扇诗》一首："供时有度量，异好有圆方。来风堪避暑，静夜致清凉。"① 像班固这样的文艺观念比较保守的文人尚创作不止一首五言诗，足以证明那时的文人五言诗已经成熟，并且成为文人常用的一种诗体。

第四，我们说班固的《咏史诗》是文人五言诗成熟时期的产物，是班固对当时流行的文人五言诗的模仿，还可以从《咏史诗》和其他诗歌的比较中看出。仔细阅读《咏史诗》，我们会发现其中有与其他文人五言诗句相近似之处。如《咏史诗》中有"忧心摧折裂，晨风扬激声"，这样的诗句。《古诗十九首·东城高且长》："晨风怀苦心。蟋蟀伤局促。"《凛凛岁云暮》："亮无晨风翼。焉能凌风飞。"《李陵录别诗·晨风鸣北林》："晨风鸣北林，熠耀东南飞。"《烁烁三星列》："晨风动乔木，枝叶日夜零。"《童童孤生柳》："忧心常惨戚，晨风为我悲。"这种情况说明，以晨风悲鸣写人之忧心，乃是当时五言诗中的常用语，班固的《咏史诗》和其他文人五言诗之间有相互承袭模仿关系。究竟是谁模仿了谁？我们认为，因为班固不是开五言风气之先的，所以，从一般创作情况看，不可能是其他诗人去一而再，再而三地模仿班固的《咏史》，更大的可能则是班固受当时文人五言的影响才创作了他的《咏史诗》，于是在整篇以写史为主的诗作中加入了"忧心摧折裂，晨风扬激声"这样两句抒情诗句。由此更可说明，至班固时代，文人五言诗的确已经发展成熟。

第五，我们说文人五言诗到班固时代已经成熟，还有一个重要的旁证。即据刘勰所言，今存《古诗十九首》中《冉冉孤生竹》一篇，是与班固同时的傅毅所作。刘勰在《文心雕龙·明诗》篇中说："古诗佳丽，或称枚叔，其《孤竹》一篇，则傅毅之词。"刘勰对传说枚乘作五言诗的说法有些怀疑，但是他却非常肯定地说《冉冉孤生竹》是傅毅所

---

① 按《艺文类聚》卷六十九称此为《竹扇诗》，而《古文苑》则称为《竹扇赋》，且有异文，不知孰是，故仅供参考。

作，他的这一说法值得我们高度重视。傅毅与班固是同时代人，各以其才气而相轻。班固可以做五言的《咏史诗》，傅毅自然同样也可以做五言诗。他在《舞赋》序中假借宋玉之口说："小大殊用，郑雅异宜，弛张之度，圣哲所施。……夫《咸池》《六英》，所以陈清庙，协神人也；郑卫之乐，所以娱密坐，接欢欣也。余日怡荡，非以风民，其何害哉?"以此而论，和班固相比，傅毅的文艺观念要开明得多，他自然更有可能采用五言诗体，写出《冉冉孤生竹》这样的五言诗作。

通过上面五个方面的分析，我们认为：班固所生活的时代，文人五言诗已经成熟，现存的以《古诗十九首》为代表的文人五言诗，完全有产生于这一时期的可能。

通过以上两个方面的讨论，我们弄清了乐府诗与文人五言诗的关系，同时也澄清了当代学者们在班固《咏史诗》认识上的偏颇，也就为我们探讨文人五言诗的发展成熟问题确立了两个新的历史坐标。从它与乐府诗的关系角度我们可以确认，汉代文人五言诗的产生不能超前于乐府，《文选》《玉台新咏》等文献中关于"枚乘杂诗""李陵诗""苏武诗"等题名并不可信，文人五言诗的产生最早也当在西汉后期。从班固的《咏史诗》的讨论中我们可以确认，以《古诗十九首》为代表的文人五言诗在班固时期完全有产生的可能。此外，秦嘉的三首五言《赠妇诗》也是确定《古诗十九首》写作年代的另一个重要参照。李炳海指出，"在秦嘉夫妇的赠答诗中，为他们所借鉴的《古诗十九首》中的诗篇至少有八首（《青青陵上柏》《驱车上东门》《西北有高楼》《孟东寒气至》《凛凛岁云暮》《明月何皎皎》《东城高且长》）。这说明，《古诗十九首》中的这些诗篇当时是作为一个整体被人传诵，被人借鉴，而不可能是《古诗十九首》中的作者一而再，再而三地模仿秦嘉夫妇的几首赠答诗。可以设想，当时流传的古诗数量可能远远多于十九首，除上面列举的八首外，《古诗十九首》中其余十一首虽然在秦嘉夫妇赠答见不到明显的影子，但从思想内容到艺术技巧，都说明它们与这八首是同代的产物。"据此，作者又以秦嘉夫妇创作之年代确定"《古诗十九首》的写作年代应在公元 140 年到 160 年这二十年中，写于后十年的可能性更大"①。这实际上也为我们讨论汉代文人五言诗的产生问题确定了一个时代下限。由此我们大体上可以得出这样一个结论：文人五言诗的产生当从西汉末年开始，至东汉以后，文人五言诗已经达到成熟并且出现了创作腾涌的局面。代表汉代文人五言诗最高艺术成就的《古诗十九首》，基本上是东汉初中期的产物。

五、文人五言诗与汉代社会的关系

讨论汉代文人五言诗的发展成熟问题，第三个重要的方面是如何认识它与汉代社会的关系。按梁启超的话说，要讨论这个问题，除了考证的方法之外，还要用直觉的方法，而且从某种程度上看，直觉的方法甚至比考证的方法更为重要。梁启超运用此方法得出两点认识：第一，《古诗十九首》风格相近，应为一个时代的东西，前后不会相差几十年，断不会西汉初人有几首，东汉初人有几首，东汉末人又有几首。其次，《古诗十九首》"厌世思想之浓厚—现世享乐主义之讴歌，最为其特色。""依前文推论，《十九首》为东汉安、顺、桓、灵间作品，若所测不谬，那么正是将乱未乱极沉闷极不安的时代了。"梁启超的这一观点得到了当代许多学者的广泛认同。如马茂元先生说："它所反映的只是处于动乱时代失意之士的羁旅愁怀而已。"② 刘大杰说："《古诗十九首》，是东汉末叶大乱时代人民思想情感的表现。在那一个长期的混乱中，政治之变化，灾荒之严重，以及那长年不断的兵祸、徭役，不仅摧残了人

---

① 李炳海：《〈古诗十九首〉写作年代考》，载《东北师大学报》1987 年第 1 期。

② 马茂元：《古诗十九首初探》，陕西人民出版社 1981 年版，第 18 页。

民的安居生活，也动摇了社会的基础。在那一个战乱时代，夫妇的分离，家庭的隔绝，成为最普遍的社会现象。"① "游国恩等人也说：《古诗十九首》中所流露的游子思妇的感伤，正是东汉末年政治社会的真实反映；其中浓厚的消极情绪更是封建统治阶级走向没落时期的反映。"② 这一观点的影响极大，需要我们从以下两个方面认真讨论。

首先从作品本身来讲，这种看法不符合汉代文人五言诗内容实际。仔细阅读这些文人五言诗我们就会发现，《文选》所选的《古诗十九首》、李陵赠苏武诗和苏武答诗的主要内容，不外乎游子思妇、离别伤怀、人生短促、及时行乐等几个方面，但是直接写到社会动乱内容的诗篇却没有。其中只有《文选》旧题《苏武诗》第四首《结发为夫妻》一诗，可能与战争有关。全诗如下：

> 结发为夫妻，恩爱两不疑。
> 欢娱在今夕，燕婉及良时。
> 征夫怀往路，起视夜何其。
> 参辰皆已没，去去从此辞。
> 行役在战场，相见未有期。
> 握手一长叹，泪为生别滋。
> 努力爱春华，莫忘欢乐时。
> 生当复来归，死当长相思。

诗中虽然写到了战争，但是有战争并不等于社会就一定有动乱。东汉中期以前，国内基本保持安定，可是对外的战事却一直不断，如光武时期对匈奴、鲜卑的战争，汉明帝时期羌寇陇西、北匈奴寇五原、北

---

① 刘大杰：《中国文学发展史》上册，上海古籍出版社 1982 年版，第 217 页。

② 游国恩等主编：《中国文学史》第 1 册，人民文学出版社 1963 年版，第 214 页。

匈奴寇西河诸郡、汉章帝时酒泉太守段彭讨击车师、武陵郡兵讨叛蛮、荆、豫诸郡兵讨破武陵溇中叛蛮、烧当羌寇金城，护羌校尉刘盱讨之，斩其渠帅、西域长史班超击莎车、汉和帝时以侍中窦宪为车骑将军，伐北匈奴的战争等等。特别是对匈奴的战争，曾经发生过多次。我们决不能仅仅凭借诗中"行役在战场"这样一句而断定这首诗写于汉末的动乱时代。再仔细体味，此诗虽然写的是新婚夫妻的离别，是丈夫即将"行役在战场，相见未有期"的伤怀，但是诗中并没有言及动乱。因此，即便是在东汉最为强盛繁荣的明章时期，诗中写到战争也是再自然不过的事情。仔细考察现存所有的汉代文人五言诗中，只有《古文苑》所录"李陵赠苏武诗"《烁烁三星列》一首诗当中写到了战乱情景，"远望正萧条，百里无人声。豺狼鸣后园，虎豹步前庭。远处天一隅，苦困独零丁。亲人随风散，历历如流星。"与曹操《蒿里行》、王粲《七哀诗》同调，但是这首诗在所有托名为李陵的诗篇中的可靠性却是最差的。至于在世所公认的代表汉代文人五言诗最高成就的《古诗十九首》当中，不但没有写到战争的诗篇，甚至连直接反映社会动乱的诗篇更是一首也没有。反之，我们却可以在多首诗中都体会到社会的和平与繁荣。如《东城高且长》的诗中主人公所见，"燕赵多佳人。美者颜如玉。被服罗裳衣。当户理清曲。"《今日良宴会》所云："今日良宴会，欢乐难具陈。弹筝奋逸响，新声妙入神。"再如《青青陵上柏》一诗所写："青青陵上柏，磊磊涧中石。人生天地间，忽如远行客。斗酒相娱乐，聊厚不为薄。驱车策驽马。游戏宛与洛。洛中何郁郁。冠带自相索。长衢罗夹巷。王侯多第宅。两宫遥相望。双阙百余尺。极宴娱心意。戚戚何所迫。"这更是一片盛世的景象，体现的是盛世文人的享乐情怀，何曾见得社会动乱的影子？当然，从文学创作的角度讲，我们并不能要求处于社会动乱的诗篇都要直接写到动乱。但是，如果一组十几篇或者几十篇处于动乱的抒情诗篇却是很少直接言及动乱，甚至于在哀伤人生短促，写死人古墓的诗篇中也丝毫不见社会动乱的影子，还要追求"不如饮美酒，被服纨与素"的享乐生活，却无论如何也是难以与社会动乱联系起来的。由此可见，用汉末社会动乱来证明以《古诗十九首》为代表的文人五言诗的创作时间，与这些作品的实际表现内容是不相符合的。

下面我们再来讨论汉末士风与文人五言诗的关系。其实，如果我们再深入考察，就会发现，身处东汉末年的文人士子，已经缺少那种追求享乐的生活环境，他们的文化心态也不再那么"沉闷不安"，反而逐渐变得有些激愤。之所以如此，是与东汉后期的政治环境不断恶化相关的。众所周知，从公元126年汉顺帝即位开始，宦官外戚轮流把持朝政的局面就越演越烈。汉顺帝在宦官的拥立之下即位，史称"中黄门孙程等十九人共斩江京、刘安、陈达等，迎济阴王于德阳殿西钟下，即皇帝位，年十一。"在位二十年，去世时年仅三十岁。冲帝即位，年仅二岁，"太后临朝"，即位一年即死。接着质帝在大将军梁冀的拥立之下即位，一年后又被"大将军梁冀潜行鸩弑，帝崩于玉堂前殿，年九岁。"再接着汉桓帝同样是在梁太后和其兄大将军梁冀的拥立之下即位，时年仅有十五岁。桓帝在位二十一年，因梁冀权力过大，后来利用宦官中常侍单超、徐璜、具瑗、左悺、唐衡等人之力而诛杀梁冀，又导致宦官重新掌权。桓帝延熹九年（公元167年）发生了第一次党锢之祸。公元168年汉灵帝在大将军窦武、太尉陈蕃的拥立下即位，年仅十二岁，"九月辛亥，中常侍曹节矫诏诛太傅陈蕃、大将军窦武及尚书令尹勋、侍中刘瑜、屯骑校尉冯述，皆夷其族。"灵帝即位当年十月，"宦官讽司隶校尉段颎捕系太学诸生千余人"，第二年又发生了第二次党锢之祸，"闰月，永昌太守曹鸾坐讼党人，弃市。诏党人门生、故吏、父兄、子弟在位者，皆免官禁锢。"至中平元年（公元184年）发生了黄巾起义，"大赦天下党人"，党锢才得以解除。但接下来外戚何进无谋，诛宦官不成反被杀害，凉州军阀董卓进京屠杀，外戚与宦官的势力均被消灭，东汉的历史便进入了曹操专权的建安时期，亦即三国鼎立的时代。处于这个时代的东汉文人，并非变得更加消极厌世，充满时代的感伤，反而激发出更为强烈的干预时政的情感。对此，范晔在《后汉书·党锢列传》中说得非常明确："逮桓、灵之间，主荒政缪，国命委于阉寺，士子羞与为伍，故匹夫抗愤，处士横议，遂乃激扬名声，互相题拂，品核公卿，裁量执政，婞直之风，于斯行矣。"其代表人物如陈蕃、李膺、范滂、张俭、窦武、王畅、刘表、度尚、郭泰、荀翌、张邈、胡母班、王考、秦周、蕃向、王璋、翟超、朱宇、杜密、赵典等等，莫不如此。他们高扬士节，性格刚直，愤世嫉俗，虽身处下位仍不甘沉沦，如《后汉书》曰："范冉，字史云，桓帝时为莱芜长，遭母丧不到官。后遁身于梁、沛之间，徒行敝服卖卜于市。遭党人禁锢遂推鹿车载妻子，捃拾自资所止卑漏。有时绝粒穷居自若言貌无改。闾里歌之：'甑中生尘范史云。釜中生鱼范莱芜。'"至于这一时期产生的文人诗作，也能见出这一时期文人士子的思想情绪。如郦炎的《见志诗》二首之一：

> 大道夷且长，窘路狭且促。
>
> 修翼无卑栖，远趾不步局。
>
> 舒吾陵霄羽，奋此千里足。
>
> 超迈绝尘驱，倏忽谁能逐。
>
> 贤愚岂常类，禀性在清浊。
>
> 富贵有人籍，贫贱无人录。
>
> 通塞苟由己，志士不相卜。
>
> 陈平敖里社，韩信钓河曲。
>
> 终居天下宰，食此万钟禄。
>
> 德音流千载，功名重山岳。

据《后汉书·文苑列传》所记，"郦炎字文胜，范阳人，郦食其之后也。炎有文才，解音律，言论给捷，多服其能理。灵帝时，州郡辟命，皆不就，有志气。"他的两首《见志诗》，直言其对社会现实的不满，表达自己高远的人生志向。此外，如赵壹《刺世嫉邪赋》以及所系两首五言《秦客诗》与《鲁生歌》，同样体现了士人这种愤士嫉俗的气节和张扬个性的人格。可以说，东汉后期文人士子这种高扬的个性精神，正是汉末建安诗风产生的前奏。把这些诗篇与《古诗十九首》、"李陵诗""苏武诗"相比较，一眼即可看出它们之间的差别。由此可见，像《古诗十九首》这样的文人五言诗，不可能产生于东汉末年。

　　以上，我们结合文献考证，从乐府诗与文人五言诗的关系、对班固《咏史诗》的重新理解、汉代文人五言诗与汉代社会的关系等几个方面，对汉代文人五言诗的产生发展问题进行了新的讨论。我们的结论是：虽然五言诗的起源最早发生于先秦时代，但是它在汉代的成熟与发展与乐府诗有着直接的关系。汉代文人五言诗最早源于乐府，以《古诗十九首》为代表的汉代文人五言诗，最早可能会产生于西汉后期，其中绝大部分当是东汉初中期的产物。东汉后期，随着朝廷政治斗争的日益加剧和封建制度的腐败，士风逐渐变得激愤而昂扬，文人五言诗那种消沉平和的诗风不再，逐渐开启了慷慨激昂的建安诗风。

　　本文原载于《中国诗歌研究》第 7 辑，中华书局 2010 年版

论五言诗体的音步组合原理

　　五言诗是中国古代最重要的诗体之一，关于它的起源问题，从挚虞、刘勰等到现代学者，都有人进行过探讨。不过早期的探讨主要集中在例证的搜集，试图通过在《诗经》、古歌谣等文献中出现的个别五言诗句或者全章，从而证明五言诗起源于某个时代。① 当代学者则试图通过五言诗句的语法构成和语言节奏分析，来说明五言诗起源和成立的语言学机制。② 这种探讨，对于我们认识五言诗体的形成问题自然有极大的帮助，本人早年也在这方面做过探讨。③ 然而不可否认的是，以往这些探讨，或者只是就表面现象的统计描述，或者仅仅把五言诗的起源看成是简单的语言学问题，因而忽略了五言诗作为一种诗歌艺术的形式本质。现存最早的五言诗句见于《诗经》，先秦歌谣中也存在着比较完整的五言诗句。汉代是五言诗大发展的时期，现存的汉代五言诗，以乐府诗为多。被后人所称道的文人五言诗如《古诗十九首》，与汉乐府关系紧密，有人甚至认为文人五言诗出自乐府。④ 这说明，与中国早期的

---

① 此处可以参考罗根泽《五言诗起源评录》，《河南中山大学文科季刊》1930 年第 1 期。

② 葛晓音：《论早期五言体的生成途径及其对汉诗艺术的影响》，《文学遗产》2006 年第 6 期。

③ 见拙著《四言诗与五言诗句法结构与语言功能比较研究》，《中州学刊》1996 年第 3 期。

④ 关于汉代文人五言诗与乐府的关系，古今多有论述。此处可参考赵敏俐《中国诗歌通史·汉代卷》第十一章第二节，人民文学出版社 2012 年版。

三言诗、四言诗、楚辞体一样，五言诗体的生成与早期的音乐歌唱紧密相关。在此我们想要追问的是：作为诗歌中的五言诗句，与散文中的五言句有何不同？阅读和欣赏五言诗，我们所获得的形式美感是什么？显然这不是单纯的语言学问题，还是艺术学的问题，说得具体些是音乐学和诗学的问题。诗是什么？"就文体特征而言，诗是有节奏有韵律的语言的加强形式。"① 诗并不等同于一般的语言，节奏和韵律是构成诗体的基本要素。特别是在诗歌艺术生成的早期阶段，音乐与诗歌更是密不可分，诗歌的语言形态同时也是一种音乐的形态。以后，诗歌逐渐与音乐脱离，独立的诗歌形态才得以建立。即便如此，由音乐而生成的节奏韵律，仍然是诗歌体式的本质特征。因而，对五言诗这一诗体的形态奥秘作出合理的解释，光靠语言学是不行的，必须同时借助于音乐学和诗学。关于五言诗体的成立这一问题，也必须从音乐与诗学的角度入手来进行特殊的语言分析，这也是本人多年来对五言诗体问题的进一步思考。② 本文的目的，就是要从这一角度进行初步的探讨，以求教于方家。

一、五言诗句的音步组合方式及其特色

为从音乐的角度探讨诗体的生成，本人借鉴了冯胜利教授的韵律构词学和韵律句法学理论。该理论从韵律学的角度来规定词的概念，将"韵律词"定义为"最小的能够自由运用的语言单位。"韵律词的产生

---

① 杨公骥：《〈诗经〉、楚辞对后世语言形式的影响》，《东北师大学报》1986 年第 5 期。
② 葛晓音教授已经认识到这一点，她说："现存的汉魏音乐数据与唐宋音乐数据不同，几乎没有线索可供今人了解当时乐府诗的音乐结构，从词乐关系去探讨五言诗的生成途径是极为困难的，因此笔者还是只能根据文本分析。"（《论早期五言体的生成途径及其对汉诗艺术的影响》，《文学遗产》2006 年第 6 期）本人认为，如果从先秦两汉有关的音乐数据中恢复诗歌的音乐结构，的确是不可能的。但是诗歌与音乐之间的关系还是有迹可循，其核心就是早期诗歌节奏与音乐节奏之间的对应关系。

基础为"音步"，音步是"人类语言中'最小的能够自由运用的韵律单位'"①。一个音步最少由两个音节组成，此即标准音步，所以一个韵律词至少是一个音步，相应的这个词也可以称之为"标准韵律词"。按此推衍，由三个音节组成的音步就叫"超音步"，与之相对应的韵律词就称之为"超韵律词"。韵律构词学和韵律句法学就是在此基础上探讨中国语言词汇和语法构成的理论。该理论突出了语言的声音韵律在汉语词汇与句法的构成中所起的重要作用，这对于我们进行诗歌语言形式的研究有相当重要的借鉴意义。在本人看来，中国古典诗行的构成与音步直接相关，音步的组成又以声音是否对称为基础。音步可以分为两种形式，一种是"对称音步"，它由两个音节组成；一种是"非对称音步"，由三个音节组成。此外，汉语诗歌中还存在着一种独立的单音节。在诗歌语言中，与一个对称音步和一个非对称音步相对应的并不一定是一个词，它还可能是一个词组或者是一个临时的组合。因此，本人在这里不采用"基本韵律词"和"超韵律词"的概念，而分别将其称之为"双音组"与"三音组"。之所以作如此修改，是使之更符合诗体生成的音乐特征。事实上，在中国早期诗歌中，声音的组合比词汇的组合更加重要。在很多情况下，后人记录下来的早期诗歌中保留着诸多的音符，如"兮""啊"等等，它们在很多场合都以一个独立的音节的方式存在，并不等同于后世所说的"词"。有些双音组和三音组只是临时性的音步组合，以体现其对称或不对称的特征，将它们称之为词也有些勉强，如《邶风·绿衣》："心之／忧矣，曷维／其已。"从韵律学的角度我们可以把这两句诗各分为两个对称音步，但每一个对称音步的两个字却不能看成是一个词。这种组合的方式从语言学的角度来讲似乎并不合理，但是在诗歌当中的存在却是合理的，而且是有意义的。

从音乐的角度探讨中国早期诗歌的诗行构成，包括三种基本要素，

---

① 冯胜利：《汉语的韵律、词法与句法》，北京大学出版社 1997 年版，第 1 页。

第一是独立的音符，主要以一些嗟叹词为主；第二是对称音步，第三是非对称音步。随着人类语言的发展，在诗歌中嗟叹词越来越少，诗行逐渐由对称音步和不对称音步以不同方式组合而成。简言之，二言诗是由一个对称音步构成的诗行，三言诗是由一个非对称音步构成的诗行，四言诗由两个对称音步组成的诗行。楚辞体相对来说比较复杂，其典型诗行组成方式是"三兮（X）二"和"三兮（X）三"两种形式，前者为一个非对称音步与一个对称音步组成的诗行，后者是两个非对称音步组成的诗行。但两种中间都有一个独立的音符"兮（X）"存在。这说明，楚辞体在诗行的组成方面虽然比较复杂，但同时由于其仍然保留着一个独立音符，所以从其诗体形式上来讲仍然比较古老。①

　　从现有文献记载看，虽然早在《诗经》时代就已经有了一些五言诗句的出现，春秋后期甚至还曾产生过短小的五言歌谣，如《左传·定公十四年》所载《野人歌》："既定尔娄猪，盍归吾艾豭。"虽然楚辞体中的"三兮（X）二"式，如果去掉了每句中间独立的音符"兮（X）"，基本形式就是五言，但人们并不认可这种"五言诗"。作为一种成熟的诗体形式，五言诗的确兴盛于两汉时代，那么，这种五言诗的诗体形式特征究竟是什么？其本质还在于其音步的组合方式，这一点，我们尤其是在和楚辞体的比较中看得出来。

　　楚辞体中最典型的句式是"三兮（X）二"式，如果去掉了每句中间独立的音符"兮（X）"，基本形式就是五言，如"君不行兮夷犹，蹇谁留兮中洲，美要眇兮宜修"，去掉了每句中间的"兮"字，就变成了"君不行夷犹，蹇谁留中洲，美要眇宜修"这样的五言句。但我们阅读这样的诗句与汉代的五言诗的感觉却大不一样，音乐的节奏感明显弱化，语句也显得不是那么流畅。何以如此？当然最重要的原因就是去掉

---

① 以上有关论述，请参考拙著《咏歌与吟诵：中国早期诗歌体式生成问题研究》，《文学评论》2013 年第 4 期。

了句子中间独立的音符"兮（X）"。但我们接着再问一句，为什么去掉了句子中间独立的音符"兮（X）"，它的感觉就会与汉代以后的五言诗不一样呢？原来还是二者的音步组合方式不同。去掉独立音符的楚辞体五言诗行，其音步组合方式是"三二"式，即非对称音步在前，对称音步在后，而汉代标准的五言诗行，如"行行 / 重行行""青青 / 河畔草""江南 / 可采莲"等等，却是"二三"式，即对称音步在前，非对称音步在后。这说明，在汉语诗行的建构中，以何种音步开始具有重要意义。以对称音步开始，这句诗就具有明显的节奏感，而以非对称音步开头，则节奏感明显弱化。一行诗是如此，两行诗以上这一特征更为突出。这说明，从表面看起来"三二式"与"二三式"只是顺序的颠倒，从声音节奏上看却有对称音步在前与非对称音步在前的重大不同。从楚辞到五言之间的这一变化，正是中国诗歌体式发展过程的一大飞跃。

对称音步在前，是中国古典诗体形成中一个重要的现象，四言诗是如此，五言诗也是如此。对称音步在前，意味着四言、五言的前两个字一定不能破读，同时也要求这两个字在语义上的联系一定强于第二与第三两个字。换句话说，它可以允许这两个字有独立的意义，如"何不 / 策高足，先据 / 要路津"里的"何""不"与"先""据"，每个字都有自己的独立意义，但是它们在诗句中的粘合力却很强，可以分别构成"何不"与"先据"这样的临时词组，从而与诗行中的第三个字分属于两个不同的音步。但是我们却不可能将第一个字独立出来，将第二个字与第三字组合在一起，将这两句诗的词语组合变成"何—不策—高足，先—据要—路津"。因为那样的话，就破坏了音步与词汇之间的统一平衡。

对称音步在前增强了五言诗的节奏感，非对称音步在后则增强了五言诗节奏上的变化。和四言诗相比，由于五言诗后面的一个音步是非对称音步，其诗行节奏不再是简单的对称重复，而是复中有变，从而显得摇曳多姿。何以如此？有两个原因，第一是汉语诗行押尾韵的方式起到了强化节奏的作用；第二是五言诗后面的非对称音步，依据其词汇本身意义组合的疏密，可以再分解成两种形式，使它们与前面的对称音组产生更好的节奏呼应。

第一种形式是这个三音组可以分解为"一二式"，从而使全句的节奏变成了"二一二"。这样，整个诗行变成了一个前后对称的形式，中间的单音成为连接音。无论我们对它轻读或重读，在节奏上都强化了诗行的前后对称，如"行行 / 重 / 行行，与君 / 生 / 别离"。

第二种形式是将这个三音组分解为"二一式"，从而使全句的节奏变成了"二二一"。这样，整个诗行的节奏就变成了两个对称音组在前的形式，而后面一个单音，由于有诗行的停顿，照样是对节奏的强化。所以，"二二一"句式不但没有影响全诗的节奏，反而显得更加流畅，如"青青 / 河畔 / 草，郁郁 / 园中 / 柳"。

由于这两种方式都不影响全诗的节奏感，所以，五言诗的句式节奏在"二三式"的基础上可以分解为两种变体形式，一种是"二二一"，一种是"二一二"。而且，无论是何种形式，其实都将"三言"这种非对称音步纳入到诗歌的音乐节奏之中，强化了它的节奏感。当然，这也使五言句法有了更大的张力，可以更好地进行语言意义的组合。作者也可以根据自己的欣赏习惯进行节奏上的调整。如："西北 / 有 / 高楼，上与 / 浮云 / 齐。交疏 / 结 / 绮窗，阿阁 / 三重 / 阶。"四句诗，其词语组合方式分别是"二一二""二二一""二一二""二二一"，这和简单的"二二"式的四言诗词语组合方式相比，丰富性不可相比。

简言之，五言诗是按照对称音步在前的方式，是由一个对称音步与一个非对称音步组成的诗行。与非对称音步在先的楚辞体相比，它不需要咏叹词就可以显示出语言本身的音乐节奏。与四言诗相比，它更显得摇曳多姿。从语言组合的角度来讲，由于五言诗后面的非对称音步可以分解为"二一"和"一二"两种形式，从而为诗歌语言的组合提供了更大的空间，也就可以表达更为丰富的内容。

二、五言诗体的音步组合与汉语言的发展

据历史文献记载，早在《诗经》时代，就已经有个别的五言诗句出现。如《召南·行露》："谁谓雀无角，何以穿我屋。谁谓鼠无牙，何以速我狱。"《小雅·北山》："或燕燕居息，或尽瘁事国；或息偃在床，或不已于行。"《大雅·绵》："虞芮质厥成，文王蹶厥生。予曰有疏附，予曰有先后。予曰有奔奏，予曰有御侮！"《周颂·时迈》："时迈其邦，昊天其子之，实右序有周。"可是，在现存的先秦文献中，却不见四句以上独立完整的五言诗。这说明，诗体的发展，既与歌唱有关，也与语言的发展有关，是音乐节奏与语言形式的完美组合。

如我们上文所论，四言诗是由两个对称音步组成，五言诗是由一个对称音步与一个非对称音步组成，而且对称音步在前。仔细分析《诗经》中已经出现的在个别五言诗句，其音步组成方式却很复杂。这里面有符合汉以后五言诗音步组合方式的诗句，如上引《召南·行露》《大雅·绵》中的五言诗句。但是更多的诗句并不符合，如《小雅·北山》，从音步的组合来看，诗句的前面是一个单音节词，后面则是一个四言句："或 / 燕燕居息，或 / 尽瘁事国；或 / 息偃在床，或 / 不已于行。"《小雅·斯干》："唯 / 酒食是议，无 / 父母诒罹。"还有的五言句则是非对称音步在前，对称音步在后，如《小雅·小旻》："匪先民 / 是程，匪大犹 / 是经。维迩言 / 是听，维迩言 / 是争。"还有更多的五言诗句里面运用了具有衬音作用的嗟叹词，如：《召南·驺虞》"于嗟乎驺虞"。《邶风·式微》："胡为乎中露""胡为乎泥中"。《墉风·君子偕老》"胡然而天也！胡然而帝也！"这种情况说明，《诗经》时代五言诗句的音步组合，还远远没有形成统一的模式。这些形态各异的五言诗句偶然杂在四言诗为主的诗体当中，只是出于内容表达的临时需要。这同时也说明，

《诗经》时代尚没有自觉的五言诗句创作意识，当然更谈不上五言诗体的产生。

到了汉代以后这种情况几乎发生了彻底的改变。现存的汉代五言诗及其诗句，从汉初戚夫人的《舂歌》："子为王，母为虏，终日 / 舂薄暮。相离 / 三千里，当谁 / 使告汝"，到李延年的《北方有佳人》："北方 / 有佳人，绝世 / 而独立。一顾 / 倾人城，再顾 / 倾人国。（宁不知）倾城 / 与倾国，佳人 / 难再得。"再到汉乐府中的大量五言诗作，如后世公认产生较早的《江南》："江南 / 可采莲，莲叶 / 何田田，鱼戏 / 莲叶间。鱼戏 / 莲叶东，鱼戏 / 莲叶西，鱼戏 / 莲叶南，鱼戏 / 莲叶北。"以及比较长的诗篇《鸡鸣》："鸡鸣 / 高树巅，狗吠 / 深宫中。荡子 / 何所之，天下 / 方太平。刑法 / 非有贷，柔协 / 正乱名。黄金 / 为君门，璧玉 / 为轩堂。上有 / 双樽酒，作使 / 邯郸倡。刘玉 / 碧青甓，后出 / 郭门王。舍后 / 有方池，池中 / 双鸳鸯。鸳鸯 / 七十二，罗列 / 自成行。鸣声 / 何啾啾，闻我 / 殿东厢。兄弟 / 四五人，皆为 / 侍中郎。五日 / 一时来，观者 / 满路傍。黄金 / 络马头，颍颍 / 何煌煌。桃生 / 露井上，李树 / 生桃傍。虫来 / 啮桃根，李树 / 代桃僵。树木 / 身相代，兄弟 / 还相忘。"其音步组合全部符合标准，即对称音步在前，非对称音步在后。至于被后人推崇的文人五言诗《古诗十九首》，更是如此。同时我们还会发现，在汉代的五言诗中，基本上不再使用嗟叹词，虚词的使用量也大大减少，作为《诗经》四言诗抒情描写重要标志的重言词，除了个别诗篇之外，大部分诗篇也很少使用。这说明，五言诗句的音步组合模式已经定型，五言诗体也基本成熟。汉人已经有了相当自觉的五言诗体意识。

五言诗体的成熟，表面看起来是古人对于五言诗音步组合方式的掌握，但是一个深层的原因却是语言本身的发展。汉代是中国语言大发展的时期，其中一个重要的标志，是虚词使用的减少和双音词的大量增加，① 这带来了汉语语言句法上的一大变化。首先，虚词的减少意味着一个句子可以少用或者不必使用它们进行句子的连缀，这同时意味着词语本身在句中的粘合力增强，或者说人们更能通过语言节奏的变化来组合文句。其次，双音词的大量增加意味着语言表达功能的增强，人们有了对于事物进行叙述和描写的更强有力的语言表现手段。只有在这种情况下，汉语语言才能满足五言诗音步组合的要求，或者也可以说，从此以后，人们才可以比较轻易地完成五言诗句的创造。由此本人认为：汉语诗体的发展以音乐节奏方面的内在要求为动力，而它之所以实现则有赖于语言的发展，二者是相辅相成的关系。这一点，我们通过五言诗与四言体和楚辞体的比较就可以看出。

先秦时代最典型的诗体形态是四言体，它由两个对称音步构成，与之相应的语言，也可以比较自由地组成两个二言音组。先秦时代是以单音词为主的语言时代，将两个单音词组合在一起，自然就是一个双音组，相对于后世而言，这种组合是不难的。但是，先秦时代的语言词汇并不丰富，有限的单音词组合并不足以完全表达诗歌创作的需要。所以我们看到，在《诗经》各类诗篇的诗句组合中，使用了大量的嗟叹词、虚词和双声叠韵词。其中相当大部分的虚词在诗中并不表现特殊的文字意义，只是为了填充音节。大部分的双声叠韵词都属于形容词，是诗人用来摹声和摹形的工具，这固然有歌唱时的音节和美之优长，从另一方面也说明那个时代的语言词汇的相对贫乏。这一点，在《国风》当中表现得特别明显。当然，这并不意味着《诗经》中的诗歌艺术水平不高，一个优秀的诗人或者一首优秀的歌曲，总是能够充分利用当时的物质技术条件，将一种艺术形式发挥到最好，从而使之成为不朽之作，如"关关雎鸠，在河之洲，窈窕淑女，君子好逑。""昔我往矣，杨柳依依。今

---

① 对此，学者们已经多有研究，如程湘清主编《两汉汉语研究》，山东教育出版社1991年版。

我来思，雨雪霏霏。""文王在上，于昭于天。周虽旧邦，其命维新"，等等。反观《诗经》中现存的五言诗句，却没有一句是这样精彩的。

我们再来看楚辞体。从音步的组合角度来讲，如上文所言，楚辞体的基本句式"三兮（X）二"和五言诗类似，同样是由一个对称音步和一个非对称音步组合而成，只不过次序颠倒了而已。但楚辞体的这一句式中间却多了一个具有分割节奏作用的音符"兮（X）"。有了这个分割节奏作用的音符，一方面使楚辞体显得更加摇曳多姿，更具有音乐的美感；从另一个方面来讲，利用这个音符，使楚辞体前后两个音步之间发生了断裂，变成了粘合力不强的两个词组，呈现为一种简单的并列关系，这在一定程度上降低了楚辞体造句的难度。这种情况在楚辞体的另一种典型句式"三兮（X）三"中表现得更为明显，如《九歌·山鬼》："若有人兮山之阿，被薜荔兮带女罗。既含睇兮又宜笑，子慕予兮善窈窕。"假如我们把中间的音符"兮"去掉，就变成了由三言诗组合的诗句："若有人，山之阿，被薜荔，带女罗。既含睇，又宜笑，子慕予，善窈窕。"从语法结构上讲，一个三言诗句和一个五言诗句的差别是很大的，其组合难度，甚至比四言诗句还要容易。这种情况说明，楚辞体产生的语言环境，同样还是与以单音词为主的先秦时代的语言发展水平有直接关系的。

在楚辞体中，也有一些句式，如果去掉句中或句尾的"兮"字或其他虚字，就会与汉代标准的五言句式相同，葛晓音曾指出：如《哀郢》"鸟飞返故乡兮，狐死必首丘"；《怀沙》"变白以为黑兮，倒上以为下"；《思美人》"登高吾不说兮，入下吾不能"；《远游》"往者余弗及兮，来者吾不闻"等，她认为这些句式"是早期五言体诗化的重要途径"。[1]本文不否定这一点，但是要指出的是，楚辞中这一类句式的出现，与《诗经》中出现一些合乎汉代标准五言句式的情况是一样的，只是一种

---

① 引文出处参见程湘清主编《两汉汉语研究》，山东教育出版社 1991 年版。

偶然为之，并没有自觉的追求意识。

我们知道，汉语是以单音词为基础构成的文字语言系统，但是最具有声音效果的语音却是对称的双音组合。因而，由单音词组合成双音词，便成为汉语最能表达意义的词汇再生方式。从这一点来讲，由两个对称音组组成的四言诗体，对于汉语词汇向双音词方向的发展有着相当大的推动作用。但是，由于先秦时代文字和语言本身的不发达，双音词的组合又受到了极大的限制，所以，《诗经》中的许多四言诗句中的对称音组，其实并不能称之为词，而只是为了满足双音组合效果的临时组合而已，如《周南·葛覃》："葛之 / 覃兮，施于 / 中谷，维叶 / 萋萋。黄鸟 / 于飞，集于 / 灌木，其鸣 / 喈喈。"仔细分析这六句诗，会发现这里有几种双音组合方式：（1）两个音节中一个实词一个虚词，音节只起衬托作用，没有实际意义，如"葛之""覃兮""施于""维叶""于飞""集于""其鸣"，共有七组，数量最多。（2）由两个实词以偏正方式组成一个新词，如"中谷""灌木""黄鸟"，有三个。（3）由一个单音词经过重叠而组成一个重言词，如"萋萋""喈喈"。这种情况非常充分地说明了先秦时代语言发展的状况，双音词的组合方式在那个时代尚不成熟，还没有成为主要的造词方式。当然，诗人也在这个方面进行了一系列积极的探索。所以我们看到，在《诗经》时代双音词的组合中，除了我们上面所看到的偏正式组合之外，还有并列式，如"参差""窈窕""寤寐""辗转""家室""公侯""腹心"等等。但是，由于《诗经》时代双音词组合的技巧尚不完善，所以，这样的组合词方式尚不足以满足四言诗创作的需要。

那么，我们不免要问，既然单音词的组合能力不强，诗人为什么还要追求双音组合，进行这些临时搭配呢？问题可能需要从诗歌的音乐效果方面进行解释。因为四言是两个双音组的对称，如果不能构成这种对称，就不足以形成四言这种完整的形式之美，也不会产生和谐的双音对称效果。所以，最简捷的方式就是进行这样临时组合的双音搭配，这其中，又以重言词和实加虚的方式构成双音组最为简便。反过来讲，如果一行诗不能由两个对称音组组合而成，那么就不能成之为四言诗。这就产生了两种情况，一种情况是在实际的语意表达中四言并不是最佳方式，所以诗人就会在创作中有意无意地突破四言体式，而代之以三言、五言等多种形式。一种情况是努力满足四言诗的对称音组要求，尽量进行各种方式的拼合，甚至产生不少在后世看来过于呆板的四言诗篇。前者是《国风》中的常例，后者在二《雅》当中常见。这从另一个角度说明：四言诗虽然有着非常典型的对称之美，但是却限制了汉语语言一字一音的表达自由。过于严格的对称要求，也使四言诗句缺少了变化之美，寻求汉语语言表达与诗歌音乐之美的更好结合，势必成为《诗经》后时代的发展方向。从这一角度来讲，楚辞体的确是《诗经》体之后中国人在诗体形式上的一大探索。但是楚辞体存在着两点不足：第一是非对称音步起首的方式弱化了诗行的节奏，从而造成了对于歌唱音符"兮"的过度依赖；其二是鲜明的二分节奏使两个音组之间产生了断裂，难以进行更为复杂的语言表达。五言诗的产生，则有效地弥补了四言诗与楚辞体的不足，更适合汉语言的发展趋势。

五言诗是五个字连缀在一起组成的诗句，由一个对称音步与一个非对称音步组成。对称音步在前，强化了诗行的音乐节奏；非对称音步在后，为汉语言单音词在诗歌中的应用提供了充分的条件。它不需要像四言诗那样，把所有的单音词纳入到对称音步之中，而是允许它的存在，并且有非常大的自由组合的空间。这个三音组，从音乐节奏上来讲，既可以是"1+2式"的组合，也可以是"2+1式"的组合，从而使这个单音可以在诗行的第三和第五的位置上自由变化。从语言的角度来讲，既可以组成一个三音词，也可以组成"1+2"或者"2+1"式的两个词组，还可以是三个独立的词，从语法学的角度来讲，这样就可以容纳更多的有效语法成分，从而增加语言的容量。同时，因为单音词在句中的灵活运用，使诗句的语言表现更为流畅，而不必过多地使用虚词来填充音节。中国古典诗词脱胎于音乐，因而特别重视诗歌的声音节奏，对称具有重要意义。同时，由于汉语是一种一字一音的语言，理想的诗行须要保证有单音词灵活存在和自由组合的音乐条件，五言诗恰恰能够同时满足这两条要求。梁人钟嵘在《诗品》中说："夫四言，文约意广，取效《风》《骚》，便可多得。每苦文繁而意少，故世罕习焉。五言居文词之要，是众作之有滋味者也，故云会于流俗。岂不以指事造形，穷情写物，最为详切者耶？"通过上面的分析，我们可能才会理解钟嵘此话的含义，更加清楚地认识到五言诗体在语言表达上的优势。

三、五言诗的音乐节奏与诗体格律化

中国早期诗歌体式的形成与音乐有直接的关系，四言诗和楚辞体如此，五言诗也是如此。现存汉代较早的五言诗，大都属于乐府诗，都是可以歌唱的。所以如此，大概还是音乐节奏对于诗歌语言起到了强化的作用。以此而言，五言诗在汉代的兴盛，有赖于一种新的音乐的流行。这种新乐，不同于以四言为主的先秦古乐，不同于楚歌，也不同汉代从西北地区流入的鼓吹和横吹，而应该是相和歌。事实上，汉代较早的五言诗也恰恰保存在早期的相和歌里。何谓相和？郭茂倩《乐府诗集》引《宋书·乐志》："《相和》，汉旧曲也。丝竹更相和，执节者歌。"又引《晋书·乐志》："凡乐章古辞今之存者，并汉街陌谣讴，《江南可采莲》《乌生八九子》《白头吟》之属是也。"相和歌的具体声音表现形态如何我们今天已不可考，但是它更适合五言诗的演唱，当是不争的事实。

我们知道，在中国早期诗体形成的过程中，音乐起着重要作用。在诗体中最重要的音乐因素就是声音的对称，只有对称才能构成鲜明的节奏。在诗中，对称不仅表现为音节的对称，由此而构成对称音步；而且表现为句式的对称和押韵的对称，由此构成对称的诗行；进而表现为章节的对称，由此而构成一首完整的诗篇。对称还内在地制约着语言词汇组合，形成语言意义上的对称，这为诗人的遣词造句提供了可以遵循的原则与便利。对称性原则在四言诗体中所起的作用甚大，典型的四言诗体可以体现对称的上述各种元素，如《周南·关雎》："关关 / 雎鸠，在河 / 之洲。窈窕 / 淑女，君子 / 好逑。参差 / 荇菜，左右 / 流之。窈窕 / 淑女，寤寐 / 求之。"《小雅·伐木》："伐木 / 丁丁，鸟鸣 / 嘤嘤。出自 / 幽谷，迁于 / 乔木。"《小雅·采薇》："昔我 / 往矣，杨柳 / 依依。今我 / 来思，雨雪 / 霏霏。"这里有音步的对称、诗行的对称，押韵的对称，还有词性的对称和句法的对称。正是这种对称式的语言表达，与四言诗音韵的和谐相映成趣，构成了四言诗特有的形式之美，也造就了中国四言诗歌的典范。

对称在五言诗诗体形式方面所发挥的作用，一点不比四言诗差。而且，因为五言诗在诗体形式上有比四言诗更加灵活的音步构成，在对称的利用方面也有了更大的发展空间。随着人们对于五言诗体的熟练把握，利用其对称性原则进行艺术的加工，促使五言诗逐步向格律化的方向发展。我们可以把这个过程大致分为三个阶段。

第一阶段是五言诗体的初起，诗人所关注的主要是音步的对称和诗行的对称，而不太关注词性的对称和句法的对称。这可能由于五言诗的兴起最初与音乐关系紧密的缘故。由于五言诗与四言诗的最大不同是每句诗中包含着一个非对称音步，而且是对称音步在前、非对称音步在后组成的诗行。只要符合这两点，就会达到与四言诗和楚辞体不同的节奏效果。所以我们看到，早期的五言诗在词语的组合与句法结构上并不讲究，甚至带有很强的随意性。如《江南》："江南 / 可采莲，莲叶 / 何田田，鱼戏 / 莲叶间。鱼戏 / 莲叶东，鱼戏 / 莲叶西，鱼戏 / 莲叶南，鱼戏 / 莲叶北。"整首诗由七句组成，从语言结构来讲，前三句是三种不同的句式。第一句是个陈述句，谓语又是一个复杂的动宾词组。第二句是个描写句，谓语是一个偏正结构的形容词。第三句也是个陈述句，但是在谓语动词后面是一个复杂的补语结构。后四句是第三句的句法结构的重复。也就是说，如果从修辞学的角度来看，这首诗在句法上是不讲究的，它就是自然的语言，是客观的描述，没加任何修饰。用胡适的话说，这首诗也没有什么深意，"只取音节和美好听，不必有什么深远的意义"①。早期的五言诗大都具有这一特点。如据说是西汉大音乐家李延年所作的《北方有佳人》也是如此："北方 / 有佳人，绝世 / 而独立。一顾 / 倾人城，再顾 / 倾人国。（宁不知）倾城 / 与倾国，佳人 / 难再得。"据说，李延年"善为新声变曲，闻者莫不感动"，这首《北方有佳人》就是其代表作。但是我们今天从章法修辞的角度来看，这首诗并不高明。这种情况，甚至到了东汉乐府诗和《古诗十九首》的时代也还是如此。如《长歌行》："青青 / 园中葵，朝露 / 待日晞。阳春 / 布德泽，万物 / 生光辉。常恐 / 秋节至，焜黄 / 华叶衰。百川 / 东到海，何时 / 复西归。少壮 / 不努力，老大 / 徒伤悲。"《行行重行行》："行行 / 重行行，与君 / 生别离。相去 / 万余里，各在 / 天一涯。道路 / 阻且长，会面 / 安可知。胡马 / 依北风，越鸟 / 巢南枝。相去 / 日已远，衣带 / 日已缓。浮云 / 蔽白日，游子 / 不顾返。思君 / 令人老，岁月 / 忽已晚。弃捐 / 勿复道，努力 / 加餐饭。"后人评价这些汉代乐府诗和文人古诗，往往赞叹其情真景真事真意真，却很少有人说这些诗在遣词造句方面如何讲究辞藻对偶。的确，从后世诗歌创作追求语句精练的角度讲，我们看这些诗甚至有些啰嗦絮叨。可是，它那自然流畅的语言，与音韵流畅的五言诗相配，的确会产生令人心旌目荡的效果。

但是受中国诗歌对称性原则的影响，即便是在这些早期的五言诗中，也不免会自然生成一些对称性的语言章法结构。在乐府诗中已有好多这样的例子，如《陌上桑》形容罗敷之美是："头上 / 倭堕髻，耳

---

① 胡适：《白话文学史》，上海古籍出版社 1999 年版，第 16 页。

中／明月珠。缃绮／为下裙，紫绮／为上襦。""头上""耳中"两句，自然对称；"缃绮""紫绮"二句，上下相应。《长歌行·仙人骑白鹿》中的景物描写："凯风／吹长棘，夭夭／枝叶倾。黄鸟／飞相追，咬咬／弄音声。""凯风"两句与"黄鸟"两句，也形成章法上的对偶。《君子行》告诫人们言行要谨慎："瓜田／不纳履，李下／不正冠。嫂叔／不亲授，长幼／不比肩。"不仅四句排偶，句法相同，而且在前两句和后两句中各自组成更为严格的对偶形式。"瓜田"对"李下"，"嫂叔"对"长幼"，都是非常标准的名词性词组相对；"纳履"对"正冠"，"亲授"对"比肩"，也是比较严整的动词词组相对。我们之所以不觉得这些对偶式的句子在诗中特别显眼，是因为它们与全诗融合无间，是自然而然的内容表达，体现的是一种自然之美。如果诗人意识到了语言对偶的妙处而有意为之，那就进入了五言诗体的第二个发展阶段。

五言诗体发展的第二个阶段，也就是诗人开始注重语言修辞的阶段。它与第一个阶段不能完全分开，是因为我们并不能排除在早期的五言诗创作中诗人一点也不注意语言的修辞问题，因为那是不可能的。一个好的诗人总是想要用最准确的语言来表达自己的情感。但是正如我们上文所说，在以歌唱相配合的五言诗初期发展阶段，音调的和谐在这里占有更重要的地位，早期的诗人更注重的是五言诗的节奏韵律。所以我们看到，在早期的五言诗中，最通用的语言修辞方式并不是词语的对偶和句法的对称，而是双声叠韵与重言词的使用，是句子的排比。我们知道，双声叠韵词和重言词在《诗经》四言诗中起着重要作用，这与那个时代的语言发展特点有关，也与四言诗诗体形式有关。五言诗中由于有非对称音节的存在，对双声叠韵和重言词的要求并不强烈，但是在注重音韵和谐的乐府五言诗早期阶段，双声叠韵词和重言词还是在其中扮演了重要的修辞作用，特别是重言词的使用，非常引人注目。如："莲叶何田田"，"鸣声何啾啾"，"颖颖何煌煌"，"为人洁白皙，鬑鬑颇有须。盈盈公府步，冉冉府中趋"，"岩岩山上亭。皎皎云间星"，"夭夭枝叶倾"，"咬咬弄音声"，"华灯何煌煌"，"音声何喔喔"，"凤凰鸣啾啾"，"默默施行违"，"翩翩堂前燕"，"凄凄复凄凄"，"竹竿何袅袅，鱼尾何簁簁。"何以如此？因为重言词相对而言是最简单的一种复音组词方式，有很好的摹声摹形效果，而且音节流畅，所以自然会受到注重音韵和美的早期诗人的喜欢。从句式来讲，排比则是最好的对称方式，因为它是一种句式的重复，自然就会形成有规律的声音节奏，相对而言也是一种比较容易的造句方式，特别适合用于口头歌唱，所以，我们在早期汉乐府当中，会看到大量的排比句式的出现。如《江南》："鱼戏莲叶东。鱼戏莲叶西，鱼戏莲叶南。鱼戏莲叶北"。《陌上桑》："行者见罗敷，下担捋髭须。少年见罗敷，脱帽着帩头。耕者忘其犁，锄者忘其锄。""十五府小史，二十朝大夫。三十侍中郎，四十专城居。"《长安有狭斜行》："大子二千石，中子孝廉郎。小子无官职，衣冠仕洛阳。三子俱入室，室中自生光。大妇织绮纻，中妇织流黄。小妇无所为，挟琴上高堂。"

重言和排比的修辞方式，相对而言毕竟有些简单，它适合于口头歌唱，并且有音韵和谐的优点。但是，当汉语言词汇的组合能力日渐丰富，诗歌形式给这种组合提供了更多空间的时候，诗人自然不会满足于简单的重言与排比，一定会追求更加丰富的语言组合方式。特别是当五言诗逐渐发展成一种脱离歌唱艺术的独立语言艺术形式的时候，对于诗句的语言修辞手段的要求必然越来越多，相应的修辞方式也会越来越丰富。

以《古诗十九首》为代表的汉代文人五言诗，本与乐府诗有不解之缘，但是后人之所以更看重它与乐府诗的区别，将其视为后世文人五言诗的典范，其重要原因除了这些诗篇在内容上表达了汉代文人士子的生活经历和思想情感之外，就是因为这些诗篇脱离了歌唱的艺术，同时表现了更多的文人诗的修辞技巧，从而为五言诗的发展开拓了更加广阔的天地。

《古诗十九首》与汉乐府诗在修辞技巧上的重大不同，是有了更加复杂的词语组合方式与句式变化。我们知道，汉语言是以单音词为基础发展起来的语言，一字一音，没有固定的时态和语序要求，这为它的词汇和句式组合提供了巨大便利。在汉语诗词当中，只要符合节奏的分割，它的语言形态就可以尽情变化。反过来讲，只要按照节奏诵读不破坏语义，它的句式组合就可以多种多样，表达的内容也就更加丰富。下面，让我们以其中的第一首《行行重行行》为例进行分析：

> 行行 / 重行行，与君 / 生别离。相去 / 万余里，各在 / 天一涯。道路 / 阻且长，会面 / 安可知。胡马 / 依北风，越鸟 / 巢南枝。相去 / 日已远，衣带 / 日已缓。浮云 / 蔽白日，游子 / 不顾返。思君 / 令人老，岁月 / 忽已晚。弃捐 / 勿复道，努力 / 加餐饭。

首先我们注意到，作为汉乐府诗中最典型的重言词，在这首诗中只出现了一例"行行"，但是这个貌似重言的组合，与其他重言辞却有本质的区别，因为它不是由两个重言形容词组组成的一个不可分割的新词，而是两个动词的排比，从本质上还是两个词。所以它表达的意思也不是一个简单的重言形容词的摹形摹声，而是用两个动词表达"行"这一动作行为的持续不断，我们可以把它看成是诗人在语言组合上的一种新的创造。其次是诗中没有出现重复的句子，"相去日已远，衣带日已缓"两句，虽然也可以算作排比，但是在句法结构上有所变化，而且前后两句还有一种因果上的关联，是更高级的一种章法结构。类似的句子还有："浮云蔽白日，游子不顾返。思君令人老，岁月忽已晚。"前两句是由自然的物象联想到人事，后两句则是由人事转向自然。特别是"浮云蔽白日"一句，"浮""蔽""白"三个字，用词准确，蕴含丰富，有明显的文人诗韵味。值得注意的还有"胡马依北风，越鸟巢南枝"一联，"马"对"鸟"，"胡"对"越"，"北风"对"南枝"，"依"对"巢"，名词对名词，动词对动词，方位对方位，对仗相当工稳，显示了高超的修辞技巧。我们相信，这样一种诗歌的写作，已经包含着诗人在五言诗的创作艺术方面的有意追求。

不过，由于《古诗十九首》在总体语言风格上与乐府诗比较接近，以自然清新的口语式句法占主要比例，所以人们还是特别赞赏其真切自然的情感表达和通俗质朴的语言风格。到魏晋以后，文人们开始将五言古诗作为抒写情志的主要诗体形式，五言诗也因此从音乐中脱离出来而走向了一条独立发展的道路。

引导五言诗走向辞藻的修饰方向，曹植是一个标志性人物。对此，钟嵘在《诗品》中称之为："骨气奇高，词彩华茂，情兼雅怨，体备文质，粲溢今古，卓尔不群。嗟乎！陈思之于文章也，譬人伦之有周孔，鳞羽之有龙凤，音乐之有琴笙，女工之有黼黻。"曹植以其超人的天赋，将五言诗体的形式与汉语词汇的运用完美地组合在一起。在曹植的五言诗里，重言词比《古诗十九首》明显减少，三句以上的排比句式几乎没有，尽可能地发挥汉语单音词的功能，采用各种极具变化的组合方式，凝练成复杂的五言句式，从而达到写景与抒情的效果。如《美女篇》描写美女，明显地借鉴了汉乐府《陌上桑》的夸张方式，但二者却大不相同："美女妖且闲，采桑歧路间。柔条纷冉冉，落叶何翩翩。攘袖见素手，皓腕约金环。头上金爵钗，腰佩翠琅玕。明珠交玉体，珊瑚间木难。罗衣何飘飘，轻裾随风还。顾盼遗光采，长啸气若兰。行徒用息驾，休者以忘餐。"词汇丰富，语言华丽，句法富于变化。比较典型的例证再如《白马篇》："仰手接飞猱，俯身散马蹄。狡捷过猴猿，勇剽若豹螭。"《公燕诗》："明月澄清影，列宿正参差。秋兰被长阪，朱华冒绿池。潜鱼跃清波，好鸟鸣高枝。"追求对仗工整，用词讲究，呈才使气，雕琢痕迹明显，体现了文人诗的特征。自曹植以降，这种风气越来越浓，陆机、谢灵运等人是其代表。语言的雕琢，为律诗的对偶奠定了坚实的基础。

五言诗发展的第三个阶段是对平仄的讲究。它是对于诗歌音乐节奏把握的更高阶段，也可以说是当五言诗脱离了歌唱，变成诵读的艺术之后，诗人对于诗歌内在的语言节奏的认识与有意追求。汉语本身是有声调的语言，声调主要分为平仄两类。平声与仄声的相对应，本身也容易形成语言声调上的对称。但是，将它同声与声之间的音节对称比起来看，声调对称的节奏感就不那么明显了。所以，中国早期诗歌之重视节奏，最重视的还是音节的对称。当诗人掌握了一种诗体形式的音节对称规律之后，就会在此基础上追求语言修辞，以期用更为准确生动的语言与诗的节奏相配合，从而更加准确地表达思想情感。所以，早在汉代以前，我们看不到有关中国诗歌创作在平仄方面的理论记述。

但平仄本身既然是一种客观存在，无论诗人是否有意追求平仄，在诗歌创作中都会有平仄对称的现象存在。如《诗经·周南·关雎》："参差荇菜，左右流之"，"参差荇菜，左右芼之"，如果按平仄分析，就是"平平仄仄，仄仄平平"，① 对称相当工整。《古诗十九首·今日良宴会》："人生寄一世，奄忽若飙尘"，按平仄分析就是"平平仄仄仄，仄仄仄平平"。《庭中有奇树》："馨香盈怀袖，路远莫致之"，按平仄分析就是"平平平平仄，仄仄仄仄平"。《驱车上东门》："白杨何萧萧，松柏夹广路"，按平仄分析就是"仄平平平平，平仄仄仄仄"。"服食求神仙。多为药所误"，按平仄分析就是"仄仄平平平，平平仄仄仄"。② 这种平仄上的对称，与后世律诗所要求的平仄对称虽然不一致，但是它说明，平仄对称的语言现象是存在的，掌握了平仄的规律，对于强化诗歌本身的声韵之美是有帮助的。

中国语言的四声与音乐的五音之间有相互对应的关系，古人早就有所认识。早在三国时期李登编著的《声类》和晋代吕静编著的《韵集》，就用宫商角徵羽来分类。《魏书·江式传》："（吕）静别放故左校

---

① 《诗经》平仄的分析依据的是王力的上古音系统。
② 以上所依据的是广韵系统，见李珍华等编《汉字古今音表》，中华书局 1999 年版。

令李登《声类》之法，作《韵集》五卷，宫商角徵羽各为一篇。"又，据唐代封演《闻见记》所言，《声类》是"以五声命字，不立诸部"。段安节《琵琶录》："太宗庙挑丝竹为胡部。用宫、商、角、徵、羽，并分平、上、去、入四声。其徵音，有其声无其调。"徐景安《乐书》："上平声为宫，下平声为商，上声为祉（徵），去声为羽，入声为角。"姜夔《大乐议》："七音元协四声，或有自然之理。"从这些记载看，四声的产生，当和音乐中的五音有一定的联系。魏晋六朝人认识到四声与五音的对应关系，所以在诗歌创作中不仅讲究节奏的配合，开始逐步重视四声的应用。不过，四声与五音之间的关系比较微妙，从古人的记载看，大概起初人们只是认识到不同的平仄声适合用于不同的音调，但是诗歌中在每个位置上到底要用什么平声还是仄声的字，似乎还认识的不太清楚。这一个漫长的过程，至齐梁时期的沈约诸人，才有比较清晰的认识。刘勰《文心雕龙·声律》："夫音律所始，本于人声者也。声合宫商，肇自血气，先王因之，以制乐歌。故知器写人声，声非学器者也。故言语者，文章关键，神明枢机；吐纳律吕，唇吻而已。古之教歌，先揆以法，使疾呼中宫，徐呼中征。夫宫商响高，徵羽声下；抗喉矫舌之差，攒唇激齿之异，廉肉相准，皎然可分。"这说明，在刘勰看来，声律的缘起本是由于人声，肇自血气。所以教人学习乐歌，首先要教人发声之法，所谓"疾呼中宫，徐呼中徵"。因为发声歌唱，发现字与字之间的配合十分重要，"凡声有飞沉，响有双迭。双声隔字而每舛，叠韵杂句而必睽；沉则响发而断，飞则声扬不还，并辘轳交往，逆鳞相比；连其际会，则往蹇来连，其为疾病，亦文家之吃也。"如果要改变这种状况，就要通过吟咏的方式仔细体会，"左碍而寻右，末滞而讨前，则声转于吻，玲玲如振玉；辞靡于耳，累累如贯珠矣。是以声画妍蚩，寄在吟咏，滋味流于字句，风力穷于和韵。异音相从谓之和，同声相应谓之韵。韵气一定，则余声易遣；和体抑扬，故遗响难契。属笔易巧，选和至难，缀文难精，而作韵甚易。虽纤意曲变，非可缕言，然振其大纲，不出兹论。"① 括其要义，就是在反复吟咏的过程中，把握住"和"与"韵"二者。所谓"和"，就是"异音相从"，也就是掌握平仄之间的对应关系。所谓"韵"，就是"同声相应"。这两者之中，又以"选和"最难，也就是掌握诗中"异音相从"的平仄更难。沈约《宋书·谢灵运传》："夫五色相宣，八音协畅，由乎玄黄律吕，各适物宜。欲使宫羽相变，低昂互节，若前有浮声，则后须切响。一简之内，音韵尽殊；两句之中，轻重悉异。妙达此旨，始可言文。"沈约此文所说，与刘勰完全一致。包括两点：第一，诗歌当中对于平仄的把握，是为了使其更便于歌唱；第二，平仄协调的要义在于平仄有规律的变化相应。所以我们也可以说，中国诗歌的格律化过程，其实还是来自于汉语诗歌本身对于节奏韵律的要求和把握，是从最初仅重视音步节奏的配合到重视语言的协调再到平仄协调的自然发展过程。

本文原载于《岭南学报》复刊第五辑《声音与意义：中国古典诗文新探》，上海古籍出版社 2016 年版；英文原稿〈A Discussion of the Principles for the Combination of "Feet" in the Pentasyllabic Shi Genre〉（论五言诗的音步组合原理），载 *The Journal of Chinese Literature and Culture*·2：2·November 2015

---

① 按：关于《文心雕龙》此段文字，多有异文及不同断句，此处引自周振甫《文心雕龙选译》，中华书局 1980 年版，第 187—188 页。但"滋味流于字句，风力穷于和韵"两句与周文断句不同，具体考证不赘。

论四言诗在汉代的发展流变

　　四言诗是一种古老的诗歌形式，它的创作高峰在周代，代表其艺术高峰的则是《诗经》，随着时代语言的发展变化和人们对艺术审美形式的求新要求，在汉代，乐府诗、骚体诗和五言诗等各擅胜场，四言诗独领风骚的时代已经一去不返。但是，作为一种有着深厚历史传统的诗歌体式，四言诗在汉代诗坛上仍然发挥着重要作用。从作者的群体讲，无论是文人还是其他社会群体，都有四言体诗歌传世；从应用场合来说，无论是在国家的宗庙祭祀、民间的流行传唱还是宫廷的乐歌表演与文人的互相赠答中，都有它的踪影；从其所发挥的艺术功能来说，或以之用于颂美，或以之用于讽谏，或以之用于抒情，或以之用于言志，或以之用于享乐与观赏。另外，四言在汉代不仅作为汉代诗歌的一种重要体式，在汉赋和其他文体中也占有重要的地位。因此，对四言诗的关注，是我们研究汉代诗歌史的重要组成部分。

一、汉代四言诗传世情况考察

　　中国诗歌发展到汉代，出现了明显的歌诗与诵诗的分流。所谓歌诗，就是仍然可以诉诸歌唱的作品，而诵诗则脱离了音乐，走上了一条独立发展的道路。汉代的四言诗也不例外。① 为了更好地对四言诗进行分析，我们首先按歌诗与诵诗的两分法，把汉代传世四言诗情况统计如下：

（一）歌诗类

1. 文人与帝王歌诗

刘邦《鸿鹄歌》、城阳王刘章《耕田歌》、杨恽《拊缶歌》、白狼王唐菆《远夷乐德歌》《远夷慕德歌》《远夷怀德歌》②、东平王刘苍《武德舞歌诗》、张衡《思玄赋所系歌诗》《东巡颂所系歌》《郭辅碑歌》。

2. 民间歌谣

《画一歌》《郑白渠歌》《牢石歌》《长安百姓为王氏五侯歌》《长沙人石虎谣》《渔阳民为张堪歌》《临淮吏人为宋晖歌》《魏郡舆人歌》《顺阳吏民为刘陶歌》《交阯兵民为贾琮歌》《洛阳人为祝良歌》《六县吏人为爰珍歌》《后汉时蜀中童谣》《恒农童谣》《初平中长安谣》《汉末江淮间童谣》《京师为光禄茂才谣》《阎君谣》《蒋横遭祸时童谣》。

3. 庙堂祭祀歌诗

《安世房中歌》（《大孝备矣》《七始华始》《我定历数》《王侯秉德》《海内有奸》《都荔遂芳》《冯冯翼翼》《硙硙即即》《嘉荐芳矣》《皇皇鸿明》《浚则师德》《孔容之常》《承帝明德》）③、《郊祀歌》（《帝临》《青阳》《朱明》《西颢》《玄冥》《惟泰元》《齐房》《后皇》）。

4. 其他乐府歌诗

《采芝操》《箜篌引》《善哉行》《满歌行》《古艳歌》（三首）、《古歌·田中兔丝》《茂陵中书歌》《陬操》《猗兰操》《龙蛇歌》（附异文两首）、《引声歌》《怨旷思惟歌》。

---

① 此处可参考拙作《歌诗与诵诗：汉代诗歌的文体流变及功能分化》，《首都师范大学学报》2007 年第 6 期。

② 按：白狼王的诗原为夷语歌诗，此为汉译。

③ 《安世房中歌》之分章，各书有不同，此处从《汉书·礼乐志》。

（二）诵诗类

1. 文人诵诗

韦孟《讽谏诗》《在邹诗》、东方朔《戒子诗》、韦玄成《自劾诗》《戒子孙诗》、班固《明堂诗》《辟雍诗》《灵台诗》、傅毅《迪志诗》、刘珍《赞贾逵诗》、张衡《怨诗》、朱穆《与刘伯宗绝交诗》、桓麟《答客诗》、应季先《美严王思诗》、秦嘉《述婚诗》《赠妇诗·暧暧白日》、崔琦《四皓颂所系歌》、蔡邕《答对元式诗》《答卜元嗣诗》《酸枣令刘熊碑诗》、孔融《离合作郡姓名字诗》、仲长统《见志诗》（二首）。

2. 其他诵诗

《伤三贞诗》《风巴郡太守诗》。

3. 民间谚语

《韩诗外传引鄙语》《桓宽引语》《淮南子引谚》《邹阳引谚》《司马相如引谚》《司马迁引谚》（二首）、《司马迁引鄙语》《褚先生引谚》《薛宣引鄙语》《王嘉引里谚》《氾胜引谚》《长安为王吉语》《世称王贡语》《长安为萧朱王贡语》《吏民为赵张三王语》《东方为王匡廉丹语》《时人为郭况语》《南阳为杜师语》《时人为廉范语》《章帝引谚》《班固引谚论经方》《班昭女诫引鄙谚》《王逸引谚》《虞诩引谚》《王符引谚论得贤》《京师为黄香号》《人为高慎语》《颍川为荀爽语》《崔实引农家谚》《李固引语》《益州民为尹就谚》《天下为贾彪语》《应劭引俚语》（七首）、《时人为庞氏语》《民为二殽语》《南阳为卫修陈茂语》《公沙六龙》《民为五门语》《时人为作奏语》《高诱引谚》《武陵人为黄氏兄弟谚》《时人为杨氏四子语》《羊元引谚》《古谚》《时人为郭典语》。

汉代四言诗在所有歌诗诵诗中所占的比例如下表：①

---

① 按：此表格所统计的诗篇数目，以逯钦立《先秦汉魏晋南北朝诗》汉诗卷为基础，各类诗篇的具体分类，则依据逯书所录各诗标题；逯书中所收汉诗有的一个标题下录有一句或者几句断篇残简，统一按一个标题为一篇计。以上统计不可能完全准确地反映汉诗的存世数量，但是却具有统计学上的意义，有助于我们分析四言诗在汉代的发展状况，供读者参考。

歌诗				诵诗			
类别	总存诗数	四言诗数	所占比例	类别	总存诗数	四言诗数	所占比例
文人与帝王歌诗	61	10	16.4%	文人诵诗	119	23	19.3%
民间歌谣	87	19	21.8%	其他诵诗	9	2	22.2%
庙堂祭祀歌诗	36	21	58.3%	民间谚语	141	52	36.9%
其他乐府歌诗	151	16	10.6%	焦氏易林及其他①			
总计	334	66	19.8%	总计	269	77	28.6%

从以上统计可以看出，四言诗在歌诗中所占的比例为19.8%，在诵诗中所占的比例约占28.6%，两者差别并不大。但是从二者内部分布情况来看却有几个问题特别值得我们注意。首先是四言诗在庙堂祭祀歌诗中所占比例最高，达到了58.3%，四言诗在其他乐府歌诗中所占比例最低，只有10.6%。其二是文人四言诗的问题，它在现存的汉代文人诗中的比例虽然不高，但是在文人四言诗的发展历史中却有着比较特殊的地位。其三是《焦氏易林》与民间韵语中的四言现象，这是一个以往诗歌史很少关注的难题。下面我们分别予以讨论。

二、四言诗与汉代乐府歌诗的关系

我们知道，四言诗是一种古老的诗歌样式，它早在《诗经》时代就达到了创作的高峰，并且具有很高的文化地位。经过历史的沉积和儒

---

① 《焦氏易林》一书，以四言韵语写成，去其重复，约有四言三千多首，其中有许多具有诗的品质，可以称之为"诗"，但是还有大量的四言韵语又缺少诗性特征。此外，汉赋、镜铭、碑、赞等应用文体中也多有四言，此处不列入统计，下文有详论。

家学者的阐释，以四言诗为主要形式的《诗三百》到战国时代已被推崇为"经"。与之相配的音乐，更被推崇为"雅乐"（古乐），认为是与"礼"相表里，先王实施教化的最雅正的音乐艺术。正所谓"乐也者，圣人之所乐也，而可以善民心，其感人深，其移风易俗，故先王著其教焉。"并由此而把这种音乐与春秋后期以来兴起的以享乐为主的郑卫之声（新乐、俗乐）做了明确的区别。① 汉代传世的庙堂祭祀歌诗，主要为西汉初年的《安世房中歌》十七首和汉武帝时代的《郊祀歌》十九章。其中《安世房中歌》为汉初高祖唐山夫人所作，本为汉初宫廷内的房中祭祀之乐，它上承的是《诗经》中《大雅》与《周颂》颂美祖德的传统，属于朝廷"雅乐"的范畴，那么，它更多地采用先秦雅乐的语言形式，就是理所当然的选择。这正符合王者功成而作乐的传统。班固在《汉书·礼乐志》中说："《六经》之道同归，而《礼》《乐》之用为急。治身者斯须忘礼，则暴嫚入之矣；为国者一朝失礼，则荒乱及之矣。人函天地阴阳之气，有喜怒哀乐之情。天禀其性而不能节也，圣人能为之节而不能绝也，故象天地而制礼乐，所以通神明，立人伦，正情性，节万事者也。"所以，汉高祖即位不久，就命叔孙通"因秦乐人制宗庙乐"，又依据周代《房中乐》之制而由唐山夫人作《房中祠乐》。据《汉书·礼乐志》所记："《房中祠乐》，高祖唐山夫人所作也。周有《房中乐》，至秦名曰《寿人》。凡乐，乐其所生，礼不忘本。高祖乐楚声，故《房中乐》楚声也。孝惠二年，使乐府令夏侯宽备其箫管，更名曰《安世乐》。"现存的《安世房中歌》乃是汉初《安世乐》的歌辞。从音乐上讲它以楚声为主，这表现了汉高祖"乐其所生，礼不忘本"的意图，从思想内容和诗歌形式上则继承了《诗经》传统，以四言体为主，这也正是《安世房中歌》17章中四言歌竟然占了13首的原因。但是需要我们注意的是，《安世房中歌》本为楚歌，是楚歌中的一种特殊四言句

---

① 以上所引及相关论述并见《礼记·乐记》。

式。这种特殊句式，在楚辞《九章》里比较常见，如《怀沙》："滔滔孟夏兮，草木莽莽。伤怀永哀兮，汩徂南土。"《桔颂》："后皇嘉树，桔来服兮。独立不迁，生南国兮。"汉初的楚歌运用这种四言句式的还有刘邦的《鸿鹄歌》："鸿鹄高飞，一举千里。羽翼已就，横绝四海。"可见，《安世房中歌》里的四言属于楚歌体，与《诗经》的四言已经有了很大的区别，这不仅表现在遣词造句上，还体现在它的艺术风格上，对此，我们已经有过讨论。①

《郊祀歌》里完整的四言诗有《帝临》《青阳》《朱明》《西颢》《玄冥》《惟泰元》《齐房》《后皇》等8首，所占比例比《安世房中歌》要低。据历史记载，汉武帝立乐府采诗夜诵制作乐歌，曾重用音乐家李延年用"新声变曲"为之配乐，故《郊祀歌》十九章中多有五、七言、骚体、杂言等诗歌形式，为此曾受到时人的批评："今汉郊庙诗歌，未有祖宗之事，八音调均，又不协于钟律，而内有掖庭材人，外有上林乐府，皆以郑声施于朝廷。"② 但作为国家庙堂祭祀所用，《郊祀歌》十九章仍然部分继承了先秦雅乐传统，这表现在两个方面，第一是保留了部分前代祭祀五帝的音乐"邹子乐"；第二是启用司马相如等众多文制作歌词，字斟句酌，真正成为用于国家祭祀的大制作。③《郊祀歌》十九章从内容上大致可以分为两大部分，第一部分是传统的祭祀天地之诗，主要包括天地四时与至上神太一，第二是歌颂汉武帝功德、反映其求仙心理，颂美各种瑞应之物的诗篇以及新制的迎神送神之曲。在这两部分诗篇当

---

① 此处可参看拙著《汉初雅乐与〈安世房中歌〉简论》，载日本《广岛大学人文社会科学研究》2003 年第 1 卷第 2 期（*Hiroshima Interdisciplinary Studies in the Humannities* Vol.2，2003）。

② 班固：《汉书·礼乐志》。

③ 《史记·乐书》："至今上即位，作十九章，令侍中李延年次序其声，拜为协律都尉。通一经之士不能独知其辞，皆集会五经家，相与共讲习读之，乃能通知其意，多尔雅之文。"《汉书·礼乐志》："多举司马相如等数十人造为诗赋，略论律吕，以合八音之调，作十九章之歌。"

中，前一部分所用的诗体大多数都是四言，后一部分所用的则是五言、七言、杂言与骚体。这其中，尤以《惟泰元》《后皇》两首祭祀天地的乐歌与《帝临》等5首祭祀五帝的乐歌语言形式最为整齐规范，它们同为四言。特别是《帝临》等五首，分别祭祀"黄""青""赤""白""黑"五帝，配以"五方""五行"与"四季"，组成一个完整的宗教神学谱系，成为汉以后固定化的国家祭祀之礼。这五首歌词每首12句，古奥整饬、文雅义丰，的确具有典范化的意义，这为后世庙堂祭祀诗歌的语言定型化起了重要作用。从此以后，四言诗和传统的古代雅乐相结合，成为后世国家庙堂祭祀乐歌的主要艺术形式，并且沉积为一种文化传统，在中国古代歌诗艺术史上占有着特殊重要的位置。

但是从另一个角度来讲，与宗教祭祀雅乐相得益彰的四言体形式，与自战国以来新兴的以享乐为主的音乐——郑声（俗乐）却很难匹配，在汉代流行的世俗歌诗艺术中，四言诗所占的比例最小。作为汉代流行的歌诗艺术，从时代前后来讲主要有三种形式，第一是楚歌，第二是横吹与鼓吹，第三是相和歌。相比较而言，在三种音乐形式中，只有楚歌与四言诗的关系较近。这是因为楚辞体乃是从四言诗演化而来，它们从本质上都属于二分节奏的诗歌样式，故楚歌中多有四言句式。但是受楚歌本身音乐特征的影响，四言楚歌在句式与语言风格上也与《诗经》中的四言有较大的区别，[①] 而且从传世的楚歌中我们发现，除《安世房中歌》之外，只有刘邦《鸿鹄歌》算是四言的楚歌。另外，传为汉代的琴曲与先秦古乐有着较多的渊源关系，里面亦有少数几首四言之作。横吹鼓吹本为受异族影响而形成的新乐，与四言诗基本上没有亲缘关系，所以在存世的汉《鼓吹铙歌》十八首中，竟没有一首四言诗，基本上是以杂言为主。在汉代最有代表性的世俗歌诗——相和歌辞当中，仅有《箜

---

① 关于四言诗与五言诗在句法组合上的区别，请参考赵敏俐《两汉诗歌研究》，台北文津出版社1993年版，第210—222页。

箜引》《善哉行》《满歌行》三首四言诗作,其他都以杂言、特别是五言为主。何以会有这种情况,我认为,除了时代语言的变化之外,这还与音乐的发展变化紧密相关。如果从与音乐的角度来看,四言诗的节奏更适合与先秦以打击为主要方式的金石类乐器相配合,它的每一个字的发声与金石类乐器的每一个音符的击打,有着天然的和谐相配的对应关系。而在汉代以丝竹类乐器为主的时代,则需要更为丰富多变的语言形式与之相配,因而才会形成更为和谐的艺术形式。以汉代最有代表性的歌诗——相和歌来讲,它的基本表演方式是"丝竹更相和,执节者歌",这种与丝竹相和的艺术,其最初始的代表性歌辞就是"江南可采莲"这样摇曳多姿的五言。这说明,一种诗体的兴衰可能是多种历史和文化原因共同造成的结果,在声乐合一的时代,音乐的形式对诗歌体式的变化有着直接而且重大的影响。这是我们得出的一条重要结论。

三、汉代文人四言诗创作概观

在汉代四言诗发展的过程当中,文人所起的作用是最大的。从我们上面的统计中可以看出,在汉代传世的四言歌诗与诵诗中,其中的大部分都与文人有关。[①] 如在传世的帝王歌诗中,白狼王唐菆的《远夷乐德歌》《远夷慕德歌》《远夷怀德歌》本为文人所译,东平王刘苍《武德舞歌诗》也属于文人之作。《郊祀歌》中的 8 首四言诗,按《史书》所记,本是司马相如等文人所做。乐府歌诗中的《善哉行》《满歌行》,从文本上看也是文人的作品。这样,加上传世的文人诵诗,文人四言诗在其中占到了一半以上。这些诗篇,从另一个角度反映了汉代文人的才

---

① 在这部分诵诗中,我们据逯钦立书,将民间谚语里的四言也统计在内,而且多至 52 首。谚语严格来讲不属于诗,关于汉代的谚语中多用四言诗的问题,我们将在本章的第三节中重点讨论。

学、思想，也代表了汉代四言诗的发展方向。下面，我们就以汉代文人所作的四言诵诗为主，分析其艺术特点以及其在汉代的发展流变。

（一）对《诗经》大小雅传统的继承与发展

先秦四言诗的代表是《诗经》，《诗经》中的《大雅》与《小雅》大都是周代社会的贵族士大夫所作，体现了他们对国事的关心和忧国忧民精神，其典型是传为凡伯和召穆公所作的《板》《荡》等讽谏诗。汉代文人在进行四言诗创作的时候，首先体现了对《诗经》这一讽谏传统的继承。其代表作是韦孟的《讽谏诗》。据《汉书·韦贤传》，韦孟本是彭城人，在孝惠文景之时，"为楚元王傅，傅子夷王及孙王戊。戊荒淫不遵道，孟作诗风谏。"他看到元王孙戊不遵正道荒淫无度，就仿效凡伯作《板》和卫武公作《抑》劝谏周王，作《讽谏诗》来劝谏夷王戊。在诗中，韦孟先陈述自己的家世，说自己的祖先早在商周时代就曾经做过辅国的大臣，而自己有幸为楚王傅，目睹了楚元王的"恭俭净一"，夷王的"克奉厥绪"，接着言辞恳切地指陈夷王戊的败国之道：

> 如何我王，不思守保，不惟履冰，以继祖考！邦事是废，逸游是娱，犬马繇繇，是放是驱。务彼鸟兽，忽此稼苗，烝民以匮，我王以愉。所弘非德，所亲非悛，唯囿是恢，唯谀是信。瞻瞻诎夫，咢咢黄发，如何我王，曾不是察！既藐下臣，追欲从逸，嫚彼显祖，轻兹削黜。

韦孟批评夷王戊不但没有"如履薄冰"那样战战兢兢的心态，不能像自己的祖先一样亲政爱民，反而亲近小人，荒废政事，不分好坏，纵欲享乐。接着，劝告夷王戊要牢记自己的诸侯王身份，要知道天子和群臣时时都在监视着他，要有所警戒："穆穆天子，临尔下土，明明群司，执宪靡顾。正遒由近，殆其怙兹，嗟嗟我王，曷不此思！"最后，又劝告夷王戊能像秦穆公悔过一样，听一听自己这位黄发老臣的劝告，要以历史为鉴，悔过自新："兴国救颠，孰违悔过，追思黄发，秦缪以霸。"的确，韦孟作为楚元王祖孙三代的老臣，可以说忠心耿耿，其拳拳忠心，上天可鉴。正因为如此，后人对这首诗有很高的评价。如刘勰《文心雕龙·明诗》篇就说："汉初四言，韦孟首倡。匡谏之义，继轨周人。"胡应麟《诗薮》称赞其"典则淳深，商周之遗轨也。"[1] 刘熙载也说："质而文，直而婉，雅之善也。汉诗风与颂多，而雅少。雅之义，非韦傅《讽谏》，其孰存之？"[2] 在汉代文人四言诗当中，这首诗是值得注意的。

除《讽谏诗》外，韦孟后来还作了一首《在邹诗》。据历史记载，夷王戊不听韦孟的劝告，韦孟因此而辞官移居邹地。但是他仍时时感念自己没有尽到忠臣劝主之职，为此而不停地自责。他在诗中写道："我既迁逝，心存我旧。梦我渼上，立于王朝。其梦如何？梦争王室。其争如何？梦王我弼。寤其外邦，叹其喟然。念我祖考，泣涕其涟。"诗人退隐邹地之后，仍如此眷恋王朝，以至于做梦还在王廷，梦见夷王戊听从了他的劝告。这更加令他恍然若失，感叹自己有负于祖先之名，不禁流下伤心的泪水。从这里，我们看到汉初文人对政治的关注和对君主的忠心。正是这种情感和责任心，是有理想有抱负的汉代文人们最值得尊敬之处，也是诗骚精神在汉代以后文人创作中仍能发扬光大的基础。

但是，汉代的文人毕竟已经不同于先秦时代的贵族诗人，他们和皇帝之间没有血缘宗族关系，也不存在先秦贵族特有的宗法制社会情感。所以，即使像韦孟这样忠心耿耿的老臣，也只能以臣下的身份劝谏楚夷王戊，而决不能像西周时代的凡伯和卫武公那样带有老臣和同宗长者的双重身份对周王进行批评。如《大雅·抑》就这样写道："於乎小

---

① 胡应麟：《诗薮》内编卷一，上海古籍出版社 1979 年版，第 8 页。
② 刘熙载：《艺概》卷二，上海古籍出版社 1978 年版，第 52 页。

子，未知臧否。匪手携之，言示之事。匪而命之，言提其耳。"诗人把周王说成是不懂好歹的"小子"，要耳提面命地训告他。这样的劝谏诗，只有周代社会里作为周王的同宗族的长辈的老臣才能写出。韦孟虽为三代王傅，却决无这样的身份，因而也决无对楚王"耳提面命"的胆量，只能寄希望于"我王"眷顾他的劝告罢了。正是这种不同的社会背景造成了韦孟的《讽谏诗》与《大雅·抑》之间在情感表现上的亲疏之别和内容上的差异。这诚如许学夷所说：《大雅》之诗，"从容自如而义宽广"，韦孟的《讽谏诗》，则"矜持太甚而义亦窘迫矣。"① 而且，此诗虽以"讽谏"为名，在诗的开头却先历数自己远祖的荣耀，与全诗的"讽谏"之旨关系不大，开后代述祖之诗的先河。故任昉《文章缘起》有"四言诗起于前汉楚王傅韦孟《谏楚夷王戊》诗"之说。鲁迅也很敏锐地看出了这一点，在指出此诗有"风雅遗韵"的特点后也说：后人并不把他当作讽喻君王的诗来看，而把它当作"用以叙先烈、述祖德"的典范，"魏晋以来，逮相师法。"② 这说明，思想情感随时代发生变化，后人尽管如何刻意仿效古人，但是体现在作品中的时代精神仍然是判然有别的。

　　韦孟的《讽谏诗》和《在邹诗》所表现的情感虽然与《大雅·抑》里的情感有所区别，但无论如何他还是自觉地继承了《诗经》中的忠君思想与讽谏精神。而到了韦玄成的《自劾诗》《戒子孙诗》那里，这种情感又有了很大的变化。

　　韦玄成是韦孟的六世孙，其父为韦贤，"为人质朴少欲，笃志于学，兼能《礼》《尚书》，以《诗》教授，号称邹鲁大儒。征为博士，给事中，进授昭帝《诗》，稍迁光禄大夫、詹事，至大鸿胪"，汉宣帝时官至丞相。其少子韦玄成，"以父任为郎，常侍骑。少好学，修父业，尤谦

---

① 许学夷：《诗源辨体》卷三，1922 年海上裵庐刻本。
② 鲁迅：《汉文学史纲要》，《鲁迅全集》第九卷，人民文学出版社 2005 年版，第 409 页。

逊下士"(《汉书·韦贤传》),官至河南太守,征未央卫尉,迁太常。可见,韦玄成自小受过很好的儒家教育,为人极为小心谨慎,又以因为父亲的缘故而早早位至高官。但即便如此,他还是因为与平通侯杨恽友好,受杨恽的牵连而被免官。接下来在陪侍皇帝祭祀孝惠庙时,因下雨而骑马行至庙下,违犯了礼制而再度削爵为关内侯。也许是因为他在官场上体会到了政治的风险,感叹自己为人不够谨慎,以至于没能保住父亲传下来的爵位,于是就作了一首《自劾诗》来自我反省:"赫赫显爵,自我队之;微微附庸,自我招之。谁能忍愧,寄之我颜。"在诗中,诗人反复检讨自己的过错,觉得自己有愧于祖先之令名。因为他处事小心谨慎,所以到了汉元帝即位之后又再次得到重用,先为少府,迁太子太傅,至御史大夫。在永光年中,代于定国为丞相。十年之间,经历了由贬黜到重用的磨炼,终于又让他位极人臣,封侯故国,取荣于世。于是,韦玄成复作《戒子孙诗》一首,告诫子孙如何做人:"嗟我后人,命其靡常。靖享尔位,瞻仰靡荒。慎尔会同,戒尔车服。无惰尔仪,以保尔域。尔无我视,不慎不整。我之此复,惟禄之幸。於戏后人,惟肃惟栗。无忝显祖,以蕃汉室!"在诗中,诗人一方面感叹官场的升沉不定,"命其靡常",自己由贬黜而再度升迁的艰难;一方面用自己的经验告诉后人,一定要以战战兢兢的态度处世做人——"惟肃惟栗",只有这样才能无愧于祖先——"无忝显祖"。

据历史记载,韦玄成虽位极丞相,但是在政治上并没有大的建树,班固说"玄成为相七年,守正持重不及父贤,而文采过之。"韦玄成是西汉著名的儒生,有很好的儒家文化修养,少时曾颇有高名,但是因为受杨恽之事的牵连,为人却变得小心谨慎。汉元帝时位至丞相,当时中书令石显贵幸,与五鹿充宗结党,韦玄成很怕他,"不敢失其意"(《汉书·匡张孔马传》)。所以朱云上书说:"丞相韦玄成容身保位,亡能往来。"(《汉书·杨胡朱梅云传》)可见,韦玄成的性格比较软弱,在坚持正义的品质节操上有所欠缺。他在《自劾诗》与《戒子孙诗》中所表达的，也正是这种处世与做人的原则。由此我们把他与《诗经》大小雅讽谏诗人的精神品格相比较，就更能看出他的不足。当然，他更没有屈原那种"怨灵修之浩荡兮""哀民生之多艰"的忧国忧民精神，"虽体解吾犹未变，岂余心之可惩"的坚持正义的品格，"民生各有所乐兮，余独好修以为常"的个人节操。封建官僚政治虽然为汉代的文人士子提供了从政的条件，但是皇帝的极权与官僚政治的残酷有时候也会扭曲人的个性，培养出一批"明哲保身"、碌碌无为的庸才。在汉代四言诗的历史上，韦玄成的两首诗虽然格调不高，却向我们展现了汉代文人心态的另一个方面。

（二）汉代文人四言诗的新变

正如同汉代文人无论如何也不同于先秦贵族文人一样，汉代文人继承大小雅讽谏精神所作的四言诗，终与《诗经》中的同类诗篇体现出明显的时代差异。文学总是随着时代而发展，所以，代表汉代文人四言诗发展方向的，并不是韦孟、韦玄成等人的诗歌，而是东方朔、仲长统、傅毅、张衡、秦嘉等人的作品。西汉时东方朔也有一首《戒子诗》，其主题却与韦玄成的《戒子孙诗》大异其趣。东方朔本为汉武帝时代人，生年要早于韦玄成，他本来自负极高，汉武帝征贤良方正之士，他上书自荐："勇若孟贲，捷若庆忌，廉若鲍叔，信若尾生。若此，可以为天子大臣矣。"可是汉武帝并不重用他，于是他便以玩世不恭的态度来处世为官，自谓隐于朝廷。他的这首诗，正是他的这种处世态度的自我写照。同时也说明，道家与物变化、与道相从的思想，对汉代文人的现实生活曾经产生了深刻的影响：

> 明者处世，莫尚于中。优哉游哉，与道相从。首阳为拙，柳惠为工。饱食安步，以仕代农。依隐玩世，诡时不逢。是故才尽者身危，好名者得华，有群者累生，孤贵者失和。遗馀者不匮，

自尽者无多。圣人之道，一龙一蛇，形见神藏，与物变化，随时之宜，无有常家。

东方朔的这首诗不全是四言，中间杂有六句五言，显示了汉代文人在四言诗写作过程中的变化。这与东方朔思想的变化具有同步性。同样受道家影响，东汉末年的仲长统又表现出另一种生活态度与价值取向。他对现实政治根本不感兴趣，对于名利更是相当淡泊。《后汉书》本传说他："性俶傥，敢直言，不矜小节，默语无常，时人或谓之狂生。每州郡命召，辄称疾不就。常以为凡游帝王者，欲以立身扬名耳，而名不常存，人生易灭，优游偃仰，可以自娱。欲卜居清旷，以乐其志。"[①]其《见志诗》二首，可见其志向：

飞鸟遗迹，蝉蜕亡壳。腾蛇弃鳞，神龙丧角。至人能变，达士拔俗。乘云无辔，骋风无足。垂露成帏，张霄成幄。沆瀣当餐，九阳代烛。恒星艳珠，朝霞润玉。六合之内，恣心所欲。人事可遗，何为局促？

大道虽夷，见几者寡。任意无非，适物无可。古来绕绕，委曲如琐。百虑何为，至要在我。寄愁天上，埋忧地下。叛散《五经》，灭弃《风》《雅》。百家杂碎，请用从火。抗志山栖，游心海左。元气为舟，微风为柂。敖翔太清，纵意容冶。

在当时人大都把读书仕进、功名利禄当作人生最高价值追求的时候，而仲长统却从另一个角度对这种价值观给予全面的否定，认为只有自由的人生才最有价值，无怪乎被人称为"狂生"。仲长统曾经写过《昌言》一书，对当时的社会现实给予了严厉的批判。结合东汉末年儒

---

① 《后汉书·王充王符仲长统列传》。

林士风的沦丧和官场政治的黑暗，我们不得不佩服仲长统反潮流的勇气和对现实政治批判的深刻，这一点他直接继承了庄子精神。但是仲长统却远没有庄子那样超脱，他否定现实政治，却不愿意过庄子式的"衣大布而补之"的清贫隐士生活，而是要享受士大夫归隐田园后无忧无虑的富足的生活。他为自己描述了这样的理想生活方式："使居有良田广宅，背山临流，沟池环匝，竹木周布，场圃筑前，果园树后。舟车足以代步涉之艰，使令足以息四体之役。养亲有兼珍之膳，妻孥无苦身之劳。良朋萃止，则陈酒肴以娱之；嘉时吉日，则亨羔豚以奉之。蹰躇畦苑，游戏平林，濯清水，追凉风，钓游鲤，弋高鸿。讽于舞雩之下，咏归高堂之上。安神闺房，思老氏之玄虚；呼吸精和，求至人之仿佛。与达者数子，论道讲书，俯仰二仪，错综人物。弹《南风》之雅操，发清商之妙曲。消摇一世之上，睥睨天地之间。不受当时之责，永保性命之期。如是，则可以陵霄汉，出宇宙之外矣。岂羡夫入帝王之门哉！"这让我们想起张衡的《归田赋》。可见，在骨子里，他并没有超脱汉代文人士大夫所追求的世俗享乐生活。不过，正是从张衡到仲长统所描述的这种士大夫隐居生活，却成为后世许多文人士大夫的生活理想，在一定程度上具有艺术原型的意义。

在汉代文人四言诗当中，傅毅的《迪志诗》是一首比较优秀的作品。傅毅是东汉前期的著名文人，与班固、崔骃齐名，并与班固同入窦宪幕府，汉章帝时曾为兰台令史，与班固、贾逵等共典校书，传世作品有《洛都赋》《舞赋》《七激》《北征颂》等。《后汉书·文苑列传》说他："永平中，于平陵习章句，因作《迪志诗》。"可见，这是他的早年之作。诗人以热情的笔调，在诗中首先追述了自己的远祖傅悦辅佐武丁成就殷商中兴大业的光荣历史，接着说自己生逢汉世中叶，亦当以祖先为榜样，辅佐汉世中兴：

　　奕世载德，迄我显考。保膺淑懿，缵修其道。汉之中叶，俊义式序，秩彼殷宗，光此勋绪。伊余小子，秽陋靡逮。惧我世烈，自兹以坠。谁能革浊，清我濯溉？谁能昭暗，启我童昧？先人有训，我讯我诰。训我嘉务，诲我博学。爰率朋友，寻此旧则。契阔夙夜，庶不懈忒。秩秩大猷，纪纲庶式。

诗中表现了一个少年学子渴望建功立业的雄心，同时渴望等到名师指点与教诲的急切心情。诗的最后则砥砺自己发奋努力，不图安逸，珍惜光阴，善始善终："於戏君子，无恒自逸。徂年如流，鲜兹暇日。行迈屡税，胡能有迄。密勿朝夕，聿同始卒。"一个英俊可爱、豪情满怀的少年书生形象呼之欲出，很有艺术感染力，在汉代文人四言诗中有一定的代表性。

与傅毅同时的班固，在《东都赋》后面系有三首四言诗，《明堂诗》《辟雍诗》《灵台诗》，属于庙堂颂美之作，其语言典雅流丽，可见班固的文采。朱穆的《与刘伯宗绝交诗》也很有特色：

北山有鸱，不洁其翼。飞不正向，寝不定息。饥则木揽，饱则泥伏。饕餮贪污，臭腐是食。填肠满嗉，嗜欲无极。长鸣呼凤，谓凤无德。凤之所趣，与子异域。永从此诀，各自努力。

诗中把刘伯宗比成鸱鸮，把自己比成凤凰，说刘伯宗有种种恶德秽行，不知自觉，反而认为别人无德。因此诗人不屑于与之为伍，断然与他绝交，体现了鲜明的个性。

在汉代文人四言诗中，值得注意的还有张衡的《怨诗》与秦嘉的《述婚诗》和《赠妇诗》。其中张衡的《怨诗》尤为可喜：

猗猗秋兰，植彼中阿。有馥其芳，有黄其葩。虽曰幽深，厥美弥嘉。之子之远，我劳如何。

此诗最早见于《太平御览》，诗前有序曰："秋兰，咏嘉美人也。嘉而不获，用故作是诗也。"诗把美人比作秋兰，她生于山中，黄色的花朵，散发着芳香，虽处于幽深僻静之处却更加可爱，可惜的是没有一个赏花人肯跋涉远足前去采摘。这首诗语言简洁，诗风清丽，运用比兴，富有韵味，是一首难得的好诗。故刘勰《文心雕龙·明诗篇》有"张衡《怨篇》，清典可味"的评价。秦嘉的四言《赠妇诗》作于他与妻子离别赴京之时，写法别开生面：

> 暧暧白日，引曜西倾。啾啾鸡雀，群飞赴楹。皎皎明月，煌煌列星。严霜凄怆，飞雪覆庭。寂寂独居，寥寥空室。飘飘帷帐，荧荧华烛。尔不是居，帷帐何施。尔不是照，华烛何为。

据《玉台新咏》，秦嘉为陇西成纪人，约生于公元130—165年之间，[1] 大约在汉桓帝永寿三年（157）冬入洛为上计吏，这首四言赠妇诗写成于此时。诗人所要表达的是自己难以与妻子割舍的夫妻恩爱之情，但是在诗中却不说自己，而是想象在家中的妻子是如何的孤独与忧伤。钟嵘《诗品》评其诗："夫妻事既可伤，文亦凄怨。"特别是诗中连续用了8组叠字形容词来描摹各种物象，如"暧暧白日""啾啾鸡雀""皎皎明月，煌煌列星""寂寂独居，寥寥空室""飘飘帷帐，荧荧华烛"，充分发挥了叠字形容词的艺术描写功能，是对《诗经》四言诗中形容词叠字运用的继承与发展，有很高的艺术水平。[2]

存世的汉代文人四言诗虽然不多，并不代表汉代文人诗的最高水平，但是从上面的描述中我们可以看出，其中也有优秀的作品，并且在

---

[1] 有关考证见陆侃如《中古文学系年》，人民文学出版社1985年版，第223页；李炳海《古诗十九首写作年代考》，《东北师大学报》1987年第1期。

[2] 另外，逯钦立《先秦汉魏晋南北朝诗》汉诗卷里还录有仲长统的四言《见志诗》两首，颇见诗人的叛逆个性。按本通史的体例，可划入建安文学，故此处不论。

四言诗的发展史上有所突破。受汉代社会的变迁、语言的变化、审美风气的变化等诸多因素的影响，四言诗已经不是汉代文人抒情写志的主要诗歌形式。但是，从《诗经》以来形成的四言诗传统还在，旧的审美规范还在，并且在现实中发生着各种影响。钟嵘在《诗品》中说得好：“夫四言，文约意广，取效《风》《骚》，便可多得。每苦文繁而意少，故世罕习焉。五言居文词之要，是众作之有滋味者也，故云会于流俗。岂不以指事造形，穷情写物，最为详切者耶？”按钟嵘所说，四言本是“文约意广”的一种诗体，但这主要指《风》《骚》而言，对于后人来说，他必须向《风》《骚》学习才行。但后人则很难做到这一点，往往苦于“文繁而意少”；而五言则更容易把握，更容易写情言志，所以他们更喜欢五言这种“云会于流俗”的新的诗体形式。但是，优秀的诗人只要掌握好了四言诗的写作技巧，同样能够创作出与这个时代精神相一致的作品。汉代文人四言诗虽然不多，但是它还是从另一个方面反映了汉代文人的思想风貌，体现了他们的艺术追求，并且以新颖的技巧，创作出一些具有汉人风格的优秀的四言诗歌。胡应麟曰：“四言诗句法高古，已经前人采撷。自余精工奇丽，代有名篇。虽非本色，不可尽废。”[1] 正是在此基础上，汉末的曹操、魏晋时的嵇康、陶渊明等著名诗人，亦相继创作出不朽的四言诗名作。

四、《焦氏易林》的四言诗特征

在汉代四言诗当中，《焦氏易林》值得我们特别关注。作者焦延寿，[2]

---

[1] 胡应麟：《诗薮》，上海古籍出版社 1958 年版，第 10 页。

[2] 关于《焦氏易林》的作者，隋唐正史中均记为焦赣，自清初顾炎武始疑之，清代嘉庆年间牟庭相断为东汉人崔篆所作，今人余嘉锡、胡适等亦持此观点，但今人陈良运有详细考辨，力主为焦氏所作，今从之。请参考陈良运《一桩历史谜案的探索——从胡适〈易

其生平在《汉书·京房传》中有简略介绍："京房字君明，东郡顿丘人也。治《易》，事梁人焦延寿。延寿字赣。赣贫贱，以好学得幸梁王。梁王共其资用，令极意学。既成，为郡史，察举补小黄令。以候司先知奸邪，盗贼不得发。爱养吏民，化行县中。举最当迁，三老官属上书愿留赣，有诏许增秩留，卒于小黄。"据今人陈良运考证，焦延寿约生于汉武帝太始元年（前96年），卒于汉成帝时代（前20年前后）。①他的《焦氏易林》一书，属于汉代《易》学中的一部著作，依《易经》六十四别卦为纲，以每个别卦演为六十四变为一"林"，以每一别卦变向另一别卦为一目，各配卜辞一首。这样全书就有六十四林，每林六十四目，配有卜辞四千零九十六首（因《节》之《无妄》配辞两首，实为四千零九十七首），删去重复者一千多首，尚存三千多首卜辞。这些卜辞，除有十余首三言之外，其余均为四言。每首最少为三句，最多为八句，大多数为四句，均为韵语，具有诗的形式，且有不少诗篇形象生动，亦具有诗的特点。这是汉代诗歌史中值得关注的现象，需要我们详加探讨。②

（一）鲜明的诗性特征

《焦氏易林》是一部易学著作，但是它与一般的易学著作不同，它不是对《周易》的卦象进行分析，也不是阐释其义理，而是直接模仿

林断归崔篆的判决书〉逆推》，《学术不可负前人，欺后人——〈焦氏易林〉产生时代再考，兼评胡适的"考证学方法"》两文，见陈良运《焦氏易林诗学阐释》，百花洲文艺出版社2000年版。

① 有关焦延寿的生年等推断取陈良运说，见陈良运《焦氏易林诗学阐释》，百花洲文艺出版社2000年版，第275—282页。

② 因为《焦氏易林》本为一部《易》学著作，所以长期以来无人把它当作诗来看待，至明人杨慎、钟惺、谭元春等始叹其文辞之美，诗家之妙，今人闻一多、钱钟书、陈良运等大加推崇。然迄于今日，有关的中国文学史著作基本不提此书。有关这一段学术史，请参考陈良运《焦氏易林诗学阐释》一书，此处不赘。

《易经》卦爻辞的方式，为每一个别卦演化出的六十四目各配一首爻辞。《周易·系辞上》："圣人设卦观象，系辞焉而明吉凶，刚柔相推而生变化。"《周易》"卦象"本身就是一种形象化符号，对这种符号进行解释的卦爻辞也是形象化的语言，所以，《易经》中的"象"与《诗经》中的"比兴"本身就有相通之处，《周易》卦爻辞里也因此而多用上古歌谣。《焦氏易林》继承了《易经》卦爻辞的这种方法并将其发扬光大，书中所配的全部爻辞都采用形象化的韵语，这就使之天然地具有诗性的特征，其中一些言、象、意特别突出者，自然也就成为别具特色的诗歌。如：

> 吾家黍粱，积委道旁。有囊服箱，运到我乡，藏于嘉仓。（《大有》之《夬》）
>
> 日中为市，各持所有。交易资贿，函珠怀宝，心悦欢喜。（《丰》之《贲》）
>
> 独坐西垣，莫与笑言。秋风多哀，使我心悲。（《艮》之《否》）
>
> 富年早寡，独立孤居。鸡鸣犬吠，不敢问诸。我生不遇，独雁寒苦。（《随》之《既济》）

以上诸首，或描写丰收景象，或描写商业贸易，或抒写心中悲苦，或记述战争之残酷，均生动形象，而且前两首富有生活情趣，后两首有浓郁的抒情意味。在全书三千多首中，这样的诗篇为数不少。受《焦氏易林》全书体例的影响，其中最多的当为哲理诗，因而，有学者把这部著作称之为"中国文学史之遗珠""中国古代哲理诗之渊薮"。①

---

① 陈良运语。按闻一多曾在此中选录部分作品，编为《易枝琼林》，陈良运《焦氏易林诗学阐释》选录其中四百八十一首进行注释。

（二）丰富的生活内容

易书的写作，虽为占卜，但仍然源于现实。《周易·系辞下》："《易》之兴也，其于中古乎？作《易》者，其有忧患乎？"这说明，古人早就看出，《易经》一书是源自于现实生活的，作者是怀有深刻的忧患意识的。《焦氏易林》的作者也是这样。按《汉书》所记，焦延寿做过小黄令之职，"以候司先知奸邪，盗贼不得发。爱养吏民，化行县中。举最当迁，三老官属上书愿留赣，有诏许增秩留，卒于小黄。"可见他的官职虽然不高，却颇有政绩，且深得当地父老拥戴，以至于当其升迁之时，经当地三老官属上书请求，增加他的俸禄又让他继续留任，最后终老于此。《易林》序亦曰："当西汉元成之间，凌夷厥政。先生或出或处，则以易道上干梁王，遂为郡察举，诏补小黄令，而邑中隐伏之事，皆预知其情。"[①]《焦氏易林》的创作，无疑融入了他对社会与民生的强烈关注。《焦氏易林》中多有"忧"字出现，《大有》之《贲》："楚乌逢矢，不可久放。离居无群，意昧精丧。作此哀诗，以告孔忧。"这虽是其中的一首，却可以说明作者的忧患意识。三千多首系辞，表达了他对生活的深刻理解与认识，也从多个方面反映了丰富的历史与现实生活内容。从大的方面讲，这里面有关于国家的祭祀、战争、政治、法律等大事件的描述，如：

兵征大宛，北出玉关。与胡寇战，平城道西。七日绝粮，身几不全。（《屯》之《屯》）

豕生鱼鲂，鼠舞庭堂。奸佞施毒，上下昏荒，君失其邦。（《蒙》之《比》）

---

① 王俞：《焦氏易林序》，《百子全书》（缩印扫叶山房 1919 年石印本），浙江古籍出版社 1998 年版，第 629 页。章中所引《焦氏易林》诸诗，均以此本为主，并参考陈良运《焦氏易林诗学阐释》。

前者写汉武时代对大宛的用兵以及刘邦被围平城之事。汉武用兵西域，多年征战，弄得国弊民穷，刘邦被围平城七日，靠陈平之计才得以脱险。此诗用这两件事为例，揭示了战争的残酷。后者则记述了汉昭帝时代的宫廷斗争。"豕生鱼鲂"不知出于何处，但《吕氏春秋·季下纪》曾记载"豕生狗"之事，并认为那是"乱国"之兆。"鼠舞庭堂"就发生在焦延寿生时。《汉书·五行传》："昭帝元凤元年九月，燕有黄鼠衔其尾舞王宫端门中，王往视之，鼠舞如故。王使史以酒脯祠，鼠舞不休，一日一夜死。近黄祥，时燕刺王旦谋反将死之象也。其月，发觉伏辜。京房《易传》曰：'诛不原情，厥妖鼠舞门。'"京房本为焦延寿的学生，在他的《易传》中曾评论过此事。焦延寿更是直接把"豕生鱼鲂，鼠舞庭堂"这样的怪异之事与燕昭王被诛联系起来，说明"上下昏荒，君失其邦"的道理。从这里可以看出，焦延寿对于现实政治是多么的关注。他在《易林》中除了直接引用历史故事之外，更多的地方则是根据历史经验来阐述治国的道理，如"君子失意，小人得志。乱扰并作，奸邪充塞。虽有百尧，颠不可救。"（《家人》之《履》）"国无比邻，相与争强。纷纷汹汹，天下扰攘。"（《中孚》之《未济》）"心狂志逆，耳听从类。政令无常，下民多孽。"（《家人》之《咸》）可谓言简意赅，见解深刻。

不过，《焦氏易林》里的系辞更多的还是从普通百姓的日常生活出发，通过老百姓日常的生产、生活、商旅、婚姻等题材的写作，来抒写对生活与生命的感受，阐释生活的哲理，这方面的作品也最值得我们关注。如：

乘云带雨，与飞鸟俱。动举千里，见我慈母。（《同人》之《泰》）
夹河为婚，期至无船。摇心失望，不见所欢。（《坤》之《小畜》）
南国少子，才略美好。求我长女，贱薄不与。反得丑恶，后乃大悔。（《比》之《渐》）

不孝之患，子孙为残。老耄莫养，独坐室垣。(《恒》之《大畜》)

以上这些诗篇，皆取自于日常生活，反映了普通百姓的喜怒哀乐，并体现了很高的艺术水平。如第一首写对慈母的思念。"乘云带雨，与飞鸟俱"两句，想象新奇而又别致，生动地表达了游子念母的急切心情。第二首描写不见所欢的失望之情，"夹河为婚，期至无船"两句，极富意蕴，与《诗经·周南·汉广》《秦风·蒹葭》有异曲同工之妙。第三首带有喜剧色彩，第四首则有悲剧之意味，均兼有讽刺批评之委婉。此外，还有许多诗篇，或歌颂江山的富有，如《乾》之《观》："江河淮海，天之奥府。从利乐聚，可以长有，乐我君子。"或描写人生的苦难，如《夬》之《无妄》："戴笠独宿，昼不见日。勤苦无代，长劳悲思。"或写远在异乡之苦，如《蒙》之《屯》："安息康居，异国穹庐。非吾习俗，使我心忧。"或描述美好的自然风光，如《夬》之《剥》："随时春草，旧枝叶起。扶疏条桃，长大盛美，华沃铄野。"还有些诗篇阐发事物的哲理，如《明夷》之《革》："方圆不同，刚柔异乡。掘井得石，劳而无功。"抒写隐居的情怀，如《蹇》之《井》："荷蒉隐居，以避乱倾。终身不仕，遂其洁清。"总之，《焦氏易林》以其特有的写作方式，展现了汉代社会丰富多彩的生活内容，也表达了作者丰富的思想情感以及其对于生活的深刻理解，具有重要的认识价值。

(三) 独特的艺术表达

《焦氏易林序》评价此书："辞假出于经史，其意合于神明。但齐洁精专，举无不中。而言近意远，易识难详。"这很能概括此书的写作特点。焦延寿有很高的文化修养，此书之系辞在写作上以"辞假出于经史"最为特色。作者取法于《易》，取效于《诗》。所作系辞，以熔铸《诗经》之辞章为最多。如《泰》之《否》："陟岵望母，役事未已。王政靡盬，不得相保。"这是直接化用了《诗经·魏风·陟岵》的诗意；

《家人》之《颐》："东山辞家，处妇思夫。伊威盈室，长股赢户。叹我君子，役日未已。"这是直接化用了《诗经·豳风·东山》的诗意。还有更多的诗取《诗经》之词语或者意象来进行新的创作，如《乾》之《革》："玄黄虺隤，行者劳疲。役夫憔悴，逾时不归。"这是取《周南·卷耳》之诗句而再创作。《蒙》之《蒙》："何草不黄，至未尽玄。室家分离，悲愁于心。"这是取《小雅·何草不黄》之首句而创作。其次是取材于史，利用历史故事来占断吉凶。如《随》之《履》："目倾心惑，夏姬在侧。申公颠倒，巫臣乱国。"夏姬是春秋时期淫乱祸国的著名美人，本为郑穆公的女儿，嫁给陈国大夫御叔，丈夫死后，她与陈灵公、大夫孔宁、仪行父私通。儿子夏征舒为此而杀卫灵公，国内生乱。孔宁跑到楚国，请楚师伐陈，杀夏征舒，俘夏姬，嫁与楚臣连尹襄老。连尹襄老战死，夏姬又与申公巫臣私通，并投奔晋国。楚王怒，灭巫臣之家，巫臣儿子奔吴，以后又发生了吴楚大战。① 这首诗用简单的四句话把此事概括出来，意味深刻。此外，如幽王失国、沐猴冠带、胡亥被弑、孔子自卫返鲁、纣失三仁、伯夷叔齐不食周粟、箕子赴朝、高克兵败等历史故事，以及河伯娶妇、羿射九日、禹凿龙门、彭祖九子等一类的神话传说故事，在书中也屡见不鲜。丰富的故事与精练的语言相结合，是造成此书"言近意远，易识难详"的重要原因，而这也正是《易林》之系辞所要达到的最好效果。从诗歌史的角度来讲，过多的历史故事与精奥难明的易理相结合，使这些诗篇显得有些晦涩难懂，但同时也可以视之为此类诗篇的一大特色。

《焦氏易林》在修辞写作上也有独特之处。严格来讲，《易林》中的每一首四言韵语都是象征，作者运用大量的历史典故和《诗经》原诗，就是要使每一首系辞都有更为丰富的象征意义，让读者仔细体味。另外，作者还用了很多客观物象来表达深奥的易理，这也是其写作方

---

① 按夏姬之事见《左传》宣公九年至成公十八年。

面的重要特征。如《观》之《节》："推车上山，高仰重难。终日至暮，不见阜巅。"用"推车上山"这一意象来表达做某事之难，化抽象为具体，给人一种"崇高而悲壮"的切身感受，效果强烈。① 《噬嗑》之《涣》："桃雀窃脂，巢于小枝。摇动不安，为风所吹。寒心栗栗，常忧殆危。"此诗取义于《诗经·周颂·小毖》，桃雀又名桃虫，即鹪鹩，比黄雀还要小的一种鸟，它做巢于小树枝上，一阵微风，即可令其摇摇欲坠，用这一意象来表达人生之弱小与家室之多难，真是再生动传神不过了。《易林》里的物象与《诗经》中的比兴一样，全都取自生活。现实中人生经验的积累，在作者的笔下变成一些常用的意象，如作者常用桃雀、黄鸟、狡兔等作为弱小者的意象使用，虎、狼、鹰、隼则成为残暴者的形象。推车上山喻做事之艰难、寒霜雨雪喻遭遇之困境。除了这些意象的使用之外，作者还特别善于遣词造句，运于各种比喻，如"忧思若带""飞言如雨""寄生无根，如过浮云"等等，达到形象传神的效果。另外，作为一部以占卜为目的的著作，全书的四言韵语也形成了一个写作的固定模式，产生了一些固定的套语。要之，《焦氏易林》的确是一部独特的四言诗集，它那特殊的语言形式与表现方法都使它独树一帜，在汉代诗歌史上应该有它的地位。

五、汉赋及其他文体中的四言韵语

　　但同时我们也注意到，《焦氏易林》去除重复后的三千多首系辞，有相当大的部分并没有诗的意境，顶多不过是用于说明吉凶的韵语而已。这也许就是古今多数学者不把它作为诗歌来看的原因。由此我们发

---

① 　按此处分析可参考陈良运《焦氏易林诗学阐释》，百花洲文艺出版社 2000 年版，第413—414 页。

现，如何判断《焦氏易林》的诗体性质实际是中国诗歌史上的一个难题，这牵涉到我们对于诗歌本质的理解和对文学史的认识。如果我们再仔细思考，会发现在中国诗歌史上还有很多类似的现象。逯钦立《先秦汉魏晋南北朝诗》受《古谣谚》的影响，在汉诗卷里把古籍中的许多"谚"和"语"都列入其中，可是却不收《焦氏易林》，在诗歌范围的取舍方面显然是相互矛盾的。其实，对《焦氏易林》四言韵是否是诗歌的问题，在这些汉代的"谚""语"当中同样存在。严格来讲，无论是"谚"还是"语"，我们都不能把它们称之为"诗"，它们基本上不能歌唱，也很少有诗的情感与意象。但是它们的确与"诗"有着一定的关联，它们往往是高度浓缩化的精练的语言，具有诗的形式，如：

> 桃李不言，下自成蹊。（司马迁引谚）
> 东家有树，王阳妇去。东家枣完，去妇复还。（长安为王吉语）
> 政如冰霜，奸宄消亡。威如雷霆，寇贼不生。（王逸引谚）
> 郭君围堑，董将不许。几令狐狸，化为豺虎。赖我郭君，不畏强御。转机之间，敌为穷虏。犄犄惠君，实完疆土。（时人为郭典语）

以上几例，前几首比较简单，说它们是诗有些勉强，但最后一首则显然具有诗的形态，完全可以看成是一首简短的叙事诗。同样的例子在其他文体中也曾出现。如傅毅《扇铭》：

> 翩翩素圆，清风载扬。君子玉体，赖以宁康。冬则龙潜，夏则凤举。知进能退，随时出处。（《北堂书钞》百三十四）

再如《汉故平舆令薛君碑》：

於皇降德，于兹我君。我君肇祖，官有世功。乃侯于薛，苗胤枝分。作汉卿尹，七世相承。君之懿德，性此淑真。如冰之洁，如玉之坚。靡述不综，周礼不尊。忻忻之至，三族以敦。英名委质，宣昭令闻。……①

全文 76 句，304 字，完全可以看作是一首完整的四言诗。事实上，这种整齐的四言韵语早在先秦的铜器铭文以及《尚书》《老子》等著作中就已经大量存在。到汉代，除了我们上引的谚语与名言警句以及铭、碑、赞、诔等文体中大量存在四言之外，四言也是汉代散文的主要句式之一。特别是在汉代的散体赋当中，它已经成为一种基本的句式。另外，三言诗、五言诗、七言诗中也有这种情况，不过相比而言，还是以四言为多。何以会出现这种情况，我们认为，这需要从四言本身的语言组合方式与音乐的对应关系两方面分析。就四言诗本身来说，由于它是一种简单的二分结构，其形态的变化和文字的组合远没有五言诗、杂言诗那样复杂，它是更适合于汉语诵读的一种语言组合方式。它既简洁明晰，组合方式简单，具有很强的概括力和表现力；又容易形成各种对应之美（如对称、对比、对偶、承接、照应）。即便是没有音乐相配，它本身的节奏韵律也相当明显，易于诵读记忆，因而自然会成为谚语、名言、警句乃至铭、碑、赞、诔等的最佳表达方式。② 这种情况发生于先秦，在汉代有定型化的趋向，其实这也是四言诗在汉代的转变与影响的一个方面。

要而言之，四言诗在汉代虽然不如五言诗那样兴盛，但是作为一

---

① 叶程义：《汉魏石刻文学考释》（下），台湾新文丰出版公司 1997 年版，第 1450—1451 页。

② 按：中国语言中的成语大多数都是四言，后世的很多通俗读物如《百家姓》《千字文》《妇女家训》《古今贤文》乃至《药性歌诀》等都是四言，我们也可以从这一角度给以解释。

种古老的诗歌样式，它在汉代的发展仍然值得我们注意。特别是汉代文人的四言诗作，上承《诗经》四言诗传统而又有新变，标志着四言诗自汉代以后新的发展方向。而四言这种文体应用于《焦氏易林》、民歌、谣、谚乃至铭、碑、赞、诔等诸多文体当中，形成一种介乎于诗与非诗之间的特殊语言形式，同样是值得我们关注的重要文学史现象。

七言诗并非源于楚辞体之辨说

——从《相和歌·今有人》与《九歌·山鬼》的比较说起

　　七言诗源于楚辞体，是现代学术界大多数人的看法。沈约《宋书·乐志》中在《相和》曲的名目下收录《今有人》一首诗歌，与《陌上桑》属于同曲，又署名《楚辞钞》。郭茂倩《乐府诗集》把它收录到第二十八卷《相和歌辞》三之中，属于相和曲，署名相同。这首诗歌从文辞上看完全是从《九歌·山鬼》改编而来（仅比原诗少了 11 句），因而古今学者多把它视为七言诗从楚辞中演化而来的最重要材料或者直接证据。现代学人中，余冠英先生注意到了二者在吟讽时节奏上的不同，认为二者"并非一类"，可惜并没有就此做详细论证。[①] 本人认为，由此入手，应该是探讨七言诗与楚辞文体特征的一个很好个案，故试就两诗略作比较，以期发现一些值得思考的问题。为了方便起见，我们先把两首诗原文引到下面：

<table>
<tr><td style="text-align:center">《山鬼》</td><td style="text-align:center">《今有人》</td></tr>
<tr><td>若有人兮山之阿，</td><td>若有人，山之阿，</td></tr>
<tr><td>被薜荔兮带女罗。</td><td>被服薜荔带女罗。</td></tr>
</table>

---

① 余冠英：《七言诗起源新论》，《汉魏六朝诗论丛》，中华书局 1962 年版，第 132 页。

既含睇兮又宜笑，	既含睇，又宜笑，
子慕予兮善窈窕。	子恋慕予善窈窕。
乘赤豹兮从文狸，	乘赤豹，从文狸，
辛夷车兮结桂旗。	辛夷车驾结桂旗。
被石兰兮带杜衡，	被石兰，带杜衡，
折芳馨兮遗所思。	折芳拔荃遗所思。
余处幽篁兮终不见天，	处幽室，终不见，
路险难兮独后来。	天路险艰独后来。
表独立兮山之上，	表独立，山之上，
云容容兮而在下。	云何容容而在下。
杳冥冥兮羌昼晦，	杳冥冥，羌昼晦，
东风飘兮神灵雨。	东风飘摇神灵雨。
……	
风飒飒兮木萧萧，	风瑟瑟，木搜搜，
思公子兮徒离忧。	思念公子徒以忧。

一、两诗间的因袭改写不等于文体的演化

从上面两首诗可以明显地看出，《今有人》的确是从《山鬼》改编而来的，文辞基本相同，这是不争的事实。现在我要提的问题是，根据这两首诗之间的改编关系，就能说明七言诗源于楚辞体吗？从逻辑学上看我以为是讲不通的。因为《今有人》与《山鬼》之间的文辞相同，说到底只是两首诗之间的改编或者因袭关系，并不代表楚辞体与七言诗这两种诗体之间的演化。考察现存的汉魏七言诗与楚辞体诗篇，像《今有人》与《山鬼》这样的情况，仅此一例，可见它是一种个别现象。当然，个别现象也有它的重要参考价值，不能轻易否定。不过我们在考察

楚辞体与七言诗在汉代的流传情况时，以下三点不能不特别受到关注。第一，《今有人》一诗见于沈约的《宋书·乐志》，属于相和歌，而相和歌这种艺术形式之盛行，是在东汉以后，而早在此之前的西汉已经有了不少七言诗句，特别是从一些民间谣谚、铜镜铭文乃至《急就章》等字书里的七言诗句来看，找不出脱胎于楚辞的明显痕迹。第二，作为楚辞体的重要体式之一的《九歌》体句式，在汉代的楚歌里继续存在，从项羽的《垓下歌》、刘邦的《大风歌》、汉武帝的《秋风辞》一直到东汉后期少帝刘辩的《悲歌》、唐姬的《起舞歌》等，以一句诗中间有一个"兮"字作为这种文体的基本定式传承下来。在这些诗篇里，每首诗的诗句可能在字数上略有变化，如有的是"○○○兮○○○"的形式，有的是"○○○○兮○○○"的形式，还有的是"○○○○兮○○○○"的形式，但是一句诗中间的这个"兮"一直没有改变，它们并没有演变为七言诗。由此可见，认为楚辞体可以演变为七言诗的观点，在很大程度上可能正是受了《今有人》与《山鬼》这两首诗文辞基本相同这一假象的误导，而把这两首诗之间的文字偶然相同看成了两种诗体相类的力证。

其实，如果不是受这种现象的误导，我们试着把楚辞体中的"兮"字去掉或者略加整理，就会发现楚辞体并不是必然要变成七言诗，还完全可以形成三言、五言、六言等另外几种不同的样式，但是这些诗体是不是都是从楚辞体中演化而来的呢？显然不是。请看下例：

（1）《九歌》体句式："若有人兮山之阿"，若把"兮"字去掉，可以变成"若有人，山之阿"两个三言诗句，这本是楚辞的变体在汉代最常见的现象，典型的例证是《史记·乐书》中记录的汉武帝时的《天马歌》是："天马来兮从西极，经万里兮归有德。承灵威兮降外国，涉流沙兮四夷服。"而到了《汉书·礼乐志》中则变成了"天马徕，从西极，涉流沙，九夷服"。不过，这两个例子只能说明三言诗与楚辞体之间有转化的条件，并不能说明三言诗是从七言中转化而来的，因为三言诗的起源远比七言诗要早。《周易》中早就有三言诗存在，如《周易·讼卦·九二》："不克讼，归而逋。其邑人，三百户。"《周易·旅卦·六二》："旅即次，怀其资，得童仆。"

（2）《九歌》体句式："帝子降兮北渚，目眇眇兮愁予"，若把"兮"去掉，可以变成"帝子降北渚，目眇眇愁予"这样的五言句。但是表面上的字数相同并不能说明五言诗是从这种句式中转化而来的。之所以如此，是因为这两个五言句虽然去掉了"兮"字，可是还保持着《九歌》体的二分节奏，其节奏形式是 3＋2 式，而五言诗却是三分节奏，其节奏形式是 2＋1＋2 或者是 2＋2＋1。所以，五言诗也不是从《九歌》体中流变出来，它同样有着自己独立发展的历史。①

（3）《离骚》体句式："帝高阳之苗裔兮，朕皇考曰伯庸"两句，若把"兮"字去掉，也可以变成"帝高阳之苗裔，朕皇考曰伯庸"这样的六言句。但是非常有意思的是，因为这样的六言诗句的音乐节奏特征并不明显，所以，作为楚辞体式的另一重要体式的《离骚》体句式，并没有发展成六言诗，却仍然是汉代的骚体赋中的基本句式；而作为这种句式的变体，即去掉"兮"字的形式，则大量存在于散体赋当中。如：

> 泊乘流而下降兮，或不知其所止。
> 或纷纭其流折兮，忽缪往而不来。
> 临朱汜而远逝兮，中虚烦而益怠。
> 莫离散而发曙兮，内存心而自持。

　　　　　　　　　　　　——枚乘《七发》

---

① 关于五言诗的节奏，有的人认为是二分节奏，其节奏形式是 2＋3。而本人认为是三分节奏。这个问题很复杂，不在这里讨论。读者可以参看拙作《四言诗与五言诗的句法结构与语言功能比较研究》，《中州学刊》1996 年第 3 期。不过，即便是把它看成是二分节奏，因为其基本形式是 2＋3，与《九歌》体改成的 3＋2 式也有极大的不同，照样可以说明五言诗不是从楚辞体转化而来这一观点。

轶陵阴之地室，过阳谷之秋城。

回天门而凤举，蹑黄帝之明庭。

冠高山而为居，乘昆仑而为宫。

按轩辕之旧处，居北辰之闳中。

背共工之幽都，向炎帝之祝融。

——刘歆《甘泉宫赋》

从上述分析中我们发现，虽然楚辞体经过变化，从表面上看可以形成三言、五言或者六言。不过，从文体发展的渊源关系来看，三者当中，楚辞体与骚体赋和散体赋中的六言句的关系最为接近，是一种直接的演化关系，而三言与五言这两种诗体都有自己独立发展的历史，都不是从楚辞体中演化而来的。同样，七言诗与楚辞体也不是一种直接的演化关系。因为七言诗与楚辞体有着不同的诗体特征，这就是本文下面要谈的问题。

二、二分与三分：楚辞体与七言诗在音乐节奏上的巨大差异

中国早期的诗歌是可以歌唱的，歌词的形成本来就与音乐相关联。就文体特征而言，诗是有节奏有韵律的语言的加强形式。所以，要研究中国诗歌体式的发展演变问题，光从文字表面进行简单的比较是不行的，重要的是要把握节奏和韵律这一诗所以成之为诗的根本性特征。从这里出发，我们首先会发现，楚辞体与七言诗在节奏上存在着巨大的不同。为了说明这个问题，让我们还是从比较《山鬼》与《今有人》这两首诗开始。这两首诗表面看起来只是文字上略有变化，其实已经是两首不同的诗歌。从音乐分类角度讲，《山鬼》是楚歌，《今有人》是相和歌，

两者属于两个不同音乐系统的歌曲；从声律节奏角度讲，《山鬼》是典型的二分节奏的诗歌，《今有人》则是二分节奏与三分节奏交错为用的诗歌，而七言诗则是三分节奏的诗歌。再从诗句的语言结构角度来看，受二分节奏的制约与影响，《山鬼》一诗每一句的语言以"兮"字为标志，前后各形成一个三字组的结构；而在三分节奏的制约与影响下，《今有人》中的七言句式则形成整齐的前面两个二字组与后面一个三字组的结构。二者的区别正从这两首诗中明显地表现出来。试比较：

> 被薜荔兮 / 带女罗。　被服 / 薜荔 / 带女罗。
> 辛夷车兮 / 结桂旗。　辛夷 / 车驾 / 结桂旗。
> 折芳馨兮 / 遗所思。　折芳 / 拔荃 / 遗所思。
> 路险难兮 / 独后来。　天路 / 险艰 / 独后来。

从上例比较中我们会发现两个重要现象：第一，在楚辞体的《山鬼》中，"兮"字承担着重要的音乐功能，由于有它的存在而使诗歌的二分节奏特点非常明显；而《今有人》中的七言句却明显地形成了三分节奏。在由二分节奏到三分节奏的转换中，把"兮"字去掉是关键的环节。因为只有去掉了这个"兮"字，才能打破楚辞体原诗的二分节奏，才有变成三分节奏的可能。如果不去掉这个"兮"字，即便是在原诗的基础上再增加字数，也没有变成三分节奏的可能，如楚辞《招魂》的末段：

> 路贯庐江兮 / 左长薄，
> 倚沼畦瀛兮 / 遥望博。
> 青骊结驷兮 / 齐千乘，
> 悬火延起兮 / 玄颜烝。

不包括"兮"字，每一句都可以看成是七言诗，但是正因为有了这个"兮"字，它无论如何还是一个二分节奏的诗体，这说明《九歌》体的确是一种非常独特的诗体，其特点就在每一个诗句中间这个"兮"字，这个"兮"字从表面上看似乎可以承担着多种虚词的功能，如"于""之""以"等等，① 但是从语言结构上讲却完全可以去掉，并不影响诗句的意思。因此，这里的"兮"字的主要功能是起着强化诗歌音乐节奏的作用。正是因为它的存在而使这一诗体的音乐节奏加强，更便于歌唱，就是读起来也是摇曳生姿而又琅琅上口，同时又使得这一体式的二分节奏形式不可更易，使得"兮"字前后的两个词组各自具有不可分割性，与二分节奏紧密结合。所以，这类诗篇即便是去掉"兮"字，也仍然是非常鲜明的二分节奏的诗歌。例如，像《山鬼》这样的诗篇，如果仅仅把"兮"字去掉而不在诗句的组织形式上进行变换，它只会变成这样的三言诗：

> 若有人，山之阿；
>
> 被薜荔，带女罗。
>
> 既含睇，又宜笑；
>
> 子慕予，善窈窕。

在这样的三三诗句中，每一句都是一个完整的语言结构，我们是不可能在原来的"兮"字的位置上加入任何一个实词的。

第二，由于《九歌》体的二分节奏十分固定，由此而形成了前后两个词组鲜明的独立性，即便是把原诗中的"兮"去掉，它的二分节奏特征仍然不会改变。所以，要想把它变成三分节奏的七言诗，除了去掉"兮"字之外，还要通过词语的增加和句式的重组才能打破原诗的二

---

① 郭建勋：《楚辞与中国古代韵文》，湖南师范大学出版社 2001 年版，第 142 页。

分节奏。这个新增的词语，大多数情况都不会出现在原来"兮"字的位置上，而要更换位置。更换位置的原则就是要把原诗中前面那个三字结构变成两个二字结构，从而达到把原来的二分节奏结构变成三分节奏结构的目的，亦即由二分节奏的"○○○兮○○○"变成三分节奏的"○○／○○／○○○"。如原诗中"被薜荔兮带女罗"这样一个二分节奏诗句，改编后的新诗没有在原来的"兮"字的位置上加字，而是在原诗的第一个字之后加一"服"字，从而使其与原诗中的"被"字组合在一起，变成"被服／薜荔／带女罗"这样的一个新的三分节奏诗句。

由此可见，楚辞体与七言诗在文体方面是存在巨大差异的。这种差异有两个方面：从音乐上来讲主要是二分节奏与三分节奏的差异；从语言结构上来讲，则是句首的一个"三字组"与两个"二字组"的差异。从《山鬼》到《今有人》的改编实践说明，从楚辞体中是不可能自然演变出七言诗来的。

三、楚辞体与七言诗的主要句式结构

下面我们再来看两种诗体不同的句式结构。《九歌》体以"兮"字为标志而把一个诗句分成两个节奏单位，从而使其节奏具有固定性。仔细分析，《九歌》体这种中间带"兮"字的句式，按字数多少主要有以下三种情况：

第一种情况是每句在"兮"字的前后各有两个字，即"○○兮○○"的句式，组成了一个典型以二言为一节奏的二分节奏诗歌形式，如：

成礼兮会鼓，传芭兮代舞（《礼魂》）。
石濑兮浅浅，飞龙兮翩翩（《湘君》）。

第二种情况是每句在"兮"之前三个字，之后二个字，即"○○○兮○○"的句式，组成了一个以三言加两言的二分节奏形式，如：

君不行兮夷犹，蹇谁留兮中洲（《湘君》）。
浴兰汤与沐芳，华采衣兮若英（《云中君》）。

第三种情况是每句在"兮"字前后各三个字，即"○○○兮○○○"的形式，组成了一个以三言为一节奏的二分节奏形式，如：

操吴戈兮被犀甲，车错毂兮短兵接（《国殇》）。
若有人兮山之阿，被薜荔兮带女萝（《山鬼》）。

《九歌》共有 255 个单句，其中第一种句式只有 30 句，占总句数的 11.8%；第二种句式有 162 句，占总句数的 63.5%；第三种句式有 60 句，占总句数的 23.5%。以上三种句式占《九歌》总句数的 98.8%。这三种句式如果以数量多寡来算的话，那么第二种句式，即前三后二的"○○○兮○○"的句式就是最典型的句式，第一和第三种都是它的变体。此外《九歌》《招魂》中还有前三后五、前四后二、前四后四等少数几种句型，也是同一类型的变体。

下面我们来讨论一下这些句式的关系，也就是正体和变体之间的关系。首先是从文字形式上看，这几种句式虽然有字数多少的不同，但是它的基本结构并没有发生改变，都是把"兮"字置于一句之中，并由此形成了一个明显的前后结构；其次是从阅读与涵咏的角度来体会，我们同样会感觉到，不管这三种句式的字数有多少的不同，它们同样是二分节奏。请看下例：

吉日兮/辰良（《东皇太一》）

烂昭昭兮／未央（《云中君》）

若有人兮／山之阿（《山鬼》）

期不信兮／告余以不闲（《湘君》）

夫人自有兮／美子（《少司命》）

余处幽篁兮／终不见天（《山鬼》）

献岁发春兮／汨吾南征，

菉苹齐叶兮／白芷生（《招魂》）

　　仔细体会，这些句子虽然有长有短，但是因为有"兮"字这个标志性的词语，我们都要按照二分节奏来读。这说明，节奏的固定在楚辞体形成的过程中起着重要作用。是它对《九歌》的句式结构和每句字数的多少给了基本的规范，同时又赋予这一诗体以一定的张力，在节奏不变的情况下可以在字数的多少上有一定的调节。但是反过来说，这种句式无论有多大的张力，只要这种二分节奏没变，中间的"兮"字没有去掉，无论字数上有什么变化，它都不可能直接变成七言诗。

　　在楚辞体中，以《离骚》《九章》为代表的一些诗篇在句式上与《九歌》表面上有所不同，它们的主要诗体形式是两句一组，在每一组的上句末尾有一"兮"字。这个"兮"字不再像《九歌》体那样起着强调每句诗的二分节奏的特点，可是这些诗篇照样是每句非常鲜明的二分节奏。之所以如此，是因为在《离骚》体的句式中，每一句的中间几乎都有一个虚词起着强化二分节奏的作用。如：

汨余若将不及兮，恐年岁之不吾与。

朝搴阰之木兰兮，夕揽洲之宿莽。

日月忽其不淹兮，春与秋其代序。

惟草木之零落兮，恐美人之迟暮。

　　　　　　　　　　　　　　　　　　——《离骚》

惜诵以致愍兮，发愤以杼情。

所作忠而言之兮，指苍天以为正。

——《九章·惜诵》

这里的虚词在句中不仅具有语法作用，同时具有节奏分割的作用，通过这两种作用，《离骚》体句式也成为典型的二分节奏，亦即每句诗由两个相对独立的词组组合而成。

《离骚》的句子有五言、六言、七言、八言、九言等不同，据廖序东统计，"上句不计'兮'字，372 句中，六言句 278 句，占总句数的四分之三，即每四句中就有三个六言句，七言句 55 句，次之。五言句又次之，28 句。八言句 10 句，九言句 1 句。"在这些句子里，"虚字大多数是用在句子的倒数第三个字的位置，这是标准的位置。"①廖序东的这个统计非常有意思。他在这里所说的《离骚》体以六言句为主，虚字在倒数第三字的位置上，其实也就说明：在《离骚》体中，有三分之二以上的句子的句首都是"三字组"。所不同的是，《九歌》体的句首三字组后面是"兮"，其典型句式是"○○○兮○○"，而《离骚》体的句首"三字组"后面则是其他的虚词，其典型句式是"○○○▲○○"。在这里，由于《九歌》体中间用的是"兮"，所以它的音乐节奏性非常明显；而《离骚》体中用的是其他虚词，不便于歌唱，因而有明显的散体化趋势。我一直怀疑《离骚》可能只是用于吟诵的诗体，就因为它把《九歌》体中的"兮"字变成了其他不便于歌唱的虚词。所以班固在《汉书·艺文志》中说屈原"作赋以讽"，是"贤人失志之赋"，又说"不歌而诵谓之赋"，这也就是为什么《离骚》体句式在汉代继续在骚体赋和散体赋中存在的原因之一。

七言诗的句式结构其实很简单，从我们所能见到的战国后期到汉

---

① 廖序东：《楚辞语法研究》，语文出版社 1995 年版，第 68—69 页。

代的七言诗中，几乎所有的七言诗句都是三分节奏的，而且这种三分节奏的基本形式是前面两个二字组与后面一个三字组。如：

愚暗 / 愚暗 / 堕贤良。

如瞽 / 无相 / 何伥伥。

荀子《成相》

马饮 / 漳邺 / 及清河。

云中 / 定襄 / 与朔方。

代郡 / 上谷 / 右北平。

辽东 / 濊西 / 上平冈。

《急就篇》第三十四章

汉有 / 善铜 / 出丹阳，

和以 / 银锡 / 清且明，

左龙 / 右虎 / 主四彭，

朱爵 / 玄武 / 顺阴阳，

八子 / 九孙 / 治中央。

西汉镜铭

日月 / 星辰 / 和四时。

骖驾 / 驷马 / 从梁来。

郡国 / 士马 / 羽林材。

总领 / 天下 / 诚难治。

《柏梁台联句》

空桑 / 琴瑟 / 结信成，

四兴 / 递代 / 八风生。

殷殷 / 钟石 / 羽钥鸣。

《郊祀歌十九章·天门》

天长 / 地久 / 岁不留，

俟河 / 之清 / 祗怀忧。

张衡《四玄赋系诗》

把七言诗的句式与楚辞体句式相比较，除了三分节奏与二分节奏不同之外，二者的词语组合方式上的不同也就非常明晰了。如我们上文所言，楚辞体的典型句式有两种，一种是《九歌》体的典型句式"○○○兮○○"；一种是《离骚》体的典型句式"○○○▲○○"，都与七言诗相差很远。其实，在谈到楚辞体与七言诗之关系时，学者们所看重的，也不是楚辞体中的这种典型句式，而是看中其中的变体句式，特别是《九歌》《招魂》中的"○○○兮○○○"乃至"○○○○兮○○○"句式，往往认为七言诗是从这些楚辞中的变体句式中变化而来。其实这可能是被其表面现象所迷惑，因为变体句式虽然有所变化，并没有从根本上改变楚辞体句式以"兮"字为标志的二分节奏特征。最能说明这一问题的是汉代存在的大量的楚歌，从项羽的《垓下歌》、刘邦的《大风歌》、汉武帝的《秋风辞》一直到东汉末年的汉少帝刘辩的《悲歌》、唐姬的《起舞歌》等，几乎都是《九歌》体典型句式的变体，但是它们在汉代都被人们称之为"歌"，都与当时流行的七言诗没有关系。这同样说明七言诗不会是从楚辞体自然转化而来。

以上，本文从《山鬼》与《今有人》的比较入手，分析了楚辞体与七言诗的关系。旨在说明，二者是两种不同类型的诗体，差别很大。从表面的文字形式上看，楚辞体有接近七言的句式，在汉代还有楚辞体句式与七言句式混用的情况，有个别诗句把"兮"字去掉甚至可以看成是典型的七言句式。这说明楚辞体在七言诗形成的过程中可能发生过一定的影响。在中国文学史上，各种文体在形成过程中受其他文体的影响是很自然的事情。小说与戏曲、诗与词、词与曲之间都有影响关系。但是从本质上讲，楚辞体与七言诗是两种不同的诗体，诗体特征上的差异非常之大，所以七言诗不可能是从楚辞中脱胎演变而来。在进行文体影响研究的时候，我们不仅要比较双方在表面形式上的异同，更要关注不同文体之间的本质特征。关于七言诗起源以及其与楚辞体的关系问题比较复杂，本文所写，只是就七言源于楚辞这一说法而进行的一点辨析，不当之处，尚请各位方家指正。

本文原载于《深圳大学学报》2008 年第 3 期，人大报刊复印资料《中国古代近代文学研究》2008 年第 9 期全文复印，《中国社会科学文摘》2008 年第 9 期摘要，《新华文摘》2008 年第 22 期论点摘编

论七言诗的起源及其在汉代的发展

在中国诗歌史上，七言诗占有重要的地位。严格来讲，七言诗在汉代尚不成熟，现存可以确证为汉代完整的七言诗很少，优秀的作品更少，它没有取得五言诗那样的成就，因而在一般的文学史中很少论及。① 当然这并不意味着学者们对七言诗的问题关注不够，而是因为相对于五言诗来讲，七言诗的起源问题更为复杂，各家说法之间的争议更大。不过有一点可以肯定，汉代是七言诗发展的早期。现存文献中不仅保存了大量的七言歌谣、韵语、铜镜铭文、刻石，而且也保存了一些文人的七言诗篇，并呈现出异常复杂的状况，这增加了我们描述与研究的难度。本文的目的有三：第一，评析有关七言诗起源的研究状况；第二，分析现存汉代的各类七言句及七言诗存世情况；第三，讨论七言诗的文体特征，七言诗与其他诗体的关系，分析七言诗在汉代所以不成熟的原因。

---

① 对此李立信曾经提出批评，他曾经列举出当代 32 种有关文学史和诗歌史的著作，都没有提到七言诗的起源问题。见李著《七言诗之起源与发展》，台湾新文丰出版公司 2001 年版，第 2—4 页。

一、关于七言诗起源问题的讨论

关于七言诗起源问题，古今有多种说法。李立信曾搜罗各种文学史、诗歌史中所见七言诗起源 43 家的各种说法，期刊论文中所见七言诗起源的 10 家说法，历代典籍中所见七言起源 16 家说法，并最终概括为 9 种主要观点。① 秦立根据前人 60 多家成果进行总结，概括为 16 种不同的说法。② 主要有源于《诗经》说，源于楚辞说，源于民间歌谣说，源于字书说，源于镜铭说，此外还有源于《成相辞》说，源于《柏梁台诗》说，源于《四愁诗》说，源于《琴思楚歌》说，源于《燕歌行》说，源于道教《太平经》干吉诗说，源于《吴越春秋》之《穷劫曲》说等等。仔细分析这些说法，源于《诗经》说最早见于挚虞的《文章流别论》，它说："古诗率以四言为体，而时有一句七言者，'交交黄鸟止于桑'之属是也，于俳谐倡乐多用之。"③ 然而以挚虞所举的这一例证，本可以写作"交交黄鸟，止于桑"，乃是一句四言，一句三言，并不是严格意义上的七言句，后人在《诗经》中所找到的所谓七言诗句多类于此。实际上在《诗经》中真正可以看作"七言"的句子很少。而所谓源于字书说、源于镜铭说以至于源于《成相辞》等某一首诗的看法，则明显地具有简单化倾向，不可能解释像七言诗这样一种起源与演变十分复杂的文学史现象。相比较而言，以源于楚辞说和源于民间歌谣说最有影响，值得我们仔细讨论。

最早论到七言诗与楚辞的关系，当为《世说新语·排调》："王子

---

① 李立信：《七言诗之起源与发展》，台湾新文丰出版公司 2001 年版，第 5—29 页。

② 秦立：《先秦两汉七言诗研究》，首都师范大学硕士学位论文，2009 年。

③ 虞挚：《文章流别论》，严可均校辑《全上古三代秦汉三国六朝文》，中华书局 1958 年版，第 1905 页。

献诣谢公,谢曰:'云何七言诗?'子献承问,答曰:'昂昂若千里之驹,泛泛若水中之凫。'"这两句诗原文见于《楚辞·卜居》:"宁昂昂若千里之驹乎?将氾氾若水中之凫乎?"《世说新语》的作者刘义庆,本为刘宋时人,这里提到的王子献与谢公(谢安)是东晋时人。王子献这里所说的"七言诗",虽然是取自《楚辞》中的两句,但是却把每句诗原文前后的两个字都去掉了。可见在这个时候,人们对七言诗这一文体的特点及源头尚不清楚。其后刘勰在《文心雕龙·章句》篇云:"六言七言,杂出《诗》《骚》。"可见,刘勰只是模糊地提到七言诗与《诗》《骚》有关,也没有具体论证。明人胡应麟《诗薮》内编卷三曰:"七言古诗,概曰歌行。余漫考之,歌之名义,由来远矣。《南风》《击壤》,兴于三代之前;《易水》《越人》,作于七雄之世;而篇什之盛,无如骚之《九歌》,皆七言古所自始也。"① 在这里,胡应麟把《南风》《击壤》等传说中的上古歌谣以及战国时的《易水》《越人》歌当作七言诗之始,同时他又认为楚辞《九歌》最有代表性。顾炎武《日知录》卷二十一"七言之始"条亦曰:"昔人谓《招魂》《大招》,去其'些'、'只',即是七言诗。余考七言之兴,自汉以前固多有之。如《灵枢经·刺节真邪篇》:'凡刺小邪□以大,补其不足乃无害,视其所在迎之界。凡刺寒邪日以温,徐往徐来致其神,门户已闭气不分,虚实得调其气存。'宋玉《神女赋》;'罗纨绮缋盛文章,极服妙采照万方。'此皆七言之祖。"② 由此看来,古代学者虽然有人论及七言诗与楚辞的关系,都是零散的只言片语,而且各家对七言诗的认识也不相同。如《世说新语》与《日知录》里面所指的七言,都是不包括中间有"兮"字的句子,只有胡应麟才把《九歌》体里面的七字句当作七言诗来看待。③ 这说明,古代学者

① 胡应麟:《诗薮》内编,中华书局1958年版,第41页。
② 顾炎武:《日知录》,《清人学术笔记丛刊》第二册,学苑出版社2005年版,第330页。
③ 按胡应麟在《诗薮》同卷中又说:"少卿五言,为百代鼻祖,然七言亦自矫矫,如'径万里兮度沙漠',悲壮激烈,浑朴真致,非后世所能伪。"中华书局1958年版,第42页。

认可七言源于楚辞的人并不多。只是现当代学者中，持此论者才逐渐增多且影响日盛。其中影响较大者首推罗根泽，他在《七言诗起源及其成熟》一文中，首先指出了楚辞体蜕化而成七言诗的观点，并指出了两种蜕化的方式。他说："由骚体所变成的七言，不是由将语助词置于两句之间者所蜕化，也不是由将语助词置于句中之短句者所蜕化，乃是由将语助词置于第二句句尾者，及置于句中之长句者所蜕化。"罗根泽在这里所说的第一种情况，如《招魂》："魂兮归来，入修门些；工祝招君，背先行些；秦篝齐缕，郑绵络些；招具该备，永啸呼些。"去掉两句中的"些"字合成一句，就变成了"魂兮归来入修门，工祝招君背先行，秦篝齐缕郑绵络，招具该备永啸呼。"第二种情况如《九辩》："悲忧穷戚兮独处廓，有美一人兮心不怿。去乡离家兮来远客，超逍遥兮今焉薄？"省掉中间的"兮"，就变成了"悲忧穷戚独处廓，有美一人心不怿。去乡离家来远客，超逍遥，今焉薄？"由此罗根泽又说："就此上例视证之，由骚体诗变为七言诗，不费吹灰之力，摇身一变而可成。……由骚体变成七言，是异，是蜕化，所以必在骚体诗全盛期以后。"①持同样观点的还有萧涤非，他将楚辞变为七言诗的"方法途径"概括为四种："其一，代句中'兮'字以实字者。如变'被薜荔兮带女萝'、'思公子兮徒离忧'而为'被服薜荔带女萝'、'思念公子徒以忧'之类是也。其二，省去句中羡出之'兮'字者。如变'东风飘飘兮神灵雨'而为'东风飘摇神灵雨'之类是也。（均见上引《今有人》）其三，省去句尾剩余之'兮'字者。如《离骚》'朝饮木兰之坠露兮，夕餐秋菊之落英'，若将'兮'字删去，亦即成七言，所异者惟非每句押韵，而为隔句押韵耳。……而其捷径，则仍在第四种，即省去《大招》《招魂》篇中句尾之'些'、'只'等虚字是也。"②萧涤非的论述，基本概括了楚辞体变为

① 罗根泽：《罗根泽古典文学论文集》，上海古籍出版社1985年版，第178—179页。
② 萧涤非：《汉魏六朝乐府文学史》，人民文学出版社1984年版，第40页。

七言诗的诸种可能，比罗根泽的论述更为全面，李嘉言的观点与二人也基本相同。① 逯钦立在这方面也有独到的看法，认为"正格七言之源于楚歌"。他说："考句句用韵此本楚歌之特格；又楚歌之乱，虽含分字为八言，而其体裁音节，又与正格之七言实无异。则七言者，楚《乱》之变体歌诗也。"逯钦立以《楚辞·招魂·乱》与《九章·抽思·乱》与张衡《思玄赋》、马融《长笛赋》篇末"系""辞"为例进行比较，认为："《思玄》之《系》，《笛赋》之《辞》，均在篇末为结音，其即《楚辞》之《乱》，自不待言。又张、马两赋，其本辞，仍以含分之旧体出之，独于此《乱》，去其分字而变为七言，是此《乱》必有可去分字之先例或习惯，使之如此。"② 此外，持七言诗源于楚辞之说，还有陈钟凡、容肇祖、王忠林、顾实、嵇哲诸人。③ 可以说，经过以上诸家学人的论证，七言诗源于楚辞说，逐渐成为在这一问题讨论中最有影响力的观点。

但是对七言诗起源于楚辞的这种观点，余冠英却提出了不同的看法。他首先对七言诗由楚辞蜕变说提出质疑，认为楚辞的基本句法与七言诗不同，其中只有《山鬼》《国殇》与之相近，但是去掉"兮"字之后，只能变成两个三言，而无法念成七言的"□□—□□—□□□"节奏。他同时指出，楚辞体在汉代用于庙堂文学，"是早已受人尊敬的了。假如七言诗是从楚辞系蜕化出来的，那么七言在唐以前被歧视的缘故，便不可解释了。"④ 同时，余冠英还从先秦两汉文献典籍中找出了大量的七言谣谚、字书、镜铭中的七言句和采用民歌体的文人之作，如荀

---

① 李嘉言：《与余冠英先生论七言诗起源书》，见余冠英《汉魏六朝诗论丛》，中华书局1962年版，第163—173页。

② 逯钦立：《汉魏六朝文学论集》，陕西人民出版社1984年版，第74—76页。

③ 俱可参见李立信《七言诗之起源与发展》，台湾新文丰出版公司2001年版，第5—29页。

④ 余冠英：《七言诗起源新论》，载《汉魏六朝诗论丛》，中华书局1962年版，第132、142页。

子的《成相辞》。他说："就现存的谣谚来看，西汉时七言还很少，在成帝以前只能确信有七言的谚语，而七言的歌谣有无尚难断言。不过从谣谚以外的材料观察，武帝时七言在歌谣中必已甚普遍，完全七言的歌谣在这时必已流行。"他为此提出了两点最主要的证据。第一是西汉时的两本字书、司马相如的《凡将篇》和史游的《急就篇》，里面用了大量的七言句，是口诀式文体。编口诀的目的是便于让人记诵，他们绝不会独创一种世人所不熟悉的文体，所采用的必是"街陌谣讴"中流行的形式。第二是《汉书·东方朔传》里载有一首东方朔的射覆，是四句七言韵语，这也一定不是他的首创之格，而是当时"街陌"流行之体，由此才能脱口而出并能逗笑取乐。最终他认为："事实上七言诗体的来源是民间歌谣（和四言五言同例）。七言是从歌谣直接升到文人笔下而成为诗体的，所以七言诗体制上的一切特点都可在七言歌谣里找到根源。所以，血统上和七言诗比较相近的上古诗歌，是《成相辞》而非《楚辞》。"[①] "七言诗的渊源只有一个，就是谣谚。主七言句出于楚辞之说者恐系为一种错觉所致，由错觉而生成见。"[②]此后余冠英的观点也得到许多人的响应，如褚斌杰说："强调七言诗是从楚辞体蜕变而成的人，往往根据张衡《四愁诗》首句'我所思兮在泰山'句，以及汉初高祖刘邦的《大风歌》、武帝《秋风辞》等作品去掉'兮'字即为七言的现象，认为正可证明七言由楚辞发展而来。实际上这抹杀了自西汉以至更早些的战国末年以来，七言的民歌俗曲已经产生影响和流行的事实。首先是七言歌谣的流传，给文人以启发和影响，才使也熟悉楚辞体的某些文人作家，把楚辞体逐渐往大致整齐的七言形式上发展，因此，文坛上早期出现的某些文人七言体，往往也带有楚辞体句法的痕迹，这是可以理

---

① 余冠英：《七言诗起源新论》，载《汉魏六朝诗论丛》，中华书局 1962 年版，第 157 页。
② 余冠英：《关于七言诗起源问题的讨论——答李嘉言先生论七言诗起源书》，载《汉魏六朝诗论丛》，上海古籍出版社 1956 年版，第 158 页。

解的。"①

我们赞同余冠英和褚斌杰的观点，因为他们指出了一个基本事实，即早在楚辞体还在盛行的战国后期，大量的七言句式已经存在，它们并不是从楚辞中转化而来的。如早在战国时代已经产生了整齐的七言诗，如《战国策·秦策三》范雎引《诗》曰："木实繁者披其枝，披其枝者伤其心，大其都者危其国，尊其臣者卑其主。"从这首诗中，看不出它从楚辞中"蜕化"或"变化"的痕迹。另外，如学人们普遍关注的荀子《成相辞》当中所出现的大量的七言句，也不是从楚辞中转化而来，而应该是当时流行的民间歌谣体。无独有偶，近年来出土的《睡虎地秦简》里有《为吏之道》，其诗体结构与《成相辞》基本一致。这里面存在大量的七言诗句，同样说明它们应该出自于民间歌谣而不是从楚辞中蜕变出来的。另外，从现存大量的汉代七言镜铭，司马相如的《凡将篇》和史游《急就章》里的大量七言口诀，传为汉武帝时代的《柏梁诗》，②以及《吴越春秋》所载《河梁歌》《穷劫曲》等等，③足以证明七言这一诗体自有其独立于楚辞之外的生成之源。持楚辞生成论者往往只看到张衡的《四愁诗》等汉代文人七言诗中杂有个别的楚辞式句子，就误以为七言诗是从楚辞中演化而来，这正如余冠英所说，"恐系为一种错觉所致，由错觉而生成见。"事实上之所以会产生这种现象，正像褚斌杰所说的那样，"首先是七言歌谣的流传，给文人以启发和影响，才使也熟悉楚辞体的某些文人作家，把楚辞体逐渐往大致整齐的七言形式上发展，因此，文坛上早期出现的某些文人七言体，往往也带有楚辞体句法的痕迹"，这二者的关系是不能颠倒的。

---

① 褚斌杰：《中国古代文体概论》，北京大学出版社 1990 年版，第 137 页。

② 关于《柏梁诗》的真伪问题，学术界一直有争论。我们认为迄今为止的所有怀疑还不足以推翻汉武帝时代说，在这种情况下，仍然应该维持魏晋以来的旧说。

③ 按《吴越春秋》的作者赵晔为东汉人，张觉在《〈吴越春秋〉考》（《中国图书馆学报》1994 年第 1 期）中认为其生年大概是在公元 40 年左右，即东汉光武帝建武年间，比张衡的生年（公元 78 年）要早。

然而，关于七言诗起源的争论并没有到此终结，近年来又有人提出新的观点。如郭建勋认为，"讨论七言诗的起源，首先必须明确这里所说的七言诗，指的是那种抒情写志、语言凝练的正格的文学作品，而不是那种应用型的七言韵语或缺乏诗意的口号；同时我们还必须明确，从先在的文献中找出几个七言的句子，或者将能搜罗到的七言句排列起来，就断言找到了七言诗的源头，这不是一种科学的态度。任何新的文学形式的产生，都是先在的所有相关文体要素共同整合的结果，然而在这所有要素中，也必然有一种文体在其形成过程中起着至关重要的、核心的作用。"① 正是根据这一原则，郭建勋详细讨论了楚骚中"兮"字句的几种类型，同时采纳闻一多关于楚辞中的"兮"字都有置换成起文法作用的虚字的观点进行具体分析。最后得出结论："总之，战国末年屈原、宋玉在楚地民间歌谣的继承上创造的楚骚体，因其大量而集中地出现以及汉人的仿作，给后世七言诗的从中孕育准备了足够的资源；楚骚句式与七言句式在形式上的同构性提供了这种孕育七言诗句的基因；楚骚中的'兮'字或为表音无义的泛声，或既表音而同时兼有某种语法功能，这种特性造成汉代以来文人有意无意地删省或实义化，从而使七言诗在汉魏南朝文人的探索与实践中得以衍生并逐渐成熟起来。"② 郭建勋的观点有两个要点，第一是主张把探讨七言诗起源的问题限定在所谓"抒情写志、语言凝练的正格的文学作品"之内，从而排斥那些"应用型的七言韵语或缺乏诗意的口号"，突显楚辞在其中所起的"至关重要的、核心的作用"。第二是强调楚辞与七言诗二者"句式在形式上的同构性"。而我们认为这两点都是站不住脚的。首先我们知道，一种文体从最初的低水平逐渐发展成熟，应该是自然而然的现象。无论是四言诗、五言诗还是七言诗都是如此，我们怎么能够置这些事实于不顾，抹

---

① 郭建勋：《先唐辞赋研究》，人民出版社 2004 年版，第 142 页。
② 郭建勋：《先唐辞赋研究》，人民出版社 2004 年版，第 152 页。

杀它们的存在价值，否定它们在七言诗起源问题上的意义呢？其次我们
要质疑郭建勋的同构理论。从语言学的角度来讲，所谓同构，应该指的
是一种诗体与另一种诗体在语言节奏、句法结构等方面的相同性，而郭
建勋所说的二者"句式在形式上的同构性"只是一种表面错觉，他在论
述这种同构性的时候所采用的方法——通过对楚辞中虚词的置换、句式
的合并，词语的增加或者位置的变换等方式而变成七言的方法也是不科
学的。事实上，经过这样的置换过程，原诗的句法、章法和节奏都已经
发生了变化，这恰恰从反面证明了二者之间的不同构。①

　　本人认为，在楚辞与七言诗之间不存着所谓"句式在形式上的同
构性"。从对《宋书·乐志》所录《今有人》与《九歌·山鬼》两首诗
的具体文本剖析出发，经过详细分析后我们不难发现：从表面上看，《今
有人》一诗是从《山鬼》改编而来，只是去掉了原诗中的兮字，就由

---

① 在近年来的七言诗研究中，台湾学者李立信也同样坚持七言诗源于楚辞的观点。他根据
汉人有时把骚体句式也称为七言的例证进而指出："其实汉代固有纯七言之作，如柏梁
联句、刘向七言等，亦有骚体七言，如项羽《垓下歌》、东方朔《七言》等，同时还有
介于二者之间者，即一篇之中，既有纯七言之句，亦有骚体句，如《琴操》中之《获麟
歌》《水仙操》《伯姬引》。张衡之《四愁诗》，则其中之佼佼者也。"他由此认为："绝大
部分的诗歌史、文学史及讨论七言诗起源的学者，都认定七个字全都实字，才可称为七
言，否则，都称为骚体，或者视为过渡时期作品，而不愿意把它们当作七言诗看待，这
是十分没有道理的。"据此，他提出了自己的看法，认为"七言为《楚辞》中之一体"，
《九歌·国殇》就是"通篇为骚体七言，而且是每句都押韵的。"而后世"纯七言系由骚
体七言八言发展出来的。""汉人歌诗，凡与楚人《楚辞》或篇章较短之楚歌有关者，每
以七言出之"，如王逸《琴思楚歌》。汉代"辞赋家之所以会有七言诗之作，主要是因为
受到《楚辞》的影响。"按照李立信的说法，问题倒是简单化了，因为"七言为《楚辞》
中之一体"，它自然也就是七言诗的起源，所以关于七言诗起源的问题也没有了讨论的
意义。但是李立信并没有讲清楚那些原本带有"兮"字的七言是怎么变成了没有"兮"
字的七言。而学术界所关心、在汉魏以后所普遍流行的，恰恰是这一类没有"兮"字的
七言诗的起源问题。因此，李立信的努力只是提醒人们，在汉代曾经把某些带有"兮"
字的楚歌也称之为七言，实际上对学术界所讨论的那些没有"兮"字的七言诗起源问
题没有带来任何帮助。以上可见李立信《七言诗之起源与发展》，台湾新丰文出版公司
2001 年版。

原来的骚体变成了三七言交错的诗体，因而这一例证常常被人们视为七言诗源于楚辞体的典型例证。而本人认为：两首诗之间的改写关系不能看成是两种文体的演化。仔细分析这两首诗，我们会发现楚辞体与七言诗之间的巨大差异：从音乐上讲，《山鬼》是楚歌，《今有人》则属于相和歌；从节奏上讲，楚辞体是二分节奏的诗歌，七言诗是三分节奏的诗歌；从句式结构上讲，楚辞体的主要句式结构是"○○○兮○○"，"○○○▲○○"，而七言诗的典型句式结构则为"○○／○○／○○○"；从语言组合角度来说，句首三字组在楚辞体中占有重要位置，七言诗句首则由两个双音词或者二字组组成。这说明，从本质上讲，楚辞体与七言诗是两种不同的诗体，根本就不存在同构的问题，后者不可能是从前者演变而成。楚辞体在汉代沿着两条路线发展，一种是以楚歌的形式和骚体赋的形式继续存在，一种是变为散体赋中的六言句式。① 而七言诗句早在战国时代就已经存在，它的产生自有其独立的过程，我们在下文中将对此详论。

在七言诗起源问题的研究中，葛晓音近年来的讨论引人注目。她有感于各家论点往往"聚焦在寻找五七言脱胎的母体，力求确认该种诗体成熟的标志，辩论哪一篇诗的句式和篇制完全符合该种体式的规范"这一模式的局限。"转换思路，从七言的节奏提炼和体式形成过程去考察其产生的路径和原理，并进而探讨汉魏七言诗的发展滞后于五言的原因"，提出了一系列富有创新意义的精彩见解。例如，她在分析了战国后期楚辞体句法和《成相辞》的结构以及其他一些相关实例后指出："四兮三节奏和四三兮节奏句的增多，乃至四三节奏实字七言句的产生，都说明到战国末期，无论是楚辞还是民间歌谣，都出现了在语法关系上相对独立的四言词组和三言词组以不同方式连缀成句的现象。《成相篇》

---

① 赵敏俐：《七言诗并非源于楚辞体之辨说——从〈相和歌·今有人〉与〈九歌·山鬼〉的比较说起》，《深圳大学学报》2008 年第 3 期。

《为吏之道》等虽然加工成为一种规则的杂言体七言，但也是四言和三言的各种连缀方式的一种。骚体句中在第五字（或五六）用虚字句腰的某些句式之所以被吸纳到这类谣辞中，也是因为按其意义可以读成四三节奏。"这也就从实证上弥合了七言诗源出于楚辞与源出于民间歌谣两说的矛盾，指出二者在七言诗的产生过程中有着共同的推进作用。再如她在分析了汉代七言诗体的基本特征之后指出："早期七言篇章由单行散句构成、意脉不能连属的体式特性，使七言只能长期适用于需要罗列名物和堆砌字词的应用韵文，而不适宜需要意脉连贯、节奏流畅的叙述和抒情。而中国的韵文体式倘若不便于抒情，是不可能得到发展的。"这也就解释了汉代的七言为什么多出现在一些应用性的文体当中，而文人中间少有佳作的原因，既解释了为什么晋人傅玄称七言"体小而俗"的原因，也解释了今人如郭建勋何以强调所谓七言"正格"的问题。[①]葛晓音的探讨不仅在结论上是新颖的，在研究方法上更是富有启发意义的。无独有偶，当代语言学家在探讨中国古代语言发展变化的过程中，也开始注意诗歌体式与时代语言发展变化的关系。冯胜利认为："上古韵律系统的改变不仅导致了汉语的变化，同时也导致了她的文学形式的转型。当然，文学的发展不只是语言的原因，但是，离开语言，那么诗歌的形式和文体的不同，又将从何谈起呢？""前人说，一代有一代的文学。殊不知，一代有一代的语言。舍语言而言文学，犹如舍工具而言事功，岂止隔鞋搔痒，也致前因后果湮没无闻也矣！"[②] 由此来看，无论是今人关于七言诗起源于楚辞说还是起源于民间歌谣说等，其问题都在于过于胶着于二者之间形式上的相似，而对于其背后深刻的语言差异以及其形成演变原因的探寻不够。这提示我们，关于七言诗起源以及其发展

---

① 葛晓音：《早期七言的体式特征和生成原理——兼论汉魏七言诗发展滞后的原因》，《中国社会科学》2007 年第 3 期。

② 冯胜利：《论三音节音步的历史来源与秦汉诗歌的同步发展》，《语言学论丛》第 37 辑，商务印书馆 2008 年版，第 33、41 页。

的问题很复杂，它既与先秦的民间歌谣有关，也可能受楚辞体的影响。但更为重要的是，它的产生与发展，与秦汉以来的语言变化有着更为深刻的关系。由此可见，关于七言诗起源问题的探讨已经越来越深入，这为我们以后的研究奠定了良好的基础。不过，作为诗歌史的写作，我们的目的不仅仅在于探讨一种诗体的起因，更重要的任务还要对这种文体的实际存在过程进行历史的描述，这反过来也可能对我们认识七言诗的起源问题有新的帮助。

二、现存两汉七言诗句传世情况分析

虽然台湾学者李立信坚持骚体七言句也是七言诗之一体，但是从整个中国诗歌发展史的角度来讲，无论是古代还是现当代，人们心目中的七言诗还是以那些没有"兮"字的为主。所以，我们下面所做的统计和整理，也以一般常态的七言诗句为准。另外，虽然郭建勋强调了早期的七音韵语、口号与具有抒情意味的"正格"七言诗的不同，但是从诗体发展的角度来讲，我们却不能否定前者在其中所起的重要作用。因此，我们对两汉传世七言诗句的整理与描述，也自然将二者包括在内。下面，我们按一般的体类分别进行描述。

（一）两汉歌谣谚语中的七言

现存两汉歌谣谚语中有很多是七言，这是十分值得注意的现象。逯钦立《汉诗别录》中曾收录45首，占现存汉代歌谣谚语总数四分之一。[1] 这是一个不小的数字。这些七言，有的被称之为"谚"，如《汉

---

[1] 逯钦立：《汉魏六朝文学论集》，陕西人民出版社1984年版，第78—82页。按这些诗篇后来都编入逯钦立《先秦汉魏晋南北朝诗》，据此书统计，汉代的歌谣谚语现存共267首，七言占其中四分之一强。

书·路温舒传》载路温舒上宣帝书引俗谚："画地为狱议不入，刻木为吏期不对。"① 有的称之为"语"，如《汉书》卷七十七《刘辅传》引里语："腐木不可以为柱，卑人不可以为主。"《孔丛子》引《时人为孔氏兄弟语》："鲁国孔氏好读经，兄弟讲诵皆可听，学士来者有声名，不过孔氏哪得成。"有的被称之为"谣"，如《后汉书》卷六十七《党锢传序》记桓帝时汝南、南阳二郡民谣："汝南太守范孟博，南阳宗资主画诺。南阳太守岑公孝，弘农成瑨但坐啸。"《后汉书·党锢列传》所记《乡人谣》："天下规矩房伯武，因师获印周仲进。"《桓帝初天下童谣》："小麦青青大麦枯，谁当获者妇与姑，丈夫何在西击胡。吏买马，君具车，请为诸君鼓咙胡。"有的则被称之为"歌"，如《初学记》卷四，载《苍梧人为陈临歌》："苍梧陈君恩广大，令死罪囚有后代，德参古贤天报施。"等等。这说明，七言在汉代社会的歌谣俗谚中占有重要的地位。这些歌谣俗谚，虽然大部分仅以韵语的形式出现，缺少艺术性，难以称得上是"诗"，但是其中也不乏一些较好的作品。如上引《桓帝初天下童谣》，以生动的语言，描述了汉桓帝元嘉年间凉州百姓常受羌人骚扰，朝廷出战多次失败，男人几乎全被征兵，田里庄稼多遭破坏，只有妇女在家收获，而老百姓敢怒又不敢言的事实。②

相比较而言，在汉代这些民间的七言歌谣谚语当中，最好的还是那些以"歌"名传世的作品，它们的艺术水平显然要高于那些"谣""谚""语"。③ 如《上郡吏民为冯氏兄弟歌》："大冯君，小冯君，

---

① 班固：《汉书·路温舒传》，中华书局 1962 年版，第 2370 页。

② 《后汉书·五行志》：桓帝之初，天下童谣曰："小麦青青大麦枯，谁当获者妇与姑。丈人何在西击胡，吏买马，君具车，请为诸君鼓咙胡。"案元嘉中凉州诸羌一时俱反，南入蜀、汉，东抄三辅，延及并、冀，大为民害。命将出众，每战常负，中国益发甲卒，麦多委弃，但有妇女获刈之也。吏买马，君具车者，言调发重及有秩者也。请为诸君鼓咙胡者，不敢公言，私咽语。

③ 按"歌""谣""谚""语"四者，虽然互有关联，但是还有很大的区别。大体来讲，"谚"与"语"只能诵读而不能歌唱，而"歌"与"谣"是可唱的。其中，"谣"是徒歌，而"歌"可能配乐。后二者的辨析请参看本书第二章。

兄弟继踵相因循。聪明贤知惠吏民，政如鲁卫德化物，周公康叔如二君。"此歌见于《汉书·冯野王传》，其中"大冯君"指的是冯野王，"小冯君"指的是他的弟弟冯立，二人先后任上郡太守，二人"居职公廉"，善于教化百姓，受到百姓的爱戴，所以有此民歌。这首诗虽然还不是完整的七言，但是已初具七言规模，语言简洁而流畅，也富有感情。冯野王兄弟为西汉成帝时人，这说明，在西汉后期的民间歌谣当中，已经有了比较成熟的七言，这在七言诗发展史上是值得注意的一首作品。再如宁戚的《饭牛歌》："南山矸，白石烂，生不遭尧与舜禅。短布单衣适至骭，从昏饭牛薄夜半，长夜曼曼何时旦！"宁戚本为春秋初年齐桓公时人，传说他曾经饭牛车下，叩角而商歌，齐桓公闻之，举以为相，此事在《吕氏春秋》《淮南子》里均有记载，但是并没有辑录他的这首歌。后世出现了许多《饭牛歌》，显然出于后人附会，不会是宁戚所作，歌句也互有异文。现存最早的版本，当为《史记·邹阳列传》裴骃集解引东汉应劭语，后来这首歌又被收入《琴操补遗》。这首歌之所以值得我们重视，正是因为它在汉代的广泛流传。从各篇歌辞的大同小异，可知七言这种形式，在汉代的民间歌谣当中一定非常普遍。诗歌假托宁戚之口，表达了一位志向高远的士人渴望遇见尧舜式明君的急切心情。前两句三言与一句七言，用生动的比喻写出了宁戚盛世难遇的感慨，后三句则写了他内心的渴望。语言简洁而流畅。特别是后三句，把自己身穿破衣、夜半饭牛、盼望天明的遭遇、处境与渴望遇见圣君的心情有机地结合起来，有情有景，韵味悠长，具有很强的艺术感染力，不失为一篇佳作。此处，《鸡鸣歌》也是一首特别值得关注的作品："东方欲明星烂烂，汝南晨鸡登坛唤。曲终漏尽严具陈，月末星稀天下旦。千门万户递鱼钥，宫中城上飞乌鹊。"这首歌产生的具体时代不明，《乐府诗集》："《乐府广题》曰：'汉有鸡鸣卫士，主鸡唱。宫外旧仪，宫中与台并不得畜鸡。昼漏尽，夜漏起，中黄门持五夜，甲夜毕传乙，乙夜毕传丙，丙夜毕传丁，丁夜毕传戊，戊夜，是为五更。未明三刻鸡鸣，卫士起唱。'《汉书》曰：'高祖围项羽垓下，羽是夜闻汉军四面皆楚歌。'应劭曰：'楚歌者，《鸡鸣歌》也。'《晋太康地记》曰：'后汉固始、鲖阳、公安、细阳四县卫士习此曲，于阙下歌之，今《鸡鸣歌》是也。然则此歌盖汉歌也。'"据此，我们知道《鸡鸣歌》的历史久远，早在汉初就有此歌名，现存的这首《鸡鸣歌》则是东汉之作。此歌全为七言，生动地描写了拂晓黎明时分汉代城市景象。启明星已经灿烂地升起，雄鸡在坛上引吭高歌，夜曲已经停奏，东方的天空渐渐亮了。卫兵们做好戒严的准备，皇帝和文武百官即将上朝。千家万户都打开了房门，乌鸦喜鹊等各种鸟儿也开始在宫中城上飞来飞去。一片多么幸福祥和的生活图景啊！诗中没有任何议论说理，也没有直白的抒情，纯用一种白描的手法写来，却传达了不尽的生活情味，真是别开生面。

从文体形式上讲，这些歌谣谚语有些不纯是七言，中间有的杂有三言诗句，而且基本上都是句句押韵，与战国时代的七言谣谚一脉相承，然而在艺术表现力上却有了长足的发展。特别是以上三首诗，各有特色。虽然这样优秀的作品在两汉歌谣谚语中不多，但是仅此几首，也值得我们大书特书了。它们的存在说明，汉代七言诗并不是从楚辞中流变出来的，这些歌谣谚语也并不是"应用型的七言韵语或缺乏诗意的口号"，研究两汉时代七言诗的起源与发展，把这些诗篇排除在外，显然是有违历史事实的。

在汉代的七言歌谣谚语中，《吴越春秋》里的三首诗也特别值得关注。如《河梁歌》：

> 渡河梁兮渡河梁，举兵所伐攻秦王。孟冬十月多雪霜，隆寒道路诚难当。阵兵未济秦师降，诸侯怖惧皆恐惶。声传海内威远邦，称霸穆桓齐楚庄。天下安宁寿考长，悲去归兮河无梁。①

---

① 吴庆峰点校：《吴越春秋》，《二十五别史》第六册，齐鲁书社 2000 年版，第 104 页。

《吴越春秋》的作者赵晔，在《后汉书·儒林列传》有记载：

> 赵晔字长君，会稽山阴人也。少尝为县吏，奉檄迎督邮，晔耻于斯役，遂弃车马去。到犍为资中，诣杜抚受《韩诗》，究竟其术。积二十年，绝问不还，家为发丧制服。抚卒乃归。州召补从事，不就。举有道。卒于家。晔著《吴越春秋》《诗细历神渊》。蔡邕至会稽，读《诗细》而叹息，以为长于《论衡》。邕还京师，传之，学者咸诵习焉。①

由此，知他为会稽山阴人，曾向杜抚学习《韩诗》。考《后汉书·儒林列传》，知杜抚"受业于薛汉，定《韩诗章句》。后归乡里教授。沈静乐道，举动必以礼。弟子千余人。后为骠骑将军东平王苍所辟。"据《后汉书·百官一》："明帝初即位，以弟东平王苍有贤才，以为骠骑将军。"明帝即位在永平元年，即公元58年，杜抚在乡里教授《韩诗》则在此之前。据上文所引，赵晔从杜抚学韩诗的年龄当在20岁以上，以此考订，赵晔生年当在光武帝建武中，即公元35年左右。②赵晔一直跟随杜抚，杜抚建初中去世（公元80年左右）之后，赵晔才回到老家，以此而言，《吴越春秋》应该是赵晔回到老家之后所写。时间当在公元80年以后，为东汉的中早期。

我们之所以关注《吴越春秋》中的这几首七言歌曲，首先是因为这几首诗篇幅较长，其中《穷劫曲》18句，《采葛妇歌》14句，《河梁歌》10句。其次是这几首歌曲同时出现在一部著作里。其三是这几首七言歌曲产生的时间较早，为东汉中早期的作品。比较起来，这几首歌曲的艺术水平虽然不及《饭牛歌》《鸡鸣歌》等，但是它们的七言诗形

---

① 范晔：《后汉书·儒林列传》，中华书局1965年版，第2575页。
② 按苗麓在《吴越春秋》"前言"中认为赵晔是"东汉建武年间人"，张觉认为赵晔的生年大概是在公元40年左右。见张觉《〈吴越春秋〉考》，《中国图书馆学报》1994年第1期。

式很完整，具有很强的叙事功能，也有很强的抒情表现力，特别是第三首，语言直白流畅，读来朗朗上口，很能见出七言诗句法的特长。由此而说明，至迟在东汉初年，七言诗体的形式已经在歌谣谚语里得到广泛的应用。

（二）汉代镜铭中的七言

汉代镜铭中有大量七言存在，这是早已被学者们关注的重要语言现象和文学史现象。据有人统计，现存汉代七言镜铭至少有 398 首。这里少的只有 1 句，最多的有 11 句，其分布情况是：一句 2 首，二句 17 首，三句 60 首，四句 118 首，五句 121 首，六句 55 首，七句 10 首，八句 9 首，九句 2 首，十一句 4 首。其中以四句、五句者为最多，三句六句者其次，四者占了其中的大部分。① 如：

> 尚方作竟真大好，上有仙人不知老，渴饮玉泉饥食枣，□游天下敖四海，寿敝金石之国宝。（《宣和博古图》卷二十八）
>
> 汉有善铜出丹阳，卒以银锡清而明。刻治六博中兼方，左龙右虎游四彭，朱爵玄武顺阴阳，八子九孙居中央。常葆父母利弟兄，应随四时合五行，浩如天地日月光，照神明镜相侯王，众真美好如玉英。②

汉代七言镜铭最早出现于西汉，盛行于东汉。铜镜是汉代的一种常用的生活用具，它是由以铜为主的金属铸造打磨而成的，分前后两面，前面是镜子，用来照人，背面铸上铭文，记录铜镜的制造者，使用者，并且附上一些祈福辟邪的词语，如孝父母、保子孙、祈长寿、升官

---

① 秦立：《先秦两汉七言诗研究》，首都师范大学硕士学位论文，2009 年。
② 参见《江苏东海县尹湾汉墓群出土铜镜》，《文物》1996 年第 8 期。

发财、上天成仙、四夷宾服、国家安定等等。它的文辞虽然有限，内容却十分丰富，从中可以看到汉人的生活习俗，也折射了汉人的思想意识观念，表达了他们对于生活的态度，展现了他们的审美理想。这些镜铭有基本固定的写作格式和常用的套语。虽然缺少诗的韵味，但是其章法结构却很有讲究，特别是一些五句以上的铭文，往往有很清晰的表达层次，而且特别注意押韵，读起来朗朗上口。如上面所引的最后一首，头两句先说铜镜的出处和品质，接下来四句描写铜镜后面的图案，最后五句则说明使用此铜镜给人带来的幸福。在这里，铜镜不仅仅是一件日常生活的用品，而且也是汉人心目中十分珍贵的艺术品，铭文与图案相得益彰，它们都是经过汉代艺术家精雕细琢的产物，体现了他们高雅的艺术追求和自觉的创作意识。从传世的大量铜镜看，其中许多铭文中明确标有"七言"字样，如"七言之纪从镜始"，"七言之始自有纪"等等，这说明，"七言"已经是一种被普遍使用的语言形式，汉人在铜镜中创作七言铭文，已经成为那个时代的社会习俗。

（三）汉代字书、碑刻及其他文献中的七言

七言在汉代存在的形式非常广泛，另一类特别引人注目的是汉代字书中的七言。早在西汉武帝时期由司马相如编写的字书《凡将篇》，就有不少七言的句子，此书虽已亡逸，但是仍然保留下来一些残句，如"淮南宋蔡舞嗙喻""黄润纤美宜禅制""钟磬竽笙筑坎侯"。西汉元帝时，黄门令史游《急就章》中更有大量的七言句子。全书以七言开篇："急就奇觚与众异，罗列诸物名姓字，分别部居不杂厕，用日约少诚快意，勉力务之必有喜。"接下来言姓名部分用三言，全书主体的"言物"部分和"五官"部分都是七言，如：

　　宦学讽诗孝经论，春秋尚书律令文。治礼掌故砥砺身，智能通达多见闻。名显绝殊异等伦，抽擢推举黑白分。逐行上究为贵人，丞相御史郎中君……

其内容虽然以罗列名物以供人识字为目的，但是每行都尽量构成一个相对完整的句子，从而具有了一定的诗意的成分。作为在西汉时代供人们普遍使用的识字课本，这种七言的句式在当时所产生的社会文化影响是不可估量的，我们有理由认为，汉代七言诗的产生与发展，与字书中使用大量的七言当有重要的关系。

汉代的碑刻当中，也有七言的出现。早在东汉初年的《孟孝琚碑》中，就有七言的"乱辞"：

> □□□□凤失雏，颜路哭回孔尼鱼。澹台忿怒投流河，世所不闵如□□。①

另有《张公神碑歌》中也有七言。张公神碑见于洪迈的隶释。曰："惟和平元年五月，黎阳营谒者李君，敬畏公灵悃愊殷勤，作歌九章达李君□。颂公德芳。"其中前三章基本上为七言。如第一章：

> 蓁水汤汤扬清波，东流□折□于河，□□□□□朝歌。县以吉静无秽瑕，公□守相驾蚩鱼。往来悠忽遂熹娱，佑此兆民宁厥居。②

"和平"为东汉桓帝年号，碑刻中自称这九首为"歌"，可见当时"七言"在诗歌中已广泛使用。以下两首诗歌艺术水平虽然不高，但是它在碑刻中的存在却值得我们重视。

---

① 叶程义：《汉魏石刻文学考释》，台湾新文丰出版公司1997年版，第848页。

② 逯钦立：《先秦汉魏晋南北诗》，中华书局1982年版，第327页。

　　道教经典《太平经》中也有几首七言。其中《师策文》一首七言 13 句，另有一首以"子欲得道思书文"开头的一段七言竟有 23 句之长。虽然有很强的说教布道意味，但是能写出这样长的七言之作亦实属不易。其中还有几首较短的七言之作则颇有一些诗意。如：

　　　　上无明君教不行，不肯为道反好兵。户有恶子家丧亡，持兵要人居路傍。伺人空闲夺其装，县官不安盗贼行。

　　《太平经》的作者干（一作于）吉是东汉时人，其生年略早于张衡。作为一部传道布道之书，里面有这些七言诗句的出现，从另一个角度也说明了七言在当时社会上已经是被人们非常熟悉和喜欢的形式。

　　另外，1977 年在河南省巩义市石窟寺的土窑洞崖壁上发现了一方阴刻七言摩崖题记，上面亦有一首七言诗：

　　　　诗说七言甚无忘，多负官钱石上作，掾史高迁二千石。掾史为吏甚有宽，兰台令史于常侍。明月之珠玉玑珥，子孙万代尽作吏。

　　此摩崖石刻的年代不详，但是从诗歌的文辞句法与诗中所记的名物来看，与汉代铜镜铭文和《太平经》中的七言都很相似，所以人有考证是汉代之作，亦可供我们参考。①

　　此外，如顾炎武曾提到，在汉代的医学著作《灵枢经·刺节真邪篇》中亦有七言，在《列女传》等汉代典籍中也有一些七言诗句，可见七言在汉代流传与运用之广。

---

① 曾晓梅：《七言诗溯源——最早的完整七言诗的新证据》，《阿坝师范高等专科学校学报》2007 年第 3 期。

（四）汉代文人七言诗

从现有材料看，汉代文人对七言较早就很关注，前引司马相如《凡将篇》残句可为证明。《汉书·东方朔传》记载东方朔的著作里有"七言上下"。李善在《文选》魏文帝《芙蓉池作》注也曾引用东方朔《七言》："折羽翼兮摩苍天"。《文选》李善注中曾前后六次引用刘向和刘歆的《七言》。如《西京赋》注："刘向《七言》曰：博学多识与凡殊。"《雪赋》注："刘向《七言》曰：时将昏暮白日午。"《思玄赋》注："刘向《七言》曰：时将昏暮白日午。"嵇康《赠秀才入军诗》注："刘向《七言》曰：山鸟群鸣我心怀。"诸葛亮《出师表》注："刘歆《七言诗》曰：结构野草起室庐。"①谢玄晖《拜中军记室辞隋王笺》注："刘向《七言》曰：宴处从容观诗书。"此外，李善在《文选》孔稚圭《北山移文》注中亦记载："《董仲舒集》，七言琴歌二首。"另外，在汉《郊祀歌》十九章《惟太元》《天马》《天门》诸首中，都有一些七言诗句的出现。如《天门》一首的大半部分，全为七言：

> 空桑琴瑟结信成，四兴递代八风生，殷殷钟石羽籥鸣。河龙供鲤醇牺牲，百末旨酒布兰生，泰尊柘浆析朝酲。微感心攸通修名，周流常羊思所并。穰穰复正直往宁，冯蠵切和疏写平。上天布施后土成，穰穰丰年四时荣。

据《史记·乐书》："至今上即位，作十九章，令侍中李延年次序其声，拜为协律都尉。通一经之士不能独知其辞，皆集会五经家，相与共讲习读之，乃能通知其意，多尔雅之文。"以此而言，《郊祀歌》十九章当为汉武帝所作。又《汉书·礼乐志》曰："以李延年为协律都尉，多

---

① 逯钦立认为"是亦向作，选注误作刘歆耳。"可供参考。见逯钦立《先秦汉魏晋南北朝诗》，中华书局1983年版，第115页。

举司马相如等数十人造为诗赋，略论律吕，以合八音之调，作十九章之歌。"以此而言，则《郊祀歌》十九章的歌辞为司马相如之类文人合作。无论如何，从上述材料可知，早在西汉武帝时期，七言已经为当时的帝王与文人们所接受，应是不争的事实。正因为如此，传为汉武帝时代的《柏梁诗》，在七言发展史上具有了特殊的地位。

《柏梁诗》采取君臣联句的方式，每人一句，共二十六人，咏二十六句。它对后世的影响，一为联句诗，一为七言体，所以曾受到古人的普遍重视，如刘宋颜延之《庭诰》、梁刘勰《文心雕龙·明诗》、任昉《文章缘起》、唐吴兢《乐府古题要解》、宋严羽《沧浪诗话》、明徐师曾《诗体明辨》等著作，都有论及，可见其影响之广。然而关于此诗的真实性问题，却由清人顾炎武提出了质疑。他说："汉武帝《柏梁台诗》，本出《三秦记》，云是'元封三年作'，而考之于史，则多不符。"其主要观点是：梁孝王早已在柏梁台建造之前去世，史书中所记梁平王来朝也不在元封年间；郎中令、典客、治粟内史、中尉、内史、主爵中尉等六官皆是太初以后官名，而不应该预书于元封之时，事实上汉武帝是在柏梁台被烧半年之后始改官名。因此顾炎武得出结论说："反复考证，无一合者，盖是后人拟作，剽取武帝以来官名，及梁孝王世家'乘舆驷马'之事以合之，而不悟时代之乖舛也。"[1] 顾炎武的考证，对近现代文学史的研究产生了极大的影响，如梁启超、陈钟凡、刘大杰等人都采用了顾炎武的说法，认为《柏梁诗》不可信，是后人伪作，致使很多人论七言之起源不敢再提这首诗，包括游国恩等人主编的《中国文学史》。顾炎武的说法表面看起来于史有据，但是仔细分析却存在很多问题。首先是这首诗的最早出处，据逯钦立考证，并不是晋人所作的《三秦记》，而是西汉后期的《东方朔别传》，这为此诗的可信性提供了坚

---

[1] 顾炎武：《日知录》卷二十一，《清代学术笔记丛刊》第 2 册，学苑出版社 2005 年版，第 332 页。

实的文献证据。并进而指出："检柏梁列韵，辞句朴拙，亦不似后人拟作。"① 方祖燊则在逯钦立的基础之上，详细考证了《柏梁诗》的来源出处、文本流传等问题，并就顾炎武提出的几点质疑进行了细致的剖析与辨正，他根据相关文献指出，元封三年汉武帝作柏梁诗之时，正当梁平王之世，顾炎武并不能证明他当年没有来朝；诗中所记载的官名，本来不是诗的本文，而是后人对作者的追记，而史书上用后来的官名追记前代之事也是常有之事，班固的《汉书》中就多有这类例证。特别重要的是他对《柏梁诗》的诸多文本进行了细致的比较，以探求其原貌。他最后得出结论是："（1）这诗句子上只标作者官位，没有注作者姓名；而这些官位，是编《东方朔传》作者追注上的，其中采用太初后官名，有'光禄勋、大鸿卢、大司农、执金吾、左冯翊、右扶风、京兆尹'七个。（2）内容方面：武帝和群臣所作句多就自己的职分而咏的，也有些寄规警之意，东方朔则出于诙谐之语。（3）韵式方面，是每句押韵，一韵到底；全诗二十六句，而重韵占十四句；所用的韵，是'支之咍灰'韵，这种通韵，正合古韵的标准。（4）在全篇一百八十二字中，重字有五十六字。由以上研究，可以看出当日众人勉强杂凑成篇的情况，以及其质朴的面目。"② 逯钦立、方祖燊的考证有理有据，具有很强的说服力，参照上引诸多汉代七言诗的情况，我们认定《柏梁诗》当为汉武帝时代的作品，它体现了西汉七言的典型形态，主要用来罗列名物，进行简单的叙事与说理。它的产生，从另一个方面也代表了那个时代的文人对待七言的态度，把它看作一种便于应用的语言形式，甚至把它当成文字游戏来对待，用于君臣间的唱和。正因为如此，在当时的文人眼中，它并不诗，而是另一种特殊的文体——"七言"。

文人自西汉以来就关注七言，时有应用，但是并不普遍，留下来

---

① 逯钦立：《汉诗别录·柏梁台诗》，载逯钦立《汉魏六朝文学论集》，陕西人民出版社1984年版，第39—54页。

② 方祖燊：《汉诗研究》，台湾正中书局1969年版，第86—128页。

的作品很少，艺术水平也不高。据《后汉书》，东汉时东平王刘苍、崔
瑗、崔寔、崔琦、张衡、马融、杜笃皆有"七言"传世，在它们的著作
里单列一体，① 此外后代著作中也曾提到东汉文人如崔骃、李尤等人曾
有七言诗，② 这与我们上引《汉书》《文选》注以及铜镜铭文所提及"七
言"一致，说明"七言"乃是当时一种比较特殊的文体。可惜这些作品
后来大都佚失，只留个别残句。最早的当是张衡的《思玄赋》系辞，可
看作是现存最早形式最完整的文人七言诗：

> 天长地久岁不留，俟河之清祇怀忧。愿得远度以自娱，上下
> 无常穷六区。超逾腾跃绝世俗，飘遥神举逞所欲。天不可阶仙夫
> 希，柏舟悄悄吝不飞。松乔高跱孰能离？结精远游使心携。回志
> 揭来从玄谋，获我所求夫何思！

此诗以"系辞"的形式出现，可见张衡并不把它当成是"诗"，只
不过用七言韵语的方式进行议论和说理而已，里面虽然有一定的抒情成
分，但是由于缺少形象生动的描写，其艺术水平并不高，仍然保持着汉
代七言诗的基本风貌。其后，马融的《长笛赋》系辞仍是如此。

在汉代文人七言诗发展史上，倒是张衡的另一首《四愁诗》更引
起人们的关注。这首诗从文体上看还不能算作典型的七言诗，因为这首
诗每段的第一句用的是楚辞《九歌》体的句式，全诗共四段，句法相
同。如第一段：

> 一思曰：我所思兮在太山，欲往从之梁父艰，侧身东望涕霑
> 翰。美人赠我金错刀，何以报之英琼瑶。路远莫致倚逍遥，何为

---

① 以上俱见《后汉书》诸人本传。
② 见《太平御览》九百十六、《北堂书钞》百四十九。

怀忧心烦劳。

《四愁诗》最早见于《文选》，前面有序文称："张衡不乐久处机密，阳嘉中，出为河间相。时国王骄奢，不遵法度，又多豪右并兼之家。衡下车，治威严，能内察属县。奸猾行巧劫，皆密知名。下吏收捕，尽服摛。诸豪侠游客，悉惶惧逃出境。郡中大治，争讼息，狱无系囚。时天下渐弊，郁郁不得志，为《四愁诗》。效屈原以美人为君子，以珍宝为仁义，以水深雪雾为小人，思以道术为报，贻於时君，而惧谗邪不得以通。"值得注意的是，《文选》除了录有本辞之外，另外录有陆机《拟四愁诗》一首，而李善《文选》注中有五处引用过其中的诗句，皆作"四愁诗"，这与李善所引刘向等人的"七言"体例颇不一样，而《后汉书》张衡本传中说他著有"诗、赋、铭、七言"等，把"诗"与"七言"并提，可见张衡的这首《四愁诗》虽然采用的是七言体，可以却不属于当时所说的"七言"，同样，张衡的《思玄赋》系辞与马融的《长笛赋》系辞采用的也是七言体，他们也没有称之为"七言"。这种情况似乎说明，到了东汉中后期以后，文人们才逐渐突破了"七言"这一文体的限制，将其更加广泛地运用于抒情写志当中。从这一角度来说，张衡的《四愁诗》在文人七言诗发展史上可能具有标志性意义。尽管此前文人们已经广泛关注"七言"这种体式，并在利用其进行抒情写志方面进行了有益的探讨，如杜笃的《京师上巳篇》、李尤的《九曲歌》残句中都有较为生动的描写，但是只有到了张衡的《四愁诗》，才真正突破了"七言"这一文体罗列名物的局限，用七言这一文体进行香草美人等形象的艺术描写，并赋予其丰富的比兴之义，从此开启了七言诗发展的新的道路。可惜的是，像张衡《四愁诗》这样的七言诗新作太少了，它在当时似乎并没有引起很大的反响，张衡之后，马融的《长笛赋》系辞有模仿张衡《思玄赋》系辞之意味，艺术表现并不出众。较有韵味的文人七言诗只有汉灵帝的《招商歌》，再一步的发展，则要等待魏文帝曹丕

《燕歌行》的出现了。

另外，东汉戴良的七言《失父零丁》一首，也值得我们注意：

> 敬白诸君行路者，敢告重罪自为祸，积恶致灾天困我，今月七日失阿爹。念此酷毒可痛伤，当以重币用相偿，请为诸君说事状。我父躯体与众异，脊背伛偻卷如藏。唇吻参差不相值，此其庶形何能备？请复重陈其面目，鸱头鹄颈獗狗啄，眼泪鼻涕相追逐。吻中含纳无齿牙，食不能嚼左右磋，□似西域□骆驼。请复重陈其形骸，为人虽长甚细材，面目苍苍如死灰，眼眶深陷如羹杯。

戴良为东汉人，生卒年不详，《后汉书·逸民列传》只说他曾祖父在西汉末平帝时曾为侍御史。戴良"少诞节，母憙驴鸣，良常学之，以娱乐焉。""才既高达，而论议尚奇，多骇流俗。""举孝廉，不就。再辟司空府，弥年不到，州郡迫之，乃遁辞诣府，悉将妻子，既行在道，因逃入江夏山中。优游不仕，以寿终。"以《后汉书》中与之有过交往的黄宪和同时代人陈蕃等人的生年推算，可见戴良约略与张衡同时或者略晚。此文见《太平御览》卷五百九十八。这是一篇颇为诙谐的文字，全用七言，而且押韵，颇像是一首游戏打油之作，异于常俗，但是却很符合戴良"论议尚奇，多骇流俗"的个性，同时也说明那个时期人们对于七言诗的态度。

以上描述可见，七言在西汉早期就已经存在，汉武帝时期有了较大的发展，除了《柏梁台联句》全为七言之外、《郊祀歌》十九章里有七言诗句、司马相如的《凡将篇》里有七言韵语、董仲舒、东方朔等都有七言之作。其大量产生则主要在西汉后期和东汉，成为一种常见的语言形式，特别是在字书、镜铭和民间歌谣谚语中的广泛使用，极大地推进了它的普及与发展。可以毫不夸张地说，七言在汉代语言的实际应用当中足以占有与四言、五言和骚体同等重要的位置，并且与它们一起平行发展。同时我们也看到，七言在汉代的应用虽然广泛，但是它的主要功能并不是用来抒情，而是用来罗列名物，如字书；是用来议论与说理，如品评人物的谣谚和道教经典中的说教文；是祈愿祝福的表达，如镜铭。这其中，虽然也产生了一些较好的诗歌，如《饭牛歌》《鸡鸣歌》等；个别诗句也富有一定的文采，如《郊祀歌》十九章里的七言诗句；在东汉后期也出现了个别优秀的作品，如张衡的《四愁诗》。但是总体而言，汉代七言诗语言通俗，直白浅露，缺少艺术性，与那些优秀的汉代四言、五言、骚体、杂言歌诗不可相提并论。这说明，七言在汉代是以韵语韵文的方式而独立存在的。它与汉代的四言诗、五言诗、骚体诗走着不同的发展之路，也承担着不同的社会功能。它形成了以通俗浅白为主的文体特征，缺少足够的艺术审美价值，这也正是它在汉代诗歌史上往往被人忽略的原因。但是它以其特殊的文体方式记录了汉代的社会生活，从一个侧面表达了汉人的文化习俗、道德观念、生活理想，特别是汉代的铜镜铭文和七言歌谣谚语，具有非常丰富的文化内容和很强的历史认识价值。同时，尽管汉代七言诗的艺术水平不高，但是四百多年的创作实践，却为后代七言诗的发展奠定了坚实的基础。没有汉代七言诗的存在，就不会有六朝以后七言诗的迅猛发展。因此，在汉代诗歌史上，理应有七言诗的一席之地。

三、七言诗的语言结构与诗体特征

七言诗之所以在汉代成为一种与四言、五言、骚体、杂言相并列的文体并且在社会上广泛流传，显然与它独特的诗体特征与语言结构有关。关于这一问题，当代学人已经做了深入的探讨，也取得了令人瞩目的成果，这其中，尤以葛晓音的成果最系统，也最有说服力。之所以如此，是因为葛晓音在对七言诗形成问题的探讨上，紧紧把握了诗歌的音乐节奏特点来展开，我们赞同她的方法和观点。不过，葛晓音认为七言诗的基本节奏是"四三"式的，即由一个四言和一个三言组成。[①] 而我们却认为更准确的说法应该是"二二三"式的。当然，葛晓音在对四言进行具体分析的时候，也把它看成是一个"二二"节奏。从这一点来说，我们提出的七言的"二二三"节奏似乎与她的"四三"节奏没有区别，实际上却有很大的不同。"四三"式的分析法止于把七言诗的节奏两分，以后相关的探讨都建立在两分节奏的基础之上；而"二二三"式的分析法则把七言诗的节奏三分，以后相关的探讨都建立在三分的基础之上。之所以如此，是因为我们在对七言的音乐节奏进行切分的时候，同时注意到诗歌语言结构与它的对应关系，这也正是当下汉语韵律构词学的重要基础。所以，我们的探讨，可以看成是在葛晓音等人探讨基础上的继续深入。

（一）七言诗的节奏韵律特征

就文体特征而言，诗是有节奏有韵律的语言的加强形式。因此，每一种诗体的形成，都要有其特殊的节奏和韵律，而支持其节奏韵律发生变化的因素，则包括音乐和语言两大方面。一种成熟的诗体，它的节奏韵律总是与它的语言结构之间有着高度的统一性。所以，诗歌节奏的分割，同时也要与语言词汇的分析相统一。让我们先从汉代典型的七言，即字书、民谣与镜铭开始说起：

急就 / 奇觚 / 与众异，罗列 / 诸物 / 名姓字。

天下 / 规矩 / 房伯武，因师 / 获印 / 周仲进。

---

① 葛晓音：《早期七言的体式特征和生成原理——兼论汉魏七言诗发展滞后的原因》，《中国社会科学》2007 年第 3 期，第 181、188 页。

尚方/作竟/真大好，上有/仙人/不知老。

　　以上这些七言，都有一个明显的特征，无论从音乐节奏还是语言结构来讲，都可以分成三大部分。从音乐节奏的角度来讲，它由两个双音节的短节奏和一个三音节的长节奏组成。从词汇的角度来看，它可以分成两个双音词（词组）和一个三音词（词组）。之所以会出现这种统一，是因为它符合汉语韵律构词的规律。按汉语韵律构词学的理论，双音节的短节奏，又可以称之为"汉语最小的、最基本的'标准音步'"，三音节的长节奏又可以称之为"超音步"。① 音步决定了汉语韵律词的产生并与之同构，而"韵律词是从韵律学的角度来定义最小的能够自由运用的语言单位"，② 标准韵律词至少要有两个音节，超韵律词不能大于三个音节。"因此大于三音节的组合，譬如四音节的形式，必然是两个音步（因此是两个标准韵律词）的组合；大于四音节的组合则是标准韵律词与超韵律词的组合。"③ 以此而言，七言诗的标准韵律就是二二三节奏，它由两个标准音步和一个超音步组成；从韵律词的角度来看它就是由两个标准韵律词与一个超韵律词构成。

　　汉语韵律构词学的理论，为我们分析七言诗的诗体形成提供了非常有用的工具。由此我们就可以解释，典型的七言诗句形式为什么是二二三节奏，其句法形式为什么也自然地分成二二三结构。这首先是因为汉语的诗体形式必须由标准音步和超音步组成，标准音步是二音节，超音步是三音节。一个句子如果由标准音步与超音步组成，最佳组合方式一定是标准音步在前，超音步在后，这就是标准音步优先的原则。七言诗由两个标准音步与一个超音步组成，其最佳方式必然是"二二三"的三分节奏，如果破坏了这种组合方式，读起来就极为拗口，就不会形

---

① 冯胜利：《汉语的韵律、词法与句法》，北京大学出版社 1997 年版，第 3 页。

② 冯胜利：《汉语的韵律、词法与句法》，北京大学出版社 1997 年版，第 1 页。

③ 冯胜利：《汉语的韵律、词法与句法》，北京大学出版社 1997 年版，第 4 页。

成汉语诗歌特殊的节奏韵律之美，所以在汉语七言诗的节奏组合当中，只有"二二三"这种形式常用，而很少出现"二三二"或者"三二二"的节奏。同时，因为在诗的语言当中，节奏韵律总是与它的语言结构之间有着高度的统一性，所以，典型的七言诗总是由两个标准韵律词和一个超韵律词组合而成，其组合方式同样是"二二三"式，而很少有"二三二"或者"三二二"的方式。另外，由于"韵律词是由音步决定的，不满一个音步的单音词或者单音语素要成为韵律词，就得再加上一个音节。"变单为双就成为汉语标准韵律的基本组成方式。由此方式组成的韵律词和超韵律词，可以是一个单纯词，也可以是一个复合词。但是在以一字一义一音占主导地位的情况下，汉语的韵律词很少是单纯词，基本上是复合词，还有一大部分可能是词组或者短语结构，它们在诗歌形式组成的过程中，也是以一个韵律词的方式而被使用的，由此来保证音步与韵律词两者在诗歌形式上的统一。如上引七言"天下 / 规矩 / 房伯武"就是由三个韵律词构成，这三个韵律词都是复合词。"尚方 / 作竟（镜）/ 真大好"则由一个复合词"尚方"和两个短语"作竟（镜）""真大好"组成。因此我们得出结论："二二三"式不仅是七言诗的基本音乐节奏形态，也是其基本的语言结构形态。这既是七言诗的诗体特征，也是其生成和区别于其他诗体的标准。

（二）七言诗与《诗经》和四言体的关系

由此我们再来讨论七言诗的起源问题，会有助于我们更好地认识它的文体发生机制以及其在汉代的存在状况。我们先在《诗经》中找几个纯粹七言的句子：

一之日凿冰冲冲（《豳风·七月》）
仪式刑文王之典（《周颂·我将》）

依照汉语韵律构词学的理论，这两句诗的韵律词分别是"一之日""凿冰""冲冲"和"仪式""刑""文王之典"，它的音步若与之相配，则自然形成了"三二二"和"二一四"这种节奏形式，因而它不符合七言诗"二二三"音步的一般形态，读起来也不够流畅；如果我们用"二二三"这种音步节奏来分割其语言结构，则第一句就变成了"一之/日凿/冰冲冲"，三个节奏中构不成一个完整的韵律词，第二句变成了"仪式/刑文/王之典"，只有前两个字可以构成一个韵律词，后面五个字照样不可能构成相应的韵律词。因此，《诗经》中的这种七言的自然形态，还构不成七言诗的基本形态和句法，自然我们也不能把它看成是七言诗的源头。

不过，由于七言诗的前四字是两个基本音步构成，这使它与四言诗的音步基本相同，给人的感觉，好像七言诗是由一个四言诗句与一个三言诗句构成，所以从古代挚虞和今人罗根泽等人都有相似的观点。如挚虞认为《诗经》中的"交交黄鸟，止于桑"就是最早的七言诗，罗根泽、萧涤非等认为楚辞《招魂》《大招》《桔颂》体中去掉两句四言中最后一个虚词"些""只""兮"就是七言诗。因为它们满足了七言诗的四三式节奏形态，这的确有一定的道理。因为早期的七言诗最基本的特征是句句押韵，有时候还常常出现一句中四、七两字押韵的现象，这在东汉品评人物的谣谚中表现得最为明显，如"关东觖觖郭子横""解经不穷戴侍中""五经纷纶井大春"均是如此。① 这说明，早期的七言诗的确有从四言诗两句转化为七言一句的可能，如《诗经·郑风·野有蔓草》："野有蔓草，零露溥兮。有女一人，清扬婉兮。邂逅相遇，适我愿兮。"这首诗两句一韵，由于第二句的末尾是一个虚字"兮"，韵脚押在第三字上，因此，把"兮"字去掉，两句合并成一句，就变成早期典型的七言诗形态：

① 以上并见《后汉书·方术列传·郭宪传》《儒林列传·戴凭传》《逸民列传·井丹传》。

　　野有蔓草零露溥，

　　有女一人清扬婉，

　　邂逅相遇适我愿。

　　同样道理，《楚辞》中的《招魂》《大招》里的部分段落、《桔颂》一诗，如果去掉其中的"些""只""兮"等虚字，也就会变成相应的七言诗句。如"二八侍宿，射递代些。九侯淑女，多迅众些。"去掉"些"字可以变成"二八侍宿射递代，九侯淑女多迅众。""后皇嘉树，桔来服兮。独立不迁，生南国兮。"去掉"兮"字，就变成了"后皇嘉树桔来服，独立不迁生南国。"特别值得注意的是，王逸在为《楚辞》作注的时候，也常常用这种四言体。两句一组，后一句末尾是一个虚词。如他在《九辩》中为"靓杪秋之遥夜兮，心缭悢而有哀。""事亹亹而觊进兮，蹇淹留而踌躇"等诗句所作注文，其体式为"盛阴修夜，何难晓也。""思念纠戾，肠折摧也。""思想君命，幸复位也。""久处无成，卒放弃也。"这一段文字，在后人所辑的《王师叔集》中竟变成了这样一首七言诗，并题名为《琴思楚歌》：

　　盛阴修夜何难晓，思念纠戾肠摧绕，时节晚莫年齿老。冬夏更运去若颓，寒来暑往难逐追，形容减少颜色亏。时忽晻晻若鹜驰，意中私喜施用为。内无所恃失本义，志愿不得心肝沸，忧怀感结重欲噫。岁月已尽去奄忽，亡官失禄去家室。思想君命幸复位，久处无成卒放弃。

　　按此诗在汉魏六朝唐宋以来文献中都不曾出现，初见于明人张溥所辑《汉魏六朝百三名家集》，未注明出处，可见此诗乃是后人从王逸《楚辞章句》中摘录文句的拼凑伪托之作，并非王逸所作七言诗，《琴思楚歌》也是后人附会的标题。但是这首诗的出现却说明了四言诗与七言诗之间有着比较紧密的关系，如果四言诗两句当中的第二句末尾有一虚字可以省略，那么这两句四言就可以变成一句七言，换言之，一句七言诗大致可以相当于两句四言诗的容量。同时也可以说明为什么早期的七言诗会句句押韵，并且往往会出现一句七言当中四七两字相协的现象。之所以会出现如此结果，如果用汉语韵律构词学的理论就可以很好地解释，因为四言诗的常态是用两个标准音步、亦即两个标准韵律词构成，如果其中有一句可以通过省略末尾的虚字而变成一个三音节的超音步、亦即可以组成一个超韵律词，那么自然就会成为典型的七言形态。

但我们并不能由此认为七言诗就是由四言诗转变而来。因为四言诗的基本形态就是由两个标准音步亦即两个标准韵律词组成，而且往往两句一组，它由此而形成一种非常整齐、平衡的节奏韵律，不可合并。我们上举那些可以组合成七言的四言诗，并不是四言诗的标准体式，只是它的变体。这种变体从整体上表现为向基本形态亦即正体靠拢，以此来保证四言诗体式的稳定。如上引"野有蔓草，零露溥兮。有女一人，清扬婉兮。邂逅相遇，适我愿兮。"诗中句末的"兮"字虽然没有字面实义，但是它却起着构成音步的作用，这使它的节奏形态达到标准化的效果："野有／蔓草，零露／溥兮。有女／一人，清扬／婉兮。邂逅／相遇，适我／愿兮。"如果去掉了这个"兮"字，就破坏了四言诗的节奏平衡，就不再成之为标准的四言诗，就失去了四言诗本身的节奏韵律之美。所以，"野有蔓草零露溥"这样的七言句式，在当时也是不可能产生的，它的章法结构与审美韵味与四言诗也是大不相同的。

（三）七言诗和楚辞体的关系

用韵律构词学的理论来考察楚辞体与七言的关系，我们会发现二者之间有更大的差距。楚辞体是一种十分特殊的诗体，其典型形态是单音节起调，即每句诗的前三个字构成一个超音步，也就是一个超韵律词，接下来加上一个"兮"字（《九歌》体）或者一个虚词（《离骚》

体）与后面的一个标准音步（标准韵律词）相连，从而构成一种十分明显的二分节奏诗体。其典型句式如：

合百草兮实庭，建芳馨兮庑门。（《湘夫人》）
伏清白以死直兮，固前圣之所厚。（《离骚》）

前者为《九歌》体的典型句式，它基本上是由一个超级韵律词加"兮"再加标准韵律词构成，我们可以表述为"三兮二"式，后者则是由一个超级韵律词加一个虚词再加一个标准韵律词构成，可以表述为"三 X 二"式。所不同的是，由于《离骚》体中的"X"表现为一个虚词，它远没有《九歌》体中的"兮"字那么强的音乐表现功能，读起来也没有《九歌》体句式那么婉转流畅，有散文化倾向，所以《离骚》体两句一组，在每一组第一句的末尾再加一个"兮"字。但由此我们会发现，二者在韵律词的组合方式上是相同的。据廖序东统计，这类句子组合形式，在《九歌》全部 256 句中占了 130 句，在《离骚》总句数 372 句中占 278 句。此外，在《九歌》中还存着两个超韵律词中间加一个"兮"字的句法，如"操吴戈兮被犀甲，车错毂兮短兵接"，可以表述为"三兮三"，在《九歌》全部 256 句中占有 70 句，仅次于第一种形式。《离骚》体中有也这种"三 X 三"句式，如"历吉日乎吾将行"，共有 50 句，也是在《离骚》中第二多的句式。① 由此，我们把《九歌》体与《离骚》体的基本句式概括为"三兮（X）二"和"三兮（X）三"两种，它们各自占了《九歌》体的 78% 和《离骚》体的 88%。因此我们说，这两种句式是楚辞的标准句式。

由此可见，标准的楚辞体句式最大的特征是由两个音步，亦即两个韵律词组成，其中第一个音步是超音步、相对应的韵律词亦是超韵律

---

① 廖序东：《楚辞语法研究》，语文出版社 1995 年版，第 39、68 页。

词，这与七言诗由三个音步、亦即三个韵律词组成，而且第一音步、亦即第一韵律词是标准韵律词有着根本的不同。从这个角度来讲，楚辞体与七言诗是两种完全不同的诗歌形式，楚辞体自然也不会成为七言诗的源头。不过，由于楚辞体中"三兮（X）三"的形式中后面的韵律词是三音节亦即超音步的超韵律词，与七言诗后三个字也是一个超音步亦即超韵律词相同，所以，当"三兮（X）三"式的楚辞体中的前半部分超韵律词的组合形式为 2 + 1 的时候，紧随其后的"兮（X）"就有可能与前面的一个字组成一个标准音步，从而使其变为"二二三"的节奏形式，读起来有像七言诗一样的节奏韵律感，如"洞庭 / 波兮 / 木叶下"，"终然 / 殀乎 / 羽之野"。此外，楚辞体中还有一种变化，即在它的标准形式"三兮（X）二"中，前面的超韵律词变成两个标准韵律词的时候，后面的"兮（X）"字会自动地与后面的标准韵律词组合成一个超音步，读起来也会形成与七言同样的节奏，如："朝饮 / 木兰 / 之坠露（兮），夕餐 / 秋菊 / 之落英。"这也可以理解，为什么有的人认为楚辞体是七言诗的起源，就因为在楚辞体的这些变体中，由于前面的超韵律词结构发生了暂时的变化，使它具有了读为两个音步的可能，所以就有了与七言诗相同的节奏形式。

但是，我们并不能因此而认为七言诗源于楚辞。原因很简单，因为这一类变体不仅在楚辞体中数量极少，而且因为它们有句中的"兮（X）"存在，其语言结构形式始终是两个韵律词的组合，而且第一个韵律词仍然是一个超韵律词。同时，从这里我们可以看出，在楚辞体中，由于其基本形态是超韵律词在前，所以句中的"兮（X）"就起着强大的诗体功能作用，它强化了楚辞体的二分节奏特点，并由此而形成了楚辞体特殊的婉转悠扬之美。如果去掉了这个"兮（X）"字，由于违反了汉语句法组合中标准韵律词优先的原则，五言的楚辞体读起来就会非常急促，如"君不行兮夷犹，骞谁留兮中洲"两句，去掉"兮"字就会变成"君不行 / 夷犹，骞谁留 / 中洲"，听起来极不和谐。而六言的楚辞体则会自然地分成两句三言诗，如"若有人兮山之阿，被薜荔兮带女萝"，去掉"兮"字只能变成"若有人，山之阿，被薜荔，带女萝"这样的三言诗。这一点，在汉代同类的楚歌中可以得到很好的证明。如《史记·乐书》中所记的《天马歌》："太一贡兮天马下，霑赤汗兮沫流赭。骋容与兮蹢万里，今安匹兮龙为友。"在《汉书·礼乐志》中则变成了"太一况，天马下，沾赤汗，沫流赭。志俶傥，精权奇，籋浮云，晻上驰。体容与，蹀万里，今安匹，龙为友。"这一现象，更充分地证明了楚辞体二分节奏的韵律特点。另外我们知道，楚歌体作为汉代歌诗最重要的诗歌体式之一，从西汉初刘邦的《大风歌》到东汉末少帝刘辩的《悲歌》，纵使随着汉语中双音词的大量增加，使这类楚歌起调中的超韵律词由单音节起调向着双音节起调的方向发展，但是作为这一诗体的标志性词语"兮"仍然保留，其二分节奏的歌诗特点四百年来也没有发生任何改变，它们与汉代字书、镜铭、谣谚中的七言诗并行发展却绝少影响。要而言之，楚辞体与七言诗，无论从韵律节奏还是语言结构上看都是不同性质的诗体，也体现出大不相同的美学特征。① 这也可以充分证明七言诗的生成与楚辞没有直接关系。

（四）七言诗与民歌谣谚诸文体的关系

下面，我们再来考察先秦两汉民歌谣谚诸文体与七言诗的关系。从现有材料来看，从节奏韵律的角度可以分割成"二二三"体式的七言诗的确见于那些散见于《诗经》、楚辞之外的诗歌谣谚之中。比较具有典型性的是《战国策·秦策三》范雎所引一首诗歌："木实 / 繁者 / 披其枝，披其 / 枝者 / 伤其心。大其 / 都者 / 危其国，尊其 / 臣者 / 卑其主。"虽然此诗前四个字是一个短语词汇，但是并不妨碍把它按"二二三"的

---

① 关于七言诗与楚辞体的这种关系，可参考赵敏俐《七言诗并非源于楚辞体之辨说——从〈相和歌·今有人〉和〈九歌·山鬼〉的比较说起》，《深圳大学学报》2008 年第 3 期。

三分节奏来诵读。但是非常遗憾的是，在先秦的民歌谣谚当中，真正符合"二二三"的七言节奏的并不多。荀子的《成相辞》中虽然有大量的七言句子，但是它的诗体语言按字数来说乃是"三三七四七"式的结构，七言并没有完全独立出来。仅有这几个例子，便认为七言诗起源于民间歌谣的说服力是不够的。因为在更早的文献中，我们还能发现一些整齐的七言句子，如《逸周书·周祝解》：

> 凡彼济者必不怠，观彼圣人必趣时。石有玉而伤其山，万民之患在口言。时之行也勤以徙，不知道者福为祸；时之徙也勤以行，不知道者以福亡。
>
> 叶之美也解其柯，柯之美也离其枝，枝之美也拔其本。
>
> 天为盖，地为轸，善用道者终无尽；地为轸，天为盖，善用道者终无害。天地之间有沧热，善用道者终不竭。陈彼五行必有胜，天之所覆尽可称。①

《逸周书》记录了周文王到春秋后期周灵王之间约六百年的事情，有的篇章，如《世俘解》等可能作于西周初年，有些篇章可能经过战国时人的加工润色，《周祝解》一篇，大概属于后者。但无论如何，在一篇文章中出现如此多整齐的七言韵语，这一现象值得我们高度关注。再如《韩非子·安危》："奔车之上无仲尼，覆舟之下无伯夷。"《韩非子·内储说下》："狡兔尽则良犬烹，敌国灭则谋臣亡。"宋玉《神女赋》："罗纨绮缋盛文章，极服妙采照万方。"这说明七言在战国时期已经产生，而且已经在文人的著作中经常出现，因此我们还不能说七言这种句式一定起源于民间谣谚。在现存汉代比较可靠的材料中，司马相如

---

① 黄怀信：《逸周书校补注译》，西北大学出版社 1996 年版，第 416、419、421 页。关于《逸周书》的产生年代虽有争议，要之不晚于战国时期。

《凡将篇》中的七言句、《汉书·东方朔传》所引东方朔射覆语，汉武帝《柏梁台联句》、《郊祀歌》十九章中的七言诗句，产生的年代都要早于那些民歌谣谚。刘向所存的七言诗残句、史游《急就章》中的大量七言韵语都产生于西汉后期。汉代镜铭虽然大都是东汉时代的产物，其中也不排除有西汉之作。而我们所知道的比较可靠的汉代民歌民谣中的七言，如《上郡吏民为冯氏兄弟歌》，最早不过产生于西汉成帝时代。至于那些品评人物的歌谣谚语，则大都产生于东汉后期。由此可见，一些人认为七言诗起源于民歌谣谚，并不完全符合历史的事实。准确地讲，我们应该把七言诗看作战国以来一种新兴的语言体式，它既见于民间谣谚，也见于其他历史文献当中，而从汉代的整体情况来看，它更多地运用于字书、镜铭等当中，成为与四言、骚体、五言等相并而行的独立发展的一类以世俗生活应用为主的新的文体。

（五）中国诗歌体式的基本形态与七言诗在其中的位置

从韵律构词学的角度来看中国的诗体，我们不仅会发现四言诗、楚辞体与七言诗的区别，也会发现中国古代诗歌体式的基本形态。我们说：就文体特征而言，诗是有节奏有韵律的语言加强形式，节奏韵律是构成各类汉语诗体的先决条件，它的基本要素是音步，与之相对应的是韵律词，二者的同步协调并且按照一定的有规律的形式组合，就成为汉语诗歌的基本形式。中国诗歌最早的形式是二言诗，它由一个音步构成，其基本句法结构也只有一个标准韵律词；三言诗由一个超音步构成，其基本句法结构也只有一个超韵律词。四言诗由两个标准音步构成，其基本句法结构也由两个标准韵律词构成。五言诗由一个标准音步加一个超音步构成，其句法结构也由一个标准韵律词和一个超韵律词构成。七言诗由两个标准音步加一个超音步构成，其基本句法结构也由两个标准韵律词与一个超韵律词构成。到此为止，中国诗歌的韵律结构基本完成，以"二二三"为节奏的七言成为最高的韵律形式，以后再没有发展。之所以如此，是因为汉语的诗歌节奏与词汇的音步构成相一致。如同汉语词汇的一个音步最多不能超过三个音节一样，四个音节就会变成两个音步。汉语诗歌的节奏形式最多也不会超过三个音步，如果是四个音步就会自动分解为各有两个音步的两句诗，故八言诗可以分解为两句四言诗，九言诗可以分解为一句四言一句五言，十言诗可以分解为两句五言，以此类推，所以，中国诗歌中很少有八言以上的诗体。中国诗歌中也没有由两个单纯的超音步组成的六言诗，因为它可以分解为两个超音步的三言诗。同样道理，如果一句诗由三个标准音步组成，那么这句诗的音乐节奏就会变得单调冗长而缺乏音乐节奏，这也就是在汉语体系中六言诗很少的原因。而楚辞体由一个超音步与一个标准音步构成，其基本句法也由一个超韵律词和一个标准韵律词构成，但是因为它的构成违反了汉语语法结构中标准音步优先的原则，所以在两个韵律词之间加上一个"兮"字或者一个虚词，从而成为汉语诗歌中一类极为特殊的诗体形式。在这种诗歌体式中，"兮"字起着特殊的作用。没有了它在中间起协调作用，它就会变成散体化的句式，如《离骚》体句式变成汉代散体大赋中的六言句，而《山鬼》式的句子去掉"兮"字之后则只能变成两句三言诗。

我们知道，中国早期诗歌与音乐是不可分割的，各种诗歌形式的产生，总是与那个时代的歌唱联系在一起，二言诗、三言诗、四言诗、五言诗乃至楚辞体诗歌的产生莫不如此。值得我们注意的是，七言诗的产生，与歌唱的关系似乎并不那么紧密。对此，余冠英已经有所认识，他指出："七言歌谣在汉时不曾有一首被采入乐府。"[①] 的确如此，在现存的先秦两汉七言诗当中，与音乐相关联的只是少数（如《郊祀歌》十九章中的部分七言诗句，如《汉书》中所记载的《上郡吏民歌》），大部分的七言都不是歌，都不是用来歌唱的艺术。如《急就章》本是字书，镜

---

① 余冠英：《七言诗起源新论》，载《汉魏六朝诗论丛》，中华书局 1962 年版，第 141 页。

铭本是铭文,《太平经》本是道家理论著作,出现于张衡、马融赋作当中的七言系辞也不能歌唱,那是"不歌而诵"的作品。广为后人称诵的汉武帝柏梁台七言联句,本来就带有游戏文字的性质,就连汉代那些品评人物的民间谣谚同样是没有乐曲相配的徒诗。① 而汉代最主要的歌诗三大系统,如楚歌、鼓吹铙歌与相和歌当中都没有一首完整的七言诗作,也很少有七言诗句。这说明,七言诗在汉代基本没有进入歌的系统,而更广泛地用于诵读,是更适宜于当时人诵读的一种语言形式。

通过以上总结分析,我们可以得出两点认识:第一,七言的节奏韵律是中国诗歌节奏韵律的最高组合形式;第二,七言是中国诗歌中最富有音乐感的语言体式。因为它是中国诗歌节奏韵律的最高组合形式,它的产生,必然建立在其他基本体式的基础之上。其中二言诗和三言诗是组成七言诗的两个基本单元,四言诗本来就是由两句二言诗组成,所以由一句四言诗和一句三言诗合在一起,就成为早期七言诗产生的重要方式之一。因为七言是中国诗歌中最富有音乐感的诗歌体式,不需要外在音乐相配照样读起来朗朗上口,所以这种体式一旦被发现,马上就显出巨大的优势。由此我们就可以解释,为什么七言在汉代会成为字书、镜铭和民间品评人物谣谚的主要语言形式,因为这种最富有音乐感的形式易于吟诵、记忆和传播。

(六) 七言诗在汉代不发达的原因

以上,我们分析了七言诗的诗体特征以及其与《诗经》、楚辞的关系,分析了中国诗歌体式的基本形态和七言诗在其中的位置,下面我们再来讨论另一个问题,为什么七言式的句子在汉代早就存在,可是优秀的七言诗却极少。关于这一点,已经受到当代学者的关注,并且有过一些很好的解释。如余冠英就说:"从'七言不名诗'这一层看来,知道

---

① 关于谣的特点,请参考赵敏俐《汉代民间歌谣简论》,《罗宗强先生八十寿辰纪念文集》,中华书局 2009 年版。

当时人对于七言韵语视为俗体。从傅玄《拟四愁诗》序看来（引者按：傅玄《拟四愁诗序》：‘昔张平子作四愁诗。体小而俗，七言类也’），知道晋人观念亦尚如此。从歌诀、零丁都用七言这一事实看来，可以知道七言韵语确为当时流行的俗体。”①余冠英说法很有道理。的确，汉人把七言诗视为俗体，是它在汉代所以不发达的重要原因之一。但是，何以七言诗在汉代就被人们视为俗体了呢？余冠英并没有进一步的解释。我们认为，之所以如此，与七言诗体在汉代没有进入歌的系统有直接的关系。考察汉代诗歌体式的发展变化我们曾经指出，歌诗与诵诗的分流是汉代诗歌发展的重要特色。这其中，又以歌诗作为汉代诗歌发展的主流方向，形成了郊庙雅乐与新声俗乐两大部分。其中郊庙雅乐主要指汉初的《安世房中歌》与汉武帝时代的《郊祀歌》十九章。它们继承了先秦雅乐的传统，在诗体上虽然略有变化，但总的来说是以四言体和楚辞体为主。而汉代的世俗新声则分成三大流派，分别为楚歌、鼓吹铙歌和相和歌，它们所采用的主要诗歌体式分别为楚歌体、杂言体和五言体，并且各自形成了独特风格，也有着各自的传承关系。由于雅乐本身有很强的保守性，七言很难纳入其中。汉武帝时代的《郊祀歌》十九章运用新声变曲进行新的创造，所以吸收了部分七言诗句，但是汉哀帝罢乐府之后，雅乐在诗体上再没有新的变化，四言诗成为以后中国历代朝廷雅乐的主要形式，七言诗在雅乐中很难得到发展。而在汉代的世俗新声当中，楚歌来自于先秦楚声，鼓吹来自于异域音乐，本身都不是七言体式；汉代新兴的相和歌辞，则以五言诗作为主体，七言照样没有发展的空间。没有相应的音乐传播手段作为支撑，七言在汉代的歌诗系统中始终找不到它的容身之地。而汉代虽然出现了"不歌而诵"的赋体，它从歌诗中演变出来而蔚为大观，成为汉代文学的主导样式，但是它照样继

---

① 余冠英：《关于七言诗起源问题的讨论》，《汉魏六朝诗论丛》，中华书局1962年版，第160—161页。

承了先秦的诗骚传统。散体大赋的主要句式是四六言，骚体赋的主体句式是楚辞体，七言在其中照样很少有用武之地。这使七言在汉代处于一种非常尴尬的境地，它只能存身于那些主流的诗歌传统之外。这种状况，到了魏晋时代其实也没有太大的改观，虽然出现了如《燕歌行》那样的优秀七言诗作，但是在魏晋诗歌当中这样的诗作还是少之又少，那是一个五言诗独领风骚的时代，也是一个清商三调歌诗兴盛的时代，并不是七言诗的时代。七言诗的真正发展只能等到刘宋以后，等待鲍照的出来。所以我们回过头来再看汉代张衡的《四愁诗》，会发现它是那么样的孤单和另类，它既纳入不了汉人歌诗的系统，也纳入不了汉人诵诗的系统。它是张衡的创调，展现了他的个人才华，也展现了七言诗发展的美好前景，但是它在汉魏时代还属于"生不逢时"，所以才被人视为"体小而俗"。而真正要光大其体并化俗为雅，除了富有天才的优秀诗人的努力之外，还要等待历史的机遇。

七言诗在汉代没有兴盛起来的另一个原因，则是这种诗体本身的写作难度。从产生时间来讲，七言诗与五言诗几乎相同，但是五言诗在汉代却很快发展起来。何以如此？葛晓音指出，"当五言还在少量歌谣的阶段，就已经找到了通过词组、句行之间的呼应达致句意连贯的方式。有此基础，节奏流畅的五言体雏形首先在排比对偶句式的重复连缀中出现。然后汉代文人又探索了五言句连贯叙述的节奏规律，逐渐摆脱对修辞重叠的依赖，从而使五言的句式节奏组合显示了丰富的变化，展现了五言发展的极大潜力。而七言以单行散句连缀的篇制，从一开始就只注意当句之内的自相呼应，却没有找到句与行之间的呼应方式。因此在诗歌最重要的叙述和抒情两大功能方面，相比五言都处于劣势。"① 葛晓音的文章分析细致，甚有说服力。我们在此基础上可以再向前追问，

---

① 葛晓音：《早期七言的体式特征和生成原理——兼论汉魏七言诗发展滞后的原因》，《中国社会科学》2007 年第 3 期。

七言本来比五言还要多两个字，按道理说它在语言的表现能力方面比五言更强，它怎么会产生这种状况呢？难道这真是"早期七言与生俱来的这种弱点"吗？我们以为并不完全如此，更重要的一个原因是七言诗比五言诗难以把握。从汉语的韵律结构分析，五言是由一个标准音步和一个超音步构成，其韵律节奏为"二三"式，而七言则由两个标准音步和一个超音步构成，其韵律节奏为"二二三式"。相应的语言结构，五言是由一个标准韵律词和一个超韵律词构成，而七言则是由两个标准韵律词和一个超韵律词构成。从中国诗歌的结构形式来讲，七言是最高也是最复杂的形式，它的语言表现功能和抒情功能最强，自然也最难以把握。特别是两句相对，偶句押韵的七言诗歌形式更难把握，而这恰恰是汉语诗歌体式的一大特征。所以，早期的七言诗往往以单句押韵的方式出现，很少有双句押韵的七言诗体，这正好说明七言诗体难以把握。一句单行押韵的七言诗固然也可以体现出它的"二二三"的节奏韵律之美，但是它的表现功能只能相当于一句四言和一句三言，最多相当于两句四言，却远远比不上两句五言。而这正是单句七言诗与双句五言诗相比所处的劣势。从表面上看，一句七言似乎可以当成一句四言和一句三言的组合，但是由于它不再是两个句子而成为一个句子，它的语言结构就会发生很大的变化，它的写作远不如先写一句四言再写一句三言那么容易，如果两句七言合成互相关联的对句就更难。中国早期的七言诗之所以单句为韵，之所以看似一句四言与一句三言的叠加，之所以多用它来罗列名物，正说明当时的人们还不能熟练地掌握七言诗的写作规律。被后人视为文坛佳话的汉武帝柏梁台联句，把"能为七言者"当作"乃得上坐"的条件，说明在当时能作七言者并不容易。事实上，把一句七言当作是一句四言与一句三言的叠加，并没有充分显现这种诗体的语言表达优势，相反，由于这种组合中间失去了固有的语言停顿，读起来反倒更加急促，远没有两句四言诗那样舒缓，更没有两句五言诗那样摇曳多姿，给人的感觉是浏畅有余而韵味不足。所以，成熟的七言诗并不是

"四三式"的二分节奏，而是"二二三"式的三分节奏，是诗人充分运用两个标准韵律词和一个超韵律词来组合成一个生动的诗句，用两个这样的诗句构成七言对句，这样才真正实现了七言诗用来叙事和抒情的优势，真正成熟的七言诗才会产生。从这一角度来看，七言诗在汉代远没有成熟，它还处于诗体的探索阶段。魏晋时人傅玄之所以把张衡的《四愁诗》称之为"体小而俗"，也从另一个角度说明七言诗体的不成熟，远没有展现它的诗体魅力。

以上，我们对七言诗的起源问题、七言诗在汉代的流传情况以及其诗体特征等做了初步的描述，说明：七言诗作为一种独特的文体，在汉代广泛存在于字书、镜铭、民间谣谚、道教经典、医书、刻石、墓碑以及其他文章当中，在汉代是一种以应用为主的韵文体式。从这一角度讲，它与四言诗、骚体诗、五言诗、杂言诗等并存，有着独立的发展之路，并以其反映世俗生活的方方面面而显示出其独特的社会认识价值，有与其他诗体同等重要的文化地位。但是，作为一种诗歌体式，它在汉代还远不成熟。从汉语韵律学的角度来看，七言诗属于中国诗歌体式中最为复杂的一种，也是最难把握的一种。它没有进入汉代诗歌的主流之内，在汉魏时代还属于"体小而俗"的诗体。它的成熟有待于魏晋以后，汉代的七言诗属于七言诗发展的早期阶段，它为后世七言诗的发展奠定了坚实的基础。对汉代七言诗，我们应作如是观。

本文原载于《文史哲》2010 年第 3 期，《新华文摘》2010 年第 21 期转载，人大报刊复印资料《中国古代近代文学研究》2010 年第 9 期全文复印，《高等学校文科学术文摘》2010 年第 4 期摘要，清华大学《国学文摘》2011 年第 2 辑摘要，全文收入《中文文艺论文年度文摘（2010 年度）》（首都师范大学文学院、《文艺争鸣》编辑部编，吉林人民出版社出版）；2012 年获得《文史哲》2010 年度"名篇奖"

汉乐府《陌上桑》新探

《陌上桑》是汉乐府名篇，今人对它评价极高。最有影响的说法是："这诗叙述一个太守侮弄一个采桑女子遭到抗拒的故事。诗中揭露了上层统治阶级荒淫无耻的面目，同时刻划了一个坚贞美丽的女性形象。"[①] 甚而有人进一步认为，它"充分体现了人民反压迫，反剥削的斗争精神。"[②] 但是，当我们对《陌上桑》这首诗产生的来龙去脉以及诗中所表现的内容进行一番考察之后，发现这种看法不符合原诗主旨。

一、两个疑难问题

按现在流行的看法，此诗有两个难题不能解决。其一在于何以证明罗敷是和"上层统治阶级"相对立的"劳动妇女"。诗中"罗敷喜蚕桑"只说明她去采桑，但难以说明她是"劳动妇女"。《诗经·大雅·瞻卬》："妇无公事，休其蚕织。"《毛传》："妇人无与外政，虽王后犹以蚕织为事。"[③] 这固然是一种夸张的说法，但从先秦两汉的文字记

---

① 余冠英：《汉魏六朝诗选》，人民文学出版社 1979 年版，第 28 页。
② 游国恩等主编：《中国文学史》第一册，人民文学出版社 1979 年版，第 160 页。
③ 《毛诗正义》，影印《十三经注疏》，中华书局 1979 年版，第 578 页。

载看，贵族妇女一般是要蚕桑纺绩的。后汉广汉属国侯李翊夫人碑铭有"约身纺绩，殖赌圃园"之语，① 便是证明。《列女传》中记秋胡妻采桑，秋胡在外游宦，可见她也不是普通劳动妇女。崔豹《古今注》把此诗附会为写赵王家令王仁妻的故事，固然与诗篇内容不合，但这个故事本身说明，采桑的王仁妻也不是普通劳动妇女。《礼记·内则》："女子十年不出，母教婉娩听从。执麻枲，治丝茧，织纴组训，学女事，以共衣服。"② 这也是说士大夫家庭的女孩子自小就要学习女工蚕桑之事。那么，"罗敷喜蚕桑"一句，怎么证明她是劳动妇女而不是贵族妇女呢？

其二是如何看待此诗中的反证。诗中对罗敷的穿戴打扮描写，甚至她提的采桑笼子，都和"劳动妇女"的身份相矛盾。而她对丈夫的描述，也说明她不是"劳动妇女"。这些都是强有力的反证。可是，现在流行的看法偏偏置这些诗句于不顾，首先主观认定罗敷是和"统治阶级"相对立的采桑女，然后则不顾一切地把这些诗句曲为解说，写罗敷服饰为"烘托"她的美，罗敷对丈夫的介绍是"夸张"，"是人民智慧的表现"。③ 都是假的，唯独"罗敷喜蚕桑"一句是真的，而且可以肯定罗敷阶级身份的。那么，谁也不难看出，这种根据主观成见随意解释古诗的办法固然很省力，却不是实事求是的科学态度。在此基础上得出的结论，也是难有说服力的。

---

① 《全后汉文》卷一〇六，影印《全上古三代秦汉三国六朝文》，中华书局 1963 年版，第 1044 页。

② 《礼记·内则》，影印《十三经注疏》，中华书局 1979 年版，第 1471 页。

③ 彭梅盛：《"陌上桑"的人物和主题思想》，载《乐府诗研究论文集》，作家出版社 1957 年版，第 76—79 页。

二、采桑女的故事

由此可见，对《陌上桑》的研究，我们的眼光要深入一些，态度要客观一些。参考历史，在先秦两汉，流传着许多和《陌上桑》相近或相关的故事。分析下面这些故事，有助于我们理解本诗。

第一类是写采桑女之美的。宋玉《登徒子好色赋》：

> 是时向春之末，迎夏之阳。仓庚喈喈，群女出桑。此郊之姝，华色含光。体美容冶，不待饰装。臣观其丽者，因称诗曰："遵大路兮揽子祛，赠以芳华辞甚妙"。①

枚乘《梁王兔园赋》也有类似的描写：

> 若乃夫郊采桑之妇人兮，袺袍错纤，连袖方路，摩长发，便娟数顾。芳温往来接，神连未结，已诺不分，缥姘进靖，嚬笑连便，不可忍视也。②

可见，把采桑女当作文学人物描写由来已久，但她在赋家笔下只是美女的形象。

第二类是写士大夫调戏妇女的，最有代表性的是秋胡戏妻的故事。《列女传》云：

---

① 《文选》卷十九，中华书局 1977 年影印版，第 269 页。
② 费振刚等：《全汉赋校注》，广东教育出版社 2005 年版，第 24 页。

鲁秋洁妇者，鲁秋胡子妻也。既纳之五日，去而宦于陈，五年乃归。未至其家，见路傍妇人采桑，秋胡子说之。……谓曰："力田不如逢丰年，力桑不如见国卿。吾有金，愿以与夫人。"妇曰："嘻！夫采桑力作，纺绩织纫，以供衣食，奉二亲，养夫子。吾不愿金。所愿卿无有外意，妾亦无淫佚之志，收子之斋与笥金。"秋胡子遂去。至家，奉金遗母，使人呼其妇，至，乃向采桑者也。秋胡子惭。妇曰："子束发辞亲往仕，五年乃还，当所悦驰骤扬尘疾至。今乃路旁妇人，下子之粮，以金予之，是忘母也，忘母不孝。好色淫佚，是污行也，污行不义。夫事亲不孝则事君不忠，处家不义则治官不理。孝义并忘，必不遂矣。妾不忍见子改娶，妾亦不嫁。"遂去而东走，投河而死。①

可见，这故事旨在褒扬女子的贞节操守。《西京杂记》也记有此事，文字略异而大旨相同。《列女传》中还载有陈辨女的故事：

辨女者，陈国采桑之女也。晋大夫解君甫使于宋，道过陈，遇采桑之女，止而戏之曰："汝为我歌，吾将舍汝。"采桑女乃之歌曰："墓门有棘，斧以斫之；夫也不良，国人知之。"②

这是以唱歌的方式拒绝晋大夫的调戏。

第三类和戏女为题的故事又不同，只写女子的贞静专一。刘向《列女传》：

齐宿瘤女者，齐东郭采桑之女。闵王之后也。项有大瘤，故号曰宿瘤。初，闵王出游，至东郭，百姓尽观，宿瘤采桑如故。

---

① 刘晓东校点：《列女传》，辽宁教育出版社 1998 年版，第 52—53 页。

② 刘晓东校点：《列女传》，辽宁教育出版社 1998 年版，第 84 页。

王怪之，召问曰："寡人出游，车骑甚众，百姓无少长，皆弃事来观。汝采桑道旁，曾不一视，何也？"对曰："妾受父母教采桑，不受教观大王。"王曰："此奇女也。惜哉宿瘤！"女曰："婢妾之职，属之不二，予之不忘。中心谓何？宿瘤何伤？"王大悦之，曰："此贤女也。"……立瘤女以为后。①

相类于此的还有路室女的故事等等。

显而易见，在这三类故事中，都没有把采桑女当作劳动阶级来歌颂。第一类赋家赞扬女子之美，源出于当时人对理想美女的艺术想象，所表现的是当时的一种审美观念。第二、三两类则表现了汉时的妇女伦理道德观念。其中第二类写士大夫调戏采桑女，采桑女以各种方式拒绝，其重点都在突出女子的贞洁操守。相应的，那调戏采桑女的士大夫，在这些故事中也不是作为采桑女的阶级对立面出现的，而是把他们当作违反封建伦理道德的反面人物来批判的。第三类则是褒扬女子的贞静专一。一句话，宣扬伦理道德观念，宣扬妇女的贞洁操守，是二、三两类故事的中心主题。

三、《陌上桑》的时代基调

既然汉代流传的采桑女故事都是以描写妇女之貌，宣扬妇女贞节操守为主题的，那么，产生于同一时代的《陌上桑》，是否"体现了人民反压迫、反剥削的斗争精神"，就值得思考。由上面的三类故事可以看出，《陌上桑》中关于女子采桑、使君戏女、罗敷拒绝等内容的描写，都和它们相近。可以肯定，这些内容大同小异的故事，都是出自同一时

---

① 刘晓东校点：《列女传》，辽宁教育出版社 1998 年版，第 66—67 页。

代母题的。因此我认为,《陌上桑》在思想基调上和同时代采桑女的故事基本是一致的。这由诗篇本身可以证明。

第一,采桑在此诗中不是作为劳动阶级的劳动来描写,而是当作一种表现妇功的象征。如前所述,蚕桑纺绩是汉代各阶层妇女的共同职责,所以曹大家《女诫》中,把专心纺绩作为妇功的主要内容,古诗《上山采蘼芜》也把织布的好坏快慢作为判断新人与故妇的优劣标准。此诗中"罗敷喜蚕桑"一句,重点也只在一个"喜"字,旨在说明罗敷这一女子,是恪守妇功的典型。在交代故事发生的原委之时,巧妙地暗示给读者听者。

第二,罗敷的答词中,"使君自有妇,罗敷自有夫"二句,也表现了当时妇女的贞操观念。这种贞操观念与秋胡妻、陈辨女等故事中的主人公完全一样。话语虽简短,和上文"罗敷喜蚕桑"一句却遥相呼应。上文是客观的叙述,此处是主人公的自白,一外一内,一行一言。这样,就从两个方面突出了罗敷这一形象特征,表现了和采桑女故事完全一样的妇女伦理道德观念。

《陌上桑》诗中对罗敷的这种描写,也是符合历史特点的。东汉是最强调封建伦理道德的时代。究其原因,就因为构成两汉社会的主要阶级,不是春秋时期的领主世族与封建农奴,而是封建地主与一家一户的个体农民。在这种情况下,封建统治阶级赖以生存的经济基础便是以个体家庭为单位的小农经济。家庭的解体与稳固,就直接影响整个社会的经济发展。这种社会结构的变化也必然影响社会思想的变化。因此,以治家为根本的儒家伦理道德在汉代得到了更好的发扬,成为维系个体家庭关系和整个社会结构的主要精神支柱之一,在社会的各个阶层、各个方面得以体现。今存汉代社会中描写妇女题材的诗,正是从各个角度投下了这个时代儒家伦理道德对妇女要求的影子。如《相逢行》与《长安有狭斜行》中写"大妇织绮纻,中妇织流黄",《孔雀东南飞》中写刘兰芝"十三能织素,十四学裁衣",夸赞她们善女红纺绩;《东门行》中写女子愿与丈夫共守贫苦，《白头吟》中"愿得一心人，白头不相离"的决绝，《陇西行》写善于持家的"好妇"，甚至措辞比较激烈的《羽林郎》中的胡姬，亦以"男儿爱后妇，女子重前夫"来维护自己的节操。这同春秋时代"人尽夫也"的观念大不一样，也与《诗经·国风》中反映妇女题材的诗多以情诗为主的特点大不一样。汉代采桑女故事的广为流传和《陌上桑》的产生，也正是在这种情况之下。因而，罗敷这一形象之所以能够作为文学典型出现在东汉，也必然以社会现实对妇女伦理道德的历史要求作为艺术审美的社会思想基础。因而，这不是一首"体现了人民反压迫，反剥削斗争精神"的诗，而是表现汉代妇女道德观念的诗。考察历史，窥诸本诗，这是我们得出的必然结论。

四、罗敷形象中的个性特征

但是，如果在罗敷身上，仅仅体现一种抽象的伦理道德，她还不是文学形象。罗敷之所以是罗敷，就因为她不同于秋胡妻、陈辨女等人，有她自己的鲜明个性。

首先，让我们看一看罗敷是个什么样的具体的人。诗的开头写道："日出东南隅，照我秦氏楼"；"罗敷喜蚕桑，采桑城南隅"。显然，罗敷不是一个农村妇女，而是一个住在城市的妇女。再看罗敷的打扮："头上倭堕髻，耳中明月珠。缃绮为下裙，紫绮为上襦。"这种打扮是值得研究的。因为中国的服饰，在先秦有严格的等级限制。《诗经·卫风·硕人》："硕人其颀，衣锦褧衣。"《毛传》："夫人德盛而尊，嫁则锦衣加褧襜。"① 《礼记·缁衣》："子曰：长民者，衣服不贰，从容有常，

---

① 《毛诗正义》，影印《十三经注疏》，中华书局1979年版，第322页。

以齐其民，则民德一。"《王制》："关执禁以讥，禁异服。"① 《周礼·地官·大司徒》记"以本俗六安万民……六曰同衣服。"郑注："民虽有富者，衣服不得独异。"② 在汉初，商人亦禁穿锦绣罗绮之类。（见《汉书··高帝纪》《食货志》）但是到了文帝时，这种服饰的限制便被商人打破。晁错《论积贮疏》说商人"衣必文采、食必粱肉"，"乘坚策肥，履丝曳缟"。③ 商人大都生活于城市，这给城市生活带来了一些变化，主要是商品经济带来的对财富的追求，和官僚贵族权势的混合与争斗，形成了汉代城市中竟尚奢侈的风气。《后汉书·马援列传》记马廖上疏长乐宫云："臣案前世诏令，以百姓不足，起于世尚奢靡。"并引长安谚语："城中好高髻，四方高一尺，城中好广眉，四方且半额。城中好大袖，四方全匹帛。"④ 以见这种奢侈仿效之风在社会上的推衍。王符《潜夫论》亦批评这种风气，说当时"京师贵戚，衣服饮食，车舆文饰庐舍，皆过王制，僭上甚矣。从奴仆妾，皆服葛子升越筒中女布。细致绮縠，冰纨锦绣……骄奢僭主，转相夸咤。"⑤ 《风俗通义》云："桓帝元嘉中，京师妇女作愁眉啼粧，坠马髻，折腰步，龋齿笑。愁眉者，细而曲折。啼粧者，薄拭目下若啼处。堕马髻者，侧在一边。折腰步者，足不任体。龋齿笑者，若齿痛不忻忻。始自（梁）冀家所为，京师翕然皆仿效之。"⑥ 崔豹《古今注》："堕马髻，今无复作者。倭堕髻，一云堕马之余形也。"⑦ 杜笃《京师上巳篇》："窈窕淑女美胜艳，妃戴翡翠珥明

---

① 《礼记正义》，影印《十三经注疏》，中华书局 1979 年版，第 1648、1344 页。

② 《周礼注疏》，影印《十三经注疏》，中华书局 1979 年版，第 706 页。

③ 班固：《汉书·食货志上》，中华书局 1962 年版，第 1132 页。

④ 范晔：《后汉书·马援列传》，中华书局 1965 年版，第 853 页。

⑤ 王符：《潜夫论·浮侈篇》，《诸子集成》第八册，上海书店影印 1986 年版，第 54—55 页。按文中所提"葛子升越筒中女布"，左思《吴都赋》："蕉葛升越，弱于罗纨"，《文选》李善注："蕉葛，葛之细者。升越，越之细者"。又扬雄《蜀都赋》："筒中黄润，一端数金。"女布：一种细布的名称。

⑥ 吴树平：《风俗通义校释·佚文二十二》，天津人民出版社 1980 年版，第 441 页。

⑦ 崔豹：《古今注下》，《百子全书》，浙江古籍出版社 1998 年版，第 1105 页。

珠。"① 可见，罗敷的打扮，正体现了城市中这种崇尚奢侈、夸耀富贵的风尚。她梳的是城市当时最流行的发式，戴的是当时最珍贵的首饰。因而罗敷这一人物，不是一般的劳动妇女，而是一位当时城市中代表风俗时尚的贵族或富商家的女子。

正因为如此，罗敷这一形象的举止言谈，也与秋胡妻、陈辨女、齐宿瘤女等大不相同。罗敷出城采桑本身，就表现了当时的炫耀富贵美貌之风。甚至她提的篮子，也是"青丝为笼系，桂枝为笼钩"。所以诗中极力渲染她的美貌，以至于使"行者""耕者""少年""锄者"都为她的美貌所倾倒。在"使君"的调戏面前，她的态度既不像秋胡妻那样严词拒绝，也不像陈辨女样借唱歌讽刺，而是反过来调笑使君，借炫耀自己的丈夫炫耀自己。所以罗敷的答词先用一个"愚"字，意味使君之不知自重，不知深浅，像自己这样的美貌守礼女子，所配的也是才德并进的堂堂丈夫。他不但很早就步入仕途，前程无量，"十五府小吏，二十朝大夫，三十侍中郎，四十专城居"，而且仪表非凡，举止得体，"为人洁白晰，鬑鬑颇有须，盈盈公府步，冉冉府中趋"，是"坐中数千人"中最突出的人物。这样，以"使君"之不配进一步显现罗敷这一形象，表现当时城市中那种夸耀富贵的情趣。在带有喜剧性的结尾收场中，也表现了罗敷这一人物独特的个性，那就是当时城市富贵女子的自夸与自傲。

由此可见，罗敷这一人物，在当时有着特殊意义，在她身上，既表现了汉代社会对妇女伦理道德的一般要求，又体现了汉代城市崇尚奢侈浮夸之风下形成的一种审美情趣，正是这种共性与个性的统一，才使罗敷成为一个活生生的、有血有肉的文学典型。

本文原载于《江西社会科学》1987年第3期，人大报刊复印
资料《中国古代近代文学研究》1987年第8期全文复印

---

① 逯钦立：《先秦汉魏晋南北朝诗·汉诗卷五》，中华书局1983年版，第165页。

中国历史上最早的反映甘肃风情的诗篇

——汉乐府《陇西行》赏析

汉乐府《陇西行》是中国历史上现存最早的一首反映甘肃风情的诗篇，无论在文学史上还是在民俗学研究方面都具有重要价值。先看原诗：

天上何所有，历历种白榆。

桂树夹道生，青龙对道隅。

凤凰鸣啾啾，一母将九雏。

顾视世间人，为乐甚独殊。

好妇出迎客，颜色正敷愉。

伸腰再拜跪，问客平安不。

请客北堂上，坐客毡氍毹。

清白各异樽，酒上玉华疏。

酌酒持与客，客言主人持。

却略再拜跪，然后持一杯。

谈笑未及竟，左顾敕中厨。

促令办粗饭，慎莫使稽留。

废礼送客出，盈盈府中趋。

送客亦不远，足不过门枢。

取妇得如此，齐姜亦不如。

健妇持门户，亦胜一丈夫。

　　此诗载郭茂倩《乐府诗集》卷三十七，属《相和歌辞·瑟调曲》，是流传下来的为数不多的汉乐府古辞之一。诗的前八句和主旨并不相关，是汉乐府诗开头常用的艳词。从第九句开始为诗的正文，写一位"好妇"迎送宾客的整个过程。诗的内容在今天看来也许很平常，但是在中国古代却有着不同寻常的意义。《礼记·内则》云："礼始于谨夫妇，为宫室，辨内外。男子居外，女子居内。""男不言内，女不言外。"① 也就是说，根据中国古代的儒家训条，妇女是不能随便和其他男子接触的，当然更谈不上迎送宾客了。然而，这首诗中的女主人公的所作所为却完全不符合儒家礼法，这不能不使诗人惊异，把这件事当作陇西风情记录下来。这也不能不使我们对这首诗发生兴趣，通过这个今天看来已经非常平常的故事去考察古代的甘肃风情。

　　此诗名之为《陇西行》，诗名应与地理有关。据《汉书·地理志下》："陇西郡，秦置。"颜师古注引应邵语："有陇坻，在其西也。"颜师古又解释道："陇坻谓陇坂，即今之陇山也。"此郡在陇之西，故曰"陇西"②。陇山是六盘山南段的别称，在陕西陇县和甘肃平凉一带，陇西即今甘肃省东南，今甘肃称陇，即由此而得名。

　　陇西郡是秦时才设置的新郡。自春秋时起，这里一直是迫近戎狄的边境。《汉书·地理志下》又说："天水、陇西，山多林木，民以板为室屋。及安定、北地、上郡、西河，皆迫近戎狄，修习战备，高尚气力，以射猎为先。"③ 可见，自春秋时起，这里的民风就是以尚武任能为

---

① 《礼记正义》，影印《十三经注疏》，中华书局1980年版，第1468、1462页。
② 班固：《汉书》，中华书局1962年版，第1610页。
③ 班固：《汉书》，中华书局1962年版，第1644页。

其特色的。

到了汉代，陇西仍然是迫近匈奴的边防地带，战事不断发生，使春秋以来就已形成的尚武任能风气得以继续发扬，并成为一个"以材力为官，名将多出焉"①的地区。著名的飞将军李广就是陇西成纪人。

陇西的地理位置和土风如此，自然也要改变妇女在家庭中的生活和地位。由于男子从军，妇女便不得不从事更多的家务劳动，并且要承担起许多应该由男子承担的任务。《后汉书·五行志一》记桓帝初天下童谣曰："小麦青青大麦枯，谁当获者妇与姑，丈夫何在西击胡。"②实际上说的就是桓帝元嘉年间因为凉州诸羌造反，东汉王朝大量征兵作战，致使男子不能从事农业劳动，只有靠妇女收获田禾之事。此童谣不专指陇西，但我们由此却可证明男子从军后给妇女带来的生活变化。陇西地区迫近戎狄，自春秋以来人民一直修习战备，由于男子多从征于外，妇女必须承担许多本应该由男子承担的任务，久而久之，这种土风也必然促使陇西地区的妇女养成特有的风俗习惯，尤其是男女之别不像中原地区那么严密。因此，《陇西行》中的这位女主人公不但亲自迎送宾客，略尽主人之意，而且表现得那样坦诚与大方，这就无怪乎诗人把她称之为可以"持门户"的"健妇"，赞叹她是"齐姜亦不如"的女人了。

由此可见，这首诗的确具有相当高的民俗学史料价值。通过它，我们不但可以明了两汉时代陇西地区普通人民生活习俗的一个方面，了解当时陇西妇女和中原地区妇女不同的生活，了解她们在当时的家庭和社会中扮演了一个什么样的角色。同时，通过诗中女主人公迎送宾客坦诚大方的举止，也看到了古代陇西妇女勤劳能干的品质，看到古代陇西的淳朴民风。《汉书·地理志下》说陇西郡"民俗质木，不耻寇盗"③。

---

① 班固：《汉书》，中华书局 1962 年版，第 1644 页。
② 范晔：《后汉书》，中华书局 1965 年版，第 3281 页。
③ 班固：《汉书》，中华书局 1962 年版，第 1644 页。

大概也正是因为这个原因，陇西妇女在男人不在家的情况下，才能够比较放心地"持门户"过日子，并敢于接待过往旅客，热情迎送而毫不防闲。这的确是描述古代陇西民俗风情的一幅淳朴图画。

这首诗在艺术上也有独到之处。大家知道，即事名篇，是汉乐府创作的一个特点。此诗名为《陇西行》，自然写的是诗人自己在陇西的所见所闻。这里的"客"并非指一般的亲友做客，而是一位来自远方的旅客，实际上也就是诗人自己，只不过以与主人对举而自称为"客"。再从上下文来看，这位"旅客"可能来自于中原。如前所述，根据中原地区的儒家传统礼俗，妇女只有"绸缪主中馈"（即下厨房）的职责，而没有自待宾客的礼节。而陇西的妇女并不受这种礼教的束缚。可以推测，诗人到陇西的所见所闻是很多的，但是，根据诗人所受的传统儒家教育，他对事物的观察，自然会自觉地把重点放在最重要的最根本的礼俗变化方面。在陇西的诸多见闻中，妇女送迎宾客的大方举止自然会成为最让他惊异的场面。于是作者就抓住了这一点，把它作为"陇西行"印象最深的事件。可见，这题材选择本身就具有典型性。

在具体的描述中，作者亦不是平均用力，主次不分。他对女主人公迎送客的整个过程都进行了细心观察和回顾，从而抓住最关键的几个镜头进行描述，叙述简洁得体而形象鲜明。先写好妇迎客的举止，再写与客人对饮、谈笑的场面，后写送客时的情景。显然，这种重点描述中暗含着一种比较，他通过女主人的一系列"废礼"行动，来表现自己的惊异心情，同时也给读者造成一种比较强烈的印象。

然而，对女主人公的这种"废礼"之举，作者并非采取批评态度，而重在赞美。因此，该诗的叙述描写重点并不仅仅在于事件的过程，而在于通过它展示女主人公的风度与气质。此诗一开篇就写得很有特点："好妇出迎客，颜色正敷愉。伸腰再跪拜，问客平安不？"第一句写女主人公容貌之美。"好妇"之"好"，在本诗中就是指女主人公长得美丽。

扬雄《方言》："自关而西秦晋之间凡美色或谓之好。"① 第二句写女主人公态度之和悦。"颜色"指面部表情。"敷愉"，依黄节《汉魏六朝乐府风笺》，犹怡愉也。《方言》："怡愉，悦也。"② "伸腰"句写女主人公行动之婉媚；"问客"句写女主人公言谈之热情。以下，则写女主人公既能从容自如地招待宾客，又处处谨慎地表现出男女之别的那种落落大方的举止。描述的言语不多却神情毕现，诗人的赞美之意溢于言表。结尾议论，"取妇得如此，齐姜亦不如。健妇持门户，亦胜一丈夫。""齐姜"的原意是指春秋时齐国姜姓之女，被引申为才德俱全的大家闺秀，也可以说是先秦两汉内地风俗中妇女理想形象的代名词。作者有意拿"齐姜"来和这位女主人公相比，并发出"齐姜亦不如"的感叹，夸张赞誉已经达到极点。整首诗从描写陇西风情入手，题材选择与客观描述处处突出这种风俗特色。叙述简洁明了，生动形象，客观叙述中又含有很强的主观感情色彩。这一切，又通过质朴无华的本色语言表现出来，表面看似平淡，实际则越品味风俗情味越浓。

综上所述，《陇西行》确是反映古代甘肃风情的珍贵诗篇，同时也是中国文学史上的一篇佳作。遗憾的是前人却没有从陇西风情的角度去解释，而是从封建礼教观念出发，以或美或刺的主观之意评之。如明人钟惺、谭元春在《古诗归》卷五中评此诗是"男女几于狎矣，而不及乱，真所谓好色不淫。"而清人张琦的《宛邻书屋古诗录》引陈祚明语则谓："此必当时实有其事，故作诗以讥之，迎客岂妇人之事？今始终酬酢，成礼而退，不斥言讥之，末四句反用称羡语，寓讽于颂。但中间逗出'废礼'二字，乃是正意隐藏不露。"张琦加按语接着说："一起故作荒唐之言，即兴意已自讽刺显然。"实际上发荒唐言的并不是诗人，恰恰是这些道学家自己。其中稍有见识的张玉谷，在他的《古诗赏析》

---

① 扬雄：《方言》，明程荣辑纂《汉魏丛书》，吉林大学出版社 1992 年影印版，第 197 页。
② 扬雄：《方言》，第 209 页。

中说"此羡健妇能持门户之诗。旧解皆云中含有讽意，盖因妇人宜处深闺，不应自迎宾客也。然玩诗意，以凤凰和鸣，一母九雏兴起，则此好妇之无夫少子，自可想见，门客既藉以持，宾客胡能不待？观其中幅叙事，后幅断结，绝无含刺之痕，只作羡之为是。"张玉谷的批评是对的，说诗中女主人公可能"无夫少子"不得不自持门户，也有一定道理，但是并没有从民俗文化层面去理解这首诗，所以说服力不强。今人王汝弼《乐府散论》曾略提及此诗和陇西风俗之关系，然亦未暇对此风俗由来进行讨论。鉴于上述情况，本文略作如是简析，以供好之者同赏之，达人深究焉。

本文原载于《文史知识》2003 年第 10 期

20 世纪国外和港台地区的两汉诗歌研究

　　在当下这个世界文化交流日渐活跃的时代，中国文学研究早已经不是中国人自己的专利，更不是大陆学者的专利。因此，尽可能多地了解港台地区与国外的中国文学研究动态，对于开阔我们的学术视野，扩展学术领域，发掘中国古代文学的世界价值，都有着不可忽视的意义。在 20 世纪的不同时期，港台地区和国外的汉代诗歌研究成果虽然不及大陆丰硕，但是却有其独特之处。他们从不同的角度，运用不同的方法观点从事汉代诗歌研究，取得了许多重要成果。认真地总结这些成果，对于推进 21 世纪的汉代诗歌研究大有助益。由于受各种条件所限，本人掌握材料不多，仅就个人所知略作介绍。

一、20 世纪国外的两汉诗歌研究

　　首先要提及的是日本。在 20 世纪初，日本的汉学研究、特别是文学史的编写上曾早于中国，早在 1903 年，上海中西书局就翻译出版了日人笹川种郎的《历朝文学史》。在泽田总清的《中国韵文史》里，也有对汉代诗歌的介绍，分为乐府、汉诗、武帝以后的诗、汉的女流诗人、后汉的闺秀诗人几部分，显出与中国人著作的不同。① 关于汉代诗歌的研究文章，早在 1929 年就有铃木虎雄关于五言诗发生时期的讨论，② 儿岛献吉郎则对汉代戚夫人、班婕妤等的诗作进行了论述。③50 年代以来，日本人对于汉代诗歌的研究视域逐渐开阔，其中吉川幸次郎对《古诗十九首》生命主题的研究、小西昇对两汉乐府的研究、增田清秀对《郊祀歌》中邹子乐的研究、乐府历史的研究、泽口刚雄对乐府游仙诗的研究，乐府诗表现形态、声调、音色的研究，汉魏乐府传承的研究，道家春代对古乐府与《古诗十九首》关系的研究等，尤其值得我们重视。④ 清水茂对汉乐府"行"的考证，也曾引起中国学者的关注。⑤ 在已经翻译介绍到中国的著作中，如吉川幸次郎的《中国诗史》，其中专门讨论了项羽的《垓下歌》和刘邦的《大风歌》。作者不限于这两首歌的字面意义，而是从人类情感的角度和诗歌史的角度对这两诗进行新的解析。如作者认为，《垓下歌》这首诗所表现的是"那种意识到人类为不可知的命运之丝所支配的人物的心声。""人类的幸福是偶然的，不幸也是偶然的。这是因为人类被某种超人类之物——大概就是通过'天'这个词被意识到的那种东西——所支配的缘故。天所操纵的命运之丝，一会儿任性地摆向幸福，一会儿又任性地摆向不幸。操纵者是无常的，但它产生的结果却是绝对的。命运之丝一旦有一度摆向不幸，那就会使人类的力量和努力通通无效。我们可以发现，这种意识是产生《垓下歌》的根源。"作者进一步认为："项羽的这首歌，把人类看作是无常的天意支配下的不安定的存在，像这样一种情感，在这首歌以前的中国诗歌里是很少见的，而在这首歌以后的中国诗歌里却屡见不鲜。

① [日] 泽田总清：《中国韵文史》，王鹤仪编译，商务印书馆 1936 年版。
② [日] 铃木虎雄：《对于五言诗发生时期底的疑问》，王馥泉译，《语丝》5 卷 33 期，1929 年 10 月，《小说月报》17 卷 5 号，1926 年 5 月。
③ [日] 儿岛献吉郎作：《两汉之巾帼文学》，木华译，《益世报》1929 年 12 月 17、28 日。
④ 论文出处见日本京都大学人文科学研究所编《东洋史研究文献类目》。
⑤ [日] 清水茂：《乐府"行"的本义》，蔡毅译，《清水茂汉学论集》，中华书局 2003 年版。

也就是说，在这首歌出现的那个时期，流动于中国诗歌深处的人生观，已经发生了一场变化。"① 同样，他用这样的眼光分析刘邦的《大风歌》，发现二人虽然在创作情境上有胜利与失败的区别，但是在情感表达上也有相同之处："项羽的《垓下歌》与刘邦的《大风歌》，一个是失败的英雄的悲歌，一个是成功的英雄的欢歌，方向相反，但其深处的感情则是相通的。如果说项羽的歌显示了人类由安定的存在转变为不安定的、渺小的存在的转机，那末，高祖的歌不也同样歌唱了这种转机吗?"② 当代另一位日本汉学家冈村繁，在汉代五言诗研究方面有着独到的见解。作者认为，当下比较流行的看法认为五言诗受汉代民间歌谣的影响，到建安时代才出现"五言腾踊"的观点难以令人信服，"因为它预设了一个前提，即断定五言诗这一形式在后汉的民间歌谣中广泛流行，而这一前提的根据却十分薄弱。事实上后汉时代实际流行于民间的歌谣大部分都是七、四、三言或它们的混合形式。"因此作者认为有必要重新探讨其真正的原因。这与汉代流行的新声俗乐有直接关系，特别是汉乐府的宫廷演奏对五言诗的形成有重要作用。他说："根据我所见的资料看，五言诗形式真正进入宫廷乐府并成为被演奏的歌曲，是从汉宣帝时代的铙歌《上陵》开始的。从《上陵》的歌词样式推测，至少在宣帝时代，五言节奏的诗歌已经完全定型，并成为宫廷歌曲的一个组成部分。"作者以《汉书·礼乐志》的记载为证，认为到了汉宣帝时代，宫廷中以天子为首的高官皇亲等上层贵族们开始迷恋"郑声"，"如果以成帝为首的当时上层贵族确实曾经耽溺于那种轻佻音乐的话，那么可以想见，原来就具有轻俗风格特点的五言歌曲对于天子贵族们的这种嗜好当更加合其所望。它发挥作用的机会也当更多。出于宫廷演唱的需要，它们的歌词和曲调也可能变得更加华丽，更富艺术性。成帝后宫中的班婕妤

---

① ［日］吉川幸次郎：《中国诗史》，章培恒等译，复旦大学出版社2001年版，第34、38页。
② ［日］吉川幸次郎：《中国诗史》，章培恒等译，复旦大学出版社2001年版，第63页。

（前 48？—前？）曾经作过题为《怨歌行》的一首歌。……这首优美哀戚的五言诗可以证明我上述推断。"作者接下来又考察了后汉现存文人诗的情况，最后得出这样的结论："既然前汉末的宫廷贵族们全部'渐渍'于轻靡俗乐，进入后汉时此风当不至于有太大变化。后汉的百官贵戚们很可能照样承袭了这种嗜好。自后汉前期迄中期，作家中流传下五言诗作品的是班固和张衡。两人都是当时宫廷中地位最高的文人。他们的这类作品当时都被称为'歌诗'或'歌'，这表明它们与歌曲多少有关。由此我们不难想象当时贵族社会中五言歌谣的实际情况。也许正是以班固、张衡为首的当时有名或者无名的文人们将宫廷中流行的这种轻巧五言体形式的节奏进一步纯粹化，并使之具有华丽的贵族风格，那些娇艳甘美而情调颓废、近乎'郑声'风格的《古诗十九首》，其大部分都产生于前汉末至后汉时代，因而当也是在这种气氛中创制出来的。"①显然，冈村繁的这一见解颇有新意。因为从两汉时代歌舞娱乐的实际情况来看，汉乐府的新声俗乐与五言诗的创作发展的确有着密不可分的关系。②

　　苏联汉学家对汉代乐府诗十分重视，著名汉学家瓦赫金以研究汉魏南北朝乐府的论文获文学副博士学位，并翻译出版了一本《乐府·中国古代诗歌选》，在前言中介绍了乐府产生的时代背景、时代意义及乐府诗特点。法国学者戴密微主持编译的《中国古诗选》（1962），收录了《古诗十九首》的全部译文，并称赞它"是汉代流传下来的最优美的诗歌：这种五言诗体保持了民歌特色，且具有完美的艺术技巧。"在美国，周英雄在他的博士论文《木铎：汉代的采诗运动及文学的功用》（1977）一文中，从汉代社会政治的角度论述了乐府的功用及其对

① ［日］冈村繁：《周汉文学史考》，陆晓光译，上海古籍出版社 2002 年版，第 161、172、173、177—178 页。
② 20 世纪以来日本汉学家以及他们研究中国古代诗歌的概况，可以参考胡建次、邱美琼《日本中国古典诗学研究 500 家简介与成果概览》，江西人民出版社 2010 年版。

民间歌谣的采集，《郊祀歌》的创作作为一种政治行动的意义，乐府民歌的经验模式，并从比较研究的角度，界定了乐府民歌中随口即出的重复方式与近代诗中反复推敲的对句之间的区别等。其研究问题的视点和方法，与国内学者有明显的不同。① 韩国学者车柱环也有关于李陵诗的研究。②

在海外汉学家当中，法国学者桀溺的研究值得我们重点介绍。其代表作之一是他的《古诗十九首》（1962）一书，这是一部专门的研究著作，全书分为三部分，第一部分是作者对十九首的重译，第二部分是对每首诗的详尽注释，第三部分是"结语"（评论）。说《古诗十九首》"进行了一种文学革命，开创了一个新世纪。它们深深植根于过去，不仅追溯到《诗经》，而且也追溯到《楚辞》。不仅就其民歌的形式，而且就其哲学思想来说，这些作品是属于自己的时代的。《古诗十九首》成功地综合了所有这些特点，创新出新诗体和新精神。它们把传统、民间艺术和现代意识溶为一体。在这种结合上，古典诗歌萌芽了。"桀溺剖析了《古诗十九首》"离别"和"死亡"两大主题，分析了作品中的主人公和《楚辞》中主人公的异同，景物描写的特点、艺术结构的独特之处、《古诗十九首》产生的时代等，还把它与法国文学作了比较。③ 作者指出："《古诗十九首》最具独特性的地方，也许在于诗歌结构的艺术。整齐、和谐无疑是它们的成功之处，同时也证明古诗的创作技巧不是偶然地产生于民间的灵感。"作者对《古诗十九首》的产生年代的讨论尤其值得我们注意。他在把《文心雕龙》《诗品》《文选》《玉台新咏》的有关记载进行分析之后指出："经过这初步的考察，我们可以作出什么

① 见李达三、罗钢主编《中外比较文学的里程碑》，人民文学出版社 1997 年版，第 445—446 页。

② 论文出处见日本京都大学人文科学研究所编《东洋史研究文献类目》。

③ 此处介绍参考了宋柏年主编《中国古典文学在国外》第二编第二章《乐府民歌和古诗十九首》，北京语言学院出版社 1994 年版，第 93—100 页。

结论呢？严格说来，《古诗十九首》中真正可以确定属于东汉时期的作品，只有一两首，其他则悬而未决。我们应注意到，上述四部基本的参考文献，均不肯定《古诗》创作期为东汉。《文心雕龙》只提'两汉'，《诗品》则说是汉代而非周代的作品；《文选》把《古诗十九首》排在李陵（公元前 74 年殁）和苏武（公元前 60 年殁）作品之前。不管李、苏二人的作品是真是伪，我们可以肯定的是，在《文选》编纂者心目中，《古诗十九首》最低限度有一部分早于李、苏二人写作的年代。最后徐陵将八首诗归属枚乘，也就毫不犹疑地把《古诗》创作年代追溯到公元前二世纪。这样看来，无论是这些诗作本身，或有关文献材料，都不容许就此一如近代大多数的评论家那样去肯定《古诗十九首》是汉末的作品。"接下来，作者又从传世的一些文人五言诗如班固的《咏史诗》、秦嘉的《赠妇诗》、五言乐府诗、"即事歌谣"等进行对比，最后得出如下结论："我个人的观点与今日公认的最流行的看法有距离，这种看法把《古诗十九首》的创作年代推到汉末。我甚至不同意梁启超认为是公元 120—170 年间的作品这个说法。我本人则主张《古诗》产生于公元一世纪中叶到二世纪中叶之间，就是以班固、傅毅之间为上限，以秦嘉这段时间为下限，因为后者的作品似乎是平庸地摹仿一种约定俗成的文体。当然这不过是一种暂时的假设。我所强调的是研究探讨的方法，至于解决问题的措辞是否恰当则属次要。当有一天，评论界能更清楚地认识汉代诗歌、散文等文学的发展过程时，那么，我们的研究范围便不再那么狭窄，《古诗十九首》的起源问题便会迎刃而解。"① 我认为，在考证《古诗十九首》创作年代的问题上，桀溺的态度是客观的，是尊重历史记载的，也是值得我们重视的。他在分析《古诗十九首》的内容和艺术成就方面，也能从一个外国的学者提出令我们深思的独到见解。在《古

---

① 钱林森主编：《牧女与蚕娘——法国汉学家论中国古诗》，上海古籍出版社 1990 年版，第 207—228 页。

诗十九首》的研究上，这是一部值得我们重视的重要著作。[①]

　　桀溺在汉代诗歌研究上，还有一篇名作是《牧女与蚕娘——论一个中国文学的题材》。在这篇文章中，作者将汉乐府《陌上桑》一诗与十二和十三世纪法国和普罗旺斯牧女诗（以马卡步律的诗为代表）进行了比较，从《陌上桑》一诗中所存在的矛盾主题以及中国学者在解读这一作品中所处的困境出发，通过风俗文化等方面的历史考察，寻找到《陌上桑》一诗的文化起点以及其形成过程。作者认为，《陌上桑》的故事题材，最早源出于中国古代的桑园祭祀和传说，这在《诗经》中有充足的例证，在先秦的文献典籍如《左传》等书中也可以得到很好的证明。桑园、罗敷的故事从民间传说到文学文本的形成，经历了一个口头创作或流传时期，它可能有以下几个阶段：第一个阶段即民间或半民间文学阶段的存在，《诗经》中的作品可能是这个阶段的留存，"这些诗中同样弥漫着桑园所特有的愉快放纵的气氛，对心上人的热情赞美，直爽大方的邀请，顺利无阻的幽会，以及诗人对复苏的春天和永恒的爱情的尽情的歌唱。"第二个阶段则为道德家的反对阶段，汉人对《诗经》的注释将《桑中》等诗视之为亡国之音可为代表。"关于桑园主题的前两种形式，即自发产生于春祭活动中的情歌和道德裁判家的谴责，可以说是这一主题发展中的两个极端。从此，这个令某些人怀恋而又引起某些人痛恨的内容，便始终摇摆于两极之间。它的整个历史似乎就是宽容与排斥的轮次交替，或者程度不同地互相妥协的过程。"接下来的一个阶段在中国发生在"建立帝国的关键时刻，汉代的儒家并不满足于揭露桑园的淫乱之风。他们塑造出一批新的主人公来同自己厌恶的人物分庭抗礼，这类新的形象是无可指责的女工。此后的一个时期，改邪归正，重获新生的采桑女一时入主了文坛"，刘向《列女传》中的采桑女故事可

① 桀溺还有另一部重要的著作：《中国古诗探源：汉代抒情诗研究》（莱顿，1968 年），受现实条件所限，可惜本人未曾见到。

为代表，她们不再是放荡不羁的采桑女，而是道德的典范。"然而，终于出现了一个调和的时期。在文坛上争夺牧场与桑园的情欲和禁忌，终于找到了一个平衡点。在中国，这一主题经历了歌颂、诋毁、乔装和道德化几个阶段后，终于有了被公开接受的模式——《陌上桑》。在这首汉代的半民间的诗歌中，几个世纪以来销声匿迹的《诗经》的原始风格又复活了。"作者由此而对《陌上桑》这首诗的出现做出了这样的评析："文学变迁的历史无论在东方还是在西方，都为产生真正的杰作提供了条件。在中国，《陌上桑》的女主人公把采桑女形形色色的特征集于一身。她特有的、令人欲进不能、欲退不舍的魅力，使风流俊俏和严守贞操的两种采桑女的性格浑为一体。如此奇妙惊人的结合不禁使批评家目瞪口呆，从而激起他们的批评才能。""但罗敷这个人物可视为谁人的创造呢？会不会是常被引荐到汉朝乐府去的江湖艺人中的一分子？在这个供宫廷娱乐的圈子里，两种文化也许就在这些被视为出身平民，而又粗通文学的诗人音乐家相遇熔合：一种是民间文化，即春季狂欢和对歌的文化，另一种是文人文化，即礼法和道德的文化。"应该说，这是对汉乐府《陌上桑》一诗最有力度的文化溯源，也是对其作品内容和艺术做出了最有说服力的解释。然而这篇文章并没有到此为止，桀溺接下来还讨论了《陌上桑》一诗对后世产生的影响，指明它在中国文学史上的地位："'罗敷'一诗承担了、也概括了一个悠长的过去，以及一个最有原始想象和基本冲突的领域。桑树和桑园在引发礼仪风习、神话传说或者是道德思辨的繁荣间，展现了一幅中国文化初阶的画图。《陌上桑》继承了这一遗产，并或多或少地表现出其矛盾之处。可以说，它既集中了一切传统的成果，同时作为新诗体的样板，又是一个新的起点。""我们之所以承认罗敷诗在以桑园为主题的诗歌中的卓越地位，并非仅仅由于它的文学价值。它是代表一个过渡时期的典型作品。在这个时期，古典诗歌的体系开始从民间抒情诗的思想及语言方式中脱离出来，同时从那时起，两千年的帝国政治和社会基础也奠定下来。如果想在汉代文学中寻找这一发展的标志，那就没有比罗敷诗更有力的证据了。确实是它把同样丰富，标志着中国文化两个时代的前后作品连接起来。"① 我以为，桀溺的这篇文章，可以看作是 20 世纪海外汉学家研究中国汉代诗歌最有代表性的文章，是一篇值得我们认真研究的杰作。事实上，近年来国内汉诗研究者对《陌上桑》的研究，已经深受这篇文章的影响。

二、20 世纪港台的两汉诗歌研究

20 世纪港台地区的汉代诗歌研究比较活跃，据龚鹏程主编的《五十年来的中国文学研究》②，自 20 世纪 50 年代开始，在汉代诗歌研究方面出版的重要著作有李金城的《乐府诗集汉相和歌辞校注》（1966 年）、方祖燊的《汉诗研究》（1967 年）、张寿平的《汉代乐府与乐府歌辞》（台北：广文书局，1970 年）、潘重规的《乐府诗粹笺》（1974 年）、汪中的《乐府古辞钞》（台北：学海出版社，1974 年）陈义成的《汉魏六朝乐府研究》、江聪平的《乐府诗研究》（高雄：复文书局，1978 年）、洪顺隆的《乐府诗》（台北：林白出版社，1980 年）、张清钟的《两汉乐府诗之研究》（台湾商务印书馆）、亓婷婷的《两汉乐府诗研究》（台北：学海出版社，1980 年）、傅锡壬的《大地之歌——乐府》（台北：时报出版公司，1981 年）、张修蓉的《汉唐贵族与才女诗歌研究》（台北：文史哲出版社，1985 年）、张清钟的《古诗十九首汇说赏析与研究》（台湾商务印书馆，1988 年）等。廖蔚卿的《汉魏六朝文学论集》（1997 年）、梅家玲的《汉魏六朝文学新论》（1997 年）、胡洪波的《乐府相和歌与清商曲研究》、中国语文学社编的《乐府诗研究论文集（二）》等。论文

---

① 钱林森主编：《牧女与蚕娘——法国汉学家论中国古诗》，上海古籍出版社 1990 年版，第 154—206 页。

② 龚鹏程：《五十年来的中国文学研究》，（台湾）学生书局 2001 年版。

则有台静农的《两汉乐舞考》(《文史哲学报》第一期，1950 年，)叶庆炳的《长门赋的写作技巧》(《文学杂志》二卷一期，1957 年 3 月)、金达凯的《乐府古诗的价值》(《民主评论》八卷十七期，1957 年)、田倩君的《汉与六朝乐府诗产生的社会形态》(《大陆杂志》十七卷九期，1958 年)、廖蔚卿的《论古诗十九首的艺术技巧》(《文学杂志》三卷一期，1959 年 9 月)、叶嘉莹的《谈古诗十九首之时代问题》(《现代学苑》二卷四期，1965 年)①、唐亦璋的《古诗十九首用韵考》(《淡江学报》四期，1965 年)、许世瑛的《论孔雀东南飞用韵》(《淡江学报》六期，1967 年)、廖蔚卿的《建安乐府诗溯源》(《幼狮学志》1968 年 1 月)、梁容若的《孔雀东南飞研究》(《书和人》122 期，1969 年)、杨牧的《公无渡河》(《传统的与现代的》，台北：志文出版社，1974 年)、叶庆炳的《〈孔雀东南飞〉的悲剧成因与诗歌原型探讨》(《文学评论》一集，1975 年 11 月，后收入《晚鸣轩论文集》)、廖蔚卿的《汉代民歌的艺术分析》(《文学评论》六、七集，1980 年、1983 年)、梅祖麟的《从诗律和语法来看焦仲卿的写作年代》(《中央研究院历史语言研究所集刊》53 卷 2 期，1982 年)、柯庆明的《苦难与叙事诗的两型——论蔡琰悲愤诗与古诗为焦仲妻作》(《文学美综论》，台北：长安出版社，1983 年)、周英雄的《试就公无渡河论文学与人生在关系》(《结构主义与中国文学》，台北，东大图书公司，1983 年)、《赋比兴的语言结构——兼论早期乐府以鸟起兴的象征意义》(同上)、古添洪的《读孔雀东南飞——巴尔特语码读文学法的应用》(《记号诗学》，台北，1984 年)、张淑香的《三面"夏娃"——汉魏六朝诗中女性美的塑像》(《中外文学》十五卷十期，1987)、王文颜的《乐府诗中的几个问题》(《古典文学》第九期，台北：学生书局，1987 年)、颜昆阳的《论汉代文人"悲士不遇"

---

① 叶嘉莹从 20 世纪 80 年代后期开始活跃在大陆学界，她的相关研究已在另外的文章中做了介绍，此处从略。

的心灵模式》(《汉代文学与思想学术研讨会论文集》,台北:文史哲出版社,1991年)、杨玉成的《乐府诗的套语》(《王梦鸥教授九秩寿庆论文集》,台北:政大中文系,1996年)等。学位论文则有林端常的《汉五七言诗考》(1969)、郑开道的《汉代乐府诗研究》(文化大学,1971年)、郑义成的《汉魏六朝乐府诗研究》(辅仁大学,1973年)、李元发的《汉乐府之社会观》(文化大学,1976年)、沈志方的《汉魏文人乐府研究》(东海大学,1982年)、李鲜熙的《两汉民间乐府及后人拟作之研究》(台湾师大,1983年,)、田宝玉的《两汉民间乐府研究》(台湾师大,1985年)、王淳美的《两汉民间乐府与后人拟作之研究》(政大,1986年)、许芳萍的《汉代乐府诗研究》(师大音乐所,1988年,)、李维绮的《汉代的音乐发展——从楚声谈起》(台湾师大,1994年)、黄羡惠的《两汉乐府古辞研究》(文化大学,1991年)。在些论著中,廖蔚卿的研究有一定代表性,她的《论古诗十九首的艺术技巧》一文,"分章法与句法,用字与意象、韵律与格式三节,详细分析其艺术技巧,从'细评'方式而言,其精神实可与后来所流行的'新批评'相通,是一篇锐意拓新的好文章。"其《汉代民歌的艺术分析》一文"也颇为可观,是一篇力作。作者选取汉民歌169首,除掉讨论类歌曲的渊源、质性与本事等问题外,重点在透过详细的语言形构和兴象艺术去探讨汉民歌所特具的创造与美感,同时发掘汉代民歌的精神意识。"[①]叶庆炳、柯庆明、杨牧、周英雄、古添洪诸人,则把西方各种新的理论与方法带入汉代诗歌研究中来,对《孔雀东南飞》、蔡琰的《悲愤诗》、乐府诗《公无渡河》等作品进行新的阐释,其说新颖而又发人深思,体现了锐意进取的精神。

由于受两岸关系的限制,台湾方面的汉代诗歌研究著作介绍到大陆并被大陆广泛了解的不多,就笔者所见,方祖燊的《汉诗研究》是一

---

① 龚鹏程:《五十年来的中国文学研究》,(台湾)学生书局2001年版,第118、136页。

部较有影响的著作。此诗分为五章，其中前二章集中对汉代诗歌研究中存在的问题进行详细的考证辨析，如传说中名列西汉的虞姬、枚乘、无名氏、卓文君、李陵、苏武、辛延年、班婕妤、宋子侯及其他佚名的优秀五言诗和七言《柏梁诗》等，本书都进行了全面的订伪和考证，作者站在坚守传统说法的立场上，实事求是地考证这些诗篇本身以及分析相关的历史记载，最后得出结论，认为自 20 世纪以来对这些诗持怀疑或否定态度的说法是没有根据的，文人五言诗到东汉才算成熟这种流行观点也是错误的。方氏的这种研究，对我们有极大的启发性。第三章为《汉朝诗歌形式的研究》、第四章为《汉朝乐府诗的简史与解题》，也各从文献出发，对汉代各种诗体的形式和乐府诗的来龙去脉有较好的考证。作者不同于一般文学史将建安划入魏晋文学，仍然将它们视为汉代文学的一个重要组成部分，也自有其充足的道理。① 张清钟的《古诗十九首汇说赏析与研究》一书，前有对每首作品的详细评注，分诗旨、注释、作法、评介、赏析五部分，搜集材料比较丰富、言简意赅，颇得诗之旨趣。后有对《古诗十九首》源流的考察、介绍了关于十九首产生年代的三种基本观点的 24 种说法、关于作者的 16 种说法，最后的结论也是："古诗十九首是西汉初年至东汉末年间之文士、辞人，仿国风之体，不立诗题，亦不著姓名之作品。其作者未必是一人，时代亦未必是同时。"② 此说虽过于宽泛，但是在没有更为坚实的证据出现之前，却不能不说是一种比较稳妥的态度。张修蓉的《汉唐贵族与才女诗歌研究》，对汉代女性诗作有独到的体悟。③ 亓婷婷的《两汉乐府诗研究》一书从制度文献入手，最有特色的是将两汉乐府与汉人的生活联系起来考察，全书分为五章，其中第四章探讨了两汉乐府诗反映的汉代的饮食、衣饰、居所、交通等以及汉乐府诗所反映的汉人心态，颇有新意。最后，

---

① 方祖燊：《汉诗研究》，（台北）正中书局 1967 年版。
② 张清钟：《古诗十九首汇说赏析与研究》，台湾商务印书馆 1988 年版，第 152 页。
③ 张修蓉：《汉唐贵族与才女诗歌研究》，（台湾）文史哲出版社 1985 年版，第 187 页。

还要再说一下李立信的《七言诗起源与发展》一书，李立信坚持七言诗起源于楚辞的观点，并举李善注《文选》，引到东方朔的"折羽翼兮摩苍天"，将其称之为"七言"，《北堂书钞》卷一五一引繁钦的诗"阴云起兮白云飘"，也将之称之为"七言诗"，"可见汉、唐以来，无论带有兮字无兮字，也不论是一定全篇七言，只要大部分是七言，偶杂入其他句式，都一概以七言名之。"他指出："其实汉代固有纯七言之作，如柏梁联句、刘向七言等，亦有骚体七言，如项羽《垓下歌》、东方朔《七言》等，同时还有介于二者之间者，即一篇之中，既有纯七言之句，亦有骚体句，如《琴操》中之《获麟歌》、《水仙操》、《伯姬引》。张衡之《四愁诗》，则其中之佼佼者也。"以七言以上几种形式中，后几种形式都是从楚辞体七言中发展出来的。他由此认为："绝大部分的诗歌史、文学史及讨论七言诗起源的学者，都认定七个字全都实字，才可称为七言，否则，都称为骚体，或者视为过渡时期作品，而不愿意把它们当作七言诗看待，这是十分没有道理的事。"据此，他提出了自己的看法，认为"七言为《楚辞》中之一体"，"实为七言中之最早出现的形式"。①按照李立信的说法，问题倒是简单化了，因为"七言为《楚辞》中之一体"，它自然也就是七言诗的起源，所以关于七言诗起源的问题也没有了讨论的意义。但是李立信并没有讲清楚那些原本带有"兮"字的七言是怎么变成了没有"兮"字的七言。事实上据我们所知，纯七言的产生绝不比《楚辞》体七言要晚，如战国时代就有没有"兮"字的七言歌谣、《逸周书》中还有非常整齐的七言韵语。而学术界所关心、在汉魏以后所普遍流行的，恰恰是这一类没有"兮"字的七言诗的起源问题。因此，李立信的这一观点，并没有真正解决现在学术界所讨论的七言诗问题。但是该书广收博采，辑录了古今各种七言诗起源观，分析了现存

---

① 李立信：《七言诗之起源与发展》，（台湾）新文丰出版公司2001年版，第2、54—55、135页。

汉代各类七言诗以及七言形式的镜铭、谣谚等，材料丰富，对于后人研究七言诗的起源发展问题颇有助益。

结　语

随着世界文化的交流扩大，汉代诗歌研究将会越来越明显地呈现一种国际化的局面。在 20 世纪，苏、德、美、法、日、韩等国的汉代诗歌研究已经取得了令我们瞩目的成果，并以其新颖的视角给我们以启示。近十几年，当代欧美一些著名的汉学家，在汉代诗歌方面不仅有丰富的成果，而且有着与中国学者不同的学术理念与研究方法，他们的成果特别值得我们借鉴。举例来讲，如美国普林斯顿大学柯马丁教授 2004 年曾发表过一篇长文：《汉代史书中的诗歌》（*The Poetry of Han Historiography*，*Early Medieval China* 10-11.1 2004），从新的角度对这些诗歌的生成、如何记录于历史、以及其在历史学家的叙述中的意义等问题做了令我们耳目一新的解释。他的另一篇文章《汉史之诗：〈史记〉、〈汉书〉叙事中的诗歌含义》译成中文发表于《中国典籍与文化》（2007 年总第 62 期，林日波译），进一步阐明了这一看法。作者认为："《史记》、《汉书》里一种极具特色的现象，即叙事当中天衣无缝地包含着许多历史人物的即兴诗歌表演。作为中国早期历史编纂学的一种修辞方法，诗歌经常作为重要时刻的标志出现，而且与情感、道德的强烈诉求以及对事实、真实性的强烈认定相关，反映汉代诗学的基本思维对历史编纂学的影响。这一点适用于身体或情感绝灭刹那时主人公即兴吟唱的抒情诗歌，也适用于预言政治灾难或者哀叹民生多艰的匿名小调。"对中国历史中这些诗歌的解释，的确是中国学者以往不曾思考过的。宇文所安的新著《中国早期古典诗歌的生成》（三联书店 2012 年版）对以《古诗十九首》为代表的汉代文人诗的产生，从中国古代文学传播以及其生成的内在机制的角度提出了新的看法，认为这些作品并非是汉人的创作，而是魏晋六朝人将汉代诗歌中的某些片断挑选出来，经过不断的组合之后，"组合为一个美丽的整体"。本人不同意他的观点，认为他讨论这一问题时明显缺少对汉魏六朝社会思想意识变迁的背景观照，过度强调了这些古诗流传过程中的变异因素并夸大了它们的作用，由此反过来否定了这些诗篇的原初创作，进而否定了中国古代历史记载的真实性以及其优良的史学传统，自然也无法解释自建安以来诗人们对古诗的学习以及古诗在中国诗歌发展过程中所产生的实际影响。但是，他的思考的确会给我们以深刻的启示。当下，世界各国正在以前所未有的速度进行着文化的交流，中国文学不再仅仅属于中国，它已经成为世界性的文化遗产，全世界学者研究的对象。2004 年，我们曾举办过一次"中国中古（汉—唐）文学国际学术研讨会"，除中国学者之外，还有来自亚欧美各国的 30 多位学者前来与会。在大会发言中，德国汉学家顾彬开头就强调了这一点。他甚至认为中国学者的研究能力和理解力，也不一定比外国学者更强。这话虽然有些过于自负，但是它告诉我们一个事实：在全球化的时代，在对中国古代文学的解释权方面，外国学者与我们是平等的。他们从各自不同的角度，对中国古代文学进行新的阐释，从而将其转化为具有世界性的现代文化历史资源，这无疑是对中国古代文学价值的一种世界性提升。近几年，孙康宜、宇文所安主编的《剑桥中国文学史》和顾彬主编的分体的《中国文学史》相继在外国和中国出版，并在中国学术界产生了很大的反响，这代表了 21 世纪中国古代文学研究国际化的新趋势。我们期待更多的国际交流，也需要尽可能地掌握世界各国关于汉代诗歌的最新研究进展。这种新的历史发展趋势也必将对我们的研究提出新的更高的要求，需要我们加倍地努力。

原载《南开学报》2015 年第 6 期

我的两汉诗歌研究之路

——《两汉诗歌研究》新版后记*

这篇博士论文完成于 1987 年 12 月，到现在虽然已经过去 20 多年了，但是在这篇论文写作中所进行的学术思考，却一直影响着我以后的汉代诗歌研究。因此，借本书再版之际，把 20 多年来的研究经过做些整理，对我自己来说未尝不是一次学术总结，也许会有助于读者对本书的理解，对我提出更多的批评与帮助。

一

我是 1985 年 3 月到东北师范大学师从杨公骥先生攻读博士学位的。此前，由于我的硕士学位论文写的是《诗经》的题目，因而最初的想法是在读博期间继续研究《诗经》。可是入学之后，导师希望我们研究汉代文学。于是，经过了一段时间的思考之后，我选择了汉代诗歌作为研究对象。之所以如此，是因为在了解有关汉代文学的研究动态时，我发现自 20 世纪以来，有关汉代诗歌的研究相对较少，而且问题也比较多，

*　赵敏俐：《两汉诗歌研究》，台湾文津出版社 1993 年版，商务印书馆 2011 年新版。

有非常大的开拓空间。我把我的想法与导师杨公骥先生进行了详细汇报，先生非常支持。于是，我就在先生的悉心指导之下，走上了两汉诗歌研究之路，由此而形成了我在汉代诗歌研究中的一系列看法。

两汉诗歌留传至今的作品并不多，从数量上讲远不及魏晋南北朝时期，也没有一位在诗歌史上特别著名的诗人。在历史的流传过程中，它甚至远不如先秦诗歌那样幸运，在整个古代社会，没有人把它编辑成集，留下一部像《诗经》那样供后人诵读和研究的经典。代表两汉诗歌最高成就的文人五言诗和乐府诗，也只是通过《文选》《玉台新咏》这些后人编辑的诗文选本才得以流传，另外还有一部分杂歌谣谚幸运地被保存在《史记》《汉书》等历史著作里。就在这些已经少得可怜的汉代诗歌当中，还存在着诸多的问题至今仍然弄不清楚，例如文人五言诗究竟产生于何时？汉乐府究竟创立于何时？所谓枚乘、李陵、苏武诗是真是伪？柏梁台联句是否为汉武帝时代的故事？班婕妤是否创作过《怨诗行》？《汉鼓吹铙歌十八曲》是不是军乐？像《石留》那样的诗歌到底有没有解读的可能？汉代的骚体赋算不算是诗歌？等等，都有数不清的争论。20 世纪以来，由于受庸俗社会学和疑古思潮的影响，关于汉代诗歌也形成了一系列具有时代特征的看法。例如：认为汉代是文人诗思消歇的时代，《古诗十九首》等文人诗是东汉末年的产物，汉乐府基本上都是"民歌"，这些观点，时至今日还广为传播和接受。所以，在一些人眼中，相对于先秦时期的《诗经》与楚辞，再比较一下自汉末建安以来诗歌创作的腾涌，汉代无疑算是中国诗歌史上一个衰落的时代，并没有多少东西可以研究。当我踏进汉代诗歌研究领域的时候，所面对的正是这样的现状。

但是随着研究的逐渐深入，我却发现这些 20 世纪以来流行的观点，几乎每一个都经不起严格的学术推敲。有些说法距离历史真相甚远，如所谓"汉代诗思消歇"；有些说法只能算是一种推测而远不能"定论"，如所谓《古诗十九首》产生于东汉末年；有些说法也不符合历史事实，如将汉乐府诗称之为"民歌",等等。这引起了我的深思。

为什么当代学者们会对汉代诗歌产生这样的看法?传世的汉代诗歌数量太少首先是其中的重要原因。堂堂两汉四百多年的历史,现存的汉代诗歌作品仅仅有600多首,而且还有一些断编残简,有些原始出处不明的作品。这自然会影响人们对它的认识,甚至使人们对它的创作时代产生怀疑。其次是研究方法过于简单化,既没有对传世汉代诗歌作品进行全方位的细致的考证,更没有将其置于汉代社会的历史发展过程中来把握和认识。我以为,以上两点是导致当代学界对汉代诗歌整体评价偏低,对汉代诗歌产生诸种误解的根本原因。

找到了问题的症结所在,也等于找到了我对汉代诗歌研究的路径与方法。我的这篇博士论文,基本上包括两个方面:第一是考察汉代诗歌在历史上存在的真实状况,并对汉代诗歌作品进行适当的辨析与考证;第二是将其置于汉代社会历史发展过程中来认识,进而思考其在中国文学史上的地位和影响。在具体的研究过程中,我以为本书主要在以下两个方面有所创获:

第一是通过对汉代诗歌创作情况的详细考察,我发现汉代并非如人们所说的那样,是一个"诗思消歇"的时代,而是中国诗歌创作另一个繁荣时代的开始。对此,我们可以从以下几个方面来认识。

首先看今存汉代诗歌作品的数量,就已经远远超过了《诗经》。两汉时代共有四百年的历史,这与从西周初年到春秋中叶的时间长短差不多。但《诗经》仅有305篇作品,汉诗现存则有600多篇。而且,《诗经》在春秋时期就已辑录成书,并且经过了一个经典化的过程而得到了永久的保存。而两汉诗歌从未编纂成册。《汉书·艺文志》所辑录的西汉诗歌,大部分都没有保存下来。东汉时代的诗歌创作,根本就没有人做过系统辑录,经汉末战乱,绝大部分也已经散失。其后在流传中经过自然淘汰,又散失很多。尽管如此,它的总量仍相当可观。看一个时代诗歌创作是否繁荣与"中衰",应该同它的前代相比较,而不应该同它的后代相比较。因此我以为，即便是从作品传世的数量和流传情况来看，一些学者所谓的"汉诗中衰"的说法也是欠妥当的。

再从作品的创作地域来看，汉代诗歌创作也超过了《诗经》时代。《诗经》中的十五《国风》，基本是按地域分类编排的，它表明了《诗经》搜集与编辑的范围。我们看到，那个自称"普天之下，莫非王土"（《小雅·北山》）的周王朝，所辖范围只不过限于中原及附近不太宽广的区域，南不过江、汉，北不越卫、唐。《汉书·艺文志》所载西汉歌诗，其搜集范围则远较《诗经》更广。汉武帝立乐府采诗夜诵，由乐府演奏员的地域来源之广，也可以推知汉代诗歌在当时的繁荣情况。现存东汉乐府诗与杂歌谣谚，其产生地域更包括了两汉社会的全部版图。两汉诗歌的创作队伍也较《诗经》时代更为广泛。上至帝王将相，下至普通百姓，感于哀乐，皆可形诸乐舞，诉诸诗歌。因此我们既不能因为汉代没有出现屈原那样的大诗人而认为"诗歌中衰"，也不能因为没有出现建安时代一群有名字传世的作家而认为"两汉文人诗坛冷寞"。反过来讲，把一个时代的诗歌艺术同歌舞艺人的创作表演结合起来，并形成各阶级各阶层诗歌创作繁荣局面的，在历史上恐怕唯有汉朝最具有这种特色。

两汉不但出现了新的诗歌创作繁荣局面，其诗歌内容也呈现出新的时代特征。汉帝国的统一，标志着历史的进步。生产力的发展，经济的繁荣，各地区和民族间的文化交往与融合，使两汉诗歌从各个角度表现出这一历史面貌。产生在汉初的《安世房中歌》，首先歌颂了统一这一历史趋势。《郊祀歌》十九章则是汉帝国空前强盛的时代产物。其他如歌颂汉帝国势大威远（如《汉鼓吹铙歌十八曲·上之回》、东汉白狼王唐蔟《歌诗》三章）的作品，歌唱中原富庶、百姓安乐（如《画一歌》《郑白渠歌》）等诗作，也表现出对大一统国家的赞扬。同时，在两汉诗歌中表现对异域风俗的观赏、异族的归附（如《远如期》）、奇珍异物的获取（如《天马歌》）等作品，也从不同角度赞美了这一新时代。

诗歌表现向平民方向的转化，也是两汉诗歌新的特征之一。它把笔触深入到更为广泛的下层社会，去描写平民百姓的悲欢哀乐，描写他们求仙、饮酒、游玩、歌舞的各种生活，也描写各地的风俗与民情（如《陇西行》等）。和这种平民化方向相统一的，是诗歌表现内容的世俗化。这种现象，同汉大赋与汉画像石中大量对汉人世俗享乐生活的描写是一致的。和先秦相比，两汉社会生活的另一个显著变化是商人兴起与商业繁荣，由此产生了市民意识，这种情况也改变着人们的生活态度。在城市中，人们崇尚奢侈与享乐的新的生活方式，形成一种喜欢炫耀富贵和重视服饰打扮的社会风气。这在诗歌创作中自觉或不自觉地流露出来，如《相逢行》《陌上桑》等，表现了封建城市市民的审美趣味和生活理想。

总之，无论是通过对现存汉代诗歌数量还是从历史上所记载的汉代诗歌创作情况两个方面考虑，我们都可以得出汉代诗歌创作繁荣的结论。而且，正是由于汉帝国的统一强盛，两汉诗歌才表现出了前所未有的新内容，体现了新的时代特征。这是本书对汉代诗歌认识的第一个基本看法。

第二是通过对诗人思想、诗学观念、创作方法、艺术风格、语言形式等几个方面所进行的综合探讨，说明了汉代诗歌的独特艺术成就和它在中国诗歌发展史中承前启后的巨大作用，它是中国上古诗歌的结束，中国中古诗歌的开端。这是我对汉代诗歌历史地位的基本判断，是本书最重要的结论。

两汉诗歌创作之所以不同于先秦而开创了一个新的时代，不仅仅由于两个时代的诗歌反映了不同时代的生活，还由于两个时代分别造就了不同的诗人。和先秦诗人相比，两汉诗人最重要的特征是个人主义的增强。先秦诗歌，无论是《诗经》大小雅还是屈原的作品，如《秦风·无衣》《小雅·采薇》和《九歌·国殇》等战争诗，都表现了自觉的为宗族国家的献身精神。而表现同样题材的汉代诗歌，像《战城南》

《东光》、李陵《别诗》等作品，更看重个体生命的价值。至于其他诗篇，如相和歌辞《薤露》《蒿里》，祭祀歌曲《日出入》、帝王之作《秋风辞》、以《古诗十九首》为代表的文人诗等等，都将个体的生命意识放在核心的位置。汉乐有一种主悲趋向，汉人往往在欢乐的宴会上作丧歌发悲音，这种迥异于先秦的审美思潮，正是汉人对个体生命看重的新的人生态度在艺术中的体现。

汉代诗歌也特别突出地表现了个体的人生体验。从客观方面讲，两汉社会的生活矛盾与阶级矛盾，比先秦宗法制社会要复杂得多。尤其是文人士子与各级官僚，对皇权政治的复杂多变有着更深的体验。从主观方面讲，由于两汉诗人对个人自身价值的重视，也使他们更加关注个体的命运。因此，人生无常、及时行乐成为他们诗歌创作的重要主题。在表现游子思妇的离愁别绪作品中，更能看出时代的变化。本来，男女之情古已有之，《诗经》中情诗并不少见。但《诗经》中的情诗往往表达单纯的相思，如《卫风·伯兮》云："自伯之东，首如飞蓬。岂无膏沐，谁适为容。"而汉代诗歌则把男女相思与人生短促紧紧地联系在一起。"思君令人老，岁月忽已晚"，"同心而离居，忧伤以终老"，"伤彼蕙兰花，含英扬光辉。过时而不采，将随秋草萎"，"努力爱春华，莫忘欢乐时"。透过《古诗十九首》和传为苏李诗里这些诗句的表达，我们看到汉代文人的生命感受有多么强烈！

在汉代诗歌研究中，文人诗的产生是一个重要现象。文人诗的作者属于文人阶层，它是随着新兴地主阶级官僚政治体系完善化和固定化从汉代开始的。因此，文人诗的产生，严格说来也是从汉代文人阶层出现开始。它与先秦贵族诗作不完全相同，其中大部分作品表现的都是文人士子在官僚政治左右下的个人生活经历、认识与感受，并由此而开启了魏晋以后文人诗之先河。

两汉诗歌之所以成为中国诗歌发展的一个重要开始，还因为它从汉代就走上了一条与先秦诗歌不同的新的发展道路。两汉诗歌从先秦之

"礼"的破坏中得了新的解放，其个体抒情和娱乐性特征明显增强。在汉代声威赫赫四百年的历史中，没有出现史诗性的作品，也很少有言"王政废兴"的作品。抒情诗不再作为"平民好恶，而反人道之正"的工具，而是表现各阶层的生活和抒各阶层各种人物之情的艺术。它突出了抒情诗人的个性在诗歌表现中的作用，出现一些新的具有鲜明个性的艺术形象，也使两汉诗歌在创作题材的广泛性、反映现实的丰富性和反映人的精神世界的复杂性方面大大地超过《诗经》，在以"比兴"为代表的艺术表现方面也有了重要的开拓与转变。可以这样说，只有到了汉代，中国诗歌突破了儒家"以道制欲，以礼节情"的文艺观念束缚，中国诗歌才呈现出自汉魏到盛唐的丰富多彩的创作局面。

两汉诗歌因此也形成了独特的时代风格。和先秦相比，两汉诗歌艺术风格的第一个特点就是它的自由性。自由意味着诗人创作时情感表达的自由和娱乐欣赏的自由，也意味着语言形式上的自由。和自由性相呼应的第二点是两汉诗歌的通俗性。通俗的风格源于汉诗可供娱乐观赏的创作特征。它要求诗歌创作适合社会各个阶层的理解观赏水平，要求诗的内容表现的直接性。风格的通俗性还和它所表现的世俗之情有直接关系。两汉诗歌的特点之一是平民化和世俗化，它所表现的是各阶层的世俗生活，它所适应的是各阶层人物的世俗趣味，这必然表现为汉诗风格的通俗性。这方面比较突出的是乐府诗，它们最初大都是流行于城市乡村的街陌谣讴，以后又经过艺术的加工，是群众喜欢的通俗艺术。两汉诗歌风格的通俗性最终必然体现在语言的通俗上，其特点是尽量避免典雅的文人气和书卷气，而显出口语化的趋向。两汉诗歌风格的第三个特点是质朴。汉诗质朴风格的本质，乃是作为封建地主制社会的诗人的个性本质在艺术上的真实坦率表露。上至帝王将相，下至普通百姓，他们"感于哀乐，缘事而发"，只是为了抒写自己的个人情志，袒露自己的内在心灵。这里，既没有炫耀文采的矫揉造作，也没有"以礼节情"的严肃面孔。正是这一点，构成了两汉诗歌质朴风格的本质特点。

　　一般来讲，诗歌形式与诗歌内容相较，其继承性较强。然而，由于两汉社会诗歌内容的变化，突破了先秦诗骚体式的束缚，创制出与其内容相应的新形式。从现有的两汉诗歌来看，自汉朝初年，两汉诗歌的语言形式，就不是对先秦诗骚体的简单继承，而是变化中的发展。戚夫人的《春歌》基本上采用了五言诗的形式，《安世房中歌》有个别的七言诗句。到了汉武帝时代，五言诗有李延年的《北方有佳人》，杂言诗则有《郊祀歌》十九章中的《天地》《日出入》《天门》《景星》等。而产生于西汉的《汉鼓吹铙歌十八曲》，则完全摒弃了诗骚体而采用五言和杂言的形式。到了东汉，无论是民间诗还是文人诗，基本是以五言为主，以杂言诗和个别七言诗为辅。可以这样说，从西汉初年到东汉，诗歌创作逐渐以五言诗为主要形式，是两汉诗歌语言形式发展的主要特征。从哲学的高度来认识，形式和内容密不可分。两汉诗歌语言形式的发展之所以呈现这种特征，一方面受所表现内容的各种社会条件制约，一方面受语言发展规律制约。汉代诗歌语言形式的这一巨大变化，是中国诗歌从上古走向中古的最终标志。

　　以上是我这本博士学位论文的基本观点。细心的读者可以看出，我在这里对汉代诗歌的研究，主要是建立在对其进行宏观把握的基础上展开的。当然这并不意味着本人对汉代诗歌文本缺少微观的考察，而是把其作为宏观论述的基础。事实上，在这本博士学位论文最初的写作计划里，我是按照汉代诗歌的各种诗体进行分门别类研究的，如《安世房中歌》十七章、《郊祀歌》十九章、《汉鼓吹铙歌十八曲》、汉乐府和《古诗十九首》等，我曾经都做过一些具体的分析，并积累了大量的资料。但是在论文最后成形的过程中，我却采取了指导教师杨公骥先生的建议，把重点放在对汉代诗歌进行整体思考和历史评价上面。杨先生认为，当下的汉代诗歌研究，基本上是以考证具体作品的真伪和个别篇章的赏析为主，缺少对汉代诗歌的整体把握，博士学位论文不应该步别人后尘，而要在研究方法上有所突破，要开辟新的路径，提出新的见解，在前人研究的基础上有新的理论推进。我在具体研究的过程中也深深感到，当代学者对汉代诗歌的总体评价偏低，除了对它的研究不够之外，也因为在研究视角上存在着问题。其中最重要的一点，即大多数的学者都以是魏晋诗歌的繁荣为参照来评价汉代诗歌的，而忽略了将汉代诗歌与前代诗歌进行比较。在我看来，要正确认识汉代诗歌在中国诗歌史上的地位，与前代的比较远比与后代的比较更为重要。因此我接受了导师的建议，将原来的论文结构做了较大幅度的修改，由对作品的分类分析变为对汉代诗歌的整体把握。论文最终定名为《汉诗综论》，也基本上完成了预想的目标。论文 1993 年由台湾文津出版社出版而改名《两汉诗歌研究》，主要采纳了邱镇京先生的建议，他认为这样更有助于出版发行。事实上，虽然《两汉诗歌研究》这一名称也说得过去，但是终不如《汉诗综论》更为贴切。不过，考虑到"汉诗"两字在当下学术界还有另外一种含义，既然书名已经改过，不宜再改回来，所以本次重版仍然沿用"两汉诗歌研究"这一名称。

这本博士学位论文的写作对我以后的学术研究产生了深远的影响，此后 20 多年的时间里，汉代诗歌一直是我研究的主要方向，其基本观点也没有改变。我始终认为汉代诗歌是中国上古诗歌的结束，中国中古诗歌的开端，这与当下学术界流行的看法——认为魏晋诗歌（也有部分学者前溯到东汉）才是中国中古诗歌的开端大不一样。为什么我会得出这样的结论，除了有立足于文本的深入研究作为基础之外，还因为我在研究过程中始终坚持着一个重要的学术理念，即坚信诗歌作为一种社会意识形态，它没有自己独立的发展历史，而一定深受社会政治变革的影响。在当下的文学研究中，有很多学者特别强调文学的独立性，认为文学的发展规律就是要从文学本身所显现的时代特征中去总结，这是有道理的。但哪些才是一个时代文学所表现的最显著的特征？离开了具体的历史朝代我们便很难表述。所以时至今日，我们对文学史的分期还是离不开政治的历史，例如将中国诗歌分为先秦诗歌、两汉诗歌、魏晋南北朝诗歌、隋唐五代诗歌等不同的阶段，也可以再细分，如将先秦诗歌分为夏代以前诗歌、商代诗歌、周代诗歌、春秋诗歌与战国诗歌，将唐代诗歌分为初唐诗歌、盛唐诗歌、中唐诗歌和晚唐诗歌，等等。细想起来，人们之所以对诗歌史作出这样的划分，说到底还是因为诗歌史最终受政治史的影响最为巨大，尽管诗歌本身有着自身的独立表现，但是这种表现的最终根源还是发端于政治的变革。学术界曾有人以建安文学和中唐文学为例，认为二者分别开启了一个新的文学时代，证明文学史的分期与朝代的分期并不一致，并以此说明文学有自己独立的发展历史。但是这只能证明诗歌史的分期与朝代的分期会有不一致之处，并不足以证明诗歌史的分期游离于政治变革之外。所以，从中华民族历史发展变革的角度入手来把握文学发展的历史，进而把握中国诗歌发展变革的历史，既是我从事汉代诗歌研究的出发点，也是最终的认识归宿。

回顾几千年的中国历史，曾经发生过无数次的变革，由此我们可以把中国历史划分成无数时段来进行考察。这些历史的变革有大有小，它们虽然都会在不同程度上影响着中华民族的历史进程，但是我认为其中有三次大的历史变革显然更为重要，因为它们在中国历史中所产生的影响更为深远。第一次是殷周之际的变革，从此奠定了我们中华民族的精神文明基石。现存的中华民族最古老的经典，无论是《周易》《尚书》《诗经》《春秋》和"三礼"，都是在这一时代编辑而成型的。以儒、墨、道、法为代表的诸子百家学说和以孔子、孟子、老子、庄子等为代表的中国最伟大的一批思想家，也产生在这一时代。正是这些经典著作和这一批伟人，引领和启迪着中华民族的心灵，使我们一步步地向着理想的未来而坚实地迈进。每当我们这个伟大的民族出现精神困惑的时候，我们总是要回到这些经典和伟人那里去求教，以期获得更多的智慧。这也就是刘勰在《文心雕龙》里所说的"原道""征圣"和"宗经"。中华民族的这一时代，正当古希腊和古印度文明的黄金时代，因而也被誉为人类历史上的"轴心时代"。第二次变革是秦汉之际的变革，这次变革虽然起始于战国之初，它的完成之标志却是秦始皇统一中国和汉王朝的正式建立。正是这一变革而确立了两千多年的中国封建专制政体，它以皇帝为核心，以一整套相当完备的封建官僚制度为辅翼，可以说，自秦汉以来建立的这一封建专制政体，在当时的世界历史上无疑是具有先进性的。正因为如此，在这一政治体制下，不仅实现了中华民族大家庭的统一，而且还出现了如汉唐一样让国人感到无比骄傲的封建盛世。这期间，虽然经历过无数次的朝代变更，但那不过是皇帝的更名换姓和轮流坐庄，哪一个朝代都没有改变其封建专制政体的根本属性，它以其强大的生命力一直延续了二千多年，至今仍然产生着巨大的影响。第三次重大变革发生于辛亥革命，不仅赶走了封建皇帝并终结了封建制度，而且还标志中华民族从此进入了现代化时代。这次巨大的变革就发生在我们身边，我们每个人都有着深深的体会，其重大的历史变革意义无须多说，远比唐宋元明清以来的皇帝易姓更加深远。以此为基础，中国社会无论从经济、政治、思想、文化等各个方面，都发生了极其重大的变化。清王朝灭亡以前的中国文学与辛亥革命以来的中国文学，成为记载和表现这两个不同历史时代的重要艺术载体，并由此而有了所谓"旧文学"与"新文学"、"旧诗"与"新诗"的重要区别，这已经成为当代学者的共识。站在这样的大的历史视野上考察汉代诗歌，我们才会正确认识它在中国诗歌史上的划时代意义，要远远大于魏晋以后的各个王朝更替时代的诗歌。在两汉四百年间的历史中，曾出现过无数优秀作品，经过多次历史浩劫和流传过程中的自然淘汰，尽管今天仅仅留下其中一小部分，但仍然闪烁着那一伟大变革时代的灿烂艺术之光，是一笔值得我们深入探讨研究的重要文学遗产。它继承先秦文学传统发展而来，不但反映了两汉社会丰富多彩的生活，而且提供了新的审美范例，展示了新的时代特征：第一，产生了一批具有新的个体意识的诗人，形成了封建专制社会里第一个新的诗歌创作群体；第二，摆脱了先秦礼乐教化观念的束缚，使中国诗歌走上了一条新的道路；第三，五七言诗的兴起，为中国诗歌的发展提供了新的语言形式。诗歌史的分期虽然有多种方式，但最终绕不开创作主体、创作道路和语言形式这三个基本原点；中国中古诗歌的发生也从这里开始，标志着一个崭新时代的开创，其诗歌史的分期意义自然要远远大于魏晋六朝。这就是我多年来一直坚持的基本看法，时至今日仍然没有改变。

博士毕业之后我联系到青岛大学工作，从 1987 年底到 1997 年初，在 9 年多的时间里我继续着博士学位论文中没有完成的工作，主要包括两个方面：第一是对汉代几种类型的诗歌进行分门别类的研究，这一工作本来是我写作博士学位论文的前期准备，已经有了较好的基础，在几年的时间里我先后完成并发表了《汉郊祀歌十九章研究》《汉初雅乐与安世房中歌简论》《汉鼓吹铙歌十八曲研究》《论班固的咏史诗和文人五言诗的发展成熟问题》《论汉代文人五言诗与汉代社会思潮》《论汉代文人五言诗的艺术特征》等文章，对这些作品的内容与艺术成就等进行了更为系统的讨论。其中，特别是关于文人五言诗研究的三篇文章，结合相关历史文献并以班固的《咏史诗》为参照，对以《古诗十九首》为代表的汉代文人五言诗的产生时代问题提出了自己的看法，认为它可能产生于东汉早期，它没有乱世衰世之象，应该是东汉社会相对稳定时期的文化产物，集中体现了汉代文人以人生短促、及时行乐和思女相思为主的世俗情怀。以往学者们之所以认为这些诗篇是东汉末年的产物，既是源自对钟嵘《诗品》和班固《咏史诗》的误解，也是对整个汉代以享乐为主的世俗文化思潮缺乏深入的了解所致。

第二是参与了张松如先生主编的《中国诗歌史论》项目，独立撰写了《汉代诗歌史论》一书。① 在这本书中，我试图寻找更多的内证，从时代变迁的角度对汉代诗歌再做进一步的时代发展分期，将汉初诗歌当作一个独立的发展时段进行了个案研究，以下则分别从汉赋、汉乐府

---

① 赵敏俐：《汉代诗歌史论》，吉林教育出版社 1995 年版。

与文人五言诗三个方面进行了专题讨论。在这三者当中，我认为将汉赋纳入汉代诗歌的研究领域这一点最为重要。这一方面是接受了丛书主编张松如先生的观点，另一方面也是我对汉代诗歌的认识。在后世学者看来，诗与赋是两种不同的文体，不能将二者混为一谈。但是从诗歌发展史的角度，它们共同继承了先秦诗骚传统，在汉人眼里诗与赋本为一家，它们的不同仅在于是可以歌唱还是只用于诵读。在本书中，我对汉赋这一文体的产生进行了认真的考察，认为它是先秦时代"赋诗言志"传统在汉代的自然发展，其中散体大赋更多地继承了先秦诗歌的"雅颂之风"，而骚体赋则更直接地继承了屈骚传统。特别是骚体赋，它本是典型的汉代文人抒情诗，鲜明地表现了汉代文人的个体意识与思想情怀。如果我们承认屈原的《离骚》为抒情诗，那么我们也应该承认无论从艺术形式还是思想情感表现都与之一脉相承的汉代骚体赋的诗的属性。因此，当我们在对整个汉代诗歌进行全面研究与评价的时候，如果将汉赋排除在外，那么对汉代诗人与汉代诗歌所得出的认识就是不全面的，也是不符合历史事实的。通过这段时间的研究，我加深了对汉代诗歌的整体认识，也进一步丰富完善了我对汉代诗歌的整体看法。

二

在汉代诗歌研究中，"汉乐府"研究是一个重点，成果也相对丰富一些。但是，人们对"汉乐府"的关注，也大都集中在"相和歌辞"与《焦仲卿妻》等少数作品的研究方面，对于其他"乐府诗"的研究相对较少，而对于全部汉代乐府诗的系统研究则更少。因此，我早就想写一部有关的著作，也形成了一些初步的想法，却苦于在如何解读这些作品的方法上一直没有突破性的进展。汉乐府本是朝廷的一个礼乐机构，现存的汉代诗歌也并非全部出自汉乐府，可是人们为什么习惯于用"乐府"来指代汉代这些可以歌唱的作品呢？那么，这些作品在艺术本质上与以汉代的赋体文学以及文人五言徒诗有什么联系与区别呢？直到1997年夏季的一天，当我又一次翻阅《汉书·艺文志·诗赋略》的时候，我才突然发现，以前习以为常的"歌诗"二字，其实不仅是汉人对那些有别于"不歌而诵"的赋体文学作品的称谓，而且也应该是我们客观地把握汉代诗歌的一条重要线索。班固在这里所说的"歌诗"，也就是指那些可以歌唱甚至可以配乐配舞的诗。它的概念比人们通常所说的"汉乐府"要宽泛，也是汉代诗歌艺术的主要表现形式。由此可见，关注这些歌诗的"歌唱"形态，应该是研究汉代诗歌的重要突破口，也应该是揭示其不同于那些只供诵读的文人写作的诗歌的艺术奥秘之所在。而"歌诗"艺术的另一重要特征，就是它的表演性与娱乐性，这使它与那一时代的艺术生产与消费紧密相关，与汉代国家的礼乐制度变化相关，于是就有了我的另一本书——《汉代乐府制度与歌诗研究》的研究计划。我期望通过这一题目，能够从国家政治制度与文化制度变革的角度来探讨汉代歌诗的现实生成之源，能够从汉代歌诗的文化功能、表演场合与歌唱方式等方面来对其进行分类关照与整体把握，进而从歌唱与表演的角度来重新审视汉代歌诗独特的艺术表现方式及其所取得的艺术成就。我以为这是汉代诗歌研究的新路，起码是对自己以往研究的一种超越。

但真正落实到研究与写作上并不容易，首先要进行相关资料的前期准备与理论思考，为此，我在1998年申报了一项国家社会科学基金课题，专门讨论"歌诗"与"艺术生产"的问题，于是就有了与几位同仁共同完成的《中国古代歌诗研究——从〈诗经〉到元曲的艺术生产史》一书。在这本书里，我从"艺术生产论"的角度重新思考了艺术的起源问题。我认为，古今中外不论有多少种艺术起源的说法，都必须首先承认两点：其一，无论何时何地的艺术品，都满足了人类的精神需求；其二，无论何种形式的艺术，都必须有与之相关的物质（声音、文字、色彩、造型等）表现形态。因此，无论坚持何种艺术起源说，都必须承认艺术起源与人类的精神需求的关系，艺术的发展与相关的物质表现能力的关系，这两者达到什么样的程度，人类的艺术就相应地展示出什么样的形式。因此，我的观点是：艺术起源于人类的精神需求，而艺术在不同的历史阶段所呈现出的不同形式，则取决于人类在该历史时期的物质表现能力。从前者看，人类的精神需求有多么丰富，艺术的内容就有多么丰富，生产、生活、娱乐、宗教、巫术、政治，举凡人类最初的精神需求，都与艺术的起源有着直接的关系。从后者看，人类掌握了什么样的物质生产能力，就会有相应的艺术门类产生，艺术就会表现为相应的形式。因为人类掌握了发声的技巧，所以才有了歌唱的艺术；因为人类发明了文字，所以才有了以文章写作的艺术；因为人类发明了制陶，所以才有了制陶艺术；因为人类掌握了线条与色彩的技巧，所以才有了绘画美术类艺术；因为人类的科学技术发展到电子化时代，所以才会有了电影、电视等现代综合艺术。从这一角度来讲，中国早期的诗歌舞艺术三者不分，也恰恰与先民们在当时所掌握的物质生产技术紧密相关。再进一步来讲，人类的艺术生产归根到底也是一种生产，它与人类的物质生产亦有相同的特点，它既受社会物质生产能力的制约，也受社会发展水平的制约，剩余产品的出现，分工的产生，社会财富的再分配，阶级的产生等等，都对歌诗艺术的生产具有重要的影响，它由此而形成了中国古代歌诗艺术生产与消费的三种基本方式：第一是自娱式的歌诗生产与自娱式消费；第二是寄食式的歌诗生产与特权式消费；第三是卖艺式的歌诗生产与平民式消费。正是这些艺术生产与消费的方式，决定了汉代歌诗艺术的产生与发展。

在本书中，我从艺术生产的角度对汉代歌诗做了新的研究。我首先从历史文献入手详细考察了汉代歌诗生产情况，从现存的历史文献我们看到，上至宫廷，下到民间，汉代的歌诗艺术是非常繁荣的。两汉社会以宫廷皇室、达官显宦、富商大贾为主的歌舞娱乐的消费需求，促使汉代社会产生了大批以歌舞演唱为主的艺术生产者，这两者共同构成了汉代社会的歌舞艺术生产关系，由此极大地推动了汉代歌诗生产，从而出现了以相和为代表的汉乐府歌舞艺术。其中关于汉代社会歌舞艺术人才的基本情况，以往很少有人做过探讨，我的考察发现，两汉社会这些专职的艺术家，主要来源有三个：一是来自民间，二是来自宫廷音乐机关的世代传承，三是来源于对官僚贵族子弟们的音乐培养。这其中尤以第一点最为重要。对此，司马迁《史记·货殖列传》中曾有生动的描述，《汉书·外戚传》中关于汉宣帝母亲王翁须的故事更为我们提供了一个生动的案例。它说明，汉代社会这些大量出自民间的歌舞艺术人才，是适应当时上层社会的歌舞艺术消费而产生的。这些歌舞艺术人才为了谋生需要，从小就要接受严格的专业训练，长大后卖给达官显宦和皇亲贵戚之家，是当时社会一种特殊的艺术生产者。在这样的生产消费的供求关系下，一些专门从事歌舞艺术人才培养的"经纪人"和专门从事人才买卖的商人也应运而生，由此形成了一个完整的歌舞艺术人才的生产消费系统，这是我在汉代歌诗研究中的一个重要发现。

　　汉武帝立乐府是中国文学史上的一件大事，以往的学者们对此也都给以特别的关注，但是在评价其意义时，往往认为其在中国文学史上的最大贡献是搜集并保存了大量的民歌。但是仔细考察我们就会发现，汉乐府究竟采集了多少民歌，历史上并没有明确的记载，而且，到西汉哀帝时汉乐府即被罢废，至东汉末年，汉王朝再也没有设立过乐府。因此，如果仅仅从搜集保存民歌的角度来证明它在文学史上产生的重大影响，是没有多少说服力的。只有从艺术生产史的角度来看待这个问题，汉武帝立乐府的文学史意义才会真正得到显现。事实上，乐府这一机构早在秦代就已经设立，汉承秦制，汉初也有乐府的建置，但是它对当时诗歌创作的影响并不大。所谓汉武帝"立乐府"，并不是说乐府机构是从汉武帝时期才开始设立，而是指汉武帝扩充乐府的职能，用它来承担汉代郊庙祭祀之乐的演出。本来，按汉代制度，郊祀之祭当由太常下属的太乐掌管，所用音乐应为先秦雅乐。但是自春秋战国以来礼崩乐坏，先秦雅乐到汉初已经名存实亡。汉武帝"立乐府"，其实质是将自战国以来的新声俗乐用于郊祀之礼，从艺术生产的角度来讲，这是通过官方的力量极大地推动了世俗新声的发展。"今汉郊庙诗歌，未有祖宗之事，八音调均，又不协于声律，而内有掖庭材人，外有上林乐府，皆以郑声施于朝廷。"（《汉书·礼乐志》）既然连朝廷郊祭天地诸祠的音乐都用新声，那么，上自宫廷、下至平民百姓们追求以享乐为主的艺术，自然也名正言顺了。所以我们看到，正是从汉武帝"立乐府"以后，这种以享乐为主的新声才得以更大规模地发展。汉成帝时，"郑声尤甚，黄门名倡丙强、景武之属富显于世，贵戚五侯定陵、富平外戚之家淫侈过度，至与人主争女乐"。以后汉哀帝虽然罢乐府，"然百姓渐渍日久，又不制雅乐有以相变，豪富吏民湛沔自若"（《汉书·礼乐志》）。东汉以后，朝廷虽然不再设立乐府机关，但是乐府的影响仍在，以相和为主的世俗新声在东汉取得了更大的发展。正是从这一点上，我们才可以看出汉武帝立乐府在中国歌诗艺术生产史上的巨大意义。

从艺术生产的角度，我们还可以对汉代歌诗艺术生产与消费的情况有新的认识。由于受生产力水平相对低下和财富分配制度不平等的影响，在两汉时期，国家的政治宗教需要与各级统治者的享乐仍然是歌诗艺术的主要消费，其消费方式主要为特权式，相应的艺术生产方式则仍然以寄食式为主。与此同时，卖艺式的歌诗艺术生产方式和平民式消费在汉代也已经出现，自娱式的歌诗生产与消费方式在汉代仍然有着新的发展。按此，我们也可以把汉代歌诗从消费目的上分为祭祀应用类、日常娱乐观赏类和即兴自娱演唱类三种；按音乐角度则可以把它分为主要用于祭祀燕飨的宫廷雅乐和用于社会各阶层以娱乐为目的的俗乐。这样的区分，有助于我们重新认识汉代歌诗艺术发展的原生态状况。

汉乐府歌诗有很高的艺术成就，以往的学者从文本的角度进行过很好的分析。问题是，从这些歌诗产生的原初形态来看，它们并不属于书写的艺术，而是属于表演的艺术，因此，仅仅从书写的文本来对其艺术成就进行分析，不能不说存在着一定的缺陷。而运用艺术生产的理论，从歌诗产生的原初形态入手，则为我们提供了更为符合客观实际的分析视角。在《中国古代歌诗研究》这部书里，我对此也进行了初步的尝试。我讨论了汉乐府歌诗的一般表演方式，认为它应该包括一人独弹独唱、一人主唱其他人伴乐或伴唱、以歌舞伴唱三种方式。这使它与文人案头书写的诗歌大不相同，表演形式对其艺术特征的形成产生了决定性的影响。受表演场地的时空限制，汉乐府歌诗里很少有长篇完整的叙事（《孔雀东南飞》是一个特例，它可能只是说唱而未受表演时空的限制，同时它的产生也相对较晚），而往往截取故事中的一两个片断，因而它有明显的片断叙事特征，这与一般的叙事文学是大不相同的。歌唱艺术的程式化使汉乐府歌诗中多用套语，语言风格也以通俗为主，其修辞方式与文人案头书写的诗歌也大不相同。汉乐府歌诗艺术之所以在中国文学史上独树一帜，与它这种独特的存在方式是紧密相关的。

从中国古代歌诗与艺术生产的角度研究汉代诗歌，为我开创了新的天地。其后出版的《汉代乐府制度与歌诗研究》一书[①]，正是我沿此思路对汉乐府歌诗研究所进行的系统的总结。本书的特点是紧紧把握汉代乐府制度与歌诗的关系展开讨论。之所以如此，是因为从艺术生产的角度来看，复杂的艺术生产关系对艺术生产力的发展具有重要的引导和制约作用。具体到汉王朝这样的早期封建帝国，国家的音乐制度建设与整个社会的歌诗艺术生产之间更是有着特别紧密的联系。细考当代关于汉代歌诗的研究，学人们不仅对于相和歌产生的时间、相和诸调曲之间的关系等问题有过比较详细的探讨，对于汉代歌诗题材、主题及其艺术特色等问题也进行了较为细致的研究。但是，汉乐府诸调歌诗与汉乐府机构之间究竟有何关联？汉乐府诸类歌诗的产生与汉代社会礼乐文化建

---

① 赵敏俐：《汉代乐府制度与歌诗研究》，商务印书馆 2009 年版。

设的关系如何？汉代歌诗的音乐特点如何影响了它们独特的艺术形式？它们的艺术本质如何？它们在当时社会中究竟承担着什么样的社会功能和艺术功能？它们用什么样的方式来满足当时社会的艺术审美需要？又是用什么样的表现形式来反映一个时代的文化思潮与审美思潮的？这些需要把汉乐府制度与歌诗两者结合起来才能弄清的问题，至今还没有人做过比较深入的讨论。而这也正是从艺术生产的角度切入汉代歌诗研究所要解决的。因此，本书第一编首先研究汉代乐府机构的本质特征及其在汉代存在的意义。

本人认为，乐府这一名称虽然直到秦代才产生并且在汉代发生了重要影响，但是作为一个时代的国家礼乐机构，它的前身可以追溯到传说中的唐虞时代。从本质上讲，我们可以把它看成是先秦国家礼乐制度在汉代的延续与发展。所谓延续，是因为汉乐府从功能上讲还属于国家的礼乐机构，它主要承担着国家和宫廷的礼仪用乐；所谓发展，指的是汉乐府在继承前代礼乐职能的时候并没有采用先秦雅乐的规范，而是把汉代的俗乐，亦即"新声变曲"用于庙堂祭祀之中。之所以如此，这与汉代社会雅乐衰落、俗乐兴盛的历史现实息息相关，也与汉人审美习俗的变化有着直接的关系。正是在这种情况下，我们才能发现汉乐府的建立与汉代歌诗生产之间的互动性特征。一方面，两汉社会以新声俗乐为主体的歌诗的大量存在，为汉乐府庙堂祭祀采用新乐奠定了坚实的基础；另一方面，汉乐府机关采用新声俗乐用于宗庙祭祀这一事实，对两汉歌诗的发展产生了巨大的助推作用。正因为如此，本书在第一编里，重点考证了两汉乐官制度的建设与乐府的兴衰，对汉乐府的国家礼乐机构职能问题进行了历史的溯源，对汉代社会歌舞娱乐盛况进行了详细的文献考察。同时，还对两汉社会歌诗艺术生产与消费的基本特征进行了比较深入的分析，并以此来把握汉代歌诗的分类及其发展大势。通过这样的研究，本人期望能够从制度文化层面上理清汉代乐府制度的建设与两汉歌诗生产之间的基本关系，把握其互相促进与发展的大致脉络。

本书的第二编是对汉乐府各类歌诗的分类研究，也是全书的重点。汉代歌诗内容丰富多彩，体现出比较复杂的形态。如何对这些歌诗进行合理的分类，是一个重要的问题。其中，郭茂倩《乐府诗集》的分类法最值得参考，他把汉代歌诗分列入郊庙歌辞、鼓吹曲辞、横吹曲辞（有目无辞）、相和歌辞、舞曲歌辞、琴曲歌辞、杂曲歌辞、杂歌谣辞八类。郭茂倩基本上是按照音乐进行分类的，这基本符合汉代歌诗艺术的存在状况。所以，本书对汉代歌诗的分类也以此为基础。但是，郭茂倩的分类只是为了编排作品的需要，他在《乐府诗集》一书中搜集了大量的材料，并对汉乐府各类歌诗进行了解题，却没有对每一类歌诗的产生及其内容和艺术进行分析。在这方面，虽然古今已有较多的研究成果，但总的来说，对于汉代各类歌诗的产生背景及其在艺术上的诸多特征，包括对诗歌文本的考证研究，所做的工作还远远不够。而这正是本书要做的重点工作：如关于汉初雅乐与《安世房中歌》的关系、《安世房中歌》在内容上的革新和艺术上的创造；《郊祀歌》十九章的产生与汉武帝定郊祀之礼的关系，《郊祀歌》十九章产生的具体时间及内容分类，艺术方面的创新；《汉鼓吹铙歌十八曲》的名实问题、它与汉代外族音乐的输入及其在本土化过程中的形态变迁；《相和歌》的名称来源和分类，相和诸调中各种音乐称谓的讨论；《琴曲歌辞》《舞曲歌舞》《杂曲歌辞》各自不同的表现形态；两汉民间歌谣的分类与区别等等。所有这些，本书或者是在相关的研究上再做进一步的详细考证与认真辨析，或者开拓新的研究思路。例如，对以往人们一直忽视的琴曲歌辞，第一次给予了较为系统的研究和诗歌史定位。琴曲歌辞是汉代诗歌中的一大类别。但是，由于记载这些作品的故事多出于后人附会，作者也往往假托先秦圣贤，因而在以往的汉代诗歌研究中，人们往往视而不见或者存而不论，甚至认为这些作品没有价值。而本人通过考证研究后认为，它们是以中国古代的琴文化为存在的条件，是运用古体，托名古人，配合古琴演奏而产生的一种诗乐相结合的艺术形式。虽然它把真正的作者面目掩藏于歌辞背后，却在琴曲的衬托中熠熠生辉，也成为在琴乐文化背景中孕育生成的一个重要的艺术品类，在现存汉代诗歌中占有重要地位，并对魏晋南北朝以后琴曲的发展产生了重要的影响。

总之，本书不仅对以往汉代各类歌诗分类研究进行了系统的总结，还试图就一些以往学人所不注意的问题进行新的探讨，以期更好地把握汉代各类歌诗独特的艺术本质。例如，关于汉代乐府诗与民歌的关系问题，当代学者基本上是将二者等同为一的。自 20 世纪以来，学人们在对汉代歌诗研究时有一个流行术语叫"乐府民歌"，其要义是把以相和歌为代表的"乐府诗"当作"民歌"来研究和认识，这体现了 20 世纪中国文学研究的最重要的时代特征，用阶级分析的方法对历代作家作品分类，由此而彰显"劳动人民"在艺术上的伟大创造。应该说，这种对古代文学作品的价值评判方式在特殊的历史条件下是有其存在合理性的，特别是在把所有的与上层统治者对立的阶级成员都看成是"劳动人民"的时候，把以相和歌为代表的乐府诗称之为"民歌"也有着充足的理论基础。但这种研究方法的不足也是十分明显的。首先是"乐府民歌"这一概念本身就不准确，因为以相和歌辞为代表的这些"乐府诗"，其中有一些可能来自民间，有民歌的原型，但是在它们被记录下来的时候，已经不再是"民歌"的原生形态，而是经过专业艺术家加工过的作品，所谓"凡乐章古辞存者，并汉世街陌讴谣……其后渐被于弦管。"还有相当大的一部分乐府诗本来就不是"民歌"，而是贵族、文人以至专业艺术家的创造。其次是这些歌诗有相当大的一部分是为了满足汉代社会特权阶层享乐需要而产生的，是流行于宫廷、贵族和达官显宦之家的艺术，因而它们与那些"感于哀乐，缘事而发"的"劳动人民"的口头创作在艺术功能上有巨大的区别。如果我们借用当代美国学者阿诺德·豪塞尔的观点来表述的话，那么，汉代的这些民间歌谣大致相类似于"民俗艺术"，而相和歌之类的歌诗则大致相类于"流行艺术"。所以，我们在汉代歌诗研究中也要充分注意到它们的差异。而 20 世纪以来的汉代歌诗研究的最大问题，恰恰是把二者完全等同起来，并且错把以相和歌为代表的这些供社会各阶层娱乐的"流行艺术"当成是"汉代民歌"的代表，却把真正的"民俗艺术"，即汉代的民间歌谣完全忽略了。为此，本书将现存于历史文献中将近百首真正的"民间歌谣"搜集起来特辟一章，专门讨论"汉代民间歌谣"的问题。本人认为，以相和歌等为代表的汉代歌诗，与那些传唱于民间的歌与谣，可能在某些情况下会有交叉，互相之间也会发生影响，但属于不同类型的艺术，绝不能等同。认真地辨析二者之间的区别和联系，并将它们分别视为汉代歌诗的组成部分来加以观照，是本书的重要特点之一。

本书还专辟两章讨论汉代的贵族歌诗与文人歌诗的问题。之所以如此，是因为中国古代歌诗从汉代到魏晋南北朝的发展过程中，上层贵族和文人阶层发挥了越来越大的作用。以往人们认为汉代歌诗生产的主体都是无名氏作者，其实，上层贵族和文人阶层也是其中的一支重要力量。举例来讲，在现存的以楚声为主的两汉歌诗当中，绝大部分是汉代的帝王与宫廷贵族所作。这说明楚声在汉代的宫廷音乐中占有极为重要的地位，而帝王贵族在楚声艺术的生产与消费方面似乎有着更大的特权。再比如，在以往的汉代歌诗研究中，学者们几乎很少考虑文人在其中的作用，而本人则以充分的材料证明，在汉代歌诗包括以清商三调为主的相和歌诗创作中，文人们一直是积极的参与者，而且不乏优秀的作品传世。曹魏三祖和魏晋以后文人乐府诗创作，其实正是汉代帝王贵族与文人参与乐府诗创作传统的继承与发展，这对于我们全面认识汉代歌诗有着重要的意义，对于认识魏晋以后乐府诗的发展也有重要价值。总之，通过本书对汉代歌诗的分类研究，我们会更加准确地把握汉代各类歌诗之间的复杂关系，进而更加全面地对汉代歌诗的存在形态作出准确的评估。

本书也从艺术生产的角度对汉代歌诗的艺术成就做了更为系统的分析总结，为此讨论了汉代歌诗的三种主要文化功能——宗教礼仪功能、娱乐功能和抒情写志功能；考察了它的两种主要表现形式——首先是抒写各种情感，其次是关注现实生活；考察了汉代歌诗以悲为美的审美风习与美学形态。以此为基础，我们可以更清楚地发现它们建立在歌唱艺术基础上的不同于一般诗歌的艺术表现方法，如演唱的戏剧化特征与片断叙事，代言体歌诗与泛主体抒情，历史故事原型下的歌诗新唱；作为歌唱艺术的程式化、独特的章曲结构、口头传唱的特点与套语套式的运用等等。总之，本人认为，正是两汉歌诗的这种独特的艺术风貌与表现特征，才最终成就了它在中国诗歌史上的特殊地位，它开创了封建地主制社会歌诗艺术的新篇，创造了中国歌诗新的艺术形式，走出了一条中国歌诗发展的新路。

2004 年，由本人牵头申报了国家社会科学基金重点项目《中国诗歌通史》，本人除了作为课题总负责人之外，同时承担汉代卷的撰写，这对本人的汉代诗歌研究又是一个新的促进。借此机会，我想把我多年来在汉代诗歌研究中的成果更好地总结起来，进而对其有一个更为全面的观照和更为准确的评价。在撰写的过程中，我遇到的第一个问题就是对汉代诗歌的界定问题。在当下的汉代诗歌研究中，学者们往往取狭义的汉诗概念，即将汉赋排除在外。我在写《汉代诗歌史论》的时候则取广义，将汉赋也包括在内。两种界定都有它的道理。前者更符合后代对诗歌文体的理解，后者更符合当时的历史事实。但是两者又各有不足。前者将汉赋排除在外，并不能反映汉代诗歌发展的历史实际；后者考虑了汉代的实际情况，但是却与以后各朝代的诗歌文体难以衔接。作为一种个性化的写作，我自然可以坚持自己的观点，但是在一部诗歌通史里，对汉代诗歌的表述则一定要将二者兼顾起来才行。为此，我接受了课题组的建议，对汉代诗赋两种文体特征以及其源流发展问题进行了更为细致的研究，决定将骚体赋纳入汉代诗歌史的范畴之内，将散体赋排除在外。之所以采纳这样的处理方式，正是我对汉代诗歌进行更加深入研究的结果。

　　其实早在此之前，在汉代诗歌研究的过程中就一直有一个问题在困扰着我，那就是歌诗与诵诗的关系问题。我们知道，中国早期的诗歌，从《诗经》到楚辞中的《九歌》，基本上都是可以歌唱的，可是到了战国末年，从屈宋和荀卿开始，又创作出一种"不歌而诵"的"赋"。从此以后，中国诗歌从口头表现形态上就出现了"歌诗"与"诵诗"两大类别，无论从汉代还是到元明清，这两种类别的诗歌一直并行发展且互有影响。以此而言，"歌"与"诵"与否似乎并不影响我们对中国诗歌基本范畴的认定，例如我们在讲唐宋文学时往往把诗与词分开来讲，但是这并不妨碍我们将"词"从本质也当作"诗"，充其量是"诗之一体"而已。但是为什么同样都是"歌"与"诵"的区别，后人却要把汉代的赋当作另一种不属于诗的文体呢？这是因为在后世诗与词的关系中，主要用于诵读的是诗而不是词，从歌唱这一角度来讲词比诗更有代表性。然而在汉代的诗赋的关系则正好相反，可以歌唱的是"歌诗"，而赋只能"诵读"。另一方面也说明，后人在讨论汉代赋体文学的时候，过于关注散体大赋而忽略了骚体抒情赋的特征。事实上，骚体赋与散体赋在汉代虽然同以赋名，但二者在文体特征上大不相同。散体赋从"古诗"中流变之始，就表现出一种新的文体形态。而骚体赋从文体形式上与"歌诗"并没有不同，它仅仅是不能歌唱而已。因此，在对汉代诗歌进行文体界定的时候，我们不仅要"循名"，而且还要"责实"，骚体赋在汉代自然应该属于诗的范畴。

　　在讨论汉代"歌诗"与"诵诗"之区别的时候，除了关乎骚体赋的文体界定之外，还牵涉另一个重要的问题，即在以往我们所认定的狭义的汉代诗歌当中，也存在着一个"歌诗"与"诵诗"的区别问题。如同样是五言，有的归入乐府，如《陌上桑》；有的归入古诗，如《行行重行行》；同样是四言，有的可以歌唱，如《公无渡河》，有的则不能歌唱，如韦孟的《讽谏诗》。为什么诗到两汉会出现"歌"与"诵"的分流？难道它们的区别仅仅在于是否可以歌唱吗？显然不是。但是对这个问题，学术界基本上没有人进行过认真的研究。在《中国诗歌通史》的写作中，我首先对这一现象进行了认真的考察。结果发现两个重要现象：其一，在汉代诗歌发展史上，赋诵体与歌诗体是两大基本类型。这二者之间虽然也有一定的交叉关系和互相影响，但是总的来说，二者属于两种不同的诗歌传统，承担着不同的功能，也有着不同的生产与消费群体。赋诵类的诗歌主要承载着汉代文人抒情写志的功能，其主要的生产者与消费者都是当时的文人；而歌诗类作品主要承载着汉代宫廷贵族和社会各阶层的观赏与娱乐功能，其主要的生产者是汉代社会的歌舞艺术人才，主要的消费者则是宫廷贵族和达官显宦。前者与汉代文人阶层在汉代的出现有直接关系，后者则与汉代社会的歌舞娱乐风气的兴盛密不可分。所以，要书写一部能够反映中国诗歌发展变化的汉代诗歌史，从汉代诗歌体式流变的角度入手乃是最基本的也是最好的切入方式。其二，从中国诗歌发展的历史进程来看，我们可以把先秦时代看成是诗与歌合一的时代，而汉代以后则是诗与歌逐渐分离的时代。其重要标志就是：在汉代，除了从中分化出"不歌而诵"的一种新文体——散体赋之外，即便是诗歌本身，也演变成以歌唱为主的诗（汉魏六朝乐府、唐代歌诗、宋词、元曲等）与以诵读为主的诗（尤以文人案头写作的作品为主体）两种新的文体。这说明，作为以文字为载体的诗歌，从汉代以后逐渐沿着歌与诵两条路线而并行发展。从此，歌诗与诵诗也成为我们研究中国诗歌史必须兼顾的两个方面，不独在汉代是如此，在魏晋六朝以后也是这样，不可偏废。

歌诗与诵诗的区分，奠定了我撰写汉代诗歌史的基本框架，我把汉代诗歌文体按此分为两大类别，一类是歌诗，一类是诵诗。在歌诗方面，再基本上按照作者群体和音乐形式进行分论，如帝王贵族歌诗、文人歌诗与民间歌诗、汉代宫廷雅乐歌诗、相和歌诗等等；在诵诗方面，则按照诗体进行详论，如四言诗、骚体诗、五言诗、七言诗等等。关于歌诗部分，基本上按照《汉代乐府制度与歌诗研究》一书的结构进行论述，因为我在这方面的思考已经比较成熟。关于诵诗部分，我则在以往关于五言诗讨论的基础上，分别对四言诗、七言诗和骚体诗三种诗体在汉代的发展做了更为细致的考察，在诵诗研究方面，本书在三方面有重要开拓。首先是把汉代的拟楚辞和骚体赋纳入文人诵诗的范围中来，确立它们在汉代诗歌史中的地位。这些作品虽然大多以"赋"命名，但是在汉人眼里，"赋"本来就是诗，是"古诗之流"，属于诗之一体，本质上没变，只不过在表现形态上是"不歌而诵"罢了。正因为如此，这些拟楚辞和骚体赋也直接继承了屈原精神，在汉代继续承担着抒情诗的功能，抒写的是汉代文人的各种情怀，并形成了特有的抒情主题和抒情模式，对后世的抒情诗产生了重要影响。只有将这些作品纳入汉代诗歌史当中，我们才会对汉代文人的诗歌创作有一个全面的认识，消除当下人们对汉代文人的文化心态的误解。它的存在说明，汉代文人的诗思没有消歇，自先秦诗骚所确立的中国文人抒情传统在汉代也没有断裂。汉代这些骚体抒情诗中所表现的文人心态及抒情主题，直接开启着六朝以后文人诗发展的方向。其二是对七言诗的起源、在汉代的流传情况以及其诗体特征等做了较为细致的讨论，说明它并非如当代大多数人所认为的那样起源于楚辞，而是一种独立发展起来的新的诗体。它在汉代广泛存在于字书、镜铭、民间谣谚、道教经典、医书、刻石、墓碑以及其他文章当中，是一种以应用为主的韵文体式。它与四言诗、骚体诗、五言诗、杂言诗并存，并以其反映世俗的方方面面而显示出其独特的社会认识价值，有与其他诗体同等重要的文化地位。但是作为一种诗歌体式，它在汉代还远不成熟，还没有进入汉代诗歌的主流之内，属于七言诗发展的早期阶段。无论如何，将七言诗纳入汉代诗歌史，同样是本书的特点之一。第三是对汉代四言诗的研讨，除了对现存的汉代四言诗给以关注之外，本书将《焦氏易林》作为汉代四言诗发展中的一个重要现象提出来进行讨论，旨在说明，汉代文人的四言诗作，上承《诗经》传统而又有新变，标志着四言诗自汉代以后新的发展方向。而四言这种文体应用于《焦氏易林》、民歌、谣、谚乃至铭、碑、赞、诔等诸多文体当中，形成了一种介乎于诗与非诗之间的特殊语言形式，同样是汉代诗歌中值得关注的现象。由于补充了以往在这方面研究的不足，使得本书对汉代诗歌的发展描述更全面也更富有立体感。

总之，这部书是在我以往有关汉诗研究成果基础上的系统总结和新的提升，代表了我在这方面所形成的基本看法，建构了一个以时代变革为经，以诵诗和歌诗各体为纬的汉代诗歌阐释体系。本书15章的内容，由此分为三大部分：第一至第六章论汉代歌诗，第七至第十三章论汉代诵诗，最后两章总论汉代诗歌的时代风貌与诗史地位。我自认为这一叙述结构第一次将汉代诗歌真正融为一体，弄清歌诗与诵诗在汉代的分合关系，清晰地看到汉代诗歌发展的轨迹，从而使汉代诗歌的研究具有了完整的系统性，改变以往汉代诗歌研究中歌诗与诵诗分治的局面。相信这部《中国诗歌通史》面世之后[①]，读者对汉代诗歌会有更为清楚更为全面的认识。

以上是我20多年来研究汉代诗歌的基本过程，也是我的研究成果的基本内容。虽然取得了一点成绩，但是受能力所限，还有许多问题尚未弄清，更不免认识偏颇与错误。如果其中一些看法能够得到学界的关注或认可，也就心满意足了。孔子曰："古之学者为己，今之学者为人。"我是"今之学者"，自不免"为人"之俗。但是回首20余年研究汉代诗歌的经历，最终还是体会到一点"古之学者为己"的乐趣：在浩瀚无际的知识王国里，我找到了自己心中的一片小小的桃源。我在这里流连忘返，寻幽探秘，求真求实，钟情执着，体会独立之精神，驰骋自由之思想，这才是20多年来我在汉代诗歌研究中最大的快乐和收获。

本书能够在毕业20余年后重新出版，首先感谢北京市人事局为我

[①] 赵敏俐、吴思敬主编《中国诗歌通史》，人民文学出版社2012年版，共11卷，其中"汉代卷"为本人独撰。

提供了新世纪百千万人才工程培养经费资助，其次感谢商务印书馆提供了宝贵的出版机会，感谢卢人龙先生的热情帮助，感谢编辑先生认真细致的编排校对。

2011 年 4 月 10 日于京西常青园寓所

本文原为《两汉诗歌研究》新版后记，此次收录略作修改

责任编辑:宫　共

封面设计:源　源

图书在版编目(CIP)数据

汉代诗歌研究论集:赵敏俐学术论文集/赵敏俐 著. —北京:人民出版社,
　　2021.3

ISBN 978-7-01-022701-6

Ⅰ.①汉…　Ⅱ.①赵…　Ⅲ.①古典诗歌-诗歌研究-中国-汉代-文集
　　Ⅳ.①I207.22-53

中国版本图书馆 CIP 数据核字(2020)第 235160 号

汉代诗歌研究论集

HANDAI SHIGE YANJIU LUNJI

——赵敏俐学术论文集

赵敏俐　著

人民出版社 出版发行

(100706　北京市东城区隆福寺街 99 号)

北京佳未印刷科技有限公司印刷　新华书店经销

2021 年 3 月第 1 版　2021 年 3 月北京第 1 次印刷
开本:710 毫米×1000 毫米 1/16　印张:32.5　字数:466 千字

ISBN 978-7-01-022701-6　定价:98.00 元

邮购地址 100706　北京市东城区隆福寺街 99 号
人民东方图书销售中心　电话 (010)65250042　65289539